致我们无法试错的人生

尹平 著

江苏凤凰文艺出版社
JIANGSU PHOENIX LITERATURE AND ART PUBLISHING, LTD

图书在版编目（CIP）数据

致我们无法试错的人生 / 尹平著. — 南京：江苏凤凰文艺出版社，2017. 3
ISBN 978-7-5399-9813-8

Ⅰ. ①致… Ⅱ. ①尹… Ⅲ. ①长篇小说－中国－当代 Ⅳ. ①I247.5

中国版本图书馆 CIP 数据核字(2016)第 298487 号

书　　名	致我们无法试错的人生
著　　者	尹　平
策　　划	黄孝阳
责任编辑	汪　旭　王宏波
出版发行	凤凰出版传媒股份有限公司 江苏凤凰文艺出版社
出版社地址	南京市中央路 165 号，邮编：210009
出版社网址	http://www.jswenyi.com
经　　销	凤凰出版传媒股份有限公司
印　　刷	保定市铭泰达印刷有限公司
开　　本	718×1000 毫米 1/16
印　　张	27.75
字　　数	461 千字
版　　次	2020年9月第2次印刷
标准书号	ISBN 978-7-5399-9813-8
定　　价	78.00 元

目　录

一　“碰瓷”闹剧

“发车啰——”肖师傅的头探出车窗，吼了一嗓子。车门关闭，尾气管轰然呼出一团浓黑的油雾，校车缓缓驶离站台。

过了上班的高峰，班车上很空，稀稀落落坐了几个老师模样的人，或埋头阅读，或闭目养神，或塞耳听歌，没在意压着发车时点匆匆登车的四位乘客：三男一女，三十岁上下的年轻人，貌似在校大学生。高个小伙子叫靖晓常，像抢座位一样，一屁股压在第一排的位置上，这里视野开阔，路况了然，与驾驶员的感觉无异，是看景采风的绝佳视点。中等身材的两位叫方介生和曾文达，扶着椅背，一步一摇地走到车厢中部，找了个倚窗的座位。方介生打开律城市交通电子地图，研究起老校区到新校区的行车线路。曾文达没坐稳，好奇地将车载设施：通风器、阅读灯、安全带、靠背按键什么的摸个遍，像专业验车师。姑娘叫刘敞敞，黑发后掠绾了个髻，一根细细的项链压在淡蓝色连衣裙的领口，周身散发着淡淡的幽香。她精心挑座位，乘客不多，每人都享有这种特权。她的眼光很毒，不知缺德的谁，地面乱丢垃圾！不知失职的谁，椅垫许久未清洗了，满是污渍和水迹！律城财经大学老师太好说话，对校车的脏乱差保持着令人不解的沉默。呵，若不是路途遥远，她会一直站到终点，你信不信？

班车在律城财经大学新老校区之间往返，四十五分钟一班。若不塞车，约摸四十分钟车程。上世纪末的律城财经大学，如同中国多数高校一样，老校区坐落于城市繁华地段，踩着市场经济和工业化、城市化的鼓点，周边区域历经了政府多轮规划和开发商的几番蚕食，商业气息愈来愈浓，地价一路飙升，寸土寸金，学校发展空间日趋逼仄。在新世纪高校大扩招、大基建、大发展的巨浪裹挟下，择址兴建新校区成了大学发展的共性选择。历经两届领导班子接力、历时四年的建设，一座园林化、生态型、数字化的现代大学园区拔地而起。新校区隔绝了大城市的喧嚣，阻挡了工业化的污染，地域广阔，设施先进，功能齐全，山清水秀，风景宜人，是学者修读的世外桃源——车厢里有精美照片和优美文字说明。

“咔嚓——”靖晓常用手机拍下了彩页广告，与一位似睡非睡、体态微瘦、戴着墨镜的中年女人与他并排而坐。

臂边陡然多了一位不速之客，感受着隔着衣服传导过来的体温，墨镜女人倍感不适，不悦毕现。她不屑地眯了一眼这毛手毛脚的小伙，潜台词是：车上这么空，挤什么挤呀？想揩油呀，还是想吃老娘的豆腐？报上说，有的变态男专爱贴近娇巧美女，陶醉于女人特有的体香，以催生心理和生理快感……一双警惕的眼睛在黑乎乎的镜片后滚动，疑问随着恼火升腾起来：嗯，此人很是陌生，上下班挤校车日复一日、月复一月，学校上上下下谁不认识，叫不出名字也混个脸熟，少有例外，是不是外人蹭校车来了？听说有些精明的生意人，借着校车往返于新老校区、云游于城市与郊区之间，凭着与司机的私交，抛支香烟充当车资，有人还在行李舱载货搞运输呢！这四个人提着大小不等的包包，跑得气喘吁吁，不像是学校上班或上课一族，倒像是保卫处经常提示人们警惕的形迹可疑之徒。

“嗵！嗵！”墨镜女用纤细的手指敲打着司机的椅背，嚷道：“肖师傅，肖师傅，你有没有检查乘客的身份，这可是律城财经大学校车，不是超市购物车，也不是楼市看房车，更不是免费公交车，你得清理乘客队伍！”

肖师傅把着方向盘，侧耳听来，明白墨镜女人的所指。嘴边浮出一丝苦笑，肖师傅朝着靖晓常不紧不慢地问道：“哎，你们几个，哪个部分的？”

“不晓得哦，现在说不上来！”靖晓常笑呵呵地一边说，一边拿手机对着车前狂拍，回话一点儿不上心。

肖师傅暗暗叫冤，心想你随便报个学院或部门不就成了吗，“不晓得”是啥意思？如果后勤集团领导在车上，追究本司机不查验乘员身份、给不法商贩提供交通便利，那当月的奖金可就遭殃了！记得上个月，一个蟊贼在学生宿舍行窃被擒，据公安的审讯记录，案犯踩点和作案都是搭乘校车前往的，据说还与班车司机混得稔熟，结果司机被无情地炒了鱿鱼……此时，他意识到车上的人十有八九都竖直了耳朵，听着这不着边际的问答呢。肖师傅本能地脚点了刹车，车厢微微抖动了一下，减缓了速度。“你们是不是财大人？”他不得不追问下去。

“当然是！当然是！”靖晓常笑道。

“是？出示证件！”

“对，看证件!”墨镜女人马上起劲道，“司机负有查验责任哦!”

肖师傅在她的紧逼下，不得不显示出履行职责的威严：“出示证件!”

“证件?”靖晓常疑惑道。

“对，工牌、餐卡、门禁、借书证，啥都成!”

“我手头一样没有啊!”靖晓常依旧拨弄着手机，他有报到通知书，在挎包的夹层里，怕麻烦不想拿出来。

“没有，还是没带?”肖师傅提示道。心想，你们也太实诚了，就说忘带了不好吗，把底牌一亮，就不怪本师傅撵你们下车了，说着开始制动车辆，“没有证件，证明不了身份，请下车吧!”

墨镜女人更得劲了：“就是，咱怎么没见过这伙人。”

“你怎么会见过我们呢?”靖晓常打趣地问道。

“咱天天坐班车，火眼金睛！说，到学校干啥来的？发广告还是搞传销？是踩点还是摸号?”墨镜女人理直气壮起来，简直把他们当成了盗窃团伙。

“我们是新入职的老师，学校报到去。”靖晓常将来意说一半留一半，依旧关注着挡风玻璃前秋天的浩然景色。

“蒙人!”说着墨镜女人掏出手机欲拨人事处的号码。她不依不饶，好像非要把年轻人撵下车不可，仿佛大户人家轰走乞丐，边境口岸驱赶难民，更像外交照会中对不受欢迎的人下达逐客令。

“靖晓常，别跟他们打弯弯，告诉她，咱们四个是新入职的老师。人事处费处长，就是那高个女人，让咱们搭乘校车报到，遇见盘查就报她的工号，112233。”刘敞敞扶着拉手，在后排大声吼道。

“怎不早说呢？白费口舌，差点闹出误会来!”肖师傅会意地笑了。他像解脱了一般，轻快地一脚油门，加快了车速。

墨镜女人狐疑地看了看四人。律城财经大学人事处长叫费艳冰，11是人事处员工工号的开头，获知这一信息如同战场上互报口令，完成了敌我识别，自己人！墨镜女人沉默下去，没敢再找茬儿。

“本人看这误会太低级了吧，发生在大学里有些匪夷所思!”曾文达打了个响指，开始了得理不饶人的反击。

“习惯性欺生、欺弱、欺小，不是王者风范。”这是方介生的声音，满是鄙夷的样子。

“啥王者？充其量是老者。逞强、逞能什么呢？比咱们多坐了几天班车、多闻了几天汽油味，就摆起老资格，耀武扬威得不行……”曾文达欲向前排挪动，抬高嗓门旁敲侧击墨镜女人。

刘敞敞压压手，叫两人别凑热闹，说：“人家依法办事，不多责难，少说几句，安静、安静，好不好，烦不烦哪！”

靖晓常则好像什么也没发生，仍在身边托着手机胡乱地扫过来、拍过去，生怕肖师傅和墨镜女人搅了他的兴致。墨镜女人像斗败的驴，气鼓鼓地抱起随身物品，拖拖挂挂、趺趺跄跄地移到远离四人的最后一排座位上去了。

此后是车厢内惊人的寂静，只有引擎运转的轰鸣和车辆前行的呼啸。

离目的地越来越近。

“刹——”“刹——”突然间，紧急制动的尖啸打破了刚刚习惯的宁静，车厢剧烈抖动，然后直直地停在马路边上，马达熄了火。司机造次？墨镜女人发功，还是在发疯？车上人没明白咋回事，即听得有人恶狠狠地砸车门：“快开门，快开门，撞人啦！撞人啦！”

司机打开双跳，无奈地拧开了车门。呼拉拉冲上来几个壮实的男人，几只粗糙的大手揪住肖司机衣领就往车下拽，嘴里念叨：“车怎么开的？啊？会不会开车呀？一个大活人没有看见，把人碾成啥样子？”那阵势要揍人。

肖师傅没缓过神来，就被那人连拖带拉揪下了车。这才发现，车前污浊的地面上坐着一位中年妇女，一身尘土，在双跳闪烁的灯光下脸庞一黄一白、一黄一白的，煞是恐怖！双手不停地护揉着右脚，痛苦万状，低声呻吟、抽泣着。这就是被撞的女人！一个四十多岁，在城乡结合部的大街小巷随处可见的女人！

肖师傅被这番景象弄得莫名其妙。开了二十多年车，他向来谨慎，不开英雄车和赌气车，保持了二十年的安全行车记录。他想，刚才车速不快，与步入快车道的行人保持了足够的安全距离，怎么会擦碰这女人呢？她怎么会滚到车轮底下去呢？但是，这种情形下不容多想，得马上处置险情，职业敏感告诉他，得火速报警！

掏出手机。那伙人没有阻止肖师傅拨打110，只是装模作样地察看女人的伤情，七嘴八舌、危言耸听地渲染伤势：“伤了哪里？让大伙瞅瞅。”“哇，车辘轳压着脚骨上，十指连心，钻心痛呀！”“哦，伤得不轻，伤得不轻，这条腿八成废了。”“家里的劳力没了，这家子人咋活呢？”“司机得赔，得罚，说不定还得坐班房！”反正说得怪吓人的！气氛一下紧绷起来！

怎么，他们认识？结伴而行？对伤者家境了如指掌？巧合？还是另有隐情？靖晓常跟着众人下车，一边观察事态，一边用手机现场纪实拍摄，心中不免疑窦丛生。

肖师傅脸色铁青，汗颜连帘，双手微颤，感到孤立无援且束手无策。尽管他觉得车祸蹊跷，可一时又找不出明显的破绽和说理的头绪，只得焦急地等待着警察的到来。此时，不断轰击他耳鼓的是，伤者一阵紧过一阵的凄惨、痛切的呻吟。围观群众越来越多，在壮汉的鼓噪下对司机发起了越来越猛烈地抨击，甚至是围攻，有人推搡起来，想先给肖师傅一点颜色看看。

警笛呼啸声由远而近，警察到！公安出警的效率给了肖师傅一丝安慰。训练有素的警察下车后，七手八脚拍照取证后，随后要求将伤员送医，肖师傅必须随行！

墨镜女的墨镜推上了脑门，露出了布满血丝的双眼，听说班车不走了，愠恼地领头嚷嚷开来：“你可不能将人扔在半道上，我可有会，一百多个学生等着我呢！不到会，可算管理事故！”班车上的人纷纷拥下了车，围在车首，附和着墨镜女人：“是呀，咱十点半开标，招投标人马齐活，这可是法定程序。流了标，投标单位会赖学校玩猫腻！”“上午请来了校外专家研讨人才培养方案，若不到场，很失礼，聘请专家可是要付高额酬金的呀！”“俺去补锅炉，大锅炉滴水着哟，再不检修要出人命哪！”……面对继续行车的强烈要求，肖师傅无所适从。他无助地看着警察：显然，他必须将一车人拉回学校，扔在半路上是严重失职！但是，撇下伤者独自离去，算不算交通肇事逃逸？伤者和那伙凶悍之徒岂能轻易答应？当事人不在场，伤者和家属不放心，他们担忧司机金蝉脱壳、借机走脱。

肖师傅打通了后勤集团负责人的电话，学校接驳的车辆一小时后方能赶到。

警察盘查获知，班车属于律城财经大学后勤集团，此地离目的地不远，同意肖师傅将车开回学校，然后再赶往人民医院处理事故，条件是必须留下一人代表司机和校方，以临时处置送医等应急事宜。

这无疑是最佳的、可行的折中方案！谁人留下？问遍车上所有人，个个头摇得像拨浪鼓一般，人人都有千种说法、万般事由，必须迅即撤离现场！不少人不是家有私车吗？处理过车祸和交通纠纷，应当有这类经历和经验。可是，被伤者扣为人质，肯定不是什么美差，谁愿意接手这晦气的烫手山芋呢？谁料会发生什么险情呢？

车上车下的各位，木立于车前，伏在车窗上，侧身在车门旁……面面相觑，没人理会肖师傅的求助。墨镜女呢，善于发现坏人和与坏人作对的女人呢？真的坏人出现了她却不知躲到哪里去了。

肖师傅一脸茫然，一筹莫展。他无权指派任何人。哀求的目光在众人脸上扫过来、扫过去。沉默，依旧是沉默，一种耐人寻味的沉默！

没有人回应。

时间一分一秒地过去。

伤者见状惨叫声一阵高过一阵，围观的路人更是怒气高涨。

“我留下！”正当肖师傅失望不已的当口，耳边响起一个不算洪亮却很是坚定的声音，靖晓常拍了拍胸脯站了出来，一下将众人的目光吸引过去：他，一米七八的身高，浓密的黑发披在脑后，四方脸庞，颧骨分明，一双大眼炯炯有神，鼻梁坚挺，喉结饱满，圆厚的嘴唇边始终挂着淡淡的、自信的微笑。皮肤略黑，身着深蓝色运动服，紧绷的衣服衬出了隆隆的胸肌和宽大的躯架，富有青春朝气，一派意气风发。他紧握着手机，像警察身上的对讲机，敏捷地退下双肩包，回身交给刘敞敞，颇有置身疆场、慷慨赴死的气度，从容、刚毅、执着，仿佛舍我其谁？唯有他最适合扮此角色！

好！警察满意地点点头，问肖师傅：“行吗？”

“行，行！”此时的司机不行也行，因为他是唯一！

“好，咱们走！你马上赶过来哟？”警察一挥手道。肖师傅用力拍了拍靖晓常的肩头：谢了！这边托付给你，我回头即到！他从皮包里抽出一沓钱，靖晓常没有接，推了一把肖师傅，说：“赶快送师生吧。”转身对刘敞敞道：“替我请个假，处理完了就去报到。”

“你疯了！”刘敞敞认为这个节骨眼出风头，既没有必要，也无济于事，可是等她反应过来想劝阻时，为时已晚。方介生和曾文达拉住刘敞敞，而不是靖晓常——众目之下泼出去的水是收不回来的！他们了解晓常，他既出手，九头牛也拉不回，况且在众目睽睽之下！

靖晓常小心翼翼搀扶起伤者一猫腰钻进了面包车。警车闪着红蓝相间的警灯，从人群中呼呼驶出。

长江医院。伤者碰撞部位 X 光检查报告出炉：右脚趾骨骨裂，重伤！与检验报告同时出现的还有那伙凶神恶煞的男人，好像对结果早有所料。拿到报告，他们并不意外，也不认真研读检验报告的文字，一口咬定结果很严重、很严重，马上催促学校、警方和伤者三方谈判医治和赔偿事宜。

自称伤者家属的两名男子，皮肤焦黑，灰头土面的，一身匪气。那大个子像打手，露出肩部的青龙文身。矮个子，转动着一对绿豆小眼，一副精明老沉的模样，像狗头军师。两人的搭配恰到好处，一文一武，一个唱红脸、一个唱白脸，看来真的来者不善！

靖晓常读本科和研究生时当过学生干部，处理过学生伤害、火灾、自杀等棘手事件，面对来势汹汹的所谓伤者家属或代言人，心里不怵。尤其是刚才肖师傅发来短信，称听说前三周人民医院收治过一位车祸右脚压伤的“碰瓷”妇女，要求他莫应允任何索赔要求，也不要垫付一分钱医药费！切切！他和车队领导马上赶到！刘敞敞、方介生和曾文达也从网上搜索到近来发生在律城市大街小巷的“碰瓷”事件，其手法与刚刚的车祸高度相似，让靖晓常倍加小心。提醒：始终与警察在一起……

靖晓常心中有了底气，与警察在一起他们不敢造次。他将事情前后经过一一串联起来，默默梳理出一个逐渐清晰的轮廓……

不由分说，三方坐定了。在急诊室走廊尽头一个相对僻静的角落，在几张候诊室的钢折椅上，连一杯润嗓的清水甚至都没有地方放，有的是警察手中的笔和纸，以备达成协议后形成书面文稿，签字画押；有的是警察办案的录音笔，以保留证据，防范双方反悔或拒不认账。谈判开锣，直勾勾地冲着一个字——“钱”而来！

急诊室内外人头攒动，空气中飘浮着福尔马林的浓烈气味，家属扶着病员、护士推着病床、医生握着听诊器，取药的、缴费的、探视的，往来穿梭、步履匆匆，没有人留意走廊一隅，几个神态各异的人在紧张地商谈什么。

警察问要不要等待司机或校方领导。那小个子男人早就等不及了，粗声粗气地道：“等？病人躺在床上等钱治疗！要等，先得将医药费付掉，先将押金垫上。医院可是不见钱到账就不发药！一分钟也不能等哪！”

“那就开始吧。”靖晓常知道拿到检验报告，那伙人认为得了理，会更加张狂，漫天要价。他沉着地说：“肖师傅已授权，刚才又有短信过来，我能够全权代表。”

“那好！”那膀大腰圆的高个男人指着报告书，张口道，“检验报告很清楚，很清楚，伤者被大巴右前轮碾压，趾骨骨裂，这事故性质先得认定。”

看来这两人经营伤情应用和索赔谈判甚是老到，有理有节，步步紧逼，这是第一步！靖晓常说："认定车祸性质前，请说明你们与伤者的关系，说话能代表伤者吗？"

"当然，咱们是伤者家属。伤者因伤势过重正在抢救，无法亲自到场，委托我俩追责、索赔。"高个子男人道。

"那好，你们的身份由警察同志查验，拍下身份证！我只想请你解释，你们怎么会第一时间出现在车祸现场，难道事先预知临江路中段会发生车祸？"

"这……"高个子男人语塞了，一双金鱼眼瞪得滚圆，冲着靖晓常发狠，像要吃人！矮个子男人则眼珠一转，马上救场道："这与医治和赔偿有联系吗？我们难道不能一道出行吗？"

"可以，当然可以！我想临江路口的监控可以找到你们什么时候进入现场的证据。我再请问，原来不是送伤员去人民医院，怎么中途嚷着改道长江医院，为什么要舍近求远呢？"靖晓常的提问招招逼人。

"这是对伤者负责，长江医院骨科全市最好，诊治也便宜，这也是为你——肇事者着想。"矮个男人答道。

"在车上，还没有看到伤情报告，你们怎么知道是骨头出了毛病呢？"

"车祸不都是这样的吗？"

"是吗？请问车祸发生时你与伤者分别在什么地方，站在什么位置？"

"呸！老子不跟你瞎扯，乱打岔，现在是谈赔偿、赔偿！"

"不弄清事故责任怎么赔偿？"

"事故责任很清楚，是驾驶员疏于瞭望、车速过快所致。"

"不对，当时车速不到40码，司机看到行人已经鸣号减速。"

"有什么证据？车辆上没有行车记录仪，你哪来的数据？你怎么知道40码呢？"

"真不打自招，你们晓得班车上没装行车记录仪，所以设下圈套玩'碰瓷'。"靖晓常打断了与矮个男人的一问一答。

"什么？碰瓷？你……你……你血口喷人？看来你欠揍！老子废了你！"高个子男人站起来、冲过来要动手打人，被坐在一边的警察制止住。警察敲击着搁在膝盖的大檐帽，转问靖晓常道："你说碰瓷，根据什么？"

"事故全程都被我无意中录在手机里呢。当然，为了防范不测，我已作备份！"

靖晓常打开手机，调出录像，指着活动的画面回放说：“警察同志，你看，校车正沿着临江路靠右匀速行驶，不远处出现了当事人，好像就是对面这位，放着好端端的人行道不走，却上了车行道。他既不过马路，又无特定去向，而是在车左边的路沿上佯装看手机，缓慢地往马路中间挤压，其目的是逼迫校车贴右行驶，同时分散司机的注意力。而这时一个女人，就是伤者，突然出现在车辆右侧，班车驶近时，伤者还侧头看了一眼，证明她知道车辆正在驶抵。当车辆与她齐肩，伤者有一个向校车故意接近的明显动作。班车直线行驶，照理应与伤者有一米以上的安全距离，不会发生擦碰，更不会碾压，录像资料可以供公安局技术分析。所以，结论只有一个，即当事人合伙玩碰瓷，敲诈驾乘人员！”

那两男人听罢，恼羞成怒，若不是警察在场，那大个子早就将靖晓常打得头破血流，早就通过武力压迫对方答应天价赔偿要求了！那小个子脱口道：“你那山寨手机，图像模糊，人影晃动，能看清啥？又说明啥呢？这根本不能作为证据！”矮子说这话，心里还是发虚的：他妈的！这小子将这个事故梳理得丝丝不乱，揭开了精心设计骗局的谜底！原本以为天衣无缝的设计，竟变得不堪一击！这小子冲了咱的好戏、砸了咱的场子、坏了咱的营生！他心中这股子恶气，像火山一样喷发出来，要把这可恶的年轻人烧干、吞噬、碾成粉……但是，表面还得故作镇静，戏还没演完。

靖晓常没有看他们的表情，可以想象他们的脸色一定很难看。他们没有想到哥们手里有比行车记录仪更厉害的证据。他接着说：“听说前三周人民医院收治了一位‘碰瓷’伤员，伤在相同部位，这让我想起事情这么凑巧？是不是害怕提示医院和警方往‘碰瓷’上想，所以做贼心虚地临时改道长江医院。我说得对不对啊？”

那两男人惊呆了。他们将拳头攥得团团紧，将开关咬得咯咯响，真想把这小子一拳打倒，打得他断气，然后五马分尸才解气！但是，在警察威严下又不敢放肆！

靖晓常接着往下说：“我想，下面要请专家验伤，看看趾骨骨裂是新伤还是旧伤，查验骨裂的真正原因。我想，病人家属是在挑战常理，伤者与车辆同向而行，即使受伤应是左脚，怎么换到右脚？再说，30 吨重的大巴车轮碾过右脚，恐怕不是骨裂，伤员的脚应当压成肉饼。奇怪的是，我扶她起来时，伤者竟不费吹灰之力站立起身，奇迹般的仍然具有自如的行走能力，而且还能东张西望，头脑清楚地委托你们去讨价还价、索取什么赔偿金！这故事编得太科幻了不是？”

警察听罢如梦初醒，脸色骤变，深感事态严重，他所经办的已不再是普通的交通事故和一般的民事纠纷，而是彻头彻尾的刑事案件！一连串的细节合成起来就是一幅完整的真相！他马上要求保留证据，用对讲机要求警局调阅临江路口监控录像，看看当事人什么时候进入临江路事故路段，并与靖晓常手中的录像对接，以还原事故全貌。“你，你，你重放一遍，我看仔细喽。”警察说话都结巴了。没等录像重放完毕，那两位“家属”等不及、坐不住了，方寸大乱，恶狠狠地瞪了靖晓常一眼，借口如厕，悄然从公厕边门溜之大吉。

这一眼牢牢地定格靖晓的脑海里。可怕的、能杀人的眼神传递邪恶的念头：老子记下你了，后会有期！君子报仇十年不晚！这种邪恶在以后的多年里，并未被司法机关的威严所征服，也未被监狱的教育所感化。多年之后，刑满释放的这伙歹人重操旧业，再现凶残，将失去警察保护的揭弊者刺伤，险些丢了性命，靖晓常为年轻时的见义勇为付了高昂的代价！当然这是后话，现下暂且不表。

回到此时的急诊室，正在佯装治伤的妇女，接到小个子的撤退通知，在医生眼皮底下堂而皇之地拔去针管，手脚麻利地混入了急诊大厅熙熙攘攘的人流。

靖晓常庆幸自己学法律、做审计的经验累积，庆幸自己见多识广的信息储备，庆幸自己对社会丑恶行径的特殊敏感与高度警觉，否则，与那伙歹人对撞，早被他们的气势吓住了，早被他们罗列的所谓证据搞蒙了，不知不觉地跟着他们设定的圈套一路到黑！这是一伙多么凶残狡诈之歹徒，早就踩点，相中了没有安装行车记录仪的校车，选择在没有监控探头的复杂路段下手，除了伤者的验伤报告，没有其他有效证据，在那伙人的淫威下，司机只得束手就范！这一手真是阴险之至，此前可能屡屡得手，将百姓、司机，甚至是公安玩弄于股掌之中，赚得盆满钵满！赚得冠冕堂皇！赚得心安理得！是的，所有环节似乎丝丝入扣、无懈可击！但是，他们忘了一项天规：多行不义必自毙！哈哈，今儿他们终于栽在哥手里！我操，没想到不经意的采风录像，竟然成了送他们上法庭的关键证据！

二　高处不胜寒

靖晓常被肖师傅奉为见义勇为的英雄，被校内媒体列为新闻追踪的热点人物，校报和官网同时以“博士舌战碰瓷恶少，捍卫尊严拒绝讹诈”为题，以大版面篇幅报道了校车临江路历险的经过，让晓常在律城财经大学尚未露面便已声名大噪。传说学校酝酿着授他一个什么荣誉称号，对了，叫“特别贡献奖”；准备颁发一笔不菲的奖金，大概是耳熟能详的“见义勇为奖”吧。

不过，靖晓常没有等到称号，也没有得到奖励，得到的却是在新入职教师欢迎大会上代表62名新员工登台发言的资格，一次在律城财经大学领导面前展示、在新员工面前发声、在新闻媒体镜头面前露脸的难得机会。当然，这也是一份不薄的礼遇了。

“说什么呢?”靖晓常犯难了，感到压力山大。

“你可好好表现表现啰，给领导留下深刻印象。书记、校长悉数到场，大会隆重着呢，你得认真准备准备。”费艳冰特别叮嘱道。

“我心律有点乱，怕说不好，领导不中意，您还是另请他人吧。”靖晓常心里一直在打鼓，你看，成语用错了，应当是“另请高明”，这样才显得更加谦卑。

“你别搞错喽，这可是千载难逢的机会，好多人想都想不着，你真的是身在福中不知福哟!”费艳冰的脸上略带愠容。

“我真的不知说啥。面对台下的领导，说多了说少了，说深了说浅了都不合适。费处长你行行好，教教我。”

“那你就说说见义勇为的事迹嘛，那是一种思想境界，一种道德高度。”

“那哪算得事迹哟，不就是巧遇的身边事，有什么好说的呢。这一吹，不成了表扬与自我表扬啦。”

“你是真的不开窍，还是装腔作势变戏法?”费艳冰有点不耐烦了，“发言已经打上议程，你讲得讲，不讲也得讲，自己掂量掂量吧。”

“我……”

“我什么？你总不能刚入职就让我们失望吧。”

“好，我讲，我讲就是！”靖晓常无奈地退出人事处办公室，走到门口时，传出里屋费艳冰冷冰冰的话：“你先写个稿子吧，没有把握就照念，再没有把握，就早点把稿子送过来让我过目。”

“是，是！”靖晓常顺口说着。怯场？不至于吧，在学校时他曾是风云人物，与领导对话、与陌生人辩论、与流氓对垒，什么时候露过怯？没有，绝没有！就说前几天，与那帮碰瓷团伙硬碰硬，面对强悍的对手，拳头乱舞，那架势要打架、要杀人哪，靖晓常的心脏未曾提速，真的动手，他未必处于下风，他跟军训教官练过擒拿格斗术，尽管学得半生不熟，花拳绣腿，但是对付非专业选手能耍耍，打上几个回合……不过，今天真的踌躇，想急流勇退。他明白刚刚入校，“见义勇为”的宣传已经让他风头尽出，大红大紫，让新入职的和在职的、认识的和不认识的教师员工刮目相看，高处不胜寒的感觉不期而至，此时应当选择低调，再低调，以防乐极生悲！赚了些头寸，高调入市，不及时止盈，只会输得精光，他深谙股市操盘，也是人生的道理！入职员工欢迎大会上，领导免不了大谈年轻人成长，肯定举例见义勇为，如果自己再现身说法，火上浇油，岂不烧过头、烧昏了头哪！台下各位不是欣赏、褒奖，恐怕是反感，甚至是羡慕、嫉妒、恨！见好就收是人最稀缺的能力！哼，当众发言，领导的口味挑剔着呢，同伴们的心态吊诡着呢，这个火候很难把握……但是，眼下的情形明摆着，推是肯定推不掉的，他已试探过，再硬推就开罪领导和同事们了，他们以为你假谦虚，心里偷着乐还来不及呢！靖晓常剩下的选项不是发言不发言，而是如何发言和发什么言，寻找最佳的发言内容与形式，以在领导和同事那边即使不加分，至少也不丢分。

遇事找方介生他们商量商量吧。方介生读博时就在政府机关兼职做智库，为党政官员当参谋助手，是小有名气的智多星，何不借他满肚子的鬼主意，求一万全之策。放眼律城财经大学，只有三位熟人，知根知底靠得住的人，遇事不找他们，又能找谁去问计呢？

靖晓常、方介生、刘敞敞和曾文达同年毕业于 ZN 大学，靖晓常、方介生是博士研究生，刘敞敞、曾文达是硕士。尽管师从于不同学术前辈，修研专业不一，读书时交往寥寥，偌大的校园碰面机会不算频繁，但是，学缘和校友情缘消弭了学历层次和专业归属的差异，彼此的心距贴得很近。他们来自五湖四海，为了共同的人生目标走到一起来了，有着共同的求学经历，毕业后又携手就职于律城财经大学，这不是前世修来的缘分是什么？不是天赐的福气又是什么呢？曾文达计算过同学又同事的几率为二十万分之一。不知他用什么公式和模型推演出来的，也无从复核其准确度，但是大家相识、相知、相好是微小概率事件，是不争的事实！倍加珍惜来之不易的友情，特别是进入律城财经大学、置身于陌生环境下，这应当成为四人的共识和自觉。

接到录用通知，刘敞敞主动串联，给大家订下“群规”：四人有福同享，有难同当，大祸临头不许各自飞，面对敌友必须同进同退，统一行动，不得单独与敌媾和，不得出卖集体，哥们姐们一荣俱荣，一损俱损。如果做得到，大家哥姐好，做不到趁早散伙，你走你的阳关道，我过我的独木桥！美女发起桃园结义，男爷们岂能不允？这一无纸契约迅即达成。其实，什么敌呀友的，如今不兴阶级斗争了，不过是同事朋友的远近亲疏，哪个人需要结识，是否值得深交而已，不就是兄妹四人来到人地生疏的律城财经大学抱团取暖，彼此图个照应罢了。

四人当中，靖晓常三十二岁，年岁最长，三人同称“老大”或“大哥”。没人知晓，他是烈士遗孤，在上个世纪七八十年代西南边境的自卫反击作战中，作为战场记者，其父在一次敌我双方对射的炮击中，为救同事壮烈牺牲，他与一起殉国的战友长眠在那片青山绿水的丛林大山里。悲痛万分的母亲，病故前叮嘱晓常除了你爸留下一笔不多的抚恤金外，爹妈啥没留下，今后人生全由你自个打拼，切记莫要活在烈士的光环里，要学你爸那样做顶天立地的男子汉。靖晓常记下妈妈的临终嘱咐，他的烈属身份只是档案里记载的一个符号，从未向人提起。当年高考烈士子女可以加分，但他却硬是靠分数说话考取名牌大学。在 ZN 大学，晓常没能享受烈士带来的任何荣耀，相反却生活在父亲严厉的目光下，生活在优秀是一种习惯的无形压力中。他很自律，学习上很拼，曾是学生会和研究生会骨干，最先出道，最早混入领导层，他的学养、能力、见识，特别是他的为人，公认在其他三人之上。这“老大”可不是白叫的，得有公信力！他有了家室，脱离了单身生活，并生有一女，可是他的配偶和千金谁也没见过，他的已婚也是公开的概念，仿佛是专门针对那些对他的才学和帅气存有非分之想的女生所预设的警戒线。

方介生比靖晓常小三岁。他不苟言笑，四方脸，小分头，黑框眼镜，白衬衫如同牛奶漂白过一般，裤管笔直，西装搭在胳膊上，夹一只黑色公文包，眼中射出冷漠的光，每时每刻都像在思索学问，一副老学究的模样。不过，这并非装腔作势，他可是真学霸，考试无坚不摧，考什么中什么，所有考卷好像都是为他量身定制的。同学复习备考一两个月，他冲刺七八天就搞定，人称学仙、考霸。他写得一手好字和一手好文章，故予人学问高深、文理通吃的印象。学习上有困难找介生，肯定没错！他有无女友，有无恋爱史，不详！不详即视为无，就是单身，大家都如此推论，也就是爱的大门依然洞开。

刘敞敞芳龄二十六，既当姐姐，又当妹妹，就看她对谁说话，所以她的角色需要经常切换。凭借男才（财）女貌的通用法则，她不费吹灰之力找到了一位实力男，他在证券公司工作，做股票、期货频频得手，后来自己经营保健品，生意红火，是率先富起来的年轻一族，令不少同龄人相当眼红。她，年轻美貌正当时，一米六八的标准身高，身材匀称，曲线分明，瓜子脸，皓齿明眸，与当红影视明星气质上有一拼，人称校园的“帅哥杀手”和“眼珠吸附器”。当然，也有人叫她“交际花”和“万能胶”，这词不中听，八成是同龄女性同性相斥或吃不到葡萄怨葡萄酸的忌愤之语。不过，她确是男性公民的兴奋剂，只要她参与或者组织的活动，男生都跑得欢，催化剂的效果明显，这是其他人所不具备的优势和长项。

曾文达最年轻，农村的孩子上学早，家境贫寒的父母想让孩子早些学成、挣钱养家糊口。硕士毕业的他，二十四岁，名字老成却是地道的小字辈，面对哥姐三人多少有些代沟。曾文达人穷气短、马瘦毛长，早年不得不由父母做主，预支了生活的选择权，与同村的一富家女订下“娃娃亲”，看不出来，迄今他已携七八年的恋爱史，其中的得失恩怨、悲欢离合，恐怕只有他才说得清楚，外人仅知道这种马拉松式的恋爱，在快闪文化盛行的时风下已不多见。

来到律城财经大学后，他们四人习惯聚会，有事聚，没事图个热闹也聚，因为整个校园都是陌生的面孔，与其他人一时半会儿还搭不上话，不知深浅，话不投机半句多嘛，只有四人之间可以不设防。

中午，清园，教工餐厅。

靖晓常与刘敞敞、方介生几乎同时到达，就餐时间都有了某种默契，踩着点不约而同地出现在排队就餐的队伍中。吃饭嘛，能面对面坐在一块儿，交换信息，点评时政，探讨学术，时间利用率最佳。打好饭菜后，三人端着餐盘并到一桌。刘敞敞问："吃什么呢？"

靖晓常答："食堂菜谱天天固定，三日之内必有重复。挑自己喜欢的吃呗，西红柿炒蛋、丝瓜肉末。"

"文达呢？"刘敞敞问，"难道不晓得这个时点排队最快吗？"

"他呀，还是学生习惯，生活潦草，喜欢躲在宿舍冲泡面。他的康师傅面可是成箱批发的哦。"方介生道。

"方便面，垃圾食品！明天你把他拉过来，吃食堂营养快餐！"刘敞敞命令道。

"尽力吧，咱不知道拉动拉不动，这头犟牛。"方介生没有把握。

"好了，不说他了。"刘敞敞话锋一转，对着靖晓常说，"听说明儿下午学校领导全阵容出席，召开啥新入职教工欢迎会，听说大哥代表我们登台发言？"

"正是！碰瓷事件将我顶到风口浪尖，人事处指定的，政治任务，必须无条件接受并圆满完成。哥们不想做领导的代言人、传声筒，通过我的嘴说一通领导满意、百姓不悦的假大空的废话、官话和不中听的话。"靖晓常晃动着手里的筷子低声道，生怕邻桌的就餐者隔墙有耳。

"嘴在你身上，怎么说由你，别给自己定调子、画框框。"方介生说。

"你说我咋个讲法？两头都能落好？哥正想向各位讨教。"靖晓常向前倾了倾身子说。

"当然是精彩频出，打出 ZN 大学的品牌和影响力，让大家不敢小瞧咱哥姐啊。老大的讲演本领无人不晓，给他们露一手，展示展示呗。"方介生感到这是头等好事，有机会在领导心目中构建先入为主的印象。

"短、实，切莫讲虚话，空表态。这不是工作会议，也不是干部任命，更不是战前动员誓师。叫敞敞我讲，就用年轻人欢喜的方式，干净利落，几分钟结束战斗，就酷毙了！"女人家不全是头发长、见识短，刘敞敞的一番话就颇具画龙点睛之功，让晓常茅塞顿开，他不住地点头称是。

"敞敞说得对，发言有没有文采、有没有水平倒是次要，关键是内容实在，风格清新，与众不同。"方介生补充道，"你不能跟领导一个腔调儿。压住气场，适当展示。"

靖晓常咀嚼着"适当展示"的意味，有道理！接着又问："费处长叫我将发言稿写好了交她审定，你说给不给她过目呢？"

“如果费处长没有说死一定得经她审查，那还是不给为好。她过了目，让你按照领导的意图改，你改还是不改呢？不改，不给领导面子。改，又违心，不是作者本意，何苦呢？”方介生说，“更可恶的是，领导让你添加内容，将你讲话的风格全变掉，那更是骑虎难下。”

“那倒也是。”靖晓常敬佩方介生，凡事入木三分。俗话说三个臭皮匠胜过诸葛亮！晓常从短短的交谈中得到启发，介生和敞敞的话更坚定了他主张，让他自信满满。

“我们哥姐仨，为老大使劲鼓掌就是！你可别对领导点头哈腰的，更别滥用那些吹捧领导的肉麻之词，看了、听了让人起鸡皮疙瘩子！”对于刘敞敞最后的吩咐，靖晓常有些突兀，不知她为何得出了这般结论，是电视剧看多了，还是金庸小说读滥了，不行礼通过什么表达谦卑？不赞美领导，这等重要场合等于没有姿态，与新入职老师的身份不符……不过，她说出了一个浅白的道理，细节决定成败——这与他博士生导师的口头禅如出一辙，这既是审计法则，又是业界治学的行规，同时也是事业成功的诀窍，对此他深深省得。

欢迎大会如期召开。

学术报告厅坐的满满当当，估计有两三百人之多。学校党政领导、各二级学院书记院长、职能处室负责人悉数到场，仅从规模和层级上看，足以见得全校上下对新入职员工不折不扣的高度重视。

会场经过精心布置，电子屏幕闪动着“律城财经大学二〇〇九年度新入职员工欢迎大会”的醒目会标，鲜花盆景拼出红、绿、黄三色相间的精美图案，深红地毯从入口笔直地延伸至主席台，一排排射灯多角度交汇、将束束光线投向硕大的舞台。墨绿色的台布覆盖了桌面，蓝底白字的席卡一字排列，大号字体清晰易辨，各位领导和嘉宾的身份及主次尊卑一目了然。喇叭里不断放送着热情激荡的熟耳红歌：《歌唱祖国》《在希望的田野上》《年轻的朋友来相会》，将会场气氛预热至适宜温度。

在师生们的思维定势中，律城财经大学每年都有几个盛大节日：开学典礼、毕业典礼、运动会、科技文化节和新员工入职仪式，在校历上都用红字标注，分外醒目。既是节日，就不能轻描淡写、随便应付，就得正规、排场、有规矩。瞧，领导们齐刷刷地着正装，校徽闪闪，喜气洋洋，像出席重大的外事礼宾。电教部早早架设好机位，摄像机选择了最佳拍摄角度，全程全景录像。挎着大炮、小炮的摄影记者跑前串后，乐此不疲，捕捉着精彩瞬间，领导所到之处“啪啦”“啪啦”镁光灯闪烁，快门声此起彼伏。

靖晓常对此透不过气的阵式早有所预估，他穿着深蓝色西服，将红色领带揣在口袋，到了会场才仓促系好，将刚刚领到的校徽正正地别在胸前。方介生和曾文达也一身正装，风度翩翩，很是养眼。刘敞敞嘛，不用说，啥时候都衣着考究，任何场合都不失色。相比之下，有些新入职的年轻教师显得嫩气，对欢迎大会的气场缺乏预见，不搭调的穿什么的都有：牛仔裤、西装短裙、板鞋、运动鞋……太休闲，太随意，开骡马大会了不是？靖晓常等给领导的好感油然而生。此情此景，让费艳冰领教了什么叫素质，什么是内化于心、外化于形的素养！有的东西只可意会不可言传，难道什么场合、什么着装，还需要人事处要求和通知吗？

开会了。

身穿紫色套裙的费艳冰作为主持人，首先一一介绍了领导和来宾，然后很有礼貌地请出党委书记马联平教授致欢迎词和校长郭成敬教授介绍校史、校情并作寄语。

首次近距离仰视领导，目睹其真人风采，年轻人眼睛直勾勾的，对领导口中吐出的每句话都很当真，无不竖直了耳跟，生怕漏掉任何一字。这是新入职员工的第一课，肯定有重要信息，有启迪思维、影响未来的物超所值。

靖晓常拿着手机左照右拍，记录这一人生的难忘瞬间。方介生则拿出小本本记着什么。曾文达见了颇是不屑，他认为晓常会场上摆弄手机，是对领导的大不敬。方介生动作有些夸张，领导官样讲话有啥好记的呢？又不是学术报告和专业讲座，记录姿态无非引起领导重视，寻求其好感而已，太做作、太假了吧？这很可能成为同事的笑柄。其实，方介生习惯好记性不如烂笔头，遇有价值的信息都速记下来，留心皆学问，说不定有朝一日会派上用场。他相信领导讲话肯定有些精彩片段和精妙词句。

高校领导自是学界精英，开会讲话是其职业生涯之常态。的确，书记、校长历经了大大小小无数会议，久经沙场，不用说，对自己的经验和口才信心十足。你看，讲台上压着秘书代拟的发言稿，马书记偶有低头，斜睨数眼，根本不按秘书的套路说，玩脱口秀，发言起来行云流水，一气呵成，不带打顿的，你休想从中挑出一点儿语病，展现的正是领导的真实力，年轻人敬畏得五体投地。

马联平从政治高度介绍了当前高等教育的发展态势，律城财经大学在本省乃至全国高等教育版图中的地位和影响，阐释了现代大学的使命及年轻人的历史担当，说得年轻人感同身受、激情飞扬。一阵不算热烈的掌声将马书记送回座位。

郭成敬如数家珍般介绍了律城财经大学的昨天、今天和明天，细说了学校教学、科研、社会服务和文化传承与创新的既有贡献与现实能力，对新员工提出了做人、做事、做学问的希冀。然后，郭校长颇费一番口舌，详尽诠释了他用从教、从政几十年之心血、提炼总结的“四大认同”，描绘年轻教师成长的基本路数。他认为：一位老师进入大学，首先是职务聘用的“待遇认同”，这一认同使他得以成为学校的一员；其次，是进入工作状态的“岗位认同”，即钻研岗位角色，履行岗位职责，完成岗位任务，成为一名合格的教师，完成了由学生向教师的角色转换；再后，是承载教学、科研的使命担当，提升教书、管理和服务育人能力，为学校事业奉献才学，即达成“目标认同”，成为教师群体中的佼佼者；最终，走向最高境界的“价值认同”，即与学校文化融为一体，与师生同呼吸、共命运，将个人理想与学校发展的高度相融而彼此不可切割，人生事业的巅峰必定寓于学校和社会发展整体之中。“四个认同”的关键词是：忠诚、激情、使命和拼搏！

沁人心肺的一席话，恰如兴奋剂的静脉注射，旋即在年轻教师体内发生了强烈的生理反应，年轻人的情绪被激发起来，个个热血沸腾、群情激昂，人人摩拳擦掌、跃跃欲试，人生、理想、事业宛如遥远地平线上冉冉升起的一轮红日，灿烂、壮观、温暖、激昂且触手可及；明天的蓝图仿佛已绘就，展现在每个人面前；教授、名师、学科带头人和知名学者就是他们不久的将来；律城财经大学事业的接力棒，已交传他们手中，未来律城财经大学的书记、校长、院长、处长不可避免地诞生于在座的你我他她……

热烈掌声从四面响起，连成一片，十秒、十五秒、二十秒……郭成敬压了压手，掌声依旧高涨，经久不息，校长的煽情取得了极佳的效果。

轮到靖晓常发言了，大家的期待不减，想必他同郭校长一样道出些鲜货实料，说到大伙心坎里。他可是代表台下新入职的年轻人，当给会议增添青春气息，表达新教师的心灵共鸣，让领导们关注新入职教师的横空出世，扶持学术新生代的未来崛起。

靖晓常激情被会场气氛点燃了，他按照费艳冰的要求拟就了发言稿备索，开会时一直攥着，手汗浸湿了稿纸。这场合，说不紧张是假的，但是他的激动、适度的紧绷，不至影响临场发挥，他的思维依旧条理清晰。

原本靖晓常打算效仿领导，甩开讲稿，自由发挥，天马行空，他习惯这样的发言模式，也符合他的个性。当学生干部时，学生会主席竞选、每年一度学代会报告工作、创业大赛激辩，练就他脱稿演说的本领，他对自己的口才和发言效果信心满满，拼效果、拼出彩、拼惊奇，他不输任何人……可是，校长的强大人气场让他震惊，会议已达高潮，再创一次高峰既困难、也无必要，领导总是胜人一筹的，永远不要挑战领导的威望，我的发言时长和效果绝对不允许超越领导，我挣得的掌声只能短于和弱于书记和校长，必须的！这是赛场规则，否则就是不讲政治，不识抬举了。让你上台发言是给你机会，切不可自以为是、忘乎所以……如果照原有设计，亮一亮哥们的演讲口才，加之方介生他们在台下鼓噪和欢呼雀跃，极有可能喧宾夺主，夺了校长、书记的气场，那绝对犯不上！听得出来，刚才与会者给马书记的掌声有些吝啬和寒碜，远不如郭校长那么热烈，一定程度上说是身不由己的习惯性、礼节性动作而已。说实在的，书记的发言政治色彩浓烈，角色需要，显然不如校长单刀直入，一把抓住了年轻人的心。如果自己的发言讲过了头，掌声爆棚，书记情何以堪？年轻教师又会作何感想？晓常的脑子里突突地转动着，想来想去，速冻，将"止盈"进行到底的念头越来越强烈，并占据了思想高峰，他忽然洞悉了方介生"适当展示"的内涵。对了，要换一个套路，照着稿子念，念得一字不漏，控制好时长，示弱、装尿、扮屎……领导说二十分钟，我说八分钟，不，更短，四分钟，以示低调、平素和朴实无华，以示领导在上，晓常自惭形秽，亦步亦趋。就这么着！

靖晓常压制内心的激动，竭力让走上讲台的步履坚定、稳沉、从容。此时没有欢迎掌声，听到的是"哒""哒""哒"，锃亮的皮鞋与地板接触的有节奏的步履。

走到话筒前，靖晓常微笑平视全场，向众人微微倾身，似鞠躬非鞠躬，然后又换了一个角度，向前排领导颔首示意，表现出的是兴奋、自信、谦卑和有备而来，既不失分寸，又不落俗套。

他从口供里掏出讲稿，将头埋了下去，埋在鲜花和话筒后面，字正腔圆地说："主持人，各位前辈、各位贤达、各位才俊：值此欢迎大会，代表本年度新入职的六十二位员工发言，我特别荣幸。抱歉，有些激动。"停顿了一下，有意调整一下语速，又将眼光扎入托在手里的发言稿："我光荣入籍，加盟律城财经大学，翻开了崭新的人生。选择做老师，无疑有机会成本，我不后悔放弃经商、从政、出国和其他的就业机会。戴上校徽是人生最佳选项，因为我们热爱人类灵魂工程师的称号，瞄准老师是阳光下最美好、最崇高的职业。俗话说，政客拥有权力，商人拥有财富，学者拥有思想，教师拥有未来。我们执掌着国家的明天！老师的职业告诉我们，与学生为伍永远年轻！正是这一选择，让我们在律城财大相识、相伴，相互携手、共创未来。感谢学校，为新入职教师搭建了成才平台，为我们的成功提供了成功机遇，为有志者设计了成长路径。我们怀揣希望、为明天而来，做好了艰苦奋斗的准备。我们耐得住清贫、寂寞和挫折，不惧残酷竞争和优胜劣汰。始步于人生起跑线，希望长辈指点，期盼同行提携。相信个人的发展与学校事业同行，机遇降临与实力积累同生，成功喜悦与失败苦涩同在。我想，大家跟我一样，现在即使没有惊天动地的、改写历史的勃勃野心，也确实有大干一场的本能冲动！我们能够完成郭校长所说的‘四个认同’的华丽转身，用汗水和泪水浇铸律城财经大学财经科学的金色殿堂，为学校建设一流大学奉献萤烛之光！我想，实实在在做好每件事，认认真真上好每节课，踏踏实实过好每一天，是五彩人生的底色。人生不容试错，无法在实验室模拟，可是坚守人生基本态度，你、我、他、她肯定能够走向成功！说得不对，请批评指正。谢谢大家！”话毕，上前几步至台中央向大家鞠躬致谢。

片刻停顿，掌声响起，回落。刘敞敞、方介生、曾文达鼓动周围人一个劲地鼓掌，将停顿的掌声再度调动起来。主席台上的领导们被台下的气氛感染，情不自禁地跟着鼓起掌来。费艳冰不住点头，心想，这年轻人是块好料，不仅人精神，而且说话提气，是个可造之才，有实力而且谦虚、沉稳，选定他发言没错，想必马书记和郭校长也很满意，年轻人还是青涩点好，他将自己的位置摆得很正！她不喜欢年轻人在领导面前自以为是地夸夸其谈。

众人兴致勃勃、有说有笑地从报告厅江鲫过溪般鱼贯而出。

靖晓常和方介生、刘敞敞和曾文达走成一排，拦住散会者的去路。靖晓常将三人拉到一边，说：“时间还早，看看到哪里去散散心哪。”

“行啊，老大今儿风光无限，弟妹们没少给你加油助威。今晚饭局，理应老大包了，得感谢弟仨给力、拉风啊！”方介生一把扯住靖晓常的袖子边走边说。

“你别吹啦，我知道发言一般般、一般般。”靖晓常淡淡地说，“没有风光，更不是无限，勉强及格罢了。”

“老大的发言不赖，短、新、奇，大获成功哪！”方介生知道晓常低调处理，发言在玩技巧，他的发言稿原文三千多字，计划用时十分钟，他临时作了精练和压缩，现场拼装的，看不出接缝和剪裁的痕迹，足见其深厚的文字功力——这就是内行看门道。

“是啊，我们不能给你白出力啊。你看，嗓子都哑了，肚子也饿了，你总得表示表示、犒劳犒劳。”曾文达马上凑上来说道，他则是外行看热闹。

“就是嘛，没有咱们台下给力，老大在台上的底气哪有那么足，你可不能过河拆桥、忘恩负义啊！”方介生不想点破其暗道机关，跟着起哄说。

“好，好，我请大家到食堂吃小炒。”靖晓常勾着曾文达的肩膀说。

“老大，未免太小气了吧，食堂的饭本人有时间吃，啥时候都能吃，鉴于弟妹们的杰出贡献，食堂小炒，这么点回报，太贬损我们的劳动价值了吧。”曾文达不答应了，停下脚步说。

“是啊，起码到大排档级以上的饭店，点上几个菜，喝上两罐啤酒，才勉强算请客。食堂，那叫工作餐，不够分量！不够情谊！”方介生有板有眼地说。

“听说你见义勇为，学校要给你颁发奖金呢，”刘敞敞将道听途说之事告诉靖晓常，“可不兴闷声发大财的哟。”

“我怎么不知道？拿到奖金，肯定不会独吞，相信哥们的觉悟，那时再请客不晚。”靖晓常见与会者散尽，抬高音量道。

“拿了奖金请客天经地义，不过跟今天的请客一毛钱关系没有，将来与今天彼此不可替代。老大的意思是说，奖金没到账，本次请客就想赖掉不成？这太不够意思了吧。”曾文达乘胜追击，拧住靖晓常粗壮的胳膊不放，要他立马表态。

“看来今儿不放血过不去了。好，好，哥们今天一咬牙、一跺脚，请客！你们说到什么地方去？”靖晓常经不住大家一番真真假假的纠缠，只得答应斥资吃饭。

“老大，看你那副模样，请顿饭要下这么大决心吗？不至于吧？你又咬牙、又跺脚的，这顿饭敞敞我吃得下去吗？”刘敞敞见靖晓常勉为其难，内心有些不忍，知道他刚刚工作，经济上不宽裕，恐怕财务预算里没有这笔开销，她接着说：“如是这样，大伙 AA 制，抬石头，过家家算了。”

“别，别，说定了我请客就我请客，没问题！”美女这一说，把靖晓常一个大男人搞得难堪了，说不定她要将“小气”的帽子扣在头上。男人最忌惮女人说自己小气，这不反映穷困与富有，而是折射出男人的品相和气质！

“介生，咱们上哪里去打牙祭？是回市区，还是在周边找个地呀?”曾文达打不定主意反问道。

“这样吧，现在离开饭时间还早，你看四点不到，早上出城时，在校车上发现在城南新开了一家楼盘，我们去凑凑热闹，看看楼市，摸摸价位，然后在周围找个地方歇歇脚、吃个饭，怎么样?”靖晓常看了看表，认为现在饭店还没开门迎客，早早的坐饭桌上不如做些有意义的事情。他的建议立即得到三人点赞。

于是，四个顺手拦下了一辆送学生进校园的出租车，直奔晓常说的城南阳光美第售楼中心。

三　楼市这塘水

上了车，曾文达就后悔了。心想，刚工作，口袋浅，银两少，家底空空，大学加研究生，一口气读了七年书，父母支撑下来已属不易，眼下刚刚自食其力，充其量解决了温饱，买房远未提上议事日程。到楼市看热闹，除了一饱眼福、解解眼馋之外，剩下的是失落、失意和失望。现下住的是集体宿舍，两人一间，属于自己的只是三尺床头，购房那是另一世界上的人思考的命题。去楼市，不如逛书市，荷包里买几本书的钱还是有的，而且一本好书能够打发几天时光，让自己陶醉几时，自得其乐，暂时抛烦恼于脑后！可是，既然集体做了决策，不好扫大伙的兴。

方介生知道老大的性格，喜欢观察地形、地貌，每到一处总是最早将其周边的情况盘熟。他好奇心和涉猎的事物很多、也很广，是其他三人所无法比拟的。从专业上考虑，楼市是市场行情的风向标，是地方经济的晴雨表，可以从中窥视社会购买力和公众消费倾向，他认为老大的选择颇有寓意。

刘敞敞坐在副驾驶位上，看着后排的三个男人不吱声，便松开安全带，回过头说笑话，手舞足蹈挑逗大家，几次被司机制止，说她的动作过大，妨碍了观察后视镜，影响行车安全。刘敞敞对着司机说了声对不起，回过头又说："大家出门在外，把校徽摘了，别丢人现眼的！敞敞我只代表自己，代表不了律城财经大学。"方介生提醒道，校徽后面有编号，在人事处有存底，自己保管好喽。曾文达说，学校里难得撞见教师戴校徽，要么是上了年岁的教授，他们真正爱校如家，要么是刚入职的年轻教师，图几天新鲜……

阳光美第售楼中心金玉满堂、金碧辉煌，展现了房地产开发商的超群实力。售楼中心本身就是一处宫殿、一处官邸、一幢经典的欧派建筑：户外花坛、喷泉、水溪、庭院、绿化丛，风光带精巧、精妙、精致不已，在初秋金色斜阳的映照下，绿油油的草坪生机盎然，百果树、香樟树、桂花树果实挂满枝头，茂密的树叶在微风轻拂下沙沙作响，不时飘出甜美的沁人鼻息的桂花芬芳；方圆数千平方米的大花园酷似皇家园林，像五星级酒店和高级度假村，直接将人带入高雅、别致、阔绰的富人生活圈。

营销大厅内更是富丽堂皇，其豪华程度超越了四位年轻人所见识的所有家装，其档次和水准可窥一斑。本科辅修过工程管理的方介生，自称领教过各类装潢工艺，他的电脑笔记本中存储了成千幅装潢图集。他一瞧，这儿的装潢用料、材质和做工，不禁啧啧咋舌，连连称妙！美中不足的唯有售楼处刚刚开张，带着未干油漆的呛鼻气息。

衣着整齐、彬彬有礼的营销人员木立于入口处，随时准备迎接各路观房宾客。巨大的沙盘四角，营销人员别着工号牌，不厌其烦地讲解着楼盘的结构、品质及其无以复加的优越性，催生着现实的和潜在的客户的购买欲望。

见了四位年轻人相伴而入，营销人员马上揣摩来者身份：一群潜在消费群体，年轻人结婚具有刚性需求。他们立即将四人引到中小户型的立体模型前，开始了口若悬河、滔滔不绝的宣介。

尽管对营销人员细致入微的介绍几无兴趣，可是面对和颜悦色、笑容可掬的介绍者不辞辛劳的大费口舌，曾文达也难生抵触，只好口里嚼着口香糖，硬着头皮左耳进、右耳出地缄默着，双手则不时接受，捧着一堆越来越厚的、沉甸甸的广告彩页和精美小巧的纪念品。靖晓常饶有兴趣地聆听，不停地用手机拍摄，还不时打断营销人员连珠炮式的介绍，提出各种各样刁钻古怪的问题，仿佛他口袋里揣了支票，当真是准备选房来了。

营销人员果然中招，吃定了这位潜在客户，问他索取了手机号码。我操！刘敞敞看到靖晓常，居然真的将手机号码告诉了对方！他是不是疯了？不怕日后销售员天天骚扰，手机塞满垃圾短信，不怕个人信息被不法之徒出售牟利，不怕个人信息用于非法途径！一点防范意识都没有！

看房临近结束，不顾曾文达躲在大厅角落玩弄手机，已经明显失去兴趣和耐心，靖晓常仍坚持要参观样板间。曾文达称累了，不去了，靖晓常、方介生和刘敞敞则随着营销人员一一换上了塑料鞋套。

样板间装饰得与真实家庭无异，从餐桌上的碗筷，到床头的饰物，再到健身房的饮料和水杯，甚至连厨房平板锅上的煎鸡蛋、餐桌上苹果、葡萄、西瓜等组合的水果拼盘（当然，走近了一摸，是假的，蜡制的），都考虑得细微之至、无所不及，让参观者如同置身于温馨、美满的家居生活！看着样板房，靖晓常真的进入了角色，想着这是夫妻房，那是老人间，此是女儿住房，还想着做一间大的书房兼影视室，这才叫理想中的现代化生活……看样板房，果真产生了强烈的购买冲动，只是学校工资低、口袋里边钞票少啊！

靖晓常对着大小房间，又是一阵乱拍，而不顾样板房内四处张贴的“请勿拍照”的警示招牌。售楼小姐见状，知其不是窃取商业机密和设计思路的竞争对手，也没横加干涉，这说明精美的设计对客户产生了实实在在的吸引。

回到售楼大厅，曾文达早在休息椅上听着耳机打盹了，刘敞敞唤着肚皮革命了，靖晓常这才知道临近开饭的时候。可他仍不忘回过头来，调侃营销人员。他指着销售牌上了贴满的“已售罄”小红条——示意剩下的、可供选择的房源已为数不多——哈哈一笑，说：“看来，销售业绩不错啊，刚开盘就销售大半，剩下几套不日风卷残云。你们刚开盘就得闭盘，刚开张就得打烊，你们刚就业就面临失业了啊！”

路人皆知，这是所有楼盘销售部惯用的欲擒故纵的雕虫小技，无非是催促消费者赶快行动，货好不等人。靖晓常觉得好笑，这不是玩人嘛？不过，连我等哥们都蒙不过去，那能糊得了真正的购房者呢？营销人员苦涩地笑了笑道：“部分房源预留给本公司职工的。”

“是吗？”靖晓常觉得这就更离奇了，说，“内部职工能买这么多房子？那么你们使劲做广告岂不是自欺欺人，瞎子点灯白费蜡吗？”

营销人员无言以对。

“走，走！别难为人了，哪壶不开提哪壶。他们也是执行上峰的指示。”刘敞敞拉起靖晓常往门外走，走出三五步不忘回头对营销人员说：“谢谢你们！”

靖晓常也回头示意道：“谢谢，我们下次会再来的！”

“还真以为是买房人，你充其量只是看房人，业余的看房人！”刘敞敞认为营销人员为你们无偿地介绍半天，有问必答，还领着去看样板房，送广告和小礼品什么的，表现上乘，干吗还要涮人家？于是，她不满地招呼大家赶紧离去：“走，走，别再给人添乱。”

“哪里是我添乱，分明是他们给消费者添乱。我是为他们好。”靖晓常出了售楼大厅，无所顾忌地说：“你别菩萨心肠，这些售楼小姐可黑呢，收入丰厚，一个月万儿八千的小菜一碟，全仗着愚弄消费者的忽悠本领。在她们的嘴里，死人能讲成活人，茅棚能说成皇宫，随着承诺，信口开河，不负责任！”

方介生一边插话道：“是啊，这些人只瞅着消费者口袋里的钱，良心大大的坏！”

“对头！只要你们咬了钩，付了款，你看他们还对你好不好？当你不满意要求退房时，他们对你诚不诚？服务好不好看退货、看退款，这是市场营销老师说的测试法则。”曾文达插话道。

刘敞敞推着三人快走道：“得，得，得，你们省点劲，等会吃饭时候用吧。敞敞我宣布看房到此结束！”

“哈，哈，”曾文达喝倒彩说，“好，好！不过，宣布结束是老大的事，你篡党夺政、角色错乱了吧？”

“一样，一样！敞敞思维很好！宣布吃饭啥人都有权。”靖晓常收起手机说道，“走，走，赶紧找地方吃饭去。”

售楼处马路正对面是一家名叫“金夜”的茶社，全天候提供普通消费的休闲娱乐，供应各类简餐茶饮。刘敞敞以茶社好聊天，里边人不多为由，执意要求大家一起吃简餐，并解释了简餐不简、丰俭由人、中西结合等好处。对于刘敞敞的醉翁之意，大伙岂能不解，请客叫得最凶的方介生和曾文达此时也纷纷附和。这就是大家形成的彼此默契，心有灵犀一点通！

进入金夜茶社后坐稳后，服务员送来了茶单和菜单，刘敞敞带头点了一壶普通的、价格相对低廉的菊花茶，然后点了一份青椒肉丝炒饭。正是她的率先放样，众人竞相效仿，原本想痛宰靖晓常的方介生和曾文达，刀子也悄悄雪藏起来，跟着各点了一份素菜炒饭加榨菜肉丝汤。靖晓常在一边叫唤开来：“你们别为我省钱啊，大哥付得起这顿饭钱，敞开点，敞开点！”说着，他多点了几份炒菜，铁板牛柳、宫爆鸡丁、蚂蚁上树、红烧狮子头……外加每人两罐青岛啤酒。

未等酒菜上齐，四人便敞开话匣，漫无边际地高谈阔论开来，当然从刚刚过眼的房子说开去。

“说实话，看楼市蛮贬人的，很伤自尊！”曾文达用筷子敲打了茶杯说，“阳光美第每平方一万五起售。按朝向、楼层逐级加价，每平方大体在一万八，本人每月拿到手的工资、奖金加一块五千，就是说一年的收入加起来折换三平方米，买一套中小户型、属于自己的房子，得不吃不喝三十年！等到本人退休之时，也是望房兴叹啊！”他举起手中的啤酒厅猛喝了一口，悲观无限！

“这算法不对头！你以不变收入为基准，静态计算！文达，你过一两年晋升讲师，薪水就加上去了，月收入就不止五千。”靖晓常看问题总是相对乐观。

“老大，你光算收入增加，却未算房价上涨。据专家预测，自二〇〇九年起的今后五年，房价上升速度都将大大快于收入增长。如果这一结论成立，别说三十年，就是四十年、五十年本人也是无房户！”曾文达据理力争说，“更让人抓狂的是，通过价格机制，实施社会财富再分配，房价的上扬加速了财富向少数人手中集聚，富人越来越富，穷人越来越穷，光棍越来越光！”

“文达说的是专家的预测，一家之言，未必当真！”方介生笑笑道，“还有的专家说房价大跌、楼市会崩盘呢，说楼市的泡沫不出三年行将破灭，你信吗？”

“房价上涨是大趋势，因为土地资源是稀缺的，建筑材料等生产资料价格也呈上扬之势。但是，文达说得也过于玄乎。”刘敞敞说，“文达以单一收入来源盘算，走不出黯然前景。其实，如今教师收入已多元化，除了工资、津贴、奖金，还有科研、兼课、兼职、投资、理财等，怎会在一棵树上吊死呢？物价涨了，咱们收入也会增长，也许增长得更快。听说金融学院钱教授炒股发了，还买了别墅呢。”

“你就盯住炒股发财之人，律城财经大学有几个钱教授？律城、全中国又有几个钱教授？殊不知多少人炒股赔得血本无归，还有翻本无望跳楼自杀的呢！”曾文达不屑地说，那是偶然性收入，怎能作为稳定来源呢？钱教授是怪人、神人、有福之人，岂能与本凡人相提并论呢？他说：“妙股，的确奇迹般成全了一些富豪，但是也魔术般制造出大批穷人，击碎了无数家庭的发财梦！”

“投资有风险，入市须谨慎！当然，收益越高，风险越大，这是一枚硬币的两面。如果股市仅赚不赔，那咱们、那全世界人都不用上班了。”刘敞敞回敬曾文达道。“铁板牛柳。”这时，服务生上菜。曾文达腾出桌面空当。服务生小心翼翼地将“滋滋”蹦着油星、喷着热气的铁板放在他的面前，用餐巾纸覆盖着油气，嘱咐道：过几分钟再用。敞敞不停地用餐巾擦拭着溅得一桌的油花，用手试着铁板的温度，等待着美食适口的那一刻，说：“这就看你把握火候的能力。”

“味道不错！”方介生用小刀切了一块牛肉送到嘴里，又道，“咱说啊，中国人囿于传统思维，总想住上属于自己的房子。其实，房子不为所有，只为所用，有的住就行，管它姓张姓李。购房，按照现行做法仅七十年产权，并不永久拥有，这无异等于租了该时段的使用权！所以，建房不成就买房，买房不成就租房，别死心眼。”

“看看这就是博士水平，很有独到见解。”靖晓常接过话茬，“其实，每个人都有自己的境况，比如说本人，刚到律城财经大学，夫人马上随调，从淮安迁入律城，我考虑的不是购房，而是如何卖房或换房，就是将淮安的房子卖掉，换购本地的住房。房产脱手可不容易，不动产兑现性差，它既作为财富存在，有时又是累人的包袱。”

“老大说得是，固定房产有啥好？将人捆在某个地方。我坐火车时看到铁路养路工住在车厢里边，过桥梁涵洞时看见有人住在船艇上，流动的房子、移动的居所，多自由呀！咱想拥有自己的房车，将房子搬到车上去，云游四海，走遍世界！”方介生的想法富有诗意，遥想着童话中的理想国和太阳城。

“本人可没你那般浪漫。在座的本人年龄最小，找老婆、成家立业的危机感最强。本人家境不如诸位，白手起家对本人来说是唯一宿命。方哥，你好歹比本人强，你是城里人，结婚买房有家人支持，解决蛮大的问题。本人是农村仔，父母是修地球的，养活自己不给儿女添负担已经阿弥陀佛，至于找对象、组建家庭，那全是哥们自个的事儿。这就是工农差异、城乡差异、人与人的差异！”曾文达仰天长叹了几句，便只顾自己扒饭去了。

“别那么自卑、自恋，好不好？现在条件比过去强多了，起码你有了稳定的收入，家底慢慢积攒、一步步垫高，骑着马找马，总是有希望的。”刘敞敞感到文达情绪有点不对劲，不是刚毕业吗，哪能一步登天，生活的标杆不能一下拉高到律城财经大学教授和校长的水平，钱教授也是先亏后赢、先贫后富的嘛！

“刘姐，饱汉不知饿汉饥。你男朋友是生意人，早备好了婚房，你们不差钱。本人要是女的，漂亮得冒泡，也会指点江山、招财进宝。”曾文达停住筷子，反唇相讥道。

“敞敞男朋友本科没毕业就下海经商，饱受非议，一路走来实属不易，几度濒临山穷水尽、走投无路，生意做得像过山车，玩的就是心跳，心理素质差的人早就崩溃或者得神经病了。”靖晓常作为老大对刘敞敞的身世略知一二，绝对不像文达说得那么轻巧。他觉得文达的话重了，就算敞敞凭着姿色攀了高枝，文达也可以表达的更婉转些，别直冲冲地揭人家短嘛。

“文达，”刘敞敞喜欢这样正式称谓他，“你别以为敞敞我是贪恋钱财，才投入男友的怀抱，我相中的不是他的物质，而是他的坚韧，是那股子男人的阳刚之气。他生于农村，家境贫寒，父母身体不好，是典型的刚走出贫困、脱离体力劳动的一族，他除了自我奋斗别无他途。敞敞我是在他最困难的时候找了他，没有坐享他的成果！跟了他，我也在赌，也在搏，也在共同打拼。其中的苦衷，有时间跟你慢慢讲，听了你肯定翻白眼！当然，我们俩也没定下终生，我们还在相互考验。”

“的确，面包会有的，房子也会有的！”靖晓常笑呵呵地说，“今天咱们没有房子不可耻，但二十年后没有住房就可悲了！年轻人最大的资本就是拥有明天，明天充满着可能的和不可能的、变和不变的各类组合，就看咱们如何组合机遇！”

“老大这话说得得劲，中听！”曾文达终于露出久违的笑容道，“人可以输在起跑线，但不能自暴自弃，输在人生的跑道上。少一点多愁善感，多一点儿战斗精神！”说着将啤酒拍在桌子上，震得碗碟当当作响。

“四弟是睡得深，醒得早，大彻大悟啊！”方介生赞许地道。

“这不是博士在嘲笑硕士吗？”曾文达知道方介生话中有话，说，“你是在夸本人，还是在咒本人”。

“不，文达真的说得在理。不妨将眼光放得远一些，购房只是生活的起点或中点，而绝对不是人生的终点。天下有多少人为房子疲于奔命，为住房而折英雄腰！人的一生有多少的事情要做，为一套房子而活着太简单、太悲催了！”方介生的思绪像洪水溢出堤坝一泻千里，“咱曾经想过，当房地产公司老总，咱不向贵族开放，永远服务于苍穹之下芸芸众生。这个老总，就是政府，建一批经济适用解困房。”

“好，为我们的预言家、理想家、慈善家干杯！”刘敞敞举起酒罐，鼓动大家喝彩。

“美女挤兑咱啦。咱是完美主义者，时常远离现实社会。其实，咱不善经营，下海是最早被淹死的那一个，房地产公司老总咱肯定当不上，也当不好。”方介生乐滋滋地说，“咱方介生，就是一介书生，除了读书、考试啥都不精，经商是自己与自己过不去哪。”

“哎，当今社会缺的就是理想和偶像，这叫头脑风暴法，理念决定行动，高度决定视野，敞敞我看介生兄可亲、可佩，可圈、可点哪。”刘敞敞说着，趁议论纷起之时背过身去，从挎包内悄悄取出钱夹。这一奇异动作被靖晓常看在眼里，他一伸手拉住刘敞敞的衣角，厉声厉气地说：“美女，你想做什么？”

“拿手机，手机，看看学校新闻网有没有新员工欢迎大会的报道。”刘敞敞说着将手机打上网，调出学校主页，兴奋地说："看呀，看呀，'手机报'新闻出来了，还有老大的照片。"

果不然，律城财经大学官网报道了欢迎新员工大会的即时新闻，刊发了书记和校长立于主席台前潇洒发言的大头照，靖晓常的照片明显小了一号，压在文字底端。

"哎呀，怎么把本人照得这般丑陋？龇牙咧嘴的。这是我吗？"靖晓常也掏出手机看看自己的光辉形象，开始不满地调侃开来。

"是呀，摄影师啥水平，将帅哥照成歪瓜裂枣的，悍然侵犯公民的肖像权啊！找摄影师索赔去！"曾文达打开手机，左看右看不顺眼。

"是啊，好像老大手势还未展开，嘴巴含着胡桃，哈，哈……"刘敞敞感到照片上的人很是滑稽，"如不是电子会标作背景，准以为老大在演哑剧呢"。

"别瞎叨唠！"方介生一摆手，颇有主见地说，"你瞧，这张照片是截取的。因为老大讲话太短，结束太快，摄影师还未来得及抓拍。一般摄影师等待发言者一个抬头或手势的瞬间按下快门，可是老大不按套路出牌，摄影师八成估摸着八九分钟的发言，老大两三分钟完事了，打乱摄影师的部署，所以没有发挥出应有水准。不怪啊，完全免责！能挑出这么一张，已经相当不错了，就将就着看吧。"

"还是介生分析得透彻！"说罢，刘敞敞从桌上抽了几张纸巾向外走，好像去卫生间。靖晓常又一把拉住她的衣角，说："想抢我的单啊？说好的我请客，干吗老做小动作？大家谈兴正浓，干吗坏了大伙的兴致？上厕所把钱包留下！"

"嘿，嘿，你请客，谁买都一样，一个样，敞敞我想，嘿，嘿。"刘敞敞见图谋败露，强作笑颜道。

"坐下！你以为先下手为强的奇袭能奏效吗？"靖晓常用命令的口气道，说着将点餐单和付款发票在她面前晃了一下。刘敞敞蒙了，哎呀，老大什么时候偷偷把账给结掉了？靖晓常一脸坏笑，得意地说："呵，呵，这叫防范他人抢单的二次买单法。"

四　学问之外有“学问”

青教工宿舍立于老校区东南一隅，碎石小路的尽头，掩映于遮天蔽日的法国梧桐之中。尽管房屋老旧，其楼龄与律城财经大学五十多年的校龄相近，如今已墙壁脱皮，电路老化，楼内设施年久失修，频现停电、停水、断网事故；但是，打这出了西门，界墙外便是热闹的商业区，店铺林立，交通便捷，生活配套齐全，吃喝玩乐一条龙；到了夜晚，更是霓虹闪烁，灯红酒绿，人气鼎旺，一派歌舞升平，是年轻人消费、消遣、消闲的好去处。这与刚刚落成的新校区，与宽阔而冷落、傍晚人去楼空的新教工宿舍，形成鲜明反差，狭小逼仄的老校区青教工宿舍一直是年轻人的首选。酷似上海浦东新区开发之初，市民们“宁要浦西一张铺、不要浦东一间房”的景象。

青年教工公寓是两幢三层小楼，有近百个单间，单身男女大多聚居于此。在前几年旧房改造和翻新中，公寓外墙加贴了乳白色的马赛克，遮蔽了旧楼的破落与丑陋，一夜间变得洁净、素雅起来，故人称小白楼。小白楼自穿上新衣以来，更是律城财经大学最喧闹、最具活力，也是故事最多的居住群落。

方介生与曾文达同居一室，由两人自由组合。后勤集团默认青教工自愿搭配，只要非婚男女不混住就不犯忌。小白楼内部是再典型不过筒子楼的构造，混砖结构，每一房间大小、户型均无二致，只是楼层和朝向有别。后勤集团规定，入住员工每年调换一次，高低楼层和东西朝向大家轮流住，谁也不吃亏，谁也别赚着，所以宿舍就没什么好坏之分，也就没有什么可挑剔或嫌弃的了。这一招果真灵，省却了精明的年轻人选房、挑房的烦恼、矛盾和纠葛。

靖晓常有了家小，现下夫妻两地分居，随时可能团聚，自然不能与单身汉同住。学校为他安排了一小套过渡房，就在小白楼斜对面的外教公寓里，与外籍教师和留学生同住一座楼宇，门牌212，过渡期三年。由于楼内出出进进着一群金发、碧眼、高鼻的外国人，楼内的设施和管理明显优于小白楼。青教工住的一、二楼与外国人住的三至六楼之间还设了门岗，盘查进出人员，严防坏人潜入。

靖晓常住入外教楼，一个刚入职的年轻人、一个地道的中国人，享受了外国友人的待遇，着实让人羡慕。靖晓常不领情，将他等为数不多的青教工安排于此，出于啥考虑嘛？这种与众不同的扎眼之事，少做为妙！青教工宿舍原本就是过渡和周转性的，成家之后迟早都得购房搬出去，何必让人吐唾沫、瞪眼珠子？何必将不公、搞特殊化与我等勾联起来？他有一种高处不胜寒的忧虑。

的确，这样的分配又与见义勇为有关，尽管领导没明说，但众人都这么认为。听说有人去找领导理论，直接点名道姓地与靖晓常比，比学历、比年龄、比资格，领导一句话就将他们堵了回来：你们与靖晓常不好比！这伙人灰溜溜的。有什么不好比的，就是见义勇为的事迹呗。不服气？你去表现一把。想表现？恐怕不一定有机会！

靖晓常内心则很是不安，可他能说什么，又能做什么呢？肯定或质疑领导的做法？同情或者指责与他攀比的年轻人？恐怕都不妥！只能佯装不知，此时沉默是金，希望事情尽早褪色，悄无声息地慢慢淡去。

可是屋漏偏逢连夜雨，船迟又遇打头风。偏偏这节骨眼上，郭成敬校长签发的嘉奖令，一阵旋风似的在校园网等公开媒介公布：为表彰靖晓常见义勇为、智斗碰瓷恶少的义举，经校长办公会议研究决定，一次性奖励靖晓常同志人民币五千元，并号召师生向靖晓常同志学习……嘉奖令一下又将他推至众人仰视的巅峰。被抛向空中的靖晓常，不得不考虑如何翻身、旋转和平稳落地等高难度动作。

费艳冰通知，学校计划搞个颁奖仪式，由校长为他佩戴大红花，并亲自颁发奖金和见义勇为证书。靖晓常说见义勇为已时过境迁，别炒了，过去了就让它过去吧，学校有更多的好人好事有待发掘和表彰，莫老生常谈，好像律城财经大学没有能人、贤人和好人！甭开什么颁奖大会啦，初到律城财经大学寸功未立，受此殊荣，诚惶诚恐，承受不起。再者，过度雕琢所谓的英雄，效果恐怕适得其反，不论对本人还是对周围的人……靖晓常苦口婆心说了半晌，终于打动了费艳冰，她答应取消颁奖会，嘉奖令在网上搁几天也撤下来，冷处理吧。

财务处通知靖晓常前去领取奖金，告知奖金是免税的。靖晓常说，奖金就打在工资卡上吧，计扣个人所得税。偶然性收入不属于免税范围，须照章纳税。次日，银行打来短信，工资卡到账收入四千元，这就是扣除20%后的税后奖金。晓常不动声色地添上一千元，将五千元奖金全额，匿名捐给了律城财经大学爱心基金会。

当人们的关注慢慢淡出见义勇为事件后，靖晓常的神经才缓降式地松了发条，背脊不像以前那么被人们的眼光烤得天天发烫，幸哉分房、表彰的烘烤没把空气点燃，让他平静地脱离了舆论的焦点，完整无缺地回归了正常人的生活，做英雄不是件轻松的事。

环境冷却后，晓常开始思考个人问题。由于爱人办理调动一时半刻不见着落，他想借这个空当，将分得的房子简单地装修了一下，就是粉粉墙、平平地、贴贴砖，添置一些简单而必备的家什，可供将来一家三口凑合着过日子和ZN大学校友研讨、加餐和娱乐之用。

靖晓常向方介生他们通报想法。方介生以为晓常在为奖金寻找出路，用于家装当然是不坏的选项，当即表示支持。文达说：分了房子简装一下无可厚非，老大过的是居家生活，跟单身宿舍不是一个概念，必须营造些家庭的特有气氛，不装修怎么称得上家呢？敞敞说，装修莫要与奖励挂钩，这容易叫人眼红。其实，学校给的旧房，比毛坯房还毛坯，不装潢一下没法住，要装就抓紧办，莫老拖着，住招待所可不是长久之计，财务处可心痛那住宿费了。

装修不几天就开工了。方介生、刘敞敞叫唤着要参观晓常的建筑工地。装修，你知道的，乱糟糟、脏兮兮、湿漉漉、尘迷迷的，屋子不大，进去高一脚下低一脚，邻居都嫌烦，噪音刺人耳鼓，粉尘伤人肺腔，人去了妨碍施工，小小工地一域，有什么好看的呢？靖晓常不得不谢客，答应竣工后一定请大家上门一聚。

这不，小小装修不经意地花一万多块，钱到位后，房子很快就竣工了。靖晓常顾不得敞敞劝他空关、吹亮几天，散散有毒气体的忠告，冲着石灰和油漆的呛味，把家给搬了进去。他知道，大家都盯着呢，招待所住宿费居高不下，他不搬，其他人有了比照，也迟迟不动。所以，纵然新房是氯气室，他也得率先搬家。

一个简易的家就这样安顿下来，请客的要件也齐备了，周六请大家上门一聚吧，打打牌，吃个饭，放松放松，也算兑现多时的承诺。三人一片欢呼：好！

初秋的天气依旧闷热，副热带高压控制着律城地区的上空，空气黏稠，树叶静悄悄低垂着，盼不到一丝丝风儿；阳光盛夏般的毒辣，紫外线照在人身上似炭火炽灼。靖晓常敞开房门，一是散发装修的气味，二是对门串风、凉快，这是没有空调的人工降温方法。

靖晓常轻快地哼着小曲，在刚刚摆放停当的屋子内，东摸摸、西擦擦，好像做不完的活儿。读博时拍的一张风景照，他最得意的哥们酷照，架在镜框里，摆在书桌上不是，放在床头也不是，比来比去还是搁在茶几上，左看右看，上看下看，中！就这么着！

“帅哥欣赏帅哥，看把你美得！”刘敞敞最早到，探入头来，看着倩照不禁艳叫起来。照片的背景是游船如织、桅帆如林的海边码头，小伙倚于岸边围栏上，海风凌厉，风吹乱发如麻，他却笑迎海浪，敞着风衣，露出浅红色的衬衫，凝望着远空上下翻飞的海鸥，恰是风华正茂，自如潇洒！这般好的景色，身边应当再多一个，那自然是他的爱人。成家之人，家中正堂应是夫妻俩的婚纱合影。刘敞敞进屋瞅了瞅，没有这么说，因为目前他是孤零零的，严格来说，还没有完全脱单。

美女惊现，靖晓常不意外，因为这里经常有人不请自到，只是来人没有这样赤裸裸赞美他的，很有意思。他说：“你是感叹帅哥的超级风流，还是赞美一流的摄影艺术?”

“两者兼而有之。”

“这是前年，顶着台风在厦门拍的。”

“照片好，人也好，就是镜框小了一号，仅供个人观赏。人多了、远了看不清楚，所以，只配摆在茶几上，挂不上墙。”

“英雄所见略同！原本就是闲时的孤芳自赏，它不当了课堂的教具。”

“敞敞我想，它还真的能够搬入课堂，作为摄影艺术课的模板，它的光圈、快门、取景都恰到好处，构图独具匠心，远比摄影画报上剪切的作品自然、逼真、可模仿！”

“美女大多对摄影感兴趣，因为她们喜欢镜头！记住，美女不属于镜子，属于男人的眼球。”

“帅哥也一样。瞧你刚才的臭美，也是那个德性！”刘敞敞卷起袖口，好像四下找围腰，想帮忙打理家务，“好了，老大，不跟你说照片，敞敞我早点来给你搭个手！”她知道下午玩扑克，三局两胜也罢，五局三胜也好，男生习于争强好胜，上了牌场就昏天黑地地厮杀，非得较出个胜负高下，恐怕直到天黑才见分晓。晓常自然留大家吃饭，细心的他准备好了饭菜，有家之人与单身汉的思维就是不一样！不错吧，他备了一堆食材，在小小的厨房铺得一桌台，青菜、萝卜、芹菜、番茄……当然，还有成品小包装和卤菜。别看这堆东西，将它洗净、弄熟、端上桌，他一个人，没个搭手，纵然拳打脚踢也难按时开饭，大厨和吃客是不能同时上桌的，敞敞深谙这个常识。

晓常的家什几乎清一色是新的，特别新颖亮敞，砧板、刨刀、蒸锅都刚从超市买回来的，连包装和商标都没揭去。刘敞敞七手八脚将它们开封，她轻车熟路，像张罗自家活计一样。靖晓常见刘敞敞穿得素雅净洁，蓝底碎花连衣裙，落落大方，甚是时尚，担心动手择菜、干粗活，弄脏了美女倩装，想推她去做点干净省力的活，他说："美女，你去整理一下桌子，准备开战。不要弄这堆带着粪臭的蔬菜，菜农说这是刚从田里起出来的。"晓常故意夸大脏臭，让敞敞收手。

"敞敞我是劳动人民，家务能力不弱，不信，比试比试。"刘敞敞不由分说地将菜一一打理好，放入水池，切好等待下锅。再将卤菜包装解开，盛入盘子，排在微波炉边，靖晓常反成为打下手的……原以为，方介生和曾文达立马赶到，他们手脚赶得很紧。可是，所有的所有都收拾停当，过了约定时间，仍不见两人的踪影。

刘敞敞急了，摸出手机要催。靖晓常拦住她，说："打牌本是娱乐，有时间就玩玩，没时间就算了。不催，小白楼近在咫尺，催得人心里烦不烦。"

"有事你就说，下午活动取消。答应了又不准时，这算哪门子的事啊?"刘敞敞气鼓鼓的，非得要个说法，她认为共同约定神圣不可违。

"别，别！听说最近文达很忙，接了不少课，时间安排不过来，可能临时出现了什么情况。"靖晓常叫刘敞敞坐下歇息，顺手打开了电视，将遥控器交到她手中。

刘敞敞没接遥控器，伸手从纸筒中抽出四只纸杯，往里边加了茶叶，倒入开水后摆在桌子的四边，说："谁没有课呀，就他忙乎，不至于周末时间都在课堂，敞敞我就不相信。"刘敞敞说得是，律城财经大学师资紧巴，多个学院都揭不开锅了，不得不将刚入职的年轻老师提前排课，年轻人不经系统备课就被推上讲台，刚入校就是一周十几节课，当劳动力使唤，承担了繁重的教学任务。

靖晓常也不例外，博士嘛，给本科生上课还有问题?刚入校就上课是相信他们，有效运用优质教育教学资源，理由更站得住脚，没人好质疑和反对。晓常当然理解学校的难处，他说："学校师资紧，生病的、生产的、出国访学的，在编教师在第一线执教的仅三分之二强，人事处进人又控制得紧，将担子都压给年轻人，人人都成了上课机器，这是现实。"见敞敞不语，晓常又说："经过师范训练的师资上手快些，但是，对于文达这样非师范毕业的教师，一下开几门新课，非将他们上倒了胃口，这叫杀鸡取卵、加速折旧。不过，文达拼得很凶，他不服弱，听说开局蛮好，师生反映不错。”

“上课可是门学问，深不可测，备课是没底的。我妈妈当过小学教师，站稳讲台并非一朝一夕之功。”刘敞敞吹着杯里的浮茶道。

“每位教师都必须过教学关。可是，律城财经大学以一种铁面无情的方式，将教师推到河里，让他们自由潜游、自我生存、自我发展，然后优胜劣汰。这种散养机制，对老师和学生不负责任。好在文达素质不坏，否则早砸锅卖铁了！”晓常认为律城财经大学用人出了问题。

“还有，经管学院欺生，把最难上的、没有人接手的课甩给年轻教师，经管院领导缺德不缺德？”敞敞说起排课的事情有些气愤。

“照理，年轻教师刚入职，第一学年不排课，跟着老教师当助教，这样对他们站稳讲台、建立信心大有裨益。”靖晓常认为他的导师就是这样成长起来的，从助教到教授，按部就班地一路走来。

“那是哪年头的老黄历？高校大扩招后，教师缺编得厉害，办学就变得粗放起来，教学逐步被边缘化。领导的主要精力放在科研上，大搞学术 GDP，这不是律城财经大学的独有景象，并非你我所能左右。”刘敞敞看着靖晓常有些忧国、忧民、忧教育的执着，觉得扯远了，这压根不是普通教师思考的事儿，那是学校大领导们操的心，老大杞人忧天了！

“老一辈说，台下十年功，台上一分钟。教师备课的基准是一比八，就是讲一小时的课，须备课八小时！现在有谁恪守这一质量底线？”靖晓常将扑克哗哗地洗着，一遍又一遍。

“那是上世纪七八十年代的做法，如今早扔进了历史的垃圾堆，谁人还去理会那老黄历？学校不做这样的要求，我们何必难为自己？”

“这只能扪心自问，对得起这份薪水、这份职业、这份良心。”靖晓常又将牌狠狠地洗了一通。

“良心，当今良心多少钱一斤？”敞敞随口发牢骚，又觉得言重了，马上转弯，说，“别洗了，敞敞我看，介生和文达就没良心，啥时候到？”刘敞敞一把夺下晓常手上的牌，扔到台上说：“开饭还早，咱们总不能在此傻等。四缺二，敞敞我到隔壁搬救兵，大家先打起来哪！”说着便出门。

刘敞敞自恃漂亮的脸蛋和甜润的嗓音，不费太多周折，便能拉得正在寝室备课的两小伙，张显忠和姜冬林放下手中活计，过来补场救驾。果出不所料，他们尽管满脸写着不情愿，但是面对美女的凌厉攻势，立刻显得只有招架之功、而无还手之力，无奈地被赶鸭子上架，关闭了电脑，收起钥匙，正准备出门，手机响了！文学院总支书记通知张显忠速到会议室待命，说上海大学来了两位教授，要参观老校区图书馆，让他陪着。张显忠无奈地耸耸肩、摊摊手，那意思是受了不可抗外力，这可怪不得我哟！姜冬林幸灾乐祸、顺水推舟，扭头回寝室去了。

刘敞敞空手而归。

靖晓常知道美女出师不利，本想数落她几句：啊，美色不是万灵的……但回头一想，算了，她在气头上，莫火上浇油，于是，劝她看看精彩电视节目：有上周“非诚勿扰”的回放，还有电视剧《潜伏》的重播。刘敞敞一把夺过遥控器说：“看一集电视剧，人再不到就拉倒，散伙！”

边看着电视剧，晓常与敞敞边聊天。刘敞敞说：“姜冬林是何许人也？言语不多，少年老成。”

“人家可不是少年，今年四十大几啰。”

“打外表一点看不出来。这把年纪，怎么还住着单身宿舍，扮年轻呀？”

“不是，他跟我一样，夫妻两地。姜老师可是学校花大价钱引进的顶尖人才，科研极棒，被誉为财大科研攻坚的别动队队长，权威期刊发论文驾轻就熟，申请国家课题轻车熟路。上两月在市里买了房，正在装修，住外教楼过渡呢，暂时的邻居，估计几个月吧。”

“难怪看上去慈眉善目的，嗯，像个地道的学问人。”

“是的，姜教授为人不赖，好打交道。这不，一叫就应了你。这般身价的学术大咖，哪是你一两句话就能搬动的呢？”

“哎，邻居好，赛金宝。”刘敞敞慷慨了一句，“外教楼藏龙卧虎啊！”

等人的时候漫长而难熬，一集电视剧连同广告不过四五十分钟，好像放了整整一天，闲话也说了一箩筐，从白天到黑暗，眼看时钟上秒盘转了一圈又一圈，直至屏幕上滚动演职员表，刘敞敞的耐心到了极限，终于吼出声来：“好了，时间到，咱们撤！下次再聚！两人太不像话，过分了！”

靖晓常正想劝她说吃了饭再走，或打电话问问介生和文达究竟到了哪里，随着一阵急促的脚步声，门帘被人挑起，“不好意思，不好意思，迟到、迟到了……”方介生和曾文达上气不接下气，抢滩登陆般冲进屋来，连连重复着同一句抱歉的话。

正准备出门的刘敞敞提起手包，甩手扔过去两句劈头盖脸的话：“还知道不好意思？看看几点钟？这是迟到吗？是旷工！”

“计划不如变化，有情况、有变化！”曾文达断断续续地还想解释，他关上房门，让敞敞姐息怒、坐下，不要走。

“有情况，也得来了个消息，让老大白白傻等，就你们的时间是时间，敞敞我的时间就不是时间啦？”刘敞敞没有正视两人一眼，冷若冰霜地说。

“那是！那是！事不凑巧，咱打了个短信给文达，文达打了个短信给咱，等到咱俩走到一块才发现，撞车了，大事不好！你瞧，短信在此，上边还有发出时间，咱失算了，有组织、无纪律，当检查、当检讨！”方介生将手机屏幕按亮了，呈现于刘敞敞面前。

“天下的巧事都让你们撞上了，”刘敞敞目不斜视地说，“你俩请假手续也不对呀，请假该向老大报告，也不该自个批准自个，这不是极端无组织、无纪律，是什么？老大，你看给个什么处分？”

“纯属意外，本人以为介生跟大家在一起呢！”曾文达还要辩解，被方介生拦住说，“不说了，咱俩失误，让大哥、敞妹浪费时间，下不为例！实在Sorry！接受处罚、接受处分。”

曾文达看到散落一桌的扑克牌，无人观看的电视节目，知道等人的艰辛和无奈，马上鞠躬用日语说：“请多关照，请多关照！”说着用行动改正错误，马上主动洗牌，给刘敞敞和靖晓常上座，检查纸杯内有无茶水。方介生毕恭毕敬给晓常和敞敞扶椅，又主动找电热壶烧水，问茶水温不温，茶叶够不够，好生伺候大家打牌，嘴中不停地念叨：“请，请，请！”

靖晓常和刘敞敞见状，气消大半，四人落座，打牌！

方介生和曾文达心不在焉，配合生疏，失误连连。靖晓常和刘敞敞则手心转热，手气见旺，好牌接二连三，不费吹灰之力，干净利索地以三比零完胜。方介生边打牌边陈述迟到原因，好像对输赢并无太大兴趣，他说：“老大，刚才是因为钱教授突然叫咱过去，说有要事相商。咱不得不按时赶往他的办公室。”

方介生赶到时，敲门声落，开门的是位不曾谋面的年轻女子，低声念了声“方老师来了”，便热忱地将他引进屋里。这女人不像钱教授的秘书或助手，也不像MPA中心的老师，因为她身上知识分子的气度不足，大大咧咧的，倒像是进城打工而率先致富的大姐大：烫着大波卷发，耳环晃悠，戒指闪闪；衣着暴露，双乳走起路来剧烈抖晃，仿佛随时破卵而出；香味刺鼻，像是“香奈儿”等高级品牌，挺柔的，也挺迷人；关门的动作像顽皮的孩子，回脚一勾，就将门重重合上。然后，一对大眼上上下下、毫不掩饰地打量来人。钱教授留用这号人在身边做什么呢？方介生心里犯着嘀咕。

钱教授在一边踱步打电话，嗓门压得很低，生怕旁人听着。介生很不自在，想退到一旁去等候，免得钱教授用手捂着嘴，干吗呢？小心翼翼的，怕窃听啊？他打算几分钟内解决战斗，晓常他们还等着呢，周末嘛，休息时间，免谈工作。再说，咱跟钱教授无工作交往，彼此找不到共同话题……那女人倒了杯茶，借递水放在茶几上当口，再次近距离地端详方介生，弯腰间露出饱满的、雪白的乳沟，那动作真的很夸张，方介生脑子嗡了一下，没来得及细想，她便踏着响底高跟鞋“哒”“哒”地步出了办公室。

回观钱教授办公室，这儿显得不是办公场所，他不是一介官员，没有行政公职，他的公干就是做学问，所以孔夫子搬家，十几平方的屋子除了书、还是书，不仅书架上见缝插针、书满为患，而且地面、桌面、橱面上积书如山，直逼天花板。高耸的书堆，有中文、英文，还有日文、德文的；有线装书、古典书，还有精品书和电子书，颜色各异的书籍占据所有空间。方介生平生第一次见识如此浩如烟海的个人藏书，一个中等规模的二级学院的资料室也不过如此！他几乎坐在书丛里，很想纵情畅游书海，远离世事喧嚣、自由自在地吮吸知识的养料，但是囿于初次造访，他未敢乱拿、乱翻、乱看，眼神里充满的是好奇、惊异和不可思议，他心目中的学者就应该是这般的富有。

坐定后，钱教授没谈书，没谈与书相关的事情，开口即问：据内部消息，下周股市大涨，你炒不炒股？

介生说少有染指。

钱教授便胡吹乱侃其炒股挣钱之道，说愿意传授操盘秘籍，让年轻教师尽早脱贫致富，不为购房和婚事所困。方介生知道这是前奏，主题曲在后面！果然，钱教授兜了一圈后，突然说：“哦，我忘了告诉你一个好消息。”

什么好消息？方介生心里一颤，钱教授不会戏言！是他的小额股票发了财？还是体彩中了奖？都不对！今天是周末，股市停盘，体彩未售罄，也不会开奖！除此还有什么喜呢？没有头绪。

看着介生渴望的眼神，钱教授哈哈大笑起来：“你啊，获得了省优秀博士论文，这是不是喜呀？特大喜讯啊！”

“真的?”

“那还有假!”

方介生喜出望外，不解地又问：“校优，还是省优、国优?”校优，ZN大学优秀博士论文，不属什么稀罕之物，他认识的许多博士都拿过。因为各校评优的尺度松紧不同、数量多寡不一，学界不太认可。但是，省优必须从校优中产生，省优、特别是国优才凤毛麟角，是衡量各校博士研究生培养水平的重要尺度，也是博士生学术水准的指示器和风向标，那才是万众瞩目。

“我说的当然是省优。结果刚刚出炉，在网上公示呢。我的老同学碰巧是评委，可帮了大忙、出了大力……”说着瞟了介生一眼。介生有些不自在，什么帮忙、出力的，仿佛咱的论文水平原本不高，是熟人开后门勉强扯上去的，不过，评上省优他还是很意外，当然也很兴奋。钱教授看出他的心事，接着说：“昨天老同学把结果发给我，我替你高兴呀，祝贺，小伙子，来之不易！”钱教授拾起桌上的烟盒，从中抽了一根，顺便问：“抽不抽?”方介生连连摆手。钱教授将叼在嘴边的香烟点燃，又说：“方老师是不可多得的年轻才俊，日后做我的科研助手，何如?”

“助手?”钱教授亮出底牌，方介生觉得来之突然：科研助手，是抄手、写手还是推手？是什么角色？意味什么？是校聘的、还是钱教授自请的？没有时候仔细思考，钱教授等待是与否的回答。方介生脸上露出兴奋和感激的表情：“谢谢钱教授提携，学生诚惶诚恐，这科研助手，学生不知能否胜任。”

“方老师过谦了，”钱教授吐出一团烟雾说，“难道方老师怀疑本教授的眼力，说钱某人看走眼了？选择一位连胜任能力都存疑的……”

“学生不敢，学生不敢，学生绝无此意。”方介生忙摇手解释。

“不是什么人都能入钱某人的法眼，本教授的科研助手也不是那么好当的，首先要有奉献意识，还要有吃苦精神和组织协调能力。”

“钱教授，咱很笨拙，智商、情商都不高，书卷气十足……”

“哎，别自我矮化，贬低自我实力。过分谦虚就是虚伪哪！方老师基础扎实，文笔又好，这是众所周知的，只要稍加努力，肯定出色！”钱教授见方介生双眼笑成一条缝，便抓住机遇，抖出今天约谈的又一重要话题。他从抽屉里抽出一份文稿，递到方介生手中道：“方老师，今天约你来，还有一件事，也是科研助手的第一项工作。我想，请你为钱某《当代金融问题研究》一书代写个书评。”

“这——”显然，方介生对领受任务的思想准备不足。对写书评，更是首度接触，深浅不知，一脸的茫然无措：“钱教授，您的大作，学生既未所闻，更未有幸拜读，何以置评？”

钱教授浅浅一笑道：“这不要紧！你不是外人，实情相告：明年初省哲学社会科学优秀成果奖开评，申奖要书评，以显示良好的社会反响和广泛的学术影响。本教授找了各个层面的朋友捧场啊：请政府高官写书评，以示政府重视和成果采纳；请商人写书评，以示显著的经济效益和社会效益。方老师，你代表博士，啊，优秀博士层面，说明申报著作是国内著名大学博士研究生指定读物，是博士、博士后不可或缺的案头书，各高校普遍认同，在学界有示范性、引领性和指导性。这话出于优秀博士论文的作者之口，其说服力和公信度，不言自明啊！”

钱教授将书评的前因后果说得非常透白，他的设计经过深思熟虑，方介生在他的布局中不过是一粒棋子而已。方介生面对将要扮演的角色，仍然把握不住，更不知能否出演成功，一个劲地以能力不足、水平有限来婉拒，以动摇钱教授的决心：“学生水平有限，您的大作学生一定认真研读，不过不知能否领会其要义，学生实不敢妄加点评。”

“错也，否也！”钱教授似乎看透了方介生心思，谦逊是年轻应有的素质，如果不知深浅就往里边跳，反倒映衬出年轻人的浅薄，“本教授已差人将书评写就，你只要看看签个名、认领了这个文章就行。至于找杂志发表，那是本教授的事，当然，著作权和稿酬均归署名人所有！还有，出版社约稿本教授的新作《世界各国金融风险研究》，我切一章，不，切两章，请你捉刀代笔，不知方老师意下如何？”

这可是美差一件，既写书评，又著新作，出版、发表均不在话下，名利双收且不费吹灰之力！不过，这好事来得太突兀，方介生感到怪怪的，这叫啥门子事？冒名顶替代笔书评，学问之真仿佛被驱逐，神圣的学术女神仿佛莫名其妙地被强暴了……

“你就随随便便答应了？”方介生没有说完，刘敞敞便不礼貌地插话，急切地问。

“什么随随便便？咱有时间认认真真地思考吗？你说，咱能不答应吗？钱教授有钱、有势、有地位，书记、院长都高看三分。政府高官、红顶商人，钱教授都一一搞定，一个方介生根本不值一提！钱教授找咱，是瞧得起咱，正如他所说，咱是毕业于名牌大学、名专业、名导师，才入了他的法眼！咱不从，肯定有人干，这是学术潜规则，咱不过刚刚试水。”方介生从容地说。他只顾慷慨陈词，忘记了走牌，也不记得牌局进展到什么地方，看着花花绿绿、眼花缭乱的扑克，一推手，干脆不玩了，他玩心全无。

刘敞敞听方介生这么一说，也心神不定起来，不得不自废了一手好牌，说：“钱教授有没有附加什么条件难为于你？”

“这倒没有，只是借咱之名发表一篇四千字的书评。”方介生想了想又说，“真的没有，也没有让人难堪的地方。最后，他叮咛咱保密，助手之事只做不说，怕有人眼红和使坏！”

“哇，你不守承诺，将钱教授的秘密和盘托出。”曾文达半开玩笑地说。

“咱不照实说，怎么解释迟到的原因，总不能以一个谎言掩盖另一个谎言吧。”介生认为朋友间还需相互戒备吗？你们会坏我的事吗？肯定不会！

“哼，钱教授保密，证明他知道那些糗事不光彩，不敢暴露于光天化日之下。”曾文达愤愤地又说。

“钱教授真是操盘老手！敞敞我听说过论文枪手，付费中介，还是第一次听说社会影响也是人造的，学术反响是自编、自导、自演的，那评奖是注水的！看来学术园地净土尽失，不堪触目啊。”刘敞敞觉得问题不在助手本身，在于钱教授的做法让人不堪。

“别大惊小怪，存在即合理，合理即存在！社会科学嘛，一半是科学，一半是社会。咋社会法？八仙过海、各显神通！自己吹喇叭、抬轿子、做广告，再正常不过了，不犯法，也不违规。”曾文达不以为然地道，“社科研究的生态如此，物种竞争，适者生存！”

“不少科研名人，特别是握有科研资源的少数人，正是通过此路径抵达成功的，尽管不断地挑战传统思维，降低社会的道德底线，可是人们对它无能为力！”方介生认为钱教授已占据学术高位，应立于师德、师风的制高点，对自己有更高的要求，率先垂范，给年轻人放样。走制度的灰色地带，捣鼓那些不上台面的暗箱操作，有损他的学术形象。

“课题、评奖，看不见的手幕后操控，那是富人俱乐部 VIP 的高级游戏，眼下咱们还没有资格玩呢。愤世嫉俗有什么用？等到有资格加入那游戏圈，咱们的态度、语气和格调都会变的！”曾文达不像方介生那样去维护什么学术公正、公平，任何公正公平都是相对的，公说公有理、婆说婆有理，钻牛角尖有何意义？他冷静地说：“钱教授握有学术资源，能主动与后生分享，实属不易。他是大好人，是你方老师的大恩人！”

“是的，从这层面上说，钱教授不是多了，而是少了，对钱教授不应求全责备，而应感恩戴德！”晓常将扑克牌收拢起来，收拾桌台，准备开饭。他说：“科研助手，对介生来得很及时，很受用！你认为呢？”

“这……”介生不知如何回答。

“二位兄台不好说，敞敞我来答。”刘敞敞站起来，像电视辩论的抢答，快人快语地道，“这科研助手是不是及时、能不能受用，多出成果、早上台阶，不看钱教授的能耐，而看他的人品！有的导师找助手，就是打下手，一枪换一个地方，不满三月就换人，他要的是打工仔，要人做下手活，却不教人本领、不赐功夫、不分享资源，但愿钱教授是位好导师，不属其列！”刘敞敞不想给方介生泼凉水，留了一半话没说。听说有的导师拿助手当工具使，一本书助手执笔二分之一，甚至更多，却无署名权，不分享稿酬，师徒反目，甚至闹上法庭，这样的事例屡见不鲜，想必介生也有耳闻。前两天报纸上还报道了导师骚扰女助手的绯闻，当然介生是男生，无此后顾之忧！

“敞敞说得是。作为科研助手，咱没想跟导师等价交换，只想单向奉献、奉献、再奉献。免费的偷师学艺，何乐而不为呢？就当师从钱教授，再读几年博士。”介生总是将问题看得简单而乐观，曾文达真是佩服他，一点城府没有，在他眼里全世界都是好人。

“导师好不好，就看你运气啦。不过——”靖晓常歪歪嘴，怕话说出来得罪介生，故意在嘴边打了个弯。

介生立即表示尽说无妨，二兄洗耳恭听。

“那好，”晓常接着说，“我想，钱教授约你当科研助手，应当还有更深的考虑，不单是写个书评那么简单。当然，评奖在即是理由之一，可是他完全可以另选他人，也可以通过内部竞争性选拔的方式推荐，这种对个人施以恩泽的做法，这么快跟你交底，似乎想跟你拉近乎，想暗示什么你始终未领会的东西，意味悠长啊！”

五 甜蜜的负担

出了小白楼，方介生急不可耐地拨通了钱教授的电话，说大作已初读，收获甚丰，来日再细细研读，书评看完，并在文末签字同意，即发回您老的邮箱。然后，说了一番感谢钱教授提携之类的溢美之词。对方在电话里干咳了两声，说了句你留意用稿通知和稿费吧，便匆匆掐断了电话。

介生的脸上露出了不易察觉的笑意，心里有飞翔的诗意。他抓着手机，步履轻盈地在校园里兜着圈，回味刚才精彩的一幕：哼，鄙人牌场失意，学场走运！钱教授的提携，咱学术上如虎添翼。在大学嘛，科研上崭露头角，等于立稳了脚跟，占尽了先机，今后的发展坦途一片！背靠钱教授这棵大树，不愁盛夏纳凉、冬天避寒，尽享春花秋月……不过，此等好事，钱教授怎么相中咱，方介生，一个刚入校、名不见经传的小人物呢？靖晓常说意味悠长，那是啥味？咱与钱教授素昧平生，从无交道，学校、MPA 中心年轻的博士，笔杆子、快刀手车载斗量，我等条件并不算优，钱教授凭啥动了恻隐之心呢？方介生百思不得其解，肯定其中贵人相助！反正咱得不失时机，抓住钱教授伸出的橄榄枝，主动贴上去，打入科研的富人俱乐部，迅速完成角色转换！嗯，得把活做得漂漂亮亮，莫让钱教授小看了咱！等到稿费到了，咱得外加一份厚礼，亲自上门奉送，书评本不是个人劳动成果，稿酬万不可窃为己有，钱教授说不定在考验鄙人的智商呢。正像菩提祖师在孙行者脑袋上敲打三下，关闭中门，孙悟空深深省得其中悟境……方介生打了个响指，心情超爽，脚底下有一种浮力，就是向上托的力量，就像磁悬浮列车高速运动那样，如果插上翅膀准能飞起来。

与方介生心境不同，曾文达很是郁闷。他耿耿于怀小白楼的门卫，男教工宿舍门口醒目挂着“男生宿舍，女士止步”的标牌，袁玉芳，一个女子，一个大活人怎么就轻而易举地混进来了，看来门岗是聋子的耳朵、瞎子的眼睛。下午，方介生先脚出门，文达在屋里敞着门，静静地上网，浏览时政要闻，了解校园动态，察看通知广告，袁玉芳突然从天而降，背着行囊气气喘吁吁地出现在门口，让他足足吓了一跳！如果门卫来报，或许还有缓冲余地，他可以推托或临时回避，起码有心理准备，有时间将屋子收拾一下，不至于穿着短裤“春光乍现”，屋内邋遢一览无遗。

他后悔咋不早些出门，在靖老大那里避等一下。他打心底不乐意玉芳突然造访，来查岗呀？事先为什么不吱声！想制造浪漫气息呀？她压根不是幽默诙谐之人！老是这般自以为是，我行我素！曾文达的脸上没有显示出男女朋友久别重逢的应有热情，大眼瞪小眼地望着袁玉芳，她满是得意地像主人一样进了屋子。

屋内的乱象尽收眼底。房间左边是方介生的地界，床铺整理得有模有样，小薄被折得似豆腐干，棱角分明，床单平整如纸，桌上的东西摆放有序，繁而不乱。右边是曾文达的领地，却找不到一块整洁的地方，被子皱巴巴地卷着，书本、文具、报刊杂志，还有康师傅面、水杯、面包随手而置，多日不洗的衣物悬挂在床头，衬衫裤子的汗臭与鞋子袜子的恶腐在浑浊的空气中交合在一起，令人窒息！曾文达让袁玉芳卸下行李，抓了个只空杯四处找水，热水瓶里空空如也，只得临时用电热壶烧。他不悦地埋怨道：“玉芳，过来怎么不提前说一声！这不，下午咱还有事，连水都没烧，可怪不着本人哟！”

“不怪，不怪，俺只想闪现在你面前，给你一个惊喜呗！”袁玉芳看着曾文达立着，好像准备出门，即刻反应过来：“你有事？那你先忙，俺将东西搁下，帮你收拾收拾，等会俺在周边找个住的。你忙好了再过来，中不中？”

玉芳一贯体贴于人，迁就于文达。这一说，曾文达反倒有些不好意思：“你大老远过来，不能冷落于你。你爹知道了会怪罪本人的。”

男友一句温存的话，让袁玉芳如获至宝，她很是满足地说：“俺想周末过来，想必你得空，人肯定在屋里。真的，不想打搅你的工作，不想看到你半点不情愿。真的，你忙你的！”

“到了学校，就听本人的！”曾文达见水壶的水开了，便灌水，泡茶，给女友请坐，随手找了些饼干、面包、干吃面，询问她午饭吃了没。玉芳当然说已经吃了、吃饱了。曾文达仍不踏实，详详细细问了在哪里吃的，吃的什么，真的吃饱了？在得到确实无疑的回答后，一颗心才放回肚里，说：“这样，本人跟靖老大有约，下午活动，你先在屋内休息，对床的人跟本人在一块，不会回来的，你放心在本人的床上睡觉，把门关紧反锁喽！等本人回来再陪你出门，行不？”

见文达急于脱身，袁玉芳自是满口应允，见到文达，他高兴、健康，还像往日一样热情周到，她的牵挂就算打消了。

孤身在房间内，玉芳哪能独自酣睡。尽管旅途劳顿，歇下来真的有几分倦怠，她生性胆小，不敢在陌生的地方自炊自饮，更不敢如厕、洗浴，生怕有坏人突然闯进来。她注定又是个闲不住的女人，在文达屋里能做啥呢？除了喝口水、喘个气，就是动手打扫卫生。她想等文达回屋，宿舍的面貌焕然一新，这又算给他的另一份惊喜！

从靖晓常处出来，曾文达一溜小跑，赶回宿舍。两地相距不过百余米，无需冲刺，可他要抢在方介生之前，先行抵达并推开房门，否则陌生人登门会吓着玉芳的。推开门，哇！闯入眼帘的宿舍像变魔术般换了人间，完全以另一番新的景象迎接它的主人：所有东西都已分类、归位，文达的床铺与介生一样敞亮整洁，衣架上晾晒了一排湿润的衣裤，空气里悬浮着洗衣液的芳香……一位小姐，自小在家少做家务，父母的掌上明珠，在这里却降贵纡尊，当起杂役！而一向以劳动人民自诩的自己，现下有些颓废，竟然不会打理自我的狭小空间……曾文达激动地一把将玉芳搂在怀里，紧紧地，胸贴胸，感受到对方的心跳，玉芳闭上眼睛，等待着文达下一步的亲昵动作。文达却戛然而止，俯脸轻声道：“玉芳，到本人这儿不该让你做保姆，真的对不住！对不起！屋子有空本人来收拾。下面的任务：马上上街吃饭！”

曾文达轻言一说，像是命令，玉芳高兴得马上从行李中取出化妆盒，眉笔在脸上掸刷，施以淡淡黛粉，然后对着曾文达说：“文达，你看俺是不是渐入最佳状态？”

“你想说是不是最美，对不对？”

“干吗把人家说透了，含蓄一点好不好？”

“好，本人的回答是：对头，是最佳，也是最美的！”文达陡然间发现，玉芳今天穿着蛮是考究，刚在屋里换上了粉红色的花边连衣裙，读高中那阵，他赞过这裙子特迷人，迷倒文达没商量。她一直当真，铭记于心，每次相见只要天气许可，都是这身打扮。当然，今天的连衣裙是照着那款式翻新的，特别养眼！曾文达不免多看了几眼，再多夸几句：“这衣装配上化妆，更是明亮，压倒一大群，打倒一大片！”

“一大片里有没有你？”

“当然有，本人是第一排里的第一位。”

“不许信口开河啊！”

“本人是真心的。当然，还有你刚才挥汗如雨，为本人打扫屋子的模样，真美，本人感动得不得了！”

“女子病态美，哪有劳动美一说，你在给学生说书呢？文达，说实在的，你身边缺少一位家庭主妇、贤内助、贤妻良母……”袁玉芳一下找不到合适的辞藻来表达她想出演的角色，并准确无误地传递她内心积蓄已久的热盼。

“嗯，你说得对！”文达微微点点头，马上转过话头道，“玉芳，天黑了，打扮可以了，光线不足，美女的展示效果会大打折扣，怪可惜的！”

“管他呢，给你看最重要，只要不给你丢份子，不让你后悔就成！”袁玉芳想出门最重要的是昭告天下，俺是曾文达的女朋友，最亲密、最根深蒂固的异性朋友和未婚妻，本姑娘不比任何人差！文达受聘于律城财经大学，人说大学里师生中美女如云，有学问的女孩子胆子贼大，追求起帅哥猛男毫不含糊，没几个男人能招架得住，男人是见异思迁的动物，谁不想摘一朵香喷喷的玫瑰花在手？玉芳叫周围姑娘七嘴八舌这么一说，心里就打鼓了。此行的另一个目的，就是稳住文达，明确无误地告诉周边人，曾文达早已名花有主，甭打他的主意！袁玉芳对着小镜片用口红在嘴唇了补了一周，双唇抿了抿，才左手拎着手包，右手勾住曾文达臂膀去拉门锁。

刚出门，在楼道上迎面遇上了满面春风的方介生。介生见两人亲昵并行，便知这就是文达谈及的“从童年带来的女友”，即以一种特殊而亲热的口吻道：“弟妹大驾光临，不在屋里多待一会？哦，吃饭了没有？”听方介生的口气就知道，与文达关系非同一般，文达有这样儒雅帅气、体贴入微的同事和同屋，玉芳自然感到由衷高兴。她的眼睛笑成一条缝道：“是介生兄吧，文达常说起您，谢谢您对文达的长期关照。”

“哪里，哪里，是文达关照咱，每天早上他起得比咱早，打好开水，咱下课迟了，他帮咱打饭，咱喜欢吃什么文达了如指掌。”玉芳和介生你一句我一句，曾文达插不上嘴，他不想让玉芳知道他已经吃过饭了，生怕介生说漏了嘴，便打断他们的相互吹捧，说：“我俩一起去吃饭。”聪明的方介生立即解其意，马上闪出道路，说：“哦，是的，是的，先解决温饱。时候不早了，回见，回见！”走出两步，又折返回来咬着文达耳根说：“今晚咱跟其他老师合铺，314 让给你们。晚上别忘锁死门！”314 是宿舍的房号。“不，不，学校规定不许留宿他人。”曾文达像触电一般，婉拒道。“他人，指的是不速之客，你的女朋友，未婚妻，不在其列，怕什么？又不是乱搞男女关系!”方介生觉得文达的担心纯属多余而且业余，什么年代了，感情处到这个份上还这么谨慎、不开放，不，是顽固保守！见曾文达脸色红润，袁玉芳插话解围道：“文达刚工作，俺住进来，万一有人来找，或者让左邻右舍撞见，影响多不好。毕竟还没领证，未婚同居名声坏坏的!”文达说：“这里是集体宿舍，不是情侣房，万一……”“哪来那么多的万一?”方介生莞尔一笑，啥年代了，啥地方，律城财经大学偷吃禁果、一夜情、试婚者比比皆是、见多不怪，学生都比你开放，洁身自好？不开窍？装糊涂？还是……他不得而知。既然两人一致说不，他不好坚持，也许他们有自己的考虑吧，好，简单的事儿莫复杂喽，于是道：“那好，祝开心！不管住不住，咱今晚都不回，有事通知咱，回见！回见!”

外边的世界真精彩，消费者当上帝的感觉真爽快。置身市场，到处都是“欢迎光临”的话语和热情洋溢的面孔。逛了一圈热闹的夜市和大排档，玉芳见什么都好吃，面对沿街拉客的店小，犹豫再三，真不知道该进哪家吃铺。文达似乎对周围环境忒熟，对各店家自有一番评论，他习惯行使终审权，说：“咱们吃烧烤吧，外加海花冰啤!”玉芳自然顺从说好，棒极了！

烧烤好吃，很花时间，需要耐心，吃不多时，衣服上便沾满了浓浓的油味，相互闻闻，好像身上、头发里都是，两人好像搁在电烤炉里卤了一回！曾文达笑了说：这叫加深印象，彻底喷香！回去得好好洗把澡！袁玉芳顺水推舟问：今晚住哪儿?文达说到周边找了个小旅店，不贵，蛮干净的。玉芳一块肉在嘴里嚼着，吞吞吐吐地说：等会你也过来？文达低头沉吟了一会，低声道，本人回寝室，旅店包房要结婚证，万一遇上查夜的……哦，这一带扫黄打非声势很大，小心别把咱们当成卖淫嫖娼的了。还有，介生兄见本人夜不归宿，盘问起来……玉芳心中老大不快，这是什么理由，一个不成立！这与卖淫嫖娼扯不上一毛钱关系，难道警察和联防队员都不长眼睛珠子，看不出真爱与肉色交易？她不知道文达顾虑什么，或是有什么其他的考虑。文达的主张很清楚，想与她稳稳地定格于朋友关系，保持微妙的距离！她最担心在大城市、在名牌大学、在花花世界里，文达逐渐疏远她、另觅新欢弃她而去。与文达爱情长跑了这多年，距离婚姻还有最后一里路，她不愿被人弯道超越、输在冲刷的终点线上。不过，从近距离现场考察结果看，从方介生的表现看，超越之人至少目前还未出现。

在啤酒的作用下，桃花红慢慢爬上袁玉芳圆润饱满的脸颊。带着血丝的双眼变得更加含情脉脉，她盯着文达故意撒娇，往文达碟里搛菜，往他嘴里送烤熟的、已经降温的、可口的瘦肉。曾文达不回应玉芳抛来的媚眼，一个劲地侃着进入律财大的见闻，讲他身边的趣闻轶事：留学生楼，昨天一个老外——年轻的外籍学生，年岁不老——为半夜幽会黑人女友，翻窗户、越阳台，不慎失足从二楼跌落，好在摔在湿滑的草坪上，屁股着地、摔了一大跟头，幸无大碍！想和心上人待一会好不容易哦！那非洲小美人不买男友的账，非但无感激之情、安慰之意，反而要求宿舍管理人员加强巡防，防范类似事件再度发生，你说好玩不？

袁玉芳报以淡淡一笑，她不怀疑故事的真实性，而是感觉爱一个人不容易，爱会令人做出不可思议甚至荒唐的事来，那非洲小伙不滑稽，倒是挺可怜的。

曾文达接着说：还有，十号薪水打账，工资一到卡上，短信通知随后就到。你猜，本人第一个月的工资买啥？袁玉芳托腮不语。文达自问自答，一是从旧货市场淘得一辆二手自行车，你猜多少钱？才七十块！车况不错，本人与靖晓常他们共用。为了防范自行车失盗，你猜怎么着？袁玉芳答：装两把锁呗，小锁锁车，大锁把车拴在大树或铁栅栏上。不对！文达得意地说：本人将车子抹泥、涂黑、摧残和破坏，将它弄成破旧不堪的跛脚车，这样在市场不叫价，小偷自然不会打它的主意。二呢？玉芳问。二是从网上掏来一堆旧书，以装饰宿舍的书架，不然架上空空如也，有失读书人的斯文，人要脸、树要皮、电灯泡子要玻璃。自行车是外出上课用的，好控制时间，搭公交时间没准儿，遇到堵车经常误课。外出上课，大大改善本人生活境况，每节课六十块，两门课一百四十课时，嘿，这是一份工资！缺钱，本人始终矮人一截！你看，现在本人长高没有？玉芳上下打量后道：没有，一米七四，与年轻时的你没两样。

文达不回避钱，仿佛在跟谁较力，又仿佛证明他今天不缺钱。的确，谈到钱，他心里始终不快，因为贫穷，自小他和一家子都仰视玉芳和她家人，因为缺钱，他没有底气再吃三年闲饭，去攻读博士学位. 如今他自食其力了还有节余，活得挺滋润，政府推行的小康生活不过如此。摆脱了靠助学金、奖学金和他人助困的紧巴日子，他的脚底垫高了，逐渐感到开始与袁家平起来坐，并积累了若干趾高气扬的资本嘞！如今的玉芳和袁家不敢小看他，玉芳感到文达的微妙变化和一种隐隐的担忧。

六　那些年追过我们的爱情

文达和玉芳的家同住皖北山区一个叫阳泉村的地方。到了上世纪九十年代初，阳泉村还是贫困县中出了名的贫困村。这个近乎与外界隔绝的山涧村落不大，远看就是层层青山环抱的中央，一块一平方公里左右的平川，密密匝匝地群居着几十户人家。一条山涧溪水冲刷出的狭窄河道横切于村中央，夏天溪水成河，水流湍急，冬天见底的河床露出狰狞的乱石，大旱之年曾经断流。这是全村唯一水源，全村人饮用、洗漱、洁卫的所有生产、生活用水取之于此，又回排于此。一弯崎岖的沙石小路由东往西贯串全村，穿行而过不过几分钟光景。沿街漫步，路两边土坯茅屋延伸开去，稀稀落落坐落着返修农具的铁匠铺、卖针头线脑的杂货铺和农药化肥的代销点等不多的商家，剩下的就是日不闭户的农舍，敞着斑驳的木门，向里眺去，屋里简陋、阴暗、潮气，黄梅天早已过去，依旧弥漫夏日透雨所残留的霉迹；见不到什么家什，大多人家的陈设就是一张破桌、几张高低不等能纳一副屁股的木凳，碗筷餐什就散落在桌边，仿佛始终处于开饭状态；堂前门后堆放着柴草，用油布掩盖的水缸露出半幅水面，一只葫芦浮瓢悠闲地荡悠；忙碌的老鼠和野兔子见人不避、不惧。老人和年轻人、男人和女人无所事事地操着手，倚在门前无所顾忌地拉着家常，偶有路人经过，不约而同地投去新奇的目光，仿佛外星人下凡，古人穿越重生。

文达家住村东，父母拉扯着一儿两女，拼体力深耕着四十七亩承包地，外村有人家起房子或往山外拉货，也去挣点苦力钱，勉强维持着全家五口人的生计。据说曾家上辈子是读书人，文达的祖父是村上私立小学的校长，在史无前例的“无产阶级文化大革命”中，因为不识时务地说了些不中听的话，被扣上“恶攻”领袖的帽子，被县里杀来的、气势汹汹的红卫兵用乱棍打死。从此一家人不得不“洗心革面”，不再从事“传播封资修的思想和文化”的教学活动，认认真真接受改造，老老实实做本分的庄稼人。那个年头的庄稼人日出而作、日落而息，仍然填不肚子、暖不热身子，自小给文达留下的记忆就是缺吃少穿的冷冽清贫！

玉芳家住村西路口。玉芳他哥玉新是个活络人，生来不安分，立志到外边去闯荡，待在家里有啥出息呢？家里人没有办法、拦不住他。大年初七后，他便背着被褥、提着行李包外出打工，到了年尾腊月时节才提着大包小包返村。他给全村带来外边世界的消息和大伙没有见过的东西，吸引着全村年轻人的眼光，点燃起小伙子、大姑娘致富的冲动，一年又一年他领着一个又一个壮劳力外出打工，将真金白银带回这穷乡僻壤，展现于乡村父老面前。玉新在外边消息多，主意新，玉芳父母脑子也活泛起来，开始将承包的土地交给文达家耕种，自己却跑起倒卖农副产品的小本营生，眼看着袁家起了砖房，后来又改造成了楼房，全村人心里痒痒的。

文达大玉芳半岁，小时候一块背着书包步行九里地，到镇上育良小学读书。由于路况不好，山道难行，遇上刮风下雨更是深一脚、浅一脚，不免磕磕碰碰、跌倒摔跤，万一跌在哪里爬不起来咋办呢？还有，途中要穿越一段白桦林子，野草没膝，经常有蛇虫出没，怪吓人的，特别是小广播里说荒郊野岭发生杀人强奸案，这更叫大人提心吊胆。袁家是遐迩闻名的小富人家，如果有人生了歹念，将玉芳扣为人质，勒索钱财如何是好？总之，袁家一万个不放心女儿一人独行，便叫文达陪玉芳同去同往，在半道莫作停留，莫与陌生人搭讪，莫吃他人给的食品与水，因为他们同年级、同班，上课、放学时间同步，有个大男孩在身边，陡增女儿的安全系数。是的，玉芳是在父亲的背上长大的，如今双腿开始着地了，得有拐杖过渡，懵懂少年曾文达最适合胜任这一角色。

文达有他爷的基因，传承了一个老成持重的姓名：文达啥意思，就是成功文人，了不得的文人嘞！这不，他人聪明、机灵，凡事肯动脑筋，屡屡化解大小险情，一次次卸载了大人们的心理负荷。那年夏天，连续下了四五天的雨，雨水积聚起来形成山洪，冲垮了通往学校泥路，从山上泻下来积淤，流淌成一条五六米宽的小河横在眼前。临近学期结束，期末考试在即，玉芳不想耽误课程，想涉水蹚过河去，她卷起裤脚，脱下鞋，以为这临时冲刷出来的小河不宽，一个百米冲刺，便跑到对岸。文达立在岸边没做涉水准备，看看上游来水，摇摇头说，不行，河床被雨水浸泡多日已经松软，脚压上去会陷在里边，难以自拔，目前水流看上去不凶，但水速湍急、水压极强，人会站立不住，况且上游积蓄的洪水有突增之势，如果行至河半，进退两难，再遇上洪峰急流，那就完了，这可不是闹着玩的！你看，雨点打在身上发疼起来，风吹在身上有了明显的推力，雨伞开始撑不住，赶快找地方躲避，快退回去！

玉芳无奈依了文达的主张，退出百米后回头看，洪峰咆哮而至，河面顿时冲出几十米宽的大口子，将碗口粗的大树连根拔起，卷出几公里之外的下游。如果刚才盲目下水赶路，后果不堪设想。玉芳倒吸了一口凉气，打心眼里钦佩文达的预见和胆识。

又一年的秋天，年景不好，庄稼歉收，苦坏了庄稼人，不少人家又发愁一年的生计，有的庄稼人被迫干起偷鸡摸狗、行窃打劫之事。一天，玉芳和文达放学放得迟，打起小手电走山道。四周万籁俱寂，远处蛙鸣狗吠，两人的心很紧，脚步如风，只觉得道路两边的行道树匆匆后退，阳泉村越来越近，家里的稀疏灯火出现于眼前，突然从路边草丛中窜出两条黑影，一高一矮，一人举着一件家伙。看不清两男人的面目，认不出何许人也，但是他们认识那家伙手中的利器，一把长刃杀猪刀，在淡淡的月色下闪着逼人的寒光，那猪刀现在可不是杀猪，而是准备捅人的！文达将玉芳拦在身后，玉芳的心跳和呼吸声都能听得出来，急促而紊乱，她将文达的手攥得很实，死死不肯松开。那高个子男人一横手中利器，拦住了去路，这阵式与电影里黑社会火拼，与《水浒》里梁山英雄打家劫舍没啥两样。那矮个子男人扯着嗓门紧张地说：不许叫，把身上值钱的通通交出来！文达惊坏了，上气不接下气，他故作镇静，就跟小时候与小伙伴打架一样，摆出准备恶斗的架势，其实内心那慌乱劲，就甭提了！在电影里见到的与现实中遇到的险境，毕竟是两码子事，不慌张才是怪事！他也将玉芳的手抓得紧紧的，平时他们连拉手的机会都没有，这时两人相依为命。文达是男人，当作主心骨，这点他清楚！他竭力让自己冷静，作深呼吸，他想歹徒是劫财不是索命，不能硬拼，咱俩打不过他们，在荒芜野地里呼救无济于事，只能软化和智取！于是，他声音微颤地说：大人，大人，咱俩是学生，身上有什么值钱东西，不信你搜！文达知道自己身无分文，玉芳铅笔盒里藏着几毛钱纸币，平时舍不得用，宝贝得很，守得紧紧的，哪能随随便便便宜了歹人呢？文达平静地接过玉芳的书包说，你们瞧，这是课书、本子、铅笔盒、草稿纸……说着将铅笔盒里的钱抽出来捏在掌心，悄悄地丢在草丛里，用脚踩着。其实，黑暗中什么也看不分清，借助黯淡的月光，歹徒将书包摸了遍，最希望得到钱、粮票、手表、金笔等，一件没有！最值钱的就是手中这只塑料手电，这是他俩的护身符，也不能让坏人拿去，于是文达借夜色将手电的电珠拧松了，然后对着正在翻动书包、一无所获的歹徒说，不信，你们再查一遍，咱俩穷学生，尽是书，大人，你们就拿着几个课本，回去看看也成。高个子男人粗声粗气地说，“去，去，去，眼下饭都没的吃，哪有心看书！”

矮个子又将书包里外摸了一个遍，当他将手抽了回来的时候，碰到文达手中的手筒，厉声问：“这是什么？电棒。给我！兄弟总算没白劫一场，这家伙打夜场管用！”歹徒一阵欣喜。文达将电筒交给矮子男人说，这是本人在破烂堆拣的，坏的，打不亮，想要给你！高个子男人夺过来，推推开关，晃晃身子，怎么不见电筒发光，气得一甩，将它扔到草丛里，嘴里骂道：他妈的，这年头到处是穷鬼！好了，穷鬼不难为穷鬼，快滚！滚吧！文达拉起玉芳三步并两步逃离这不祥之地。那只手电和脚下的零钱，还是第二天上学时路上原地拣回的。玉芳后来告诉文达，她屁股兜里还有一张十块的票子，口袋用别针扣着，歹徒没摸到那里，万幸啊！想起来真是后怕，万一那两男人不是劫财而劫色，那就逼着文达搏命了！这段小插曲，奠定了文达在玉芳和袁家人心目中的地位，也证明了袁父的安排是何等英明。

这样保镖似的同行，持续了四年，少有间断。文达起居很是规律，四年如一日。除了节假和休息日，每天他都早出门几分钟，从村东到村西，准时叫上玉芳一起出发。他习惯备上一支木棍，既是行路拐杖，又是防身武器，有了它对付个野狗什么的，心里不怵。早早晚晚的山路上，远远望去，行色匆匆的两个背影，俨然像一对夫妻或兄妹，就这样一起走过四个春秋，深深刻入了两人生命的年轮。不过，那个时候不叫恋爱，那个年代的人单纯，没啥杂念，男生女生在一道压根没有往性上想。在学校，男女生之间亦是泾渭分明，男女界限不可逾越。那年头，沿海的开放改革浪潮还没有波及闭塞的山村，环境污染和精神污染一样还没有蔓延到这被现代文明遗忘的山区，人们依然恪守着传统，不敢越雷池一步！在学校里，文达与玉芳每两周调换一次座位，调换到同桌，同坐一条板凳，他们上课时亦是目不斜视，很少对瞅一眼。他称谓对方一直是“袁玉芳同学”，不多一个字，也不少一个字！

不过，一起上学和放学，给他们创造了充分接触的机会。两人说话的机会天天有，这是对两人天大的恩赐！两人将彼此家庭的底细摸了个透，两人习性、脾气、兴趣、优缺点等相互间了如指掌，毫不夸张地说，两人的一笑一颦，对方均可洞悉其所思和所忧。四年朝夕相处，习惯成自然，彼此有了一种一家子人的感觉。记得，一次在上学的路上，玉芳内急，到处找厕所。文达说这地方走惯了，哪里有茅厕呀？就地解决！玉芳命令文达，俺到路边草地里去，你替俺守着，不准偷看，听见没有？是，是！文达答应着。其实那个年代的来自贫困山区的少年，性意识懵懵懂懂，道听途说点滴，一知半解，但不乏新鲜、猎奇和神秘。守着就守着呗，你快点呐！文达就站在二十米开外的地方护着，方圆千米没有人迹，一条专供人行的小路伸向远方，前头就是通往学校的大路，后头是连着阳泉村西头。这路就是人踩出来的，半公尺宽，蜿蜒盘旋，如粗蟒一般咬噬着天边，路两边植物丛生，杂草没脚封堵了道路，露水湿润。极目望断的广阔山地 这在城市人眼里是极具诗情画意的一景，但在农村人看来是一条再普通不过的脚踏小道……“蛇，蛇!”突然玉芳在草丛中大喊，文达调转过脸，只见她提着裤子逃跑似的向他奔窜过来。文达本能地抄起木棍冲去，玉芳慌不择路，跑出一个S型，裤子没有系上，露出黑色私处和深红色的花边短裤……等文达冲到如厕地，除了一泡散着热气的屎，什么也没发现。哪里有蛇呢?蛇在哪里?蛇怎会偷窥女生呢?玉芳吓得六神无主，一时无法还原当时的状况，也许虚惊一场吧！事后，玉芳逼问文达，那天你看见什么啦?文达老实交代，什么也没有看见，根本没看到蛇和蛇游动的迹象。不，俺不是说这个，俺是说你看见俺胴体?没有呀，你知道本人视力不好，面对蛇咬，哪还有家心事看什么胴体哟?玉芳松了口气说，这还差不多，你知道胴体什么人才有资格瞧呀?文达不解，什么人?俺的男人，玉芳神秘地说。看来女生比男生开化得早，懂得更多，只不过她不轻易开口而已。

从阳泉村到学校步行需要五十多分钟，路上玉芳对文达说来问去，最多的话是，将来你想做什么?文达开始说考第一名，得到老师表扬，玉芳说你得带上俺。后来年岁增大了，文达回答最多是反正不想待在这死村子里，不想在村里死，考上理想的大学，念完书就不回村啦，不大的年纪却隐怀着对外边的世界、对上流社会的艳羡。上大学慢慢成为叫得最响的、最可行的目标。玉芳说，那你把俺带出大山去、环游世界。文达说，你有你爸和你哥带。玉芳说，你不是俺哥?文达说，本人马力小，拉不动你，本人家里还有爸爸、妈妈和两姐姐呢。玉芳又说，你爸妈和两姐姐让俺爸带，你就带俺。文达说，交换?你们家不合算，一比四呀?说着两人仰天畅笑。不过，开玩笑归开玩笑，文达知道，自家穷，要走出大山，全得靠自己，读书改变命运。拼爹、拼钱、拼关系，一样没有！本人打不起一分钱的消耗战！爹告诉他，你爹生不逢时，穷人命薄，交给这方土地了，你要想出息，学你爷，自个把书念好喽，全家就指望你哪！这话文达记得很牢，打死不会忘记。打六岁起他就玩命地读书，在上学和回家的路上都在背生词、练口诀、比画着做实验。玉芳也跟他一起练。消息传到袁家父母那里，大人们认为文达像他爷，懂事，是个读书的料，将来会有大出息。其实，袁家父母心里透白，他们做些小生意、赚些小钱，没有文化背景和知识平台，是玩不大的，将来的世界必是知识的海洋、智人的天下，所以他们不反对，后来是听任女儿与文达接触，往深里发展。

袁家对曾家亦关爱有加，时不时想方设法接济他们，比如说，对曾家耕种袁家的承包地，只时不时收点园子里蔬菜作为回报，就直接免了租子。有人问起说，你咋不向姓曾的收点地租呢，袁家人说，曾家为袁家种了承包地，没有抛荒，咱得感激人家嘞。这话不是客套，真实反映了袁家宽仁和怜爱之心。

文达与玉芳一同上学、放学的日子，延续到袁家生意着实发了，在镇上建了房，玉芳的户口迁到镇上去了，才突然中止。不过，读到高中二年级，文达也住了校。由于各自冲刺高考，两人关系一度冷却。随着袁家发家致富，在阳泉村的地位日益走高，两家经济上的差异又悬在玉芳和文达头顶，曾家不敢轻言高攀袁家，不知不觉中渐行渐远。

两家关系的再度升温，是在文达考上 S 省城的名牌大学之时——这可是山村里出了金凤凰。相比之下玉芳高考失手，花了老鼻子劲托人花钱，买了点招指标才进了 ZN 师范专科学校。两人考在同城，同时拿到录取通知书，也算如愿以偿。明眼人都清楚，文达通知书厚实，是烫金的；而玉芳的则是白纸黑字，分量不一。正是这张意义非凡的通知书，全村人无不高看曾家一眼，顿时曾父在村里扬眉吐气，镇上办的小报和有线广播都播发了文达金榜题名的新闻，那可是头条，反复播送的热点新闻啊！在热闹喜庆的背后，外人不晓，曾家暗地里正为高昂的学费犯愁：一年学费四千八，外加住宿费、生活费、书本费，每年一万块属基本开销，这对于没有脱困的曾家来说，简直是天文数字，可望而不可即！录取通知收到之日，也是曾家四处筹款之时。阳泉村能求谁呢？最有实力的当属袁家。曾父考虑再三，不得不折下身段、抹下颜面，敲响了袁家的大门。袁家看出了文达的窘态，称文达与玉芳青梅竹马，如今水到渠成，干吗不趁早定下这门亲事。面对曾家求援，袁父只字不提借钱之事。曾父心里七上八下，过去文达曾经想过与玉芳好合，玉芳也有这个意思，可没少吃袁家的白眼，出口那话难听着呢：你曾家穷得叮当响，娶得起俺家玉芳吗？癞蛤蟆想吃天鹅肉哪！打俺家玉芳主意的人多了去，哪一户不比你家强，就是再轮回挑八百遍，也轮不上你家文达……不管他是真心，还是激将法，怪伤曾家人的自尊。所以，说到定亲之事，让曾家人甚是意外。袁父不是说笑话吧？曾父苦巴巴地望着袁父说，定亲？要听娃娃的！还有，咱家已经这副模样，哪凑得起定亲彩礼呢？袁父哈哈一笑，底气十足地说：俺家玉芳早有此意，文达跟她私底下好得很呢！莫担心！既是袁家提出定亲，俺女方反送定亲礼不成？袁家答应为曾家翻新房子，为文达姐姐在镇上找份吃饷额的稳定工作，为文达读大学支付全部学费。这正是喜上加喜啊！曾家自是感激涕零！

文达考上名牌大学，正踌躇满志，描绘着事业蓝图，哪会惦着定亲之事？但是，父亲这一说，他顿时哑口无言了！曾文达是位明事理的孝子，这么多年来，袁家为曾家做了那么多事，图什么？曾家未曾有点滴回报，父亲说知恩图报，一点不过分，娶玉芳是最好的报答！高中班主任听了这档子事，气愤地说，这是仗势讹人呢。文达啊，你的前途将来不可限量，怎为五斗米折断腰？文达只能苦笑笑，父母之命不可违啊！同学说，走出山村，大雁南下各自飞，现在“绑定套餐”肯定是将来发展的包袱，不理他，袁家能拿你怎么着？又有同学说，定亲不成亲，算个啥？就是成了亲还可以悔亲，结了婚还可以离婚呢，先过了眼前这关，定就定呗，管他个逑？曾文达觉得挺有道理，夫字身上两道绳，等到将来经济上翻了身，再切断身上绑绳不迟！不过，话又说回来了，玉芳身材高挑，细腿修长，五官周正，圆脸庞，柳条眉，厚嘴唇，一笑两酒窝，虽不说倾城倾国、沉鱼落雁，但也不能说丑陋。从小学到中学，她身边不乏追随者，人家堂堂正正的姑娘，不论从哪个视角测度，配当时的曾文达足足有余。要说文达心里还留存着一些不情愿、不甘心、不满足，就是玉芳相貌平平，不耐看，与阳泉村一样时时处处散发着一股难以脱除的乡气和泥味，与她在大街上并行，回头率不高，不新潮；进入了服装店，营业员不引他们至当季时髦的衣展柜台，而是向她推荐老旧下市的服饰！特别进入了大学之门，在花花世界里，袁玉芳就更不值得一提，简直就不上档次！不过，话也说回来，对于一脚落在山村、一脚步入大学之门的曾文达来说，定亲也没吃亏，你一张未来的大学文凭换人家真金白银一筐，人家用现钱兑现你一张金额不详的远期支票！曾文达认为，只是眼下还年轻，处于上升阶段，轻易将自己变卖了好不可惜！

其实，婚姻这事，男女双方都在下注，以现在赌未来，有人赢，有人输，甚至输得血本无归！袁家算是有眼力的，测卦算命的本事胜人一筹，曾文达上了大学便呈现出猛烈的成长势头。他果真是个聪明的苗子，大学四年，年年获奖学金，他人也勤快，出任校勤工俭学协会会长，带领贫困孩子们课余打工，挣得自己的生活费用，还往家里寄钱，这也使得文达逐渐疏远袁家的资助。对于文达的自立，玉芳说不清愉悦还是不快，反正文达翅膀硬了，远走高飞是必然的，于是，她采取贴身战术，有空便往大学里跑，不放过一切与文达交往的机会，以未婚妻的身份行使权力。

大学毕业季，辅导员告诉曾文达，他符合免推读研条件，就是不用参加全国统一入学考试可直接升读本校硕士研究生，学术型研究生一读又是三年，这正合文达之意，他肯定不愿放弃。因为他不想跟着袁家设定的节奏起舞，大学毕业后即与玉芳完婚，将他的生活固定化，将他活动的空间压缩在一个家庭的内胆里，他想保留更多的选择权。世界之大，人生之美，事业之广，还有许多未知和等待他涉猎的领域，他想再读书，做大事业。玉芳大专毕业，比文达早一年走上社会，她选择在律城就业，一心想进入城中一小，但因大专文凭偏低，被卡住了，僵持了两个月。袁父费了九牛二虎之力，才勉强将她安排了郊区第一中心小学当教员。安定生活后，玉芳便计划在律城购房筑巢，这当然是搭建她与文达将来的家！

以优异成绩完成本科学业的曾文达已远离山村，免遭太阳紫外线的灼射，摆脱了修地球的命运，彻底完成了由农村向城市的生活变轨。他皮肤皙净，红光满面，早不见了早年营养不良的模样，经过四年来的递次更装，旧时穿的布衣便装早已废弃，取而代之的是他习常的深色西服和红色领带，加之手持帆布公文包（用一个月家教收入买的，他说显示出学者风度），远远看去恰是现今白领快男，好不帅气！身边的美女蠢蠢欲动，玉芳感觉得到，凉风袭背，倍感潜在威胁扑面而来。

袁父在曾父面前开始骂娘了：你家小子良心可别让狗叼了，进了城坏了心肝！曾父说，不会的、不会的！父亲在他人屋檐下天天要低头，可没少叮嘱文达，人可不能翻脸无情，你可不能怠慢了玉芳！

渐渐地，袁父的口吻带有威胁成分：俺家闺女差了？哪里配不上你儿子？哎，小子有出息了，就想远走高飞？文达能飞，你爹娘能飞哪里去？你宅基地、院落、红砖瓦房能飞哪里去？你祖宗的根基能飞到哪里去？你曾家欠袁家的，几个文达加一块都还不起！俺可丑话说在前头，如果文达敢要玉芳，两个姐姐立马辞工、回家种田去。袁父说的是他开办的茶叶公司，文达两个姐姐被照顾进厂做工，正吃着人家的饭，文达岂敢吃里爬外？渐渐地，袁父对女儿也粗话连篇，真没有逼用，难道套不住自己心爱的男人！玉芳羞赧难当，爹，你说得多难听，不让人耻笑？袁父说，你倒是心宽，男人花花肚肠你不知有多少油汤，滑着呢！玉芳想让父亲放心，没你说得那么严重，每次到学校他都不避俺，都请俺吃饭呢。那管个屁用，甩你只是一个短信的工夫，你信不信？你爸吃盐比你饭还多。不至于，不至于，你就一百个放心。其实，玉芳也是一百个不放心！

文达是个孝子，不想为难父母，让家人在村里、村外抬不起头，过不踏实的日子，这几年生活刚刚有了起色。他也不想愧对姐姐，让她们生活跌入困境，她们已近嫁人的年纪，没有学历，也没有劳动技能，失去工作意味着什么？从山村走出来的人不可能不清楚！文达感到自己背负着很沉的家庭责任，与玉芳的婚事就像一根麻绳将他五花大绑，别说挣脱，就是动弹一下都难！临近本科毕业，袁家就不停地催办婚事，曾父说家里不宽裕，没经济能力举办婚事，婚事不体面，可对不住玉芳姑娘。袁父说，什么你家、俺家的，都是一家人了，婚事袁家全权包办了，告诉你，连结婚的钻戒玉芳都给你儿子悄悄备好了，对外还谎称是女婿去广州培训时专门挑选的——这让文达自尊受到极大伤害，他生性不愿受人摆布，不习惯让人使唤！但是，他不好硬抗，读研究生，是推脱的最好借口，真是一场及时雨！又不是自愿报考，如果自己选择，为什么不与玉芳商量？为什么不考虑袁家的意见？学校推荐或者说是指派的，学生哪有放弃或不从之理！回应玉芳的万能理由是：长辈们说，年轻人以事业为重，勿耽误了学业，误了学习，将来没得出息，你不等于跟了一个废人……袁家一听没辙了，年轻人有志向是好事，另一方面说，玉芳也不希望文达安于现状，一辈子吃本科生的饭，在普通单位当个名不见经传的小职员，硕士肯定比本科强。她担心的是夜长梦多，人见识多了、交往广了、人脉足了，就会变，这是男人的生活定势！在第一中心小学，姑娘们给她支招，如今搞定男人比搞定女人简单得多，为什么？男人有致命的薄弱，就是裤裆里那东西犯贱，抓住它，不信他不就范。玉芳说，俺早就暗示、调逗、勾引多次，不中用。那是你动作不到位。玉芳心里暗暗吃惊，城里姑娘真开放、胆子真大，将青春剧、宫廷剧里男女、老少、大臣与太监步步惊心的技法全都派上用途，那哪是在恋爱？有什么幸福可言？姑娘们说玉芳少一窍，这么简单的、无师自通的操作都不会，难怪婚姻老是悬着，男人的心越放越远。玉芳说，就算床上得手，又怎么样？难道他就从一而终，永不反悔啦？姑娘们七嘴八舌又批驳开来：你僵脑子，你那位又不是个体户、资本家，他是吃皇粮的公职人员，是高知，与姑娘家上了床，又抛弃她人，那性质可严重啦，闹开来后他不除名也得挨个处分，反正够他吃一壶的。又有姑娘说，上了床，你可以谎称怀上了，那不折腾他个一年半载，女人的优势和体内巨大能量，你不会创造性发挥出来，怪可惜的……姑娘们说得不无道理，可玉芳终感下不了手，跟文达好是发自内心的，从来没想过要难为于他，这样是不是太损了？有点像你死我活的阶段斗争，像宫廷权势较力，凭她对文达的了解，他绝对不是这样的人，也不会坏到那一步。于是，玉芳勉强同意待文达学业有了着落后再谈婚嫁，同时明明白白地告诉他，她准备考本、考研，以缩小与他的学历和素质差距。现在，玉芳已经拿到本科文凭，硕士在读，但是，她还是坚持三天两头的到访，这已经编入她生活的既定程序，一是提醒文达莫要存有非分之想，二是不断在公众视野中亮相，以昭告天下，这叫社会认可，也叫公示！当今提拔干部不兴这个东西吗？还真管用，群众的眼睛是雪亮的，防住了不少伪君子呢！

袁玉芳的出现，曾文达既倍感意外，又当属情理之中，这样的从天而降他不得不习惯起来。所以，文达既气又恼，但不多时便也恢复了平静：玉芳并无歹意，无非怕自己失控脱轨。看着玉芳不顾大佳闺秀的身份，与旁桌一群学生模样的人为伍，狼吞虎咽地饱食烧烤，文达知道她一定是中饭晚饭并成一顿吃了，加之下午在屋内义务劳动，透支了体力，否则她的胃口准没这么好！

文达不知玉芳酒力如何，这些年真没有看过她放开酒量，就是逢年过节，家人在场的情底下，她只是在众人规劝下饮点红酒，有时斟一杯剩半杯，从未见她酒后失态，女孩子大多如此吧。今天，在烧烤店，她独自喝了两罐啤酒，是文达记忆中喝得最多的一次。饭后，带着烧烤的余香，文达搀着玉芳走出小店。酒力发作，玉芳有点站立不稳，不至于吧？文达想才两厅啤酒，能弄成这样子？酒不醉人人自醉吧？他感到玉芳的身子很沉，如果真的要他背，他可走不出多远！

两人来到距校园不远的先锋旅店，登记住宿。领得钥匙牌后，文达欲送玉芳进屋。立于楼道旁的服务生，询问了房号后，友情提醒说：这边请，先生。顺手指了指墙上“一人登记一人住宿！”的告示牌。文达搀扶着玉芳说，这不，就送她到房间，就回。服务生以狐疑的眼光盯着两人，又补充了一句，会客在大厅有雅座，他心里一定认为这是律城财经大学的大学生，周末出来约会野战的！

服务生弄得两人好不难受。这怪不着服务生谨慎从事，因为近来有家长找旅店的麻烦，指责旅店只图赚钱，来者不拒，不查验住客身份，客观上推助学生胆大妄为，成了学生偷情的庇护所。有位家长，因其女儿意外怀孕要追究旅店责任，要冲砸店门，公安机关介入后事态才得以平息。从那时起，旅店按照公安的要求，在前台醒目处悬挂了醒目告示，这告示给了兴头正旺的文达和玉芳如当头一瓢冷水，从头顶泼到脚背！

文达悻悻地离开旅店时，服务生瞪大了眼睛。文达想，真的，如果超过一定时间不出来，他们会不会敲门逐客？那就尴尬无比了！

文达和玉芳这一晚上都没有睡好，直到天亮前才迷迷糊糊遁入梦乡。

七 “范经理”挖坑

星期日，文达陪了玉芳一整天，累了，傍晚早早吃了饭，稍事休息，两人便一起走向校门，玉芳向左，出东门，赶公交车回第一中心小学。文达向右，走西门，骑车到党校上课去了。

晚上外出上课？文达解释说：不是学校安排的“工资课”，是年轻人自愿结伴而行的“外快课”，是老师自收自支的自留地。初来乍到的曾文达，靠借记卡上的工资解决了温饱，可是扣除吃穿用外，每月剩余不了几多，原始积累太少、太慢，与成家立业和小康生活相距十万八千里。与小白楼的师哥、师姐混熟后，在他们的热心引荐下，文达很快诺曼底登陆，开辟了第二战场。他惊奇发现了“欧亚次大陆”，惊叹律城财经大学竟然贮藏着巨大的教育市场，在外兼课悄然成为了教师热捧的第二职业，成为年轻人改善生活最有效和最快捷的道途。校方担心“师资流失”，但对此又无法阻拦，只得采取不宣传、不提倡、不置评的态度，听之任之，想必到一定时候老师会自动“回流”。年长的教师认为年轻人不务正业，此举不登大雅之堂，他们站在事业的巅峰，立着说话不腰痛，年轻人牺牲休息、用课余时间赚点零花钱，周公打黄盖——愿打愿挨，你们说什么呢？在这些自恃清高的学者眼里，兼课被贬为“拉板车”“打野鸡”“割生草”，但是这些不良诨号并没有给兼课者带来丝毫的羞涩和难堪。回想起来，曾文达似乎忽然开窍：为什么读硕期间，难见导师一面，电话不接、短信不回、微信不看，从年头到年尾、每天从日出到日落，导师们到底忙啥呢？学校怎么就不吸引候鸟栖息呢？现下明白了，至少比以前更明白了：校外存在着巨大的利益诱惑，学校狭小的舞台和那点不起眼的薪水，满足不了“先富起来一族”的强烈冲动。教师的宿命，特别是年轻人的起步状态，当今教师的生存之道，是否本该如此？曾文达朦朦胧胧。

文达对玉芳说，在外兼课不只是一头扎入钱眼，它着实让人长了见识，了解到许多在书本、在课堂、在学校，也许永远接触不到的东西。你说，以前听没听说过，省党校也办思政类、经管类学历教育，专科班、本科班、硕士班一应俱全。这对于图文凭、谋仕途的各级官员和红顶商人，无疑是一条快捷的学历甬道。党校的授众对象大多已过而立之年，拼搏高考，基本没戏；投身成人教育，如函授、电大、夜大之类，社会统称“五大生”，文凭不过硬，且费时、耗力，通过率不高。党校为这些人量身定做的教育产品：晚上和周末上课，据说相对容易过关，学生拿到文凭只是时间问题。但是，党校毕竟是党校，哪里储备得了各专业全套师资呢，大量而长期的师资外聘造就庞大的师资需求。文达说，在党校教师休息室里，在课间休息喝水的当口，经常遇上律城财经大学的年轻教师，似曾相见，在班车上、操场上、图书馆……但是，他们却佯装互不相识，淡淡一笑，彼此心照不宣！除了党校，电大、夜大、函大也很邪乎，什么班都敢办，什么生都敢招，只要市场需要就不惜做吃螃蟹第一人。至于师资，办学单位坚信，只要开出相当价码，肯定有人应聘，市场本身就是资源，金钱本身就是师资……

玉芳在小学里哪听过这么多八卦，云里雾里的。大学里的“打野鸡”，是不是小学里的有偿家教，就是凭着绝活挣大钱。尽管教育局三令五申，却屡禁不止，甚至愈演愈烈。在学校严查、严打的时候，家教由公开转入地下，就像搞传销那样，人得传染病似的，学校里潜流涌动。文达身陷其中，对“打野鸡”乐此不疲，且说起道理来一套一套的。她感到文达的确与前些年不一样，进入了大城市，一心想致富，想踏入上流社会，他想得很远，心境很野。

玉芳对文达的把握是准确的，她不担心他讲课失手。曾文达脑袋瓜子好使，教学上手快，不几天便进入了教师角色。他的智商和情商应付技术含量不高的常规课程可谓足足有余。文达不仅主辅分明，而且应对自如，游刃有余，课上得学员和办学单位都叫好，都以为他有两把刷子，是久经沙场的名师悍将。不过，他教学上几斤几两，靖晓常他们最清楚，令他们不解的倒是：在众多的兼课选项中，文达为什么选择党校：党校的学生不像电大、夜大的年轻人那么容易忽悠，从高中直升上来的学生如同一张白纸，教师可以挥洒自如、尽情发挥，即使将白的说成黑的，学生也未必明了错在哪里，更不敢吭气，质疑和挑战老师。党校就不同了，学员以党政干部居多，教员“半瓶水”心里就发虚，就站不稳讲台，备课不到位就糊弄不过去，学员对教师严苛着呢，说不定将你轰下讲台，这样的事不是没有发生过！更重要的是，党校课酬不高，路途不近，一向精明的文达为什么舍近求远、舍贵求廉呢？只有一个解释，文达无非想借机接触各级党政官员和各路商界精英，构筑社会关系网络，发展律城的人脉资源。因为在律财大，文达孤身一人，势单力薄，所以，他欲借助外力，积累关系，找回自信。正是如此，文达党校的讲课特别投入，不敢丝毫马虎，生怕有半点差池。

与玉芳分手，时间不早了，文达一溜烟地跨上车，使劲踩着脚踏，嘴里嚼着口香糖——刚才出门前玉芳强行跟他对嘴亲吻，他嘴巴里还留着玉芳口水的腥味——脑瓜里开始翻腾着晚上讲课的内容，心想学员中带“长”、带“员”大小干部奇多，他们在工作岗位摸爬滚打多年，见识多、经验广、口才好、眼力毒，而专业基本功相对薄弱，如何搞定这些学无精深却心气高傲的学员呢？哼！得强化课程的学术性，多讲国外学界动态，多吹前沿信息，海用数学、公式、模型之类，他们最怕数学，直接将他们拖入未知王国，丢在陌生地带，这最能彰显本课堂学问之高深，只有让他们犯晕、吐糟，他们自无从挑剔、苛责，对教师的敬意自然油然而生，就这么着，这是哥们的惯用技战术……

“兄弟，兄弟！”突倏一个商人模样的人活生生地拦住了去路，开着小差的曾文达险些一咕咚面对面地撞上去。拦路人没躲闪，也不生气，向着文达点头哈腰的。他嘴里叼着一支烧剩半截的香烟，香肠般的无名指上戴着一枚硕大金戒，在傍晚霞光的映照下熠熠生辉；从衣裤鞋袜到提包手表，周身名牌，财大气粗的气派炙手可热。那人用很重的广式普通话问道：靖晓常先生住在什么地方？文达打了一个激灵，找老大？他打量了一番这陌生人，警觉地反问道：找他有事？

商务活动，商务活动，那人模糊答道。老大有啥商务活动？他也经商？真是人无外快不富，马无夜草不肥啊！正常，正常！文达急于赶场，无心与那人纠缠，随手往远处外教楼方向一指，就这二楼，看到了吧？小白楼的对面，哪个屋？会客登记一下，门卫会告诉你的。

那人客气地道谢后，目送文达一骑绝尘而去。

陌生人并没有立即前往找人，而是用手机向电话那头报告情况，然后移步到外教楼下，缓缓地点了支烟。等到天色尽黑后才左顾右盼地向外教楼走去。

不知是守候还是巧合，靖晓常正在屋内忙碌。来人扶门而入，蹑手蹑脚的，热情非凡地道：“靖先生，靖先生，久闻大名，有幸相见，鄙人有礼了！”商人一见面热情地向靖晓常请安，还想握手。因为晓常习惯敞门，来人常常免了敲门。

“你找谁?”靖晓常莫名其妙，没伸手。

“抽烟?”商人搓搓了手，老练地将一支九五至尊香烟递过来，巧妙化解了短暂的尴尬。

“我不抽，请别在这吸烟，家里禁烟!”

“哦? 那好，那好! 靖先生好习惯，好习惯呀!”那人顺势收起香烟。

“我不认识你老。”靖晓常一头雾水，不知从哪里冒出陌路神仙。说老，是因为来人五十上下，出于对老者的尊重和礼节罢了。

“不认识就对了，一回生二回熟嘛。这是鄙人的片子。”商人恭敬地递上名片。过去见面呈介绍信，现在早不兴了，取而代之的是自己设计的名片，一半是身份介绍，一半是自我海夸。

“范经理，美亦精密电子仪器装备有限公司。”靖晓常接过薄如蝉翼的名片，扫一了眼：实体经济，生意人，做安防、电控业务，过去、现在和可见的将来都不会发展我这个潜在客户，是不是找错人啦?

“本公司做安防、监控器材的啦。上边有我的手机，请多联系、多指示啦。”那人脸上保持着不自然的笑容，那眼睛始终有话要说。

“我哪能联系你、指示你呢? 范经理，好像不对路吧?”

“您的电话我早就有了，只是冒昧给您打电话不礼貌。所以，鄙人专程登门拜访，以示对靖先生敬重!”

“真神通，我的电话号码律城财经大学没几人知道，你通过什么途径搞到的呢?”

“莫见外，公司业务需要，业务需要，没别的企图。”

“贵公司业务与靖某人有何相干?”

“相关，密切相关啦!”商人见谈话的气氛初步营造，便开始逐步切入主题，“咱们共同为律城财经大学服务，为学校好啊，是不是? 哎，这是共同语言，共同的政治基础。前几个礼拜学校班车被碰瓷团伙讹诈，先生果断出手，化险为夷。获得这一难得的经典案例，本公司在律城各高校进行了为期两周的拉网宣传。现在领导啊，缺乏风险意识，这不，遇到麻烦了吧? 到被人讹了，一切都晚了!”

“公司想借此打开高校的市场销路?”

“正是! 靖老师是聪明人，市场意识超强! 律财大出了您这位见义勇为英雄，才逃过一劫。但是，没有根本解决问题呀，隐患并未消除。鄙人想，请靖先生呼吁一下，引荐一下，建议一下，在学校所有班车上加装行车记录仪，监控车内车外一切动向，防患于未然，避免此类事件再度发生！”

“我？我是律财大新兵，言轻位卑，大小领导叫不上几位，小人物呼吁、引荐、建议只当隔靴搔痒，恐怕没多大用场。”靖晓常觉得这倒是不错的主意，可找错了人，对号入座的不应是本人，而是后勤集团领导！

“有用！当然有用！有大用！您是一言千钧。您，如日中天的靖博士，领导眼里的大红人！任何人不敢轻视你的出谋献策！经历了碰瓷事件，您是最有体会，最有发言权，你的引荐和建议的分量超过所有人呐，难道不对吗？”商人兴奋起来，大谈某某单位因加装了行车仪避免了数起民事纠纷、挽回巨额经济损失，某某单位未加装或错过了加装的有利时机，则因小失大，引来麻烦无限，官司缠身。

“我不想谈什么见义勇为，不希望再拿它来说事！”靖晓常脸拉了下来，“你应该去找后勤集团领导谈谈，就说刚才的观点，我想会引起共鸣的。”

“鄙人，一个外人去说，打不动也打不通领导的十指关。这不，本公司有意请您出山，疏通疏通、引荐引荐、沟通沟通。当然，您只是从中引导、推荐，牵个线、搭个桥，帮鄙人认识认识后勤集团老总，剩下的事由俺们和领导来谈，这样利校、利师、利生的好事何妨不为呢？当然，俺们不会让你白做，事成之后，定有重赏！”商人将“赏”字说得特别响，后面当是一个着重号和惊叹号！

想来也是，如果在班车上加装行车记录仪，再发生碰瓷敲诈就有了护身符，学校咋没有考虑这一层？靖晓常想了想说：“后勤集团老总，他认识我，我不认识他。我可以带你去后勤集团老总办公室，领你认个门。不过，今天周末，又这么晚了，领导可能早下班回家了吧？”

“不，不，你不了解领导，后勤公司领导每天要等待收了晚餐，食堂打烊才收工离场，现在肯定在，而且相对空闲着，正好谈事呢。”

“是这样吗？”靖晓常觉得商人有备而来，对学校内情摸着门清，“那我带个路吧！仅此而已！”

“另外，本公司还想让靖先生做行车记录仪的形象大使，做公司产品的代言人，您看愿否与本公司合作？”商人又抛出橄榄枝，不，是一株诱人橄榄树。

“你找错人啦，我不是歌星、影星，长得也不俊秀，我只代言自己，你们的产品我一概不知，万一是假冒伪劣，我还要负法律责任。”晓常一推手，马上堵死代言人之说。我不是这个料，天生没有表演才能，来人哪根神经短路了，乱点鸳鸯谱！

“哎，所谓代言人就是替本公司说话、做广告，把照片贴在产品介绍上边，将您的事迹附在后面，”那人眼珠将房间上下打量了一番说，“代言人，公司可得付出高额劳酬，您并不需要付出多大劳动，那可是一份殊荣哦。财经大学是本公司市场开发的第一站，站稳脚跟后将推向律城乃至省内、国内其他高校市场。产品的商标初定为‘英雄谱’，是系列产品，您说，少了您能行吗？”

“免了，免了，还是带你去认门，我还有事。”靖晓常从衣架上摘外罩，没工夫听他乱七八糟、不着边际的胡扯。

“那好，那好，太感谢您了，请，请！”商人兴奋不减，仿佛一笔大单就要到手。离开房间前，靖晓常将来人扔在桌的一个小包包还给商人，里边不知装着什么东西，硬硬的，薄薄的，一张卡片，银行卡，还是超市卡，是商场消费卡，还是会所积分卡，晓常不知道，也没有必要知晓……那商人死活不接，推搡了半天，来来回回，近乎动真格翻脸，小包包快扯破了，那人的力气终不敌晓常，勉强收起了纸包。晓常觉得，这人眼神怪异，身手敏捷，很会随机应变，经商是一块好料。

靖晓常将那人领到后勤集团办公楼前，远远地指着二楼朝东的那间办公室说，好像那就是严总办公的地方，说罢转身便走。那商人拿出手机上下拨动了几下，随后与等在楼下的另一人会合，提着一包东西上楼去了。

这段小小插曲，靖晓常没有留下什么记忆，这不过是商人寻师无门的抛石问路，接近领导、联络感情、疏通关系，是生意场的规定动作。此后数周，行车记录仪闪电般的加装完毕，靖晓常没有在意，也弄不清这是不是他引荐的商人所承揽的业务。令他不快的是，为了证明加装记录仪的合理性和紧迫性，校方又将他见义勇为的事迹拽出来大肆加工、渲染了一番，仿佛靖晓常是加装的推手，也是加装的得益者。在大会、小会上，严总左一个感谢靖晓常老师，右一句碰瓷事件给大家敲响了警钟，声势造得很大。其实，没有人对加装的必要性存疑，也没有人认为有什么不正常，现在公交车辆上都装了这玩意，走在律城大街小巷，探头无所不在、无时不有。只是人们觉得，领导决策太快，决心超大，动作过猛，一把投资数百万巨资，不仅在班车上，而且要在校园几乎所有的关键部位：食堂、财务处、计算机房、电教室等，里里外外都加装监控，两百多个探头组成了一张硕大的安保监控网络，将师生的一举一动全录入系统。而年初学校财务并无预算，不知领导从何挪得资金。靖晓常感叹不已，领导们是糊涂一世，清醒一时，决策起来暴风骤雨，有条件上，没有条件也要上，要么不作为，要么有大为，一竿子插到底……他不知道激活领导思维和驱动其行动的原动力是什么，直至几年后采购设备弊案东窗事发，还将他莫名其妙地牵扯了进去。因为，商人将那卡片，一张银行借记卡，借他回头套外罩的当口，神不知鬼不觉地偷偷塞入了书桌的抽屉缝里，靖晓常准备掏钥匙锁门没有察觉，它就这么一直贴壁直立着……不过这是后话，暂且不表。

八　新政来了

新入职年轻教师再次见到费艳冰是近距离的，在人事处四十平方米的圆形会议室。

费艳冰立于会议室内圈的中央，从容地抹了抹贴在额前的长发，扶了扶镜框，其实她的头发丝丝不乱，架在鼻梁上的金丝眼镜妥帖如常，并无松动和不适之虞，这不过她发言前的下意识动作。

靖晓常上一回跟费艳冰照面，囿于发言不发言的烦心事，无心端详这位人事大内总管，今天终于能够随心所欲地一睹风采：她，人虽逾不惑之年，但身材和容颜依然姣好，加上穿着得体，一身深蓝色空姐似的职业套装，胸花、围巾、饰品精巧点缀，脸上略施清淡的粉黛，掩饰了浅浅的皱纹，让她年龄立减十岁。她说话起来配以并不夸张的手势，嗓音带有磁性，娓娓动听。她说："老师们，入校一月有余，各位对律城财经大学应该有了实际感受，有了家的归宿感。不错，有的老师排了课、开始执掌教鞭，有的担任了学术职务，着手科学研究，人人进学科，个个定方向，大家在学校学科专业建设的舞台上开始出演角色，开始了波澜壮阔的精彩人生！"

曾文达与方介生对视，轻蔑地一笑：律城财经大学的人生刚刚起锚，别给大伙下形容词，年轻人受用不起，人生精彩与否，那是几十年后的盖棺定论……方介生叫往下听，好戏需要前奏。

"今天，受学校委托，人事处与在座各位双签聘用协议。说来很有意思，咱们是先结婚——各位先加盟律城财经大学，欢迎大会都开了；后领证——上个礼拜才办妥正式聘用手续，今天签订一纸婚约，正式聘用上岗。根据大家既选的经、管、法、文、理、工、艺各学科方向及所在岗位，博士聘为讲师，聘期五年，硕士聘为助教，聘期三年，合同文本由工作人员发给大家，请仔细阅读。人事处期待不出一两年，就是明年或后年，在座的各位能与人事处新签协议，什么意思，就是希望大家破格晋升高一级专业技术职务，讲师晋升为副教授、助教晋升为讲师呗。预祝各位，兄弟爬山，各自努力！把科研、教学搞好，早出成果、多出成果！”

不等费艳冰说完话，有人已将手边协议签署完毕，欲交卷走人。这完全是程序，没啥意思！费艳冰见状，接着说：“签完字后，由工作人员收回。下面的时间，由我宣读，不，是领读，校方的一个文件，与在座每位教师密切相关的一项师资管理新政。”

文件？新政？老师心里不免一紧！签约，大伙有心理预期：加盟律财大，人事主导权在校方，学校店大欺客，所有合同条款都是学校单方拟就，年轻人无论乐意与否都得顺从。合同文本都是官方标配，一个字也不能动！不签约，就抬腿走人，就那么简单！没有什么好商量的！问题是你走得了吗？教师挪一次窝容易吗？谁又能保证你挪窝是糠箩跳入米箩，而不是小二黑过年一年不如一年呢？所以，好死不如赖活！费艳冰说的职称破格，那是空中画饼，逗你玩的。学校将破格晋升的条件定得奇高，那是为熊猫级的科研高手量身定做的标杆。所以，大家不假思索地签上了自己的姓名，准备抬脚离场。至于现场学习、执行什么文件，大伙不解了，一阵骚动。文件，新规定，准又是给大家勒紧箍咒，任何单位对年轻人始终是苛刻的！

靖晓常见众人低头不语，眼神飘移，知道大伙内心烦乱，理不出个酸甜苦辣。他事先得知消息，学校出台新规，要求所有新入职的年轻教师承担学生辅导员工作，博士至少一年，硕士两年，并将其列为评聘讲师和副教授职务的必备条件，刚性要求，没有例外！

曾文达也有耳闻，有思想准备。辅导员？中小学叫班主任，就是孩子王、父母官、守门员呗，得看住、管住、驯服那群独立子女，别让他们闯祸喽，给学校添乱子。这活计不像上课，每节课五十分钟，讲完了拎包走人，辅导员可是无限责任公司的主儿，吃喝拉撒睡样样得操心，所耗时间和精力不计其数，倘若学生有个三长两短，那责任可比天大！谁说不是？哪位学生有心障坠楼身亡，哪位男女学生失恋动了刀子，哪位学生偷窃或在社会上惹祸，辅导员都是责任相关者，都脱不了干系。一旦发生了事故，辅导员往往半月回不了家，得跟踪做学生思想工作，防止“次生灾害”，还要举一反三，防患于未然。玉芳他们的小学是一个自然班一位班主任，从入学到毕业从一而终，而大学不一样，辅导员得带几个自然班，经常是一两百号学生划归于名下，人多了就盯不住，疏于管理由此而生，出事的概率就远远大于小学。如今的孩子家里娇生惯养，任性得很，很不好管！文达特别担心的是，辅导员像粘合剂将胶死在学生身上，挤占了出外上课挣外快的时间，这帮娃娃可是难缠的主啊！所以，他的心情特别不爽，暗暗诅咒这该死的文件和倒霉的规定！

刘敞敞则相对平静。文件是针对所有人的，别人能做，为什么自己不能，为什么不能做得更好？只要想做、愿做和用心去做。与文达在大学期间埋头读书、做学霸不同，刘敞敞不愿读死书、死读书和读书死，大学生活是丰富多彩的，做学生干部、组织社会实践、做义工、当志愿者，样样都是学习。增加人生阅历，增强生活和从业能力，有时是更重要的学业目标。如今做辅导员，可以理解为当年做学生干部的延续，她内心居然升腾起一股想与学生打交道的冲动，辅导员也许是从学生向教师角色转换的重要桥梁。有位教育家说过，与年轻人常年打交道，你会一直被青春感染，容颜永远娇嫩！

方介生对学校决定不意外，也无抵触之意。当辅导员是各大学年轻教师成长的必由之路，没有辅导员的经历，哪能洞悉高等教育教学之全貌。但是，让他举双手赞成也不容易，因为它毕竟要耗费很多时间和精力！年轻人不愿接手，那是制度设计出了问题，年轻人急于在学校立稳脚跟，急于加入科研团队，着手课题和论文，这是泰山压顶的当务之急。辅导员工作无疑类似苦役，不能为教师们带来学术建树。不是辅导员工作有多难，一位博士、硕士，连本科生都带不好吗？肯定不是！只是目标取向出了偏差！

费艳冰逐句宣读、解释着学校的文件精神。曾文达发着闷气，一句没听进去。文件不日将上网，想阅看有的是机会，费艳冰的苦口婆心、循循善诱，没有人理会。她环顾四周，看众人东倒西歪、没精打采，对文件不以为然，心里忍俊不禁：在学校，凡是好事，有文件没文件，大家都一哄而上。凡是差事，大家都退避三舍。市场经济培养出一代又一代功利主义者！当然，本人也不例外！学校强推辅导员，也是出于无奈，凭觉悟、靠自愿，没有人往辅导员的火坑里跳，当辅导员在学校能混出啥名堂？什么时候才有出人头地之日呢？现有的专职辅导员无不想方设法提升学历，往教师队伍里钻，教师岂会反向而动呢？

文件无须讨论，理解要执行，不理解也要执行。费艳冰知道众人不会打内心眼愉快接受，但是亦不至于当众死磕，知识分子喜欢用沉默表示抵触，用冷眼显示反感，用笑容表露赞赏，或者希望别人出头，自己乐见其成。她想，在人们习惯思维里，辅导员是非教学的专职管理和服务岗位，学校养着一支专职辅导员队伍。教育部不是规定1∶280吗，就是二百八十名学生配备一名专职辅导员，这与教师有啥干系呢？教师的职责是上课、做科研，难道还要三线作战？但是，郭成敬不这么看，校长毕竟站得高、看得远：大学教育必须与中小学应试教育彻底切割，辅导员不再是阿姨、保姆和佣人，而是课外与学生接触最多的群体，对学生的成长、成功、成材有重要影响的人群，这一群体的素质事关重大，必须趋向专业化、学术化和高层化，以使辅导员在全员育人中担当更重要的角色，指定博士、硕士当辅导员，是弥补现任辅导员专业知识的短板之重要举措，代表了当今教育教学改革的走向。费艳冰没有对文件做更多的解释，她感到自己达不到校长的高度，如果展开论述，甚至与年轻教师辩论起来，她未必能占上风。所以，还是日后留给领导另作解读吧，从领导嘴里吐出的话也许更具权威。于是，她宣布散会，请年轻教师们回到所在二级学院或学生处，协商认领各自联系的班级。

未配备辅导员的班级，用投影仪清晰地投在白色屏幕上，明晃晃的，从头至尾，有一百四五十个班级之多，足足拉了几幅页面。除了新生班级，还有学生联名上书、强烈要求更换辅导员的班级；有刚刚发生群殴闯了大祸、学校不得不调整辅导员的班级；有发生偷盗案未破、人心浮动的班级；还有辅导员不愿再带的“问题班级”和“困难班级”；这类特殊班级均有红色标注，煞是醒目。恐怕这类“红字”班级无人愿意认领……

落实辅导员，过去是由领导根据工作需要，行政指派。但是，这也留下不少后遗症，一是苦乐不均，二是强人所求，有时是教师和学生两边不落好，领导花很长时间去打“补丁”，有时一学期下来屁股都没擦干净。后来领导们干脆不过问了，让教师们自愿协商解决，口口声声称，老师们都是高学历、高智商，有这个能力处理好这桩小事。

挑选班级如同工地上派工、农田里分活，惯用原则不是先来后到，而是肥瘦搭配、利损均摊。谁人做这个主呢？自由协商总得有个主持人或牵头人吧。有人推靖晓常出头，晓常可不干这事，领导既没有授权，年轻人也没有推举，面对这充满矛盾而吃力不讨好的事，他不想蹚浑水，他能做的就是个人表态：你们先挑，挑剩下是我的。好！这姿态相当不错，给年轻人放了样。方介生随后也表态，先让硕士们挑，博士们殿后。有人说，不要谁先谁后，要么抓阄儿。刘敞敞说，怎么抓法？抓阄得定个程序，还得有公证员吧，简单事情不越弄越复杂啦？天下没有绝对公平的事，大度些，就这么着：硕士在先、博士在后，女士在先、男士在后，年纪小在先、年长在后，随便挑吧，能吃多大的亏呢？一位年轻老师补充道：就照刘老师说的办，注意，费处长指示：可以选本二级学院，也可以选择其他二级学院的班级，欢迎交叉融合，每人不少于四个班级。开选吧！他们的话语掷地有声，大伙就这么约定俗成，不再言语了。

沾硕士和年岁的光，曾文达握有优先选择权。有权不用过期作废，他毫不含糊，率先选择了新生、老生各两个“点招班”，按下电脑确认键后，转身便独自离场，随之离去的还有他身上散发出的一种怪怪的样子，不知他得意还是失意，高兴还是懊恼。

“点招班”是高考招生中分数未达到本校投档线，而使用“选择性计划”招进来低分学生。高招那当口，点招指标一票难求，一个指标在地下点招网站被炒到二三十万，没有特异功能恐怕追踪不到“连续失踪”的实权领导，更没法弄到点招指标，其中奥妙自不多言。点招生每年有百人之众，芸芸众生，至于凭啥子关系搞到金贵的点招指标，那就天知、地知、你知、我不知了，辅导员自然也心知肚明。但是，有一点确信无疑，“点招班”的学生个个背景不凡，家长有三头六臂之功。这些点招生与正常录取的学生同编在一个班级学习，存在明显级差，不好管理，物以群分，人以类聚，“点招班”就这样呱呱坠地了。在人的心目，“点招班”是老爷班、富贵班，难以驾驭，年轻教师躲闪不及，曾文达却逆势而动，偏偏首选“点招班”，他不信这个邪！当然，他有更深层的考虑。

刘敞敞点了四个“和尚班”，男生比例奇高，少数女生在班级成了孤家寡人，万绿丛中一点红。敞敞喜欢与男生打交道，这叫发挥女性的特长。你知道的，刘敞敞以姐姐身份带班，更具亲和性和感染力。有人预测，她带的班级一定能在年度考核中胜出，根据既往的经验，女性辅导员有不可比拟的优势，能够将和尚们管得笃笃定定、服服帖帖。

靖晓常和方介生落单到最后，才将剩下的“漂红”的班级收入囊中。屏幕上被选中的班级涂上绿色，随着他们最后的选择，所有班级各归其主。工作人员立即存盘、定格，最后向费艳冰报告结果。

靖晓常和方介生最后漠然地离场。他们想，班级本无好坏之分，差距是后天不足造成的，难道不对吗？这种单向的、没有学生参与的选择，本无意义，甚至有些无聊。经济学原理说，没有比较和竞争的资源配置不是最优的。不过，游戏规则是大家制定或默认的，即是可行的。既是民主程序的结果，大家就得认同和共同遵守，而不论其是否对每个人的口味。

辅导员配置完毕即张榜公布。学生开始熟悉和恶补辅导员的信息，辅导员开始清点班级和学生人头。

靖晓常角色切换得很快：我现在是老师，又是辅导员，律城财经大学有三支队伍：教师、管理和服务，咱是身跨双域。辅导员如何引领一支队伍？学生凭什么听你的并跟着你的节奏而动？这是他考虑的第一个问题：年岁、学历、阅历具有优势？还是知识、水平、能力更胜一筹？都是，也都不是！能者为师，三人之中必有我师，老师与学生的最大区别也许在于：老师做人、做事、做学问当比学生更好、更成熟、更稳健，进而为学生竞相效法，于是乎，敢对学生大胆地疾呼：向我看齐，跟我走，定有所成！学生心目中肃然起敬的老师，才是真英雄、才有真威信，而非慑于教师居高的职位和以势压人的气焰，那是假洋鬼子、假权威，等到你职位解除之时就是狗屁！下一个问题是，接手辅导员，从哪里起步？从何处入手？新生是一张白纸，容易书写出华丽篇章，而自己接手的是老生的“问题班级”，老生的纸面已经涂鸦，还能有多大的再造空间？有，它肯定不是铁板一块！晓常与刘敞敞一碰头，两三个回合，就有了主张：从学生问题层面，即生活习惯上砸开一个口子：向睡懒觉开刀，培养起居习惯，训练良好养成。优秀是一种习惯，是一种累积，是一种自我挑战与自我救赎。过去的“问题班级”毛病在哪里？在习惯上、在细节上、在规矩上，那就先补齐缺项、筑高短板，才可与其他班级齐头并进。

靖晓常和刘敞敞作了简单分工协作，通力协作，分头查房、查铺。趁本届新生正在军训的有利时机，满校园都是着军装的人，到处洋溢习武的阳刚之气。趁秋高气爽的节气，人的精气神比较容易焕发，狠抓学生起居，养成良好作息习惯。说干就干，靖晓常和刘敞敞一击掌：晓常查男生，敞敞盘女生，晚上，将学生撵上床，拔掉笔记本电源、关闭网络，按作息时间按时熄灯。早上，设叫醒服务，对不自觉的得去掀被窝，将学生从床上拉起来，赶到操场跑步锻炼。每天，学生睡前最后一眼见的是辅导员，天亮睁开第一眼看到的又是辅导员，什么感觉？什么效果？恐怕只有父母才能如此无微不至，舐犊之情徜徉于师生心间。人心都是肉做的，学生的抵触情绪开始冰消瓦解，不良习惯逐渐松动、慢慢坍塌，“问题班级”的面貌悄然在改变。

九　辅导员首秀

靖晓常、刘敞敞的辅导员工作风生水起，先拔头筹，曾文达却还没上心，对辅导员工作仍不习惯、不乐意。他倒觉得玉芳挺适合辅导员的，她善于处理婆婆妈妈的琐事，嘴巴闲不住，是敞口的话坛子，热心加贴心，学生肯定喜欢她，文达我自愧弗如。听说靖晓常他们从被窝里揪学生起早，文达蛮是不屑，太小儿科了，这将学生当什么人哪？三岁的娃娃？还是智障儿童？这哪是大学，像幼稚园、识字班！难道学生几点钟起床还要硬性规定，学生的生活选择权也要限制，连学生的监护人都不可以严苛到如此程度！晓常和敞敞他们将自己降为何等身份，保姆？阿姨？护工？还是父母代理人？他俩将搭进去多少时间和精力？

不屑归不屑，文达对晓常和敞敞的积极表现还是蛮有压力。常说不怕不识货，就怕货比货，土办法有时有奇效，不管白猫黑猫，抓住老鼠就是好猫，不管怎么说，“问题班级”好转了，老师反映上课打瞌睡、交头接耳的人少了，这是不争的事实！在他手里的“点招班”，如果没有短期内不见起色，那绝对没法交代！所以，尽管是赶鸭上架，但学校规定动作还得完成，这活玉芳帮不上忙，一切还得他一肩挑，不能让玉芳看他的笑话。辅导员工作既是学校的法定，还专门出了文件，说明领导动真格了，本人也不能做砸了，让人耻笑，说曾某不才！

走马上任之初，文达第一时间就打电话告诉了玉芳，一是通知她当上了辅导员很忙，暗示她少往财大跑，这边空余的时间全被学生占去了。二是做出虚心求教的姿态，玉芳进入小学当过几年班主任，多多少少积累了一些经验。玉芳在电话里开怀大笑说，在大学的时候，你躲着不出山，借口不做班干部，不肯为大家服务，这下避不掉了吧？至于请教，不敢当！小学的班主任与大学辅导员不是一码事，俺的经验对你不中。比如说，有的家长授权班主任，对不听话的孩子可以动武，你敢吗？你打得过比你个高的大学生吗？抄袭和克隆终不能成功！玉芳想说凡事躲不掉，是你的，终归落会到你头上，这等于暗示某些冥冥之中的事情，莫要回避和耍滑！文达气呼呼地挂断了电话，马不停蹄地去求教张显忠等老生班级辅导员，请前辈传授技艺。他找方介生商量，也想设计个什么形式合作，就像晓常他们一样，但介生采取的是间接操控法，建立学生组织，实施自我管理，他倒落个省心。“点招班”的学生恐怕没这个觉悟，更没那个水平，能管理好自己，孩子们就不叫学生了！文达既不想做晓常，又不愿学介生，那只有另辟蹊径，参照前辈的某些经验和做法，先搞一次班会，与学生先交交手再说，辅导员试水的方式大体如此。

首次班会，也是师生见面会，学生兴致勃勃，早早地聚集在阶梯教室，黑乎乎地坐了一屋子人。学生对新辅导员摸不清底细，往往相互试探、静观其变，初次接触，懵懵懂懂的，大多学生对老师还是充满了习惯的仰视和莫名的崇拜。按照文达的通知，学生带了笔和纸，端坐了课桌前，准备完成规定作业一样，两眼直勾勾地瞅着黑板前的年轻老师，静候着班会的精彩演绎。

讲台上的曾文达独自背着手，在来回踱碎步，等待手机上的电子钟，一秒一秒地跳至晚上七点。正时开场，现在还差两分钟，人到齐了也不提前，这叫契约，双方都得遵守！

报告！学生干部立正，上前道：曾老师，学生全部到齐，请老师训话！他采用的标准动作和标准的报告用语。曾文达满意地抬抬手，示意学生回座。他依然像一尊木雕一样没有表情、按兵不动。学生不知在等待什么，回应他的是教室上下惊人的静默，连一根针落地都能听到金属迸击的声音。曾文达心里暗嘲，咱要的就是这个效果，肃然，敬畏，凝神关注！他想用这种方式立威！

当时针指向七点，远处传来晚自习的铃声。曾文达大唤一声：“时间到。”学生吓了一惊。他首先自报了姓名，说今天班会的主题是相互认知、共建和谐集体。第一个步骤是，请学生填写“情况登记表”，说罢便指示学生干部发放表格。教室没有声音，像期末大考一般，一沓表格从前排有序地传向后排传递，越传越薄，直到最后一位同学人手一份。

文达想，学生一生要填多少表格，没统计过，一定很多很多，所以无须强调填写注意事项，他只过问：“谁还没拿到表格？讲台上有空余。通过填表，啊，摸清底情，互通资讯，增进了解，促进交流。”

教室内没有反应，一丁点杂声都没有。学生全埋着头，只见一排排、黑乎乎滚圆的脑壳低垂着，只听得笔尖在纸面上划过，发出“窸窸”声响，紧张、有序的气氛持续了几分钟。不多会，学生开始躁动，有人左顾右盼、交头接耳。看得出来，学生对填表不积极，有些腻味！报到时，填过报到登记表，入宿时填过入住表，取学生证时填过学籍表……管理部门的千根线、万根线都穿在学生一个针眼里，那针眼快豁口了，文达岂能不晓。不过，登记表不是他的创造发明，各班级都这么做，上面有要求。学生档案信息是高考时采集的，为了高考这一特殊目标，学生、家长和学校都不想露短，往往避实就虚，隐匿了若干信息，档案造假时有发生。入学后重新填表，有正本清源之功。一学年下来，学生和家庭信息可能发生变化，如今，人们生活在一个高速变革的社会之中。当然，对于文达来说，填表摸底还有另一层考虑，就是厘清学生家长的实力，发掘和开采可资利用“高价值目标”。

听说没有？张显忠老师在所带班级钓出一条“大鱼”。学生他爹是律城著名的房地产商，他为张显忠老师看房、选房、退房、购房，帮了老鼻子忙。去年，张显忠经不起销售人员巧舌如簧的轮番规劝，犹豫之中为“金科”小区的“两室一厅”预付了购房定金。可是，后来发现销售人员所说的“好学区”“游泳池”“大超市常年直通车”“规划中地铁”等不是子虚乌有，就是言过其实。于是，想放弃购房、索回定金。这下满脸春风的销售人员顿时由晴转阴，一口咬定弃购后预付三万元定金作为赔偿金而没收，这是定金，不是订金。对于玩文字游戏的售楼处，张显忠没了章法，四处投诉无门，欲告销售人员，又拿不到力证。销售人员多狡猾，描绘的壮美蓝图全是嘴巴功夫，没有一样是白纸黑字，件件模棱两可，让人摸不着头脑，张显忠只得自认倒霉。得知有这么个“高价值”的学生，他的眼睛顿时一亮。当他结结巴巴、不知可否地联系上老总家长时，老总哈哈一笑：孩子的辅导员老师主动找上门来，这是天大好事，退款之事全包在我身上。果然，不几天，老总通知张显忠去取定金。再次见到销售人员时，张显忠感觉超爽，简直就是爷！销售人员毕恭毕敬、笑容可掬地将钱款如数交到手中。张显忠扬眉吐气，丢下几句难听的话后扬长而去。这还没完，张老师请老总家长帮忙，在律城城区大范围、高频度看房，作了两个月的比对，最后看中一处楼盘，老总又出面找售楼经理打折，扣去两个点位，省下两万多块钱的房款。这辅导员可真没有白当……曾文达很会东施效颦，不过他的需求与张显忠不同……

“老师，我可以用手机吗？”曾文达的思绪被前排一女生打断。她对家庭信息把握不住，想当场致电父母咨询。

“可以。”文达不假思索道。

于是，那女生用手机与父母通上了话。尽管嗓门压得很低，但在宁静的教室里依旧清晰可闻：“喂，喂，老爸，你和妈妈的出生年月是哪天呀？”停顿了一会儿又说：“慢点说嘞，我好记下！”又顿了一会：“你和妈的公司叫啥名字呀，好像挺长的，复述一遍，慢点，慢点……”该女生开了头，众学生就毫无顾忌地跟进，一发而不可收，教室内通话的嘈杂声绵延一片。

文达来回巡视着，无奈地摇摇头。这儿女当的，父母的生日、工作单位也敢忘却，他们长的什么记性？银行密码、高考考号、小鲜肉、韩剧……年轻人给咱太多的捉摸不定，那是一本本满是生僻词汇的新书，读不懂啊！不同的人生经历，打造了不同的人格风范，文达想着，父母生日，甚至身份证号码，他能像算术口诀一般信手拈来，只字不差！面对本孝子，这群独生子女孝心大大地坏了！

文达来回又巡视一周。有的学生开始交表，文达没有收，他发现表格中出现“不详”“不明”字样，还开了天窗。哼！什么不详、不明？家庭信息学生会不详？分明在敷衍，想糊弄本辅导员！说重了就是抵触学校管理！欺生啊？还是示威和罢工啊？想给本人辅导员下马威啊？他心头之火蹭地冒了上来。

文达疾步冲上讲台，抄起麦克风，怒气冲冲道：“本人看见，有的同学写不详、不明。本人不禁要问：在高考试卷上，你们有没有用过这两个字眼？没有，绝对没有！学生登记表是奥数、还是天书？自己对自己说不详？准确说是不想！如若真的不想，就别填了！不过，本人丑话说在前头，以后你们和家长甭怪罪本辅导员和学校，指责校方不作为、不与家长沟通，有失培养、监管之责，这怨不得学校！所以，确实不想如实填写者，听着！请在表上注明：本人不愿提供学生和家庭相关信息，由此产生一切后果自负！”

这一军将得学生没了回手，心里空落落的，大家面面相觑，不知所措。赶紧相互借橡皮将表格上的天窗补上，看来不详、不明，是心态而不是信息问题！文达嘴边泛着一丝冷笑，激将法达到了速冻效果，惊出大家一身冷汗。下面还得添把干柴，再创急热效应。看哥们怎么玩，玩死你们，叫你们个个心服口服本辅导员！曾文达润了润嗓子，改用和蔼可亲的腔调说：“同学们，填表，有一种开膛剖肚般的难受，是不是呀？说实话，让同学向学校敞开心扉，将所有信息无偿提供给学校，像周身扒个精光，羞涩地袒露在老师面前……把手放在心口上，有没有这种感觉啊？”

学生不语。

“不爽吧？不公吧？为什么是这样呢?”

学生丈二和尚摸不着头脑，不知辅导员老师要说什么。

“好吧，为彰显师生平等，在黑板上写下本人的手机号码、电子信箱和QQ账号。本人在黑板上也填表！老师可没有欺负你们!”说着，刷刷刷在墨绿色的黑板上，曾文达用白粉笔将个人信息用醒目大字公布出来。学生这才反应过来，纷纷用手机闪拍，或笔录于通讯簿中。

“学生登记表，共三部分、十四个栏目、二十二个信息点。本辅导员自不例外，二十二个信息点全部公布于众，有来无往非礼也!”这时，学生填表基本完成，慢慢抬起了头。文达这一说，点燃了大家的兴致，学生立即竖起耳朵倾听他的陈述，他的话中肯定有劲爆料!

文达故意放慢语速，多搞几次且听下回分解，以吊足学生的胃口。他卖起关子，哼哼哈哈的，不断打岔，扯远，像讲故事一般，将自己的祖籍、年龄、身高、毕业院校、专业、研究生导师和主要社会关系等一一陈述，最后问：“同学们，听清楚没有？过瘾了没有？若还需要了解本辅导员其他什么信息，请提问，本人一定照实披露，没有‘不详’、‘不明’，有问必答!”

这一着果然征服了学生，在大家心中产生了共振，吸引了众人参与到以他为核心的交流互动中来。同学的提问，可能围绕专业、课业、实践、阅读等校园生活展开，目前二年级的学生开始从基础课向专业课过渡，兴趣点八成集中在学业方面吧……令他意想不到的是，一位青涩女生没有举手，大胆站起身，像新闻发布会上记者争着发问一样径直道：“我是工商管理四班的单媛媛，家住本市，祖籍江苏扬州。请问，曾老师口口声声称自己为‘本人’，请问‘本人’跟‘我’有什么区别?”

文达被逗乐了，这是什么问题？是没有问题找问题！那就信口开河地答吧：“‘我’是代词，‘本人’是名词，本人就是我，我就是本人，可以通用、串用、共用。究竟如何使用，各人喜好，口头语，没标准答案。”

“我还有一个问题。曾老师，你有女朋友了吗？如果有，能否透露些内情？如果没有，您的择偶标准是什么？谢谢!”单媛媛突然发力，射出了一发不大不小的震撼弹。

“哦，好嘞。”“好！”“好——”众学生立即鼓掌点赞。单媛媛的设问，不复杂，有点像套近乎，想活跃现场气氛。她自以为提出了极易回答的有趣问题，却偏偏难住了辅导员。文达眼前立即晃动起玉芳的熟悉面容，她笑眯眯抢着回答：文达早有了女友，名叫袁玉芳，就是俺呗！她一脚跨上前台，冲着大伙傻笑，并埋怨文达，你咋不早公布呢？这又不是机密……文达使劲晃动脑袋、拼命眨动双眼，才将玉芳的影像从脑海中挤了出去。他沉默少许，显得犹豫，语言发涩，内心略带不悦。他心里翻腾起来：妈的，这学生没上没下、没老没少的，将好奇的魔爪探入本人生活领地，在公共场合这是大忌！这学生好没素质，没教养，没理头，俗说男人不问钱、女人不问年、军人不问衔、同龄人不问恋，起码常识都不懂！

文达之所以难以爽快作答，骨子里仍旧隐隐认为玉芳拿不出手，他不想立即将她亮相于前台，置于大庭广众之下。学生哪知道这些？在学生心目当中，老师的女友肯定是漂亮、文静、贤惠、精干的美女、仙女和神女，是律城大学的佼佼者，远超在座所有女生，有明星之貌、超女之范、白领之气质……理想的丰满与真实的骨感活生生地摆在面前，生活中他不敢以胜利者自居，文达的舌头有些打涩，他力图故作镇定，假借幽默以掩饰内心的纠结：“这，这，这属于个人隐私，在学生登记表上没有这个栏目，必须回答吗？”

“必须的！”“当然，当然！”学生一道起哄。

“女朋友有了，她是老师，但不在律城财大。”文达从牙缝艰难地挤出几个字来。他一口把讲台上纸杯里的水全喝干了，手摸到口袋里的口香糖，但当着众人不好拿出来嚼……

见老师回答得如此艰涩，单媛媛知道出错了题，噱头玩大了，玩笑穿帮了，本想调节气氛，结果适得其反，她后悔不已。自作聪明的她想扳回一城，挽回一些面子——曾老师的和她自己的——她再度站起身打圆场，高悬免战牌，说：“谢谢曾老师，谢谢，同学们给点掌声！以后咱再向老师求教专业问题。Thank you！”说完向前后各鞠一躬。一阵掌声后，教室再度陷入宁静，一种可怕的宁静。

聪明的学生为了救场，三三两两，随便提了几个不轻不重、不大不小、可有可无、辅导员可以轻易对付的傻瓜问题，比如律城大学文理科学生的比例，学生毕业后就业的走向，新校区有无娱乐设施建设规划，食堂伙食的价格有无下调空间等等。

借学生稀稀落落、边角余料式的发问，曾文达缓过神来。几个不疼不痒问题的一问一答后，时间差不多了，他最后归纳：“同学们，至此，师生间已无信息盲点。本人的情况同学抄了、拍了、录了、记录在案了，个人隐私也很不情愿地曝了光，从今往后咱们就是经管学院大家庭一分子，是亲密无间一家人哪，同学们说对不对?”

学生没反应过来，部分耳朵尖的人拉长了嗓音道：“对——”

“力度不够！像苍蝇叫、蚊子哼，有气无力的！怎么，咱们还是两家子人吗?”文达一挥手，加力道：“再说一遍，师生是不是一家子人?”

“是!”回答声洪亮无比，差点将屋檐顶翻，砸落脚在后跟上。

文达摇摇头，这群学生有时又像孩子……

第一次站台，曾文达喜忧参半，有得有失。比起靖晓常，不得不承认自己还是嫩了点，没有从容自如地驾驭局面，险些栽在单媛媛、一个名不见经传的女生手上，如果不拉下脸，学生还会接二连三地问出一些不三不四的问题来哗众取宠，以骗取同学廉价的笑声和掌声，弄得他下不了台。这有可能，很有可能！想着想着曾文达有些窝火。

回到办公室已是晚上九点半。文达将一大沓学生登记表扔在电脑桌上，仿佛结束了一场重大战役，必须打扫战场，清点战利品，押解俘虏，统计战报。他信手将学生高考登记表从信息库中调出，首先找出单媛媛的。然后，猛嚼了两粒口香糖，饶有兴致地欣赏起她的玉照。哈，哈，小美女，敢挑战本辅导员，对本人私生活感兴趣。你看着我，别瞧你细皮嫩肉的，笑成一朵玫瑰花，眼睛眯成一隙缝，嘴角一边一酒窝。考入律城财经大学工商经管学院，看把你美得，笑得张狂而忘我。别太招摇了，你不过是“点招生”，要不是你爹四处找人花钱，你进得来吗？第一学年的成绩平平，别胆大妄为，你落在本人手心，得顺着本辅导员心愿行事，如果下次再敢放肆、冒犯长辈，看本人怎么收拾你！

曾文达将学生信息一一录入电脑，建立学生电子档案数据库。然后，顽皮地将女生的素颜照一一调出来观赏评析，嘿，其中真不乏美女倩妹，其家境优渥，自小受父母熏染，个人气质高雅，有高人一截的出镜率和回头率。他看着有点入迷，很自然地拿玉芳与她们比较，当然是与最漂亮的女生作比较。他不住摇头，玉芳的确由里到外，与人家——这仅仅是见了一面的女生——存在差距，特别是气质、内涵，那物质不是一天两日可以弥补，是渗透到骨子里的、说不清道不明的东西……算了，看这些没意思，难道你想动这些女生的脑筋不成？还是调出学生家长，看看有多少大来头人物，这比鉴赏美女来得实用。

你瞧瞧，家长中老总、首长、富商的比例还真不小，肯定比高分学生构成的精英班要高得多，这是多么丰富且唾手可得的社会资源哪！玉芳一家在阳泉村，再加上阳泉镇和县里的那点人脉关系，相比之下简直不值一提！将来办事，还得看本人文达的！尽快建立起通讯网络，以便随时调用，文达给自己下了操作口令。

学生家长贮藏着超大能量，具有通天和下海的本领，其办事能力能穿透学校围墙，向社会各角落无限延展。文达兴奋地自言自语道：瞧瞧，本人略举几例：靖老大调爱人，忙碌了数月，不知卡在什么环节，久推不动，进展甚微，费艳冰说学校花了老大的劲，好像原地打转，还是请本人想想办法。上边人事部门既不说办，也不说不办，就那么挂着，让人心焦！本人能有什么办法呢，费处长暗指晓常上门表示表示，以舒筋活血、加速循环？文达班上就有位在省人事厅当处长的家长，尽管不直接分管人才引进和家属调动，但是他出面过问和催办，效果肯定好于校方的努力。首长指示、领导干预和上级交办，能叫关关卡卡的红灯变成一路绿灯。但是，文达犹豫了，班级刚接手，师生擦肩而过，还未混个脸熟，过早开口差人办事，似乎急吼吼的，像饿虎扑食、野狼噬肉，目标性和功利性太强，会落人予话柄，再过一段时间，逐步与学生接近，慢慢营造水到渠成、瓜熟蒂落氛围吧。再比如，敞姐的男友与人合伙搞了一项食用生物技术，需要通过专家鉴定，以迅速在市场推广。但是研发者和生产者对技术鉴定没有把握，欲疏通技术部门内部人士，以免误请一些对该技术抱有成见的专家参与，导致未鉴定便宣判其死刑。文达知道有家长在省科委当差，该领导只要出面打个招呼，属下自会心领神会，鉴定会必一帆风顺。但是文达心里打鼓，敞姐先生搞的什么技术，担心光明正大的技术鉴定败走麦城，需要人际关系来摆平鉴定专家，发明人对自创技术如此不自信，让人匪夷所思，其中有没有猫腻？再说介生兄，计划将博士论文出版，找了好几家出版社，编辑均以学术著作销路不旺为由，要求作者交三至五万元不等的出版资助，讲白了就是买书号钱，或者个人包销三千册以上。这书号或包销就是他一年的工资，介生乃普通教员，上哪里去包销如此数目的学术专著，充其量就是签名赠送亲朋好友，顶多几十本用量，这难坏了方介生。班上一位家长在新闻出版局工作，但是出面找人免单，可欠下大人情，以后用什么还呢？将方介生包装、推销出去了，日后自己需要包装和推销，谁又来帮自己的忙呢？靖老大、介生兄、刘姐也当着辅导员，手头不是没有资源，即使他们带“和尚班”、困难班、高分班，高价值目标不多，但是只要深挖掘，亦不至颗粒无收，他们不动脑筋，不愿作为，坐享其成就没戏了！文达觉得，至少目前还没到非找学生家长解决棘手问题的地步，况且靖老大他们没有求助，他们的想法还包在肚子里，本人何必自作多情呢？

重要家长的电话号码存入手机半个月，曾文达没调出来拨打过，来日方长，好钢要用在刀刃上，他想会有这一天的。随着时间的推移，按捺不住寂寞的倒是学生家长，首先是单媛媛的父母。

单媛媛按照父母吩咐，周末回家“改善伙食”。单父认为，学校大众伙食营养差，难以满足女儿长身体和大运动量之需。爹妈平日忙工作，很少在家开灶做饭，周末自然是一家团聚、共享美食的休闲时光。饭桌上，单媛媛眉飞色舞地描绘一周来学校的趣闻，自然少不了谈起这位颇具个性的曾文达，她眼中的帅哥辅导员：毕业于名牌大学，满腹经纶，诙谐风趣，征服了女生无数，为了引起他的注目，我略施小计，给他出了一个不大不小的难题，让本姑娘在他心目中至少停滞片刻，留下了难以磨灭的印象。单父忙问，你太没个分寸，别开罪了老师，良好印象没留下，反丢下抹不掉的恶劣记忆。单媛媛说，哪会呢？是老师叫大家提问题的，我不过顺水推舟，问他有没有女朋友，让同学足足乐了一把。单父听后立刻脸色大变，差点骂女儿，你这是当众剥老师脸，也现了自己短柄，同学会以为你看上老师，在投石问路呢！哪会呢？咋不会？我和你妈都以为有这意思，何况旁人呢？只不过别人不说而已。晚上，单母为女儿洗衣裤，从裤袋取出手机，随便一按，发现 VIP 通讯录中存着辅导员曾文达的手机，还有电子邮箱，QQ 号等，还附了精美照片，是教室里拍的，可谓要素齐全，全然一个立体通讯网络，女儿对待家人也没精致至如此地步！爸妈顿感事态严重，两人对视了一下，决定次日要找女儿严重交涉。不料跟她没唠几句，便谈崩了，单媛媛眼泪差点夺眶而出，愤愤地说，这堆号码是曾老师给所有同学的，写在黑板上呢，人人有份。爹妈半信半疑，他们偷偷地将号码抄录下来。可以肯定，如若不是父母“巧拾”老师的通讯方式，女儿不会主动袒露这一秘密。这个周末，单父更增添与辅导员老师主动联系的紧迫感。

也许在中小学，家长们习惯与班主任联系，从老师嘴里了解学生在校表现和学习情况，中小学教育的思维始终是社会、家庭、学校三位一体，老师们甚至认为在此体系中学校不居主导地位，而将大部教育责任甩给社会和家长：家长在作业本子上签字；功课不懂，叫你爸跟你讲；爸妈没空？那请家教或者上辅导班……都是颇为盛行的教育逻辑。教得好，是学校和老师的功劳，所以才频现高考后的谢师宴和庆功酒。教得不好那是家庭和学生本人的责任，要么复读、要么脱学早早涉足体力或半体力劳动。家长们习惯聆听老师的话音，习惯将家长望子成龙、望女成凤的意志巧妙地转换为老师的教育动力，所以喜欢探听老师的下落，适时与老师保持紧密联系。

首先打入电话的家长是单媛媛的父亲。铃声响起时，曾文达在课堂，手机打在静音，没有接听。老师置之不理，更吊高了家长的期待，老师还摆架子不成，将陌生电话当成诈骗？家长的选择只有锲而不舍。

下课后，文达一看手机一列未接电话，这肯定有什么急事，正准备回拨过去，这号码又打了进来。按通后，单父首先热情地自我介绍，跟着就是一通莫名其妙的夸奖和感谢："曾老师，非常感谢对单媛媛悉心关照，女儿对您赞不绝口，一家人都认为遇上你这样的好老师是女儿的福分……"单父越说越玄，辅导员简直成了救世主，文达握着电话的手有点发热，周边无人，他干脆转换成免提，看他怎么继续表演。其实，文达明白，与单媛媛接触总共加一块不过一两次，哪来的悉心关照，这不过是所有家长与老师套近乎的规范用语，免费口头贿赂吧！当初爹妈见了班主任也这般说，以表示您老在上、咱在下，表示尊师敬教。

"单媛媛高考失手，她高三时在班上可是始终保持前十，偶尔冲至前三，不知中了哪门子邪，高考时大失水准，勉强进了律城财大。不过认识了您，真是因祸得福啊！"电话那头仍然喋喋不休，"这不，闺女进入了律财最好的学院、最棒的专业，又有最优的辅导员，剩下就是她自身努力了。不过，咱闺女年少，任性，不懂事，若有过火言行，对您老不敬，还望海涵。家长我心中有数，会督促闺女遵纪守规。"

文达一听就明白，单父知道了孩子在校表现，是孩子自我供述，还是有人传递情报，速度咋这么快？不过，这事不大且已过去，家长再扯起来就小题大做了。文达不接对方的话，想让他打住、转移个话题。单父又道："有空我再向曾老师当面汇报。此次打电话给您，有两层意思，一是感谢，二是邀请，您看在方便的时候，咱来安排，您和家人一起到苏、锡、扬一游，寒暑假、"五一"、国庆长假均可，您定，您定！”

曾文达被家长的一番客气打动了，激动、兴奋、感谢……百感交集，他难得品尝座上宾的滋味，吮吸着被人热捧和盛邀的甘润，这对于从农村山乡走出来的孩子来说确实弥足珍贵！当然，他脑子里依然保持着应有的冷静，家长那是顺水人情，有多大诚意？又有多少可以当真？但是，面对客气之人，文达还是放下了身段，爽朗一笑道："单总不必客气，有什么事尽管吩咐即是。出外旅游，免了，谢了，咱们都很忙，此事让孩子知道了，对她成长不利，传出去也让同学看低了她。”文达做过功课，知道单媛媛父亲从商，生意做得很大，身兼数家公司老总，是商场中的能耐人。

“哎，朋友之间交往与闺女没关系，咱外出活动闺女哪会知晓，同学更不会知情，本人最不善于打广告。在商场混了这多年，相信兄弟我会安排周全。曾老师不必顾虑，不必顾虑啊！”

“俗话说无功不受禄，活动之事以后再说吧。单媛媛学业本人自会督促，并及时与家长沟通，请放心。”

“非常感谢，非常感谢！曾老师，咱是粗鄙的生意人，一辈子泡在商场打拼，我不想女儿走他爸的从商之路，太难、太苦了，她也不是这块料。自小媛媛娇生惯养，根本吃不了那苦，受不起那罪。咱想让她毕业了考公务员，捧得铁饭碗，吃个安稳饭，所以请曾老师多关照，关心小女的政治进步和党票，同时多给她锻炼机会，安排个什么班长、党团支书什么的，这对于以后走上社会特别重要……”单父以为与文达谈近了，便开始部署起任务来，不过他又觉得不妥，未投资哪有回报呢？仅仅布置活计，没有润滑剂和动力源，恐怕运转起来很艰涩，于是他接着道："外出之事您安排好时间随时通知我，真的，万万别客气，看看咱对朋友是否真心。咱们今儿在电话里难得一叙，明天我差人给你送一些土特产过来，丢在你办公室。”

“不，不，不……办公室人多眼杂，你……别坏我名声！”

“放心，我包装好，外观上像快递、像教辅材料。没人的时候你再打开享用。浪费曾老师这多时间，不好意思。”说完，不容文达多言，单父便挂断了电话。

曾文达托着电话的手半晌未放下，内心一阵紧张。第一次与商人家长打交道，不知深浅，不测风向，谨慎是必要的。不过，从谈话中，文达并未发现对方有何歹意，也未发现风险逼近，他会加害于我？不会，至少现在不会，他想女儿得到特别关照，目的性很强，在未达目的前他不会出手伤人……

次日，文达果真收到来自单先生捎来的一本“厚书”。送书人没有与文达照面，丢下东西便走了。对面办公桌的伙计描述那人：高高个子，像个马仔或快递员，一句话不多，叮嘱按照封皮上的地址，亲交到曾老师手上即可。曾文达掂量着，分量不轻，这是一本什么“书”，挺像一本精装、铜版纸的工具书，用胶带封得很严实，摸不出来。

白天办公室有人，收到“书”时，文达漫不经心地往抽屉里一丢。整个白天，他都在猜想“书”的内容：那肯定不是书，从商之人没心思、更没水平著书立说，也无购书、赠书之雅好，那定是一类似书的商品，是他用剩的、多余的商品？究竟为何物，实在猜不透！文达认为单父很讲信用，奉行君子一言驷马难追，谁说无商不奸？那是泛指，商人中还是有好人的，单某人就是一个，很讲义气、很重感情！

晚上，办公室人去室空，文达才锁闭了房门，小心翼翼地文具刀挑开了严实的包装，慢慢从纸盒取出一只 Ipad！哇，一只苹果 pad！文达惊喜交集，高兴得差点蹦起来，单父怎么像钻进肚子里的蛔虫，所赠之物正切吾意，正是朝思暮想得到的心爱之物！当初，首度拿到课酬时，他就在皮包和 Ipad 之间权衡，思忖再三，选择了前者：因为上课频现讲台，驴子拉屎表面光嘛，皮包显外，乃风度之体现；而 Ipad 实用，内敛性强，上网什么的，可以到办公室电脑上做；先外后内吧，待有下笔收入到账时再买 Ipad 不迟。如今，单总慷慨补缺，恰如喜逢甘露，浇灌得他心田的鲜花怒放。内存 64G，进口原装，价格在四千元以上，这可是一份大礼、厚礼、精美之礼！他一拍大腿，大呼：那单总真是个人物，知人善任、知书达理、知心知情，你瞧，这人情做得天衣无缝，连购买发票都附在盒子里，连皮套一并配好……这一切明确无误地告诉你，Ipad 不是他人所赠，不是家里的“多余”，不是顺水人情和借花献佛，而是实打实的是单总的一片心意，机打发票的原件清楚地说明，是单总与他通完电话后购买的，支付的是现金，而不是单位的转账支票，发票也没有抽出来用作报销！这完完整整的人情，让文达可以在任何场合拿得出、叫得响。有了发票，他可以轻而易举地在晓常他们和玉芳面前炫耀，而无收受他人送礼之嫌。

Ipad 用得很是顺手，将办公、通讯、导航、导游、导购、娱乐等功能集于一身，大大增添了生活情趣，文达爱不释手。用 Ipad，指尖不停在屏幕上滑动，经常跳出的是单媛媛的笑脸，这姑娘变得比任何时候都漂亮可爱！当媛媛的眼光与文达对视时，她肯定在问，咱爸交办的事情怎样啦？到哪一步了？

曾文达岂能忘记单总的交办。但是，问题并非单父说的那么简单，单媛媛并非单父描绘的那般优秀。经过跟踪调查得知，单媛媛不仅学习吃力，而且与人交往存在障碍，同学关系闹得很是紧张，同寝室女生之间甚至有些僵。如果推举这样的人当班长，不可能赢得选票，入党的民意测试也不可能通过同学的信任投票。尽管曾文达一再提醒单媛媛低调、低调、再低调，但是，头上长角、身上长刺的她，高调、高调、再高调的习性难改，让文达头痛不已。

十　心事与道路

MPA是经管学院的钱袋子，而经管学院又是律城财经大学的钱袋子，这是路人皆知的公开秘密。MPA是经管学院贴近市场和瞄准高层群体开办的“富人俱乐部”，具有很高的市场附加值。经过多年经营，其品牌效应和社会影响力已蔚成气候。

加入MPA中心的教员，清一色的博士和教授，无不具有多年的教学经验，久经沙场，积累甚厚，老到沉稳，钱教授便是其中之一。他讲授的股市投资操盘技巧，寥寥十小时便倾倒学员一片，培养校内外粉丝无数。在中国数以亿计的股民中，有多少能做成钱教授，投资操盘点石成金，做什么赚什么，玩弄股市于股掌之中，如同一位超十段棋手，走一步、看两步、算三步、估四步，在K线转折的关口一举交易，止赢、止损恰到好处、得心应手。他的课贴近实战，出神入化，很快成为最受欢迎的、学术性和操作性皆佳的招牌课。一传十，十传百，就这样，一个钱教授就引来数百上千的崇拜者。正如经管学院书记柯梦凡评价的：一个钱教授搞定一门课，救活一个班次，树起一块牌子！

在钱教授的大力举荐下，方介生破格加入MPA团队，跟随众教授听课，让他目睹名师、名课风采，有机会直接获取钱教授的授课大纲、讲稿和PPT，不仅省却大量的原始劳动，而且使他轻而易举地照葫芦画瓢，迅速克隆、仿效，并直接完成备课、径直进入教学实践。不过，介生觉得钱教授对自己有一种超越同事的亲近、亲热和亲昵，他觉得不自然、不自在、不自由，好像钱教授除了学问之外，对他还有什么期待。借此热度，方介生脑袋急转弯，在钱教授面前大力推举靖晓常，执意要拉他入伙，其中寓意不难理解：一是兄弟情，相互抬着混是介生的口头禅。二是分散钱教授的无形压力，在团队中介生需有个帮手。钱教授事先听说过靖晓常这人，无意中谋过数面，只不过彼此没有直面攀谈。这是位不错的小伙，有男人味，只是已有了家室，妻子远在异地，正在办调动手续，一旦顺利调入律城，恐怕就有了家庭牵绊，无法全身心地投入教学、科研。不过，钱教授考虑再三，认为团队中多一位新生力量不是坏事，于是就答应了介生的请求，同时告诉他，本教授是看在你的分上才同意晓常的加盟，他的教学和科研团队早已满额，目前已规模超大。这等于是给了介生一份天大人情，必须认清并牢记！

方介生千恩万谢后，得寸进尺，还想搭刘敞敞和曾文达一并入伙。钱教授的脸沉了下去，说：这两人是硕士，不合条件，还是莫开口为好。如果降低门槛，各种关系将蜂拥而至，本教授就里外不是人啦，这个团队就不好带了，谁都知道 MPA 是肥缺，书记校长开口捎个人，你给不给面子？协作单位要塞个人，你通融不通融……钱教授说的不无道理，方介生不好再坚持。退一步讲，钱教授跟你啥子关系呢？作为一个长者，帮忙帮到这个份上，应当知足、知恩。其实，方介生知道团队的用人底线，提出这要求无非是宣示哥们情谊，同时也是测试钱教授的原则性和容忍度，看他有多大松动余地。介生知道文达在外边讲课的热乎劲，自我感觉超爽，已成为老师们私下热议的新闻人物，但“打野鸡”毕竟不上路数，吃得青春饭，挣的是零花钱。MPA 才是正经八百、名正言顺的创收，这才是一座取之不尽、用之不竭的金山啊！曾文达那是单干户，岂能与互助组、合作社和人民公社媲美呢？他想找时间跟文达交心，在外上课适可而止、见好就收，尽早回归学校主流。

“老师心目中，MPA 是阳春白雪，在外淘课是下里巴人。”方介生跟对床的曾文达说。秋天，空气里飘着黑身长腿的毒蚊子，叮咬起来一点不含糊，蚊香不顶用，文达说现代蚊子有了抗药性，再就是厂商生产的驱蚊药具系假冒伪劣，蚊子越来越肆无忌惮。所以，他们备完课，便落下蚊帐，压实了账边床沿，全身躲在薄薄的纱帐里边去了。睡觉？不到时候，大脑残留着读书的亢奋，一时半会难以抑制，两人便默契地开始了睡前闲聊，好似催眠曲，漫无边际的瞎扯，扯到哪里算哪里，直至睡意降临、搭载他们悄然潜入梦乡。

“本人晓得，在外上课充其量就是超市、大排档，淘的是大众商品的廉价货。MPA 是高档精品屋，那是特殊消费人群的名品店，百姓只能打门前路过，或进门遛一圈一饱眼福，看到那天价标签就知难而退了。”曾文达咳嗽了几声回应道。

“甭以为 MPA 学员自掏腰包，你没看，新生报到那个壮观，个个怀揣支票、汇票，口袋里还有大把钱票。开着发票，写着单位抬头，回去报销嘞。一点不心疼流水而逝的真金白银啰！”

“公款高消费！不论啥单位，普通员工绝对享受不着高端培训的礼遇，百姓只有找老婆报销，老婆的小算盘哪能算出 MPA 的含金量？得，得，得，你还是省着钱为老娘买进口化妆品吧！”曾文达隔着蚊帐打趣道，“工薪一族，投资 MPA 都得三思而后行。”

“这项目本身就不是为工薪族设计的，它瞄准的是上流社会的权贵。”

“对，不愁钱、不缺钱，动动嘴也来钱的族群。”

“是啊，鱼有鱼路，虾有虾道，跻身富人俱乐部的没有等闲之辈，你可不能小瞧他们当中的任何一人。”介生旋暗了床边灯。

“当然，MPA 的课是金子锻的，值得这么多钱？高学费是不是离谱了？”文达气鼓鼓地说，仿佛富贵们在花他一个穷人的钱。

“谁说不是。尽管学校和教师做了深投入，教学和管理的确胜人一筹，普通学历教育不能比拟。但是，这只是表象，其实，MPA 吸引人之处不在于它的课程体系和知识给予，而是富人、权贵的高密度交融，进而构筑互通有无的桥梁。富人、权贵交际和联手，无形之中编织了一张硕大的关系网络，不出几年，这批 MPA 学员在本市、本省、本地区就无所不能、无所不及、所向披靡！”

曾文达听到这儿，心境忽然开朗，一骨碌从床上坐了起来：“啊，没想到，MPA 具有如此魔力，对于淘得第一桶金或初掌权力的人来说，可是魅力无穷，诱惑难挡！这点学费投入算什么？即使是个人出资，相对于潜在的和现实的巨额回报，那也是定赚不赔。在权力经济和关系社会中，MPA 无疑为未来的权贵和富商们开挖了一眼储量极其丰足的金矿。”

“是的！你想：商人和官人，如果分头联络各路精英和大小权贵，系统开发和经营如此庞大的关系网络，那得投入多少开发和运行成本哪，有时还投资无门，经营无期，无从下手呢。现在依托 MPA 平台，可轻而易举地结成信息和关系一体化的利益共同体，投资少、见效快，而且以同学名义的合理化包装，有里有外。商人岂会不算出投入产出？哪会做亏本的买卖？”

“这就是 MPA 的生存之道？岂不坏了官场和商场文化？坏了校园文化？学校做这事岂不缺德？”

“对于律城财经大学来说，MPA 也是一口深井富矿，它给财大带来显著的经济效益和社会效益，这批校友未来不可小觑，他们可是回馈母校的绩优股和潜力股。所以，MPA 是书记、校长主抓的拳头项目，是学校高端办学的金字招牌，所有教育教学资源无不向此倾斜。”方介生从钱教授那里了解到MPA的内情，文达从来未听闻，消息蛮有吸引力和震撼力。

“这与本人外出上点小课，不可同日而语!”曾文达显得忐忑不安，他忽然意识到，真正创收大户不是往返于党校、电大的年轻老师，而是这群不显山不露水的师爷们。文达睡不着了，将调暗的台灯又拧亮，问道：“方兄，你给透露透露，MPA上一天课，学校开多少价?”

“这，领导叮嘱保密呢，怕周围人眼红，冲击正常本科和研究生教学。”

“跟小弟说说，交个底嘛，文达不至于满校园散布，对兄弟还有什么密可保呢?”文达有点不快，他认为这是半公开的小秘密，想知道的人都能够从不同途径了解MPA的行情。

“你自知就行，到此为止哦!”方介生压低了声调，仿佛抬高了调门会传到隔壁：“教授每天一万，副教授八千。听说根据学员评教，还会有20%的上浮或下调。”

“哦!”曾文达心里一怔，没听错吧，一万和八千，意外，太意外了！尽管他心理有准备，MPA课酬肯定比党校、电大的课贵，却不料落差如此之巨，五位数、四位数，对于他来说简直就是天文数字，MPA一天课相当于在外“打野鸡”四到五天收入之总和，真是不比不知道，一比吓一跳！想来他乐此不疲的流动讲学如此之廉，与民工在建筑工地出卖体力无异！他妈的，难怪学校设定很高的门槛儿，将本人挡在户外，大门里边可是无与伦比的富庶之地，是遍地跳动着铜板的花花世界，那里摇钱树满目，一个横踢就能扫落银钱无数，顺手搂搂就能搭建小资家庭……羡慕、嫉妒是肯定的，但恨没用！MPA是精英习武之地，硕士连入场券都没有，想跑个龙套恐怕别人都不要。妈的，真是没出息的井底之蛙！陶醉于浅层次的创收，MPA才是真正的白领阶层、精英世界和不折不扣的上流社会！党校、电大、函大在MPA跟前简直难以启齿。一边是花盆里的柳枝藤条，一边是原始森林里的参天大树，一边是前途无量的栋梁之材，一边是小富即安的散户游神……

“你不睡了，怎么把台灯挑亮了?”方介生以为跟往常一样，睡前漫谈增强催眠功能，无聊的话资说得人无聊，慢慢便有气无力，不由自主地神游至梦境世界……催眠，当聊一些无关紧要、不上心、不搅神的花边新闻和逸闻轶事，看到文达直直地坐了起来、靠在床沿，介生知道今天跑题了，涉猎了敏感而复杂的话题。他后悔说了揪心的事儿，悔不该数落在外上课，透露MPA秘密。他本想告诉文达，咱跟晓常都为他加入 MPA 团队做了努力，但是努力未果。既然事情未成，跟他解释就黯然失色，甚至是多此一举，但这些文达浑然不知。

是的，曾文达认为，即使他暂时当不上 MPA 教员，做个辅导员、班主任还够格的，这起码比疲于奔命在外上课强。他感叹硕士与博士的距离竟是如此遥不可及！他与介生的差距，不是年龄和经历，而是学历以及由带来的实力的代差！他想明天找刘敞敞商量对策，硕士终究不是长久之计，要迅速升级换代。可回头一想，不成，敞敞长得漂亮，早定了婆家，她的未婚夫有钱，所以大大咧咧的，她可以不食人间烟火，超凡脱俗，一切有了着落之人，跟她谈前途无疑对牛弹琴，找不着共同话题……

“早点睡吧，明天还有重要讲座。”方介生知道文达心迹已乱，马上打住话题，意在让他心静下来，尽早休歇，却是徒劳。

文达的失眠已成定局。夜色深沉，听得出，他两腮翕动，呼吸加粗，长吁加短叹，辗转反侧，压得木床“吱”“吱”响个不停。盖被掀掉又盖上，盖上又掀落，怎么都不是。他不会吸烟，遇上烦恼事便嚼口香糖，他口香糖从不离身。介生清晰地听到了他剥口香糖纸和胶体在嘴里反复咬合、拉动的声音，特别的夸张，像老牛在“吭哧”“哼哧”啃树皮，又像老鼠在坑底打洞。一会儿，文达吐掉没有嚼透的口香糖，呼哧、呼哧喘着大气，好像跟谁人赌气。方介生不知如何是好，想打打岔，分散他的注意力，以放松身心，易于宽松入眠。介生说，你猜今天遇上谁了？文达不答。

介生自问自答，咱遇上班车上勒令咱们下车的墨镜女人。咱昂首挺胸、目不斜视地从她身边擦肩。她踩着花木兰电瓶车，主动下车跟咱打招呼。

你怎么着？给她脸色瞧了，社会闲杂又回来啦！

介生说：对头！咱瞄了她一眼，狠毒的眼光能杀人，她见了肯定不寒而栗，哥们要她加深印象，冒犯哥们不可以不了了之。

得饶人处且饶人吧，莫逼人太甚！文达看来对此话题没兴趣，冷冷地说了那么一句。

是的，咱没与她多啰唆。介生又说，晓常兄昨天去阳光美第看房去了，很晚才回来，看来他真的与那售楼小姐接上头啰，真的看上小区的房子呢，他认为房子有升值空间。

文达淡淡地说，那有什么可大呼小叫的，人到哪一步说那一步的话、做那一步的事。说这话时他头都没侧一下。

看来转移视线收效甚微，介生心里更是七上八下。

熄灯后，两人各有所思，彼此听着对方的呼吸和闹钟“嘀哒”“嘀哒”的规则走时……

头脑暴风后多时，心境稍适平静，文达才意识到刚才是不是喜怒于表，让介生犯难了。自己对介生的信息反应过度，激动有余而理性不足，无形中会不会限住他向本人泄露更多的内部消息，以后他说话办事会不会更多地照顾本人的情绪，那就弱了哥们的关系，为彼此交流设置了障碍！于是，他装出若无其事的样子，想淡然处之，最佳的补救是佯装睡觉，以示本人心事已经搁下。于是，文达避免大力翻身，全力保持既有的睡姿，还发出浓浓的鼾响，像是告诉对床，本人已入睡，介生的愧疚之心尽可宽慰。

可是，文达哪里睡得实呢？心想：在机关、在商场，学历文凭不济可用能力弥补，可在学校，文凭是神灯，常悬于眉首，不可能暗淡与浑然。如果想在学校混，不搞个博士不成！如果ZN大学有硕博连读该多好呢，一口气将一辈子的书都读完。但是，硕士毕业再去报考博士，不断催婚的玉芳和袁家肯定有想法，自然而然地认为本人偷奸耍滑，想拖黄婚事。其实，玉芳的工作好做，她在学校工作，知道垫高文凭的重要，文凭低那真的是输在起跑线上，永远撵不上晓常和介生他们。难的是袁家工作做不通，袁父只考虑女儿的婚姻安全，而不计其他。另一方面，理解可怜的爹妈和姐姐他们，续读博士又是四年光景，没有收入，家底依旧空空，再不作原始积累就人到中年。反正，怎么都难！跟玉芳速速成家，人生定型了，马上就坠入无穷无尽、婆婆妈妈的家务和生儿育女的小人国，就像大多数中年教师那样，学校、课堂、家庭三点一线，日复一日，年复一年，再也无法坚守做学问的单纯与宁静，无法保持年轻人对生活、对事业、对理想的热度……有没有第三条道路？譬如弃教、下海、从政……也许，想入非非了，第三条道路不现实！在商界、政界，没一点人脉，怎能走得通呢！一切从零开始依然路漫漫其修远兮……

当方介生从半睡半醒中睁开惺忪眼皮，大概清晨七点了吧，发现屋内的异样，文达的读书灯怎么还亮着，他端坐在书桌前，台灯的白色光线与透入窗棂的橙色霞光交映在一起，给文达的脸上抹上了一层红润的血色。他是那样专注，在读书、上网、查资料……是一晚未睡，还是半夜爬起来，就这么傻坐着，用倔犟对抗失眠……

不错，文达在上网找MPA的资料。这拼命三郎在玩命，在与自己过不去呢！看来，以后得把牢口风，随便说说的信息，他全当真，甚至到了较真的地步！什么都不认输、不服软、不甘落后于人，山里的孩子自尊特强，穷得特别有骨气！昨晚是不是伤到他了，没有吧？在外上课不丢人，那是教师熟悉教学、演练教技的初始做法，钱教授、柯梦凡早年都做过，咱只不过被钱教授牵引，过早涉足MPA，才免于与文达他们为伍。当然，在外上课不是长久生存之道，咱丝毫没有贬损他的意思，找时间还得跟他解释解释吧，但现在不是时候。于是，介生撩开蚊帐，探出脑袋关心地说："文达在忙啥？有事怎不叫你二哥呢？"

"没事，就是看看资料，查查全国多少大学办MPA，省内有多少家，律城财大的优势和劣势在哪里。"

介生心里真折服这小子，浑身散发着一股儿冲劲，也许这就是他在世界上打拼的资本和成功的秘诀！但是，人体内的能量有限，过劳会使人加速折旧，甚至提前报废。文达的身体并不结实，得悠着点，介生说："当心身体，每天九小时睡眠得保证。今天欠觉了吧？"

"中午再补觉吧。"

"中午哪有时间，下午一点半就有重要讲座，学校让咱们到场，维持秩序，确保万无一失呢！"

"那就晚上再补吧。"

"晚上没有课啊？"

"那就到会场上打个盹。"

"兄弟啊，咱不兴将今天的事留到明天，也不轻易将明天的事提前到今天，那太亏自己了。"介生这话颇有哲理，文达想说什么，但看看表，时候不早了，马上要开始新的一天，洗漱、吃饭、巡视班级学生早自习、将学生目送进教室、然后走上讲台……介生说的是对的，那道理好解释，但是咱与他不一样，他有钱教授罩着，在律城财大一切似乎都有了眉目，今后的路洒满阳光，而本人还徘徊于人生的十字路口，太多的未知数，跟他说什么呢？于是，文达嗯了一声，便收拾桌面，像往常一样准备走向忙碌的一天。

十一　讲座闹成了革命

周五下午，课程表是空的，即没有固定排课，是律城财经大学统一的课外学术或文体活动时间。紧张学习了一周，原本可以自由活动、放松身心、尽情欢娱，学生们却提前接到紧急通知，集中去听讲座，一场重要的、不能缺席的特殊讲座。这是经管学院主办，实际上是马书记、郭校长亲自出面邀请，S省发展与改革委员会郝副主任莅临财大，受聘经济学荣誉教授并作专场学术讲座。一听其来头，就知道这是学校天字一号工程，教授、讲座不过是登场的台阶与扶手而已。

其实，学术讲座的广告提前三天挂出来，张贴于图书馆、食堂、教学楼等人流密集区域。彩色广告上介绍了郝副主任的光鲜履历和学术背景，讲座的主题和主旨，还配发了郝主任的大幅彩照：一幅穿着深蓝西装、打着红丝领带的领导标准照。照片中的人英姿勃发，洋溢着成熟、自信的笑容，大概是哪位摄影高手在郝主任春风得意时拍下的精品力作。

学生对学术报告的取舍是感性的。有的学生用手机拍下广告，回到宿舍或图书馆马上网络搜查这位郝副主任的身世：他是业务领导，实权人物，官场资历颇深，人脉甚广，仅大会、小会讲话的公开照片，轻而易举地搜得百幅之多，可见他整天泡在会议里工作，会议成了他生命中不可或缺的重要组成部分。至于学术成就嘛，恐少有建树，当然不能苛求，人家是官员，又不是学者，是领导，不是专家，教授还是荣誉的，周五下午才准备聘任。那么，他的学术讲座能说出什么道道，学生们难免生疑，他可别把政府开会的模板搬到大学讲堂上来哦。所以，学生对讲座似乎并不热衷，参与率不被看好。

老到的郭成敬校长不可能预见不到这一情况。昨天，他专门打电话给柯梦凡书记，明确无误地告诉他要讲政治，组织好这场重大学术活动，客人是学校请来的，不可失礼，不得有误！柯梦凡举着听筒，开始没闹明白校长所指，他担心什么呢？这类学术活动在律城财大、在经管学院多如牛毛，二级学院全搞定，哪用校长操心呢？郭成敬又说，你别以为这是一场普通的讲座，讲座人郝主任，可是省政府大红人，手握实权，对学校事业发展影响重大，征地、拨款、招生、基建样样要拜这尊菩萨，告诉你，郝某人是发改委主任的有力竞争人选，他打个喷嚏，省内各高校都得抖三抖，就这么个重磅人物，你掂量掂量！柯梦凡明白大半，郝主任是领导邀请的，此次移驾律城财经大学，校长着实动了一番脑子，费了一番周折，据说约了整整半年，大小请柬发了三四回、长短电话打了十几个。他能应邀莅临，算给足律城财经大学的颜面，讲穿了，讲座无非是为郝主任设计的展示平台，荣誉教授是抬举领导的披金戴银，至于他讲什么、讲多久不重要，重要的是领导以荣誉教授的身份笑傲大学讲堂。说穿了，领导心情愉悦了，自然对学校发展大有裨益。

领导已经破题，柯梦凡如梦初醒，领会了领导指示之全部要义。他是聪明人，有政治头脑，能混到二级书记岗位的没有一个是榆木脑袋。于是，他亲自出马，组织欢呼场面，营造爆棚效果，将领导的鬃毛捋得顺顺的、光光的，让郝主任足足风光一把，且留下珍贵的影像资料载入校史档案。别小瞧，如此重大的活动肯定得记入律城财经大学大事记。

不过，这活压力不小。律城财经大学的学术讲座历来以师生自愿为原则，只要主讲人有名气，讲座出彩，学生识货且不请自到，给讲座人予公正评价和最高礼遇，师生们从不吝啬掌声。但是，报告者如果显不出应有的水准，滥竽充数，也休怪师生不留情面，他们开小会、做私活、玩手机，甚至退场、喝倒彩、轰你下台。此次，领导有言在先，绝对不允许出现这类“乱象”，如果场面失控，可要挨板子的，那我等将成为律城财经大学的罪人——柯梦凡对此很清楚。

为了保证讲座万无一失，柯梦凡事先召开了辅导员紧急会议，传达了校长的重要指示，要求各就各位，认真贯彻落实，广泛组织听众，亲临现场督察、维持秩序。首先，保证听众基本规模，起码将会场填满，从台上看莫有虚席。要求学生主动关闭手机，勿在场内走动，保持会场肃静。关键是辅导员须悉数到场，坐镇会场门口，阻挡学生提前离场，并拿着学生名单，准备记下不守纪律者姓名、班级，大有秋后算账之势。

领受了任务后，曾文达同其他辅导员一样，紧锣密鼓地分头落实，不敢丝毫懈怠。每个班级都按分配的指标数，凑足了基本听众。辅导员使出浑身解数，于所在班级反复动员，责任到人。由于用力过猛，动员过度，夸大了报告人讲座的精彩程度，到讲座开始那阵子，报告现场一下涌入近千学生，将报告厅围堵得水泄不通，所有座位都填满了，连台阶、走道、消防安全箱上都挤满了学生，黑压压一片，煞是壮观。这样的超大气场律城财经大学甚为鲜见，赵忠祥、朱军等中央电视台著名主持人和赵薇、巩俐等当红明星登场献艺也不过如此。

由于郝主任再三礼貌相劝，不让郭校长到场主持，讲座才降格由柯梦凡主持。但是，郭成敬不放心、不踏实，开场前仍然亲临后场。在主控室内，通过监控探头俯视环形的会场，见报告厅人满为患，一席难求，气氛热烈至极点，方含笑满意地悄然离去。

人员入场完毕，柯梦凡即锁闭了两扇大门，留下一扇侧门进出，并派人值守，以防学生中途不告而辞。

郝主任毕竟是久经官场的老把式，捧着一杯绿茶，凭着三寸不烂之舌，将会场气温逐级推高，慢慢吊学生的胃口。他讲座主题是“当前经济形势与政府宏观调控政策——以S省为例”。郝主任拿出一沓材料，一页页翻过去，轻车熟路、如数家珍般地介绍着国内、省内经济形势，解读国家和地方政府的经济政策。报告内容详尽，大量引用资料，随口报出的数据都精确到小数点后两位，大数据与小数据充分咬合，天衣无缝，学生啧啧称奇。

但是，郝主任的讲座不像学术报告，更像是领导讲话和工作部署，像政策说明和对属下的战前学习动员。所使用的不是学术语境，更像党政机关的官方语言体系。说话的语气不是探讨性的，更多是肯定性，颇似自上而下的行政命令。他说话的主语和常用语是“我们”“必须”“坚决贯彻落实”……喜欢用领导讲话时惯常的台阶形、递增性的表述方式，什么“一个原则”“两大前提”“三个目标”“四项任务”“五大措施”“六个步骤”“七大收益”“八项成果”“九大亮点”“十大启迪”等等等等，不仅对仗，而且押韵，不仅简捷，而且干练，不仅特文采，而且有诗意，不知出自哪位秘书大人的好笔头，如此精妙的文字，为领导讲话陡增得意之色，颇具画龙点睛之功！

郝主任将一杯杯茶水喝尽，认为讲座蛮有水平的。你瞧哟：场内、场外鸦雀无声，学生低着头，孤零零的舞台灯光射在主讲人身上，送来一阵阵暖意。郝主任感到口渴，要喝水，在茶叶碱的刺激下，主讲者更是激情澎湃、滔滔不绝。

单媛媛坐不住了。她觉得郝主任可笑，但又笑不出来！这贩卖的是什么货色？

压根不为学生所需。她将讲座的大小毛病一堆：概念矛盾、成语错误、错别字等，全挑选出来，记在笔记本上，开始与左右低声交流开来：“郝主任说的东西好像在上周报纸上有，一点儿没新意。”“是啊，他根本好好没备课，拿着统计报表就敢登台忽悠，以为大学生、研究生好糊弄!”四周同学亦有同感：“郝主任是作政策解释，还是统计数据分析，那做派像做政府工作报告。”“讲座，哼，PPT 不做，照稿念，语速还贼快，什么也听不清，啥也记不下来。”“这是啥子报告，浪费时间，拿咱们当道具不是?”学生操各地方言的议论声音渐高，噪音由低到高，由下而上，有喧宾夺主之意味。

讲话声音纷起源于曾文达的辖区，柯梦凡示意文达前往劝止，莫要引发多米诺骨牌效应，郝主任也注意到那个角落的异动。其实，文达已经弓着身子向单媛媛身边运动，他食指压在唇边，让叽叽喳喳、窃窃私语的女生们赶紧闭嘴、闭嘴！有什么会后再说！坚持，坚持，马上就结束了！

单媛媛不理会，不屑地白了辅导员一眼。那意思是：你不是口口声声以人为本、以学生为本吗？这讲座以谁为本呢？将我们陪绑，听这种一文不值的报告，是何居心？拿学生当群众演员，为“男一号”陪衬？计算过同学的时间成本吗？一个学生浪费两小时，一千个学生就是两千小时，谁来埋单？

文达知道单媛媛是明星、名人、大咖的粉丝，上回省电视台著名主持人江姗姗做客律城财大，她可是率众抢票、抢座位、抢提问，俨然就是“女二号”，与讲座人（女一号）一样出尽了风头。上周盛邀北京著名经济学家厉教授来校做报告，她争着与报告人合影，抢着要拷贝讲演 PPT，还事先在新华书店购买了主讲人的著作，当众邀作者签名留念。她自以为具有很高的鉴赏力，自称爱憎分明，什么人值得尊重，什么人不值得敬重，心里自有一杆秤。她喜欢为民请命，爱打抱不平，口无遮拦地声称要维护学生权益……想到此，文达浑身起鸡皮疙瘩，万一她旧病复发，闹了郝主任讲座，砸了报告会的场子……于是，他欲奋力挤向单媛媛身边，叮嘱她别傻帽、别惹祸！可是，过道上人太多，满到处是席地而坐的学生、书包以及蜷曲和伸展着的腿脚，令他无法插足，怎么侧身都挤不过去。如若让学生一一起立、强行通过，未免动作过大，引起讲座人和全场听众不适。无奈之下，他只好用手机打短信给单媛媛，让她坚持到底，莫要讲话，影响四邻，切切！切切！文达几乎要说拜托了、求求你了！

手机“呼”了一下，单嫒嫒看了看彩色屏幕，又将手机夹回双腿间，不回复，不理睬。她若无其事地时而侧耳细听，时而捂嘴侧身与旁座同学照样有说有笑。

郝主任不一会将事前准备的稿子说完了，规定的时间没耗尽，他又不愿过早进入提问与回答阶段。如何打发剩余的时间呢？郝主任转而介绍起他的工作经历和创业史，大谈“想当年”“是当初”“人生叹短，回首百年”之类。他说：二十几年前，发改委叫计划委员会，刚进入机关时，就那么两三个年轻人，面对长辈，咱什么活都做。从提前到办公室抹桌子、打开水，到逢年过节称苹果、分带鱼，对领导言听计从、马首是瞻，对工作不敢半点怠慢，更不有丝毫差池。回想起峥嵘岁月，不禁感慨万千，之所以有今天，得感谢老处长谢保诚，谢大人，是他手把手地教我做人、做事、做官。谢处长，是一位令人肃然起敬的老者，上个世纪五十年代苏联培养的老大学生，在中国人民大学读书期间，熟读马克思的《资本论》，其中重要篇章至今能够倒背如流或完整复述，与原文只字不差，其功力无人可比，此严谨学者至今学界甚为少见……

郝主任的故事说着又倒了回来：“讲到称苹果、分带鱼可有学问呢，苹果有大有小，有好有孬，带鱼有宽有窄、有死有活，哎，不，不，带鱼都是死的，没活的……”逗得全场哄然大笑，郝主任全不介意，认为起了效果，继续道：“怎样让领导满意，大家遂意，这里边学问很深。我是将苹果大的、好的集中成一堆，先给领导送过去。领导不收，怕太扎眼，有脱离群众、搞特殊的嫌疑哟。领导说大家先取，我下班最后拿。东西就这么一堆一堆搁在地下，总不能大家拿完了，最后、最糟的留给领导啊？怎么办？这可是高智商的脑筋急转弯……”

跟咱们说天书呢！说幼儿文学呢！听到此，单嫒嫒忍无可忍：郝主任拿咱们的时间当儿戏，拿咱们当成办娃娃家的孩童，在哄儿子、逗孙子呢？每天下午健美操活动的时间马上到，没空听郝主任乱扯八卦片段，实听不下去，一分钟也听不下去，她的忍耐到了极点！她顾不得辅导员一再敲打，将手中的笔记本重重合上，愤然起身，气呼呼地从众人身边挤出去，绕过前台，推开左前门头也不回地离开会场。因为怕学生开遛，报告厅后门堵死了，只开了前场一扇门，目的是让学生羞于在众目睽睽之下离场而最终选择放弃，可单嫒嫒管不了这么多，大大方方地表演了一场离场秀：那气鼓鼓的样子，同学一看便知不是内急，或者遇见特殊情况的猝然离场，而明显的是对讲座人不满的拂袖而去。边走还边对周围的同学用英语说：“Rubbish！

Go away！Go!”引发会场一串骚动。

单嫒嫒一走，不少同学心里叫好，暗暗点赞呢。这不明摆着，讲座人不着边际地拉家常，连草稿都不打，无厘头到极致，邋里邋遢，师生们实在学不到丁点东西，除了熬时间、陪公子读书，继续坐下去确实没有任何意义。其实，不少学生早想拍屁股走人，迫于辅导员的压力，谁也不愿意挑这个头，俗话称枪打出头鸟！谁也不愿做吃螃蟹第一人。但是，有人打了“第一枪”，情形便发生了变化，跟进、随众者无过！法不责众！于是，铁板一块的听众开始松动、分化。

坐在台上的郝主任一惊，看着大摇大摆赌气出门的女生，心中很是不悦。他举杯喝水——这是他调节心情的习惯动作——杯中茶水没有来得及添加，浮起了一层厚厚的茶渣，郝主任内心的火就往上蹿，说话变得不自然、不顺当和词不达意。在机关里，领导讲话，不管对错，没人敢如何放肆耍态度，敢不计后果地表露自己的感受，敢采取极端手法公然挑战权威！真是胆大包天、岂有此理！律城财经大学怎么教育学生的，将学生宠坏了，这帮娃娃走向社会，将学校里的习气带入机关，那不吃大亏、摔大跟斗才怪呢！

郝主任的报告在继续。他看到的是退场学生的背影，一个叠一个消失在他远目的视线中，几乎一刻也未停息，三个、五个、八个、十个，不一会，过道上的学生走空了，大片空座裸露了出来。红色的地毯、红色的椅背像着了色素，迅速将会场染红，浸染得通红通红的，且红色的面积还在不断浸透、蔓延……辅导员着急了，又打手势，又厉声劝留，甚至动手拉学生，可是此时离场一窝蜂，所有努力已无济于事，酷似兵败如山倒，督战队已收不住如潮的溃军。辅导员无法强行滞留学生，无法大声喝令学生，这是大学，是学术自由之区的大学，学生有权力选择老师和自己的学习方式！如果在郝主任面前与学生发生争执，辅导员情以何堪？郝主任情何以堪？

学术讲座不欢而散。结束时，会场只剩下不足一半听众，这让主持人不知如何收尾，是夸郝主任报告精彩，还是其内容吸引学生。老到的柯梦凡依旧挂着笑脸，遣尽所有美丽的词汇，将郝主任海夸了一通，台下引出一阵笑声和掌声，不知是学生真心热烈，还是鼓倒掌、喝倒彩……

原本拍马屁的学术秀，大跌眼镜，弄得领导好不尴尬！堂堂一位重量级官员，在律城财经大学败走麦城，成为其从政史上一抹灰色的记忆，真是蒙受了奇耻大辱！

自认为颜面丢尽的郝主任冲着组织者柯梦凡大动肝火、大发脾气：会场怎么组织的？学生有没有组织纪律性？懂不懂得尊重人？你们培养的什么人哪？这样的毕业生谁敢要？传出去是什么影响？一连串犀利的责问已无君臣之道、主客之礼，像弹雨般密集，打得柯梦凡抬不起头来。

郝主任不听柯梦凡解释，一头钻进了早已发动的小轿车内，缕缕青烟从震动着的排气管中游出，汽车喇叭、闪灯驱逐着挡在车前、看热闹的学生。

柯梦凡扶着车窗说，晚上郭校长还要邀请您共进晚餐，他没敢说宴请郝主任，他也作陪。免了！我还有重要事情！坐在轿车里，郝主任没多瞧柯书记一眼，对着空气说：律城财经大学是伤心之地！走遍S省大小高校，不曾遇此礼遇，没想栽在律城财经大学！告诉郭校长，这荣誉教授咱不当了，现已荣誉全无，也教不了这帮后生。说着将荣誉教授证书甩给车外木立的柯梦凡。柯书记一脸凄苦，哭笑不得，恨不能钻地缝去！谢天谢地，郝主任没接着将一万元讲课酬金也扔出来。报告厅门口聚集了那么多学生，郝主任翻脸大爆发，意味着律城财大与发改委悉心搭建的关系桥，真的要垮塌了，柯梦凡不是钻地缝，而是跳火坑哪！

柯梦凡不敢立即向郭校长报告实况，命令众辅导员立即到办公室集中，将怒火全部倾泻到这些处事不当的、无能的辅导员身上：真是一群驴，一群笨驴、蠢驴、呆驴、无用之驴！连学生都调教不好！听众，不是你们一一精心挑选的吗？什么眼力？不经过政审，就当枪使了？枪走火了，知道吗？崩着后腿跟了！校长怪罪下来，谁来解释？怎么解释？坏了学校声誉，谁来弥补？谁人有脸跟校长去交代！柯梦凡气急败坏，连摔了几个搪瓷茶杯，玻璃碎碴和杯中的茶水飞溅一地，吓得众辅导员不敢语言，不敢正视他们的书记，也不敢去收拾磕脚的碎碴儿。

柯梦凡手指尖几乎戳着各辅导员脸上，说：靖晓常、方介生所辖班级离场人数最少，队伍基本稳定。刘敞敞，特别是曾文达班级像得了痨病，得了神经病、经神病、麻风病，鸡瘟似的集体发作。明知不可为而为之，罢课哪？向学校示威啊？胆大包天了吧？啊？柯梦凡冲着曾文达扯起嗓门叫道：你，立马把那个喧嚣滋事、带头退场的女生找过来，勒令写出书面检查，在班级宣读，老子要处分，要杀戒，杀一儆百！对此歪风得灌猛药、出重拳、下狠手，否则律城财经大学永无宁日，经管学院永无宁日，咱们永无出头之日。听见没有？立即去办，不得有误！

柯梦凡歇斯底里，今天他是彻底疯了。

十二　“这就是一坨屎，你也得给我吃下去！”

“本人实在纳了闷，班上老出状况，学生老不本分，中了哪门子邪呢？晦气透了！”曾文达闷闷不乐地问靖晓常：“老大，你的班级咋就风平浪静、水波不扬。同场讲座，同是听众心存不满，你的学生咋就有耐力，那么温顺驯服、愤而不乱呢？”

晚饭时分，四人端着餐盘围成一桌。靖晓常见文达吃了批评、着急不堪的样子，示意他坐下，边吃边说，莫激动，别把情绪带到餐桌上，更别饭吃到鼻子里去了。他笑了笑说：“先平心静气地把饭吃好，舌头根子别跟着柯梦凡乱蹦！”

“刚嚼了几片口香糖，满嘴的薄荷味，心情还是平静不下来，饭菜没味，只是到了开饭时间的例行公事。”文达指着餐盘说。他只打了二两饭、两个素菜，平时饭量的一半，看来今天的胃口很败。

“少吃点零嘴！嚼口香糖是对付口臭，还是保护牙齿？吃多了坏胃口。”刘敞敞知道文达口袋里有一沓口香糖，快成了口香糖控，像吸食大麻有瘾，这是不良嗜好……方介生碰了碰她的腿，示意不了解情况莫瞎唠叨，并将话题立即岔开道：“口香糖清洁口腔没啥不好，著名的德国门将卡恩，世界杯足球冠亚军决赛，还大大咧咧地嚼着口香糖呢，放松心情、调节情绪。不过，口香糖不能当饭吃哦。”

“你说的是不是德国队的门神，世界杯金球奖的那个守门员？不幸的是卡恩后来患了抑郁症，卧轨自杀，是个悲剧性的人物！”看不出来敞敞也是铁杆球迷，不用预习就能说出卡恩的身世。

“是的，本人也快成卡恩第二！柯梦凡召开大会追责，当着所有辅导员的面，指名道姓地围攻、批斗本人，若是心理素质差，早就抹脖子、切脉或者学卡恩卧轨去了！”文达气冲冲地说，“那不是抑郁症，是领导强迫症！”

“没那么玄吧。谁赋予柯梦凡生杀大权的？他敢逼你走上绝路？除非他活腻了！”方介生推开餐盘，喝了口汤说，“搞笑呢！不过，文达纳闷的也是咱的疑问，老大说实在的，你用什么招术驯服‘问题班级’的‘问题学生’。这么多学生退场，他们却纹丝不动，任凭风浪起、稳坐钓鱼船。你给他们吃了安眠药，还是发了听课报酬？一般人做不到！”

“我没钱也没药，你们都高看我了。我们做过学生吧，现在做辅导员了，换位思考一下：学生心底里希望怎样的辅导员？柯梦凡需要怎样的辅导员？领导、辅导员和学生三者之间如何平衡……”靖晓常拿筷子的手比画着，像绕口令，让人云里雾里，丈二和尚摸不着头脑。

刘敞敞停住了筷子问：“老大，请直说，这当口还兜什么圈子！”

“好，我照直说，三者的平衡基点是安全，稳定压倒一切！是不是这个理？出了一桩屁大的事，所有努力功亏一篑，所有功劳和成绩一笔勾销，所付出的成本统统归零，甚至变成负数。平安，是及格底线，兜住这个底，起码不会落到地平线以下，不冲优起码保良，辅导员是这样炼成的！”靖晓常解说着他理解的辅导员之道。嘿，生姜还是老的辣！看来年纪不吹的，是一天一天累的，是一天三餐、三百六十五天一千多顿饭吃出来的，不服还不行！晓常几句话让文达、敞敞听得有味道、有意思。

“老大，”方介生打破砂锅，继续问道，“你说的是辅导员行为底线。咱就以昨天讲座为例，说具体，明知是垃圾讲座，你是怎么组织的，既不惹恼领导，又不开罪学生，让他们心甘情愿地坐在报告厅守场，而不染身边的骚动呢？”

见三人都停了筷子，僵直脖子，等待答案。靖晓常略前倾身子，说：“你们别停筷子啊，接着吃，”见大家又动起筷子，说：“说来话长，维稳啊，平时得跟学生联络情感，树立辅导员的威信。我不赞成‘与学生打成一片’，平时跟他们走得太近、混得太热络，没大没小的，关键时刻就拉不下脸，说话就不能掷地有声，就难以形成班级的统一意志。”

“敞敞我一贯推崇师道尊严，不跟学生一般见识，该批评的毫不口软，该处罚的决不手软。”刘敞敞认为她的治理思路与晓常的相仿：“当然，对学生疼爱是感情的基础，就是所谓恩威并施，胡萝卜加大棒。”

“男人不狠地位不稳！老大脸一板，学生就哆嗦，老大有这样范儿，天生的！本人自惭形秽。”曾文达剩下一半饭菜，吃不下去，说，“软实力不济！先天不足，后天难补，当然这说是威！那么老大，您老人家怎么施恩的呢？本人想听听。”

“恩就是晓以情、动之理、辅之利，不过这是理论空头，实际中老大如何操作的，咱洗耳恭听。”方介生又将话头递给晓常。

"我没文达说得那么厉害，学生天生怕我、崇拜我，绝没那事！而今，让学生崇拜和遵从某人并非易事，他们有思想、有信息、会比较，心里有杆秤。我呢，只不过要点小手段，不失原则之下做了些灵活运行，平衡领导与学生的需求。说来不怕你们见笑。"靖晓常看了看左右已经人去桌空，便壮起胆气说："讲座前，我一看这位郝大人，知道不靠谱，肯定担不住学生。而柯梦凡强调政治任务，要求固化听众，维持秩序。我呢，不妨把话跟学生说透：大领导的讲座，有看点，就是他站得高、看得远，掌握地方经济的宏观信息，但是不可避免地有缺憾，他们未经过高等教育的训练，未修过教育心理学，讲座如马拉松一般冗长乏味，经常不得要领。说实话，专心听讲，连教师都做不到，何况对于年轻好动的学生呢？他们中间的很多人坐的是加座，席地而坐或是挤在狭小过道台阶上，如果讲座内容不吸引人，心里不发毛，手脚也发麻啊！这样，我安民告示，学生可以带英语书、手机，甚至报纸杂志进入会场，如果主讲人扯远了、不中听，允许背单词、听音乐、看小说，只要埋着头不吭声就行。主讲人以为听众低头听讲、认真做笔记呢，场子那么大，谁看得清楚呢？如果实在钉不住，就小憩片刻，只要不打呼噜、发出鼾声就行。当掌声响起，跟着拍巴掌，这是最低要求，等于柯梦凡要求的精神饱满、全身心投入，热情、热烈、热忱……学生有了用手投票的出路，何必用脚投票、以退场来表示抗议呢？"

"老大真绝！不过，这样做是否有点不仁不义？是不是私底做手脚忽悠领导，蒙骗主讲人，好像设了一个假戏真唱的局，让演出者自娱自乐、自我陶醉，而听众则信马由缰、放牧南山。"刘敞敞觉得这样打发领导不够意思，传出去给人予对领导、对学术当儿戏的口实。

"老大的做法固然维持住了现场秩序，学生开辟第二战场、低头做小动作，触碰不到柯梦凡的底线和郝主任的自尊。但是，大学生都成年了，是大人，不是中小学娃娃，老师真玩假玩、实做虚做，心里一本明白账，尽管他们不愿明说！遮遮掩掩、含含糊糊，不如跟他们讲明事理！退一万步讲，即使你禁止开小差，学生照样会利用时间，背单词、听音乐、打瞌睡，与其堵不如疏，这是老大的可取，实际中也取得了预想的效果。"方介生沉思了一会，又说，"不过，话又讲回来了，玩的是虚活，对校园文化和教师的形象是软杀伤！长此以往，学生会上行下效，会变得越来越世故，上有政策下有对策就是这么来的，社会越来越多的人学会玩世不恭，对单位、对领导离心离德的软对抗也是这么来的！这种游走于灰色地带的心理暗示和牵引，后果很可怕。”

“是的，堵住学生的嘴不是让其心悦诚服，而是塞一块糖！”敞敞冷冷地道，“当甜味溶解后，是不是要再塞一块更大的糖？此法是权宜之计，不是管理的长久之策，偶尔用用可以，不宜滥用。”

“敞敞这话说到点上了，这不过是变色龙的雕虫小技，不得已而为之。”靖晓常说，“大家心知肚明，当今社会自我保护是另类维稳。反之，如果我们对学生一味不切实际的要求，理解要执行不理解也要执行，其结果必然适得其反，自己也会陷入不仁不义的境地，两害相较取其轻！”

“谢老大指教！如果这顿饭早吃三天，本人哪有今日之痛！”曾文达起立揖手行礼，然后屁股又重重坐回板凳，后悔和懊恼地说：“世上没有卖后悔药的，眼下，既然事情已经冒泡，本人还得求各位给个解套办法：柯梦凡指着鼻子骂本人，你们都看见、听见了，他勒令单媛媛做检查，实际上是责令本人检查，叫嚣处分单媛媛，实际上拿本人开刀！”

“准备如何应对？软磨还是硬抗，你先拿主意，毕竟你是第一当事人。”刘敞敞也推开餐盘，剩下半盘的饭菜不吃了，关切地说。

“本人还没想好。但是，几乎可以肯定，单媛媛不肯检查，会死磕到底。她认为没有错，处分缺乏依据，她违反校纪、校规哪一条、哪一款？”曾文达理直气壮，仿佛他和单媛媛都没有过错，是学校冤枉好人。

“柯书记是在气头上说气话。不过，他在郭校长面前没法交代，处分的大戏是演给校领导看的。”方介生简单分析了前因后果，说，“给学生处分有些牵强，理由站不住脚，也经不起推敲，会引起学生公愤的。咱想学校会有掂量。”

“未必！柯书记迫于校长的压力，想挽回颜面，消除影响，给单媛媛处分是他下台的阶梯，也是对郭校长和郝主任最体面的交代，更是对自我权威的宣示。以此事杀一儆百，为领导立威！柯梦凡不会放下屠刀、立地成佛！”曾文达对这个问题思考的很多，他认为领导不会善罢甘休，柯梦凡不可能咽下这一耻辱的苦果。

“敞敞我同意文达的判断，免去处分，意味着柯书记食言，他绝不会让步，除非郭校长指示特赦。”刘敞敞似乎很了解柯梦凡，却对单媛媛却摸不透：“不知道单媛媛心理素质何如？吃了处分会不会走极端、玩失踪、上网滋事，闹个鱼死网破。”

“单媛媛心理素质奇好，绝对不会自寻短见，她必然抗争到底。凡人赢她，必须赢得干净利索，赢得她心服口服，否则，拖泥带水、闪出破绽，她定会毫不迟疑地强力反扑，不惜与你同归于尽。”曾文达对单媛媛了如指掌。目前，他的选项无非有二：一是做单媛媛的护身而得罪柯梦凡，为她维权，替她解脱。担心的是，这样无疑打开了潘多拉魔盒，以后学生事事较真、处处维权，辅导员工作将难中加难。二是执行柯书记的指令，处分单媛媛，整肃纪律，这样自然会引起学生强烈反弹。如若选择后者，必须向领导晓明厉害，单媛媛若寻机发难，校方必须准备承担由此引发的一切后果，一个曾文达恐无力单挑！文达清楚，学校与单媛媛较力，校方并无必胜的把握：如果单媛媛破罐破摔，将学校为讨好郝主任、组织数百学生陪听的细节上网发布，学校将直面社会压力，舆论未必站在学校一边。如果单媛媛多个心眼，现场作了录音或视频——这非常容易，用手机就可以神不知鬼不觉——并将其披露报端，那学校将更加被动，那时倒霉的就不是他一个啦！所以，曾文达经过反复推敲，选择站在单媛媛一边，与柯梦凡交涉，承诺对单媛媛的任性予必要教育，处分的魔杖高高举起、轻轻放下，这是为学校好，为柯梦凡书记好，也是为自己好！

曾文达将自己的观点征求靖晓常、方介生和刘敞敞的意见，说服了三人，才有底气说服柯梦凡。几个月来，每每与兄姐探讨时政，凡发生争执和观点交锋，文达无不处于下风，最终无不是被众人说服，被迫接受兄长们的观点。文达对此并不介意，毕竟年轻，要为年轻付出学费。不料，此次例外，晓常、介生和敞敞都赞同文达的主张，认为给单媛媛处分弊大于利，且理由不充分，孕育着莫大风险！问题关键在于，如何规劝柯梦凡收回成命，给出一个顺坡下驴的台阶和体面，这恐怕比做出正确判断更为艰难。当然，三人给文达支了不少招，包括找柯书记面谈和求情，让单媛媛口头认错和服软、在班会上批评与自我批评，辅导员承担部分责任，承诺以后不发生类似事件等等。文达觉得这些招数都不灵，因为它没有最终找回柯梦凡和郭校长失去的脸面，也没有安抚正在气头上的郝主任。

曾文达心里有了大致主张，丢下餐盘，便马不停蹄找了单媛媛谈话，一分钟不能耽搁。

为了防范不必要的激辩，动静过大，外人听着影响不好，文达专门挑了一间小教室，晚间时分将单媛媛单独约来。约定时间到，文达心急火燎、惴惴不安。逾时十分钟，单媛媛才满面春风地飘然而至。她扑闪着一双大眼，带着一身甜淡的香水味，挎着沉沉的双肩包——里边装的书本不多，倒是零食、饮料、电子用品占了半壁江山——手里抓着一只时髦的苹果手机，挂着耳脉，立于文达身前仍不停动抹着屏幕，就忙到这个地步，与辅导员谈话还不与网友下线。

单媛媛不知所措，一脸茫然地问蛮是严肃的辅导员：你找我，有事？

文达心里叫唤小祖宗啊，你快把天捅破了，不知是过，还反问本人做啥！这个时候找你还能做啥？文达不客气地告诉她：你，擅自离会造成恶劣影响，要作出深刻检查！

单媛媛这才挂起脸，皱起眉头，满不在乎地道：我？何过之有？大家跟着退场，那是他们的事，应该找他们算账才是？那狗屁讲座，我是不要听了，谁乐意奉陪，他待在里边，跟我无关！

文达拉黑了脸，不客气地说：这是什么态度？啊？会场的平静被你打破，秩序被你搅乱，以你离场为分界线，会场出现失控，这是不争的事实！

一个人离场能带动一批人，说明什么？你们不反思，反而揪我小辫子？弱智还是无能？单媛媛抢着说。

文达说：学术讲座精彩与否，都不成为你无视纪律、搅乱秩序的理由。讲座学术水准不高可以建议学校改进，但在会场大声喧哗，影响他人，直至拂袖而去，不能容忍……

那是被逼的！单媛媛依旧嘴硬，我是正当防卫！

曾文达心理早有预期，等待着单媛媛的据理力争，他早储备好了一套一套的说词，有不少是老大他们提供的。他说：就是退场，也应以不影响他人为限。你不要听，不能排除有同学要听，你应当悄然离席从边门隐身而退，而你招招摇摇地从主席前绕过，还示意其他同学跟随，推门、合门的动作夸张无比，难道这也是他人的过错？

单媛媛抵抗的火力开始减弱：那是我气愤着，没有顾及这么多。

文达马上火力全开，说：对领导、对师生起码的尊重应当有吧？你有退场的权利，其他同学也有继续听讲的权利。不错，每个人都有选择的权利，谁都不该将自己的意志强加于人，不该损害他人利益，这方面难道没有值得反思的地方吗？还强词夺理？难道你就习惯站在道德制高点上指点他人，就没把自己也放进去？就从不检审自己的言行吗？还不接受批评，难道要学校、要我向你赔礼道歉不成？

我……单媛媛还想申辩。

“如果认为你的做法正确，是不是要宣传报道你的事迹，号召大家向你学习？如果这样学校还称为之学校吗？基本的教学秩序怎么维持？那不天下大乱才怪？”文达乘胜追击，直至单媛媛咬住嘴唇，眼眶内闪动起盈盈泪花，强大的内心开始动摇。其实，聪明的单媛媛听说众领导大为光火，听说离场事件在学校引起巨大震动，听说老师同学对她颇有微词，她触犯众怒了，内心多多少少有些发虚，毕竟是芳龄二十一、未见过大世面的女孩子！面对辅导员，她也清楚，文达心里是向着她的，但是面对来自校方的巨大压力，他一个人也扛不住，她连累了大家，班级吃批评，经管学院吃批评、辅导员吃批评……媛媛抿着双唇开始慢慢抖动，泪水终于掉落下来，喃喃道：曾老师，明白了，我有不对……

曾文达心里一热，单媛媛可不是轻易服弱、服输之人，知道理亏了，顽固心理防线终有松动。他想顺势告诉她处分之事，但是，回念一想，不行，既然决心帮助她，劝柯书记免于追究，那就别在她心底投下阴影，好人做一半，不如不做！于是，他说：马上开个班会，大家交交心，全面检审一下，多做批评与自我批评。

单媛媛双眼无神，没有言语，手一直在漫无目的地抚摸着那只裹着卡通皮套的苹果手机。

晚间的班会开得蛮成功，至少曾文达认为如此，起码表示了一种态度，问题不过夜。他作了一场仓促准备的主题发言，率先自我批评。他说，在讲座动员时，本人高估了讲座人的学术水平，作了不必要、事实证明是有偏的美化和包装。同时，机械地落实经管学院交办的任务，对讲座中发生的异情不敏感、处置不力，反映出本人经验不足。当然校方组织学术讲座有改进的地方，如审查报告人的学术背景，审视其讲座主题，最好备有PPT，以符合学生的学习习惯；报告一般应为两小时左右，留有与师生互动、交流时间等等。

作为离场风波的肇事者，单媛媛跟着检查：由于连续补课，倍感学业压力，加之近日正值生理周期，情绪不好，对郝主任枯燥乏味报告的反应过激，在会场喧哗，后来情绪失控而愤然离场，造成不良影响，怪我修养不好、个性超强，我道歉！对不起！说着向大家弯腰鞠躬。同学报以理解和赞许的掌声。接着，其他同学纷纷谈了看法，认为教与学、学校与经管院、经管院与各班级、老师与学生应更多沟通，信息不对称而造成摩擦和碰撞时，大家相互提醒，切不可感情臆断、意气用事。

所有人的发言加在一起，应当就应了校方要的东西，是解释、是检查、也是道歉了。文达认为，班会已就沸沸扬扬的离场事件达成谅解，应当至此结案，他应及时据实向柯梦凡报告。

次日上午刚刚上班，未等曾文达将昨晚班会的材料整理出来，柯梦凡凶神恶煞地闯进了办公室。文达心头一沉，不好，原计划单独找柯书记求和、协调，现已无可能，当着在场诸多辅导员，与他的交锋、碰撞不可避免地提前公演了！

文达的预判相当准确！作为经管学院书记，柯梦凡是辅导员办公地的常客，熟门熟路，每层楼多少级台阶、每间办公室多少张桌子，全了然于胸。以前的造访，他无不红光满面、笑容可掬，轻松地回应着跟他打招呼的热情的年轻人，不时停下脚步与辅导员短暂攀谈。今天，他却脸色阴森，像输得精光的赌徒，像被套得贼牢而翻盘无望的股民，一脸的旧社会苦大仇深的样子，见人爱理不理，径直来到曾文达的办公桌前，兴师问罪道："对单媛媛的处分到位没有？还等什么？想将此事活生生地拖黄了不成？"

"不是，不是的。按照书记的吩咐，本人昨晚连夜召集临时班会，单媛媛做了深刻检查，班会蛮成功的，学生受到了集体主义的爱校教育，增强了纪律观念。"文达念经似的汇报道。他低垂着眼帘，不敢与柯梦凡的眼光对视，不知他脸色多红多黑，反正柯梦凡居高临下的气势、急促的喘息和不规则的心跳以及热气腾腾的体气……他都能感受到，哦，那是一股令人窒息的包裹、压迫、撞击和碾磨，非把你像烧饼一样贴在滚烫的炉壁上猛火烘烤！

"且慢！你的班会听说了，单媛媛轻描淡写、避实就虚，将责任推往学校，非但无深刻反省，反倒打一耙，指责学校组织劣质讲座，侵害学生权益，你以为这样的班会能够蒙混过关吗？退场风波就这样不了了之了吗？啊？"

曾文达心底一凉，全身起了鸡皮疙瘩：这是什么人背底瞎汇报、告刁状，将好端端的班会描绘得一团黑，这糟糕的告密文化害死人啦！"点招班"居然有柯书记的卧底眼线？班会结束不到十二个小时，他便了如指掌，太可怕了！文达倒吸一口凉气：打小报告不要紧，得据实反映，不能砍头去尾、断章取义！班会的内容经得起推敲，绝对不像柯书记说的那样，对学校、对领导充满了什么敌意："柯书记，开班会，大家很认真，推心置腹，没有丝毫应付，更没有将矛头指向学校，您可以找任一学生调查了解。班会开了两个多小时，超过平时任何一次。单媛媛后悔落泪了。"

“曾文达同志，我可警告你，同情心不能取代原则，护犊情不能枉法，心慈手软永远带不出一支过硬的队伍。对‘点招班’的管理必须施之以严，严是爱，宽是害！莫给几粒廉价的眼泪所迷惑。既然你那么肯定单媛媛的深刻检查，那么她的检查材料给我过目，给大家看看能不能通过。我知道她的检查是口头的吧？没有书面材料，这何以见深刻？啊？”柯梦凡在文成办公桌前踏步，当着一屋子辅导员，一点未给他留情面。他横眉立目，眼神、气势是咄咄逼人的。

书面材料不正在整理吗？柯书记这是鸡蛋里找骨头！既然柯书记不讲情面，文达也不要这个情面，他也有些火了，准备当着众人将事情说清楚，将谁是谁非搞明白，他说：“单媛媛一把鼻涕一把眼泪的检查触动心灵，是不是深刻要看她有没有改正，对学生教育为主，惩罚为辅。年轻人一时冲动，言行有所偏激可以理解，只要其本质不坏……”

“你做好人，你理解，郭校长理解吗？郝主任理解吗？广大师生理解吗？既有过失，就要承担后果，就要接受惩戒！给个警告处分是基本的、必须的，甭商量！至于改正不改正，那是以后要不要加重处分的问题，这一点共识难道这么难吗？”柯梦凡有板有眼地说。他每句话都是指示，不容商量，无可撼动！

“柯书记，本人认为，情况没那严重，处分量刑过重，也无校纪校规可依。”曾文达并无退缩之意，依旧振振有词，“本人查过学生手册，报告中途退场没有触犯任何一条法规。无据处分，不仅难以服众，而且将陷学校于被动啊！”

“警告处分是最轻的，马上启动处分程序。”柯梦凡一摆手，下了死命令，没有任何商量的余地。

“请柯书记明示，单媛媛领受处分的依据何在，依据哪个条例以及规定中第几条、第几款，文达不才，找遍校纪校规仍不得要义。”曾文达从抽屉里取出厚厚的学生手册，其中有学生违纪处分条例等十多个管理办法，柯书记视而不见。

“单媛媛的行为破坏正常教学秩序，造成恶劣影响。”柯梦凡一侧脸说。

“本人认为，单媛媛既无破坏之主观故意，也无具体行为，更无恶劣影响，所谓影响充其量就是郝主任感受而已，律城财经大学摘了他的面子。郝主任登上大学讲台时，对此应有心理准备，没有金刚钻就别揽瓷器活！”曾文达冷冷地说。

“损了领导颜面，难道还不够严重吗？学校建立社会关系、开发办学资源容易吗？学校经营了多年的与发改委的良好关系，被毁于一旦，后果很严重、影响很深远，你还为她说情开脱？你好像是学生和家长的代言人，角色错乱！你是代表学校的管理者，我提醒你屁股决定脑袋，不要吃里爬外！”柯梦凡想以势压人，用手掌拍打着办公桌面，咆哮起来。

“是的，本人为她说情、求情！这么做，正是因为本人站在学校立场，代表学校利益在处置矛盾和纠纷。学生处分，该给的毫不犹豫，不该给的，决不可妄为。处分是教育人的手段，不能擅用！”文达心里剧烈跳动着、紧张着，甚至手臂不由地抖动，但是他表面强装镇定，语言冷静而清晰地据理力辩。

“这事，什么人求情都无济于事，除非见到马书记、郭校长手谕。我正希望你去找书记校长，解释解释退席事件，也替我背这口黑锅。”柯梦凡说着便往门口运动，他丢下的话掷地有声。

“本人不越级汇报。在律城财大，一级对一级负责，本人按照组织程序行事，只向书记您负责和报告工作。本人正式申请免于单媛媛的处分，由本辅导员实施教育。”曾文达再度重申他的观点。

“既然一级对一级负责，那我就行使权力，你就必须服从我的命令，即日完成对单媛媛处分手续，我依此向郭校长汇报。给你 48 小时，否则我要问责！”柯梦凡脚步停住，头都不回地说。他的高大躯体就像一堵厚墙，挡在面前，压得曾文达密不透风，遮得他看不清前后左右的辅导员的表情。讷讷的辅导们被这场景惊呆了，立于一边不敢言语，始终保持沉默，未经许可也不敢贸然退场。

文达的脑海里又出现单媛媛的无助流泪、单父电话中再三的嘱托。由于出生偏远山村，家境贫寒，自小他说话不敢大声大气，习惯仰视于人，被人冷落、奚落甚至侮辱是家常便饭，打掉牙往肚里咽，他忍气吞声这多年，除了他对玉芳（彼此熟了，才敢以俯视的姿态对待于她），直至进入律城财经大学，他感到这样日子到头了，也到了必须改变的时候了，他已从学生到老师、从农村到城市、从下里巴人到阳春白雪，必须将倒伏的人字迅速地扶正，他要像方介生那样堂堂正正地活着，像靖晓常那样见义勇为，大胆对这个社会的丑恶说不，他看准的占理的事，就坚持，决不随波逐流。面对柯梦凡的仗势欺人，面对这么多辅导员在旁听，他不能再唯唯诺诺，再让大家看低了本人！文达立于原地，表情严峻、一副大义凛然的样子，字正腔圆地说：“本人不是党员，但是对上级的决定保留意见，如果书记执意要处分单媛媛，请拿出正式决定，本人执行！被处分人肯定不服要逐级上告，如何应诉，也请领导明示！”

“恐吓？威胁？我柯某人最不怕的就是这两样东西。处分是我给的，依据？郭校长的指示、我的指示都是依据，立即执行！这口气难以吞咽，是吧？告诉你，这就是一坨屎，你也得给我吃下去！”柯梦凡脸色铁青，眼前这位文文静静的奶油书生，竟敢当众质疑于他，以警告的口吻对他提醒，简直就是目无领导，目无上级，与单媛媛一丘之貉！若再不开杀戒，不足以平息民愤，不足以树立领导权威，不足以恢复管理秩序，不足打杀这不知天高地厚的后生的嚣张气焰！

十三　人情太极图

曾文达对柯梦凡斗胆直言，让辅导员们刮目相看。但是，示强和顶撞领导得有勇气，更需要付出代价。为较一时之真、逞一时之勇，众目睽睽之下与柯梦凡交锋，不，那是交战、交恶，埋下了仇视的种子，等待他的自然不是什么好果子，领导迟早要“办”他，报复他的不恭不敬和无组织无纪律。

想来，文达有些后悔和后怕了！讨厌的单媛媛，不知天高地厚，为所欲为，大活宝一个，跟在家里一样任性，可把本人坑了！该死的柯梦凡，强词夺理，仗势欺人，对上，对郝主任、郭校长一副马屁精的谄媚，对下十足霸气，在经管学院说一不二，以太上皇自居，不允许任何人挑战他的权威，比如，他是老烟枪，办公楼贴满了禁烟标识，他视若无睹，我行我素，开两小时的会，人人都跟着他吸二手烟，众人敢怒不敢言。再比如，他开着一辆黑色帕萨特，从不讲先来后到，方便宽大、避阳遮阴的最佳车位法定是他的，谁人敢抢占，他必定叫保卫处抄牌、贴标以示警告，如若下次再犯就放气、扣锁，这属于违停，违了他柯家的法规，没人敢说个不字。

曾文达本不爱管闲事，遇烦习惯绕着走，可是“点招班”超烦，爱惹祸，使他天天心神不宁、疲于应付。眼下最缺乏的资源是时间，“打野鸡”、搞科研、钻研MPA、与玉芳周旋，哪样不得投入时间和精力，单媛媛的屁事白白耗费了多少宝贵时光！尽快画上句号吧，这是一场消耗不起、也无法完胜的消耗战！好了，班会上批评与自我批评的总结以及不给予单媛媛同学处分的建议均已拟就，迫于柯书记的压力，不得已，文达在文末加了一行醒目的文字：“根据经管学院领导的指示，遂给予单媛媛同学警告处分。”草签上了曾文达的姓名后，以最快速度呈上，以把球开到柯梦凡的脚下。

中饭过后，柯梦凡多在办公室，午休前的这个时点最容易找人。文达不想见柯梦凡，但是越不想见的人越要硬着头皮见，没法子！他规定的48小时期限已过半，拖是拖不下去的。一想到见柯梦凡交材料，文达内心就吃紧，头皮就发麻，手脚就发硬，像老鼠瞅见猫似的，露怯？害怕？退却？不成！起码表面上从容不迫，不能尿、没出息！他暗骂自己，然后命令自己，放松，放松！他在办公楼下徘徊了好一阵子，做心灵体操——跟靖晓常学的释放紧张心情的土办法——默默地念数，由一数到一百，再从一百倒数到一，直至满脑袋乱码，心跳慢慢舒缓下来，这才打起勇气走向经管学院党总支书记办公室。

柯书记办公室的门虚掩着。往里窥望，桌台上电脑显示屏亮着，映着律城财经大学熟悉的主页；办公桌面上摊着报纸，硕大的水茶敞着大嘴、热气袅袅。柯书记不在，十有八九刚刚离开，且未走远，他的手机还搁在办公室显眼处。

文达一阵窃喜，有口无心地低声唤了几声："柯书记，柯书记。"生怕叫声响了将柯梦凡从地下唤出来。为了证明他的到访，文达打了柯书记的手机，桌台铃声大作，他又紧张地掐断了呼叫。

"谁呀?"隔墙的小屋里，办公室主任兼秘书谢小团仰坐在转椅上，左旋右转，闻声探头问道。扭头过去，一个女人抹着红指甲油的纤细手指十点猩红，煞是显目：五点是静态，托住一本美女启封的杂志；五点是动态，不停地抓捏着瓜子往牙尖上送。电脑音箱播放着当红歌星庄心妍柔情悲欢的《一直想着他》："你知道吗，时间未把你带走，只是担心你一个人会寂寞，爱情一旦撕破就无法回头……"这首歌，二十三岁生日那会，玉芳在省文艺台上为他点唱过，所以文达听了曲子就能哼唱歌词。这么动情好听的歌，到了谢小团那里就变了味，你瞧：她哪有玉芳那样含情脉脉的柔意，一双滚圆的腿随着音乐的节奏上下打着点拍，像劲风托起轻盈的身躯，像麻醉剂催得人昏昏欲睡，像盲人按摩抚得舒舒服服，陶醉得她有些不想搭理门外的不速之客。

"是我，曾文达。"

"有事吗?"文达的光临并没有打乱她的兴致，谢小团的嘴里依然"嘎""嘎"的发出嗑瓜子的脆响。

"本人交材料。"文达定睛细看这女人直起身，瞧这脸庞，好像在哪里见过。

"丢下吧。"看来谢小团认识文达且知道他的来意。

"好嘞。"文达毕恭毕敬地将材料递去。这话无疑正中下怀，最好丢下东西快快走人，避免与柯梦凡照面。文达更无心琢磨这人在哪里见过以及她是何许人也。

谢小团例行公事地腾出左手，随便捏了捏，嗯，直感告诉她：材料不薄，厚厚的有近十页，这是她衡量作者重视和投入程度的惯用手法。可是，翻开扉页，横扫几眼，然后跳到最后一页，找关键句，没发现希望看到的文字，初现的笑颜慢慢僵硬起来，取而代之的是大惑不解和大惊失色的样子，那意思是说：材料用三号字、宋仿体、加粗打印，偌大的行间距占去了过多纸面，给七旬老人还是弱视者审目呢？十页纸充其量不过两三千文字，其马虎、应付的劲儿可见一斑！谢小团将材料甩到桌上说："谁执笔的？是让我把关，还是不改了，直接呈送上去？"

"改？改啥？咋改？这里边句句字字都是实情真言，绝无虚假。"文达假装不知地问，"谢主任发现了什么语病和错别字？"

谢小团眼睛瞪得更圆了，惊诧地打量着眼前的年轻人，仿佛陌客相认，那意思是说：你真不懂，还是逢场作戏啊？材料里有没有实情不紧要，错别字可以更正，重要的是没有柯书记想要的内容，没有"给予处分"的字样，这报告送上去不是自讨没趣吗？等待的不正是劈头盖脸的一阵痛批吗？她说："你再斟酌！逐字、逐字酝酿、酝酿！"

文达故作虔诚地说："材料已几易其稿，字斟句酌，精雕细刻，几乎一字不多、一字不少，无处可改了。好文章不在乎长短嘛。"

"此话当真？"谢小团将音响音量关小，抖了抖沾在衣服上的瓜子壳，然后蹑手蹑脚地将办公室门关上，低声说："小伙子，我可是为你好。敞直了说，这材料柯书记那里肯定通不过！给予单媛媛处分，是辅导员根据学生错误情节和学校规定所做出的决定，报领导审批，怎么成了根据领导下达的明确指示呢？好像领导与单某过不去似的……"

"这是真实的客观，事情本来就是这个样子的。"

"别犟！曾老师，听我的，单媛媛的处分得按照程序走，基层提出，领导首肯。但是，处理上不是不可以技术些，比如先给予处分，数月之后再以'反省深刻、确有悔改、表现尚好'等为由，名正言顺地撤销吗，曲线救国，双赢！不失为处世为人之上策！要不，眼下这坎迈不过去，领导的意志最终要转化成辅导员的行动吗，你说，对不对啊？"

瓜子的清香在办公室飘散，与女人头上散出的香波一样醉人，曾文达鼻孔混成着两种不同的香，有些眩。他觉得，谢小团强扮少女的美貌和魔鬼般的身材，处处显现出职业女性的成熟和亲近感，说话办事把握分寸，男人最欣赏这样的女人！谁说女人头发长见识短？谢小团对单媛媛犯纪有着与靖晓常、方介生不同的见识和独特的解套办法，不管建议是否可行，乍听起来蛮顺耳，且以协商的口吻沟通！文达沉思不语了。

“要不，报告拿回去再修改、修改？”谢小团诚恳地劝文达接受她的建议，“或者外加一行：经研究，建议给单媛媛同学予警告处分。或者去掉一行，将‘根据经管学院领导指示’划掉？说话办事哪有将领导活脱脱地顶在前边的呢？”

文达的脑子激烈翻腾开来：谢某的说法表现柔和，但经不起推敲，撤销处分是将来式，充满了变数，几个月后的事情谁也说不清楚。而落实处分决定，是现在进行式，不免在学生档案中留下污点，这预示着单媛媛大学的政治生涯就此终结，入党、评优、奖学金等都将受到牵连，学生和家长肯定不能接受。这个结局与柯梦凡的主张无异！既要处分学生，还要我亲自动手，文达脑子里闪出借刀杀人这个词。谢小团的主张不坏？她开出的是长效止疼药，但止不住今天之痛，他可能等不到、也看不到谢小团所描述的双赢未来！满足了柯书记，单媛媛那边肯定就摆不平，短痛不能消除长痛，那么何必吃眼前这一刀呢？曾文达思前想后，决定报告内容不改，这材料最真实不过地反映了事情的原委和处分的缘起，听任柯书记发落吧！

这是个是非之地，莫成伤心之域，无心恋战的曾文达疾步出了办公室，听着蛮是不快的谢小团重重关上了门，然后嗑响瓜子，调高音量，继续享受她午休的自由时光。

文达想，谢小团老于世故，是地道的太极高手，圆滑之极。她是替我着想，还是为书记着想？为我好，还是为书记好？她诱我钻一个隐蔽得很巧妙的陷阱，使处分得以落地，柯书记的意图得以实现。好在本人没轻易上当！本人是这么好骗的吗？不过，曾文达多了一个心眼，离开前还是非常礼貌地、狠狠地感谢了谢主任一番，好像她帮了天大的忙，让他赚了莫大的便宜。他与柯书记斗嘴，吃了亏后变乖巧了，他用甜蜜语言塞住了谢主任的嘴，谢得谢小团不悦但不好发作。嘿，两害相较取其轻被用到了极致！语言贿赂一分钱不花，干吗不海量应用，这是靖晓常主张的处世之道。

走出办公楼，曾文达如释重负，思绪开始奔驰起来：刚才那女人脸形很熟，似曾相识，对了，这个谢小团是不是报到那天班车上犯嫌的墨镜女人？是的，就是她！

缺了墨镜的点饰，差点认不出来。一副小小墨镜，作用竟这么大，能够改变人的风貌和韵味。此人原貌如此，除了墨镜就没有那么耐看！谢小团八成也认出本人，她是眼光狠毒，难怪刚才阴阳怪气的，还出了一堆馊主意，柯梦凡身边有这么个人物，真是绝配！

自报告上呈后，曾文达就等待经管学院领导的拍板。希望柯梦凡干脆一点儿，横竖一刀，早点了断。结果无非有二：一柯梦凡执意处分单媛媛，强制做出处分决定。单父可不是省油的灯，这个夹生的处分，他绝不会忍气吞声，非闹个鱼死网破不可。单媛媛认为她不输理、也不输人，人心在她这一边！如果父女俩据理力争，在网上滋事，搞个满城风雨，将柯梦凡置于风暴中心，他收不了这个场子，难道柯书记不晓利害关系？不做兜底的准备？二柯梦凡悬崖勒马、改弦易辙，免却单媛媛的处分。如果这样，本人自然是胜者，在单父面前又可吹嘘和邀功一番，不仅了却了 Ipad 旧情，而且赚足单家的感恩戴德。不过，出现结果二的可能性不大，领导，不，权力永远以正确的面孔出现！

曾文达为结果一准备着。他打好了腹稿：经管学院处分决定一到，立即召开紧急班会，声明执行上峰决定，这是角色需要，是辅导员的应有态度。学生群情激愤，出现混乱场面，安抚工作无效，咋办？那时本人只好理直气壮地去找柯书记，请经管学院另请高明出山、收拾残局，鄙人有言在先，该说的话都说了，不该说的也说了。

左等右等，上等下等，前等后等，咋不见处分决定出炉。柯书记催文达的责任报告，迟一天都嫌慢，他想以最快的速度向郭校长交差，可是进入了厨房才知道掌勺热，烫手山芋捏在自己手里不好吃又不好玩。这一板，真的不是那么好打的，哈，哈，他也蔫了吧！

秋天，空气中有了丝丝寒意，柯梦凡办公室的窗户却始终敞着，夜里都不关闭，只见秋风进，咋不见从里边飘出一纸红头文件呢？这里边究竟发生了以及还将发生什么？文达四处打探，据谢秘书说，那天看了报告后，柯书记雷霆大怒，气得七窍生烟，当场摔了一只大口杯，杯里的开水差点烫了脚，人人都以为他会立即出手，毫无悬念地处分单媛媛，可是预料和等待中的事情却迟迟没有发生，不知柯书记在磨蹭什么。

学生们也等待着处理结果，柯书记葫芦里究竟卖什么药？空气紧得快要窒息、快要爆炸了。

曾文达像热锅上的蚂蚁，原想速战速决，未想却成了地地道道的持久战，更令人抓狂的是，不知事态的进展，一丁点消息没有，他不知下一步如何行动，同学在问，老师在问，邻居在问，作为当事人，他不知怎么作答。他到处打听消息，得到的答复都是不清楚。在茫然中，文达不想再犹豫了，他也开始沉不住气了，因为柯梦凡可能在酝酿更大的阴谋，时间拖得越久，情况越复杂，单媛媛的处境越危险。他认为有必要与单父交底，一是让其心理有所准备，二是启动单父的社会资源，以影响学校的决策，也许能收到预想不到效果。事到如今，再向单媛媛保密已无意义。于是，他给单父打了一个长长的短信，将事情的前因后果和学校的态度说了遍，想必单父会迅速反弹，护犊之情，人皆有之，听到学校要处分女儿，单父自不会坐以待毙。不料，单父却表现出难以想象的平静，他似乎对此早有所料，一切尽在掌控之中。他只是回复了简简单单的几个字：知道了，谢谢你！同样，曾文达没有看到他想看到的结果。

单父这边没有反应。抓瞎中的曾文达又想到了方介生和他背后的钱教授。钱教授是学术权威，在学校有举足轻重的地位，是能够影响甚至是左右领导决策的权贵。方介生是神通人士，在律城财经大学门路多、关系广、消息快，好多事体都提前获悉。比如，学校规定年轻老师做辅导员，他比旁人早知道几天，别小瞧这几天，那是多么深厚的背景！再比如，他预知将加盟 MPA，一直潜心准备，不少人拉他“下水”到校外“打野鸡”挣外快，他胸有成竹、不为所动，原来早吃了定心丸！所以，凡事求教身边免费的高参，肯定大有裨益，或者说是定赚不赔！

如何跟介生说这事呢？文达感到，近来介生好像越来越不想说学校的事情，不是怕他泄露内部消息、平生是非，而是担心他对号入座或反应过度，闹得人心乱乱的。要消除与介生交流的心理障碍，得表现出某些诚意，得注入某些润滑剂。在回宿舍的路上，文达拐进了教育超市，买了两包红灿灿的中华烟，介生偶尔抽烟，特别是动脑子的时候。两包烟，小小意思，略表寸心吧！介生肯定不主张他花钱，随便编个理由，就说别人给的，本人不抽，顺手孝敬二兄便是。

心里想事，文达用钥匙拧开宿舍门的动作有些笨拙，推开房门，发现方介生趿着拖鞋站在高高的板凳上，打着手电，正在调试日光灯的起跳器。文达不敢大声说话，怕惊着介生从高空坠下来。他轻手轻脚地合上门，缓缓地说：“二兄，怎么啦，电灯坏了？”

“日光灯闪不断，不亮。‘小老鼠’坏了，明天叫电工换，现在只能用土办法。”介生的声音从头顶落下来的。文达想将他夹在肩头的手电接过来，介生已经将电线两头一搭，日光灯“噗”“噗”跳了两下，便亮了。看来学理工科的动手能力强于文科生，凡事不求人、自行解决些生活中疑难杂症。

“没想到二兄还有这两下。辛苦、辛苦啊！”文达上前搀扶从凳子上下来的方介生，马上顺水推舟，掏出已被焐热的香烟，将它交到介生的手上，“小弟犒劳、犒劳二兄。”

“中华，哪来的？花钱买的？”介生没有接，拍打着手上、身上的灰尘。

“这是闲烟，摆这儿浪费，贡献给二兄动脑筋时烧烧。”文达撒了个谎，善意的撒谎不叫说假话或不诚实。

“咋发现咱吞云吐雾？哎，难得为之，你可别助长咱的不良习气。”方介生想借故推托。

“两包烟就咋助长你的不良，您太抬举本人了。你多出成果、早出成果，本人也近水楼台先得月哪。”文达害怕介生不肯收，怕他心事白搭了。

“那你别嫌屋内烟熏火烤的。咱知道你在避烟，咱吸烟你就开窗，不管外边是晴是阴、是雨是风，今天怎么反其道而行之？”方介生没将两盒烟看得太重，既然是闲烟，生硬拒绝就伤了兄弟和气。他熟练地掂了掂香烟，就欣然接受了，“这是真中华，谢谢啦！”

“二兄，做学问抽烟不算坏习惯，工作需要，烟助脑力，令人亢奋，催生灵感。就跟本人嚼口香糖一样。”见介生熟练的鉴定动作，文达有点不自在，心里酸溜溜的：难道本人的烟还需鉴定吗？难道教育超市售假吗？没准！万幸，那不是假烟、霉烟、过期烟，如果掺假被当场戳穿，那情何以堪？当介生将香烟放入抽屉的一刹那，文达心里坦然了，但又觉得两包烟太少了，人情显得单薄，应买一条，可是一条烟的来路就值得怀疑，“闲烟”就不能自圆其说，对，应买上四包，不就两百块嘛，半天讲课酬金的四分之一……文达懊恼地挠了挠头。

“这几天看你没精打采的样子，真叫人心痛！单媛媛的事情有眉目了没有？听说柯梦凡去省里开维稳工作会议，昨天回校了吧。”方介生将凳子端回原处，关切地问，“他应当着手处理此事，有消息了吗？”

“没有，没有一点儿动静。哎，本人正想请教您呢。”文达找来擦布清除凳子上的脚印，边抹边说。

“没结果？证明事态缓和了，起码是往好的方向发展。”介生略有思索，取出一包打开的香烟，喘了口气说。

“怎么说?”文达显露出焦虑的心情。

“俗话说趁热打铁，处分是有时效的，超过时限就不宜再追究，越拖对当事人越有利，对学校越被动。”方介生找火柴将夹在嘴边的香烟点燃，显露出一副很是享受的样子，尼古丁发生作用，催生心理快感。

“柯梦凡不是等闲之辈，绝对不是知难而退的人，他不可能在一个弱女子的眼泪面前止步，他的坚守不会轻言放弃，他的权威不容藐视!”文达觉得柯梦凡从不做食言之事。

“不管事态如何发展，此时的你切莫盲动，也不要去找柯单独求解，静观其变，更别节外生枝，让柯从其他地方抓你小辫，此时，没有说法就是最好的说法!”方介生认为出现了未知因素，柯书记处分遇到了难点，如果此时文达再出状况，浅则火上浇油，深则可能给柯的追加处分提供新把柄和证据。

文达答应下来，然后他请介生说说柯梦凡这个人，他的简历、人品和身世。介生说：哦，柯书记毕业于解放军政治学院，是上世纪九十年代大裁军时复员的正团职军队干部，保留着军人的阳刚之气。军人以服从命令为天职，完成任务是唯一行为取向，贻误战机、行动失利轻则挨批，重则要上军事法庭，这是军人的习惯思维。当然，他也将你当军人啦。

曾文达家里没军人，一生也没接触过军人，对军人的理解有些概念化，大多来自影视作品。他以为军人系一介武夫，与文弱书生应当分居两个世界，而今他们同居一个屋檐下，免不得犯冲。他认为，在大学里工作，难为柯书记！军人与秀才同台，这戏能唱好吗？军人不能违命，照理，郭校长不松口，誓言要追究单嫒嫒干扰教学秩序的责任，柯书记自不敢抗命，不管对错都得坚持到底。在介生的描述下，文达似乎摸着了柯梦凡的脾气：秀才遇上兵，有理说不清！与他沟通、求和恐怕也没有用，想到此，他的心拔凉、拔凉的！

介生不忍文达心事沉沉的，答应他明天请钱教授出山，找领导为文达和嫒嫒说情，有情况第一时间向弟兄报告，请文达放心！

好兄弟！谢谢好兄弟！文达激动地紧握介生的手，连说了几声谢。同寝室的兄弟第一次执手言谢，让介生不习惯，觉得文达很是见外。

方介生找钱教授的心情是复杂的，或者说有些不情愿。钱教授与咱非亲非故，凭什么请他帮一个连自己都不认识人的忙，着实勉为其难。再者，钱教授不担任领导职务，托人情、找关系，有干政、涉政的嫌疑，他也不想经常抛头露面，特别是非学术问题。每找一次钱教授，意味着欠他一次人情，欠下的情债迟早都是要还的，咱拿什么还？当钱教授开口要求咱的时候，咱不可能说不，问题是钱教授到底要求什么，这底牌至今不明，那绝不是写个书评、打打下手、奉献一些体力那么简单……

十四　心魔生梦魇

“静观其变”，曾文达想到做不到，单媛媛的事没有结果，他压根就静不下来，为了接收柯梦凡随时可能发出的指令，必须二十四小时开机。上课，手机设在自动回复；充电，以不脱离视线为限；户外活动，打到嘈杂模式，音量调至最大，生怕错过电话再次挨批。柯书记规定：手机铃声响三下之里必须接通，否则你就是睡过去了，这是辅导员的标准反应速度。辅导员须无条件通讯畅通，没有信息死角，即使三更半夜，手机亦须随打随接。出现重大险情，如学生生病、打斗、失窃、火灾等，就更不用说了，怎么做，你懂的！

柯梦凡并非口头要求，绝对动真格的检查。他经常测试辅导员的“战备”水平，动辄深夜两三点给辅导员拨电话，听到辅导员打足精神应答“是”“是”，柯梦凡方心满意足，就像军营熄灯后例行查岗、查哨一样。辅导员私底说柯梦凡变态，得了“首长综合症”，听了口令便快感顿生。但是，此做法深得书记、校长的赏识，领导认为经管学院的团学工作是信得过的免检单位，据此郭校长才将落实郝主任讲座的重任托付给了柯梦凡。

文达神经绷得紧，俗称“一级战备”。他担心柯梦凡会抽测他，找他的碴儿，挑他的剔，在单媛媛身上找不到突破，就转向其他地方寻找破绽。任何人不可能永远处于一级战备，总有松弛和懈怠的时候，老虎还要打个盹呢。文达不知自个能挺多久，只好死死地压住单媛媛，不让她再有任何状况，以免落柯梦凡予把柄。柯书记正寻衅报复，抓着放大镜，鸡蛋里找骨头呢！你好歹给我收敛、收敛！

周三上午，一口气讲了半天课。由于过分投入，加之这几天心里负重，晚间没有睡好、睡实，体力了透支，身子骨乏得很，没力气。曾文达坐下了就不想再起身，哈欠连天，连打电话叫外卖送餐的力气都没有。于是，掸去身上的粉笔尘，他在寝室简单地冲了碗泡面，不等开水冷却，不怕烫嘴热舌，狼吞虎咽地将干硬的泡面送下了肚，然后就匆匆上床午休了。

倒在床上晕乎乎、昏沉沉的，睡意正浓，突然，急促的电话铃声吓了他一激灵，顺手摸起手机，本能地按上接听键，礼貌地说：“你好，本人曾文达，请讲!”一连串的习惯动作一气呵成。

“哈，哈，哈……”电话那头的人坏笑起来，“啥时候变得这般客套，叩见皇上哪？还是拜见令堂大人？呵，你若天天对俺这么好，俺快活死了!”

曾文达醒了一下脑子，这年轻女子的声音，是玉芳隔空调侃呢。妈的，他骂着，不耐烦地说：“打电话不看时候，人家累劈了，正入梦乡呢。”

“哎呀，哎呀，不好意思，搅了你的好梦。今天中午吃的什么？这么快趴窝哪？俺知道你上午有课，刚下课，想必正在吃饭。俺上午没课，等到下课才联系你的。”玉芳与文达通话都是定时定点，掐好时间，精确到以秒计。她认为现在是惯常的通话时间，今天咋例外了？自从上次突访吃了文达的冷脸后，她告诫自己不要突然袭击，搞查岗、查哨那一套，这样相互猜忌的突查让对方难堪，弄得男人好没面子，越查与男人的心距越远。所以，她与文达的通话时间是可预知的。近来，她感觉到文达心事很重，与他的通话越来越短，聊不上几句，文达就不说话了，问一句答一句，就冲着要搁电话。玉芳知道，他这辅导员当得蛮吃力的，眼下的大学生不通事理，调皮捣蛋，爱捅娄子，不好管理，而上峰强调安定团结，担心出现校园事端、事故、事态、事件，稳定压倒一切呗！当然，稳定责任要逐级分解到辅导员身上，压力可想而知。小学里当班主任，就是围绕要不要学和能不能学展开，学生以分数论英雄，班主任以名次论成败，一切简单而透明；而大学就复杂喽，辅导员的思维动不动往社会、治安、稳定的高度上拔，工作牵动着领导敏感而脆弱的政治神经，连政府都关心大学里的风吹草动，巴望着相安无事，皆大欢喜。文达告诉她，学生工作惹麻烦了，八成是学生惹恼了领导，他想袒护学生，被挤压在领导与学生的夹缝里，老鼠钻进风箱两头受气呢！文达刚接手辅导员，城府不深、经验不足，怕对付不了这帮赖娃娃！于是，她想约他出来散散心，说说学生的事。文达不善于与人交流，特别是憋屈的事总喜欢沉在心里，这不憋出毛病来呀？可她的好意没捞着好报，热脸贴上冷屁股，文达没好气对她，玉芳习惯了，就像她爹对人家曾家一样。

“什么事呀？长话短说。”文达半睁着眼睛，虐心的事真多，后悔没瞧瞧屏幕，如果早知玉芳来电，他就会调到“勿扰模式”，继续蒙头大睡。什么事下午再说不行吗？

“没啥大事。俺知道你下午没课，俺想来财大，一起唠唠，一起吃饭呗。人家想你了，不行嘛?”玉芳撒娇，故意把话说得又柔又绵，将腔调拉得长长的，她学着城里人的娇媚，男人喜欢这般情调。

“爱想就想呗，没人反对，也没人敢说不！你要来就来吧，迟一些哦，让本人痛痛快快睡个好觉，好有精力陪你。”曾文达睡眼惺忪，一时找不到回绝玉芳的理由。近来的生活像被拉黑，灰灰蒙蒙的。人与人缠斗在一起，乏趣、腻味透了！此时此刻，他想为生活着色，寻找点乐子，制造一些开心吧。每每与家父通电话、报平安或问起姐姐的时候，家人少不了询问：与玉芳关系怎样哪？多久没往来了？叮嘱着你可别怠慢人家。如果他两个礼拜不见玉芳，袁家那边也会反馈到曾家去，给家父施压，父亲又不免在耳边唠叨那些说了无数遍的套话儿。所以，不定期地与玉芳接触，成了生活中的规定动作，每一段时间就要联络一次，以表示两人关系的存续。

“那好，将手机打到静音，安心睡觉吧。四点钟起床，俺不见不散！”玉芳仿佛赶火车，对照运行时刻表说话呢。

“行哎，假如能睡醒的话。”文达转身欲睡。

“睡不醒？俺敲门咧！”玉芳又补充道，“眼下还缺些什么？你没时间逛店，俺给买了给带过去。”

“啥不缺，你人过来就行。”文达有些不耐烦了。的确，他对吃喝穿戴没有特别要求，对大多名牌没有概念，只是不时听靖晓常、刘敞敞说起，才耳濡目染、慢慢建立起名牌和品牌的理念，熟悉了不少中外衣裤鞋帽的牌子。这不，他外出上课拎的仿 LV 包，就是这么从大卖场淘来的，好歹贴个外国的牌子，增添了不少洋气……还需要什么？要配齐名牌的行头，缺项比比皆是，不过，他不想玉芳为自己花钱，本人已经独立了，正尝试着摆脱袁家的阴影呢……

文达不敢将手机打成静音，怕柯梦凡搞突然袭击。他将手机压在枕下，再检查一遍，确实处于开机……侧耳细听，隔着薄薄的枕芯，声音应当很容易穿透出来，很容易进钻他的耳鼓，很容易将他叫醒。是的，手机静静地躺着，压在耳下，没响！可是，仅一会会，柯梦凡的突查电话没来，他来了，亲自出马，直接闯进了小白楼年轻教工宿舍，闯进了 314。“咣”的一声，门被重重地踹开，柯梦凡高大身影未显现，他粗大嗓门先传进屋来：“你给我起来！你的材料看了，在学院领导班子中传阅了。真是难得的反面教材啊，本书记领教了什么叫信口雌黄、颠倒黑白、胡说八道！”柯梦凡手里拿捏的正是文达递交的报告，那可怜的报告被猛烈抖得簌簌作响，随时可能解体：加粗的字体、宽宽的行距、标准的仿宋字……几经传阅已破损不堪，装订线绷裂，各纸片支离破碎。最后，被一只粗暴的手重重地拍在书桌上，窗口风立即将它掀得四下飘悠。

柯梦凡，白色衬衫，外搭深蓝色夹克，笔挺的西裤，锃亮的皮鞋，咖啡色的公文包，这装束是律城财经大学行政干部的标配，随处可见，见多不怪，在校园不少于一个连。在师生的心目中，柯梦凡不过是被领导驯服的工具，周身散发着中年男人的机械、古板和刻薄，当然还残存着军人的威猛和铁血，两道剑眉下一双阴毒的双眼，仿佛时时告诫不识台举的后生：我是王者，我怕谁?

来者不善！他的脸膛上写满了愤懑，准是刚刚吃了烈性炸药，一百六十多斤的躯体尽是易燃、易爆品，遇上火星即爆燃，将本人或周围人炸飞、烧焦。他，斗气而来，泄愤而来，寻衅而来，将无限怒气撒在曾文达身上而来……

柯梦凡一双眼睛似犀利的剑锋直刺文达心窝。文达睡眼蒙眬，想视而不见，避其锋芒，并设法冷静，但是就是怎么也镇静不下来，说话难免有点结巴：“柯书记，上次找您当面汇报，您……您不在。”不自觉间将习惯的“你”改为“您”，这一微小的变化足见当时紧张而微妙的气息。

“自作聪明！律城财经大学路人皆知，本书记是办公室控，最容易找、最容易约、最容易等，从来没人说我不在的，除非你，瞅好了时点，故意扑空！”柯梦凡义正词严居高临下。

“这……”文达语塞了。的确，那天他在办公楼下徘徊了许久，那不是避柯书记，更不是趁他外出之际登门，难道不是吗？但是，谁能证明？除了自己，没有别人！柯书记这时不相信他的解释。

“那套把戏，老子十年前就玩剩了！”柯梦凡敲打着书桌，震得茶杯、台灯晃晃荡荡的，“在老子面前玩心计，收起这鬼把戏！”

“柯书记，报告上本人已作了深刻反省，愿意接受您的批评。”文达力图从床上坐起来，但咋就力不从心，手脚不听使唤呢，眼看柯梦凡就坐到床沿，他的大屁股像磨盘一样，将床板压得吱吱作响，整个床架仿佛马上就要崩裂：“老子今儿没工夫听你放屁，没工夫澄清是非曲直，你这小子坏了老子的大事，老子在律城财经大学苦心经营二十年，混到今日颇费心机，煞费心血，多不容易啊！事业平台一点点累起来，被你毁于一旦！你，不仅制造离场事件，让老子在领导面前声名狼藉，断送了学校与发改委的关系，让老子成了律城财经大学的千古罪人……”

“柯书记，怎么说本人制造离场事件？绝对不是这样的……”

“住口！老子事先开会叫你部署，你却煽动学生闹事，怂恿事态扩大。”柯梦凡一只手封住被子，文达被死死地裹在里边，军人的手力真大，文达怎么挣扎都无济于事，都无法将手伸出被窝。他只能脸对脸、眼对眼地直视柯梦凡的狰狞面目：慈眉善目的书记不见了，军人风度和气质不见了，立于讲台上满嘴的仁义道德不见了，摇身一变，成了青面獠牙的怪兽，张开血盆大口，径直向他扑来，用带刺的舌头舔乱他白皙的肌肤，顿时血肉模糊，万箭穿心……文达自恃强大的内心开始坍塌，心像被掏空一样，天晕地眩，大脑一片空白，所有思想、所有言词瞬间都枯竭了，除了向曾梦凡道歉、投降，别无他途！他吃力地说：“书记，本人有失误，本人的不是，对不起……”

“这还不算，你还策动钱教授，到书记校长那里告黑状，叫老子名声扫地。你利用学生家长，给学校施加影响，想把事体捅到媒体上去，制造爆炸新闻、搞轰动效应，你想把老子置于死地而后快！你太狠！太歹毒！这样的歹人没有资格活在世上！”柯梦凡终于出手，真的动手了！他一把揪住文达衣领，咬牙切齿地说：“你不想让老子活，那好，老子陪你，老子先让你不得好死！”

“不要，不要，书记您听本人解释，不是这样的，不是这样的……”文达绝望地叫了起来，声音很大，柯梦凡仍不收手。

“老子现在里外不是人，领导要问责，要查老子祖宗三代，要查老子经手的所有账目，从头查起、连根拔起，老子只有拼个鱼死网破，跟你这鸟人同归于尽！”

“不要，不要，您让我回阳泉村悔过自新……”文达用尽最后一丝气力央求道。

“等你来生转世吧！看刀，受死去啊！”柯梦凡歇斯底里。他抹下外罩甩在床边，亮出了臂膀隆起的发达肌肉，啊！他腰间别着管制刀具，身后雇了一批黑衣打手，原来他是黑社会老大？众打手蜂拥围拢而上，直取他的性命……

“救命！救命啊……”柯梦凡压住他的嘴巴，不让他喊出声，他只叫唤了两声，便被重物卡住了喉咙。真的，面对死神，死亡不可回避，曾文达反倒从容了，他扭动着脑袋，一纵眉，鼻尖对刀尖，艰难地用足了最后气力、奋力吼出来：“柯梦凡，你干脆点，别让人痛苦，本人先走一步，在阴间候你……”

“啊——”柯梦凡丧心病狂，手起刀落……

“你嚎什么呢？怪吓人的！”玉芳坐在床边推醒了酣睡中的曾文达。

“柯书记呢？”文达揉搓着惺忪睡眼，似醒非醒地呢喃道。

“什么柯书记，俺是袁书记！袁玉芳大人在此！”

啊！玉芳？什么时候、怎么坐到床头来了？文达蓦地醒了，双臂支撑坐起身，说，“刚才你抽我耳刮子干吗？”

“你在做大头梦、说胡话，痛苦挣扎呢，俺叫醒你，在大汗淋漓的脸上擦了一把。看来你没有睡死。”玉芳手中还捏着粉红色的、溢着淡淡馨香的手帕。

“哎，没睡死，差点抄家伙跟柯梦凡搏命哪！”曾文达微微甩了甩头，又用手指理了理乱发，思绪还在梦境中，“哦，本人快给人打死了，咋不见你出手呢，快快报警啊！”

“报警？那是旁观者不得已的法律求助。这个世界上，能替你挨拳头、挡子弹的，除了你爹，就是俺玉芳，你信不？”玉芳说的是实话。说到生死，玉芳脑海里回忆起少年时涉水过河和遭劫互救的一幕，恍如昨日，他俩相依为命，惺惺相惜，携手走到今天实属不易，有太多的值得留念的故事。她激动地将文达的手紧紧攥在掌心，冷凉的，微微渗着汗渍。文达在梦中经历了生死抉择，险情降临，无法脱身，生死之交，心里惦记的必定是自己最亲、最近、最值得信赖的人！文达梦里唤俺，绝望中想起俺，可见，俺在他心目中地位超然……玉芳心中涌起一股热流，即刻传遍全身，她将文达紧紧搂在怀里，将他的头枕在自己的腿上。文达身上热乎乎的，胸膛还在起伏，喘着粗气，紧张的神情在玉芳双臂中才逐渐舒缓下来。

“做噩梦了，好野蛮，好可怕！不是在律城财大，也不是阳泉村，是一个既熟悉又陌生的地方！坏人追杀本人咧。”

“跟谁斗哪？”曾文达说的玉芳匪夷所思、似懂非懂，反正他想多了，想狠了，睡觉都在想，那肯定是熟悉的周围人。

文达没有作答，横眼扫了屋子一圈，显然是看介生在不在，然后手摸床边，找衣服，抓起来不分前后地往身上套，身上溢出一股刺鼻的腐臭，像庄稼地的牛粪，又像腐败的动物尸肉，与屋子里弥漫的康师傅红烧牛肉面的酱香，交合在密闭的房屋里，比山区农村的牛棚、杀猪场、鸡窝的气味还要难耐、还要恶心！

玉芳紧皱眉头，心头仿佛被烙铁灼伤一样的疼痛。她知道因为家境拮据，文达无法考究穿戴，但很注意个人卫生，不讲究居所的装饰，但很注意风度仪表，即使当初在阳泉村日子过得紧巴的时候，也是驴屙屎蛋表面光，一身的装束，破旧而不脏乱，简朴而不邋遢，身上少有这股异怪的臭气，这也是他与村里其他孩子的不同，也是玉芳喜欢的地方，再穷也要做一把以假乱真的公子哥，是他的口头禅和生活信条！上大学那光景，为了彻底荡涤身上的土相，让同学们高看一眼，其实怕同学瞧不起他，文达还省出伙食费之一部，用于外表的修饰，忍痛买了一套西服，那是他首次穿上西装，足足帅了一把。购置了花露水，保证身上没有异味，不至他人掩鼻或不敢接近，仿佛一套简式西装、一瓶小小的花露水，就能抚平被人瞧不起的过往辛酸！只有在他不顺心、闹情绪时才破例。例如上次面对新的职业生涯惴惴不安、进入律城财经大学不被人器重，他跟自己怄气，整日暮气沉沉，满脸的胡茬密密匝匝，多日不打理，同时将寝室弄得脏乱无比。今天，他又自暴自弃、破罐子破摔？不，他不该这样！上次俺为他整理寝室后，他发誓：美化屋子、条理生活，做自信的自己！看来退场风波，在他的心田炸出的“弹坑”很大、很深，散布的阴影很黑浓、很厚，以至方寸大乱、无拘小节！得尽快帮他从这无尽的苦恼中解脱出来，无形的折磨会扭曲心灵，毁了他刚刚开始的教师生活。

玉芳将文达衣物整理起来，告诉他，是介生将她引进屋，后借口去图书馆了，实际上是回避，留给他们更大的自由空间，这是介生一贯的做派，袁玉芳哑巴吃饺子——心里有数。

文达没听玉芳解释，而是手伸到枕头下摸手机，看看有没有电话或短信，除了玉芳一连串号码之外，没有其他显示！文达这才长长舒了一口气。手机状态正常，由于枕头压得过实，被子掖得很紧，玉芳来电居然一点声音未透出来，庆幸不是柯梦凡来电，否则属“管理事故”！

“好啦，梦醒了，该回到现实生活，过自己的日子！暂且将这堆破事撂到一边，进入只有你我的世界！”玉芳见文达扣好衣裳，擦了擦皮鞋，简单抹了下身子，喷了些香体。玉芳赶忙帮他扣好衣服，上下打量，OK！才将右手挂在文达的臂膀上，左手去拧门把手。

没有设定目的地，心照不宣的是出外共进晚餐。

走出小白楼和律城财经大学后门，玉芳勾住文达臂膀的手越来越紧，两人情不自禁止亲昵起来，那甜蜜的劲儿胜过热恋中的男女，简直就是直奔婚姻殿堂的情侣，或是新婚燕尔。玉芳身体热贴，文达没有避闪，感觉到玉芳双乳硬生生地顶着左侧腰际，带着呼吸的起伏，将暖暖的体温传导过来。文达的手含情脉脉地搂住她的腰肢，两人胶粘在一起，行走的不是直线，而是随着两人交互作用、画出了一条美妙的弧度。

“文达，那事搁在心里挺憋屈的，俺想早早了断拉倒。”在大庭广众之下，亲热不得不打住，与年轻学生毕竟不同，这里到处都是眼睛，过分亲昵让学生窥见，岂不有失身份？这点玉芳是清楚的，文达的底线她一直恪守。她几乎咬着文达耳根说：“看你背着沉重十字架，俺替你难受！”

“你以为本人不想画句号吗？问题是柯梦凡这条老狗不达目的誓不罢休。他得手了，单媛媛那边又不消停，本人被绕入迷宫，正反都走出不来！”文达无奈又无感地说，此事已将他的棱角磨平，说起来已激情不再。

“坚持原则，固然可敬，保护单媛媛也无可厚非，做辅导员的，谁不护犊？辅导员不是上级管理职能的简单延伸，他是校园维权的律师，学生利益的守护神！”玉芳正在职攻读教育学硕士，理论联系实际，将辅导员的功能定位说得简单清晰。在电话里她听文达介绍离场事件始末，她认为处置过程中，文达性格有些“拧”，认死理，与领导有心里对峙，容易闹得两头不落好：学生认为辅导员是学校鹰犬，不分青红皂白，给单媛媛扣帽子，以平息郝主任的怒气；柯梦凡则认为他不尽职守，与学生串通一气，抓住学校管理的细枝末节大做文章，置学校整体利益于不顾……在电话里她跟文达的认识不对茬，说着、说着就辩起来，花再多话费都于事无补。玉芳知道文达脾气臭、性格酸、说话冲，办事不把握火候，这点自己恐怕意识不到。既然文达是她的人，为了他好，玉芳顾忌不了其他，只有她能扮演贴身说客的角色，忠言逆耳而利于行！她说：“这里的关键是，你与柯梦凡沟通不够。你以为自己够委屈了，为学生遮风挡雨。可是柯书记不明了你的用心，甚至还以为你与单家有什么交易呢。”

“本人去找过他，他不在！”文达听到此，停下脚步，想必玉芳不了解情况，也不了解柯梦凡其人，如果此人善于交流还会落此尴尬境地，“玉芳，本人与人交往有障碍吗？”

“你别曲解俺的意思。俺是想让你与柯梦凡单独沟通、沟通，恐怕所有隔阂转眼间就冰消瓦解了。你，年轻老师、新任辅导员。他，学院党总支书记，既无竞争，又无利益交集，左看右看，上看下看都不是对手，没有针尖对麦芒的势不两立！”玉芳坚持自己的观点，她在学校遇到麻烦就是这么着，没有不成功的。

“你把复杂问题简单化，柯梦凡若是善类和良民，哪会有这档子事呢？”文达松开玉芳的手说，“问题是他在领导面前失了面子，要在单媛媛身上找回来，郝主任撒在律城财经大学身上的气，要从校长，传递到二级学院，再传导到单媛媛身上。他们认为单媛媛不带头退场，这场大戏就演出成功，就万事皆无。这样的荒唐的戏，在律城财经大学上演过无数次，从来没有人敢抢场子，这恶劣的先例不能开在小小的单媛媛身上！这个死结，凭本人一个小小辅导员能解开吗？能通过你说的沟通化解吗？别做梦哪！”

“你说的俺全知道，即使这样，即使再艰难，甚至冒着被苛责、奚落和辱骂，也得主动去挨这一刀，长痛不如短痛啊！”玉芳说话坚定。平时她对文达百依百顺，与他争执无不以文达全胜而告终，因为论学识、能力文达尽在她之上，因为玉芳竭力维护文达的自尊和心理优势，因为爱他，这种力量超越一切，她不惜委曲求全！今天她以另一种方式表达这种情感，她不想盲目迎合他，而使他在错误的道路上越滑越远。玉芳坚持自己的观点：“双方隔空发怒，如对影子出拳，不得要领，不及要害。俺看一层薄纸，捅破了，可能发现‘原来不过如此’！就会‘度尽劫波兄弟在，相逢一笑泯恩仇’。”

“你在编电视剧脚本，还是要说评书呢？本人怎没发现你文学雅好，当语文老师真屈才你了！”文达觉得玉芳天方夜谭，事情怎么会像她描绘的这般简单。

“听不听由你！俺认为这是最佳的、也是唯一的可行。”玉芳的逻辑非常清晰，对人与人之间关系的梳理非常理性：柯梦凡与文达之间既非政敌，也非情敌，甚至移不上敌字，不该你死我活！也许这是乐观派的观点，文达总是悲观地判断问题。玉芳接着说：“眼下你还没驳倒俺。只有你实践了，与柯梦凡沟通过后无济于事，俺才服输！当今社会，十足的无赖有之，百分之一，千分之一，俺看你没那么走运，随随便便就撞上一个。”

“发生在本人身上的小概率事件还少吗？这个社会坏人少吗？不说遍地皆是，起码也隔三岔五吧？”

“也许在别人眼里，俺和你都是坏人呢？”

“嗯——也许！在有些人眼里，本人是大大的好人！”文达说话慢了半拍，松开的手再次拉上玉芳，说：“你这句话说得蛮有水平，好人坏人并非脸谱化，慈眉善目就是好人，凶巴巴的就是坏人，不是那回事。”

“谢谢夸奖。”离开严肃的话题，两人夹着幽默，略带微笑，说话才轻松下来，感到在一起如沐春风，心里暖融融的。中午未好好吃饭，文达肚子空空如也，未到晚饭时分便饥肠辘辘。校门外向南，美食一条街飘来了油炸、烧烤和烘焙的香味，让人垂涎欲滴，川流不息的人流和沿街的叫卖声，催人加速脚步。文达不住提高了步履频度，说：“今儿，本人潇洒一把，不去大排摊了。过马路向北，去高档星级饭店，点几个菜，喝点小酒嘞。”

“别摆阔，到豪华酒店，俺们这副装束寒碜吧？当心别让人宰了！听说一份炒青菜七八十，沾点肉末就上百，图那个洋气，干吗？”玉芳听说到大酒店，心里就犯嘀咕，觉得老不实惠、老不自在的，那里恐不是普通百姓消费的地方，撞见熟人还以为俺们是暴发户呢。

“那怕什么？花自己的钱，本人想到哪儿就去哪儿，谁管得着？别人爱怎么看、怎么说，那眼睛和嘴巴长在别人脸上，本人管不着，也不想管。再说，本人拼命外出上课挣钱为什么呀？不就是图生活快活嘛。”文达坚持己见，往北走，那可是高档消费区，那里不是一只只悬在半空的白炽灯，不是在户外的拼桌，不是炉膛对着马路的风味小炒，而是高楼大厦、霓虹闪烁、精品名厨的高消费，出入此地的尽是有地位、有身价、有金钱的精英一族，相同的商品摆在南北两区，包装不一，标的价格也不一样，市场就这么邪乎，这叫环境消费和心理价位。文达不理会什么价位，坚信口袋里有一分钱也要昂首挺胸游走于精品店，也要扎扎实实享受一把上帝的美遇。

面对文达的精神胜利法，玉芳没有办法，只得跟着文达勇闯富人区。

十五　有客相过同一醉

文达和玉芳难得有闲心逛名品街，偶尔光临也只是一饱眼福而已，他们自许不是那个层次的消费者。而今真的要放血了，玉芳怦然心动。为什么？说不上来，反正进入了陌生区域，紧张、不习惯、内心有压迫感，越少来就越不敢进来，也许是生活惯性使然。而文达却仿佛是这里的老客，底气十足地说："你留意着，找家上档次的饭店，进去点菜，自我犒劳！提前过个大年！"

"说得好寒碜，过年才捞着吃顿大餐？"玉芳嘟着嘴巴说。

"你以为本人是大户人家，天天花天酒地呀？我靠，不至于吧？"文达说，"也许是本人的奋斗目标，做一位律城美食家。"

"这目标也太渺小了！谁人以吃为追求。"玉芳对吃本无多大兴趣，女孩子吃多了、吃好了怕发福，城市女孩为减肥而节食控饮，三顿变两餐，两餐之中还有"忆苦饭"，谁还贪恋鸡鸭鱼肉呢？什么年头啦？她说："你人瘦小，给你加餐添营养。今天为你开荤！"

"好嘞，本人吃荤，你沾素，搭配均匀。"文达指着不远处霓虹闪烁的红金龙海鲜楼说，"海鲜，吃不？"

"不好吃。那鲍鱼啃泥巴似的，那海参简直是橡胶条，难吃死了。"

"烧烤？"文达又指向另一侧、十米开外，人气正旺的韩国烧烤料理。

"不好，烧烤吃的人身上油渍渍的，好几天消不掉，油太重，味太苦。"

"那还是小江南酒楼，吃本帮菜，淮扬口味？"文达拉着玉芳径直往气派的小江南酒家走去。小江南酒家偌大的门堂披红挂彩、灯笼高悬，数十个灯头的组合光源，将迎客大厅照得亮如白昼。身穿旗袍的高挑美女侧立两旁，不断将客人迎入大小包厢。三层酒楼灯火通明，透过落地玻璃，大堂小屋座无虚席，服务生穿梭于餐桌间端菜送茶。热气腾腾的餐桌前，食客相聚而坐，有说有笑，对酒欢歌，觥筹交错……此景此情，恰似无声的实物广告，吸引着一批批食客蜂拥而至，文达的选择真是赶时尚，俗话说生意越好就越爆，生意越淡就越惨……冷不丁，文达和玉芳险些与撅着屁股，对着一辆违停的轿车照相取证的警察撞个满怀。

擦过警察的屁股，文达正欲发作，却见警察全副武装，腰间别着枪械和警具，胸前的对讲机闪着点点红光，不时传出尖锐急促的啸叫。警察脸上写着严肃，眼光阴冷，那威武劲儿足以震慑任何图谋不轨的非法之徒。警察像尊铁塔，保持既有的姿势，一阵快门“咔嚓”声响和连续闪光后，方转过身子与文达示意，有口无心地说了句对不起。

接着，双方齐口谴责起这辆将违停的钛晶灰色的奥迪豪华轿车。你看嘞：它硬生生地挤在两辆车当中，车头冲着马路，车尾冲上人行道，占据了半幅路面，逼得行人只得侧身贴墙而行。

“这车怎么停的？车主啥素质！”文达用手摸摸引擎盖板，仍有几分热手，说明车刚泊好，车主离车不久，他想找挡风玻璃前的移车电话，没有！

“这车主技术不赖，见缝插针的侧方停车，炉火纯青。”玉芳正在学驾驶，见奥迪与左右车的仅三两拳之距，稍有不慎便有碰擦之虞，不禁大惊失色。

警察熟练地开好了罚单，夹在奥迪的雨刷上。

两百元钱没有了！文达有些幸灾乐祸，又添油加醋地说几句：“光罚款不行，两百块钱对于有钱一族简直是毛毛雨，他们眼都不眨一下，日后照样乱停乱放，坑害百姓。警察同志，得拖车、扣车，勒令车主到交警大队接受处罚。”

玉芳则扯动他的衣角，莫多言，关你什么事体？警察执法难道不会把握分寸，还要你指手画脚。她拉文达，让他静静地观察这精致的轿车，眼下，轿车正加速进入百姓家庭，她想将来与文达一起，买辆共用的座驾，这肯定是结婚程序中必不可少的规定动作，若文达不买，俺爹也会成全咱俩，到那时出门吃饭再不用徒步，而是像这车主那样，把车开到酒店门前，停在这位置上。开车人就是喜欢欺负走路人！

“哎——且慢，且慢——”文达愤愤不平、玉芳看得出迷，警察完成了取证和处罚手续的当口，一位高个小伙从小江南酒楼那方向迅跑过来，一边跑一边叫唤着，想拦住警察，请他高抬贵手，不用说，他就是讨厌的车主了。

车主上气不接下气地追来，挡在准备离开的警察面前，点头哈腰地嗫嚅道：“警察同志，警察先生，咱是临时停车，临时停车，就几分钟，几分钟，人未离车，完全在视野内，不算违停，这不，看到您老咱就过来了，请警察先生明察，手下留情！”说着，从口袋里摸出一包香烟往警察手里塞。

“少来这一套，当我们什么人啦？”警察的手像触电似，迅速抽了回来，以严厉的口吻警告道。

“帅哥，帅哥！”一位年轻女子觍着脸，跟着车主来到警察跟前，加入了劝解、游说警察的行列：“咱们就进小江南酒楼看看有没有座，压根没准备久留，立马离开，这不，都回到车位，就离开了，以后咱注意，好不？”

她将罚单取下往警察手里送，想叫警察改弦更张。抓违停，那警察像深山探宝、猎获珍奇动物，已稳稳当当地纳入囊中、叼在口中，岂肯轻易松口。不管男女车主如何苦苦解释，警察始终不露表情，既不答复，也不解释，目不斜视、冷若冰霜地迈着均匀的步履，坚定地往不远处的警车走去。

曾文达看着那女子的背影特别眼熟，那语音语调特别耳熟，她的手势经常晃动在他的眼前，玲珑的身材、漂亮的服装，闪亮的首饰，锃亮的坡跟皮鞋，怡人的香体，文质彬彬的气质，特别是脑后用粉红色松紧带绾起的髻……所有元素组合起来，曾文达不假思索地喊出她的名字：刘敞敞，对，是她，正是她！那么车主便是她的男友无疑！他们也在北街寻食。

刘敞敞全身心地与警察交涉，没有发现身后的男女，没有发现注意她许久的曾文达。曾文达见状，来不及上前与敞敞打招呼，一个箭步冲到警察跟前，以见证人的身份为车主开脱：“警察同志，人家说得对，汽车刚熄火，引擎盖还发烫，不过离开片刻，不构成违停，你就行行好，网开一面，莫罚了。”

对于曾文达180度大转弯，玉芳似乎也明白过来，那车主与他的关系肯定非同一般，否则文达的脑子不会注水，更不会涉足蹚污，他机灵着呢。于是，她也上前附和道：“警察同志，俺见证，车刚停下，不就进酒店方便一下的工夫嘛，执法也得人性化，以人为本吗。你们说，是不是？”

“处罚的目的是教育人嘛，当事人已经意识到，不得已的临时停车欠妥，已及时采取了补救，按规定完全可以免于处罚。”曾文达客客气气地罩着警察说。

警察被四人缠住，不得脱身，这才停住脚步，捏着罚款单据的左手被玉芳和敞敞拉扯，难以动弹，那张已开具的罚单已被敞敞夹回了警察手中罚单本中。警察苦笑，对着文达说：“刚才你还强烈要求处罚车主，怎么风云突变，主动为车主说情起来？搞什么名堂？”

“一个路人，主持公道呗。刚才本人以为车在此过夜，那太夸张，妨碍行人过往，符合处罚的全部要件。”文达真会演戏，他的目光与敞敞对视，居然形如陌客，不露声色，说话有板有眼的：“后来发现车主就在跟前，说明确实应急短暂离车，性质就完全不一样了。”文达说着故意抬高了嗓门，证词变得激烈起来。

路人不知道发生了什么，只见四人揪住警察辩理，警察不动声色，但脸上开始冒汗了。围观看热闹的人越来越多，堵塞了原本就十分狭窄的通路，曾文达见状更是起劲。他知道，当今社会仇官、仇富、仇警的情绪甚盛，当警察与市民争执，路人不问青红皂白倾向于市民，共同指责警察，参加与警察的对峙。此情此景下，他们会占有舆论的优势，围观人越多，警察的心理压力就越大，他们的胜算也越大。于是，他扯起嗓门又说：“警察执法不能老盯着钱，以罚款为生，以罚款为业啊。”

这句话点燃了群众心里积蓄已久的幽怨：“是啊，罚款，警察是不是提成啊？否则咋这般热衷、咋这么在行呢？”一位围观者附和道。

“明明是即停即走，凭啥子要交钱呢？”

“公安钻到钱眼去了，执法就是围着钱打转转。”又一位市民道，八成以前也被公安处罚过。是啊，开车人谁没有这样的灰色经历。

“你看，警察与车主还拉拉扯扯的，警察野蛮执法，还要打人不成。”又一位市民加入，大嚷大叫起来，说着掏出手机要将现场拍摄下来。

“警察就会抓鸡和罚款，抓鸡多新鲜，罚款好滋润。你们啊，做点儿正经事，南大街每天多少人钱包被偷、多少人占道非法经营、多少人被敲诈勒索，你们当真眼瞎？”一位老者指着警察鼻子骂道。

“警察同志会伸张公道，大家息怒，息怒！”刘敞敞欲擒故纵，假装袒护警察道：“刚才警察同志没有看见车主，不怪，不怪。”说这话时，她的脸涨得通红。

见美女脸色嫣红，受了天大冤屈似的，围观的人群开始愤怒起来，纷纷指责警察野蛮执法，一大群路人跟警察理论，不，是激辩起来：你说，酒店没有停车场，客人如何就餐？老人如何进入？女人内急怎么办？你们就知道这地方违章多，有钱可捞，就带着罚单来搞创收，用心何在？你说，罚款中你拿得多少奖金？你们拿了多少黑心钱？记下他的警号，查查他的背景，上网黑他去……有人开始推搡开来，现场有失控的可能。警察想用对讲机请求增援，又怕有人起哄、激化矛盾。真的把事闹大了，他有理无理都是输：群众会证明车主没有离开车辆，会证明车主有特殊情况短暂离开，仅仅凭一张取证照片哪能说明所有问题？如果围观人群不散去，阻碍交通，吸引媒体关注，唯恐天下不乱的人就会借机炒作，制造网络新闻，那时上级追究的不是车主违章，也不论其处罚的正公性，而是交警机械执法、引发民愤和造成群体事件。如果事态升级，惊动了市委市府，那他真是吃了不兜着走……得，得，得，面对车主人多势众，面对无数拍照的手机，面对激愤的群众……三十六计走为上计，警察立即宣布不处罚了，叫车主马上移车，自己却急疾地钻入警车，熄灭了警灯，关闭了警笛，灰溜溜地驶离了现场。

曾文达赢得一场久违的胜利，心中大喜，好像与柯梦凡缠斗的失落全部找了回来。未等警车在众人视野中消失，便放肆地畅然大笑。围观群众不知其因，闹得莫名其妙。这人有神经病？难怪警察不与他一般见识。

“这是敞敞我的男友，黄有成，认识一下。”刘敞敞拉着车主，将他郑重其事介绍地给文达和玉芳。

黄有成伸出手与文达、玉芳一一握手。他力道很足，很有风度，态度也很虔诚：“真的非常感谢你们相助，替我洗刷污名。我不是心痛那两百块，而是看不惯警察滥用公器，乱舞罚款大棒，伤及无辜……”

“你别说牙疼话，不在乎两百块，你抓狂什么呢?”刘敞敞在一边挤兑男朋友道。

“我宁愿两百块打发叫花子，不情愿交给警察一百，这钱交得不明不白，不情不愿。”黄有成，大高个，小平头，棱角分明的四方脸，高鼻梁，大嘴巴，两道剑眉下一双细眼射出凌厉的寒光，颇有影视明星或时装男模的帅劲。如果他从口供里拿出墨镜推上鼻梁，左右环顾，那就更潇洒、威风了，简直就是国家元首的贴身保镖或是公司白领的成功一族！刘敞敞的眼光很毒，能征服她的男人恐怕只有这等杰出的师哥猛男。黄有成看着敞敞的眼色，解释说：“真的，给警察钱，比被贼窃了还难受。”

“这是你的自尊在作怪！警察为什么在你头上动土，不就是你有过失！今天算你逃过一劫。”刘敞敞认为黄有成不慎，导致了这场丢人现眼的风波，让这么多路人围观，如有学校的人，将消息传到校园，造成啥影响呢?

“要说过失也是你的不是。我叫你守在车边，我去看看小江南酒楼有没有座，你偏要跟着过去，说一会会儿，让警察抓个正着!”黄有成半真半假地责怪敞敞。他的语气平和，显然不想迁怒于她。

“其实，我进去不进去并不重要，警察早就盯上你了。你刚停稳，他便拿着罚单跑过来，不几秒钟的工夫就将车前车后拍了个遍，想将此案办成铁案。没有群众加压，没有文达步步紧逼，警察岂会到手的钱不要？”刘敞敞观察了警察的活动规律，蛮是鄙夷警员偷鸡摸狗的罚款行为。

黄有成拱手再谢过文达和玉芳。从敞敞的嘴中，没少听说闻曾文达和袁玉芳的名字，但没见其人，没想邂逅于寻找饭店的踩点路上。他想，这个时点在外边转悠的人，十有八九肚皮泛空。于是，他建议一起吃饭，既表达谢忱，又显示热情大方，给敞敞予莫大脸面，敞敞肯定是支持和满意的。黄有成热情地道：“咱们一起吃吧，我来找个好地方，酒香不怕巷子深。”

“对，对，我来请客，咱们一起吃。这学期在外边挣的外快，理应请姐姐吃顿好饭。”文达也想在玉芳面前显摆一番，离开了阳泉村，远离她爹，本人在律城财经大学人脉也宽了，朋友遍布天下，你看，不经意就在街边碰一位，就制造了新的饭局。尽管黄有成主动请客，本人不能默认对方的请客埋单，他也得客气一番，而不论客气话管用不管用。

刘敞敞拉着玉芳的胳膊，好不亲热，酷似自家姐妹一样，说：“你叫文达别客气，有成钱来得容易，让他放点血顺理成章。今天你们帮了他的忙。玉芳妹妹，咱们第一次见面，也算姐姐认了妹妹。”

“还是给本人一个机会吧！是不是将晓常、介生二兄一起请来，好再热闹热闹？”文达真想大家相聚一场，上一次聚会已是两个多月前的事啦，六十多天大家忙忙碌碌，似无头绪，相聚变得越发困难。今天天赐良机，文达想好好利用起来。

刘敞敞对文达的建议犯难了，回过头说：“文达，有成到学校来，敞敞我不让他在学校露面。干吗呢？遇见领导和老师，介绍不介绍？开着豪车进校门，显摆个啥呢？一个生意人，再有钱，在大学教授面前永远是学生。”

“是的，敞敞老是拍打咱，低调，低调，生意人在什么地方都趾高气扬，唯独进了大学得悠着点，这可是藏龙卧虎之地！靖晓常、方介生个个令我仰慕。”黄有成对玉芳说，“所以，咱不敢贸然开车进校，每次都像鬼子进村，悄悄进村、打枪的不要！”

“我想，有成与晓常、介生不是一路人，以后有机会咱单独请他们吃饭。”刘敞敞心里多多少少感到硕士与博士的差距，感到生意人与知识分子的差异，感到男人之间的差别，如果想聚会，她早约了大家一起来北大街了。她巧妙地回绝了文达兄妹四人同聚的想法，再说眼下早已过了开饭的时间，恐怕靖、方两兄早已在食堂吃完饭，到图书馆看书去了。

文达理解敞敞的意思，与她的会面尚属巧合，没有铺垫，突然间请靖、方两兄吃饭，没有由头，没有预约，亦不显得诚意十足，这也会让黄有成不自在，所以不再坚持。

黄有成拉开后备箱，将提包放了进去，说："咱车上有瓶好酒，找个地方好好畅饮几杯，算是兄弟见面的大碗酒哪。"

"好嘞！"曾文达将头伸入后备箱，见一盒子用大袋小袋紧裹着，好奇地问："你这神神秘秘的，什么酒？"

"英国的杜松子酒。"

"洋酒哇？"

"是嘞！上车吧，再不走又把警察吸引过来哪！"

"上哪儿？"

"咱们找个好停车的酒店。"

黄有成在车上打电话订好了包厢，称这是公司在律城业务招待的定点餐馆。看来他对律城的大街小巷谙熟，车子也开得很溜。从老校区往新校区的方向开出去两三公里，七拐八弯，将文达绕得昏头，不辨了东南西北，最后将车泊在城乡结合部边上，一家名叫"江南春楼"的豪华酒店的门前。

四人坐定后，老板娘出现了，与敞敞套近乎。黄有成与服务生点菜。不顾服务员一再相劝五六味菜肴，四位客人用餐菜量足够，再多恐怕浪费了。但是黄有成只当不闻，依旧我行我素，厉声喝令服务生莫多言，他要桌上鱼、肉、鸡、虾齐全，荤素搭配，冷热相间。

菜一道道上来了，黄有成叫服务生开酒，说："英国酒，很过瘾，味很正，但有点凶，尝尝！就一瓶，总量控制着呢。"说着将满是外文的、长长瘦瘦的洋酒瓶晃了晃，给四个杯了倒满了黄澄澄的酒。

玉芳用手挡住黄有成的瓶口，说她身子有情况，不宜动酒。黄有成犹豫了一下，女人的事装不知，只是说："弟妹，你看这样，不管能喝不能喝，反正先每人一杯满上，至于最后酒流谁人肚子，各人自行解决。好不好？不就是一瓶酒吗？国外的酒瓶口窄，500毫升，每人一杯已去一半，不担心喝高、喝醉喽。想喝多还没有呢，酒店肯定也没这种酒，那是地道的正宗英国货!”

菜好、酒好、人好、心情好。今儿两男人不知不觉都喝高了，平时滴酒难咽的曾文达少见他主动索酒，玉芳将酒倒给他，他杯杯一饮而尽。黄有成将车钥匙交给刘敞敞，将她的杯中酒全部加自己杯中，一敬、二陪、三罚、四谢，反正喝酒人话特别多，劝酒名目也特别杂。一瓶酒感觉没等开怀、尽兴，这么快就瓶底朝天了。

曾文达半醉不醉的样子，不知是真的舌头打结，还是故意装蒜，说：“有成兄，你的外酒真好喝，就是供给不足。刚烧开了嗓子，就没有接续了。好事干吗不成对、成双啊?”

黄有成头脑也不好使了，一个劲地在敞敞的杯里找酒。他的潜意识里要保护好敞敞，不让她酒高，更要陪好文达，挑大家开心：“妈的，咱车上、家里就那么一瓶酒。每次出国带酒都受限制，1 000毫升，就是一对，一回国就给同事不分青红皂白地瓜分了，好不容易扣下一瓶，今天终于喝上洋酒，高兴，高兴啊！你说成双成对地喝，难！敞敞跟我成对，还没与我同醉。刚开喝，她就叫停，不让我喝高。”

“以后咱们找地方独自喝，不带她们，这才叫哥俩好!”文达脸色绯红，红到眼睛珠里去了，两眼看人，神情木木的，在他眼里的人影是不是血洗的，都是红色和飘移的。

“今天是男人战争，咱们一齐打跑了警察，在众人面前长了哥们的志气，灭了警察的威风。”黄有成在眼前乱摆动着左手，仿佛在测试自己的目力。

“本人还斗败了柯狗屁梦凡，”文达握住酒瓶不放道，“本人就是冲着你的好酒来的，庆功来的。”

“是吗？你咋知道车里有酒?”黄有成不解地说。

“有钱人的后备箱里都藏着宝贝，烟酒是必备，公开的秘密，哈，哈，公开的秘密。”文达晃动着脑袋说，“小偷最清楚了。”

“咱当例外，这瓶杜松子酒是出门前才放在车上，现在车上就空的，小偷大失所望！哈，哈，哈——”黄有成似笑非笑，脸色非常难看。

洋酒的确不如白酒那么烈，容易上口，口感轻松、醇美，但是后劲十足，像定时炸弹过了二三十分钟后才起爆。酒精超过一定浓度是能够燃烧和爆炸的，文达不知杜松子的酒精度，它肯定超过所有白酒，这不，几杯下肚，就翻江倒海，令血液加温，血流加速，一股脑地往头脑上涌，一点点麻醉你的神经，模糊你的知觉。黄有成和曾文达都没有真正领教过洋酒的厉害，轻视了一瓶杜松子酒，似喝啤酒那样，三下五除二就速速灌进肚腹。酒精在胃肠内迅速转化为热量，燃烧着肚子、熏烤着嗓门、蒸焖着胸膛，翻炒着胃里的食物……眼睛难以对焦，语言变得词不达意……文达说："我还想喝，还未到量，远未到线，酒刚刚到这里……"文达用手在胸间横切一刀。

"是啊，百分之四五十。"黄有成一把捏着文达的手说，"哥欠你一顿酒，答应你，另外那百分之五六十，哥下次出国带两瓶回来。这顿饭，不算，不能算，没喝好酒，怎么算哥俩聚首呢？哥君子一言、驷马难追！"

"好，小弟等待着杜松子，一醉方休！哥，可不能食言啊？"文达手指在空中画了一个大大圆。

"咱一言为定！"黄有成要与他拉钩。

"一言为定，好兄弟！"黄有成钩起小指与文达软绵绵的指头联结起来，在空中晃动着。

"一言为定，敞敞我来督促、签证！"刘敞敞将手指也加了进来说，"玉芳妹妹，如果你们结婚办喜事想用杜松子酒，有成，你从国外批发几件回来，就算我们给你们的贺礼！"

"不，不，不！玉芳家人喝不惯洋酒，山村人当它是马尿，我们办的是中国式婚礼，要把洋货统统赶回老家去。"文达思维有些紊乱。洋酒开始发力了，酒精将他的皮肤尽染血色，将他的眼神凝滞，将手指僵化，骨头发软，站立起来的身子摇摇欲坠。

刘敞敞和玉芳知道他俩都喝高了，已近失态，便让服务生给一人泡一杯热茶。

"不，我还要喝，喝什么茶？你不让我喝酒却让我解茶，还拿水来充数，什么意思？"文达想到阻挡服务员。玉芳拉住他，将湿毛巾递过去。文达不接，玉芳直接为他擦脸、擦嘴边……文达趴在桌上昏昏欲睡。

黄有成艰难地站立起来，指了厕所的方向，刘敞敞上前搀扶，他摆手拒绝，那意思是，我行，这点黄汤不能拿我怎么的。然后，一步一曲，摇摇晃晃地扶着墙步入洗手间，不一会，听到里边传出剧烈呕吐的声音。刘敞敞与玉芳面面相觑，不知所措，她们不能进入男厕，也不能叫女服务生进去，生怕黄有成意外。

文达这时立起身子，逞强地说：“本人去看看，刘姐放心，黄哥没事的，要倒下的，先是本人。”

文达蹒跚进入了卫生间。用力聚焦眼神，看见黄有成左手扶墙，右手捂着肚子，呈痛苦状，呕吐物喷溅得一地，覆盖了地面瓷砖的拼图，哦，没有一处干净的落脚之地，空气里弥漫着酒腥和食物的酸臭。文达正想上前拍打有成的背脊，为他安抚肚腩，让他好受一些，突然一阵恶心，忍不住“噢”的一声，也大口、大口地呕吐起来。

十六　“涨”声响起来

单媛媛的处分泥牛入海无消息，表面上看是柯梦凡近来频繁出差，校内外会议不断，找不到整段时间认真研究违纪学生的处理。这一理由是他人瞎猜的，甚为勉强：柯书记再忙，不至于在学生处分决定表上签署“同意”的时候都没有，照他的办事风格，凡柯梦凡想做的事，就是不睡觉也得办理，他对辅导员也是这样要求的。介生告诉文达：咱相信，柯梦凡定是受到某种外力的钳制，高高举起的双手被定格在空中，迟迟不落下来，不得不悄悄搁回原处。究竟什么外力，不知道。

借 MPA 讲座的一个课间，在老师休息室里，方介生与钱教授说了曾文达的处境，说柯梦凡骑虎难下，想拿单媛媛、一个女生开刀，为他在领导面前卸责筑坡，郭校长信息不对称，烦请钱老师向领导传递准确信息，以免在错误道路上越滑越远。什么错误道路？钱教授问：你是指郭校长还是柯梦凡？当然是柯书记，处分单媛媛，苛责曾文达肯定不对，学生离场事出有因，哪能责罚学生，您的讲课有人说三道四吗？有人退场吗？学生不愿听，谁之过？钱教授斜眼看了看介生，淡淡地说：介生，你说得没错，如若你的事，我定义不容辞，就是找奥巴马、找普京也不知难而退。可他人屙的屎、你擦屁股的囧事，就别狗拿耗子。我不说多管闲事多吃屁，这话太难听，但是多管闲事肯定没好处，自寻烦恼，甚至引火烧身。介生不明白，钱教授到底有没有接受他的托付，有没有找过领导汇报，幸哉事态向有利于文达的方向发展，柯梦凡再没有造次，处分之事好像拖黄掉了，至少介生这样认为。

曾文达不敢苟同介生的观点，“战备等级”不敢降低，时刻准备柯梦凡的刁难。手机是他与外界保持联系最重要的桥梁，可是这一桥梁许久没有行车了，多日没有接到柯书记的电话和短信，这种情况甚是罕见。他疑心手机出了毛病或是欠费停机。他用手机拨打办公室座机，再用座机电话回拨，一切正常！上网查询话费，余额保持在三位数，通讯可随心所欲。回到寝室，文达动辄问介生：本人给你发的短信收到没有？一个不落，全都收悉了，介生不解地问：你没事，老给咱发短信问候做什么？咱俩朝夕相处，哪用得着这般客气和客套呢？文达嘿嘿一笑，说：这哪是客气，是本人测试手机短信功能。哪用得着如此频繁测试？介生眨巴眨巴眼睛，有些匪夷所思，他对自己的山寨机不自信？或是对柯梦凡信息存有期待，时间久了，有些过敏和神经质了吧？

半个多月了，曾文达依然嘚瑟，他认为离场风波的危机还没真正过去，对单媛媛等有争议的人物的盯防不能放松。他吩咐学生干部特别关照媛媛，不让她脱离监控的视线，对她的一举一动须第一时间向辅导员禀报。单媛媛的手机号码始终搁在热键上，只要轻轻一点即拨打出去，如果不通或不接，还有预案，与媛媛最亲近、也是接触最频繁的几位同寝室女生的手机也在热键上。可以说单媛媛想躲开辅导员的视线，比以前困难了许多。

中午，一串舒缓、悠扬的音乐铃声从走廊尽头飘入教室，冗长乏味的思想政治理论课终于结束了。单媛媛早已收拾好了书包，教师宣布“下课”仿佛就是赛场的发令枪，单媛媛百米起跑似的冲出教室，箭一般地直奔食堂，加入了占座和排队的就餐大军。照她的逻辑，此时提速一分钟，相当于节约十分钟，时间效益最优。不是吗？不一会儿，学生如潮水般涌入食堂，眨眼间黑压压一片，她身后的队伍一眼望不到尾。

几条人流长龙曲里拐弯，伸向食堂门口，尾部还在不断延长。接近队首的学生，手执餐卡，翘首察看着今天的饭菜品种，立于中后部的学生，则以拨弄手机、窃窃私语或嬉戏打闹来消磨时间，耐心等待着长队一个身位、一个身位的前移，将自己一步步吸入售饭窗口。抬首，吊在高处的彩色电视滚动播放着当日新闻；身边，勤工俭学的学生分发着培训和家教广告；保卫处的值勤人员舞动着小旗，提醒着忙于就餐的学生保管好随身物品，特别是手机、餐卡、钱包之类。

在此再熟悉不过的就餐环境里，单媛媛敏感地察觉到中午的食堂有些异样，学生议论的话题集中于两个敏感的字眼上：涨价。打饭的速度明显收缓，打好饭菜的学生托着餐盘，不像惯常那样速速地寻找空位趁热用餐，而是三五成群地聚在队首，跟周围的学生们抱怨：食堂饭菜全面提价了，涨幅高达20%以上，提价后的饭菜质量并无明显改善，学生的牢骚怪话越来越多、指责声越来越响：“你瞧，肉丸的个头又小一号，面粉多了一倍，咬上去一点儿肉感没有！”“是啰，哪是肉丸，不折不扣的面疙瘩子！”“青椒肉丝，找不到肉丝，一份菜就一汤匙，不足塞牙缝的，这日子没法过哪。”“糖醋排骨，尽是骨头不见肉，还掺杂了肉皮和肥膘，荒唐，肥膘长在骨头上吗?”窗口周围聚集的人越来越多，久久不肯散去。

走近窗口，看清了黑板上的菜价，涨价的感受是真切的、实实在在的：所有的菜肴全都换了新的价码，一块钱以下的菜不见了，再细看，原有的菜单依稀可辨，价格却被涂改，用白色粉笔标上新的、更大的数目。八成是生怕学生看不清，阿拉伯数字作了涂红、加粗，在新价格下还加了个醒目的“New”，仿佛用鼠标一点，就闪出新的界面，跳出一个财神爷模样的怪兽，直勾勾地冲着师生的口袋而来。

事先，后勤集团打了“预防针”，在各食堂等人流密集区域张贴了告示：时值入冬，肉蛋禽奶的生产和运输成本增大，市场行情上扬。食堂系非生产单位，伙食价格随行就市，校方不能左右。涨价哪是学校之过呢？深说一步，律城财经大学也是涨价受害者，在律城的所有高校都受到了株连，盼师生理解和支持。

涨价刺痛了师生的神经，理解可以，支持免谈！市场经济的潮起潮落早无鲜见，当价格下落，商品变得越来越廉，消费者喜气洋洋、皆大欢喜。而价格上行，基本必需品涨价，使生活成本越来越昂贵，难免遭责。是的，理解也罢，不理解也罢，从口袋里往外多掏钱是硬道理，袋子里钞票贬值是事实，师生骂娘是再自然不过的事了。可是，他们怨天尤人没用，生产商和供货商隔得太远，天太高，人手够不着，学生只好将气撒在食堂、食堂领导和各位师傅身上，他们却完全在学生火力射程之中。

单媛媛对涨价保持平静。她不差钱，价格变动根本影响不了她的生活，心跳不应为黑板上的数字而动。但是，目睹这么多人激动不已，火助风势，风助火势，负面消息如顺风引火、越烧越旺，身临其境的她不免为之所动，也变得心乱乱、手痒痒的，怒火亦呈暗燃之势。是啊，什么人操控市场？天气变化就借口涨价，什么逻辑？供应者的单方操纵！有没有为消费者着想？想着，单媛媛禁不住加入了抱怨的人群。

对菜价变动的敏感人士一旦聚集起来，便有了共同的话题，且相互感应、相互传染、相互给力，各类真的、假的、实的、虚的信息便汇集于到一张餐桌上来，总之，涨价伤害了学生利益，消费者也是市场一极，怎能容生产商、供应商为所欲为，怎么能容食堂搭车涨价而无动于衷，一个行动方案就这样酝酿出来。

单媛媛事先并不在意果蔬市场变化，对价格起伏近乎无感，所以，眼看众人变本加厉地谴责学校，她心里火归火，但接不上话，她不关注市场，手头没有信息积累，嘴边谈资索然，说不出什么道道。再说，退场事件至今仍悬而未决，据辅导员说是学校在考察她，以观后效嘞。曾文达一而再、再而三地告诫她莫参与任何非组织活动，莫出头露脸，你不说话没人当你哑巴，你不挑头没有说你聋子！退一万步，就是装聋作哑，你也得给本人蛰伏一年！辅导员的命令出于无奈，却是明智，她点头认可，表示认同接受。为了保护她，辅导员承受了来自柯梦凡的重压，在处分非处分的据理力争中他倾其所有，这份情义她无论如何还得领，人非动物，岂能无情！再玩火，无疑将辅导员推入无比尴尬之境地……单媛媛在群情鼎沸的学生中，理性地选择了来之不易的克制、冷静和沉默。先看看众人如何发泄，如何寻找发难的由头，如何组织和主张利益诉求。她像武林高手，不想盲目出手，只在静听、静观、静思……

一个蓄着小分头的奶油小生说起话来手舞足蹈，甚是亢奋。他手势做得很夸张，口水沫星儿近乎溅到听众脸上，他打出“为贫困生思考一分钟”的悲情牌，认为涨价使贫困生的生活难以维系，学校不能见死不救。一个戴深度近视眼镜的短发女生激动地说，刚才她咨询在ZN大学就读的高中同学，政府对农副产品价格变动作了补贴，每月每生九元，咋不见律城财经大学提及此事呢？校方对涨价的反应迅雷不及掩耳，而对政府补贴和要求学校按照一比一追加补贴，则如小脚老太蹒跚挪步，迟迟不作跟进，真不要脸！有文件不传达，有补贴不发放，他们想做什么？众学生变得怒不可遏起来，学校装腔作势，八成想挪用或是闷掉这笔收入不成？

小分头用手机上网，立即钻入财政厅和教育厅官网，找到发放补贴的红头文件：S省财教发2010第76号《关于对省内高校在校生发放生活补贴的通知》。文件被完整下载于手机中，显示在屏幕上，在同学手中一一传阅、拷贝和发送。

好家伙，封锁信息，截留财政补贴，对抗上级指示，想做什么，保护食堂经营者的利益？维护承包经营合同？一事当前，置学生利益于何处？食堂、后勤集团有多少不可告人的目的？同学们一直被蒙在鼓里……学生们像一头头激怒的雄狮，一双双怒目四射，寻找着决斗和猎杀的目标。证据在握，尚方宝剑在手，决斗者仿佛手执金牌令箭，又握有致命杀器，且已捏住了对方的命门，与校方的较量胜算十足，所以众学生底气很旺，气势很盛！在小分头煽动下，众学生一拍即合，马上结队去围堵后勤集团办公室，找严总理论，为同学集体维权，向学校讨说法。

小分头一挥手，嚷着多叫些人，造大点声势，要玩就玩海的，让那些坑害学生的鸟人吃不了兜着走。短发女立即分头组织实施。一拨短信群发出去，号召同学中午一点到后勤集团办公室门口集中。

单媛媛知道带头闹事的中等个儿的小分头，是金融学院学生会的小头目，叫白严明，在大学生辩论赛中见过此人。他巧舌如簧，死人能说活了，白的能说成黑的，很善于来事，经常有意无意地打着维权旗号与学校拧巴，在学生中有不小的号召力。戴眼镜的短发女——当今女孩多蓄长发为多，马尾辫、瀑布头、爆炸型，“文革”期间红卫兵女将的“马桶盖”甚是少见，所以给人予强烈视觉冲击——她是会计学院的，叫崔亚男，挑头成立了“未来审计师”协会，专司监督学校财务和面向学生的收费，动辄要与校方对话，声称向校方请愿、为学生做主，在学生中知名度颇高。这两人非慈眉善目，也非面目可憎，单媛媛对他们既无好感，也不感冒。如果说缘分，他俩与媛媛有过一面之交。上个月单媛媛濒临处分险境，他俩曾发起声援，指责经管学院的做法丢人，为取悦领导而不惜牺牲学生利益，处分亵渎了学校法纪，有公权私用、挟公济私之嫌。金融学院学生在图书馆等地张贴小广告、小贴士，鼓励单媛媛挺住，称广大学生站在她这边！声援活动后来不知何故戛然而止，单媛媛登门致谢时，他俩不愿再提及此事，说话的神情是复杂和难堪的。单媛媛未曾预料，在涨价风潮中，有幸近距离领教他们的组织才能和斗争艺术。

对话在后勤集团办公室摆开了阵势。一边是表情严肃、被不期至遇的学生围得水泄不通的严总；一边是人多势众、欲兴师问罪、站满了大半个屋子的男女学生。

严总，五十多岁，大背头梳得油光发亮，被香烟熏得焦黄的门牙张口可见，半分钟前他恐怕处在休眠状态，这不，他西服敞开着，衬衫纽扣松弛，露出了黑乎乎的胸毛，显出雄性激素分泌的旺盛，蛮有男人的味道。他见队伍中女生为数不少，赶忙整理衣冠，掐灭了手中的香烟，谦恭地给学生让座——那仅是一种姿态，办公室根本没有那么多椅凳；也是一类缓冲，让他有足够时间揣度这多不速之客的来意。

严总什么人呀？历经“文化大革命”和以后数次大小政治风波，啥世面没见过？城府很深，善于见风使舵，看肉下刀，见学生气鼓鼓而来，愤怒全写在脸上，他眼珠一转，即刻猜出：八成又是涨价闹的，幼稚的学生要讨说法，涨价嘛，利益重新切割，学生是做减法的一方，肯定不解、不惑、不安、不悦、不满……心中一口气，准备忍气吞声地接唾沫星子吧！信息社会，谣言总比事实快，学生容易起燃于无端愤怒，也许这是第一拨，但肯定不是最后的质疑人群。

严总被众人围在当中，像打扫战场拿获的俘虏，等待着指挥官的审讯；又像“文化大革命”揪斗的走资派，红卫兵小将挥动着语录本，准备将他打倒在地，再踏上一万只脚，让他永世不得翻身——四十年前他是中学生，目睹过残酷批斗的场面，对那段浩劫至今记忆犹新，此景此情还真有残酷斗争、无情打击的味儿！学生真的一点情面不讲。严总习惯地放下了身段，超客气地对待火焰冲顶的学生，像虔诚地面对上帝——郭校长这样教诲：学生是你们的上帝和衣食父母，管理者要检点与节制自我，善待与服务学生，不得本末倒置，不得有丝毫怠慢——呈现出一副热情温和的表情，和颜悦色说：“同学们，同学们，办公室地盘小，大家将就、将就。如果大家方便，是否选派若干学生代表上前问话?”

“我们都是代表，代表律城财大两万三千名本科生、研究生和留学生，代表着张嘴要吃饭的人群。”小分头站在前排，与严总面对面，言语颇具杀伤力。他们身高相仿，正好平视，如果是拳击、举重比赛什么的，肯定分在同一个重量级，也定是棋逢对手。不过，小分头接近严总，钻入鼻孔便是对方张口闭嘴间喷出焦油味，这让他恶心和难耐。

“那好，那好。我站着听取意见。”严总说着将转椅推入办公桌肚，拿出工作笔记本毕恭毕敬地说，“看看谁先说，反映后勤服务啥意见?”按照从前的惯例，严总应吩咐后勤集团工作人员前来记录，领导哪能屈尊就卑地聆听学生的训示且亲作笔录呢？不过，现下正值午休，后勤集团工作人员大都在歇息，即使将睡得懵懵懂懂的刘秘书叫上来，这毛手毛脚的小伙子涉世不深，万一话说歪了嘴，与学生对上了，那就火上浇油喽。激怒了这帮没上没下的主儿，那是跟自个过不去哪。跟学生发生冲突，有理无理都是一个输字！领导怪罪下去……得，得，得，不如亲自操刀，更加安稳和保险！

“请问严总，伙食今天开始全面提价，是不是你下达的指令?”小分头开始发问。

“同学，同学，伙食涨不涨价不是谁下达命令的事，那是市场做主，学校服从哪。”严总手头早就准备好了近日市场果蔬价目清单，“请看，请看，这是近十日市场食材价格变化一览表。各位同学是学财经的，不用解释，一看就明白。学校已经苦苦坚守原价十几天，但终因入不敷出，填补不了巨大的亏损窟窿，才不得不做出适度反应。”

“严总无非是说，涨价是不得已而为之？”小分头根本不看什么价目表，他认为那不过后勤集团应对学生的挡箭牌，谁会承认自己是涨价的主谋呢？

“是那个意思！而且学校调价的幅度是相当有限的。时至今日，食堂也未抵消市场涨价，甚至还处于亏本状态。”严总又取出学校四大食堂财务成本核算报表。

“据了解，政府要求学校全力消化涨价波动，保持物价基本平稳，确保学生生活质量不降低，维护校园安定团结，对不对？大家竖起耳朵听着，学校以什么措施，响应政府宏观调控政策。”短发女这时挤到前排，射出一粒刁钻的弧线球。

学生拿政府官样文件说事，严总不免有些窝火，不，准确说是窝囊！他不禁倾倒起心中苦水来：“我完全理解政府的维稳目标，可是要有经济来源啊。后勤集团开门七件事：油盐柴米酱醋茶，样样要钱，没有钱，扯淡！后勤集团不是生产企业，没有蔬果基地，面对市场，集团是自我经营、自负盈亏的服务实体。市场涨价，怎么消化？怎么保持？消化和保持谁来埋单，集团亏损了，学校贴不贴？政府补不补？如果有人兜这个底，严某保证不跟风涨价！我说的大白话，同学明白不？如果咱是政府官员，也会站着说话不腰疼！”

“严总是不是指桑骂槐，暗喻国家政策有问题？律城财经大学可以置国家宏观调控于不顾？对国家政策可执行、可不执行啊？”有学生严厉质问道。

“绝无此意！本人不敢妄言，不敢妄议国家大政方针，只是说穷家难当！我想，既要马儿跑，又要马儿不吃草，还要马儿天天屙黄金，政府最希望这样的天才神马，可是中国没有，国外也没有！”严总两句牢骚脱口而出，说得学生一愣一愣的。他马上意识到，跟学生说这些没有用，学生不当家，不知油米贵。这些话，本无歹意，一旦作为不当言论，上纲上线，被人曲解，然后上网、发微信大做文章，那就惹麻烦了！于是，他迅速收住口，说：“你们以后当家了，也会品尝这份酸楚。谁愿意涨价？让同学少花钱、吃饱、吃好是后勤集团，也是本经理的最大心愿！”

听到此，不知哪位学生不满地哼了一声，他们心情是复杂的，对严总的说法将信将疑。沉默了片刻，短发女又冷冰冰地问：“严总，你知道不知道 76 号文件？”她以为亮出撒手锏，欲给对方致命一击。

“知道呀，校办刚传到集团。”说着，严总从抽屉里找出一份红头文件复印件出来，“就是它。”

“既然有文件，为什么不落实？严总还等什么呢？”小分头用狐疑的眼光瞪着说。

“落实啊？学校按照76号文，不折不扣地将政府补贴全部打入食堂账户，用于冲抵主食和副食的涨价。”严总不紧不慢地解释道。

“既然补贴打入菜饭，为什么还要涨价呢？政府补贴岂不打了水漂？”小分头又问。

“政府补贴杯水车薪，只是象征性的，不解决多大问题。每月每生九元，顶多就是几两肉钱，打入食堂大灶就不见了踪影，根本抵挡不住涨价狂潮。”严总耐心地继续解说。

“暗补等于不补，要明补！将钱如数发给学生，将真金白银的使用权归还大家，这样的补贴才公正、透明、正本清源！”短发女代表大家明确严肃地提出第一项诉求。

“暗补咱看不见，不放心，不知补到什么地方去了，不能保证补贴用途的正当性。”小分头又添油加醋地道，“咱们要求学校，准许学生设置伙食监督岗，参与伙食质量和价格监管，公开食堂账目，维护消费者权益不受侵犯！”

“咱们怎么一点感觉不出来这饭菜里有了补贴呢？”“对，设监督岗，由学生代表参加审计食堂账目。”“强烈要求补贴发给个人！食堂不争气，咱就到校外去吃。”“是啊，校外饭菜贵不到哪里去，免得受气！”“学校规定食堂利润不超过5%，到底做到没有？”学生七嘴八舌，越说越起劲，越说主意越多，严总不知听谁的，记谁的，彻底无所适从。最后，他不得不截断学生没有头绪的说道，心气平和地道：“同学们，同学们，听我说，政府补贴如数发给个人，没有问题，这也正是后勤集团的主张。省补、校补，完全按照上级文件执行，不打折扣，自本月起打入学生一卡通。我相信，学校肯定支持本经理的主张，也是咱们达成的共识，这不是问题，大家放心！请放心！同学其他建议，严某也照单全收，报学校批准后分步，不，是立即实施，立即实施。”

严总以柔克刚，将众学生说得一时无言以对。

立即实施什么？学生说的都是一些原则和不切实际的设想，根本不具操作性。单嫒嫒站在最外一圈，始终一言不发，她有些鄙夷这群学生，一帮乳臭未干的毛娃娃与老到的严总对垒，完全不在一个量级上，十几张嘴居然拗不过老头儿一副牙，让人牵着鼻子打转转。看上去学生攻势凌厉，实际上严老头以守为攻，招招逼人、剑剑封喉，苦于招架的不是严总，而是自恃清高的学生！你瞧瞧，提的那些问题水平之臭、层次之低，哪能反映学生关切？严总不费吹灰之力便一一化解、从容取胜。刚才不是说好的，以贫困生为突破口吗，怎么没有人提起？律城财经大学有30%的学生来自老少边穷地区，如何在此轮涨价中保持生活水准不降？10%的学生系少数民族，如何不因涨价而影响学业？政府补贴系一次性的，还是长期性的？能不能固化下来，成为大学生在校四年间稳定享受的助学项目？涨价不可遏止，但是后勤集团改善伙食的努力事在人为！大家可以要严总承诺：改进伙食质量和增添品种，开设一元钱窗口，服务于困难学生；提供免费汤，其中固体物不得少于20%，不是刷锅水或盐水汤；开设少数民族特色窗口，增加南北风味小炒，以满足不同群体的消费需求；最根本的是引入社会力量参与食堂服务竞争，优胜劣汰，那些吃学生、赚学生的奸商才无处遁迹；如此等等，这么多现成的、迅速点穴严总痛处的"精确制导炸弹"不用，却纠缠于补贴发放等细枝末节，搞"地毯轰炸"，白白浪费了大量口沫……看来学生干部徒有虚名，辜负了学生对他们的厚望……学生诉求就这样草草收场？就这么便宜了严老头子？不几回合便凯旋高奏？不行，绝对不行，有我单媛媛在，严总不能如此嚣张！想着，单媛媛实在看不下去了，拨开人群就要往里冲，这时一只手扯住她的胳臂，蛮是用力，往后拽！她怎么挪步不得，什么人？这么粗鲁？弄疼人家了！她猛甩手，抱怨的、难听的话正欲冲出口，扭头一瞧，啊！是嚼着口香糖的曾文达立在身后，一个劲地撇嘴，示意她出去说话。

单媛媛涨红了脸，她没有兑现向辅导员的承诺，差点又要涉足不明是非之中，心里扑扑跳，不自然地说："曾，曾老师，学校派你来救场啊？"

"本人是来救你！"

"我要老师救吗？我又犯了谁？"媛媛理了头发，怪里怪气地道。

"你赶紧离开这是非之地。涨价哪赖学校，跟严总有什么好斗气的呢？严总不欠你们的，干吗为难人家？"

"曾老师，你的消息超灵通，你咋知道我在这儿？咱看看不成？不插嘴，不掺和，就长一双眼睛，躲在后面瞧热闹，好不好？真的，我保证不吱声！"

"不成！本人迟来一分钟，你就与严交火了！好一个旁观者，见者有份，不吃鱼也沾腥。不当心，被手机摄入镜头，被柯梦凡瞅见，你就跳进黄河也洗不清，你就死定了！这不是参与闹事又是什么？"曾文达将单媛媛终于拉到后勤集团办公楼一隅，才提高嗓门连珠炮似的质问道。

“我关心、关注学校大事的权力都没有啦？柯书记不能不问青红皂白？”

“你在这里等于是他们的同情者、响应者和支持者，等于给他们造势壮胆，他们到此闹事不就仗着人多吗？出现于此，就是站在严总的对立面，就是与学校过不去，这事有理无理你和本人都说不清。那严总可是只老狐狸，那老头有过目成诵的特异功能，凡露过脸，事后他都能一一辨认。你可是知名人物，最容易被发掘出来。”

“有那么严重吗？”

“当然有！你不懂啊，高校历次动乱都是从伙食引燃的，那是领导的交感神经，是学校的痛点！”

“动乱？别一惊一乍的！咱就事论事，不问政治。政府还关心百姓菜场篮子呢，涨价关乎学生切身利益，为什么涨价，涨多少，价格如何消化，总得让人明明白白。您常说，学生是律城财大的主人翁，见事就躲着是主人的做派吗？”

“不跟你抬杠。本人只告诉你，涨价不针对你一人，你起什么哄呢？每月多掏个三十、五十就死人了？你哪样化妆品不是数百、上千，你是没事找事！”

“我不在乎钱，有人在乎。人与人不一样！”

“你怎么死心眼？他们闹，随他去，闹成了人人有份、个个得益，学校发放补贴会少了你的吗？若不成，倒霉的就那些爱管闲事之人。懂不懂枪打出头鸟的道理？”

“我不是鸟，躺着不会中枪！”

“没准儿！别犯傻了，赶快走人！”三十六计，走为上计！约摸着领导和记者们闻讯马上就赶到。曾文达不由分说，紧掖着单媛媛的纤细的手，他不知哪来的一股牛劲，硬是拉着她三步并两步，像小车拖不动大车，艰难地一步一屈地离开了后勤集团大楼。

“曾老师，今天依你，但是，维护学生利益今天没完，咱不当逃兵！回头我将自己的看法和制服严总的绝招，一一告诉金融学院的同伴！”单媛媛撵着文达的脚步踽踽而行，嘴里却蹦出那么一句不深不浅的话。输送炮弹？拿人当枪使？文达心头一怔，脸上开始沁出汗珠子。他顿下步履，瞪大了满是疑惑的双眼，仔细端详着这位既熟悉又陌生、既清晰又模糊的女生，心想：行啊，你长见识、长能耐、玩心计哪，给予辅导员的永远是捉摸不定的惊讶和错愕……

听闻后勤集团出了状况，一伙学生正与严总交火。柯梦凡担心经管学院学生圈入其中，再度给学院抹黑，他掐灭了还没抽完的贵烟，甩下手中活儿，匆匆赶往后勤集团。行至后勤大楼，远远的望见曾文达和单媛媛悻悻离去的背影，柯梦凡的嘴角绽出一丝淡淡的笑，那是皮笑肉不笑：又是他俩——啥事都不缺席的活宝级人物啊！

十七　提一门贵亲

后勤集团的“围攻”者中，没有发现经管学院的学生，挑头人是金融学院和会计学院所谓的金童玉女，就是小分头和短发女吧。柯梦凡看到内部消息快报，长长地松了一口气，隔岸观火与局中当事人的心境是迥然不同的。

这对搭档男女，柯梦凡见过，何冠以金童玉女，确有言过其实！小分头和短发女论长相，让人想到歪瓜裂枣这个成语，怎可与金玉相提并论呢？不过这不打紧，当今美学泛化、审美的门槛降低了，随意封人予美号，让美从少数人的专利演变为大众消费得起的普通商品，不能不说是一件既经济又实惠的善举。既然免费封了号，暂且就这么叫吧，别辜负了大伙一片好意。柯梦凡心头掠过一丝快慰，万幸啊，万幸，曾文达和单媛媛没有染指其中，他们的知名度很高，否则金童玉女美号也许就是他们的了。

曾文达也在幸灾乐祸，听说闹事者中金融学院的人为数不少，具体说是同屋的方介生摊上了大事，自己反倒彻底解脱一般，仿佛从离场风波的阴影中艰难跋涉出来，乌云飘移介生的天空，将他严实的笼罩起来。看着方介生这两天没精打采的模样，知道他心里烦透了。私底有人说，费艳冰和谢小团要找方介生谈话啦，哈哈，他终于品尝了学生自酿的苦果！金融学院也有单媛媛式的不安分守己的人物咧。

曾文达窃喜方介生沾上了晦气，可是，忽略了一个基本常识。两个女人为学生滋事而找方介生，似乎不合逻辑：费艳冰是人事处长，谢小团是经管院办公室主任，金融学院学生出了状况，压根不是她们的事，她们出面找介生训诫，当属狗拿耗子。方介生脑子自然比曾文达清醒得多，接到通知后，反复思忖，抽去几支香烟，仍不知她们葫芦里究竟卖的是什么药，但几乎可能肯定不是为学生围攻严总的事。

俗话说，好事不出门，坏事传千里。学生与严总对话闹剧的负面新闻，瞬时插上翅膀在律城财经大学到处乱飞，演义出诸多版本，一下成了路人皆知的茶余饭后的谈资。小分头和短发女回到宿舍，据说受到英雄般的礼遇，人逢人夸，人见人赞，如同从战场凯旋的将士荣归故里，给他们撑腰打气者比比皆是，就差鲜花、彩带、气球、拱门和记者的闪光灯了，他俩在此激情的氛围中有些飘，真的以为自己做了什么惊天动地的壮举。

方介生发现这气氛不对劲，这是什么文化，什么氛围？起哄？煽动？挑拨？公然对抗学校？小分头和短发女真的昏昏然了，不知几斤几两哪！领导打电话要求介生立即深入第一线，为学生的滋事消毒，防范学生再度出现过激。此风切不可涨也，屁大的事都要折腾，不问三七二十一围攻、维权、要说法，学校基本工作和管理秩序如何维系？

方介生领得上奉指令后，约上姜冬林，一起找小分头和短发女谈话，给他们当头浇一瓢冷水，给他们发热的头脑降温。可是，恰恰在这个节骨眼上姜冬林病了，打短信来要方介生全权代劳。他妈的，不知真病还是假病，怎么早不病、迟不病，偏偏这个时点闹肚子、猫厕所！方介生想此事不宜久拖，如果不抢时间稳住学生，再发生什么状况就是他的失职。于是，他独自找来小分头和短发女，开口便批评道：有情况为什么不第一时间向辅导员报告？为什么自作主张、自行其是？你们了解涨价的前因后果吗？信息不对称瞎噪噪啥呢？面对方介生不叫人喘息的连珠炮，小分头眨巴、眨巴眼睛，半昂着头，蛮是委屈地道说：我等为民请愿呀，没做啥出格的事，更没伤着他人，我们是与严总平等对话，恐怕不能用“滋事”来形象吧？短发女撇撇嘴说：我们是咨询，与严总协商着呢，特别是就政府补贴问题问个究竟罢了，哪里是无理取闹，整个对话过程和谐、宽松……你们少说几句，还为自己脸上贴金不是？方介生不耐烦了，你们头脑里有没有法治观念，凡事依照规程办事，按程序逐级反映，懂不懂？不要动辄用过激手段，后勤集团不是有意见箱吗，你们反映了吗？你不是天天见着咱，你们说起过吗？如果你们反映了，咱不作为，后勤集团推诿，你们再聚集起来找领导说理不迟！手段是为效果服务的，你们以为人多势众、造点声势，给校方施压、让校方难堪，最有利事情的解决？错！大学是文明之域，不是数人头、扯嗓门、比胳膊、甩拳头的地方。今天咱就说到这儿，你们思考吧，两天后还想不通，再来找咱！希望此类事件不再重演！小分头耸耸肩，短发女晃晃脑袋，相互对视了一下，那表情令人捉摸不透。

不管小分头和短发女思想通不通，方介生起码气势压人，震慑住两人。他以为这两人不会找他再谈及此事了，金融学院和会计学院都会根据学校的指示“教育和挽救”，一套组合拳打出去，够他们吃一壶的，形同一张无形的大网罩住了他们，在强大的行政压力下，两人理应夹着尾巴蛰居一段日子。

不料，仅过了两天，小分头和短发女又找到辅导员办公室来了，再度撩起这连方介生都不愿多涉猎的话题。

方介生镜片后的一双大眼警觉地扫视着两人，揣摩他俩张口要说的话：是谦卑地做一番自我批评，还是继续指责学校落实上级文件不力、拖延学生补贴发放，还是继续为自己的行为开脱、狡辩……他们要耍什么花招？这两个家伙肚子里的鬼主意多着呢！

不等方老师想周全，他俩便发话了，也顾不上什么礼数。小分头的油发依旧光亮如洗，黑发丝丝不乱。他颇有感叹地说：“方老师，昨天您的教诲完全为了我们好，我们都想通了：遇事要冷静，不能使性子，更不能为感情左右、意气用事。真的，我俩为那事向您道歉，深刻反思，保证今后决不再犯！您看我们的表现。”听得方介生大眼瞪小眼，不知小分头真心醒目还是逢场作戏？反正小分头说话的感觉怪怪的。

“方老师以后多指导、多敲打咱俩。”短发女接着说，“这不，咱们大彻大悟了。人啊，头脑不清醒，就容易给人当枪使，做了别人的替死鬼，还以为行善从德呢。咱们年轻着呢，这个错不得不认！”他们唱起了双簧，看来是有备而来。

“是啊，和谐校园需要共同维护，同学对各种舆情要保持高度警惕，不能排除唯恐天下不乱的人，破坏校园安定团结的大好局面！”方介生对小分头的突如其来的觉悟感到莫名其妙，小分头竟会使用领导官言中的热词。“舆情”是刚刚叫响的高频词，比喻各类非安定团结的因素，方介生还是在学校维稳会议上听熟的，小分头竟能应用自如：“我们找方老师，一来表示虚心接受老师的批评，刷新认知水平，我们以后决不组织、参与对话、示威等‘带刺’活动。二来反映刚刚截获的重要情报，喔，可能对学校稳定构成严重威胁的异动。”小分头说话力气不大，却在方介生心头震动不小：什么异动？什么重要情报？难道学生还不善罢甘休，还想制造什么新的状况？方介生一把将小分头扯到一边，急切地问：“接着说，发现新动向？是什么人？想要干什么？学校已如数发放津贴，面对市场，后勤能做的都做了，难道学校非得上天摘月、下海捞星不成？”

“是啊，咱也认为学校仁至义尽，但是，经管学院以单媛媛为首的个别学生仍是心怀不满。这不，上午她信誓旦旦地上门来找，给我们上眼药，为同学找后勤对话、讨说法点赞叫好。她鼓吹我们干得妙，代表师生利益。还为我们支招，说昨天与校方较量的方式不够技巧，没有抓住要害，让严总轻松地蒙混过关。我们应当这样、这样……”小分头添油加醋地阐述了单媛媛如何煽风点火、面授机宜，并且海夸她勇战郝主任、学校拿她无可奈何的辉煌经历。

“好在咱当场识破她的鬼把戏，哼！挑拨离间，制造事端！自己当缩头乌龟，鼓动他人去闹，把我等当三岁毛娃！所以，咱特来向方老师，向学校报告，检举揭发这一值得高度关注的舆情动向。方老师不是指示我们有事多请示、勤汇报嘛，我等想表现一把咧。”短发女越说越起劲，仿佛立了一大功，一张滚圆的脸微微上扬，红润、红润的，仿佛静候着方介生的表扬，不，是嘉奖和封爵。

方介生听罢，不禁好笑，小题大做！不就是同学点个赞，顺便捎两句话而已，哪有他俩说的这般严重！单媛媛的大名，谁人不熟，一位风云人物。与小分头和短发女相聚，“名人”扎堆，难免文人相轻、同性相斥。他不太相信小分头的危言耸听，也不理会短发女的无限上纲，他们与单媛媛不对路，天生犯冲！单媛媛如果真的酝酿什么大动作，哪会事先通知他俩呢？当然，单媛媛是以老师、老资格的身份出现于他们中间，在点评他们的得失成败呢，这可能让小分头和短发女不快……方介生揣度着两学生的用意，若无其事地说：“单媛媛的游说，你们持什么态度呀？既然你们认识到位，应当据理力劝、正面开导，规劝她回归理性哪。”

“方老师说得是。我呀，义正词严，说我们已经改邪归正、洗手不干了，如果与学校过不去，你自个去闹，我们不再干烧火头、烘屁眼的事情。涨价、掉价，跟领导和学校有啥相干？书记、校长和严总能说了算吗？我还是学经济的，找学校评这门子理，岂不让人笑掉大牙？如果闹能解决问题，能把价格闹下来，咱一定跟着你搏一把。”小分头嘴边像抹了小油似的，一套一套的。

“咱说，四年在校时间宝贵着呢，抓紧时间干点正事，好好学习，多掌握些本领，莫要去蹚这汪浑水啦。不论金融学院，还是会计学院、经管学院，学生的目标都是一致的。”短发女再度展示了良好的口才，落落大方地说。

短发女的最后一句话，方介生认同，经管学院、会计学院和金融学院井水不犯河水，这类维权活动彼此莫串联，他点点头道：“好了，咱知道了。单媛媛的事情不要再放大了，由咱来处理，好不好？”方介生说得清楚和冷静，又干净和利落。小分头和短发女原以为方介生获取重要情报，会暴跳如雷，如临大敌，立即采取断然措施，制止单媛媛的蠢蠢欲动，然后，再狠狠地夸奖他们一番，不仅将他们带头冲击后勤集团的过失一笔勾销，而且还有“戴罪立功”“功大于过”的嘉奖，说不定还能与靖晓常老师见义勇为相提并论呢。没想，这么关键的情报，方老师却轻描淡写，不当回事儿，就这么两句话就随意打发了，小分头和短发女有几分沮丧，又有几分不甘。小分头的头皮层不是冒油而是在流汗。短发女的眼镜片，附着了一层薄薄的水气，那是汗水蒸发出的雾。

此时，方介生心头里在想什么？他想，小分头与短发女之间是什么关系，非同一般哪，恋人？兄妹？搭档？好像有夫唱妻随的味道，非常默契！方介生从曾文达嘴里了解到，小分头是金融学院学生会副主席。短发女是会计学院学生会外联部部长。两人原先是一对恋人，不知谁追谁，反正欲火足足烧了一学期，那亲热度、黏度丝毫不逊于新婚伉俪，自早到晚都如胶似漆地粘在一起，几乎成了连体儿，他们粘到那里，同学们都主动避让，好让他们无拘无束地尽情享受爱的滋润。同学们开玩笑地问两人讨要喜糖，如今大学里可以成婚，只要不影响学业，校方不会制止和反对。正当同学看好这一对爱得死去活来的新人时，不知咋的，两人又为丁点小事吵闹翻了天，昔日的恋人反目为仇。崔亚男为躲避白严明，转专业调到会计学院。分久必合，合久必分，此乃天下大势也。宛若陌客、擦肩不对目的年轻男女，不知哪根神经又来了电，两人又搭上了火，爱情浴火重生。较年轻学生年长不了几岁的方介生，怎么也看不懂年轻人奇异曲折的爱情故事。

三天内，与小分头和短发女两度交手，学生因涨价围攻后勤之事态理应基本平息了吧，该批评的、该教育的都一一完成，学校没有再追究的理由。涨价嘛，痛苦在前几天，习惯成自然。几天过去了，郭校长大会小会都没再提起，证明此事也没入他的法眼，毕竟内部事件，影响没有扩散到校外，完全在掌控之中。此时此刻，费艳冰和谢小团找咱去做什么呢？再翻学生滋事的旧账？还是部署什么新的工作？恐怕是后者，能者多劳永远是单位的分工法则！

既是去人事处办公室见两个女人领受任务，方介生没大当回事，穿着未有考究，如平常一样，一件过冬的深色羽绒服，一双适脚的旅游鞋，还有就是爱不释手的黑色公文包，一副在律城财经大学随处可见的教书匠的打扮。当他推开费艳冰的办公室厚重的实木门时，一股暖气扑面而来，办公室门窗紧闭，空调机呼呼地吐着暖风，玻璃窗上结满了白迷迷的水汽。费艳冰和谢小团穿着橙红色的羊毛衫，透出女性丰腴、成熟、迷人的线条，她们在茶几前对面坐着。

从办公室空调的室温，从喝淡的两杯茶水来判断，两人在此当有些时间了，或者在此聊天了半天，更具体说是等待方介生很久，否则南方的空调制热功能不可能进入如此佳境，远远超越北方的集中供暖系统。

方介生小心翼翼地进屋，环顾四周，看见她们嘴角上挂着一抹高深莫测的微笑。他觉得费、谢两人并非为工作而来，茶几、办公桌上没有笔记本和笔，也没有文件和资料。费艳冰爱干净是出了名的，条理性极强，做事有章法，谈工作不可能毫无准备。

费艳冰满脸是笑，见约客到，急忙起身请坐，拉出椅子，推到茶几对面，掸掸坐垫上的灰，其实那沙发椅一尘不染。谢小团则将一杯新泡的、热气腾腾的绿茶不偏不倚地摆在来人面前。呵，那可是正宗的安徽六安瓜片，华东地区的金冠名茶，碧绿的茶叶在透明的玻璃茶杯里轻身翻滚，慢慢地沉到杯底，送出一股怡人的幽香。方介生顿时有受宠若惊的感觉，面对女人的左“请”、右“请”的客气和近乎，不免紧张起来，因为他找不到受到此贵宾礼遇的理由。

“方老师，不，马上要改口叫方教授哪。”费艳冰示意介生用茶，开口道。

“教授，说玩笑呢?”方介生惊奇地差点从椅上弹射起来，说，“这话从何说起呢?”刚进校不足一年，他梦寐以求晋升副教授，走实了律城财经大学的第一步，奠定事业发展的基台，且为之悄悄地不懈努力着。他发表了一篇论文，跟着钱教授合作的部省级课题在研，另一篇论文刚刚投出去，生死未卜……与副教授的任职条件尚有距离，如果在审的这篇论文如期发表，他准备来年尝试申报副教授，但是没有十足把握。

“费处长哪是玩笑之人，人事工作最不宜开玩笑!”谢小团呷了一口茶，接过介生的话道，“学校对有条件申报职称的年轻老师作了全面摸底，你的情况尽在费处长掌握之中。你是省优秀博士论文获得者，外搭顶级期刊 A 区论文一篇，仅此两项，即可以破格晋升副教授。”

“准确地说，是符合副教授转评条件，而不需再走评审程序，一票入围，一炮走红哪！恭喜、恭喜啊!”费艳冰举起茶杯当酒要与方介生碰杯。

方介生连忙拾起烫手的茶杯，象征性地与费、谢的茶杯在空中对撞了一下。心想，她俩就为告诉我此事？不对，这有必要小题大做吗？既然这是按照规定的水到渠成，到时一纸公文昭示天下，何必事先将此透露给咱，要咱领她们的情？报她们的知遇之恩？不对呀，咱等无名后生，没有足够的领悟、报恩的能耐……还是且听下回分解吧。方介生颇有慷慨地道：“优秀博士论文居然能当此大用，有一票定乾坤的权重，太意外了，太意外！”

“可不是嘛，这就不得不感恩于钱教授哪。你的台前走红，离不开钱教授的台后相助，这点你比我更清楚！”费艳冰放下茶杯，对着介生正儿八经地说：“我违反人事纪律，跟你说点内情儿。原本学校职称评聘条例中，仅有师德师风的一票否决，没有优博论文的一票入围之说。钱教授不仅推助你成就了优博，在评审会上扯破了嗓门，而且在本届学术委员会会议上激扬陈词，拉高优秀博士论文的地位，说优博系百里挑一、千里挑一，充分彰显了作者的学术水平，与普通博士根本不在一道起跑线上，完全达到了副教授的任职要求。这一条件出台，可谓钱教授为你量身定制的霸王条款。”

“钱教授对你关爱有加，把手放到心窝上，自己掂量、掂量！”谢小团突然又来了这么一句分量十足的话。

“钱教授对咱工作不满意的地方，烦请两位领导点拨。”方介生对钱教授当然感恩戴德，没有他的提携，咱方某人肯定不是今天这番景象。从优秀博士论文，到加盟 MPA，从书评见报，到推荐论文发表，缺了钱教授哪一样都悬！如今，想在权威期刊发表论文的学者如云，编辑部的稿源充裕，学界大腕、大咖的作品林林总总，哪能轮上咱等学界新人？有的博士费了九牛二虎之力、几年磨一剑，好不容易拿到用稿通知，却迟迟不见论文刊发，有的送至印刷厂还被临时撤稿。没有贵人相助，别说小小的方介生，就是十个方介生摞一块，也休想攀上权威期刊的学术高台。钱教授经营着庞大的学术网络，占有巨量的学术资源，他嘴边漏一点够咱吃几年。正如靖晓常所说，社会科学嘛，什么文章叫好，甚无精准标码，全凭人际！望天收，十年无成！想到此，方介生的心里升腾起对钱教授的由衷敬意。

“不满意的地方？啊，方老师过谦了，这也正是方老师人品所在。”谢小团不由地敬佩道，“从我第一次遇见，就打心眼钦佩你的为人，这远非曾文达等所能比拟。”

提到班车上的首遇，气就不打一处来，那时谢小团的德性真不敢恭维，她竟然还挂在嘴边，在这当口上还提及那几近遗忘的不快。方介生脸沉了一下，横眉冷对地扫了谢某人一眼，欲言又止。谢小团马上意识到话不投机，急忙打岔道：“我是说，谦虚彰显方老师的人格魅力，不像有的年轻人，半瓶子水，人还狂得没边，那叫轻浮、轻狂。”

“谢主任过奖，咱身受不起。这不，咱才还给学校惹了事，没管束好班上学生，聚众到后勤集团与严总对话，搞得影响多不好。”方介生认为钱教授肯定知道这事，坏消息长腿，律城财经大学只要想知道的人都能知悉，对此他不能不有个明确的态度。

“那是学生造的事，与你没关系。”谢小团看来今天不想谈此事，立即将话头引开，“钱教授对你的工作褒赏有佳。他非常赏识你的为人和能力，说你是他带过的最满意的弟子。”

“谢主任言重了，还是让咱头脑保持清醒，否则认不得东南西北了。”方介生道。空调的燥热让他口干舌燥，茶水在手里缓缓散热后，可以入口了。方介生轻呷一口，哦，好苦涩，茶叶搁得太多，绿叶胀开后几乎挤满了整个杯子，第一口就将茶叶吸进嘴里。

“我来举几个钱教授讲的实例。上个月召开全国金融学会年会，你负责机场接人。飞机晚点，司机和其他工作人员都躲进咖啡屋休息、打牌去了，你却一个人举着牌子伏在出口栏杆上不肯离去，生怕机场错报、漏报到站信息，而与远道而来的专家擦肩而过。这是不是事实?”费处长宛若亲自经历那段难熬不眠之夜，那飞机真敢晚点，一晚就是七八个小时！方介生不住点头，那事给他的印象太深。费处长又道：“再比如，上周为金融实验室建设研讨会写综述，其他博士无不避而远之，不想沾手这既麻烦又没有好处的苦差，你一个人一天一夜未合眼，第二天便将综述送在钱教授手里。钱教授说，这综述无需加工润色，内容完整、层次分明、观点准确、原汁原味，即可送学报发表。更难能可贵的是，你没有署个人的名字，而是以‘研讨会秘书处’的名义刊登，令钱教授连连赞叹你的人品高尚。”

“这些都是初学者，一位徒弟应该做的。老人们说，旧时的学徒，要为师傅端茶、倒水、洗脚，咱差得远着呢。”方介生认为费处长说得有些夸张，但对钱教授毕恭毕敬、言听计从是事实，除了亲生父母，钱教授是打心眼对他好的第三人：“钱教授对咱恩重如山，咱无以回报，此等区区小事，何足挂齿。”

“钱教授真的拿你当一家人。”费处长认为前面的铺垫已经就绪，预热也已升腾到合适温度，可以抛出正式话题，让方介生“听题”了。于是她话锋一转，直奔主题说：“既然你与钱教授形同手足，亲密无间，不如亲上加亲。方老师年近而立，还未有婚配，事业和家庭是人生两大立柱，缺一不可。我们今天找你来，是想跟你提一门高亲、贵亲、大亲啊。”

“直说了吧，钱教授的女儿与你年龄相仿，大学本科毕业，在高校工作，你俩郎才女貌，是天生一对，地下一双，何不走动走动，培养培养感情，把家安置于律城财大，事业与家庭两全其美啊！”谢小团迫不及待将话题点破。男女青年对异性和感情特别敏感，她将话说到这个份上，谅必方介生完全明白了吧。

“这——”方介生的确全明白了。她们今天眉来眼去，神神秘秘，一唱一和，原来是要合力给他提亲，做月下老人、红娘媒婆……这可是人生大事、严肃话题，婚介来得太突然、太意外，方介生没有一点思想准备，也不曾好好想过此类问题。没等缓过神来，费艳冰已将女子玉照和简历递了过来，放在他目力可及的地方。方介生一眼扫去，十寸彩照上的女人笑成一朵花，烫着、染着金色大波卷发，恰似马达上卸下的铜丝裸线，一圈圈、一层层，厚厚地缠绕脑门上；双眼直勾勾地望着你，火辣、火辣的……这女人在哪里见过？好熟眼呢？第一感觉告诉他。

方介生的搜索引擎高速运转起来：打扮时髦，金品饰物点缀，双乳巨峰，香气怡人，颇有几分姿色……想起来，想起来了，第一次造访钱教授办公室、接受科研秘书时，迎门的正是这女人，对，就是她！就是这眼神，没错！他终于完全想明白了……

十八　初恋

钱月姝，芳龄二十九，身高一米六二，体重六十九千克，全日制大学本科毕业，管理学学士，就职于律城大学组织人事部，副科长，中级职称，身心健康，为人宽厚，贤惠温顺，上得了厅堂、下得了厨房……仅从简历看，唯一的不足就是年岁偏大。俗话"男子三十一朵花，女人三十豆腐渣"，寓意三十而立，男女有别：大龄男士，魅力犹存，择偶仍从容不迫；而女生则没那么幸运，过了青春妙龄就与"老"字相伴，被称之"老姑娘"和"剩女"。钱教授和宝贝女儿月姝的寻亲，触手感知的便是人老珠黄的紧迫感和高不成低不就、嫁不出去的苦闷和压力。

至于钱月姝的恋爱史以及她如何寻寻觅觅，最后锁定在介生身上，不详，方介生也不想寻究。事实明晃晃地罩在眼前，傻瓜都晓得，费艳冰和谢小团出面提亲，并非她俩热心肠，主动出演红娘角色、有意撮合双方，相亲闹剧的幕后导演非钱教授莫属！甭问，钱月姝事先做足了功课，单方面相中了方介生，钱教授为她查阅了他的档案，对他家底、家境、家风了然于胸。方介生有什么可挑剔的？没有！青涩、纯净、才子和白面书生一个，有里有外，慧外秀中，钱月姝一见钟情，一下认定心中的这位白马王子，立誓非把他弄到手不可！然而，小女不才，势单力薄，这份誓言仅凭自身那点微薄之力恐怕无法实现，一位博士怎么会看上一个普普通通的本科生、一个大龄剩女呢？月姝又有什么优势，或者说有什么吸引人的地方呢？她这样的小职员在律城财经大学可谓车载斗量，的确登天无梯，摘星无门。

恐怕只有老爸能助女儿一臂之力了，靠钱教授，这位大咖来完成女儿的心愿。女儿的压力就这样自然而然地转嫁到父辈身上。钱教授对宝贝女儿本是百依百顺，加之老伴不停地吹枕边风：月姝在人堆中找得如意郎君，好不容易相准了心上人，你得着实想想办法，就是学问不做、股票不炒，也得先成全了女儿的终身大事！听着没有？如这事砸了，月姝跟我都饶不了你，老头子，听着没有！你还是教授，这点本事没有，几十年书不白教了？

钱教授领命，一时间没了炒股时的神勇，也没了写论文时的牛逼，更没有做学术报告时的超然自信，如何拿下方介生，钱教授良思许久，他就那么一个女儿，当然是第一次遇上这样的问题，茫茫然，不知所措。跟老伴一商量，一致认为，只得从事业提携上做文章，从职称上打开缺口，这是一位学者最在乎，也是最容易咬钩的食饵。于是乎，钱教授倾其所能，事业关怀、生活关心、人文关爱，给予方介生所有能给予的一切。天下哪有父亲的不疼女儿的，爱屋及乌。他对方介生倾注的感情，真是掏心掏肺，无所不及，甚至超过对他的宝贝女儿。

方介生不是榆木疙瘩，怎能不晓钱教授刻意关照，他在寻找谜底。他不认为是贵人相助和撞上了什么大运。贵人不会接二连三的遇见，大运不可能始终光顾一个人，硬额头不能只长在一个脑壳上。上一辈子人常说：世界上没有无缘无故的爱，也没有无缘无故的恨，钱教授的爱恨情仇总有源头，不能指望他是现实版的活雷锋。当然，雷锋做好事也不针对特有的人群。现在谜底终于揭开了，醉翁之意不在酒，在乎女婿培育也，方介生被套牢了！

他真正折服靖晓常，一入校便高调宣布有了婚配，从此没人再打他的主意，这叫聪明人的精妙之举。因为律城财经大学是女多男少的性别构成，老师、学生都是如此，也许女性更适合学财经、教财经，高考高分更青睐于女生的缘故吧。近年，学校已经注意性别的失衡，人才招聘时刻意加大男博士的引进力度。可是，引进的男士大都名花有主，光棍俱乐部依然吸纳不到什么新成员。你想，小学六年，初中高中又六年，大学本科四年，硕士三年，博士四年，累加起来前前后后读了二十三年书，即是一步不落，博士毕业至少也在三十岁上下，常人眼里，这早过了婚配的最佳年龄。年轻的博士不是拖家带口，就是早有牵手、做了未婚妻或未婚夫。男博士一进入人事处的花名册，就被人抄了底，往往让大龄女性和热心的红娘们失望而归。唯独方介生例外，也是一个奇迹，他既无牵绊，又无相好，让人看不懂。这般人品和长相，透出了成熟男人的魅力；这般家境和城府，呈现出良好的事业潜力；居然被爱情冷落和遗忘？难道姑娘们全看走了眼？还是面对儒雅文静而内心强大的方介生，女生们缺乏一招制敌的法宝而裹足不前？竟然让他相安无事地过了单身的大学和研究生生活。拿下方介生当真特难吗？钱月姝不信邪，事在人为！方某人一张白纸，正好书写最华丽的人生篇章，她不惧碰硬，不怕拉锯，不怕碰得一鼻子灰，更不怕花血本。当然，月姝和她爹都在寻找打开方介生爱情之锁的密钥。

其实，方介生读大学时，有过一段鲜为人知的爱情经历，心里烙下很深的爱的印记和伤痕，他不愿提及，连曾文达也未必知悉。

那是沉没在他心底的、美好的青春爱情故事。

恋爱是六年前，大学三年级的时候。

“恋爱嘛，是大学生活的重要组成，”辅导员在班会上如是说，“是大学生的必修课，大学四年不亲身经历一场轰轰烈烈的恋爱，那是疑似智障和脑残，是人生的一大憾事啊！”辅导员比他的学生不过年长三四岁，顶多刚刚踏入婚恋门槛，哪有资格、资历和资本跟咱们侈谈爱情呢，方介生嗓子里哼哼唧唧的。辅导员开设的选修课叫“婚姻与家庭导读”，他的课讲得不算出色，更不出彩吸引的听众却不少，因为他的选修课比专业有趣，也相对容易过关，学生像听故事、享受笑话一样，五十分钟不知不觉就过去了。不过，方介生一堂课下来，笔记本上空空如也。令人惊异的是，辅导员不仅课上讲理论，课下还在做实践，他走廊上遇上方介生，打头就问：你有没有女朋友哪？那是半开玩笑的。方介生笑笑说：咱处过好多女生，关系挺好，没跟谁起毛。我说的是异性朋友，有感情、有恋情的那种。方介生说：没有，没有，那不忙、不急哦。辅导员问：要不要给你介绍一个，瞄上你的人不少咧。不用，不用，面包会有的！方介生不承认他有心障，是困难户，他还远未到需要他人介绍的地步。

的确，方介生的爱情热得慢，像他这样到了大三还单着的实力男颇为少见。不是他找不到女友，向他明里、暗里示好的女生不在少数，没有一个排，也有一个班，可方介生认为不对眼、不是他的菜。他板着脸，说话硬邦邦的，投石问路的女生见状急忙退避三舍、躲得远远的。同寝室男生劝他：别这样绝情吗，谈的玩玩嘛，何必当真，谁能保证恋爱谈一个成一对呢？大学里恋爱成功率又有几多？不就是逢场作戏，增添人生阅历，证明我能爱、我爱过了而已。方介生则不以为然地说：爱就好好爱，爱它个惊天动地，爱个结果出来，恋爱的目的地是婚姻，那是一个严肃的人生话题，岂能当儿戏？同学说：如今你这样的大熊猫、国宝级人物不多了，你看校园里天天演义着爱的悲欢离合，分分合合，合合分分，没人当回事，就是肚子搞大了，校方也民不告官不究，自我摆平、处理掉就得。方介生想跟同学激辩：既然肚子搞大了，那就得为人负责一辈子，《婚姻法》规定女子怀孕期间，男方不得提出离婚呢。众同学哄堂大笑：那女的要离婚怎么办了呢？她索要了一笔补偿款，又找其他男友去了，哈，哈，哈……方介生无语。的确，当今的年轻人蛮开放，不知用这个词准不准，那叫不叫开放？或者说是放肆、放纵、放荡，刚认识不几天便开房，上床不几天又分手，就当啥事没有。毕业季，明知男生女生即将天各一方，不可能成就婚姻，还租房过一段夫妻生活，以纪念大学四年曾经的爱，这算什么纪念品呢？他们如何面对将来的妻子和丈夫？介生自小受的是正统教育，父母是政府的基层公务员，吃的是粗茶淡饭的皇粮，生活简单而殷实，做事、做人堂堂正正、清清爽爽，正因于此，他感到与同学的爱情认知相去甚远，介生自问：咱是不是不食人间烟火，自恃清高，与世隔绝了？

回答是否定的。正是青春年华，荷尔蒙分泌旺盛，男生对女性的嗅觉尤其敏感，方介生何曾不是呢？他在等待猎物，他的双眼像搜索雷达一样保持着开机状态，不断扫描着闯入视野中的靓妹倩女，将搜索的目标函数输入计算机终端，然后作技术处理、做出取舍判断：这女生，能不能相处？可行性有多大？如果没有成功的可能，那就莫要起步，何必浪费彼此的时间和感情呢！他的爱情哲学刻板而规则，爱情资源是有限的，不像选修课老师说的那般浪漫无度、可以肆意挥洒而不足为惜。

每年的运动会、合唱节、辩论赛等学校层面的重大赛事，一批靓仔帅哥粉墨登场，抖擞学识和才学，展示风采和气度，倾倒美女无数，那可是一个淘金寻宝的时节！一场赛事结束后，立即爆出男女生牵手与分手，成双结对的可能与不可能、寻常与荒诞、平凡和刺激的一大堆涉爱、涉性的鲜活猛料。

这年的大学生辩论赛，方介生领衔的金融学院队，首轮抽签便遇上届冠军法学院队。师生们无不责怪方介生的手臭，抽得下下签，金融学院凶多吉少，首战便是决战，首场即是末轮，没有人看好从未杀入前三甲的金融学院队能死里逃生、绝处逢生。金融学院拉拉队长金素妍表情严肃地推开金融学院团委的大门，冲到方介生面前说："生哥，手气孬不致命，致命的是怯战，提前认输、服输。如果这样不如弃权，别丢人现眼哟！"小美女见方介生的第一面就是兴师问罪，几句话说得蛮呛人的。

"弃权？谁授权的？谁说咱输了？"方介生张开双手，感觉莫名其妙。金素妍身着贴身的、蓝白相间的拉拉队制服，紧裹着青春的躯体，勾勒出女性美妙的弧线，她脑后，一束马尾辫说起话来一晃一晃的，煞是动人。这秀发一左一右的，撩拨着方介生青春萌动的心。介生看着上门叫板的金素妍两眼凝滞，一时忘记了举在空中的双手，忘记了辩论前的紧张与压力。这女孩与他这么对眼，他的女神出现了！

“首遇冠军队，你们有胜算吗？实力悬殊，仅仅为荣誉而战，有意义吗？”金素妍闪动着迷人的双眼，春色撩人，说话富有挑逗，不，是挑战性，她想告诉介生，拉拉队还有无倾巢出动、大力造势的必要，若明知失败，拉拉队无功而返，不如早早遣散了，不要浪费姑娘们的宝贵激情！

“你给辩论队一点勇气，输入点正能量，好不好？尚未交手，长他人志气，灭自己的威风，哪有这样的拉拉队？你立场站边有问题哟。”方介生一本正经地说。此前他与金素妍数度擦肩，顶多只是侧眼窥探，偷偷享受一下美女的容貌，解解眼馋而已。介生知道，金素妍是十佳校园歌手，把林忆莲的歌演绎得似原唱，操一口标准的京普通话。秀色可餐的她引爆了无数男生的眼球，身边围着不少嗡嗡伴飞的雄性蜜蜂，追求者接二连三，成建制的。方介生瞧不起这帮盲目讨好女生的谄媚男，尽管男生多是外貌协会的粉丝，但男性吸引女生的磁场应是修养、内涵和气质，而不是鲜花、钞票和媚俗，但愿自恃清高的金素妍好眼力，识得真正慧外秀中的实用男……面对金素妍，方介生陡然萌生了赢得辩论赛的罕见冲动，事前他认为上场比赛仅是重在参与，是无需发力的举重，是没有冲刺的长跑，结果如何谁都不好苛责队员，对比赛结果说三道四。既然金素妍想要一场胜利，不管她出于什么考虑，何不献上一份投其所好的大礼呢？这是实用男最佳的呈现，也是绝妙的爱的表达。

“好的，生哥，我们相信你！拉拉队全装满员出动，摇旗呐喊，我始终站在你这边！”金素妍竖起手掌要与方介生击掌为誓，“你们可别辜负了拉拉队女生的心，你可要发誓哟！”

“发什么誓？总不能不成功便成仁吧？”

“呵，呵……”金素妍忍俊不禁地捂住嘴，“难道你接到蒋委员长手谕，准备战死疆场哪？大有壮士一去不复还的悲壮咧。”

“但凡男儿赴命，爱拼才会赢，这是天下公理！”方介生拍着胸脯掷地有声地说，“咱保证战斗到最后一秒钟，保证以坚实的步伐走好最后一米路，绝不轻言放弃！”

“我要听的就是生哥这句话，不保证取胜，但能够做最好的自己！”金素妍击掌时好用力，她的手心火热、火热的，介生发现素妍在细端详自己，说，“生哥，拉拉队照常训练，保证压着法学院，先拔头筹，为辩论队先拿下一城。”

“美女，别叫咱生哥，以前没人用这称谓，生哥有陌生、夹生的意思，就是不成熟、不稳沉。”方介生心有忌讳地说。

“本姑娘不那么认为，生哥，中听，顺耳，关键是亲切！”

“那倒也是。”方介生暗忖、也许咱过敏了，男女间直呼姓名才是夹生，省却一个字叫亲近，只称一个字那才叫亲密。生哥，咋听起来怪怪的，作为金素妍的专有称呼，八成另有寓意。想到此，方介生心里抹了糖似的，甜蜜蜜的，他话题一转说：“你还没说，咱们击掌赌啥呀？既然不是赌胜局。”

“生哥呀，就赌生哥，你还让我不要叫，生哥、生哥、生哥，我要叫个够。你输了比赛本姑娘就闭口。拜拜！”说完，金素妍一阵风似旋出了大门。

“有这句话，咱们一定赢！”方介生似乎突然明白了金素妍承诺的成色，追着她的背影，掷过去这么一句话。他豁出去了，此时的辩论赛已不是学生素质教育的第二课堂，它超过了所有的课程、所有的考试、所有的机遇……其他比起它都轻若鸿毛，他只想赢得赛事！为了金素妍的笑脸，为了听着她在耳边“生哥”“生哥”的娇滴滴，为了明天与她牵手，为了他心里隐藏了许久的期盼，他真的想当一把“生哥”，至于夹生不夹生并不重要，只要朗朗上口就成！他给自己下达死令：辩论赛只许成功不许失败……

看得出，方介生像上足了发条，辩论赛前的准备和上场交锋都蛮拼的。他使出浑身解数。从抽签、编组、选场到排兵布阵、上场比赛，加在一起仅剩两天时间。两天够了！两天有四十八小时，两千八百八十分钟，十七万二千八百秒，足以成就一个心愿，足以将辩论队准备武装牙齿，整装出征！

方介生睡在图书馆、资料室，一天仅合眼三四个钟头，摘录了一百多张卡片，复制给辩论队四位选手。教练员和队员们利用最后的时光，密集地进行封闭训练，请来律城大学辩论高手作模拟攻防演练。观看法学院上届获奖场次辩论的录像，寻找短板、破绽，研究克敌制胜之策。俗话说，临阵磨枪不快也光。恶补虽难以颠覆双方的实力对比，但是能够提振信心、增添底气，起码知己知彼，遇敌不怵、遇险不惊、处惊不乱……这就够了，足以让对手刮目相看！

辩论队训练时，金素妍一直在后场默默地注视着介生……为了不让他发现她的存在，以乱了方寸，金素妍戴上墨镜，静静地躲在阶梯教室的后角落里，看着他很有性感的鼻梁和隆起的喉结，看着他披着的自然卷的长发，感受着他青春飞扬的气息，她有些着迷，不禁双手合十，将羊毛衫上的生肖挂件置于手心，默默地为他祈祷。那是一只小猴玉器，沾满了手心的汗湿。

方介生此时已不是一介书生，而是一只猛虎，气势逼人，咆哮起来足以威慑场内外所有对手。他，才思敏捷，口才超人，善于随机应变。记得上个月，他带领同学与几个台湾来的奶油小生交上了火。台湾学生以静制动，不动声色，捕捉了他们认为的最佳兴奋点大做文章，以扬长避短、取得突破。同学问：台湾有自主知识产权的高铁吗？台湾学生答：你们有选票吗？同学又问：你们能将宇航员送入太空吗？台湾学生依旧说：你们有选票吗？同学再问：你们除了东拼西凑买武器，能够研发出自己的航母吗？台湾学生还说：你们有选票吗？方介生一把夺过话头说：选票？选票没能避免陈水扁的贪腐，没有选票，台湾照样产生了岛内交口赞誉的蒋经国！非洲战乱某国的难民没有饭吃、衣不遮体，但有选票，那只是一张小小纸片，不能果腹，更不能遮羞！一番话呛得台湾学生白眼翻转，再没了言语，此后台湾学生再不敢炫耀祖产似的海夸他们所谓的西式民主。好一个方介生，平时对领导侈谈民主，对师生大谈平等，却不容他人挑战国体，他深爱着、本能地袒护着脚下这片属于自己的土地！想必辩论赛上，他也会本能地袒护金融学院，他的亮相能为屡战屡败、屡败屡战的金融学院挣回些脸面，就像马拉松长跑，哪怕短暂的超越、临时的领先也是好的！

辩论赛如期开打。方介生一开始便发力，一着不让，招招夺命，频频欲置对手于死地。

辩论场上的空气凝结了，其对抗水平和犀利程度不亚于任何一场赛事，包括冠亚军决赛。

方介生作为第一辩手，率先作一分钟陈述，将本方观点展开得清清楚楚、明明白白，其中不乏妙语，催生“此处有掌声”的高潮。他用时精准，压秒技术好，一秒不浪费，令人惊愕！自由攻辩阶段，方介生喜欢抢话筒，频频将火力和听众的注意力吸引到自己身上，仿佛有刀枪不入之功，抢尽赛场风光。方介生攻势凌厉，防守稳固，屡屡化解对手反扑，赢得阵阵掌声。论方介生的表现，胜利的天平理应倾向金融学院，但是，同队其他三位辩手乏善可陈，水平明显低出对手一截，刚刚进入比赛便被对手摸透，对方避开方介生的火力，频频点名要二号、三号、四号辩手回答问题，很快敞开了全队的软肋，打开了突破口，城池屡屡告破。方介生全力堵缺补漏，疲于奔命，仍无力回天……

不出意外，方介生获得最佳辩手的桂冠。但是，孤掌难鸣的金融学院队，最终还是以悬殊比分输掉了比赛。

方介生闷闷不乐，他抱怨同伴临场怯懦，面对对手的刁钻提问阵脚大乱，被经验老到的法学院牵着鼻子走，远没发挥出训练水平，愧对金融学院江东父老，愧对拉拉队倾情演艺。方介生想金素妍不会接受这一结果，他也无颜再找她解释比赛，输就是输，成王败寇，古今中外均无例外。

但是，无脸见金素妍不等于忘掉她，这位他见过的最出色、最有魅力的女孩。辩论赛翻盘，那是明年的事了，又是一个365天，这对于大三的他，是可望而不可求的。与金素妍的关系就此了结了吗？他心有不甘，咱得鼓起勇气去找她，难道除了辩论赛，再没有其他共同的话题了吗？他不相信，他想发现新的北美次大陆！正在此时，金素妍主动找上门来。当方介生在团委办公室见到迎面而来的金素妍时，高兴得眼泪都快下来了。

两人面对面站一起，冷静下来的方介生想，她不该兴师问罪的吧？败军之将，罪责难脱，何况你是队长！果然，一开口两人就围绕辩论赛。金素妍说，金融学院是有胜机的，起初方介生的主动进攻已将对手打懵，此时应当火力全开、乘胜追击。但是，初出茅庐的金融学院队犯了致命错误，又杀出一个新话题，转移视线，让对手得以喘息，然后大举反攻。法学院四位选手实力不凡，毕竟经过律师的训练，口才超群，没有明显短板，加之去年夺冠的原班人马比赛经验丰富，士气正旺，自我调节能力胜出金融学院一筹。我们的输，在情理之中，也没什么遗憾和可惜的，实力使然！“辩论赛是团队项目，不是单打，更不是个人全能。”金素妍扑闪着大眼说，“不过，你没输！”

“个人赢不算赢哪。给个最佳，那是平衡，也算是安慰，仅此而已。”方介生心平气和地说。

“不对，没有上乘表现，你不可能取得最佳辩手。这一桂冠一般属于获胜队的主辩，可这次例外。”

“这又说明什么呢？”

“说明金融学院输了，你赢了。”

“金融学院和咱不是绑在一块的吗？”

“有时候是，有时候不是。”

“怎么说?”

“你马上会加入学校辩论队，要走出校门，与其他学校作战。校园辩论比赛又是选拔赛，发现和培养人才。”

“输了这场，咱不想辩了。”

“为啥?”

“再辩，你不当拉拉队队长，咱辩得有啥意思呢?”说着，方介生偷看了金素妍一眼，脸色顿时绯红，滚烫的热流像对着大马力电吹风一直轰轰地烘着，从上往下热到脖子跟。

“你到哪里，本姑娘就跟到哪里，为你呐喊助威。拉拉队永远跟随着大军南下。”

“真的? 那太好啦!”方介生振臂高呼。他想起来了，人说金素妍爹妈是军人，她是校园里少见的女性军事发烧友，说起话来蛮有军人味。

“先别说将来，我们先了断了击掌的事。”金素妍低下了头，搓起击掌的右手来。

“打赌咱没赢，咱认输，认罚!”

“本姑娘说你赢了，最佳辩手不算赢，还有什么赢? 金融学院队的失利不能怨你，你全场无一闪失。”金素妍突然面红耳赤，喃喃地说，“本姑娘想讨要最佳辩手的奖品，那支金笔，作为信物!”

“这，这……”介生摸出那支派克金笔，“给!”

“你从了我，生哥、生哥、生哥……”说着金素妍顺势倒在方介生怀里。面对心动女生，方介生的情感如溢洪的闸门，巨量的排浪轰然而下，无法节制，他一把将她搂在胸前。

方介生和金素妍就这样开始了神奇的恋爱。他们公开恋情，同学们不感意外，祝贺者有之，红眼者有之，更多的是羡慕、嫉妒和说三道四。方介生对此充耳不闻，以胜利者姿态俯视着众多金素妍曾经的追求者。

当年的ZN大学，学生宿舍六人一屋，大通铺，双层铁床，公用厕所和盥洗室。男女生宿舍楼下修筑了门岗，像碉堡一样镇守着进出大楼的唯一通道，二十四小时有人轮流值守，禁止异性进入，就连家长也不例外。宿舍门楣，高悬着虎视眈眈的球形探头，黑洞洞的镜头将所有进出者的颜面照得清清楚楚。即便有人误闯误入，立即会被门卫大爷、大妈第一时间发现，旋即通知年轻的物管从宿舍角落里将非法入境者揪出来，施以警告后驱离。显然，在宿舍，方介生和金素妍的恋爱没有栖身之地。

教室、图书馆人满为患，得起早占座，去迟了，连过道口的转椅、大堂小息木凳、消防箱柜等同学称为“加座”的地方都占完了。方介生经常起个大早，为两人抢座位，好不容易占了两张椅子，还遭人白眼。教室和图书室是静谧的阅览自修之地，岂能频繁地交头接耳、窃窃私语，更不能从容地谈情说爱。稍不留意就被同学竖起食指警告，搞得好不尴尬。恋爱是个人隐私，不可公演于大庭广众。有的同学将恋人的亲昵动作斥为“精神污染”，意思是让谈情说爱的男女有所收敛，别损了他人洁净的心境和纯净的视野。方介生和金素妍不得不有所节制，他们原本在同学心目中形象还是蛮高大的呢。

二十一世纪初，经历了高校大扩招、大发展，学校的教学设施捉襟见肘，处处人满为患，走到哪里都是老师和同学的眼睛，熟悉的和陌生的，年老的和年轻的，低头不见抬头见。校园早不是恋爱的天然良港，男女学生开始走出校园寻木筑巢。周边的大小公园、绿荫竹林、街头景观、喷泉草坪成了热恋中男女向往的自由圣地。

面对扎堆的、成双成对的人头攒动的人流，方介生冒出一个主意：咱们不凑热闹，不想撞见熟人，何尝不去钻地铁，恋爱循环旅行。两块钱一张票，从 ZN 大学出发，到终点前一站下车，再调头折返回来，来来往往，有起点也没有终点，直到倦鸟归巢。既免除了轧马路的机械与疲惫，又省却了冬历三九、夏熬三伏的痛楚，风雨无阻，寒暑无妨，经济实惠，安全可靠。在车厢里，不论虚席以待还是站立拉着把手，或是斜靠门廊，都蛮有情趣、情调和情致的。地铁恋爱模式就这样开始运行，没有打扰，就是两人的天地，温馨、浪漫、释怀、畅快……

地铁里冬暖夏凉，带上两袋干粮、两杯珍珠奶茶就能坚守半天。肚子饿了，找一个热闹的站点钻出地面，饱食一餐，然后手拉手再返回地铁来回旅行。有时地铁人多得像沙丁鱼罐头，两人好不容易抢得一个座位，金素妍就坐在方介生腿上，平时身段小巧的女生，此时全重心地压在腿上，就显然分外实沉，身上每块肉都像钢筋混凝土，一点弹性没有，三五分钟方介生还能坚持，可三五十分钟就支撑不住。一次，乘客贼多，地铁运行明显减速，上下车拥挤不堪，金素妍一直垂直地压在方介生逐渐发麻的双腿上，十三个站点、五十分钟过去了，素妍问吃得消不？方介生莞尔一笑，说没有事儿，其实此时的他已牙关咬紧，竭尽全力保持身体平衡，以不让素妍感觉腿在打抖。他是男人，是实力男，不能示弱、服软！直到地铁到站，方介生双腿发涩、发胀、发酸、发疼，不听使唤，站立不住，无法支撑起他细长的身躯，满头大汗，摇摇晃晃。金素妍赶紧搀扶，不，是架着他一步一曲地挪出车厢，刚踏上月台，方介生便像泡了水的泥人，一屁股跌倒、瘫坐在地面上。保安见状跑过来，不知发生了什么险情，看热闹的乘客很快围得里三外三层，好在没有ZN大学的人，否则非闹出校外奇闻。事后金素妍还轻蔑地调侃道，本姑娘知道你在坚持，掩饰着双脚的不支，姑娘我倒要看你是千斤顶还是载重机，考验一把你的承载力，姑娘故意给你加力呢。方介生一听差点背过气去，连连说你真坏。金素妍回嘴道，不带这样骂人的，那还不是跟你学的。

还有一回，两人都累劈了，车厢内特别空，上了车便相互依偎着就打起盹来，列车有节奏的轰鸣恰似美妙的催眠曲，将两人迷迷糊糊地带入梦乡，方介生还做了娶妻迎亲的美梦，正演义着扶新娘上花轿的精彩片段……好戏头被乘务人员无情地搅了，喂！喂！终点站到了，你俩当真在地铁上过夜呀？服务员的声音很是刺耳。这叫醒服务来得真不是时候！方介生和金素妍揉着惺忪睡眼，知道大事不好，又要多花两块钱了，因为终点站只设一个出站道口，到达与出发不在一个月台，彼此隔绝。金素妍搞笑说，睡觉代价是两个两块钱哪，不过那是世界上最便宜的食宿花销。

随着车厢微微晃动着轰然前行，坐在一起，感受彼此的体温，感知对方的鼻息，近距离说悄悄话，无拘无束打情骂俏，唇语呢喃，耳鬓厮磨，垂首暗吻，平淡无奇却又温婉甜美。在幽深的隧道里、在光景晃动的车厢里，踏踏实实地度过了大学生活中最畅达、最愉悦的沉醉时光。

冬天一个周末的晚上，在地铁里昏天黑地运行了三小时后，他们乘扶梯升上地面，才发现天降大雪。皑皑积雪已没脚深，大地银装素裹，一片白色世界。天地变得迷迷茫茫的，原来喧闹的都市瞬间沉寂下来，像在破旧银幕上放映的老式默片，悄无声息。街面少有行人和车辆，公交车恐怕已趴了窝，出租车司机也避雪去了，街头有的是匆匆而过的路人和等待打的、一筹莫展、归心似箭的大人和孩子们。街道上的积雪折射出凛冽的寒光，大雪像撕碎的棉絮，在狂风中散天乱舞，雪花埋没了行人的脚印，旋转着钻入了方介生的衣领和袖口。原打算乘地面公交回校的计划泡汤了，他们迅速折返回地铁，想乘最后一班车回校。不料，地铁站台上传出广播通知，一听到“我们抱歉地通知”，方介生心头就一沉，知道大事不妙。大雪压断了电线，地铁内马上要停电，提前进入检修和保养，车辆停运了！

从终点站走回学校，路途遥远，长途跋涉回校，没有雨具，路上一脚高一低的，险象环生，即使抵达学校恐怕也是后半夜或黎明时分，他们也成了小冰砣子了！学校大门和宿舍小门恐怕全都紧闭，大雪中不忍叫门、惊动辛苦的门卫师傅，惊醒熟睡中的楼上楼下的同学们……看来，今晚是回不去了，找个旅店住住下吧，这是唯一选择。方介生怯生生地提议道：咱们不回，住下吧？金素妍靠在方介生高大的身下，望望越来越猛的飞雪，看看介生冻着发紫的脸，羞涩地点了点头。

户外的气温降到了零下，滴水成冰。客房内的空调开足了马力，"呼呼"地送进暖风，将室内的空气抬升到人体适宜的温度。一进入客房，扑面而来的是暖和、温馨的家的直感，新婚洞房的体验，温柔爱巢的视觉冲击……暖暖的气流，舒适的环境驱逐了寒意，加热了身体，助燃了方介生和金素妍体内荷尔蒙的化学反应，爱情的火苗"腾"地跳燃，呼拉就延烧开来……介生和素妍相爱经过一年的长跑，终于抵达了冲刺区，两人携手猛烈撞断了以情相诺、以身相许的终线。

开房意味什么，方介生脱口而出时便心知肚明。他热血沸腾，欲火中烧，浑身燥热，呼吸急促，皮肤潮红，眼睑充血，生理反应异常强烈……进屋后刚刚脱去厚厚的羽绒服，顾不得掸去头上附着的雪珠，便将刚刚解开风衣金属扣的金素妍紧紧的、紧紧的搂在怀里，不让她喘息，不让她挣扎，便将她严实地压到了身下，两人一起滚倒在没有掀开床罩的双人床上。

灯光大亮，金素妍天使般的魔鬼身材全裸尽现：雪白的胴体，细腻而饱满；颀长的玉腿，风韵妩媚；平复的肚腹，一马平川；刚刚发育成熟的双乳，曲线起伏……介生完全迷醉了。没有经验，此时此刻就知道她属于我，咱也是她的。没有心理准备，这一天，这一刻，似乎来得突然，来得如此之快，他被幸福欲望完全击倒了……

男女之间究竟怎么回事，方介生只是在生理学书里偷师学艺，从色情武打小说中品味阴阳结合和男欢女爱，自网上下载的"枕边秘籍"自我欣赏，辅导员的选修课并没有讲性，即使说了也是纸上谈兵，他从来没有真枪真刀的操演，也没有奢望有朝一日拥有心中的女神，神秘、渴求、激动、探求、刺激、慌乱……窗帘没有拉实，灯光没有调暗，电视没有关闭，没有冲澡净身，没有预热和前戏，甚至没有洗涤和焐热冰冷的双手，青春渴望和原始冲动支配了一切……两人急不可耐地胶粘在一起，吻交、舌交、体交、性交、心交……翻云覆雨，翻江倒海。快感渗透到方介生身体内，吸在肺叶里，附着在皮肤中，充盈了每一个细胞的空隙。

金素妍低垂着眼帘，双颊泛红，大声不出地喘着气。她在下边，紧抿着红唇，马尾辫散了、卷裹着蓬松的乱发，散发着迷人体香。她的眉头不经意地收紧，在他们的身体亲密接触、蜜意浓浓的时候。是动作粗鲁了？还是她疼痛？在坚忍？还是羞怯？是不悦或是后悔？她没有瞧方介生的身体，只是用柔软的手掌轻轻地平抚着他的脊背，用滚烫的红唇吻吸吮着方介生的干唇和脸颊，将自己桃红的脸贴在介生脸面，慢慢地移到胸膛，静听他的心跳和感应他的呼吸。她始终那么羞涩，那么矜持，那么温顺，那么妩媚动人，仿佛这一切都是天赐天降，命中注定，不拒绝、不躲闪，径直敞开身体的大门，接纳一个心上人。她想他继续下去……

方介生激动不已，积蓄于体内的巨大能量瞬间爆发出来，剧烈爆燃。像火山喷发，像地震颠簸，像暴雨倾盆，像山洪惊天动地、一泻千里。金素妍的矜持和不动声色，给予了他无言承诺和行为许可，赋予了他无比的动能，他敢于如痴如醉地放心动作……如同辩论赛一样，他没有坚持到理想的最后，便速速缴械投降。没有瞧见生理书上说初夜的“闯红”，没有三级片上渲染的极乐享受，没有同学神神秘秘描绘的销魂失忆，没有遁入仙境的梦幻……有的只是紧张、紧绷、紧凑、紧缩、紧巴巴，最后一瞬才得以完全释放，慢慢松弛……

缓慢的平复后，两人忐忑不安地相拥于床头。没有打扫战场。方介生搂着金素妍，将手垫在她头下，一遍又一遍地深吻她，细语流芳：“好美哪，妍，你快活吗?”

“嗯!”金素妍含着喜泪点头。

“这是咱度过的最美好的夜晚。”

“我也是!”

“这是青春最美丽的相约!”方介生又深情地加了一句。

金素妍慢慢地睁开半闭了许久的迷情的双眼，似乎不解地望着方介生说：“是的，是最高级，最美丽的，没有之一，是青春最美丽的相约!”

“没有之一，妍，你就是最美丽！今天最美丽!”

“我就是你人生全部?”不知金素妍是欲擒故纵，还是咬文嚼字地较真，她说，“除了我，你应当还有事业、财富、功名，这些综合于一体，才是人生最高境界，才是人生大美?”

“那些都比不上你，为了你，那些东西咱宁愿不要。”

金素妍满足地坏笑了，幸福地合上了双眼，想让介生亲吻她，介生的嘴唇低垂过去，素妍冷不丁打了个寒战，接着一个喷嚏，介生马上说：“别受凉，冲个热水澡，钻被窝里去。”

温暖的厚被里，两人更紧地相拥，带着生命体液的腥香，似睡非睡地直到天明。方介生的一只手就放在那只小猴生肖挂件上，那挂件不是戴在毛衣上，怎么贴在她酥胸的乳沟里呢……

临近毕业季，他俩相约考研，并且半年前就启动了紧张复习，图书馆、教室、自修室闪现着他们面对面读书的身姿。操场上、草坪边、小道旁徜徉着他们并肩散步的倩影。

初春的一个早晨，金素妍兴致勃勃地告诉介生，说她申请到了英国爱丁堡大学金融学专业硕士研究生的入学资格！看得出来她很高兴，兴奋之情溢于言表。爱丁堡大学？那是与牛津、剑桥齐名的超级精英大学，曾经产生过二十一位诺贝尔奖获得者、三位英国首相、四位总统和两位总理，一般学生不敢轻言申请，大陆学生留学该校被称为九死一生，金素妍真是实力超凡、运气十足。方介生预感异样的不祥兆头，心有不悦地说：申请国外大学研究生怎么不告诉咱，咱们不是说好报考国内研究生吗？素妍说，生哥，本姑娘实力不如你，国内考研怕失手，多一项选择多一条路嘛，原本是跟着同宿舍同学去试试，没抱太大希望，不料宿舍同学先后落选，偏偏我中了，纯粹是瞎猫抓死老鼠！还有，实不相瞒，我爸花钱找了中介，花了老鼻子劲，不知道他为什么对我的留学特别起劲！介生将信将疑，信的是金素妍从没对他说过谎、动过坏心眼，疑的是出国留学无不是有计划、有目标的周密行为，过程漫长而艰辛，天上哪有馅饼加工厂呢？从此，他感到金素妍内心存在一个不对他开放的未知世界，她经常切换于两个世界之间，一个是现实的感情世界，他们共生共存。另一个是虚幻的理想世界，她喜欢梦游其中，崇拜着居里和撒切尔夫人，这个世界是封闭和隐匿的，不让他人触碰与探究，她在苦苦等待着创造奇迹和一鸣惊人。既然入学资格落实了，怎好不让她出国深造而陪伴自己在国内苦读呢，这样的他不太自私了吗？不过，方介生担忧，大学里谈恋爱大多无成，毕业后恋人分手，天各一方，沸腾的铁水离开了高温炉膛，自然就冷却、定型了。金素妍是金水，她不仅人娴雅漂亮，而且勤奋好学，社会活动能力强，这般有涵养、教养和素养的女生人见人爱，前程不可限量，正是如此，出国留学增添了更多的变数。在她的眼里，花盘里栽不出参天大树，小池里养不出巨鲸猛鳄，她想见大世面，做人生大文章，她的心很野，她想达成的目标不是方介生所能够上的。

论文答辩完了，等待着毕业典礼。这时的方介生收到ZN大学硕士研究生的录取通知，原本完完全全属于两人的时光，金素妍却身体不适，叫唤着头痛，没有力气，介生陪她去过医院检查，却没查清病灶。八成是伤风感冒吧，素妍没当回事，可是感冒一直不见好转，经常天气不热、不做剧烈运动，人却满头大汗。身体有恙，心里有事，方介生和金素妍的心情都不轻松，两人都盘计着如何安排好分手前在一起的宝贵时光。方介生和金素妍除了如胶似漆，每天从早到晚谈天说地、吃大排档、喝冰啤、呷冷饮、看通宵电影，就是花前月下长时间相拥，呆呆地望着明月，无聊地数天上的星星，静听着知了的嘶鸣。一天，方介生试探地说，咱们还有时间，何不到家里去见见爸妈，他们肯定会催咱们把结婚证领了，这样就铁板钉钉了……金素妍不动声色，态度似不积极，并竭力把话头岔开去。方介生沉默了，没再重复相同的话。金素妍正憧憬着未来的留学生活，踌躇满志而又前途未卜，内心充满活泛却又七上八下，她确无心事，也无准备将一生固定在方介生身上，她仍旧依恋着单身的自由、快乐和无拘无束，她要展望未来，再审视、磨砺两人的关系。鲲鹏高飞怎会自加负荷、自设牵绊呢？在国外她是无根的浮萍，将来对她仍然未知，她想轻装上阵！对金素妍内心活动，方介生岂能不知，凡事点到为止，他不习惯强求于人，包括上回开房，如果金素妍略显勉强，他一定会拉着她通宵踏雪回校，或者躲进街边茶社，彻夜灌上几壶开水。

就这样，毕业后两人一个国内，一个国外，在水一方，鸿雁传书。如同许多在校结成的恋爱对子一样，不出半年，便音讯疏淡，联系越来越少，最终石沉大海。铁水也罢，金水也罢，不加温都难逃冷却、凝固，而最终成为固体疙瘩的宿命。当然，仅仅方介生加温是无济于事的，他热度不减地联系着金素妍，一个国际长话，作为收入微薄的研究生来说是一笔不小的花销。方介生不惜资费，一打就是一小时，听筒抓热了从左耳换到右耳，手抓酸了，从右手转到左手。可是电话那头的金素妍话语越来越少，听得出她说话的中气越平越弱，她老是不停地唠叨功课压力山大，人很累，很难适应国外环境、融入洋人社会等等。她以时差、没力气、话费贵、不方便等为由欲早早地压掉电话，像是刻意回避方介生的纠缠。好几次接通越洋电话后，方介生都听到电话里有一个讲英语的中年男子的声音，他是谁，方介生不敢想，也不愿问。最后，金素妍干脆背着他换了地址和电话号码，自此音讯全无。

方介生一直惦着远在天边的心仪女人，梦想她回心转意，接续前缘。他紧锁爱情的大门，因为那扇门已经有人进去，它只容得她一人的空间，不对其他人开放，而不论她的身份、身价何如。素妍郑重答应过，咱俩一起手捧鲜花步入婚姻殿堂。尽管，现下的事实明摆着，她兑现承诺的希望已越来越渺茫，或者说其概率越来越接近于零！

十九　靶子想着哪支枪？

钱月姝不是他的菜，人生最美的相约也不是她，她从任何一方看都无从与金素妍相比，除了对咱死心塌地、忠心耿耿——方介生如此定位钱月姝，境况确实如此，精明过人的钱教授哪能不知，女儿与方介生有明显级差，是女儿高攀于人，迫使方介生就范不像指定科研助手那么容易。钱教授搬出了费艳冰和谢小团，她们的出场多少挟带了组织谈话的味道，严肃性和权威性俱佳，这对于囿于传统思维和正统做派的方介生来说或许有用。她们开口说话有分量，女性做男人的工作效果出其不意，方介生不敢随随便便的拒绝，起码逼得他认真考虑。这一招果然奏效，方介生没有一口回死，这就闪出了容双方回旋的巨大空间。

费艳冰承认方介生对钱月姝缺乏了解和认同，这不打紧，可以想一想，钱月姝条件蛮是不错，不仅家境优渥，而且人品出众，作为你大姐、过来人，我认为她再适合你不过了，你们啊，不妨先接触接触，谈恋爱谈恋爱，先谈起来，逐步培养感情嘛，好不好？谢小团也说：钱月姝可是抢手货，多少富商子弟、高干后代垂涎，她不为所动，决意找一个人品正直、才学过人的教授为夫，娶了月姝，钱家不会亏你，如同钻进了金山，有享受不尽的荣华富贵，别墅、豪车、保姆，一辈子过着饭来张口、衣来伸手的无忧日子，特别对于方老师，你一个人独居律城，投在大学者门下……总之，她们有备而来，说得有鼻子有眼珠的，对这桩未来的婚事的可行性论证得特别严实，封堵了任何可能的质疑角度，不论上看、下看、左看、右看都是肯定性，只要方介生点个头、答应一声，即水到渠成、瓜熟蒂落。

的确，方介生找不到拒绝理由：称有对象了，面对人事处长，又称情报处长，面对谢小团，曾文达的上司，她通过文达这个身边的眼线，可轻而易举地监控着他的一举一动，他编造的任何谎言，瞬间就穿帮。说不中意，你见都没有见上一面，怎么就肯定不行呢，岂不是太缺乏诚意了？说事业正值成长期，暂时不考虑婚恋，待立业后再成家，你虚岁三十，进入大龄系列，再者月姝并未要求马上成婚，她可以等，他事业做强、做大，同样是钱教授和月姝的期望，很明显，这不过也是托词。方介生所有的说法都苍白无力，都可不费吹灰之力被击穿。关键是钱教授对他情意深重，介生在老师面前不兴、也不习惯说不字。既然不说这个字，那么必定委屈自己，说出另外一个字：“是!”方介生只得答应先瞧瞧，并接受了月姝的简历和照片，互留电话和通讯方式。两人的恋爱关系即告确立，至少她们认为如此，也是这样向钱教授交差的。

方介生走出人事处办公室不多时，钱月姝热辣的短信就打过来：“方哥，很高兴与您相识，妹想请你吃饭，什么时间得空？月姝。”阅毕，方介生狠狠地合上手机翻盖，方哥，不如生哥好听，东施效颦！叫咱方哥的人多着去了，你算第几？介生有一种当靶子和中枪的感觉，瞄准好久了吧，今天终于扣响了扳机，射出了带翼的彩色之箭。钱月姝啊，钱月姝，不用人肉搜索或托人打听就清楚，何许人也？钱教授的独生女，娇宝宝，自小不愁吃穿，是蜜罐里泡大的八〇后，一生没离开过父母，没有脱离过家庭，车房齐俱，名牌装备，是个花钱不眨眼、在家里呼风唤雨的主儿……显然，她不是介生心中的理想派，压根无法取代远在天边的金素妍。如若是旁人提亲，照他的脾气，方介生会一巴掌拍死，让对方灭了这念头，不带一点侥幸。可是，面对钱教授，大恩人，他下不了狠手，犹豫不决之下留下了活口，保存了对方继续推进的希望……这不，月姝的热脸马上就贴过来，如何是好？一旦开启了感情闸门，发令枪开始了爱情长跑，过程比结果更难控制，中途退赛，岂不是釜底抽薪，白白浪费她的青春年华。虽说恋爱自由、婚姻自主，但割断旧情是何等痛苦和难堪之事，那种痛，他不想再有！更可怕的是，如果月姝不愿切割，死皮赖脸粘上他，那残局怎么收拾？以后又如何与钱教授同在一个屋檐下共事，怎么在律城财经大学继续混下去呢？想到此方介生脊背飕飕发凉。下面的路咋走，他正立于人生的十字路口，先行后看，还是先看后行，或者不看不行，一片茫然，没有头绪。

方介生感到脑子不够用了，开始抽烟，越抽越多。他一边吸烟，一边在校园溜达，从大门到图书馆，从教技中心到体育馆，从学生宿舍到小白楼，路人当他健身暴走一族，在锻炼身体呢，望他满头大汗，关切劝他莫累着，锻炼身体适可而止。他足足兜了两个大圈，仍无终点，思考没有得出结论：钱教授和钱月姝是利益共同体，此时一致对外，面对女儿的所求、所爱，父亲定是不惜一切去迎合、去满足，而不问是否切乎实际，至于咱的感受不重要，他们认为只要投资加码到足够的额度，自然能实现股权完全收购。费冰艳和谢小团软硬兼施，已将利害关系晓明，请方某人回去掂量，言语中甚至夹杂了威胁、恐吓。哼！把咱当小孩，钱教授能当领导的家，未必能当咱的家，别小瞧人，方某不是贪财、追求浮荣的小人，不会毫不迟疑地攀折钱教授的橄榄枝，不会喂什么吃什么，见什么人都爱，而置旧情和终生幸福于不顾……不过，现在怄气没用，问题焦点在于如何维系与钱教授和钱月姝的三角关系，眼下启动的不是一桩普通的恋情，钱教授，甚至费艳冰、谢小团也都牵扯进来。开罪了钱月姝，不是得罪她一人，那是一片怨怼！方介生失去了前进方向，棘手的事情就在眼前，月姝相约去不去，不去，又如何婉拒……万般无奈之下，方介生决定找靖晓常问计，他是高人，不乏高招、妙招和实招，事到如今，只有辞尊居卑，向他和盘托出感情身世，以求解套之策。

方介生抹开袖子看表，估计靖晓常现在哪里：图书馆？宿舍？教室？办公室？教室的可能性当最大。因为学生滋事，他那个班级有人掺和，还在现场用手机拍摄了小分头、短发女与严总对话的场景，被靖晓常一顿痛批：你想做什么？取证呀？准备当何用？立即给我删啰！学生不情愿地当着辅导员的面，将精心录制的视频删除。靖晓常担心学生将影像上网，被居心叵测的人利用、在社会上造势，污损律城财经大学。学生删除了影像，并未解决问题全部，学生会不会设法恢复，会不会从其他同学那里拷贝，会不会与唯恐天下不乱之徒私下串联、另谋不轨？靖晓常肯定会反复"消毒"和"灭火"，以保证他值守的防线不失。攻城为下、攻心为上，历来是晓常惯用战术，年年讲、月月讲、天天讲，心理催化和连续轰击是他的策略。此时，七八两节课刚下，晓常很可能接下开班会，强调纪律，给学生洗脑、净心。方介生最了解靖晓常，他有这个把握，没错！于是，他大步流星地往教学楼赶去。

靖晓常往讲台上一站，显示的就是长者的风范，他一颦一笑对学生都具感染力，一言一语都掷地有声。教室里鸦雀无声，所有学生都抬着头，注视着老师和黑板，没有人低头游神，没有开小差和期盼早点下课的。老师的话语中听，自然吸引学生的视觉和听力，而无需用行政命令和老师的权威。"学校里，老师和学生是平等的。市场上，卖方和买方也是平等的。因为时空差和视角差，一个问题你这样看，他那样看，发生矛盾和纠结是常态，有必要对立、对峙和对抗吗？难道学校希望涨价吗？能从涨价中捞到好处吗？老师难道不与同学们一样为涨价而多付出生活成本，实际上等于既有生活水平的降低。好，既然出了这档子不愉快的事，激愤之下大兴讨伐，不如冷静下来，认真讨论讨论：粮食和农副产品涨价意味什么？我们学财经的，难道不应比普通市民更理性、更能洞悉涨价的机理吗？如今，本省农民的年收入比城市有收入人群低30%，工农业产品存在明显剪刀差，随着工业产品成本的提高，农产品不应做出适度反应吗？难道只允许农药、化肥、柴油涨价，而不放开农副产品的价格，天下有这样道理吗？”靖晓常边说，边沿着课桌间留下的甬道漫步，似讲演、讲学，又似说书、聊天，轻松自如，行云流水：“涨价，肯定多多少少影响同学的生活，政府拨专款发放物价补贴，老师们可没有份，最应当闹事的应当是老师才对，特别是刚刚工作、上有老下有小的年轻教师，涨价意味着实际收入减少和刚性支出的增加。请问，世界上还有哪个国家像中国，市场价格波动，政府给予大学生专项补贴，这是为了什么？又体现出什么？难道不值得思考，同学们哪还有闹的理由吗？哪有向政府和学校兴师问罪的底气呢？同学们啊，不能做井底之蛙，不能做没良心的白眼狼，不能做亲者痛仇者快的蠢事哪。市场价格波动，剩下需要思考的是，如何减缓涨价对贫困学生的冲击，如何克服市场可能带来的负面影响，这需要协商、沟通、合力来解决……”正说着，靖晓常发现方介生在教室后窗频频探头、挥手，他来做什么？想必他在外边站了许久。靖晓常招手示意他进来，找位子坐下，甚至想让他跟学生也说说，介生肚子里有货，说话哲理性极强，学生爱听。但方介生隔着窗子擦玻璃，死活不肯进来。他怕晓常当学生的面介绍他，此时的他想闪躲熟人的眼光，担心师生认出钱教授未来的女婿——这个背靠钱教授大树的乘凉、摘果人，或者是钱教授女儿的吹灯者，一位忘恩负义的无情小人……得，得，得，还是外边等下课。他想抽烟，抬眼看到墙上的禁烟标识，无奈地又将烟送回口袋。

靖晓常草草收住话题，知道方介生的出现肯定有急事相商，否则他会用电话、短信，亲自造访说明非当面说不可。

“不好意思，搅了你的班会。”方介生在走廊踱步，走得浑身冒汗。心里有事，手头也跟着发热，内衣像小蒸笼，往外冒着热气。他喘息未定地说，“老大，二弟无事不登三宝殿，有个事不知当说不当说。”

“嘿，不当说，你找我干吗呢？有话快快说来，我俩是啥关系，别吞吞吐吐的。”靖晓常并肩与介生走出教学楼。冬天了，户外寒风袭人，靖晓常冷不丁打了个寒战，本能地将滑雪衫拉链收紧，将手插入口袋。而方介生则敞着衣领，身体燥热。他火急火燎地一口气，将过去、现在的感情经历全景般地描述了一遍，平铺直叙，未添加任何修饰。他感叹地说：“这让咱陷入矛盾焦点，二弟真的失去了前进方向，请老大不吝赐教。”

“我怎么从没听你提过金素妍？难怪你逢人避谈恋爱，原来心底满满腾腾地盛着一个人。”靖晓常听得很仔细，他没多想便直截了当地发问，“说实话，你还惦着她吗？”

“嗯，说不惦念是假，但是想没用。她不知躲在英国什么角落，说不定硕士毕业又去了第三国。她已失踪、失联多年，不知去向。”

“你们感情持续多少年哪？”

“前后两三年吧”。

“你看现在有没有戏？”

“上帝知道！”

“上帝就是你自己！你心里比谁都清楚！相处两三年，失联四五年，这话你不愿说，恕我直言，既然没戏，不如尽早结束过去，开启未来，总不能在一棵树上吊死吧？”

“咱真想见她一面，亲口问问她。如果她说结束，咱就义无反顾地打道回府，从此改弦更张。见不着她，咱心有不甘。”

“死心眼！金素妍的做派已再明确不过地表明了态度，难道还要当面说出那两个刺痛心肺的字吗？形式比内容还重要？松手吧！她如果爱着你，早该来找你，你不改姓、不改名，不变电话、不换地址，她，你等不来了！爱的保鲜期早过，爱情抢救六十天的黄金期也过了，不必再等了，丢弃所有期待吧。听老哥的！”

也许这话说到方介生的痛处，掀起了他心底爱的伤疤和隐隐的离别愁绪，眼眶里噙满了泪花，他尽管竭力控制着，不让它簌簌地倾泻出来，男儿有泪不轻弹，但是泪水还是不争气地往下掉。他无奈、失望、伤心……他一直等待着宣判，等待着结束苦涩的单相思，等待着从爱的旋涡中的解脱，他对初恋和第一次太当真，付出的太多、太苦、太累……钱月姝撞击他爱的大门，正是发现他大门里空空如也，发现他沉湎于往事的回忆和追思之中，靖晓常精准点穴，使他猛然惊醒，不得不回到现实里来，去思考十字路口的走向……

“钱月姝有没有金素妍影子？”靖晓常拉着方介生站到路边的一棵树下，怕路人发现他的莫名感伤，他让介生背着马路，说：“既然旧的一页过去了，就打开新的一页吧。这方面说，得感谢钱月姝，她敢于说出自己的爱，挑战她的不可能。你心定下来，好好想想，钱月姝有没有可能，即使她不是心中偶像，但是作为过日子的贤妻良母，真的没有一点余地吗？”

方介生用餐巾纸擦了擦眼睛，摸出了一盒中华，一人一支，靖晓常马上给他点着，方介生很是享受地猛吸了几口。闻得出，他的口中残留的烟味蛮重，一盒香烟所剩无几。他恼得不行，全靠烟当家。靖晓常不得已，跟着他吞云吐雾，老远看，两人像躲在树下过瘾的烟民。方介生说：“咱们有过一面之交，那是陌客相逢，谈不上认识，更不是了解。咱不知那次偶遇是不是钱教授的杰作，反正咱者无心、她者有意。”

“月姝很丑陋？”

“丑谈不上，漂亮也不是。”

“外貌协会是要交费的，男人为美色要付出代价的。金素妍如此，其他美女也是如此。”

“老大嘲笑二弟了？女大十八变，素妍也会变，咱不在乎，咱要的是她人。钱月姝咱未细品，也没时间细品。咱需要当场表态，做出抉择，你看，”方介生将短信递给晓常瞧，对方还在等待回复，这可不是闹着玩的，不能拖延，现在是火烧眉毛！

“你对钱月姝有意思吗？哪怕是一点点心动？”

“哪里的话？双方才对视一眼，时长不足两秒，迸不出火花，哪有什么感觉呢”。

“我的意思是，钱月姝是不是真很糟糕，全然不能接受，与你火水不容，如果这样，当然不忍牺牲自身幸福去成全她人的暗恋。钱教授，可能是你跳不过的坎，你也一并考虑。这么说，如果钱月姝不是那么令人厌恶，只是某些方面美中不足，总体尚可接受，不妨一试，不必过早将路堵死。”见方介生沉默不语，靖晓常接着说：“钱教授和月姝希望速战速胜，恨不得马上成婚，生儿育女。毕竟岁数不饶人哪。你呢，目前根本没有结婚生育的打算，对钱月姝举棋不定。往前走一步吧，然后再做定夺，你看，我的分析行不行？”

靖晓常的分析方介生深深省得，恐怕有效答案莫过于此，他说：“大哥的意思是莫要立即回绝，这太伤人。咱的不屑也会让费处长、谢主任下不了台，钱教授就更失了面子。”

“是的，如果一面不见就吹灯，不好。你们见一面，粗谈谈，选择在公开的热闹场所，莫去钱教授家，更不要幽会。亲疏远近由你把握，如果确不投缘，就速速退出来，从长计议。你懂的！”

“好，咱照你的意思试试。”方介生握着手机，面无表情地说。

方介生答应钱月姝的吃饭邀约，不在晚上，而是应介生的要求在晌午。抓住了钱月姝短信里不经意的笔误，她说“你们不用着急，下了课后过来，我先去点菜”。既然说“你们”，即介生以外的第三者，这正中方介生下怀。为了控制节奏，防范月姝急速加温，方介生装疯卖傻，明知吃饭是男女约会，他故意叫上曾文达跟他一起赴约，以牵制钱月姝可能的“纵火”行为。钱月姝抢着点菜，点菜那么要紧吗？两张嘴能吃多少呢？她怎么没说酒水呢？看来她并不懂得男人。

方介生心里嘟囔，带着不情愿，与曾文达一起步入了约定的包厢。钱月姝见两人并无吃惊，她见到介生眼睛就发亮，心里喜滋滋的，他能来，就是她的成功，至少是成功的第一步。曾文达不用介绍，校内知名人士，钱月姝从老爸嘴里听过无数次。多了一人，多一双筷子而已，她点的菜三人吃足足有余。也许曾文达的出现，增添很多的话资，避免了男女首度单独约会的冷场和尴尬。钱月姝为方介生准备了一包礼物，就是一些吃的、用的，还有两条好烟。理由是介生平时备课、科研忙，没有工夫逛商店，这些都是生活必需品，不值钱，但可以省却他宝贵的时间，也略表她的寸心。方介生没有拒绝。

见曾文达不请自到，钱月姝很是大方，说朋友的朋友，肯定也是朋友，希望文达成为两人间的桥梁，也希望同屋的文达多关照介生。她马上抄起手机，不知给谁打了个电话，让电话那头的人马上再送一份相同的礼包过来，那是送给文达的，叫做见面有份，她不想亏待初次见面的朋友。曾文达自是很开心，反复谢了钱月姝。

这顿饭吃了什么，喝了什么，怎么吃的，方介生没有印象。倒是一顿饭下来，他对钱月姝不仅没起反感，反而顿生好意，这女人说话办事蛮有章法，虽不比金素妍的端庄美丽，但似乎更了解人和体贴人，她虽不比金素妍气质高雅，但似乎她更适合扮演举家过日子的贤内助。整个接触过程，钱月姝只字不提钱教授，她就是钱月姝，一个完全独立的自我，这倒很对方介生的口味。方介生感叹，金素妍、钱月姝，两人的优点合并在一人身上，或者你们角色对调一下，那该多好呢！想起来，金素妍请咱吃饭，最后一顿饭，那是六七年前的事情，那场景仿佛就在眼前，明天她要出国，吃了今天就没有明天，明天的饭是她在飞机上吃盒餐。那顿饭吃了三个小时，介生喝得微醺，金素妍的人影是飘的，她的脸是模糊的，不知她有没有流泪，他是哭得稀里哗啦……

曾文达吃完饭，了解了方介生与钱月姝之间的全部秘密。他没有完成介生事先交给他的神秘使命，让他中途溜出去结账。钱月姝似乎早有提防，她跟老板约定，不接受他人买单。曾文达抢单遭拒，老板当着钱月姝的面表功，退回了曾文达丢在巴台上一沓钞票。钱月姝淡淡一笑，说赶快坐下吃饭，别饿了肚子，否则月姝对不住曾老师。曾文达打心眼佩服钱月姝，这么好的女人，介生还有什么贪心不足，她可比玉芳强得多，城里人知书达理，见多识广，又有钱教授这么个拿得出手、能派上大用途的爹……于是，他在介生面前全力以赴力荐月姝，他不知介生心里金屋藏娇，大赞月姝处世大方、礼貌得体，八成是那包礼物发挥了作用。

首次接触虽无亲昵，但是拉近了两人的距离，它的效果是让方介生无法拒绝第二次、第三次接触，他与钱月姝不冷不热的爱情就这样要活生生地演绎下去。

二十　灵魂深处的革命

评职称，注定是学校的一台大戏，免不了几家欢喜几家愁的宿命。方介生自然是欢家和最大的赢家，他凭借入选省优秀博士论文、发表于本领域权威期刊论文两篇的业绩，一举破格晋升为副教授，成为学校为数不多的单身年轻副教授。这一结果于他预料之中：钱教授没有食言，帮人帮到了底；费艳冰、谢小团也没有食言，预言如期兑现。这倒让方介生自愧食言，他对钱月姝有承诺吗？旁人都认为应该是有的，不，肯定有的！

纵观律城财经大学六十年的历史，新引进的博士，在短短一年半的时间内就破格晋升副教授，说"前无古人、后无来者"言重了，但说屈指可数、凤毛麟角一点不为过。按照学校职称新政，方介生升教授亦近在咫尺，照他的科研势头，不出一两年，同样是破格，教授便可如愿以偿地纳入囊中。靖晓常，有见义勇为的立功表现，教学效果好，获教学新人奖和最佳辅导员称号，年度考核为优秀，亦转评为副教授。曾文达和刘敞敞则是不折不扣的哀家，跌跌撞撞地申报讲师，因科研不过硬而功亏一篑。

这一结果轰动了小白楼，也震翻了整个律城财经大学，教师们诧异万分，各种议论像盛夏暴雨后阴沟洞里倒灌的污水，从各个管道汹涌而出：这到底公平不公平，有无人为因素，特别是学校出台的职称"新政"，是否针对某人量身定制的，怎么是这个结局……打抱不平者有之，发牢骚者有之，阴阳怪气的吐糟者也有之，大家七嘴八舌评点"新政"的功过是非，谴责声不绝于耳。

议论来议论去，焦点无非是说方介生晋升副教授系钱教授的后台操控，"新政"为方介生而立。其实，"新政"的出台囊括了全体教师，特别是青年教师，只要有成果，一视同仁。"新政"强化了科研，提高了教授的门槛，使职称的成色更足。你说，省优博士论文这么好拿的吗？那不是百里挑一、千里挑一，不信你试试。权威期刊那么容易刊登的吗？爬格子，两三年一事无成者，校园内外比比皆是。"新政"

的标准不可谓不严苛，方介生不过对号入座而已。两月前，“新政”草案征求过教师的意见，几上几下，当时真正研读“新政”者不多，意见箱空悬了一个月没收到几条有价值的反馈。好家伙，一冒出个方介生，众人就热络起来了，指责声此起彼伏，一浪高过一浪。也许受到街边杂闻的左右，传说方介生马上当钱教授的女婿了，钱教授在“新政”中做了手脚，“新政”的每一条款都是有所指的，甚至传闻人事处早就作了兵棋推演，对各申请人作了梳理，谁上谁不上早已内定好了。风言风语满天飞，说说就离谱了，慢慢妖魔化了，开始往人身上泼脏水啦，你听听：“谁让你早婚，否则钱月姝没准相中你哪。”“马书记、郭校长怎不生个女儿呢，也留给咱一个机会。”“马书记、郭校长生的是儿子，机会给了女博士，可是女博士没几个长得靓的，爸妈的坯子不好，怨谁？”“这不苦了已婚男女哪，烧香找不到庙门，磕头找不到菩萨……”

各种怪癖奇异的说词，曾文达做有心人，都收集起来，回到宿舍后，无选择地一一转述给方介生。听曾文达将众人情绪大体描述，方介生的心里苦涩难当。他明白，自己立于风暴中心，处于众人疯议的风口浪尖，在路上没少被戳戳指指的，他有口难辩。对谁解释？解释什么？有人听吗？有人信吗？你是强势一族，得了巧还卖乖，还是少言为妙。

方介生心里清楚，说钱教授是推手，在“新政”中掺杂私货，不公平！他的作用不在“新政”本身，也不在教授评聘过程当中，而在于评比之前所作的精妙铺垫。一年前，钱教授就为他的职称开始布局，为他争取了优博，疏通了省内外两大权威期刊，否则介生的博士论文怎能拆解八大块，单独成文，发表于财经界顶尖期刊呢？学术资源的让渡和给予是钱教授贡献之精华。学术资源对于新入职教师来说如池鱼之水，有与没有、干涸与滋润，冰火两重天！方介生是春意阑珊，据说钱教授的大学同学在杂志编辑部任主编，论文发过去径直走了绿色通道，第一轮盲审后便将详细的修改意见回给作者，无石沉大海、苦等半年而惨遭退稿之虞。论文研究什么不重要，重要的是发表了，发表了就代表“有成果”，有成果自然贴上“有水平”标签，而且还获得金额不菲的科研奖励。方介生权威期刊一篇论文，按律城财经大学现行科研奖励办法，可获两万元奖金，两篇就是四万，抵他一年薪水或八百节课课酬，相当于年轻讲师两年的工作量，其震撼程度不言自明，怎能不叫人眼红？而且有了成果就打通了通向学术权贵和各种学术荣誉的康庄大道，各种红利源源不断。

方介生饮水思源，将两篇论文的稿费犒劳了自己，“很懂事”的将科研奖励交给了钱教授。钱教授乐了，不经意地说：你的、我的不是一回事？这钱留给你们旅行结婚吧。方介生“嗯”了声，是答应？是同意？还是承诺？模糊概念！

让方介生倍感苦恼的是，有人公开为靖晓常鸣冤，认为晓常名列方介生之后，学术委员会投票差点没过半数，最后还是校长发了话，才照顾性地勉强入围。大伙认为“新政”以偏概全、难为好人。方介生在诸多场合坦承，论为人、论学术、论教学，靖晓常都在他之上，他从不隐瞒自己的观点。既然如此，为什么靖晓常落个涉险过关，方介生却赢得那么轻松？只能怪晓常运气不佳，怪他一年多没遇见伯乐。方介生自以为，方某的为人是不容指责的，他将论文发往权威期刊编辑部时，习惯地请求钱教授捎上晓常，也帮他疏通、疏通人脉。钱教授疾言厉色地拒绝道：你以为好事多多益善吗？权威期刊上每一个字是金，每一个版面是银，都是情、都是义，如此稀缺的资源当自珍、自用。我不是挑拨你们兄弟情谊，尽管你们不在一个学院，不属一个专业，但他始终是你的潜在对手，防人之心不可无哪！钱教授不允，方介生无力自为。这一内幕谁人知晓，谁人置信？现在，舆论将他们对立起来，好像咱方介生夺人所爱，靖晓常的副教授是因为被咱方某人比下去的，甚至认为咱的职称来得不干不净！如何跟晓常解释呢？他本来未想接触了钱月姝，就疏远了靖晓常，但客观上有这种嫌疑。

评职称算得上学校的震撼弹，其爆炸当量和威力不容小觑，它的冲击波震撼着评上职称和没有评职称的所有教师，职称指挥棒的作用立竿见影。曾文达坐不住了，今年他失利了，评职称的科研标准越拔越高，他的明天也不容乐观，一种从未有过的危机感从天而降。优秀博士论文和两篇权威期刊论文，对他来说难如上青天，可望而不可即，他不得不思考他途。

曾文达咬着口香糖，首先找到靖晓常，同是天涯沦落人，此时的他俩共同语言当特别多，两个风箱一个气孔，冲着学校“新政”准是一阵炮轰，痛痛快快地发一堆牢骚，舒舒服服地出一通恶气。不料，靖晓常坐在办公室的椅子上一动不动，显示出少有的平静，君子风度翩翩，说：方介生晋升副教授、预期明后年晋升教授，值得祝贺！找时间大家坐坐，小饮几杯，四人同欢。曾文达看看靖晓常的表情，你可是真的沉得住气，校园内外风言风语可盛呢，大伙为你打抱不平呢。方介生很快将你甩开，他明后年评教授，你什么时候评呢？靖哥也许就这个德性，胸襟宽阔，君子肩头能跑马，宰相肚里能撑船，乐天派一个！不过，话又说回来了，教授对于他来说只是时间问题，两年不行就三年、四年、五年，时间问题，有期徒刑，他不用与人较一寸之高低。晓常淡淡地又说，介生科研做得好，升职称无可厚非，我不如他，不要去挑剔“新政”的细枝末节，攻击其一而不及其余。“新政”的基本导向是对的，不引导大伙做研究，难道诱引老师去拉板车、打野鸡，哎，我没损你的意思，别多心！曾文达在靖晓常那里没找到共鸣，心里很不开心，还被数落了一番，心里嘟囔起来：拉板车、打野鸡也是生活所迫，方介生经济境况与本人不同，他可以甩开膀子做科研，而且有钱教授支招和配合，占尽科研资源和事业先机，本人是两手空空，做科研也是自娱自乐，做了也白做……

与靖晓常话不投机，曾文达转而去找刘敞敞，他们可真是同一战车上的两名败兵，刚从战场落荒而逃，心有灵犀一点通，也许更容易达成共识。硕士与博士有代差！硕士坐在一起眼光才是平视的。文达吐掉了没嚼完的口香糖，他怕敞敞说他嘴巴一动一动的，说话时既不雅观，又老不尊重人的。其实，那不是不良嗜好，跟介生、跟柯梦凡、跟郭校长动脑筋时抽烟一样。

果然，刘敞敞对职称的看法与曾文达如出一辙，说不上几句，两人便找到交集。她说：“看来，在律城财经大学，硕士没有出路，今年的职称就是信号，明年、后年肯定也是如此。敞敞我不能自甘堕落、坐以待毙。在大学里没有博士头衔，永远是垫脚石，永远当分母，甭指望有出头之日。”在办公室，刘敞敞打开了电脑，调出官网上的职称“新政”，阅读再三，慷慨激昂地说。

“学校引进本人时说得很清楚：教学加管理。职称玩的是科研，教学型教师永远被边缘化。咱们的助教不知还要当多少年，恐怕在学校底层得蜗居一辈子。”曾文达一肚子委屈和不幸，职称评选结果让他如梦初醒，他不能容忍现状持续下去：“我们得调整，不能按照既有轨道懵懵懂懂地生活下去，浑浑噩噩，无所事事，存在仅仅为了繁衍生息！明摆着，教书匠、辅导员永远长不大。本人可是大彻大悟了。”

“敞敞我两个晚上没睡好，昨天跟有成打了一晚上电话，耗干了两块电池。说一千、道一万，不如朝前走一步。敞敞我决定，启动国外读博计划，争取年末能成行。这么待下去，纯粹是陪太子读书，消耗青春，浪费生命。年复一年，日复一日，活十年等于活一年，没意思透了，必须从灵魂深处爆发革命！”刘敞敞果敢地亮出自己的观点，她一不做二不休，“新政”出炉不几日便找到了感觉，酝酿出一个果绝的行动方案。

曾文达为之震惊，原本以为“新政”让人不爽，大伙聚在一道充其量就是嚷嚷而已，没想到敞姐动真格的，而且认准了就做，雷厉风行。曾文达还是不敢相信，或不愿相信，刘敞敞闪电般地付诸行动，是真的吗？她是说笑话，还是测试本人的底线。他说：“刘姐，咱们跟学校签了四年合同，你出国留学，学校同意吗?”

“四年太久，敞敞我快三十了，等不及哪。合同是人订的，违约，学校能通融就通融，年轻教师提高学历与‘新政’的导向不谋而合，咱可以停薪留职，也可以自费公派。如果通融不成，那只好缴违约金，破釜沉舟，人生豪赌！真后悔，当年有成劝敞敞我，一鼓作气读完博士，将一生的书全读完算了。幼稚啊，当初想女人家读那么多书做什么，安居乐业是人生终极目标。其实不对，敞敞我太不了解自己，敞姑娘不愿寄人篱下、苟且偷生!”

“你可不能撇下小弟不管啦。你出国，本人不更落单了，就像一个扫地僧，无声地隐匿在漫长而孤独的尘世中。”曾文达见敞敞不是闹着玩的，态度相当坚决，决策相当果断，联系上自己，他就慌了神，没了主张，开始抓瞎了。

“可以预料，不几年，学校年轻教师就实现博士化，如果到那时才醒悟，就被动、就追悔莫及了。届时学校要清理教师队伍，硕士无疑是被清理下岗的首选，那真是死无葬身之地。硕士无疑是过渡性学位，必须摇身变成博士，否则必然将无情淘汰。”刘敞敞比画着细长的手指，做了一个向下的动作。她的确对留学的抉择作了成熟的思考，看来这一思考不始于今天，职称只不过加速了她的步履。她目光炯炯地说：“你的想法敞敞我不了解，你想读博，在职还是全脱产？还是想继续在律城财大好死不如赖活，还是下海经商、官场从政。人生选项多得很，趁年轻，选适合自己的。”

“你有经济条件出国，本人可没那么运气。公费读博，学校不答应，服务期未满。自费，没想过，本人的日子刚见好转，不忍读博而再度返贫。国外读博，又是三四年时光，本人付不了高昂的学费，甚至连养活自己都困难。窝窝囊囊地在学校混，一辈子住小白楼，不如找个发挥自己特长的地方，只要薪水好一些，能体面地养活自己和家人就行。”曾文达对前途不能说没有考虑：靖晓常和方介生走的是一条金光大道，他无法克隆。刘敞敞的选择，对他来说亦无法复制，只有另辟新径，那是条什么路呢？不知道！曾文达接着说：“本人不能像方介生那样卖自己，攀一个富婆，投胎转世。咱也不能吸附在玉芳身上，低三下四地重回阳泉村苦行僧似的生活。”

“好啦，你的悲观主义情绪太盛。路总是人走的，兵来将挡，水来土掩，活人哪能让尿憋死。”刘敞敞对曾文达唉声叹气、怨天尤人的迂腐很不习惯，面对逆境，敞敞我一个弱女子都坦然应对，一个男人的腰板怎么就硬不起来呢？有多大的事，来律城财经大学是自己的选择，没人逼你。如今风向变了，跟着变就是，天塌不下来，地球不会爆炸，明天太阳依旧。

“刘姐，不是自暴自弃，本人是请你给支招呢，哀兵必胜嘛，本人总得把困难想得足，这样才能知耻而后勇，才能知己知彼，百战不殆。”曾文达不好意思地款款解释道。

“你再好好想想，不要头脑发热，人云亦云。俗话说，要想一天不安身你就请客，想一周不安身你就搬家，想半年不安身你就跳槽，挪窝不是小事，得稳妥运行，不想成熟了莫要贸然行事，给自己挖坑。”刘敞敞耐心地说，“路子总是会有的，有成经常说公司缺人，敞敞我替你留心着，看看有没有你合适的岗位。再者，你可以发掘发掘家长资源，当然是靠得住的。你在外边上课，接触不少老总、官员，也可以托他们给想想办法。”

说到这儿，曾文达眼前像奋然划着了一根火柴，“哗”的一声，阴暗潮湿的心底片刻被照亮，他的思路开阔起来。是啊，在外“拉板车”“打野鸡”，结识了不少官员和商界人物，尽管没积累多深的交情，但也没有少帮他们的忙，比如说学员功课不及格，他明里暗里给他们透考题、划重点、送分数，助其涉险过关，以避免挂科、回单位不好向领导交差。老板、官员是官场、商场的活跃因子，各种应酬应接不暇，时间表排得满满的，哪有工夫定下心来复习，哪有时间潜心写作毕业论文，曾文达乐于为他们代笔。本科毕业论文，对于他来说小菜一碟，信手拈来。再说学校里有大批本科生论文，大多没发表，今后也不可能发表，所以就近取材，然后砍头去尾，穿衣戴帽，重新组装，一篇篇新论文就呱呱坠地了，成本近可忽略不计。当然，所有的奉献都不能没有回报，回报的形式有香烟、老酒、茶叶等实物，也有现金、超市卡等支付凭证，曾文达客气几句便一一笑纳。每当完成任务时，商人和官员自是满脸堆笑，客客气气地道谢，夸口以后有什么事尽管吩咐，并留下了手机号码。曾文达有什么事找他们呢，既不经商，也不涉政，今天想挪窝了，终于有事情、有理由请他们帮忙了。当然，曾文达忘不了单媛媛她爹，他也不止一次地讲过类似的话，本人帮单媛媛挡了处分的子弹，其父感激涕零，誓言此情必报。现在到了考验他的时候了，是逢场作戏的客套，还是真心诚意的助人为乐，马上见分晓！想到此，曾文达心头一热，真是天无绝人之路，感谢刘敞敞的提醒、提示和提携，毕竟是大城市泡大的女流之辈，眼界、视野、胆识就是胜人一筹。他有感而发："刘姐一番话本人如雷贯耳，让小弟茅塞顿开。"

"别，别，别，这像是什么电视剧的老套台词，敞敞我那几句话当不了此殊荣，不过那都是肺腑之言，是对职称'新政'的本能反应，不带拐弯的，若不中听别介意，因为咱们是姐弟，不带玩虚的。"刘敞敞嫣然一笑，她觉得曾文达言过其实了。

"小弟绝非肉麻吹捧，也不会逢场作戏，面对敞姐，本人真是毕恭毕敬，打心眼佩服。在律城财经大学能有这样推心置腹的姐姐，本人三生有幸！"

"你什么时候说话文绉绉的哪？"

"敞姐切莫见外，能讲真心话和敢讲真心话不是一回事，你我可是心心相印。上次与有成兄畅饮，吐得不认回家路，醉得人都虚脱了，那才叫交情，叫哥们义气，肝胆相照！如今朋友间情义淡漠，《水浒传》演变了《货币战争》，人和人之间比画的都是金钱，不知是历史前进还是倒退？"

"前进也罢倒退也罢，那是政治家考虑的话题，咱们操心没用。咱们还是面对现实，瞧瞧如何改变在律城财经大学的境况，如何在三十岁前奠定事业的基础，三十岁以后美滋滋地享受人生。"刘敞敞点击鼠标，退出了人事处官网，桌面上立即显示出刘敞敞风情万种的靓照，那照片比人还好看。她真是个大美人，律城财经大学少有的美人，这样的美女，有张脸，愁什么呢？曾文达心里暗叹道。刘敞敞见曾文达有些走神，将印有学校红头的"新政"文件甩到他面前，说："你听着啰，今儿咱们说的事，到此为止，对外切莫声张。调动的事最忌讳未开张先打锣，刚有一点眉目就闹得满城风雨，众矢之的之下万事难成，这叫自设障碍、自讨没趣。记住了：保密！待一切铁板钉钉、唾手可得之时，再向人事处递交申请、正式启动调动程序不迟。"

"小弟牢记了。I am not a gossip（本人不是碎嘴婆）。"

"有的事只做不说，有的事则只说不做。你知道，申请留洋和策划工作调动属于前者，咱们一起秘密运作就是。"刘敞敞不放心地又补充了一句。

"小弟明白。"这回曾文达回答得特别干脆利落。

二十一　天下掉下顶乌纱帽

刘敞敞的出国计划给曾文达莫大的鞭策，他要发力，要后来居上，要打开生活圈子，寻找比律城财经大学更优异的单位和岗位。

宿舍里的电脑一直挂在网上，不断切换于诚聘网、英才网、智联网和赶集找工作网之间。输入男性、硕士研究生、二十五岁等应聘者条件，具有一定文字、财经类专业教学、交往协调等岗位能力，回车！跳出一串招聘单位和待聘岗位，目不暇接。曾文达顿感天地真大，外边的世界真精彩，人如海洋和排浪，潮起潮落，人才需求与供给的波涛汹涌永远不会平息，总有一泓属于自己的金色港湾。可是，将招聘单位一一梳理过去，文达又若有所失，长吁短叹，招聘单位大多招收劳工，基本工资低得可怜，远不及律城财经大学，像本人这等高层人才的对口单位屈指可数，理想岗位恰如大海捞针，不像敞姐说的俯拾即是。耐住性子，慢慢搜吧，总有一款属于你，文达给自己打气。

看看对床的方介生，他的电脑屏幕也是长明灯，与书桌台灯同辉。近日他好像也很憋屈，回到宿舍闷得狠，一屁股坐在电脑前不断的打键盘，有时对着屏幕长时发呆，或者出门抽支闷头烟再返回。在想什么呢？跟谁怄气呢？不知道。

方介生不惧校园风言风语的职称非议，回击怀疑和指责的最有力的武器是实力，他想证明自己，没有钱教授的提携，照样能够发表高质量文章，一旦自制自投的论文出炉，所有谣言和猜忌不攻自破。他想瞒着钱教授单干，用半年左右的时间，独立完成一两篇优质论文，独立投稿，不托关系，不买版面，完全凭借水平打通权威或核心期刊编辑的十指关，他要投稿到钱教授影响力不及的杂志。一年多来，耳濡目染，介生深知学界潜规则，但凡权威期刊，每年收稿量均在数千，用稿比例仅百分之五至十。面对汹涌的稿源，编辑无力一一通读全文，而是首先看作者单位和姓名，名不见经传的作者和作品很可能输在起跑线上，早早被无情地抛入纸篓。责任心略强的编辑还浏览个题目和摘要，看看论文有没有新意，如果不能夺得编辑的眼球，那更是死透透。茫茫年轻学者，欲探出脑袋是多么困难，心血之作仅仅几秒钟即被处以死刑。编辑部通行“因人事有限，来稿一律不退。凡三个月不见通知，即视作未被采用，稿件可自行处理”。作者望穿秋水，苦等九十天，做梦也没想到论文早已陈尸纸堆，被集中打包，当作废料，五角钱一斤，送往造纸厂化作了纸浆。这是一个编者不愁作者愁读者的时代！方介生不信邪，誓言要杀出一条血路！他不怕退稿，不怕石沉大海，他相信多投几次就会转机，就会打动编辑。钱教授也有第一次，写手起步、走向成熟的过程中都有退稿、改稿的苦涩经历，只要工夫深，铁杵磨成针。他要赌这口气，不让别人老将他与钱教授捆在一起。

方介生将想法偷偷告诉月姝。月姝的眉头皱成一个川字，很是不解，心想你干吗呢，以后翅膀硬了，自有放单飞的机会，但不是现在，过早放单飞会折戟的，会伤及元气，会在心里投下阴影。再说，学校上下对介生已有思维定势，那是一座山，根本无力撼动，即使自己努力发表了论文，别人仍旧认为你走关系，借助钱教授的影响力，你何苦呢？自己跟自己过不去，做这种徒劳无功的证明！不过，月姝打心眼佩服介生，有种！姑娘没看走眼！钱月姝如是说：我保证不告诉爹，不让他干扰你。介生说：你告诉也没用，尽管他一言九鼎，有通天的本领，但咱投什么杂志，他哪知晓，那肯定不是上次发表论文的期刊。月姝说，我能帮你什么，哪怕做点誊写、打印和校对也行。

方介生所有课余时间都属于科研。周末晚饭后，方介生散步回到宿舍，面对电脑，思路泉涌，才思敏捷，灵感闪现了！他捕捉住难得的机会，一口气写下三千多字，下笔如有神的感觉超爽！

曾文达则挂着耳脉，背对而坐。两人沉浸在各自的世界里，宿舍里只有键盘敲打和鼠标点击声。他们习惯了宿舍的宁静，习惯了一人一桌，一边一灯，你看你的，我做我的，习惯了奉行二分之一原则，天各一方，不用拉帘子或放屏风什么的，井水不犯河水，相互不越雷池一步。

时针刚指向晚十点，外教楼那边突然一阵繁杂的骚动打破了宁静的夜空，急促的脚步和喧嚣的嘈嚷迭起，像聚集了很多人，进进出出于外教楼，动静特别大，人们口头频繁说着一个人的名字：姜冬林。姜冬林，姜教授？曾文达隐约听着这几个字，他推开窗户，伏在窗台居高临下，循声将目光投送过去。透过昏暗的路灯，一辆救护车闪着红紫相间的顶灯急疾而至，被路人拦在外教楼前。车未停稳，身着白大褂的医生呼拉从车门跳下，扛着担架，被人引入楼道，不一会载着病人的担架车从围观人群中急火火地推了出来……“出事啦!”曾文达第一反应是有人得了急患，病得不轻，不省人事的躺着担走的，脸上扣着氧气罩，医生在心肺复苏呢。曾文达神秘兮兮地告诉介生：“喂，喂，休息休息咧，外教楼那边有人站着进去、躺着出来呢。”

“谁呀？咋回事？”

“不晓得，本人下楼瞧瞧。”

“这么晚了，别去凑那个热闹。啥事儿明天就晓得了。”

“算下楼散个步呗，弄清情况回来向你报告。再不活动活动，要患鼠标手，腰椎盘突出。”说着，文达披上外罩，风一样地旋下楼去。按他的百米速度，也许能撵上救护车的尾巴，弄不好还能见病员一面。方介生摇摇头，文达经常狗拿耗子，人病了医务室负责救治转运，他操的什么心，闲心十足，像好奇的孩子，凡事都爱问个究竟。灵感被打断了，一时难以复原，介生设了屏保，站起身来，伸了个爽直的懒腰，走到窗前向下眺望：哦，外教楼前不少人咧，真出了大纰漏！后勤集团严总今晚当班，打着强光手电在人群中晃来照去。救护车从人群闪出一道中匆匆离去，严总仍在指挥众人着手后续工作，并用手机向校长报告异情。他用手捂着嘴，听不着说什么，但从说话的神态判断，显然不是什么好消息，否则当眉飞色舞，他很会来事。

趁文达不在屋，方介生连忙从抽屉取出半包中华，衔出一支，匆匆打着火，很是享受地猛吸了几口，一种少有快感立即传遍全身，脑子清醒许多。烟是个好东西，蛮是提神，跟吃了兴奋剂一样。他以为从从容容地抽完这支烟，文达都不会回来：他喜欢莫名其妙的凑热闹，喜欢人群扎堆，学校有事，好事孬事都少不了他，正面说，他是热心肠，凡事爱说个道道，爱评个人是人非，爱给人出谋划策，讨得不少人的欢心。负面说，他前台后台、话长话短的，似搬弄是非，把握不好，使人倍感难堪、令人生厌。今儿看他去扮演什么角色，不知道……不料，不到一支烟的工夫，文达火急火燎地返回宿舍，跑得上气不接下气，进门便唤道：“二兄，不好了，隔壁楼上出人命啦。”

“什么事大惊小怪、一惊一乍的？什么人命？”

“是，是姜冬林教授，就是会计学院院长姜教授，知道不？”

“姜院长，知道啊，学校重金引进的学科带头人，科研能手、高手、强手……他怎么啦?”

“他，他，他半小时前猝死在书房。”

“啊？昨天，不，前天，咱还见过他，在图书馆过道上，他指导研究生毕业论文，没有啥异样，怎么说不行就不行，人转眼就没了呢?”

“谁也说不清楚！据说晚上他胸口痛，心脏不舒服，可是没当事，回到屋里还赶稿子，不到两个钟头就支撑不住，捂着胸口倒地绝气身亡。由于掀倒了桌上的热水瓶，瓶胆迸裂才惊动近邻，邻居破门而入。他已不省人事，气若游丝。张显忠拨打120，马上组织人们七手八脚的施救。”

“抢救过来没有?”

“反正推上救护车的时候，已没有心跳和呼吸等生命体征。严总问急救医生，医生摇头，言下之意送医院也是死马当作活马医。”

“心脏病这么致命，医师没回天之术?”

“不懂医的老师们瞎折腾，错过黄金抢救十分钟。救护车赶到那是二十分钟以后的事情，即使救过来也是脑瘫、植物人。大伙说，姜教授正全心地修改个人专著，他跟出版社签了合同，月底交稿，眼看竣工在即，掩不住亢奋，在作最后一搏！今年底出版，正赶上明年开春申报省哲学科学优秀成果奖。姜教授写东西全靠香烟当家，一天四五包，废寝忘食，不料，搭上了自家性命。他太太不在身边，等待着下个月完成调动手续，在律城团聚呢！真是不幸！校园悲剧哪！”曾文达像说故事一样，将情节交代完毕，将每个细节又作了文学加工，说得有声有色，他说话的口气不像描述悲剧，倒像戏说发生在遥远天边的一个动人故事。

曾文达的话触到方介生的痛处，科研，科研把人搞没了，拼体力、拼健康、拼性命，不值！大学教师面临怎样的生存境况，实在不容乐观。姜教授踌躇满志调入律城财经大学，准备成就一番事业，怎料太太迟到一步，身边缺了保健医生和生活帮手，四十出头的中年人，还以为年轻，由着性子来，熬夜成了常态，拿健康当儿戏，眼睛里除了成果、成果，其余什么都不上心，轻伤不下火线，多凶险啊！他怎料想，律城财经大学竟是他人生最后一站，成为他们夫妻的诀别之地。命运对他为何如此苛刻，不多给一次试错的机会。方介生了解姜冬林，他们联袂在 MPA 上过课，同桌开过会，并排在校车上尽情畅谈。他是个好人，宁苦了自己也不难为他人。

在跟学校谈判引进待遇时，费艳冰说，夫人尚在调动中，房子正在装修，你就暂时下榻学校宾馆，吃住由校方支付，签个单就行。姜冬林不同意，住宾馆是客，咱加盟律城财大，已是自家人，待在宾馆没有家的感觉，好像老在出差、在路上，不接地气、不落根，咱就住学校单身宿舍，反正过渡期没有多久，半年、八个月，一晃就过去了。在宿舍摆得开，爱多晚就多晚，抽烟、喝咖啡、泡浓茶不惊扰他人，也不烦服务员……谁料姜教授健康不能自理，上帝怎么不眷顾好人呢？不是说好人一生平安吗？

方介生心里发堵，创作灵感消失得无影无踪。论文写不下去了，不如利用碎片时间，准备准备下周的课程吧，打开教材，脑海里驱逐不去姜冬林的音容笑貌，课本上的东西全入不了脑，精力集中不起来，备课笔记上写了两行字，竟然错了三四处之多，罢！罢！罢！心气已失，看来啥事不成，唯一能做的是跟文达同步熄灯睡觉。

简单洗漱，刚刚躺下，迷迷蒙蒙之中，猛然电话铃声大作，将刚刚酝酿的淡淡睡意消失殆尽。是钱月姝打来的！她很少晚间来电，八成又遇到什么紧急事。介生一屁股坐起来，同步按通了手机。听筒传出钱月姝急促而紧张的声音："方哥，方哥，告诉一个坏消息，会计学院院长姜冬林教授心脏病突发，猝死在外教楼，送到医院，生命特征消失，现在躺在医院停尸房里呢。"

"哎呀，这么晚就告诉咱这不吉利的消息，你就不怕晚上做噩梦？"方介生没好气地说。钱月姝的消息真快，八成来自他爹的情报网！姜冬林与她认识吗？与她相干吗？用得着她来发讣告吗？他想赶快结束通话，关机睡觉，"知道了，救护车在咱眼皮下把人拉走的"。

"啊？真的？真的？你见着死人哪？"钱月姝被吓住了。

"我姓方不姓假，跟你讲的每一句话姓真。"方介生压住嗓门，怕声音过响搅了文达的睡眠。他插上耳机继续说："姜教授被人发现紧急送医，半小时前就得知不治身亡，令人万分痛心，一代才俊，英年早逝！"

"人家担心你，不行吗？姜教授不分白天黑夜搞科研，拼光了健康老本，科研的光环顶什么用？套在谁的脖头上？方哥，大老晚的打电话，就是让你打今天起，从现在起，悠着点，悠着身体，悠着用属于你我的生命。伏案打电脑，写文章，适可而止，见好就收。"钱月姝说话的声音很高，说的很动情，俨然介生已是她丈夫，她在身边护着他，要把他从科研的苦海拉上岸，姜教授是前车之鉴！

“这还要你提醒吗？难道咱不知道爱惜自己？”

“你就是不知道，就是不懂！看你一提科研就走火入魔，九头牛拉不回头，有现成的不吃，还要自己去拼、去搏，我担心你步姜教授后尘。”

“胡扯，你怎么出言不逊，好不吉利！姜教授年逾四十，咱才三十，那是一回事吗？咱能步他后尘吗？”方介生满不在乎，他怪月姝杞人忧天，竟然移花接木到方教授身上。

“别大意，姜教授就是输在大意，身患感冒不当事，不休息、不打针、不吃药，白天上课，晚上还加码写书，一连三四天。他以为人是铁打的，休怪命运对他不公，是他对自己不公！你赶快住到我家里来，我来打理你起居。”月姝没有说赶快成婚，而是婉转让介生改变生活环境，这样有利于他有节制地做科研。

“又瞎操心不是？身体是第一位的，这绝对真理谁人不懂，咱记着就是。”

“记住没用，你们男人事业第一，一忙起来就将绝对真理抛在脑后。方哥，你得答应我……”

“答应什么？”方介生以为月姝又要设套让他钻，答应、承诺、发誓……女人最喜欢玩这类把戏，在诚信缺失的社会里，答应又有何用，当面一套背面一套者大有人在，一诺千金者已是稀世珍宝。

“你答应我，搞科研不伤身体，见好就收，趁早就睡。”

“这还要答应吗？咱不这样做了吗？”

“你骗谁，314室朝右的书桌是你的吧？台灯亮到后半夜，曾老师叫你关灯休息都叫不动。你还要不要命？你不娶我不要紧，你得为健康的明天保重！”说着钱月姝哽咽了。

月姝情报工作出色，难道她后半夜还徘徊于楼下、咱的窗户前，在黑咕隆咚的深夜静静地与我的书灯相伴，与高高的星星遥遥相望，她是真的特别在乎一位男人……方介生有些动容，说话少了趾高气扬，变得谦卑起来，甚至有点结巴：“咱，咱，咱答应你，自我珍重，健康为要！”

“不行，每天晚上十一点钟前必须上床睡觉，无理由，无条件，干不完的活明天做，不在乎这一天、半天，我让曾老师督促，你贴着心口向我保证！”月姝一口气开出了承诺清单，不容商量！

“是，是，咱答应，答应，无条件执行，从明天开始。”方介生心口热乎乎的，姜教授的离逝，的确给学者敲响了警钟，生命属于咱们只有一次，谁也没有理由糟蹋，月姝说的不无道理，她的要求毫不过分。

“不，是今天、现在，立即执行，挂了电话马上睡觉。睡前关闭手机，来电一律不接。你们知识分子，接听一个挠心电话，一个晚上的好睡就泡汤。”月姝也许从老爸身上了解知识分子，所说的每句话都入木三分，让人难以辩驳。

“是！立即执行。”方介生很少如此干脆利落地答应过钱月姝。

“钱姐姐比玉芳还会疼人，找到这样准媳妇还有啥子不知足呢。听了电话，本人羡慕得不行哪！”曾文达还没有睡着，方介生刚挂断电话，就冷不丁插话来了那么一句。

姜冬林的猝然逝世在校园引起不小震动，工会迅即推出了一系列意在改善教师健康状况的措施：恢复了停止多年的工间操，上午第二、三节课之间腾空十五分钟，师生共同做广播体操，不管老师出来不出来，先将广播放起来，上操的自然会越来越多。原来每两年一次的教师体检改为一年一次，对教授和四十岁以上的教师实施不定期专项检查，对“问题教师”建立健康卡片，定期跟踪巡诊。开设健康橱窗，普及个人卫生保健知识。开设健康大讲堂，请专家来校就教师多发病、常见疾病防控进行讲解、咨询和坐堂问诊，等等。

月姝催介生参加保健活动，莫错过体检、讲座的机会。同时随机抽查方介生作息规律，不知她从哪个角落窥视介生宿舍的灯光，一旦超过十一点，她的警告短信便打过来，以命令的口吻要求立即停工睡觉。月姝真的跟他较上了劲，尽管介生已经放慢了生活节奏，注意营养和休息，三餐饭定时定量，荤素搭配，不过饱过饥，尽力保证一小时午休，但是科研、教学上的事总难定时准点，超过十一点赶做个课件、写个结束语也是常有的事。可是，钱月姝不问三七二十一，时过十一点，窗户灯光不熄，便电话短信伺候，方介生不接、不理、不回，她就打给曾文达，弄得介生没了法子，只得按照规定时间去培养作息习惯。

方介生尝试照着月姝的要求去做，可心里难免有抵触情绪：这月姝不问青红皂白，强人所求，做好事但弄得人很不舒服，像在逼宫，又像家长要求孩子。想当年，金素妍逼他劳逸结合，顺水推舟、水到渠成，自然得体。辩论赛即将开打，方介生苦练三日，一天到晚难得合眼，时间排得满满的。金素妍悄悄递上一盒金嗓子喉宝，说：辩论赛要保护嗓子，“保护嗓子请用金嗓子喉宝，请按说明书或医嘱购买使用。”那是一句耳熟能详的广告语，听起来亲切自然。是的，辩论练习用的最多的喉咙，别不到上场，嗓子断哑，发不出声，岂不马失前蹄、前功尽弃。细心的金素妍想得周到，光介生一个人含服不成，全队都得备着。金素妍说：咱拉拉队都备好呢，不用你们担心！休息时分，金素妍又递上一板含片。什么呀？介生以惊讶的目光问，他累劈了，不想多说话，唾沫已在场上挥发完了。金素妍说：金日牌人参含片，我怕你这两天累垮了，钉不住，补充点能量，挺管用的，你试试。紧张的日了就是用金嗓子喉宝加金日牌人参含片撑下来的，最佳辩手的奖牌还真有金素妍一半。金素妍体贴入微，一下焐热了人心，让人心甘情愿地配合她的设计。月姝嘛，是个粗人，关心男人的事弄得风风火火的，山雨欲来风满楼，好像咱很快是姜冬林第二，好霉气啊！半夜三更当克格勃，搞暗中盯梢，岂不让曾文达看足了咱的笑话！

方介生真想减负，可是学校没有给他机会，没有让他喘息。姜冬林后事处理结束后没几天，党委下文任命靖晓常为会计学院常务副院长，主持工作，就是接替姜冬林遗憾离世留下的空位。任命方介生为金融学院副院长，组织部与人事处合署办公，人事处长费艳冰兼任组织部部长，谢小团调任会计学院办公室主任。

靖晓常出任领导职务是众望所归，他的的确确也是这个官料，能够说是任人唯贤，用其所长。可方介生做行政和管理工作，则如同赶鸭子上架，勉为其难。他既缺乏心理准备，又没有行政经验和从政经历。在读书阶段，大小学生干部都没做过，仅仅因成绩好做过课代表，那只是联络信息，收收作业，帮助老师登统分数而已。进入律城财经大学当辅导员不足两年，当得好不好不敢自断，他认为充其量及格吧。管学生才达及格线，这下当副院长，管老师，那心里就更不托底了。郭校长找他谈心，作为组织必经程序，告诉他副院长的职责定位：组织学科建设，招兵买马，做强学科队伍，构筑学科高地。这些活计方介生简直一点头绪没有，他是听惯了别人指挥，还从未指挥过人。郭校长以为他谦虚，笑呵呵地说，不会，总有第一次，慢慢学，在钱教授的统领下，不几月就上手哪。方介生说，校长莫高看咱，咱真不行，您还是行行好，让德才兼备的同志来做这个院长，这对学校、对学院、对个人都是最佳。郭校长沉下脸说，找你谈话就想听一个表态，你怎么说这么多不着边际的话。这是组织决定，你是财大一员吧，正确的态度是服从组织决定，努力做好工作，还想讨价还价不成？方介生没辩词了，谈话就这样草草收场。

当任命通知上网公示后，老师们纷纷打来祝贺的电话或短信，在他们眼里，副院长大小是个官，是权力和资源的象征，是人生事业之追求，也是有些人求之不得的上等之物。是的，不是什么人都能走上领导岗位，像方介生这样的年轻副教授，步入中层只是第一步，在不少人眼界里他的前途无限，瞄上个书记、校长也不是没有可能。收到一堆短信，方介生不知如何回复大家，老师对副院长的理解与他不同，副院长是院长的助手，是为大家服务的角色，大学里讲究的是学问，比较的是学术，看中的是学品，行政官位那是党政机关的自古华山一条路，学校不兴官场思维和行政法则。方介生回复众人的祝贺，全部报以“谢谢”两字，对钱月姝、曾文达、刘敞敞也不例外。这不是他的高傲，更不是他的谨慎、怕言多必失，而是他已黔驴技穷，想不出更好的用语表达他此时的复杂心境。

方介生一走马上任，繁忙的工作，马拉松式的会议，复杂而琐碎的行政事务，将他精力全部消耗殆尽，由钱月姝参谋、刚刚酝酿成熟的健身计划立即弃之脑后，踪影全无。

二十二　千里东风一梦遥

保健系列讲座持续到学期末，听众规模逐次递减，教师们热情不再，到最后，报告厅门前冷落车马稀，主办者和讲座者倍感无奈。曾经信誓旦旦地发誓一场讲座不落的方介生，跌入了行政工作旋涡后，还是难逃虎头蛇尾的命运。说实话，他想静下心听讲座，但始终未静下心、完完整整地听完一场像样的保健讲座。第一场讲座就中途被电话叫出去，第二场是被人喊出来的，第三场干脆没进会场便被人堵在门口……有人将讲座录音拷贝给他，他存在 U 盘里没听，时间久了 U 盘也不知道弄到哪里去了。随着姜冬林从人们的记忆中消失，貌似严整的保健知识普及计划也渐渐淡出了公众的视野。

转眼进入了期末紧张的考试周，平静的小白楼突然传出刘敞敞赴海外留学的消息。真的吗？校花、楼花要出国了喽？亮丽的风景要撤了？缺少了刘敞敞的独有气质、新潮时装和浪漫风情，少了美女容颜和男友的香车，小白楼似乎少了许多看点和由此延伸出去的新闻故事！惊叹之余，留守的男士们多多少少有些莫名的失落。

靖晓常打电话问方介生敞敞的出国之事，介生也愣住了，说不出所以然。与她频繁相处中，敞敞从未透露过出洋的念头，她的口风真紧，保密工作做得出色，令人愕然！搁下电话，晓常细细追忆起来，隐约之中想起敞敞曾经流露的与出国有关的一些说法。她说学校评聘职称奉行科研是硬道理、学历是基本功、其他是点缀的策略，大伙快快补短板去！若人到中年，还留在中初职称，那就甭在大学里混了，不如去当月嫂或做快递员罢了！姜冬林的逝世令人心酸，中国人活得很好累，有目标的学问人更甚，敞敞我得吸取教训，找到自我平衡点，不能糟蹋健康，枉度生命。方介生升职称，她很是兴奋，说这是大势所趋，兄长出头是敞敞我的福分，不过，硕士要冲击教授是望山跑死马……敞敞笑对人生的挫折，不管何时、何地和何种境地，都不会发牢骚或怨天尤人，不像曾文达天天嚷着虚掷年华，好像财大亏欠了他，他说要华丽转身、要升级换代！不过，近来敞敞与文达的接触甚密，职称的失落对他们刺激蛮大，做出一些反应与调整，比如出国留学、在职读博或换岗挪窝等等，都不难理解。出国留学未有十成把握之前金人缄口，也是大多数人的做法。现在既然生米煮成熟饭，出国留学已铁板钉钉，他和介生不用讨论敞敞的去留，只能商量如何欢送她，让她不留遗憾地安心赴英留学。两人在电话里合计给她送个纪念品，尽管她还是律城财经大学的老师，但是毕竟离校三年，三年怪长的，三年后是啥模样谁也说不清。犯愁的是，曾文达说他要单独送敞敞，其实三人合起来多好呢，何必兵分两路，你我他她还算兄弟姐妹一场吗？单独就单独吧，敞敞不会在意，表达心意的方式各自有选择的权力，不必强求。从方介生嘴中得知，文达近来与律城盛茂鼎业投资集团上层联系紧密，敞敞出国给他放了样，他会决然跟进，他认定在学校没有前途，想脱胎换骨！人各有志，还是那么句老话，兄弟爬山各自努力，希望他稳扎稳打，步步为营，走好走实每一步！

方介生叫钱月姝去置办纪念品，她了解女人的心。敞敞想要什么，什么实用，她应当自有分寸。买什么？方介生说：人家是出国，不是结婚，礼品要小巧灵光，便于携带，不要笨大粗，人家当鸡肋。在商场，月姝电话里问：电子相册行不行？介生说，好，就是它！

欢送式极其简单，靖晓常、方介生、刘敞敞和曾文达相约共进晚餐，这是最普通、也是最常见寄情离合方式。还是选在阳光美第小区对面的金夜茶社，这是他们第一次会餐的地方，有特殊的纪念意义。时隔年久，茶社已扩建为标准式的饭馆，拥有二十张餐桌的正堂和十五个大小包厢。阳光美第小区落成后，随着入住率攀升，周边人气鼎旺，吃客慢慢多起来，生意异样红火，变得一座难求，人满为患。茶社更名为金夜菜馆，两年前坐过的餐座早没了踪迹，晓常根据残存的记忆，大概就是这方位，他预订了相对接近的一个包厢。

说不上几句话，刘敞敞就动情了，开始不断抹眼泪。她这一恸泣，气氛就紧巴了，三人说话、敬酒、吃饭都得关照她的情绪，众人的胃口自然打不开，点的菜肴剩下大半，只有两瓶长城干红喝个瓶底朝天。方介生不得不找服务员紧急追加，靖晓常见状压了压介生的手，说大家多吃菜，少喝酒，宏观调控，一瓶为限，喝高了容易失态，特别是文达爱闹酒，又会使性子、控制不住自己。这顿饭吃得很是压抑，一盘菜上桌几分钟没人动筷子，几分钟冷场，没有人说开心的话。

解铃还须系铃人。刘敞敞又倒了一杯酒说：离开大家，心有不舍，心有不畅。

两年时光飞快，晓常哥阳光美第换购了新房，介生兄有了对象，蛮好，为你们高兴，敞敞我也会加油。

靖晓常往酒杯里加了点酒，说：夫人调动不易，找了很多人，颇费周折，最终圆满落地，我把苏北的房子卖了，首付加十八年房贷，换购了阳光美第一百平的中小户型，等搬出外教楼，再找大家一起炸鞭炮。哎，别这么沉闷，说点高兴的！分别是痛，不要紧，敞敞还是财大人，分开是为了以后团聚嘛。他一直乐观，起码表面如此。

方介生不胜酒力，以茶当酒举杯道：是啊，敞敞又不是不回来了。伦敦是国际金融中心，英国是老牌资本主义帝国，英国的学位含金量十足，国内高校特别认。据悉国内不少大学正积极寻求与英国高校的合作。敞敞的留学代表了中国学生求学的方向，是有眼力的前瞻之举。他说的当然都是顺耳话，想以此冲淡敞敞此时内心的苦涩。

刘敞敞又呷了一口酒说：学校赋予敞敞我特殊使命，联系英国知名大学，寻找合作办学伙伴，发现和引进海外高层次人才。这附带任务可不轻巧，代价是校方承认自费公派，海外留学的相关费用待毕业另行结算，视敞敞的学业和学校任务完成情况确定报销比例和金额。

靖晓常的脸色酡红，像抹过胭脂，乐呵呵地说：这说明留学英伦半公半私，你是双重角色。学校真会用人，将一切可利用资源都发掘到极致，郭校长真是高人，费艳冰也非等闲之辈。以留学生的身份出使英伦，等于在英国设立律城财经大学驻英办事处，内引外联的效果肯定好于学校上门洽谈和组团招聘。因为联合办学也罢，招聘人才也罢，需要观察、预热、协商，等待机会，慢慢靠拢，领导组团出国充其量只是摘桃子，是商谈成功后签署协议罢了，艰巨而复杂的工作在前期的默默无闻之中。

将在外军令有所不受，曾文达说：在外边以个人学业为重，学校的事能做多少就多少，那是绝对的副业。

方介生扶了一下眼镜说：没发现学校搞论功行赏？费艳冰只免了你余下的几年服务期，至于学费、生活费和读书期间的工资待遇都留下活口，视你的成绩和业绩而定。所以副业不可失，尽力给学校交份满意的答卷。

敞敞我不会空手而归，引进人才，伸出律城财经大学橄榄枝容易，姜太公钓鱼愿者上钩难！刘敞敞说：如何钩住、钩牢，不完全取决个人努力，敞敞我会全力以赴。

学校的事望天收吧，个人的事多费点心，三年时间很紧！曾文达不想多谈学校，校长没有给敞敞下达指令，做得多少、好坏的主动权在自己手里，由敞敞把握。他习惯地把话题往自己身上挪：本人最理解、也最敬佩敞姐，忍痛出国，走出这一步实属无奈，但是绝对正确。本人醒悟迟、行动晚，好在亡羊补牢、犹未为晚，小弟为祈福你！感谢你！本人不会自甘平庸，满足于日出而作、日落而息、凿井而饮、耕田而食的寡淡生活，而要向碌碌无为、终身无奇发起挑战，就像敞姐那样！

靖晓常不明白曾文达所指，反正他与众人有些拧巴，总喜欢制造一些与众不同的谈资。年轻老师入校后，大多钻研学术，打牢学科基础，他却热衷于拉板车、打野鸡，尽管他家境平平，需要累实家底，但是凡事有得有失。这不，两年过去了，差距初显，当被人超越时，他的心里又失衡，抱怨学校不公，炮轰新政有偏。敞敞与他不同，自我定位很准，一心一意拉近硕士、博士的差距，缺什么补什么。黄有成促她成婚，有一次试探地说：嫁给我做全职太太吧。刘敞敞劈头盖脸一顿臭骂：你赶紧死了这份心！如果你这样定位敞敞我，你另请贤妻良母去吧。敞敞有底线，不容触碰！女人一定要有两根立柱：事业和家庭，一样不能少，女人全然依附于男人，她的世界终有一天会崩塌。她的性格就这样，婉转之中隐匿着锋利！美貌之下不失粗壮和刚毅，这正是文达欠缺的。晓常绕过话头说：敞敞是你我的榜样，你若读博士，我支持，我帮你联系 ZN 大学。你想考谁的博士，我负责把导师约出来吃饭。读博是苦差，准备脱层皮吧！反正人生苦旅，成长就是不断地挣扎，成功就是反复地折磨，鲜有例外。

文达能读书，也会读书。读书自有黄金屋，正是认准这个理，咱们才聚集律城财经大学，难道不是吗？加油，后来者居上！文达比咱年轻六七年，用好时间能读两个博士，愁个什么呢？方介生安慰文达说。

刘敞敞喝了水，定了定神，郑重其事地说：各位注意，实不相瞒，自费公派、保留公职是学校为敞敞我开的先例，文达不可复制。

怎么说？晓常不解。

公派自费、停薪留职，人事制度改革后已停办多年，费处长说由于对联合办学和引进人才寄予厚望，学校网开一面，特事特办，仅此一例。所以，务请各位替敞敞保密，以免外人攀比，人事处被动。

没有问题，咱们说你自费留学去了。介生道。

起码本人不会攀比，自费留学、公派自费全行不通！本人没有费，也不谈费用！曾文达说，即使人事处对本人敞开大门，文达也无力步敞姐后尘。本人必须迅速完成职业转型，你看，不怕见笑，玉芳家人的最后通牒来了，称必须明年成婚，严厉警告曾家休玩花样。本想评上讲师后抱得美人归，看来这讲师留着下辈子去评吧。文达说着就掉泪，众人劝也劝不住，不知他真的因职称失手而痛心之极，还是敞敞出国对他构成刺激，抑或是内外交困之下有些焦头烂额，他想借酒浇愁，在朋友面前纵情宣泄。这种情绪与刘敞敞的离别之愁交合在一起，逐渐又占据上风，一顿饭在脸无欢颜、菜无美味中淡然结束了。

次日，方介生自告奋勇要求代表晓常和文达送敞敞上机场。靖晓常、曾文达没课，也想去，但是介生一个劲地阻挡，说得很真切、很诚恳，不知什么意思，他们只好在小白楼下提前与刘敞敞拥抱道别。

黄有成开着钛晶灰的奥迪车送驾。刘敞敞好像刚哭过，脸上的淡妆被泪水浸渍像开染料铺，黄有成示意她出门前补妆。敞敞才意识到失态了，她在众人面前出镜，始终不改众男生心目中女神的形象，即使到了这一刻也不应例外。

黄有成的奥迪在机场高速公路上飞驰。时间尚早，他有意轻踩油门，似乎想把他与刘敞敞在一起的时间停滞、延长、最终定格……

一路上，刘敞敞和黄有成话语不多，也许昨晚和出门前，两人已经把该说的话悄悄地全说完了。多情自古伤离别，相爱的人分手，那是最煎熬、最痛楚的，其酸涩难以言状，所有精妙的词汇此时此刻都显得笨拙和词不达意。黄有成脸上所有的神经绷紧着，眼睛的底色是浅红，眼光呆滞或漫无目标的漂移，嘴角紧抿，没有表情，对周围的一切无感。他不想跟旁人多言，仿佛每句话都是洒在离别伤口上的盐……

方介生触景生情，情绪也跟着复杂起来：在安检闸口，敞敞肯定会哭，哭成小泪人，黄有成拿什么话来安慰她？他有上乘表现么？相拥在一起久久不分开？找一个角落千叮咛、万嘱咐？再细细看遍她的脸，山盟海誓地重复那已讲过无数遍、心爱的人最爱听的绵言细语……介生感到这一切那么熟悉，此时的刘敞敞不就是七年前的金素妍么？他想到与素妍分手的时刻，也是在机场，人头攒动，人声鼎沸，周围的一切陌生而又惘然。方介生眼睁睁地看着表情木讷的金素妍办妥了登机手续。她脸色泛黄，目光如豆，光泽全失，眼眶里蓄着浅浅的泪。像上了发条的钟，在平静而机械地走时，缓缓滑向登机的时点和起飞的时点，从北京时间飞往伦敦，从中国到英国。安检闸门前，方介生被执勤公安拦下，送客止步！分手的地点和时间到了！他没将行李交到金素妍手中，贴身热吻她。她没后退、没挪步，微微踮起脚。脸面是冰冷的，感觉到湿润、有粘度，嘴唇微微颤悠，想说什么话终未发出那音节，她又使劲抿住双唇，泪水潸然而落。两人手中都拿着一件行李，没有熊抱，只是脸贴脸，唇对唇，几秒钟，下次热吻心爱的人在哪里？何年何月何日何时？需要等待多久？介生不敢想，也想不出来。他实在不忍这种痛苦持续、惨痛地折磨着两人，他欲泪奔、近乎要失控，他要拉住素妍滞留，将她揽入怀中……他们事先说好到了机场不哭，可是那约定多么脆弱，不堪一击！登机广播通知响起，他贴着素妍的脸耳语道：保重，想着咱，联系咱！金素妍默默点点头，就跟大雪夜征求他“咱们找地方住下来吧”一样，颔首称是，那是肯定、是承诺、是必须的！垂下含泪的眼睑，介生忽然看见素妍风衣内的挂件，玉器生肖猴：小东西蜷曲着身子，伸长尾巴，尖突小嘴，仿佛是在求吻……这深藏在乳沟的玉器，他曾经握了一夜，上边肯定还有咱的手温、咱的体气、咱的汗渍，但愿都别散去，就那么一直留着，与她的玉体同热……方介生鼻子一酸，眼眶发热，一泓泪水涌出来模糊了视线，忍住、忍住……看着金素妍提着沉甸甸的行李，行走的身影越来越远、越来越小……她几许调转回头，含泪与他招手的身姿越来越急促、越来越混沌，直到她完全淹没在滚滚客流之中，他才用双手痛苦地捂住脸，泪水潸潸地渗出指缝……

“敞敞，此时咱的心情跟你一样。咱想一个人。”副驾驶座的方介生打破了车内的沉默。转过身，与一直望着窗外的刘敞敞说。

刘敞敞呆呆地看着窗外闪身后退的景物，听着介生的话，才扭过头来：“哦，是吗？想谁？”

“你知道咱跟金素妍的事吗？本科的同学，咱们好过，爱得死去活来的。她也在英国读书，一去六七年，没有音信。”方介生拉上车把，平衡着身子说。

“哦，知道一些，道听途说吧。你们还往来吗？保持联系吗？”

“已经失联了多年，吾心不死！咱支走了晓常他们，只想一事相求，不好意思，这个节骨眼上还给你添乱子。”

“想说什么就照直说吧，什么骨眼都无妨。”

“咱，咱，咱想请你打听她的下落，她在哪里，安身在何处，过得怎么样了。”

“心里放不下那人？不过，失联这么多年，有她的准确联系方式吗？”

“她叫金素妍，原先在爱丁堡大学学金融，毕业后不知有无续读博士，还是移居他地找工作去了，反正没有回国，一直漂泊在海外。”方介生将准备好的、他曾经用过的通讯方式，以及一张素颜照交给敞敞说：“她的所有信息都在这信封里边，也是咱知道的全部了。得空的时候，比如假期、周末，帮咱打听、打听，帮咱打捞、打捞爱的希望和线索。”

刘敞敞听明白了。介生与素妍的往事，一段校园恋情，一个没有结果的、分手即散的、短暂的爱情故事，痴情郎，牵肠挂肚，延延续续六七年！校园恋爱多是游戏人生，他当真了，动了真感情，将嬉戏语言当成爱情真挚，铭心刻骨！可是，六七年哪，黄花菜早凉了，那女孩玩失踪，隐名埋姓，潜伏隐居，始终不敢见介生，恐怕早做人妻、早为人母了，现在正在国外哪个角落享受着无忧无虑的幸福光景，介生却初心不改、爱心不泯，梦幻着回天有术，奇迹天降。有可能吗？现下追踪、打听薄情女的去向，有几多意义？但是，敞敞没有这样说，这太伤人，单相思的人总是一根筋，不易转弯调头，她换了个方式问道：“要捎什么话吗？这是给她的信吗？”

“不，这不是信，也不用捎什么话，就是打听打听，看看她好不好，有没有嫁人，最好能取得她的通讯方式。如果能跟她说上话，就代个好吧，就说咱很好，很想念她。如果她嫁了人，就说咱也娶妻生子了，生活很安逸，说咱祝她幸福。如果能看到她新婚或全家福的照片，咱也算彻底交代了。”

刘敞敞捏着信袋，里边薄薄的一片纸，还有一张旧照。介生心灵一隅依旧搁着与素妍的旧情，久久挥之不去，这正是他与月姝的关系裹足不前的真实原因，这对钱月姝太不公平，可怜的月姝一往情深，静静等待着他了却过往，解开横亘于胸前的心结？甲恋乙、乙恋丙，这是爱情小说的绝妙体裁，已被中外作家演义过无数遍，没想就活生生地发生在现实生活之中，就在身边、在眼前！黄有成是生意人，直来直去，没有介生那么真挚和细腻，他的爱不如介生那么有渗透性和穿透力。不过，他的情爱也许自寻烦恼，如何切断这已经流产的、畸形的爱情脐带，等待着打听到金素妍的下落再说吧！素妍的记忆内存早就无数次格式化了，哪有他的爱情因子呢？

其结果不寻也可想而知，问题是如何平复介生的心绪，如何将他从金姑娘那里拽回来，将他推入月姝的怀抱，开始正常人的爱情生活？时间，唯有时间能治愈所有心病！敞敞我一定给介生一个确定的消息，让他彻底断了金素妍的念想。她说："放心吧，敞敞我会尽心，不会让你失望的。"

"有什么消息，径直告诉咱。别砍头去尾，照顾咱的情绪，实事求是，什么结果咱都承得住。"方介生相信敞敞的办事能力，她允诺的事一定能办到。

"放心，敞敞我明了怎么做。"敞敞知道介生等待素妍的消息，等待了六七年，他不甘心、不放心、不安心，像他这样从一而终，像出了模具的金属构件，永不变形、永不变心，硬硬朗朗地钟爱着一个女人，这样的纯情男，当今已是稀世珍宝，谁人嫁给他，都将幸福无比。以介生为标杆，刘敞敞心里暗暗地审视着驾驶座上的黄有成，这位拜倒于石榴裙下、贴身紧追、言听计从的汉子。

二十三　下海游泳，豪赌人生

袁玉芳成了律城财经大学的常客，足迹遍布学校各犄角旮旯，文达很惊讶，两千亩的校园里，有他不知道玉芳知道的小道、报亭和公厕。不仅如此，玉芳与小白楼门卫阿伯混得稔熟，往门口一站，“哈罗”打声招呼，阿伯便知道314的对象来罗，免登记，甭说来意，进出自便，俨然就是小白楼的新主人。晋升职称、姜老师猝死、大师兄二师兄提职、敞姐出国等，在财大年轻教师中持续发酵，多少人为之蠢蠢欲动，在玉芳心里也掀起了不小的波澜，文达身陷其中，不能自拔，她是心灵感应，角色联动。

她了解文达喜欢跟人攀比，不轻易服输、服软，总爱暗自发狠，偷偷发力，企图弯道超越强者。其实，人生怎能永远赢呢？有时也得让别人赢，输也不坏，输输赢赢相互交合才是完整人生。赢就沾沾自喜，近乎癫狂。输就怨天尤人、愤世嫉俗，天昏地黑的，情绪一落千丈，不思茶饭，不能自已，一副溃不成军的败相，这怎么了得，以后怎么携手过日子呢？每当文达情绪低落的时候，玉芳就不请自到，主动出现在他面前，一番好言相劝，不厌其烦地开导，像心理医生，像小朋友的家长和监护人。职称公布后，文达像霜打了似的，生闷气，见人爱理不理的，玉芳说：心里放缓一点，好不好？硕士与博士本来就有级差，毕竟少读三四年书，老跟博士比，拼个啥劲？听说文达老担忧前程，她说：从农村打拼出来，前程比阳泉村的娃娃强多了，就算当个普通老师，撑不死也饿不着，一年两个假期，谁也不嫌弃你，干吗自己瞧不起自己，整天掉了魂式的，惶惶不可终日。当文达告诉她准备弃教从商、调往盛茂鼎业投资公司的时候，玉芳心里咯噔一下，一时慌了手脚，这可不是小事，不是闹着玩的，不是浪费两盒口香糖，得慎重！三思而后行！

玉芳知道文达要学着刘敞敞高调离开律城财经大学，他不想念博士，顶着硕士帽在大学里混，的确难以走到学术前沿，欲撵上晓常、介生他们几无可能，既然在学校压抑，换个环境未尝不可。不过，从商不是他的强项，他体内压根没有商人的基因，他连数钞票的手都不柔顺，一看就没操过大钱，一万块的百元大钞能数出一百零三张来。旱鸭子跃入市场急流，不呛鼻子、溺水才怪呢。玉芳宁愿让文达读博士，只要把结婚证领了，俺就支持他读书呗，读几年都可以，日子难，能苦到哪里去，还能退回二十年前不成。经商，那是走钢丝、玩心跳；那是无底洞，是没有栏杆的悬崖，战战兢兢、如履薄冰，一着不慎，满盘皆输。投资那玩意能赚大钱，可那是少数人的低概率事件，跟中大彩似的，大多数人是买票看戏的观众，在路边鼓掌而口袋空空而已！她不同意文达去这个地方，他的聪明劲用错了地方。他是地道的读书人，前途在书本里，离开了书本将一事无成。他讨厌财大，哪怕换个学校，不到大学，哪怕到高职高专、中专校也成啊。

腊月的太阳隐退早，淡红的晚霞匆匆染色天边，又速然褪色，落下一片灰蒙蒙的凄凉景象。冬天的林荫小道，败叶满地，掩盖了路面的鹅卵石，草坪发了黄，路人行色匆匆，野风从秃头的梧桐树和黄了叶的香樟树丫间呼呼窜出，直面罩在人脸上，将人无情地包裹在刺骨的寒冻之中。玉芳挽着文成的胳膊肘儿，迈着沉重的碎步，重复着那句关切的话："你再好好考虑、考虑，这调动的事难反复，不能意气用事，开弓没有回头箭，结果不可逆。想不好，先搁一搁也成哪。"

"不行，已经答应了人家。本人反复权衡过，想了好几个晚上，该下决心了。犹豫不决做不成大事。"曾文达紧了紧领口说。他心里七上八下的，对于摘下校徽，穿上公司的统一制服不甚习惯，对能不能从商亦无十足把握。但是，离开律城财经大学已是箭在弦上、不能不发，靖晓常、方介生还有其他人，都认定他要走，自己也这么定位的，轨道已铺就，不能不发车，就像计算机程序已启动，停下来就前功尽弃、功亏一篑。他搂紧了玉芳，淡淡地说："说实话，本人讨厌大学的浮躁，厌恶俯拾皆是的虚伪、做作和人欲横流：为追逐功名而做伪学问，老师要工分、学生要学分，两者一拍即合，谋财害命，误人子弟。谁人有水平，谁人有能耐，都是台下工夫、幕后较力，靠的是关系、后台和权力！高校与社会相通，没有自作清高的本钱，社会上的所有污秽，大学里应有尽有。真不如在商场，按照价值规律真枪真刀的厮杀，活，活得真实、有滋味，死，死得明明白白，不受窝囊气！"

"文达，现实如此，赌气没用！"在落叶碎声中，玉芳放慢了脚步，搓了搓文达的手，将它放进风衣口袋里取暖，抬头看着他木然的脸说："说你那公司，俺心底还是不托底。这个盛茂鼎业可靠吗？有保障吗？莫过两年倒闭喽，那时你到哪里安身立命?”

“公司不是党政机关的铁饭碗，也不是事业单位的旱涝保收，它当然得面对市场、依靠市场。市场肯定有不确定性，俗话说成也市场，败也市场。说保障，只能靠自个稳健操作，积极规避风险了。”曾文达将身子贴近玉芳，径直向前走，玉芳吃力地撵上他的步履。

“这俺懂。俺就是不想让俺男人跟风险挂钩，那市场是要钱不要命，为钱能要人命的地方，干吗冒那个风险哪，啊?”玉芳说到此不禁打了个寒战，身子骨发冷。

“玉芳，不用怕。风险越大，收益越高，市场法则！本人想，趁年轻，赌一把。在律城财经大学不愠不火、不死不活，为可怜的课时费大费口舌，为个狗屁职称争得你死我活，太小儿科哪！一节课五十块，一个讲师仅比助教每月多三百来块。在盛茂鼎业公司那不叫钱，随便点点鼠标，做一手业务就轻松进账千儿万把，那才彰显人生价值，真正体现时间就是金钱、知识就是力量、信息就是财富的地方。”

“那公司做什么的，不是开印钞厂的吧？来钱哪那么轻巧呢?”玉芳不解地说。

“盛茂鼎业公司做理财和投资的。比方说，你有闲钱，搁在银行嫌利息低，现在利率比起物价涨幅就是净负数，那就把钱托付给公司，由本人帮你理财，实现几倍于银行利率的收益，起码保值增值无忧。如果胆子大点，就练练手，碰碰运气，做股票、债券、期货买卖，那就更刺激了。不少人一夜暴富，一夜长出几个万元户，看得人眼花缭乱!”曾文达说得有些亢奋，一向悲观的他描绘出的前景如花似锦，好像金山银山唾手可得，只要往前小小一步，就能嗅闻到金银的铜锈和钞票油墨的芳香。

“文达，你一向处世谨慎，今儿怎么变了一个人似的。你千万别听人忽悠。别人发财，肉长不到你身上，你丢了工作，才痛在自个心里头。俺总想，俺俩一个在大学、一个在小学，啥也不缺，挺好的！折腾来，折腾去，俺心里乱蓬蓬的。”玉芳依然没有被说服，还想把话再往回说，想重新论证他的去留方案：“你有没有跟家里商议？让他们给出出主意。”

“他们懂个啥？又能出啥主意呢？这半辈子你不是不知道，凡事都只有问自个，问了他们比不问更糟。家人只关心你挪窝钱少了没有，姐姐的工作会不会牵连，在城里能不能立稳脚跟之类不是问题的问题。”文达非常不主张与他家人联系，商量自是没有头绪，他认为父亲在阳泉村，未经大世面，哪里懂得城市里的别别窍，哪懂得白领阶层的生存状况。母亲没有文化，一辈子守着村头村尾，肚子里有几斤几两油花，他清清楚楚。

“那你跟几位兄弟透透气，听听他们的主张。”玉芳又说。

“晓常兄说下海游泳，游不好再上岸呗，学财经的人，积累实战经验不是坏事。介生兄嘛，本人天天聊得上，他说天无绝人之路，钱教授的第一桶不是在学校掘的，下海作原始积累，有个家底再反过来做学问，也不失为人生的一大选项。本人伤筋动骨，痛感神经不连在他们身上，风轻云淡的。”

“他们怕说重了，你受不了。说轻了，又不受用。你那德行俺能不知？所以，好自为之，自己把路走实哪，莫要让人受累！”玉芳想他人的建议只能如此，她作为未婚妻的规劝也不过如此，文达心里咬定的事，很少能劝他更改，他就那么犟！非得吃了亏，才松手，撞了墙、头破血流才肯回头。

“本人会害你吗？会对自己不负责吗？”文达有板有眼地反问道，“本人会跳出米箩往糠箩里跳吗？本人尽管年轻，但青春的每一天都有时间价值，本人会作践自己吗？”

“当然不会，俺不是那个意思，不是……”玉芳还要解释。

“那好，”文达一摆手，刚焐热的手又在外边吹风，他要做个手势，表达一个重要的意思，“财大有晓常、介生兄，他们是明日的政治明星，本人在财大咱是垫脚石，离开财大不足为惜。即使有朝一日想重回财大，有两位兄弟当家，肯定不难。可以说，现在是天时地利人和，是豪赌的最佳时机。如果输了，你别怪，本人再重回学校过清贫日子。如果赢了，就脱胎换骨、升级换代，为下一代开创了富裕生活，本人可跻身富人俱乐部，咱们的儿孙辈就是富二代，不再为五斗米而折腰。本人想，让咱们的儿女能够留学英美，就像刘敞敞那样，难道不好吗？难道有什么不对吗？”他说得激动起来，将玉芳的手攥得紧紧的，仿佛军号已吹响，马上就要发起殊死的冲锋，人生兴亡，在此一搏。

玉芳深深省得未婚夫所做出的一切，他在豪赌人生，也在赌俺们未来的幸福生活，他的动机无可厚非。看来他是九头牛也拉不回头！

对于曾文达的离职，费艳冰似乎早有预感。当初，招录部分专业的硕士毕业生，本是权宜之计、应景之作。因为会计、审计、金融等专业的博士走俏，从业倾向瞄准了烟草、电力、石化、国有商业银行等薪水高、待遇优的企事业单位，高等院校不是首选，因此律城财经大学只得降而求其次，招聘部分硕士，以解面广量大的本科教学的燃眉之急。后来发现，老道失算，硕士生很快成为不稳定因素，他们不是急于读博、补学历，就是跳槽、改行，几乎没人从一而终，安心职称低、低收入的教学岗位。在刘敞敞、曾文达前面，已有若干硕士不告而辞，学校放人与不放人并不重要，他们去了外企或者出国，一纸离职报告甩到人事处，档案也不要了，人就蒸发，不知去向。费艳冰本想依照合同上的服务期，向离职者哪怕是象征性的收缴点违约金什么的，以示合同的严肃性。可是缴钱的人都没了，上哪里去追违约金？上法庭打官司，费时费力，法院即使做出胜诉判决，执行亦是问题，更像是自讨没趣。所以，对去意已决的硕士，费艳冰一律放行。

曾文达的调动手续特别顺利，三下五除二就解决问题。听说从前办调离，学校先是不放，然后苦苦劝留，再是讨价还价，往往复复多个回合，还要加盖多少枚公章，拖上多少时日，不折腾个半死休想拿到调令。如今的一路绿灯，倒让文达有所不适，他有一种被扫地出门的感觉，学校是不是想撵着快快走人，本人已成为律城财经大学的多余？成了人见人厌的异类？想到此，心就酸了。望着小白楼，望着律城财经大学的校门，望着朝夕相处的教学楼和曾经度过无数美好时光的图书馆，心中不禁感慨万千。毕竟是工作生活了将近千个日夜，真正到了离开的时候，才知道心底的眷恋之情未泯，关切之心尤在，还有那么多的不舍，那么多的记忆根植于这片让我欢喜让我忧的土地，“打野鸡”、辅导员、班会、学生滋事、食堂纷争、课堂教学……一件件往事纷纷涌上心头，仿佛就在昨天一样，历历在目，酸甜苦辣、五味杂陈……

下午，盛茂鼎业公司派面包车将他的行李物品打包拖走。他在小白楼下，与前来送行的年轻教师一一握手道别，然后坐入随后的轿车，将头探出车窗，与大家招手、招手、再招手，大有“风萧萧兮易水寒，壮士一去兮不复还”的出征悲壮。走出送行人群的视野，文达要司机开慢些，在校园绕一圈，兜大圈，就是最大的圈子，所有大路小道再碾一遍，让他再看看熟悉而此时又显得陌生的律城财经大学。

盛茂鼎业投资公司。

曾文达忙忙碌碌，闲下来后，趁午休片刻，给刘敞敞打越洋电话，通报调动情况。通话中，他以后来者、成功者的口吻，告诉她曾某人已到新单位报到上班，感谢敞姐指点迷津、感谢有成兄为小弟架设了康庄大道。此时此刻，他正坐在新办公室内，用办公桌上的座机跟她说话呢，其激动之情溢于言表。为了契合对方的环境，文达随口蹦出几个英语单词，颇像学校里的双语课堂。敞敞惊讶不已，过去的文达可从来没有这样，洋不洋、中不中的，也许现在业务需要英文听说读写，需要练习口语，看来环境能改变人。文达说：调动事宜今天全部就位，律城财经大学近三年时间弹指一挥间，从今往后，本人就是盛茂鼎业公司的业务经理哪，是白领中的白领。敞敞问：业务经理是啥职务，正科级？副科级？文达说：公司里经理满天飞，做业务的都叫经理，没行政级别，这样打名片好听、好看、好叫，有身份、有身价。师傅领进门，修行在个人。敞敞说：万事开头难，良好的开端是成功的一半，开始万一有个不适应得坚持、坚持、再坚持，十天半月就会好的。记住吉卜赛人的名言：跳出苦海也许又掉入涩河，因为苦水不会这么快变甜。公司不同学校，说话办事得悠着点，公司里可是老总为大，须言听计从，马首是瞻，切莫犯上！文达道：晓得，现在本人是一身工装，领带不离身，许总的电话设为热键，就盼他给本人打电话，本人可是许总长、许总短的，一直挂在嘴边。这就对了，你很有才，相信自己能干好，能闯出一片天地。敞敞听电话，感觉文达状态尚好，才如释重负。她曾经担忧文达赌气，为离开财大而饥不择食、慌不择路，她对这盛茂公司深浅不知，公司无不以利润最大化为目标，认钱而不认人，凶险重重。大学里单纯得多，冒犯了领导、遭遇风险顶多伤及名誉，而公司里就不是名誉问题，它会殃及饭碗、前途，有时还有性命之虞！敞敞怕他要性子，气头上做出格的事，作为姐姐，她喜欢直来直去，直言相告，不会拐弯抹角。文达听出这层意思，感谢敞姐的提醒，他不以为然地说：本人已成长、成熟了，马上要结婚啦，要为人夫、为人父，真正做大人啦，姐姐放心，曾经理一定打理好自己的！掐断了电话，文达看了看通话时长：五十 八分钟，突然想到，英国那边正值后半夜，哦，本人只顾得自己方便，没考虑她的作息，顿生歉意，他立即给敞敞打了个道歉短信。几分钟后敞敞便回信说：没关系的，有事随时联系，你好就是我好！

曾文达行前最后一次班会。

严格来说，办了调离手续的他，已不是财大教师，更不是当班辅导员，他所带的班级已交给了方介生，满可以一走了之，学生如何评价，是与他无关的身后事。但是，他选择了善后，站好最后一班岗，当面给学生一个完满的交代。学生是无辜的，他不愿伤他们的心！学生已经成人，凡事有自己的主见和价值判断，不能拿他们当孩子。

果不然，学生的最后一次班会热情空前，悉数到场，无缺勤、迟到，坐得特别整齐和端庄。班长立正，向文达行礼，扯开嗓门大声报告道：曾老师，经管三班全体同学全部到场，等待班会开始，请您主持！曾文达很是激动，向大家深深鞠了一躬，然后开门见山地说：同学们，你们已听说了，本人要调离律城财经大学。是的，今天是咱们最后一场班会，告别的班会！本人要跟大家说，对不起，食言了，没有兑现陪伴大家四年的承诺，对不起！实在对不起！说着，文达要落泪，单媛媛也跟着掉泪，见状大家心情自然好不了。现场弥漫着无奈和悲凉，酷似都德《最后一课》小说的场景再现。文达觉得不用对学生解释调动的前因后果，这一言难尽，太苦涩了，他一时也说不清道不明。他只能泛泛而论：人才流动是学校之常态，人往高处走、水往低处流，人总希望寻找最能发挥能力和特长的单位和岗位，能够投靠在一位好领导的麾下。从业、择业没有最好，只有更好，同学们未来就业亦是如此。曾文达不才，没有带好班级，两年多来，如有怠慢，敬请同学宽谅。从今往后，有什么地方用得着曾某，请与本人联系，相信文达！新辅导员马上到任，本人有情邀请方介生教授接任，直至大家毕业。方教授不用本人介绍了，同学可到校园查询他的履历，他一定会比本人做得更好。班会的程序跟以往一样，最后是学生自由提问。学生的提问不多，同学问：曾老师的调离是不是缘于学校不公，或是柯书记的粗野所致？是不是你对学校不满，这种不满已经到了无法容忍的地步？同学又问：为什么刘敞敞等一批年轻教师先后调离，是不是学校人事政策出了毛病，留不住人才？难以调动教师们的主动性和积极性？如若以后学校政策环境改善，曾老师会不会重回财大工作？同学还问：你对律城财经大学的管理打多少分，及格还是不及格？学校领导称职还是不称职？辅导员可以调离，我们学生能不能转学……像开新闻发布会，曾文达挑容易回答的问题做出正面的解答，对不易回答的，仅原则性、表浅性地回应。最后，曾文达提议大家合个影吧，就站在教室前面，列三排，用手机拍。仿佛生离死别，女同学们哭着鼻子，男生沉着脸，站立、弯腰、半蹲，相互搂抱在一起，协力拍下师生最后的全家福。

曾文达最后以辅导员身份与单媛媛父亲见面。

单父到学校给女儿送寒衣和零食，考试了，需要保暖和增加营养。完成给养后，他坐在豪车里，从停车场给曾文达拨电话，办公室说话不方便。办调离手续、打行李忙得团团转的曾文达，停下手中的活计，从小白楼一口气跑到停车场，喘息未定地一头扎进了单父的宝马车。单父道：听女儿说你要调走，不在财大待了？文达说：是的，换个单位，外出去透透新鲜空气。单父问：调什么单位？文达答：盛茂鼎业公司。单父道：就是做理财投资的，在市中心商贸大厦十层的那个鼎业？文达说：是的。单父一拍大腿：那咱们干的是本行，少不了业务往来，看来世界真小，咱们撞到一块了。文达喜出望外：真的，有这么巧的事情？这叫缘分，缘分哪！单父颇有慷慨地接着说：这两年媛媛在班上没少给你添乱，你为她挡枪，否则她早中弹、背上处分啰，政治前途就此完结。在中国，除非下海或出国，否则档案上的污点要背一辈子黑锅，以后入党、考公务员、提拔都会拿处分说事，是只不大不小的拦路虎啊，一家人对你蛮是愧欠和感激。文达说：这都是过去的事了，不提了。新来的辅导员是哥们，本人把他的手机告诉你，有事联系他，就说曾某人介绍的，他不亏待媛媛的。单父道：谢谢你，考虑得真周到，调离了还操着媛媛的心。单父打开车窗，点了支烟，又说：我跟鼎业老总交情笃深，明儿为你把线头接上，也许以后对你有用。你呢，替我把方老师约出来，有空吃个饭。这样吧，你、我、方老师和鼎业许总，下周我做东，咱哥几位一起聚聚，认识认识，多一个朋友多一条路嘛，就这么定了！说着，顺手将一个信封塞进文达手中，小意思不成敬意，算是到鼎业的安家费，听说上次的 Ipad 坏了，甭修了，重买一台一定笑纳，咱们处的是永远的朋友！

曾文达专程上门与柯梦凡辞行。

人离开了，基本的礼节不可少，否则，偷偷摸摸地开溜，一点不光明正大，好像做了啥亏心事。以前，纵然对柯书记有万般愤恨，那都已经过去，所有的恩怨情仇随着两人的物理隔离都将不复存在。文达想，最后一次主动找上门告辞，柯书记可能借机发一通牢骚，或将他批评、数落一番，以显示领导和长辈的尊严以及他的主张一贯正确。反正死猪不怕开火烫，只要他不过火，由他说去吧，尽当耳旁风，此时不说，也许再也没有说的机会了，如果身旁有年轻老师或学生，他可能更起劲，越说越有滋味。当然，如若他过火，超越了边界，开始人身攻击或侮辱谩骂，那本人不轻饶他，与他拉下脸干，现下谁怕谁呢？文达还做了另一个最坏的打算：柯书记会重提单媛媛的事，重翻旧账，甚至新账老账一起算，他连对付柯书记要态度的话都想好了，现在不在他人屋檐下，就敢不低头，老子才不当孙子呢！可是，万没料到，文达见柯书记的气氛轻松和谐。柯书记先是客气地将他引进里屋，又是烧水沏茶，又是打开空调取暖，说他还特地备了一份小小纪念品，正愁着如何转交于他。文达说：本人明天就去报到，临行前专程向柯书记道别，感谢多年来对曾某人的关心、关照，文达学疏才浅，不谙人情世故，给柯书记添麻烦，想来十分愧疚。文达像背书一样地自责、自省了一番，狠命捧了柯书记一把。柯梦凡摇了摇头，又摆了摆手，让他不要再说，接过话茬说：曾老师，要说愧疚当是柯某，对年轻老师要求严苛，关心照顾不够，将部队军人那套做派带到大学里来，对年轻老师和学生摆架子、要态度，柯某已在学院中心组做了自我批评，在马书记、郭校长那边也领了过。柯某太不了解年轻人的心，工作简单，态度粗暴，指望一纸行政命令就能解决所有问题，错怪了你和单媛媛同学，伤了师生情感，要说对不起的是我。那狗屁不是的郝主任不学无术，害人不浅……柯梦凡贬损郝主任，这个曾经供若神灵的领导，曾文达心里一怔：柯书记，说的是省发改委郝主副任吗？不错，是他，肯定是他！柯书记道：姓郝的喜欢到处讲座，用秘书代拟的发言稿招摇撞骗，借用手中职权变相寻租，学校有人拍马屁，为这号人奉献鲜花、地毯、掌声和神圣的学术讲坛，为他支付高额的讲课酬金，简直是笑话！活闹剧！师生们不满、奋起反抗是再正常不过的事哪。柯书记一改凶神恶煞的神态，换上一副慈眉善目、和蔼可亲的模样，讲的话句句中听入耳，说到文达心窝里去了。文达肃然起敬，产生了跟他握手、拥抱的强烈冲动。他想打破沙锅问到底：为什么单媛媛处分的程序戛然而止？有人指的谁？可是回头一想，柯书记已做出解释和让步，一再谴责姓郝的，承认是闹剧，本人可不能得理不饶人，非要逼出闹剧的导演以及内部细节，就为难人了！盛茂鼎业公司从事投资理财的一个重要法则就是见好就收，不痛打落水狗，因为痛打有湿身、被咬和落水的危险……于是，文达只管顶着头皮，洗耳恭听柯梦凡的侃侃而谈：你不读博士是对的，而今读博之人不是他能够读博，而是需要读博，你懂柯某的意思吧？文达点头。柯梦凡又说：读博大多是混文凭，能从导师那里学多少真才实学？天知道！昏天黑地地编造论文，越学越迂腐，你也发现了吧，学校引进的博士，一群书呆子不是……柯梦凡想讲的话都讲完了，到了告别的时候。文达提着纪念品——一本精美的电子书——走出柯书记办公室，柯书记少见地送至门口，握手欢言。今天，他的心情超爽，终于趾高气扬、昂首挺胸地走出经管学院领导的办公地。不过，亢奋归亢奋，他心结依然未解，柯梦凡对郝主任的态度怎么一百八十度大转弯，奥妙何在？太上皇似的郝主任瞬时变得狗屎不如呢？

坐定盛茂鼎业公司后，文达四处托人打听郝主任的下落。结果很快浮露水面，郝主任因职务犯罪被纪委“双规”，正在接受组织调查，就发生在他来校讲座后不到一个月时间。太意外了，太不可思议了！原本呼风唤雨的爷们，一夜间变成阶下囚！单媛媛的处分为什么下不来，曾文达悬在头顶长达年久的所有困惑，居然答案于此，实在耐人寻味！

二十四　靖院长乔迁

刘敞敞和曾文达双双调离，靖晓常若有所失，小白楼里总像是缺了一点啥而多了淡淡的寂寥和愁绪。中午开饭时分，围坐餐桌一周的不再是你我他她，而是一群随机组合的、认识和不认识的、年龄各异的教职员工。他们抄起筷子大口大口地扒饭，狼吞虎咽之机还侈谈工作，讨伐学校的不是，评头论足各位领导，包括马书记和郭校长。晓常冷眼旁观，从不插话。他想，彼此不熟难有深谈，大伙忙了半天工作不累，连吃饭都不轻松，说些愉快的不行吗，这不有利胃粘膜分泌、促进消化、愉悦心情……想起敞敞、文达，那才叫享受午餐、快乐生活。不过，现在一起吃饭已越来越困难了，连介生也是如此，月姝经常开着车拉他到外边去……一种散伙的悲凉笼罩着，心里不免怅然，不由地加快扒饭进度，吃完快快走人。

好在忙碌填充了所有的时空，没有时间细品闲暇和孤独。作为常务副院长，院长不管的事他全包。院长郑常如，一位年近退休的老者，学校的权要，类似钱教授似的人物，是位动嘴不动手的老把式。动嘴就是决策、参谋，动手即执行、实施，晓常自然负责后者。郑老提出，班子分工由他主外，跑项目、争经费、搞攻关，说到底就是上自由班，办公室很少沾边。而晓常则主内，一点自由不起来，得循规蹈矩，天天坐班值守，处置各种疑难杂症，应对师生学习、生活之琐事，出席多如牛毛的各类大小会议。忙完公务，八小时以外还得忙自己的，写作、备课，再者就是整理家什，准备搬家。

夫妻团聚和阳光美第住房装潢竣工，晓常不得不加速整理内务，准备搬出外教楼。过渡房的契约已逾，212 很快要易主了，晓常有好多不舍。并非一万多块钱的简装打了水漂，而是这斗室陋屋，承载了他事业的起步和太多的念想。夫妻两地这三年，他活得自由自在，所有时光在握，可以肆意挥洒、随我支配。在这里，与介生、敞敞、文达彻夜长谈，不预设主题，谈社会、说学术、侃人生、议婚姻，楼下大门锁闭了，敞敞躺在沙发上，三人挤在大床上过夜，井水不犯河水，令门卫师傅咋舌。

在这儿，比拼厨艺，切磋牌技，通宵达旦，一个晚上不知不觉喝干两箱干啤，再添一打矿泉水。在这里，居家过日子，介生、文达拿着浴后换下的衣裤塞进洗衣机，晾晒在阳台窗外；选择爱看的体育频道看直播，守在小小屏幕前、不到终场哨响誓不收兵。在这里，剪刀、拳头、布决出做家务活的倒霉蛋，不服气做完再来，什么苦、脏、累活都能分摊下去；畅然交流道听途说的桥段，不用担心遭人侧目，一曲说罢四人笑疼了肚子，扰得邻居上门提醒周边已休息、小点声儿，四人点头哈腰、争先恐后地说对不起、对不起……这一切，一去不复返了，单身生活就此打住，介生很快也要结婚了，过往岁月像一只进水的沉船，无声地沉入记忆的深海。

搬家就像把家庭的桌面格式化。翻箱倒柜，将各种家什清空，分门别类打入大小纸箱，然后用胶带、绳索封扎好，堆码起来，等待搬家公司上门。靖晓常不敢相信，这家开张短短三年，竟然积攒了这么多家什，从橱柜里倾倒出来，堆得像小山一样，每天下班后收拾二三个小时，一个礼拜下来，仍没掇拾停当。搬家可不是轻巧事，一生恐怕就一两次，今后切莫轻言搬字！繁杂的什物中，晓常发现你我他她一起活动遗留物，睹物生情，沉没的往事又被勾起、打捞了上来：抽屉里七八副扑克牌，十余只广告打火机，五六盒袋泡茶，四只搪瓷茶杯积满了茶垢，这些是四人打牌、饮茶时的用具，每人一只都作着记号。曾文达未看完的杂志，夹着书签，还搁在书柜里，说好下次来接着看。冰箱内剩下一盒番茄酱，敞敞说亨氏的口味特正，所以每次都买这个牌子。晓常读博时海边的风景照，依然静静地架在书桌上，被众人夸奖过无数，被三人几度摄入手机作为收藏……“嘭通”——整理书桌时，右边上层那只抽屉掉出来一张银行卡，将晓常的注意力扯回到现实之中：建设银行，背面粘着一张小贴士，上面铅笔字迹已淡去，难以辨认：是姓名？密码？还是什么备忘？怪了，这儿怎么遗下一张卡呢？死活想不出它的来历。皮包里在用的和不在用的银行卡有十多张，学校财务统一办的，读书大学时留下的，被银行业务员忽悠添置的……“僵尸卡”居多，在用的和常用的不过一两张而已。这张卡属于哪类，里边有没钱、多少钱？有空到银行去查查。可是，繁忙的晓常没多久就把这事忘得一干二净，那建行卡却一直静静地躺在名片夹的内层里。

靖晓常搬出外教楼，迁入了阳光美第公寓 13 幢 601 室。搬家跟重置新家一样，麻烦无比，一大堆杂事从地下一咕噜冒了出来，仅跑腿活计，数一数就十余件之多，够烦心的：产权证、土地证、户籍迁移、电卡、水单、煤气证、有线电视簿、电话及上网证、物业管理卡、与装修公司结算尾款等等，哪一样不花时间？有的地方晓常最不愿意跑，像银行，排除叫号，银行营业大厅坐满了悠闲的老人，办一笔小小的业务，不知候多久，那里的时间是最贱的！官媒说，中国人一生要办各种证、照、簿、本一百多个。看来等待退休了，成立一个跑腿服务公司，搬家公司业务的延伸吧，那肯定有市场、生意兴隆着呢。不过，回头一想不成，很多业务须本人亲自办理，如银行、产权证等等。夫人宋丽惠初来乍到，地面不熟，犹如刘姥姥进入大观园，一时找不准东南西北。再说，刚调入市档案局财务处，到了新单位怎好板凳未热就请假跑私活呢？请手下帮忙，也不妥，当上会计学院副院长这无名小官，就差人私事公办，岂不是典型的以权谋私吗？自己办，又分身无术！晓常只好排上日程，一天一件或两天一件或一天两件，一个个分割围歼吧！

跑手续、办证照的光景，晓常的大脑呼呼运转开来。他想，搬家，人生大事一桩，要炸鞭炮。老人说：建房、装潢动了土，要炸个雷点响头，以驱邪避魔，隔妖异和恶魅于窗扉之外。他一直念着此事，还留意着鞭炮焰火的销售点。不料，前几天，市政府发了告示：律城主城区内禁止燃放烟花爆竹，市内的烟花爆竹销售点瞬时关门歇业或迁往城乡结合部的非禁放区去了。阳光美第一对小夫妻，恰逢新婚乔迁双喜，早早地从农村购得十万响闪光鞭，一根粗粗的红绳似长蛇从二楼阳台挂到一楼庭院。小伙众目睽睽之下，用手里的香烟点燃了“万炮齐响”，顿时火光闪烁、硝烟弥漫、振聋发聩，聚集围观者无数，长鞭足足炸十几分钟，着实热闹喜庆了一番，不久那小伙就被闻讯赶到的警察带走，遂以违反治安处罚条例，处治安拘留五天，吓得晓常不敢再想鞭炮之事。鞭炮可以不炸，晓常想请大伙来热闹、热闹，这不犯法。可是，一琢磨，请谁呢？敞敞人在国外，文达在公司忙成一团麻，他口口声声来道贺，可是有口无心、身不由己。介生业余时间都叫月姝利用或监控起来了，离开她的视野，仿佛介生就会另寻新欢、乘风而去。文达调离后，314 宿舍归了介生一人所有，月姝更是长驱直入，下了班便来陪伴并打理起居，俨然就像一对夫妻。对月姝贴身战术，介生倍感不适，看得出来，他不愿速速成婚。请他们到新房来，是否有催促他俩如法炮制、赶紧成家的心理暗示呢？请会计学院其他老师，彼此不熟，是否有问众人讨要份子之嫌疑呢？就像新婚喜酒的帖子，明晃晃地问人索红包，人家去也不是，不去也不是，特别是与你非亲非故的年轻同事们。靖晓常左思右想，幸亏没在会计学院张扬搬家之事，呵，还是内紧外松，莫扰民为好！

事物的发展是不以人的意志为转移的。晓常搬出外教楼，楼内楼外的教师不可能不晓，天天进出外教楼的一个大活人不见了，哪能保密得了呢？靖晓常是啥人？曾经的校园热点人物，见义勇为的传奇英雄，律城财经大学冉冉升起的政治新星，大名鼎鼎，他的任何动作都会吸人眼球，何况他现在是会计学院常务副院长，将来院长的不二人选，甚至是校长的有力竞争者。他的去向，人们不可能不关注，不可能不议论。人的嘴啊，生来一是吃饭，二是说话的，靖晓常的新闻抢人耳目，容易上口，也容易出彩。靖院长搬家了，在食堂、在班车、在大小会议上，自然而然地成为了热播新闻，挡都挡不住，封也封不了，很快会计学院上上下下路人周知。炸鞭炮当免，可是亲朋好友闻讯后蜂拥而至，登门参观新房、送份子在所难挡。

这事可闹大了。会计学院是律城财经大学的大院，七八十位老师，规模第一。这么多人像约好似的，一阵风似的排队登门，名曰鉴赏装修、学习取经，来沾沾乔迁之喜气，实则送份子、送钱来了。

周末，教师们浩浩荡荡的，驾着私家车，兜风式地一拨接一拨。参观啊，进来呀，靖晓常招呼着众人。起初，来客换拖鞋，后来人多了改穿鞋套，再后来人更多，鞋套不够用，干脆穿鞋进屋，这时已顾不得什么干净。没地方坐，简单浏览一周，丢下小红包匆匆走人，或者在门探头张望，不假思索地大加赞赏一番，感叹装修风格新潮、质量上乘，或者仅仅露个脸儿，恭贺乔迁之喜，尽了礼节就扬长而去。搞得楼下邻里不知601发生了什么事，上上下下客如潮水，“嗵”“嗵”“嗵”的将楼梯震得贼响，纷纷投来异样的眼光。

登门者狂轰滥炸，靖晓常始料不及。他连婉言谢诚的机会都难捕捉，大伙七手八脚，将信封丢在书桌、餐桌或茶几上，分不清张三、李四、王二麻子。离开时众人与他握手，晓常不能不应，一转眼众人就“噔”“噔”下了楼。还有更离谱的，红包塞进宋丽惠的口袋，压在电视遥控器下，放在门口的信袋里，署名和不署名的，反正上边写着“贺靖院长乔迁之喜”，院长能看见、不会搞错的。

宋丽惠来自苏北小城，哪见过这送礼阵式，莫名其妙地给人包钱，怎么拒收？她着实招架不住教师们的“真心诚意”，仿佛一切都天经地义，神圣而不可质疑。丈夫被老师围住了，她无力与众人推搡，一个家庭主妇如何敌得过年轻力壮的年轻人呢。等到丈夫脱身，老师消失得无影无踪，手里捏着一沓厚厚的红包。

如何处置份子钱，晓常棘手难办！假设方介生、曾文达来家做客，来点“小意思”，他当欣然接受，因为他们间的友情到了不分彼此、互通有无，不论怎么“意思”都不会出轨跑偏，那叫朋友情谊。而会计学院老师扎堆“表示”，似乎有些早熟或者夹生，跟他们的交道还谈不上交情，相处不过几周，他们的“心意”的确叫人难领受。如若生硬地清退，担心让老师们吃闭门羹，伤害了大家的感情。退款，你自恃清高不是？拒贿不是？你当老师别有用心哪？难道大家都是搞腐败、拉拢腐蚀干部不成？这不等于将自己推到老师们对立面吗？不退，这么多钱捏在手中，手心发热、发汗。晓常进退两难。

丽惠清点所有份子钱，合计三万多。麻烦在于，送礼者姓名与金额对应不起来，也就是说，想清退都找不到主儿，退给谁去？除非打包通通交到纪委去，以示自我廉政和清白？丽惠说：这万万使不得，交纪委是下下策，这无疑把老师都得罪光了。晓常说：这钱给人感觉怪怪的。他敏感地将份子与他的角色和职务勾联起来，他说：你看，红包是不是冲着我这个院长来的？丽惠说：别那么敏感，照我看，说没关系又好像有关系，说有关系又似没关系。晓常问：怎么说？丽惠说：你得看会计学院风土人情，如果是人家习惯，不论领导群众都如此，那你就别坏了人家规矩，入乡随俗。以后找机会还人情。晓常说：以后找机会，那得等多久，近百号人，怎么还？不过，学院风俗一说倒提醒了晓常，的确，得先调查一下会计学院的规矩，心中才有分寸，才不至于做出失礼或出格之举。

回城的班车上，靖晓常与谢小团并排而坐，单刀直入地问道：你在财大待长了，深谙校情校风，教师的婚丧嫁娶、乔迁、子女升学等，大伙怎么表示法？你说给我听听。谢小团犹疑，猜度晓常的所指，随即心领神会地道：工会慰问金八百块。晓常说：我是说老师个人，比如说，“五一”节到了，苏博士结婚，收到请柬，喝喜酒要包多少礼金？谢小团说：这没定数，得看你与她或他的关系有多铁，还有你的身份角色，比如说吧：你未结婚，就包个一两千、一两万都行，反正不久将来你也办事，你包多少，别人会加上两三百回礼。如果是领导或老同志，不指望再婚了，送份子是肉包子打狗，三四百足矣。晓常又问：会计学院人人都送吗？有无例外？谢小团说：我刚到会计学院，照金融学院的做法是自愿，没人客串，约定俗成。去年姜教授过世，大家都照此办理，大概在三百至五百之间。而今，几百块钱算不了啥，不就几包烟、几节课的钱，但它拉近了大家的心距，其意义远远超出货币价值。

晓常恍然。幸亏请教了谢小团，否则盲目行动，真的闹出笑话，靖某人在老师眼中就成了另类，一个坏了会计学院规矩、败了会计学院纯朴民风的异类。送份子既是教师们的潜意识和习惯动作，如同互助组和合作社，老师们自愿加入、共同维护，达成高度的默契，我怎好置身度外、独善其身呢？尽管晓常不赞成这种容易被人误解的约定，但是他无力也无意改变这种不成文的游戏规则。

回到家，晓常告诉丽惠调查结果。那下面的文章就好做了，在厨房做活的丽惠，一抖围裙说：入秋，找个周末请大伙到西山郊游，吃住行全包，“搓”一顿，或者国庆给大家送份纪念品，金额放大点，不就妥了吗？靖晓常看夫人兴奋的样子，淡淡地说：入秋、国庆是否晚了，份子钱粘在手里时间太久，会不会生变？大喜过望的丽惠关掉煤气灶，定神想了想，喃喃地说：这倒是，反应要快！晓常将夫人拉出厨房，说：对了，还有一件事别忘了：学校将外教楼212分给了张显忠老师单住，他嚷着将房子的装潢钱付我，给我狠狠地堵了回去了，搞什么名堂，那简装早折旧完毕，残值一文不值二文。介生告诉我，他找财务处查我的银行卡。这钱可不能要，你抽空去查一下，如果钱汇进来了，原路退回去，记住啰！千万别忘了！

晚上，晓常接到刘敞敞海外打来的国际长话。远隔万水千山，小美人仍不忘恭贺兄长的乔迁之喜。看来她的情报很准，消息很快，与国内同行的行动保持同步。她的话依旧是甜甜的、带磁性的那种。越洋电话的传输质量超好，清晰度跟市话和手机面对面没有啥两样，连对方呼吸的节奏都听得清清楚楚。说话间，靖晓常突然想到份子钱，眉头一皱、计上心头，何不请敞敞在英国买上几十条当地特产苏格兰围巾，在会计学院发一圈，既巧妙地回了老师们的搬家贺礼，又皆大欢喜，那是洋货，有几份新潮和意外，给人小惊喜。晓常大喜，此计甚妙，不禁为自己点赞加油：你太有才了！于是，晓常毫不客气地开口求援。刘敞敞听罢满口答应，并让他将统计数据发过来：几男、几女，长者和年轻人的比例，围巾的颜色、式样挺有考究，包装也很精致，男女老少均可兼顾。话到最后，刘敞敞问介生与月姝的进展如何，打算什么时候办酒。靖晓常答不上来，近来与介生接触不多，两人的情况不详。兄长只顾自己，不管兄弟们啦，关心、关注不够哪，失职啊！敞敞半真半假地批评道。晓常口头上表示接收，心里却犯嘀咕：远在海外的敞敞，对介生的事超乎寻常的关心，寓意何在？那天，方介生送敞敞去机场，临别前做了什么交代，想象不出，是不是金素妍那边有消息了？

靖晓常心里念叨介生，想给他打个电话问候一下，顺便问询近况，说曹操，曹操到。撂下电话一支烟的工夫，方介生和钱月姝便驾车造访。其实，白天月姝两次开车过来，车到楼下发现登门造访者络绎不绝，熟人很多，介生叫月姝莫开车窗、莫探头，赶快调头，别让人认出来。当然，见了晓常，介生不能实话实说，只能岔开话题，说白天跟月姝瞧家具去了，不料堵在高架桥上，遭遇了一场恶性车祸，一死两伤，轿车烧成一架空壳，惨不忍睹，现场交通疏导了近一个小时，所以避开交通高峰，才晚间登门。说着，介生引荐月姝认识丽惠嫂子，两女人见了面似姐妹一般，执手相看，嘘寒问暖，好不热情。月姝请丽惠搭个手，将门口的金箔画“红梅花开”抬进屋来，拆开包装。晓常家客厅中堂、三人沙发后是一面白墙，明晃晃灯光下正缺一幅画，月姝似有先见之明，留好了的位置，金箔画不大不小，长、宽、高全恰到好处，仿佛是画匠上门的量身订制，晓常和丽惠好不高兴，介生和月姝说妙不可言，这是天意，天意！沏好茶后，晓常与介生进书房聊天去了，丽惠则领着月姝看房子，介绍装修风格和用料，传授装潢技巧和验收要领。晓常问介生，跟月姝进展怎样？定下来没有？介生说：月姝是个居家过日子的好姑娘，咱说什么她都竖耳朵听着，回答是，从未说不。不过，咱不希望生活在钱教授的阴影里。近来咱眼皮跳得厉害，老是晃动着素妍的面容，她好像跟月姝有一拼咧。晓常说：找对象得有所取舍，既漂亮、贤惠、温柔，又家庭背景好、文化涵养高、性格脾气对路，此等十全十美的完人还没有生出来呢，即使生出来也不属于你的，因为我们自己不是完人。娶老婆抓关键指标，关键指标过关就成，你看嫂子，劳动妇女一个，居家过日子的标配，我挺满足的。介生说：这咱懂，咱不是挑剔，也没想过什么完人，只是爱的传承。敞敞去了英国，咱想让她验证或了却一直的心愿，行还是不成，给个准信，失踪和泡蘑菇，咱受不了。晓常忽然想起刚才敞敞电话里的追问，似乎影影绰绰摸到介生和敞敞的底牌，说：你了解敞敞办事能力和风格，她向来雷厉风行，与她保持联系，你得有心理准备，不管什么消息，都得认！将过去画上句号吧，好好过未来日子，相信老哥。介生瞪大眼睛盯住晓常，不知他何出此言，仿佛他已洞悉了最后的结局。

曾文达是一个人单独登门道贺的，他说玉芳补课，约不上时间。他买了一件仿清青花瓷瓶，不是古董胜似古董，寓意平平安安，瓶口贴上了“恭贺乔迁之喜，文达、玉芳敬赠”的小贴士。东西安放好，没喝两口水，老总打来电话，在耳机里叽里呱啦嚷了一通，声音很大，旁人都听到，好像商量什么投资项目，最后没有结果。

掐断手机后，文达好像有些心烦意乱、魂不守舍，简单聊了几句后便告辞。晓常问什么时候办喜事？文达丢下一句话：本人正在酝酿一手大买卖，得手了，赚到了体面，就体面地办事，到时肯定请大哥喝酒。文达的气色不错，比在财大的时候强，口中嗅不出浓烈的口香糖的甜香，那就好，人逢喜事精神爽，在公司开局不错，春风满面，忙忙碌碌的，忙得充实，忙得开心，晓常脸上浮现出笑容，说：有事吭声啊，多联系！找时间大家聚聚，我做东……话未说完，文达一阵旋风般地下了楼。

二十五　一眨眼工夫，小白鼠变虎

十号是发薪日，曾文达掐了掐手指，巴望这一天速速到来。尽管应聘时，许总说过薪金劳酬，可他语速超快，又夹杂着很浓的安徽和河南那边的口音，文达没很听清，又不好意思刨根问底，这样显得太没品位，算斤算两的，给人印象不佳；他只好等拿到工资时再核对吧，本人到底值几斤几两。

上午，一脚踏进办公室，手机短信到了：您的尾号为4536工行卡收到薪金8 680元！我操！这个数字足足让文达吓了一惊，意外！惊喜！然后是自问：搞错吧？不可能！最后是张狂：这太牛逼了！

文达随手打开电脑，上网查询工资明细：基础工资、岗位津贴、业绩，还有交通费、通讯费、误餐费等闹不清的杂目，反正收入比在律城财经大学高出一截，是明晃晃的事实，恐怕教授的收入也不过如此！这就是体制外的好处，是市场带来的红利，文达得意打了个响指，全身上下的每个细胞瞬间透出了少有的快爽，一种飘飘然的感觉油然而生。熄掉电脑，屏幕变成了一面方镜，映出主人灿烂的面容，文达对自我头像笑了笑，眨巴眨巴眼睛，扮了个鬼脸，调侃道：小帅哥，本人早说过，人生是一次性消费，时间不可逆，命运不容试错，哈，哈，哥们赌赢了，扬眉吐气地赢了！从今往后，本人凭本事吃饭，不再仰人鼻息，不用看人脸色，不必为区区职称而折腰，感谢上苍赋予本人勇气和力量！感谢有成兄鼎力引荐，在人生十字路口当机立断，毅然决然为命运下注。

说感谢是由衷的，曾文达命运豪赌的底气和胆气来自黄有成。有成在商场上摸爬滚打多年，经受了市场经济的残酷洗礼，是血肉模糊地从失败中爬出来的最先富起来的年轻一族，现在他跟别人合伙，健美和保健产品的生意做得很大，在市场的地位日渐稳固，在商圈构筑和积累了庞大的人脉关系。他得知，鼎业公司急缺人才，在关键时刻和关键节点上，向许总推荐了扛鼎之才。黄某人不轻易叩门，叩门定有高人登堂，许总您放心使用，如不满意，包退包换，本公司回购，黄某人亦惜才如命——黄有成对许总如是说。

许总原本不大相信应届大学毕业生，刚刚走出书斋的娃娃，充其量只是毛坯和辅料，成才还要经历很长时间的抛光和打磨。鼎业公司的业务拓展很快，业务量剧增，人才等不及，培养的时间耗不起。前几年，他曾迷信名牌大学的高才生，经过挑选和考试，招聘了若干学生干部、学霸和优秀毕业生，从简历自荐、学校他荐和劳动人事部门初试审定，结论：应聘者政治上进、学业优异、体格健康、技能出色，胜任招聘岗位。许总一一过目了毕业生推荐表，审目了应聘者的近照：嗯，年轻人，思维敏锐，富有创新力，特别是帅男靓女们个个鲜亮，人人中看，水灵水灵的，酷毙了！据面试官说，年轻人个个肚子里有货，嘴巴里有词，脑子里有活，当是可造之才。可是，入职不到半年，许总发现年轻人与当年自己入道时不可同日而语，总感觉缺少些什么：激情、责任、担当、忠诚、感恩、奉献……都是，又都不是，或者说不全！

许总引进了美国人才培育实验室的 PTM 测试法，叫人力资源部对新员作后台测试：第一步，大张旗鼓地为新员工提供自愿性和自费性的半脱产岗位培训，为期三个月，在训期薪金减半，结果响应者寥寥，年轻人对此不屑一顾。说明他们精于小算盘，没有在公司从职的长远计划，也不愿为公司做出必要投入，公司只是其谋生的栖身之地，而非心甘情愿地与公司结为利益共同体。第二步，雇人假扮商业掮客，施以小恩小惠，诱逼员工泄露公司商业机密或做出某些不利公司的勾当，结果不少人中招，以此窥视职工的忠诚度和可靠性，不少人因测试不过关、被列入不可重用的黑名单，可见有奶便是娘，忠于公司、忠于岗位的宣誓只是鹦鹉学舌！第三步，激励员工之间展开业务竞争，考核合作、协同和奉献精神，结果更是大失所望，年轻人信奉“我得不到，你也休想得到”的同归于尽战术，逆向竞争、反向思维，设绊、挖坑、举报者等比比皆是，不惜牺牲公司利益而较个人一寸之高低，其人品、人格、人性到哪里去了？在后台看了让人大跌眼镜！许总认为，这些从市场海选来的毕业生系平庸之辈，难委重用，只能救公司一般人手之急，从中挑选、培养栋梁之才，那只能是瞎猫捉死耗子！投资公司玩的是科技和智力，依靠的是精英团队，人才是第一资本、第一生产力，红马甲、电脑手、修理工、稽核员任何时候都不缺，公司当务之急是需要高级理财师、精算师、金融分析师和风险审计师，人才引进得另辟蹊径。

许总着手亲管人事，布局从其他公司挖人，高薪海外引进人才。他相信朋友的介绍和引荐，有重点、有针对性地培养，远比漫无边际地市场海选靠谱。朋友可靠，被推荐者也可靠，起码精通市场规则，忠诚度高，有“士为知己者死”的豪迈气度。许总用人之道甚是独特，前两年，他大胆诚邀和雇用了圈内朋友引荐的专业人才，网罗了十多位职场精英，经过磨炼和商战考验，现已先后晋升为公司高管，分头把守着公司的关键岗位和要害部门，是许总的主力嫡系。

人才战略一直是许总沾沾自喜的得意之作，这么做，一来照顾了朋友的面子，谁没个七大姑、八大姨呢？谁不需要找人托个关系呢？能进入他的法眼、需要买其颜面的定非等闲之辈，大多是各级党政官员和商界红人，接收他们引荐之人等于接收了一笔长期投资，其收益慢慢会显现出来。言下之意是，当公司或许某人有事找推荐人时，他们怎好拉下脸面拒绝呢？二来，公司之间、政府与公司之间互通有无，通过人才调剂，拉近彼此关系，建立商圈庞大的关系网络，这可是经营者弥足珍贵的市场资源。三来，弥补市场选人机制的缺陷，现行的劳动人事部门选拔人才的标准过死、程序过繁，公平有余而灵活不足，推荐的人才往往是大路货，一般般，缺少忠诚度考核，到了公司不几年就跳槽走了一多半，远不如自我挑选和栽培的可用、可靠和可造。

许总相中文达，首先当是黄有成的鼎力引荐，后来又有单总的担保，他们不约而同地将文达吹成一朵花：什么能文能武，上得厅堂、下得厨房，为人诚恳，做事踏实，动静结合，具有很强的岗位适应和职业迁徙能力，有多家公司下了聘书、留下岗位等他补缺……朋友的引荐，许总只信一半，朋友不会骗他，但不免掺杂了过誉之词，他相信自己的眼力和直面的感觉。

一天上午，许总与人事经理一块找文达喝茶，促膝长谈。公司恳谈室是与客户洽谈的地方，今天许总将文达也当成特殊客户。许总引导性的谈话很折磨人，叫文达分析楼市和股市给他听，许总认为这是当今投资者最难啃的两块骨头，一般人很难把握。不想文达在方介生和钱教授那里耳濡目染，听到、看到、学到不少理论和实务，加上黄有成事先的可靠情报，他作了针对性的恶补，面试的准备工作不说胸有成竹，至少也是八九不离十。文达有“打野鸡”和三年课堂教学的口才训练，侃起来一套一套的，时不时蹦出些新名词、新概念和新理念，大有金融分析师的派头，许总听得云里雾里的。

许总是实务之人，嘴皮过关仅是一半，顶多忽悠客户是一把好手，至于曾本人能否征战，需要现场测试。许总打开笔记本电脑，启动了模拟操盘软件，设置操作环境和投资目标：做两手超短线业务瞧瞧，扣除契税后保本或略有盈余，起码不亏！模拟操盘软件是一款与网络相联、仿真性极强的操作系统，经常用于培训和测试股市操盘手，除了不勾联银行卡、不注入资金外，其他与真实股市无异。好，操作条件已具，请一试身手！要喝茶和咖啡请自便！留这话后，许总和人事经理外去休息了，等结果出来了通知他们，所有信息都自动存储于硬盘之中，许总在后台可随时调阅。曾文达听过钱教授 MPA 的课程，使用过操盘软件的初级版，对许总要求的操作并不陌生。他搓了搓有点僵直的手，看着红红绿绿的股票在窜动，扫视着 K 线折来折去地飘忽，一时竟不知从何入手，犹如儿时在阳泉村的院落里抓鸡，逮哪一只都行，老爹等着切喉、放血、烫毛、切块、下锅、煨汤招待客人呢，可是他老是撵着一群鸡乱窜，鸡鸣狗吠，鸡毛纷飞，一只也追不上、一只也抓不着，自己却满头大汗……今天怎么又是那种感觉？心态纷乱，呼吸急促，手指微颤，乱神了是不是？在财大时，你不是希望坐在旋转椅上点鼠标而不用站在课堂上吊嗓子吗？不是指望投资生财、改变与贫穷相伴的境况吗？眼下机会在手，怎容天机从指缝间溜走呢……文达的脑袋似沸腾的糨糊锅，不知稀了加面，还是干了加水……就这样白白浪费了半小时。一筹莫展之下，突然他想起搬救兵，否则朝着屏幕发呆到下午收市亦无济于事，对，搬救兵！干！就像在学校里翘课、考试时作弊一样，许总和人事经理已离去，就他一个人在屋，要干快干！模仿刘敞敞的风格和做派！于是，他以迅雷不及掩耳之势，给方介生发出求援短信，信头和信尾都加了“十分火急！切切！”的字样。方介生在朋友性命攸关的节骨眼上，定会放下手头一切，伸出手来拉小弟一把，他的为人文达非常清楚，也有绝对把握！果然，不一会，方介生的建议发过来，文达按图索骥，轻而易举地完成了操作。估计介生观察 J 股票很久，对其走势了如指掌，不出其所料，在收市前，该股突然强劲反弹，文达顺势抓住一个短暂的窗口期，从容地打了回车键，就像介生辩论赛上压秒的艺术一样，恰到好处，堪称炉火纯青。提交程序后，文达想嚼口香糖，但还是忍了忍，严肃点，等许总说过关才嚼！

许总调出文达的操作程序，运用投资心理学和厚黑学里的算命术，分析文达的心态，推断其投资喜好和风格，自言自语评价道：优秀的投资人，适用于丛林法则，要有很强的投资饥饿症和盈利渴望症，要有狼性，跟踪猎物、扑上去、咬断它的喉管！还有，投资者最实际，只有进了嘴的肉才叫肉，钱要落袋为安，否则就不是钱或者不是自己的钱！小伙子具备优秀投资者的上述素养！他聪明过人，眼光犀利，善于捕捉稍纵即逝的微小战机，迅捷出手，一路穷追猛打，不达目标不轻言放弃。他很可能是个大喜大悲式的人物，一旦时运当头、顺风顺水，能将机遇和资源发挥到极致，成就事业，成就辉煌，他有这个能力。但是，背运的时候，也会摔得很惨，因为他心气蛮高，野心太大，不甘于人后，也许当年在学校应试教育的熏陶下，考第二就是失败，只是第一才算成功，而且不能并列第一，第一只有他一个人独占！考一百分才叫成功，九十九分都是失败！这是基础教育的悲哀！倘若遭受失败，哪怕是一时的挫败，而非致命一击，他的承受能力、抗击打能力如何，不得而知，对此操作软件没有涉及，一时也无法测试出准确的结果，许总有这份担心。不过，这就够了，用其所长，公司有的是他施展才华的舞台，公司需要风险投资型人才。于是，许总拍板，答应文达先到公司试用，待遇同于正式员工，若无大碍，三月后转正，这是一份不薄的待遇了。

文达的面试大告成功，不仅进入许总的法眼，博得其好感，巧妙闯过了他的严苛把关，而且经历了实战操演，练了兵、热了手，拾得了自信，体验了发财致富的快感，尽管这是模拟操演，但是那感觉是前所未有和刻骨铭心的。

大度的方介生将他的看家本领一咕噜地全都交给了文达，面试后依然源源不断地给他发送投资技巧和炒股秘籍。聪明的文达从介生的操盘技法中，迅速领悟和消化了低吸高抛、见好就收、积铢累寸的投资要领，并且将之迅速应用于实战试错与检验。理论、经验、技巧与实践相互碰撞，迸发出智慧的火花，点燃了投资的激情，触发了操盘的灵感。面对变幻多端、凶险莫测的金融市场，文达终于有了底气，非但心里不怵，反而学会了沉稳应对。钱教授高大上的炒股葵花宝典，在他眼里似乎变成了雕虫小技。如同深奥的谜语，当谜面被点破时，不免产生一种“原来如此”或者“不过如此”的感觉，真是会者不难，难者不会！文达觉得他离练就一身武功、下山施展拳脚的境地不远了。他入迷，迷恋着深一脚浅一脚地走向汹涌澎湃的投资大潮，渐渐地被花花绿绿的钞票所淹没，他能够浮起来、游起来了，很快成为浪尖谷底上下折返自如的冲浪者！

文达不满足于模拟训练，想着真枪真刀的实干，要玩就玩真的，要发就发大的，金融市场就是撑死胆大的，饿死胆小的。他一边参加公司的自费培训，一边暗自寻找投资途径，他自信自己的眼力和手气，他能够把握时机，在实战中边战、边学、边练，练就点石成金之术。

他将第一个月的工资作本钱，顺利在股市中打了几个滚，初次得手、掘得第一桶金。又将利加本、本加利，将手头所有的闲钱，一咕隆全砸进去，又赚了……不知是股票牛市的疯抬，还是他手气真旺，反正赚到钱是真的！哈，哈，发财是真的，发财就是这么简单，这么快捷，这么便利！

此后的文达就像吸食了可卡因，每天不做一两手就毒瘾发作，寝食难安，终日若有所失，投资、投资、再投资，像滚雪球一样，越滚越大，一发而不可收。最终，他将可支配所有资金聚拢起来，将投资的触角延伸到纸黄金、纸白银领域。正值宏观经济形势膨胀，股票和贵金属投资市场牛气冲天，各股行情向好，可谓天时、地利、人和。曾文达的投资恰逢其时，如鱼得水，他同其他投资者一样，抓住机遇，频频投入，连连得手，扎扎实实地发了大财。他赢了，赢利干净利落，赢得完全彻底，赢得连他自己都没有料想。当然，盛茂鼎业公司也赢了，赚得盘满钵满。

发了财，钞票就膨化，体积越来越大，钱包嫌小、口袋嫌浅、保险柜嫌窄。钱是兴奋剂，连着神经中枢，刺激着心脏，加速将腺上激素送往全身，使人的心情超爽，胃口放开，瞳孔聚集，看一切都顺眼，日子过得也快活，曾文达正是这种感觉。这不是幻觉？不是心理变态？是人的正常反应！他坐在公司办公室，瞧他眉宇舒展的样子，屁股只沾了椅子边，跷着二郎腿，身体平衡得像玩特技。转椅一旦滑动，人就会失衡，抑或摔得很重，不过他不介意，因为这样坐，舒服、潇洒呗！

文达熟练地点开了银行的个人账户，看着那一长串数字得意扬扬。那是钱，是财富，一点不含糊！小时候想都不敢想的天文数字！据说每张百元新钞重 1. 15 克，个、十、百、千、万、十万、百万……一百万就有 11. 5 千克之多，体积也有半麻袋吧。上两个月不是几万、十几万块，怎么一眨眼的工夫，小白鼠变成虎呢？投资这玩意来钱真快，像变魔术，钞票就像从田头长出的庄稼。股市的行情迅雷不及掩耳，一拨一拨的，反应略慢，老虎打个盹，就失掉机遇、丢掉几千克的钞票，哈，哈，股市这么牛逼，本人也牛逼！硬是虎口拔牙，从股市的涨跌之间把钱掏空，大大咧咧地装入自己的腰包，存入自己的银行户头。赚钱的感觉如品香茗，似饮甘醇，爽歪歪，乐滋滋，文达骄傲，不，得意得不能自已，那双曾经迷茫的双眼，直视着窗外泄入一抹斜阳，不躲闪、不遮挡，与阳光针尖对麦芒地对视着，仿佛它比试谁更高、更亮、更持久。他又赢了，一点点推动温度的阳光很快被一层黑漆漆的云朵隐去，失去了踪影，不，是被文达的目光吓得退了回去。

文达有了钱，几个晚上没合眼，当然是乐得开了花，而不是苦涩得嚼口香糖。他开始盘计如何花钱、办大事。他与袁玉芳之间似乎安装了传感器，文达喜忧情绪，玉芳都能第一时间接收感应。近来，玉芳的心里不是了滋味，心里不停地打鼓了，老沉静不下来：这时的文达非飘起来不可，他梦寐以求有朝一日发财，为自己、为家人出人头地，而不再仰视这个世界。他嘴边经常念叨：咱们爱不对等，袁家往爱情的天平上添加了过多的砝码，曾家得了袁家无数的恩赐，立不起身、扬不起头，男子汉大丈夫的“夫”字，就是人字身上两根绳，一根捆住曾家，一根捆死了文达。现在两根捆绳松绑了、挣脱了，他自由了，欠袁家的经济账，他有能力一次性偿还，这时的他还忠贞于多年的爱情吗？卸掉了袁家的砝码，两人感情的支点在哪里？玉芳很是担忧。现在的文达，羽翼渐丰，早不是阳泉村的曾文达，地位提升了，见多识广了，活动圈子大了，美女见多了，花眼的男人必花心，见异思迁、喜新厌旧的个例屡见不鲜，随时都可能身边发生！玉芳除了继续施展不知管用不管用的贴身战术外，着实没有其他战法，身边的小姐妹们也想不出更好的招数了。牵住曾文达逐渐变野的心，她已黔驴技穷！

盛茂鼎业公司不同于学校，晚上的时间属于自己，可自由支配。玉芳以此借口晚上过来陪他，待在公司的宿舍里打电脑、看电视。晚上股市休市，金融市场无操作，玉芳的意思是这时间理当交给俺。文达说：贵金属市场晚上照常交易，他将电脑打开，信不信？看看纸黄金、纸白银走势曲线图。的确，贵金属交易二十四小时开放，甚至连中国的法定节假日都不休市。玉芳说，贵金属交易周末休市吧？周六、周日的时间不属于投资吧？小祖宗，你研究金融市场不含糊，想蒙她变得越来越不容易，文达无奈地说：你可是情报工作做到家了。

周六上午，由于睡眠不实、情绪不佳，玉芳提前来了例假，生理反应特别强烈，想略迟点过来见文达。短信刚打好还未发出去，文达的电话打了进来，要她早点过来，说有重要情况通报。通报？不是通牒吧？什么重要情况，不是断绝关系吧？俗话说，男人有钱就学坏，女人学坏就有钱，文达能跳出这一魔咒？玉芳不敢怠慢，简单洗漱化妆后，打了车匆匆来到文达的公司单身宿舍。

开门见到的曾文达，黑着脸，一本正经的。玉芳吓住了，浑身打哆嗦。文达招呼玉芳到电脑前坐下，说有一件非常、非常重要的事情要跟你讲……玉芳想哭，什么重要事情吞吞吐吐的，不是文达情变，跟他马拉松式的恋爱多年，她担惊受怕的就是文达性格中被隐匿起来的不确定，他时常会说出令人瞠目的话，做出让人惊骇的事情来。比如，他在外边“打野鸡”，说金盆洗手不干了，真的速速脱手，没有任何先兆。说要帮单媛媛免予处分，就犯了傻劲，不惜将自己搭进去。说与黄有成斗酒，文达哪是他的对手呢，可不听明阻暗劝，敞开肚子喝，最终烂醉如泥、不省人事。说调离律城财经大学，语出惊人，一意孤行……今天他又弄出什么花招？

玉芳忐忑不安地坐在电脑面前，木讷地看着他将屏幕弄亮，开机音乐过后，是花哨的界面，然后鼠标点入网上银行，输入账户和密码后，回车，旋即跳出了一串长长的数字。文达这才开口道：“玉芳，你跟本人这些年，一直让你担惊受怕、受苦遭累，今天，苦难日子到头了。瞧，这是本人银行里头的现金余额，这一数目以后还会拉长……”

“俺知道。”玉芳不知他要说什么，想说明什么，脸上没有表情。

“这钱准备怎么花？”

“那是你的钱，由你呗。”

“本人在问你呢。”

“那就作为资本金，继续投资，以鸡生蛋，以蛋孵鸡……”玉芳顺着文达的心事说。

“NO！NO！你还没看清那是多少钱。”文达发现玉芳走神，根本就没数那是几位数，仿佛就是数学作业簿上演算题，与她没太大关系，更不为它心动。这可是七位数，单位是元，人民币，足以让人心悸的数目啊！那是做贵金属交易、用杠杆系数乘出来的！杠杆效用，玉芳应该懂的，就是投资一元，盈利一元。杠杆就是加倍，例如选择了 1∶12 杠杆，盈亏就放大了十二倍，许多投资者擅用杠杆而亏得血本无归，而文达没有！

“俺知道，文达，你想干吗就直说，别兜弯子。”玉芳对钱不感兴趣，以前家里靠钱帮助过文达，钱曾经是两人维系关系的纽带和桥梁，金钱是福。但是，现在钱落在文达手里，他能够清欠袁家的旧账，买断与她的关系，甚至了却十多年的感情，钱又是那么可恶！

“好嘞，那你听好，看好啰。”文达将电脑切换至另一个页面，显示的是一张彩色的住房图片：“玉芳，我们正式开启结婚程序！”

“什么？什么？再说一遍，你再说一遍！”玉芳不敢相信自己的耳朵，不知这话出于何方，宛如来自遥远银河系的天籁之声，在空中传输了若干光年，最终突破大气层的屏障，钻入她的耳道，震动了她的耳膜轰轰作响。她苦苦地、傻傻地等待这句话，等待了无数年、无数月、无数天，今儿不期而至，这是真的吗？是不是听错了？他说的是跟俺结婚吗？不错，他是这么说的，真真切切，其他话可能漏听、错听，但这句话不可能！绝对不可能！玉芳像受了天大委屈而无处申冤的孩子，像离开阔别的亲人又意外相逢，像不抱任何希望的官司法庭突然判决胜诉……喜极而泣，泪如泉涌……文达要跟俺成婚了，相识、相知、相恋十几春秋，终收获一份培土、播种、深耕、开花、结果后的属于自己的真感情。在漫长的等待煎熬中，玉芳默默地坚持、再坚持，坚信文达事业上有了起色便会与俺结婚。学校小姐妹说：别痴心了，男人花心得很，如果他爱你，早就如狼似虎地想占了你，将你晾在一边，肯定早移情别恋了。玉芳执着地说：不可能，俺们从小一起长，他是什么样的人，俺有发言权。她将那些准备给她介绍对象的姐妹骂得狗血喷头，瞎操心哪？乱点鸳鸯谱，给文达心头捅刀子哪？但是，说完这话，心中怨气又升腾而起，她不知文达何时娶她，她早准备将一切交给他，任何时候、以任何方式，包括今天，若不是身子有恙，她会主动请缨。

“我们结婚吧！”曾文达一直好话只说一遍，他直截了当地说完，双眼直勾勾地看着玉芳，对，结婚！是的，现在！文达一把将玉芳搂入怀中，对着她的嘴一阵狂吻，玉芳的双手不知置于何处，唯有本能地死死抱住他。文达则从她的脖子一直爱抚到腰际，绕过臀部触摸到敏感部位，手感告诉里边是热热的、厚厚的，今天不舒服？不方便？文达像泄了气的皮球，激情降了温，慢慢地收了手。他半推半抱着玉芳回到座位上，缓缓地说：“玉芳，你不怀疑本人空口说白话吧？”

“俺爹早说，这婚事不让你犯难。”玉芳娇嗔地说。

“不！结婚要有物质基础，今天，本人具备了，有资格向你求婚！”文达两眼放光，一种难见的艳丽之光，这种光只有在他得志之时才能看到，玉芳记得上一次见到是在他考上大学的时候。文达继续说：“你看，我们的婚房！本人早说过，婚事本人来置办，不用你家插手，今儿庄严宣布，本人做到了！”

“哒、哒”双击鼠标，一套三室一厅的精装修住房展现出来。这是实物图景，交房时的标准配置，为了突出喜庆效果，窗户上还贴着喜字剪纸，桌面放着喜庆的糖果糕点，这就是文达精心设计的婚房效果图！玉芳的耳边又响起文达富有男人味的声音，此时他的话比任何时候都好听：“这是阳光美第28幢301室，找党校学生给预留的，如果你同意咱明天就去付款。这是我们的老巢，结婚的刚需房！”他没说，不同意怎么办。文达整个寻房、观房、选房过程没有叫玉芳参与，他的钱，他习惯独立运作，同时他担心玉芳父母染指，他有自己的主见，不想他人干涉！

玉芳又一把搂住文达，呜咽哭出声来：“俺同意，你说啥都成。俺想做你的老婆，再等下去，真的太老了。”

“什么老婆，难听死了，是太太、夫人、爱人、媳妇。”文达风趣道。

“你别嫌俺是粗人，俺就是这个意思。”

“谢谢你，夫人，一直在等待，一个女人做到这个份上实在不容易，人不能昧着良心。”文达抚摸着玉芳背，然后拍了拍说：“玉芳，来，慢慢品味咱们的房子。”

文达用餐巾纸帮她抹去眼泪。玉芳坐直身子，才定睛细看文达预订的房子，位置、楼层、朝向、结构，甚至连门牌号码都是精挑细选的，无懈可击。三室的布局是主卧、次卧和书房兼影视间，即使将来有了宝宝都不会嫌挤。客厅侧门有一间五六平方米的储藏室，必要时可以改造为小卧室供临时来客或保姆居住。精装修，拎包入住，省却了烦琐费力的装修。另外，文达还配购了楼下的固定车库兼杂物间，预留了生活拓展空间。一百三十七平方米，大中户型，可保十年、十五年不过时…… 那是文达的倾心之作，看得出玉芳心头很是温暖。但是，冥冥之中，她感到文达的春风得意，多多少少隐藏着与律城财经大学、与靖晓常较劲的意味，何苦呢？人都离开了，还惦那里的人和事吗？还有输赢、高低、好坏之分吗？律城有多少楼盘，文达干吗不忘阳光美第呢？干吗还要与靖晓常同居一个小区呢？他想说明，不，想证明什么呢？的确，他不再为论文、课题而折腰，不再对职称高山仰止，视学术资源如神灵，不再为学界的龌龊而翻江倒海，眼不见心不烦，他解放了、解脱了……玉芳满心感激、欣喜，不想给兴头上的文达浇凉水，他的心结以后找机会慢慢舒解。她问：“你准备怎么付款？俺们一起办贷款，十年、二十年都行，刚才账户上的钱留作持续投资，再说有了宝宝花销是很大的。”

文达摆了摆手说：“不，本人一次性付清，优惠三个点，现在有这个能力。现下的思维要切换到盛茂鼎业公司，不是在律城财经大学。”说到此，他的表情是清高和自傲的。

“文达，”既然文达提到财大，玉芳憋不住将刚才想好要话说出来，这也是为他好，“干吗要跟晓常兄的房子靠在一道，既然调离了，还割舍不去财大情节？”玉芳想起离开律城财经大学时，文达曾发过毒誓，混不出一点名堂绝不再入此大门，不做出人头地的惊天壮举来，再不见财大之人。当初以为他说着玩的，信口开河，赌一口气呗，工作变换时心情总是复杂的，肚子里总是有怨气，口头惩罚一下阻止他评讲师的领导，宣示一下卧薪尝胆的决定，且不为过。没想，他当真、较真、率真起来，他真的要全面超越靖晓常，你买的是六楼，咱买三楼；你分期付款加房贷，俺一次性全额付清；你购买车位，咱购买车库……多没意思啊，活着好累，其实那是自己与自己过不去，人家晓常兄还不知怎么一回事呢，精神胜利法，自我满足、自我陶醉！

“忘记过去意味着背叛！”文达松开玉芳，站立起来，刚才轻松的神情一扫而空，有板有眼地说，“当然，财大容留本人三年，晓常是本人兄长，且无对立、对峙之意，更不用说仇视。阳光美第是咱鉴赏过的第一个楼盘，是本人启蒙和立志的地方。看着它，告诫自己发愤图强，永不停歇，没别的意思，别多想！”

文达这么说，玉芳无从指责，他的心结非一朝一夕可解，时间长了会慢慢舒缓下来，但愿如此！这个时候，玉芳不希望他严肃，她希望笑、高兴、愉快！她指着屏幕，将话岔开去说：“文达，俺想将次卧的标装改一改，把一米二的小床改成一米八的大床，这既可为俺宝宝准备，又方便爸妈居住。将来他们老了，到城市里享享清福，俺来伺候他们。”玉芳当然指的是文达的父母，作为他的内人，相夫教子，操持家务，孝敬老人是她的天职。

“你真好！玉芳。就照你说的，本人马上通知公司换购一张大床。不过，眼下的当务之急是加紧筹办婚事，置办家私，通知家人，预订酒席，添置锅碗瓢盆。”文达打印出一张纸，上面写着密密麻麻的蝇头小字，记录了近期要办理大小事项。

“文达，你早在谋篇布局，胸有成竹啊！”玉芳感到文达不仅凡事有主张，而且有计划、会安排。这样的一家之长，家庭就有了当家的，有了主心骨。他考虑婚事非一日之功，可是他为什么不露声色？至今才揭开谜底，好像俺会抢了他功劳，好像父母会不近情理干涉他的主张，好像语不惊人死不休！文达的内心即使天翻地覆、惊涛骇浪，但是表面风平浪静、水波不扬，这就是文达的特质，是优点还是缺点？玉芳说不太清楚……反正，今天文达情绪高涨，不是装出来的，是打心眼的，他的口香糖可以作证，这次见面与上次相比，仅少了两粒，他抛弃了烦恼，如痴如狂地张开双臂迎接着人生的幸福高潮的到来。

二十六　祸兮福兮

曾文达突然提出与玉芳成婚，当是爱情成长的瓜熟蒂落，是现在与过去情感的自然延续；同时也是良心的发现，他亏欠玉芳的太多，应当给人一个结果；还是对家人的完满交代，袁家、曾家的牵绳全系在文达手中，一荣俱荣、一损俱损；更是为自己多年的付出和思维、行为习惯的贴心安慰，玉芳已经烙入他的生活，血肉筋骨长到一起，他与玉芳已无法分开，离开了玉芳对任何人、包括对自己都无从交代，他将陷入不仁不义、里外不是人的被动窘境，婚姻是理性的取向，也是唯一选项……玉芳虽无闭月羞花之美色，但她有城里女子少有的贤惠和温柔。他们虽不像当代大学生那样精彩绝伦、香艳四溢，但寻寻常常、延延续续的十年之恋，不是城里人能够简单拥有，那是一宗值得炫耀的资本。他们的结合不敢吹嘘是婚姻中的精品和极品，但是相爱时间之久、历经事态之多、俩人生活的深度交融，也足以惊艳四邻，它肯定是今生今世的佳缘，是不可复制的天上一对、地下一双。

结婚说起来容易，但实际成家并非易事。文达与玉芳一合计，结婚的采购清单就有十页纸、上百件套的家什。一个家庭，好比一部机器，一旦接通电源运转开来，零部件、配件、辅件、原材料、燃料一样不能少，想持续开张，真得精打细算，区分轻重缓急，像搭积木，一块一块叠加上去，直至有了家的模样。

文达成深有慷慨地说：小时候，阳泉村人结婚，总得成双成对的去上海采购、置办嫁妆。那时大上海的衣裳好看咧，色泽艳丽、设计时尚，好多款型从未见得，很是抢眼。看着年轻男女大包小包从上海胜利凯旋，全村男女老少好不羡慕，结婚就是这个模样？这些年，效法的人越来越少，上海有的，县里甚至镇上都有，价格大差不差，不必舍近求远。玉芳说：当下县城和镇上都不去，大到家电，小到百货，淘宝网通通有，付款后，送货员驾着三轮送到俺家门口，不满意，退货，无条件哦。文达说：说得正是，你看看哪些东西网购，家具和电器大件商品还得到商场看实物。玉芳说：还有衣服、鞋帽得亲自试，穿在模特打上灯光，跟套在俺身上照太阳效果大不一样。文达建议说：要不，我俩分工，分头采购，提高采购效率。不要！玉芳说：俺要享受采购过程，啥子效率，俺不赶时间！

验收了阳光美第的房子，文达和玉芳马不停蹄地往里边添置东西。家庭有点形状，文达就清退了单身宿舍，不顾装修残留的甲醛的呛鼻气味，入住了新房。怕什么呢？结婚证领了，感情正当时，同居合理、合法。婚礼、办酒、做仪式是做给外人看的，对社会有个交代罢了，就像炸鞭炮正式对外迎客，其实公司早开张做了业务无数。办喜事，可是一场硬仗、恶仗，头绪多，蛮磨人的，文达只能以一生一次、不可复制、不能重来、马虎了终生遗憾来告慰自己！办事，听同事讲，得请位风水先生卜卦算命，选择个黄道吉日，还得侦察酒店、预订酒席、散发请柬、拍摄婚纱、洽购礼服、布置婚房……恐怕得筹备个一年半载，时间短了来不及，当然还要一个劲的烧钱。

袁父兑现了先前的承诺，新人领了结婚证后，爽快地往玉芳折子里打了一百万，补贴购房、购车和婚宴之用，还留下活口，若不够小两口吱声，言下之意，下面还有。

收款后，玉芳也想像文达那样神神秘秘的演出戏，冷不丁地给他个惊喜，但是她不会制造悬念，也不会耍幽默，经常弄巧成拙。吃晚饭时，她发动文达猜谜，文达边吃、边对付着，不知玉芳演的什么戏种，唱的什么腔调。玉芳沉不住气了，一甩手快快地抖出谜底，将存折直直地铺在文达面前，就像他打开电脑演示那样，示意那是一百万。文达瞥了一眼，一点儿不兴奋，反应相当平淡，冷冰冰地说：工作这多年，还叫父母操心，不惭愧？说罢，一推存折说：这钱留给父母安度晚年吧。

玉芳见这个态度，哭笑不得，她说：父母一片心，你有钱也得先收下，打个电话感激一下，以后再图回报。这不是钱的事，是让老人的心意，得让他高兴。听俺的，好不？

你是怀疑本人没能力把婚庆办得体面，在阳泉村人面前丢了你和袁家的面子？敬请岳父大人放心，他的女婿已不是旧时的毛孩、穷小子，现在盛茂鼎业公司的业务经理。打电话感谢，好像本人一拍即合，好像这钱是本人索要的或是正中下怀，本人正等米下锅似的。如若婚礼上，岳父大人再张扬出去，说婚礼是袁家置办的，岂不等于掴曾家的耳光，情何以堪？

你想哪去了？玉芳有点生气了，颇为不满地道：结婚了，俺俩是一家人，怎么像两家人式的，什么你的、俺的，袁家、曾家，还分彼此吗？婚礼办出什么样子，俺都接受，什么样子都比阳泉村强，俺知足，特别有了你，哪有看得起、看不起呢？玉芳想：过去贫穷的阴影在他心里烙下印记太深，时隔多年依旧不能释怀。置办婚礼，俺和家人从来没说过任何标准，没加过一点儿压力，他跟谁较劲呢？

买车的事想好了，同事带本人逛了4S店。下个月你过生日的时候，给你买一辆钛晶灰奥迪车，生日礼物，也算是本家的乘骑，否则楼下车库老空着算啥呢？文达让玉芳将存折收起来说。

俺家小车爸早说好了，他来买，咋突然变卦呢？玉芳气嘟嘟地说：爹好伤心。还有，干吗特地买辆与敞敞老公一样的车呢，买乳白色的，丰田、福特、本田都不坏……

那是两人当初的约定，健忘了？在江南春楼，你对那奥迪车赞不绝口、留连忘返，当时本人说结婚时给你买，对不？人要言而有信。文达说：你我学了驾驶，总不能无车可开，慢慢生疏了车技吧？

玉芳想起来，江南春楼前是有那么一幕，那不过是随口说说，那算得上什么承诺和约定？文达硬要这样定义，她没办法！对于生日，获得如此贵重的礼物，她无意外，又不兴奋，总感觉文达心理有些不合群、不入流，甚至是怪异，特别是有几个钱，趾高气扬、不可一世，将爸妈的好心当作驴肝肺，缺乏应有的敬重，婚后得好好调教、调教他，人哪能这般鸡肠鼠肚、自以为是呢。在她心目中，丈夫是顶天立地的男子汉！玉芳没趣地收起存折不言语了。

这一幕并没有伤及文达和玉芳的感情，以后在一起的时光是光鲜、幸福、浪漫和无拘无束的。

超市。顾客如潮，人声鼎沸，扶梯双向地运行，源源不断将人流缓缓送上、送下。喇叭里不时播放着促销广告或寻人、寻物启事。果蔬柜台前，人头攒动，一群大妈正低头挑选着散称的青菜、菠菜等时鲜蔬菜。服务员腰缠着半导体扩音器嚷着：请大家不要去根、摘叶，这是统货、统货啊！不是精装净菜，价格打了八折……但是，不自觉的顾客依然掐头去尾，弃下一大筐报废的边角余料，服务员好不伤心。大妈眼疾手快，将精选的菜品用塑料袋裹好，然后排起长龙去磅秤称、贴条形码了。玉芳习惯于这种场面，卷起袖子欲扎入人堆，这青菜挺鲜嫩，刚刚从地里起的，还挂露珠和泥末……文达一把拽住她，干什么？与这帮退休大妈为伍，你丢人不丢人？

就缺这几毛钱？猫在那地方、在服务员眼皮底下剥菜边子，丢人！走，去买精菜，冷藏柜里整齐排放着呢，免摘、免洗、免排队。玉芳很不情愿地撵上文达的步伐。刷卡付账后，随着人流，推着满载而归的购物车，文达仍不忘教育玉芳说：本人挣钱做啥？就是为了与里弄跳广场舞的老头老太有区别，过上品位更佳、质量上乘的生活！倘若退休了，本人也像大妈一样，为抢上午十点到十点半的秒杀、为便宜一毛钱的馒头而站一个小时队，那简直是一生的败笔，大半辈子白活了！玉芳白了一眼说，小声点，怎么这样损小区里的大妈呢？文达说话声音贼大，蛮刺耳的，玉芳怕人听着怪难为情的……

中央商场服装精品屋。一般般的大众服装就不看了，文达说，太太穿的衣服，如果人人都穿，岂不掉价？就像“文革”时的绿军服和中山装。上精品屋，瞧瞧品牌，那儿的衣服每样一件，绝无重复。玉芳听罢心里喜滋滋的，女人的衣柜永远少一件衣服，一件与众不同的衣服，她记不起这是谁的名言，它对女性追求和心理的刻画入木三分！果不然，刚入精品屋，用不多时，玉芳就相中一件紫红色的短风服，左看右看，上看下看，她用手机拍照，存入了图库。女营业员瞥见，脸色顿时就拉黑了，心想又多了位看客，一个不掏钱的主儿！文达说：拍它做啥？玉芳说：俺动心了，上网比价，如果便宜就网购，为俺家省钱呗。文达说：快做新娘了还亏自己，看中就拿下呗！玉芳说：拿啥，还没试衣。文达说：对，对，先试试，试试再说，不试穿咋知道合不合身呢？玉芳说：试？蛮折腾服务员的，假使不买，怪不好意思，你没看，刚才那人比画半天，没买，服务员不耐烦，脸挂得像猪肝一样。这是哪儿的话？试穿就得买呀，什么逻辑？文达说着，便招呼女服务员将风衣取下，打开试衣间镜门，将玉芳推了进去，冷眼横扫着女服务员，服务员不得不挤出一丝丝勉强的笑容。不一会，玉芳更上新衣，翩然而出，飘逸像换了个人。对着落地镜，服务员未瞧上几眼，便不假思虑地张口胡夸：哦，真是模特走秀，韵味、风姿皆有，人在衣装，女靠打扮，穿风衣气质绝佳，只要一出镜，回头率一路狂飙。服务员没有说错，系上腰带，紧上铜扣，借着镜前柔和的色灯，玉芳看到了自己窈窕身段、微耸的乳峰、修长的双腿，风衣具有旗袍的线条美感，精妙地修匀了她的身材，遮挡了微胖的臀部，似私人定制、量体裁衣，长短胖瘦恰到好处，特别是色调，紫红色打底，烟灰色图案隐于其间，外搭黑色腰带，明暗相间、虚实结合，温婉嫣然地突出女性优美形体，令她更加端庄典雅、亭亭玉立。文达对着女服务员嚷着开票、开票。玉芳压低嗓门道：俺还没说买呢，就是买，也得先砍价，杀个十个、二十个点，急啥呀？精品服装屋清一色出租柜台，价格标得奇高。文达瞥了瞥她，他还真不善砍价，不会与女服务员讨价还价，这档子事是市井街民所擅长，如若有朝一日成为本人的强项，这就不是曾文达了！他也不愿玉芳成为市场砍价的行家里手，他的夫人不应是这个层面的女人。不过，玉芳的提醒不无道理，总不能活活让人痛宰。他耳语道：那你去杀，能杀多少是多少。文达在一边不动声色地看着玉芳与女服务员你来我往的交涉。也许女服务员偷听到两人的对话，也许发现了笑靥如花的玉芳相中了风衣，购买欲望全写在脸上；也许知道了文达是大款，对钱不在乎，为了讨好女友肯定会慷慨解囊，既已说出开票，便不会轻易食言，所以死活不肯让价八千八百一十六元，只勉强答应砍去零头十六元，岂不寒碜人吗？一个点不到，还不如不杀，玉芳怎么磨嘴皮子都无济于事。文达觉得无聊透顶，拉着玉芳就往外走，本人不买了，行吗，白费口沫！风衣哪里没有呢？这个牌子网上肯定有。他们拂袖而去、头也不回地走出柜台足足五米，才听得女服务员的声音追了过来：回来，回来，成交、成交，卖给你们，卖给你们！文达回头，没有挪步，淡然地问：多少钱？就是美女说的六千。不行，至少对折，文达说，你我都是内行，实不相瞒，洋商标的贴牌风衣，批发价也就几百块，对半砍，利润还是大头的，卖，成交，不卖，抬腿走人！说罢又向前挪动了步伐。行，行，行！女服务员只得就范，嘴里喃喃道：这笔生意亏了，老板非责怪不可。其实，谁都知道，她心里偷着乐呢！文达明白，玉芳心里也在乐。这就行了，花钱值！玉芳撇了撇嘴，坏笑着：你不是蛮会砍价的么！

黄金饰品店。营业员见情侣的年纪和亲密程度，便知新婚燕尔驾到，OK！立马启动钻戒推销。玉芳说：今儿俺只看不买，好不好？光看不买，看它做啥？文达说：看是为了消费，起码是准备消费。玉芳说：俺爹不是说好，已经买了钻戒，深圳的，早就置办了，算你的。你可别强奸民意，乱做好事，给老婆戴钻戒可有讲究哪，人说必须老公亲自买、亲自送、亲自戴，不兴别人赠送或转手的，那不吉利，也贬损本人啦。玉芳说：钻戒就是块透明石头，是个摆设的形式，平时上班下班，家里洗洗弄弄，戴上那玩意不方便，哎，学校李老师的新婚钻戒在教室弄丢了，只剩下一只空秃秃的托，那东西米粒大，上哪儿找呀？打那以后，学校女老师都戴假钻戒。真钻戒，说实话压箱底的。文达说：不对，不对，钻戒代表永恒，代表爱情，代表坚硬、金贵、价值和八面玲珑，婚礼上本人给你佩戴钻戒，那是多少隆重而神圣，怎么是摆设呢？如果钻戒是他人的，岂不是亵渎了本人的爱情，岂不为他人置办婚庆？玉芳说：爸买了你不用，给谁哪？别又枉了老人家一片好心。文达说：岳父大人在上，女婿不敢，这样吧，本丈夫买个钻戒给夫人，天经地义，那是主戒。爸爸买的是呢，是辅戒。主辅分明，但是主钻的价值肯定得超过辅戒。那要花多少钱呀？当真你想把家底掏空？玉芳愣在那里，不解地望着丈夫。

世纪新娘婚纱影楼外景拍摄地。新人经过精心装饰，步入了一个清新的世界。远离尘世纷扰，阳光明媚，风光旖旎，人人步履轻轻，言语恬淡，动作细腻，眉宇间挂着轻快和喜悦。衣着一身米色西装、打着黑色领结的曾文达，文质彬彬，风度翩翩，器宇轩昂。披着洁白的婚纱，梳着淡妆的玉芳，姿态迷人，宛如天仙，她轻轻地勾着丈夫的臂膀，推拥着丈夫，信步于大榕树下、林荫道间。摄影师立、跪、蹲，仰视、平视、俯视，动态、静态、动静结合，频繁切换，推拉升降自如，长短抽送交错，尽情施展着高超的摄影才艺，很是专业地捕捉着新人美丽动感的瞬间。随着"咔""咔"连续的快门声，一幅幅精彩画面定格于相机内存。在湖畔、在人工沙滩边、在小船上、在秋千椅里，在导演调教下，新人相拥、搂抱、对视、热吻……历经无数浪漫、趣味、幽雅，留下了经典而难忘的绝佳镜头。导演不断安慰着疲惫不堪的文达和玉芳，说：再来一遍，好不好？世上没有最好，只有更好，精益求精始终是世纪新娘的追求，打造上品、精品、极品是公司的目标。放心，世纪新娘执镜的是台湾一流摄影大师，奉献都是扛鼎之作，全律城，乃至全省、全国，没有人超越本公司的水准。给新人说戏的导演，手持半导体话筒，戴着墨镜，身披摄影马夹，肩背一杆"大炮"，在文达和玉芳眼里，张艺谋、冯小刚也是这份超酷的派头。OK，导演发话了，指挥不同机位的人员同步行动，随着"开始"一声令下，摄像机"滋滋"地运转起来，大摇臂在空中划出一道美丽的弧线，文达和玉芳再度进入亲昵角色……停！导演大吼一声，打住，他对着文达叫道：你嘴动个啥么子？嚼东西？什么好吃的不能停一停？文达说：本人、本人紧张得不行……

维也纳西式餐厅。雅座区。文达嚷着要包厢。服务生说就你俩，包厢坐得不舒坦。文达不信：最低消费？本人不怕！你是担心本人消费不起？服务员说：不敢，我绝无此意！文达在服务员的引导下，一一探访了大小包厢，哦：大圆桌，八至十二人才能合围，转盘旋绕一周，五分钟，菜肴才能转到面前，两人坐着实在别扭。文达见状才勉强答应大堂落座。玉芳抱怨道：在街头吃个便当算了，简简单单解决肚皮问题，高档酒店，还是个西餐，程序太复杂了。文达说：这才叫生活，叫品质，饭哪里都吃，得追求环境、兴致和心情。玉芳问：点什么菜？当然是单位和学校食堂没有的，酒店的特色和招牌菜啰，请服务员推荐，文达翻动着厚厚的菜簿说。玉芳拉了拉他的衣角：人家肯定推荐贵的，还不定好吃嘞，像什么剁椒鱼头，红红的，辣死人，一点肉儿没有，全是骨头架子。文达说：你可不能点油渣青菜、西红柿炒蛋之类家常菜哦。怎么就不可以，玉芳说，酒店当真只卖高价菜，平民谢绝入内？服务员在一边傻笑，不答腔，只是催促：请点餐！那好，玉芳说，俺点一盆小时候天天闹着要吃的老卤红烧肉、草菇鸡汤煲，哎俺点中餐不介意吧？服务员笑道：不介意，本餐厅中西结合。文达说：本人点份西式牛扒、每人一客冰糖雪哈。服务员说：两人的菜够了，不过，缺主食。主食？文达抬起眼斜睨着服务员，说：你有没有经过系统培训哪？服务员不解：所有服务生都得经过培训才能正式上岗啊。本人看你们培训不过关，文达说：你们号称西式餐厅，什么中西结合，实是中不中、西不西，你们没有将西方餐饮理念融入经营实务之中，什么菜啊、饭的，那是传统的中国餐饮，请问，汉堡是饭还是菜？炸薯条是饭还是菜？文达莫名其妙的一通话，说得玉芳和服务员一愣一愣的。的确，谁也没细琢磨过饭和菜的界分，吃饭下菜似乎是天经地义的饮食搭配，不想菜与饭的位置是可以对调的，也许汉堡的面皮是饭，汉堡内夹的肉和绿叶是菜，也许薯条是饭，油炸了吃就是下饭的菜了。服务员觉得文达说得有道理，便恭维他学问深、有水平，表示愿虚心学习。文达得意扬扬。你们的菜上齐了，送餐的服务员一想不妥，马上改口道：餐食上齐了！玉芳鹦鹉学舌道：这顿饭，不，这顿午餐吃得不赖。看来还是英文 food 一词表达精准。出了店门，文达说：好玩吧？刚才那是小朋友的脑筋急转弯，饭菜如一枚硬币的两面，怎么分呢？好吃就行，管他饭呀菜的，那是用来调戏服务员的，免得她店大欺客。玉芳愕然……

派送婚宴请柬。文达趁午休的当口，沿公司办公楼走廊逐个办公室分送请柬，认识的、不认识的，熟悉的、不熟悉的，沉底盖边，一律请到、送到。文达呈送请柬的动作是标准的日式鞠躬：敬请各位光临，下月八号本人大婚，恭请大驾光临。请柬背面写着“谢绝礼品、礼金”，那文字不多，却与正面的热情盛邀同样醒目。回到律城财经大学经管学院，之后去小白楼，如法炮制。凡没有撞见本人、当面邀请的，文达全部交由谢小团转呈。谢小团一个劲地恭贺，念念有词地说：哈，有出息哪，真为你高兴。说着拍拍胸脯说：请柬放心，保证送到，一个不落。曾文达宣布免收钱物，是一种姿态、一种风度，定能大大提高婚宴的出席率，这叫赔本赚吆喝。文达想：婚礼不是演戏给大家看的吗？想借机捞一把份子钱，那是典型的小人思维！挣得难得的人气，给阳泉村父老乡亲予心理震撼，为曾家挣足颜面，才是正题。另外，向律城财经大学宣布曾某人咸鱼翻身，离开财大只用了两年左右的时间，就完成了脱胎换骨、升级换代，如今他是一位不容忽视而需仰视的人物哪。就是靖晓常过去和方介生将来的婚事都无法与之向背。还有，文达心里还有晃动着一个小秘密：玉芳和袁家那边请不动啥大人物，充其量就是小学里的年轻教师和阳泉村的村民邻里，没有一定规模的大学老师和公司领导恐撑不起场面，婚庆公司拍摄的录像片里闪动的大多是农民的面孔，那算什么现代婚礼呢？当然，这话不宜对玉芳说，以免她伤心。

黄有成没有忘记酒后失态的承诺，那也是庄重的、必须兑现的承诺。他在外地专门打长途电话问文达，婚宴上不上杜松子酒，要，黄某人立即叫人催货，保证婚礼前到送上餐桌。文达说：谢了，不用了，洋酒太烈，国人恐怕不适应，律城人还是认茅台、五粮液等国酒。黄有成是爽快人，不管用不用，黄某人立即差人给你发两件过来，地址，鼎业公司，估计不几天可以收货，国际国内物流都很便捷。祝新婚幸福……

婚期越来越近，日子开始倒数计时。玉芳反倒焦躁不安起来，眼皮老发跳，她巴望着早日披上婚纱，早早结束了这难耐的等待。尽管她与文达天天在一起，但是，总感觉夫妻关系不正规，总还缺少些什么，就像航行大海的货轮，缺少足够分量的压舱石而显得漂移不定。在家人或邻居的眼里，婚前同居这个词还时不时泛起，结婚证的效用不抵上喜酒和喜糖，法律的夫妻与人们公认的没有天然的对等。阳泉村的人肯定也这么认为，没拜过天地怎么称得上夫妻呢？没有证婚人宣布，怎么算得上正式呢？不是俺老套，当今社会就是这么老套，好在俺与文达介于老套和新式思维之间……玉芳这样安慰自己。

自从领了结婚证，曾文达上下班很规律，准时下班、按时回家，早早吃完饭后便规划明天，鲜有例外。今天下午破例了，文达的短信说：晚上许总请人吃饭叫他作陪，饭后即回。玉芳回到家，冷锅冷灶，一个人做饭、吃饭，多少有些冷落，特别是婚礼进入倒计时的时候，她需要陪伴，需要安慰，需要爱抚，需要家的气氛。晚饭，她简单将昨天的剩饭剩菜吃掉，收拾碗筷，开热水器烧洗澡水去了。

许总请客户吃饭是常态，饭桌上越热闹，生意场也就越火红，如果哪天没了客户的饭局，那公司业绩就岌岌可危了，文达这样说的。许总拉谁作陪，没准，得看客户是谁，与哪个部门业务对接，与谁有话缘。今天找到文达，肯定是来自教育、科研、文化部门的客户和领导。文达人实在，外表看起来傻乎乎的，人问酒量如何，他无保留地说有个四两半斤吧。年纪轻轻的，这个量不赖啊，大有用武之地，培养、培养可以成为公司的金牌攻关，在大小酒场上打通关，在节骨眼上救许总于重围哪。文达太实诚了，四两半斤是他与黄有成喝酒、喝吐的量，不代表他的真实水平，他太喜欢逞强、逞威风，喝酒这事是逞能的事吗？没有身体的底子，你能扛多久呢？所以，听着文达有饭局，玉芳就担心被人灌酒，更担心跟别人斗酒，不知深浅而伤着身体。玉芳一个人待在房间看电视，一个接一个地给文达打短信：少喝酒！别喝酒，早点回家！别跟那些人斗气，你不是他们的对手！每个单位都训练了一批酒党，出没于交际场合，你是做业务的，不在一个量级……文达却一个不回，哪怕他答应一声，说个知道了也行啊！她又不好直接拨电话，怕搅了客人的雅趣，文达回家会责怪她，甚至怀疑老婆查岗……

玉芳除了等，没有其他法子。一集电视剧结束，九点钟了吧，文达差不多结束该回家了。可是，时针指向十点了，还不见动静。夜间楼道“嗵”“嗵”的脚步响起，玉芳的心就揪起来，可听着来者止步于二楼或者上了四楼，心又凉了半截。可能他喝高，可能饭后还要打牌、唱歌、洗脚之类，客户需求，商家就要让客人和领导满意而归。

电视剧结束了，随之而来的是烦人的广告，用遥控器从频道一调到频道一百，没有好看节目，但是关掉电视做什么呢？正在玉芳像热锅上的蚂蚁，忐忑不安的时候，座机电话铃声大作，玉芳沙发上一侧身，顺手抄起听筒。电话里传来一个陌生的男人沉闷的声音：“曾文达夫人吗？”

“是俺，你是谁？”

“我是文达朋友。告诉你，文达出事了，他被公安局抓走了。”

“啊？”玉芳如晴天霹雳，顿时傻了，一屁股瘫在沙发沿上，“他，他，他犯的什么事？”

“一下子说不清楚。公安正在调查，有消息我们会通知你的。”

电话那头的人讲话声音低沉，有点像影视剧里对暗号接头的特务，玉芳慌乱中想到了诈骗：“喂，喂，请告诉俺，文达犯了啥错，严重吗？他现在哪里？俺该做点什么？”玉芳倒希望对方真是个骗子，骗子只不过诈些钱财，起码文达是安全的，或许现在猫在某个不为人知的角落里。

“眼下，我只能告诉你这么多。”

“喂，喂，俺上哪里找能文达？”

“你不用找他。公司正在协助调查，相信公司会尽力保护员工的。你甭着急，耐心等待消息。”说完就挂掉了电话。

玉芳呆呆地愣在那里：他怎么没有开价？没说钱的事情，这里有一笔父母给的钱……也许过一会，他就会再来电话讹钱。可是半晌，电话机也没有响起。难道文达真的犯事了？他不是去吃饭了吗？能犯啥事呢？俺了解文达，他不好色，对异性没有兴趣，撞见美女眼色如常，瞳孔依旧。听说，有一次单媛媛父亲请他吃饭，饭后拉他去练歌房飙歌，原以为就是吊吊嗓子、唱唱卡拉OK。不料，单父招来一队美女，要文达挑中意的，陪唱、陪聊、陪舞，还可以吃豆腐、按电铃、打炮，安全和费用不必担心，只管玩得开心。文达当即回绝，叫小姐通通出去，拒绝衣着暴露的异性云游其中，更无需合法和不合法的任何服务，他的坚定态度让妈咪很是不悦，心里哼哼的：一只没有开啼的公鸡。文达说：与小姐厮混，说不清楚，以后还有脸教育单媛媛吗？文达爱财不假，做梦都想发大财，但是他向来循规蹈矩，不敢违法乱纪，让他去盗窃、双抢、贪污，他没这个胆！文达更无暴力倾向，他身材不算魁梧，自小习于动脑不动手，打架伤人，恐怕他没出手先被人撂倒了……那么，他到底犯什么事呢？八成喝酒，酒后失态胡言乱语、胡作非为，可是有公司领导在场，他能乱什么呢？要说犯事，很可能被人陷害，说不准掉入了坏人预设的圈套……她相信文达的本质，况且他正在筹办婚事，春风得意，踌躇满志，哪有心事和闲工夫想歪门邪道呢？

玉芳坚定了自己的想法。

她将刚才的电话回拨过去，对方不接！打文达手机，关机！拨鼎业公司办公室，没人接听！她想证明自己的想法，弄清真相，不管出了什么事，她都义无反顾地帮助、救援文达。万般无奈之中，她拨通了黄有成的手机。有成在外边路子广、人头熟，动员能力强。不料，有成正在首都国际机场航站楼候机室，等待着飞往英国的航班。听闻电话嘈杂的背景和航班信息的广播，他怎么要出国去？玉芳将到嘴边的话又咽了回去，她代表文达祝他赴英与敞敞姐成功团聚。挂掉黄有成电话，玉芳又拨通了方介生的手机……

二十七 寻芳百转

方介生一小时没回音，玉芳沉不住气，又拨电话过去追索，现在的她顾不得什么礼数，也不管介生有没有休息以及能不能打探到她要的消息，他是最后一根救命稻草，料定他一定会竭尽全力帮文达的，就跟从前一样，他们是兄弟，是歃血为盟的铁哥们！正在通话中！介生兄正在紧张联系，你瞧，他不会见死救，每过十分钟再拨。不到十分钟，介生电话就回拨过来。玉芳见来电显示，激动不已，点开接听键，手机未抵耳边，介生开口说：弟妹，您别急，咱比你更急，啊，不急！

怎能不急？文达说陪老板吃饭，咋吃到公安局去了，怎么会这样？咋回事呢？受不了，真受不了，俺快疯了！玉芳的手机紧贴湿粘的脸颊，悲切得语无伦次：一点消息没有，他在哪里呢？文达嘴硬，警察会不会揍他……

您别急，急坏了身子。刚才朋友打听说，文达酒后驾车，撞倒了一个老头，被警察拘起来，进了局子后就酒精发作呼呼大睡，没事的。朋友已跟公安那边的弟兄打了招呼，他们不会虐待文达。介生说：等明天文达醒来，再作处置，不要紧的，弟妹！

酒后驾车？他哪来的车？谁叫他开的车？玉芳匪夷所思。

具体的还不清楚，朋友就说这么多，介生说。

文达关在哪里？俺要去探望，病人还能探视、犯人还能探监呢。玉芳突然提出让介生难堪的要求。

这……这，弟妹，已后半夜了，人都睡了，没法领你去。介生说：你先休息，咱会跟踪关注，有消息会第一时间告诉你，啊，放心！

俺怎放心？玉芳说，鼎业公司的人死哪去了？文达为公司喝酒，肯定开公司的车，出了事他们不管啦？真不要脸！缺德鬼！

介生说：弟妹，公司领导特重视，许总找了公安那边的熟人，想交保金赎人，可是那老头和家属死搅蛮缠，闹得很凶，强烈要求扣押司机追赔，扬言如果公安放人，包庇肇事者，他们就躺到公安局公务大厅去，扬言要将肇事者和公安局一起告上法庭。

俺不睡，俺要去看文达，玉芳执拗地说，俺去找许总，叫他把文达捞出来！

这么晚了，你一个姑娘家上哪儿找人？咱马上叫月姝过来陪你，唠唠嗑，好不好？介生担心玉芳性急之中会做出傻事，酒后驾车不是弥天大罪，幸好老头子能说能动，没有大碍，充其量赔点钱，破财消灾吧。据说，老头经过医院检查，未发现内损，只有手脚等部位有皮外伤和淤血。老头家属借机做了免费检查，胃、肠、肾、脾等脏器一路检查过去，未发现车祸损伤。家属仍不罢休，又说老头偏头痛、手脚发麻、周身无力，以渲染伤势。公安现场勘察认定：老头非斑马线横穿马路，对碰撞事故负有部分责任，如果文达不饮酒，那老头就得负主要或全部责任……可是现在，跟玉芳说这些没用，此刻的她心神大乱，茫然不知所措。

翌日，月姝报告，昨晚睡在玉芳家，避免了玉芳孤守空房，给了她莫大慰藉，解决了蛮大问题。突发事件降临，要求涉世不深的玉芳从容不迫、应付自如，显然不现实。月姝钦佩介生的先见之明，如果没人陪玉芳，不知昨晚她如何安度。昨晚玉芳抱着月姝哭了半夜，枕巾湿了一片，最后哭哑了、泪干了、累劈了，才依在月姝肩头无力地浅睡过去。看着可怜楚楚的弟妹，看着小夫妻恩恩爱爱、彼此担惊受怕，月姝背着玉芳也偷偷地抹泪。女人的心相互感应，同病相怜而息息相通，玉芳担心苦心经营的婚姻发生变故，担心越来越临近的婚礼平生变数，担心煮熟的鸭子突然飞掉，担心丈夫受到莫名的伤害，月姝又何曾不是呢……

天麻麻亮，鼎业公司派叶秘书来陪护玉芳，接手白天要上班的月姝，仿佛事先有契约，对接得天衣无缝。

许总做了特别交代。叶秘书觉得昨晚的车祸有些蹊跷，文达刚拿驾照不久，车技不精，酒后开啥车呢？许总的司机哪里去了？这不是咎由自取吗？公司对他厚爱无度，没有道理啊？叶秘书吞吞吐吐地话没说完。岂有此理！许总一砸桌台，大为光火，瞪着一双怒眼厉声道：闭嘴！传令下去，公司上下不许妄议此事！曾文达接待客户表现积极，酒后驾车发生在公务活动之后的回家途中，完全是公司业务所致，这账不能记到个人头上，经济损失由应公司承担，同时应最大限度地帮助曾文达家属渡过难关！怎么，不对吗？如果公司置之不理，以后谁还为公司卖力？啊？叶秘书听罢不敢吭声，只是立于一边，一个劲地说是。许总又说：至于公安那边，我马上疏通，请他们出面斡旋，摆平那狮子大开口的老头，赶紧结案放人。这对公司是小，但对曾文达一家是大事，必须特事特办，不容马虎！玉芳那边，请叶秘书代劳，悉心呵护，陪她说说聊聊，莫让她老惦着丈夫，你带着慰问金和慰问品过去，立即去办！

是！叶小姐直了直身子说，小叶自会全力以赴。我是女人，懂得女人心、女人事。结婚当口，任何变故对玉芳来说都是重伤，烙下的伤口都不浅，如若恢复不好，日后可能埋下病根、长期发作。我看，要考虑玉芳的心理干预。前些年，许总专职司机徐叔出长途遭遇车祸，被拘役七天，夫人死活不接受丈夫戴手铐、蹲大狱的现实，一个不良印记、一个小大不小的污点一直刻在心头，那是抹不去的痛苦记忆，日后夫妻口角不时提及此事，不断撩拨这一伤口，最终成了夫妻离异的导火索。曾文达会不会成为徐叔第二呢？

叶秘书真是乌鸦嘴，哪壶不开提哪壶！许总猛瞪了她一眼，说：我更不希望旧事重演。否则，你这秘书也别做了，你给我将伤口抹平，不惜代价。

小叶牢记了，叶秘书立正、一本正经地说，请许总放心！

许总又道：叶秘书，你得想方设法开导玉芳，请位心理医生，力使不留后遗症，否则公司对不住人家。费用多少，一律由我签单。公司已经愧对了一位司机，今天绝不能再亏欠文达。文达不同于司机，他是白领，你得头脑清醒！许总指了指脑袋瓜子。

小叶明白！小叶重复刚才的话，请许总放心！

许总摆摆手，叶秘书退下。他对手下人的办事能力是放心的。许总用力掐了掐太阳穴，头痛的厉害，头重脚轻的感觉。嘿，昨晚上都是伟哥和小情人惹的祸，把心绪搞乱了，不知咋的，神使鬼差，车开着、开着就碾上过马路的老头儿，若不是曾文达路过现场、果断顶包，不知闹出多大的尴尬，许某人恐早就成了今天各大媒体的新闻焦点，成为公司上上下下的笑柄，而今的媒体、网络太厉害，许某人早有领教！嘿，对文达，可不能冷了他的心，得先把玉芳那边安置好，同时全力以赴救人，哪怕早一天、早半天出局子也好，免了他再遭皮肉之苦！

叶秘书不负所望，凭着一流的演技和三寸不烂之舌，将最难演的角色演活、演像。她不时接听来电，不回避玉芳，当着她的面，大声与电话里的人谈论解救文达。接收来自各方面的、大大小小的好消息，然后转告玉芳：公司解救文达的工具箱很多，工具箱里的工具也很多，这不，文达捎信出来，他在里边挺好，警察对他很客气，没有非礼。许总几次走访公安局，找到老同学，与老头的谈判已接近尾声，文达回家指日可待。公安几经曲折，终于找到了现场的目击证人，指认老头猛然变向、横穿马路，奔驰车鸣号、闪灯、减速无效，随后紧急制动，在老头面前刹住了车，仅仅是惯性力碰着了老人，案情啊，正在向有利于文达的方向发展……经过她几番开导，玉芳心绪舒缓下来，脸上愁云才渐渐散开。

下午，叶秘书说：许总已跟校长为你请好了假，你不必考虑学校里的事，我们去听保健讲座吧，别老闷在家里会憋出病来，出去透透新鲜空气，一切马上转好。哦，今天的讲座是有关心理保健与情绪管理方面的，主讲人是律城著名主治医生、享受国务院特殊津贴和国家有突出贡献中青年专家。叶秘书称文达忙，听讲座先培训你，以后你再转而培训文达。的确，文达对身体、心理健康知之甚少，粗糙不已，满以为年轻着呢，身体可以随意透支，殊不知加速折旧，终将导致提前报废。玉芳当真起来，将手机电池充得很足，又带了充电宝，以备讲座时全程录音，以后在吃饭或休息时放给文达听，这样原汁原味的效果最好，玉芳担心复述、加工会挂一漏万。

讲座围绕心理健康和情绪维护，专家说着说着，将话题引入抑郁症的防范与救治。老专家六十上下，白衬衫、蓝领带，满头银发，金丝眼镜。一看便知是一位满腹经纶的权威专家，听讲者无不肃然起敬。他搂着话筒，手无片纸，熟练地点开PPT说：现代社会节奏加快，学习、工作和生活压力增大，抑郁症的发病率居高不下，若不及时发现和救治，容易酿成个人、家庭和社会悲剧。资料显示，中国抑郁症患者高达九千万，就是说十五个人当中就有一人得抑郁症或伴有相关症状，心理健康和情绪调适显得异常重要和紧迫。专家松了松领带，扶了扶眼镜接着说：当然，大家大可不必谈抑色变，抑郁症是可预防、可发现和可治愈的。抑郁症的发生、发展有一个过程，了解其运动机理，就能够实现尽早发现、尽早控制、尽早治疗。抑郁症的来源非常复杂，除了生理因素外，还经常源与性格自闭、环境刺激、业内竞争、工作压力、事业挫折、家庭矛盾、感情变故相关。问题的严重性还在于，有些人内心出现焦虑，不善于与人交流和倾诉，而是竭力掩饰，这无形中使病情更趋恶化。抑郁的最初表象各式各样，比如孤单、内敛，凡事无兴趣，食欲和睡觉紊乱，持续心情低落，较真、认死理，易大喜大悲……

听着，听着，玉芳不由地对号入座，感觉到专家说的症状，文达身上或多或少有表现，他的心胸不宽，稍不如愿，便陷入深深的苦恼而不能自拔，心里有事不善谈吐，跟自己赌气，睡梦浅，失眠多，他真的需要普及心理健康知识，做好心理调节，否则非捂出抑郁症不可。叶秘书安排的讲座是及时雨……他出局子后尤其需要心理咨询和疏导，叶秘书让俺听讲座，显然有这个意思，她将这个艰巨和繁重的任务交给了俺，她真良苦用心……

地球另一端，与律城相距九千公里的英国，苏格兰高地，爱丁堡城。

不出一个月，刘敞敞熟悉了陌生的他域环境，平稳度过了留学最艰难的语言和生活的适应期，步入了学业的良性循环。

刘敞敞师从于龙比亚大学一位名叫吉姆，颇具绅士风度、操着很浓的爱尔兰口音的黑人教授。吉姆头发稀疏，无论如何打点都无法掩饰谢顶的脑瓜，浓密的络腮胡，一脸的皱纹和粗糙的毛孔，皮表始终溢着汗水和油脂，周身散发着很重的体气，那是一种英国人特有似狐臭非狐臭的、似香水非香水的莫名异味。他五十多岁，俨然是父辈的形象，但是没有中国式的师道尊严，师生间酷似朋友和近邻，导师从不给学生予苛责与难堪，反而更多的是鼓励、启发和引导。

教学和学术研讨通常不在教室，一般安排在咖啡吧、图书馆和资料室里。吉姆爱喝研磨机打出来的、浓得发苦的喀麦隆咖啡，不加方糖和奶油伴侣。他偶尔抽几根棕色的、粗粗的古巴雪茄，那烟很凶、很烈，为了不呛着敞敞他们，吉姆打开百叶窗，将厚厚的窗户推开一条缝，对着室外吞云吐雾，抽完了再回到木凳上。咖啡吧的老板娘习惯于此，吉姆往木长凳上一坐，不用问，喝厚咖啡的主儿光临了，一般要续上四五壶，用时两三个小时，即备好了杯子、烟缸、开水，研讨课中途他不喜欢别人进进出出的打搅。

正是在咖啡吧厚重的木凳上，敞敞学到了许多在中国课堂学不到的东西。吉姆将他的论文和著作一股脑端给研究生，列出一长串的参考文献。吉姆说，你们将资料室书架的书读完了，精读三分之一，泛读三分之一，速览三分之一，你们就毕业了，当然再捎上本教授的作品。博士得研究知识、创造知识，而不仅仅获取信息，记忆方法、熟知结论。吉姆的教学轻松、打趣、激情四射。学生的课外作业通常是精读名著，然后相互研讨，提出质疑或评价。如若找到原著的破绽或将其观点驳倒且能够自圆其说，考试成绩即为优秀。如果找不到原著的薄弱点或一时无法驳倒作者的观点，不要紧，那你就在原著基础上拔高，写一篇比它更好的论文，成绩同样是优秀。如果正反都行不通，那就另辟蹊径，建立自己的学术观点体系。吉姆眼力很毒，读书深浅，看看读书笔记与心得，听听学生的分析和评价，即有了独立而准确的评判，想蒙他，可不是一件容易的事。

吉姆的书和论文跟喀麦隆咖啡一样又苦又涩，常喝、多喝，喝惯之后，才渐渐品尝出黑乎乎的饮品所贮藏的天然醇香，吮吸到来自非洲大陆的咖啡豆所赋予的营养和能量。

吉姆没有午休的习惯，吃完午餐又进入工作状态，这让刘敞敞颇感不适，每到午后她就犯困。吉姆说，你就喝咖啡提神，不出两个月午休病就痊愈了。我操，他将午休视为一种病态，刘敞敞心里不舒畅，脆弱的自尊心碎了一地。他不过是个工作狂，咖啡和雪茄作强心针，这与睡午觉有什么区别？她想找时间修理一下大胡子老头儿。但是，吉姆对中国式的嘲讽听不懂，不懂他就装聋作哑、一笑了之。后来，敞敞发现吉姆并无歹意，也无白人对黄种人的鄙薄，他说话从来不踩闸，挖苦起印度人、印第安人来很损，说上帝没给他们化妆，将他们当成太阳能翻板，见学生尴尬不已，自个却哈哈大笑，像什么都没发生，很快又恢复了研讨的平和。

吉姆精明过人，他看出刘敞敞一直有话要说，但没捞到机会，也许不是学术问题，是生活或个人私事，也许她的留学有难言之隐，中国大陆学生比西欧和美洲学生矜持，纠结和情感矛盾捂得很紧，直至无法自理才昭然于世。吉姆想创造一次机会，撬开敞敞的话匣。

一天，吉姆突然提出请客，这可非常难得。因为在中国人眼里，老外很抠门，习惯 AA 制，你我之间分得很清，不随便放血、埋单，今天破例啦！刘敞敞纳闷。吉姆解释说，今天是他从教三十年纪念日，教师是阳光下最崇高的职业，神圣而净洁，教师因学生而存在，学校为学生而兴办。的确，英国教授压根不存在什么“打野鸡”“拉板车”，一切围绕学生，爱生如子，爱校如家。敞敞仰慕吉姆的敬业精神，极其强烈的事业心和责任感，他淡泊名利，坚守本职，对学生的真爱，对学术的执着，在当今的律城财经大学甚为少见。老头子为人真挚，对教书非常认真、率真，有时到了较真的地步。据说不少大陆学生栽在他手里，59 分就是不及格，多一分也不施舍。论文通不过就是通不过，必须修改或重写，而从不考虑学生毕业季或已持有工作 offer、得马上报到的残酷事实。但是，你若求教问学，跟导师预约，他会立刻腾出时间、安排地点，请你一起喝咖啡，学生有生活困难和个人感情纠葛，有正常主张和正当诉求，他毫不犹豫地出手相助。去年，海外学生对英国政府频涨学费不满，发起联署抗议。吉姆听罢学生的陈述，爽快地在抗议书上签上了自己的大名。上个月，爱丁堡街头一年轻白人与非洲裔学生发生械斗，警察不分青红皂白，以寻衅滋事罪逮捕了黑人青年，学生们拉着吉姆一起去警局说理，吉姆毫无推辞，全程相随，直到年轻人获释。

吉姆请吃饭，研究生都认为这是一个提要求、作主张的天赐良机。刘敞敞惦着赴英的两项未尽使命：学校的引进人才和寻找金素妍的下落，何不借吉姆情绪高涨之机向他求助，他乡异国，举目无亲，吉姆是为数不多的可利用的宝贵资源。

吉姆教授请客不是中国人吃饭的概念，没有中西大餐的配菜，只是简简单单的一块牛肉、一袋薯条和一碟沙拉，外加一杯饮料，为此要搭上三小时的没话找话说的假装饶有兴趣的聊天。刘敞敞没要饮料，要了一杯咖啡，好像对喀麦隆咖啡兴趣盎然甚有研究，她说：在中国，人们大多喝袋装咖啡，简单快捷，十几年一贯制，那就是敞敞我心目中咖啡的传统概念。来到英国，接触到吉姆教授，概念，不，是观念更新，咖啡接了地气，返璞归真于植物精华，远离了工业化的深加工，拒绝化工原料的添加剂，保留了咖啡原本的色、香、味、质。

敞敞话锋一转，从咖啡转到留学英国：在中国，学生压力山大，社会各界年年呼吁为学生减负，有人幼稚地以为，国外读书轻松自如、寓教于乐，甚至无师自通。其实不然，瞧瞧：龙比亚大学图书馆坐满了各种肤色的学子孜孜苦读，校园大街窄巷学生们步履凝重、行色匆匆，忌惮宝贵时光的无谓流逝，学生怀中搂抱的无不是厚厚的书本。夜晚，宿舍和实验室灯火常明，宣示了博士们科研攻关的紧张与艰巨。深受这种气氛的感染，敞敞我来到英国，读书、写作，忙得像陀螺一样，没有时间喘息。爱丁堡素有北方雅典之美誉，旧城、新城两种风貌，名胜古迹无数，爱丁堡城堡、王子街、皇家一英里、苏格兰皇家博物馆、皇家植物园、苏格兰皇家图书馆、圣吉尔斯大教堂、亚瑟剧院等等，可惜敞敞我无一光临，不知这一遗憾得持续多久。

你的意思是几个月来，不曾迈出校门？吉姆疑惑不解地问。

大体如此，刘敞敞说：连朋友拜托之事，也一拖再拖，没有腾出手脚尽力办理，至今悬而未决。什么事？她自问自答，将方介生和金素妍校园恋爱的动人故事说给大伙听，进而引出方介生的寻人启事。她说：为了完成介生先生的相托，敞敞我曾在爱丁堡大学官网上发出寻友启事，结果石沉大海，杳无回音。一次偶然的机会，从一位来自台湾的学生口中，了解到爱丁堡大学有个叫 JIN Shu-Yan 的女生，敞敞我开心得无以复加，站在宿舍宽大的拱形落地窗前，不知花了多少话费，手机差点打暴掉，换了两块电板，最终方与这位金姓女生上通了话，先是英文，后用中文，最后才明白英文相同的读音，中文有不同写法，这位女生叫金淑燕，来自马来西亚，年逾三十，是两个孩子的妈妈，显然不是敞敞我要找的金素妍，差点闹出张冠李戴的笑话。

不成啊，向方介生报告查无实据太轻率，太对不住介生先生，敞敞我得抽出一个周末，亲赴爱丁堡大学探营。上周末，是敞敞我唯一远离校园的日子，按照网络地址，转了两趟地铁就到了爱丁堡大学站。钻出地铁，那是爱丁堡大学门前的城市博物馆广场，到处是撑起篷伞卖三明治、热狗的固定商点，卖 T 恤、裙子、腰带、墨镜的流动摊贩，出售小工艺品、瓷器、手绘图的沿街店面。进入校区，绕过喷泉，便是林荫小道，绿叶如云，古老的欧洲风情扑面而来：路边有专心练瑜伽的窈窕淑女，有卖新书旧画的披着长发的艺术家，有小丑、魔术师和踢踏舞的倾情献艺，还有指导学生素描写生的美术老师，当然更有雕像似的站在那里静观的路客和执手机拍照的年轻人。敞敞我径直找到学生支持中心，在学生管理系统中查阅了近十年国际学生的名册，有几位姓名与金素妍读音相近的中国学生，调出照片，详细核对信息后，都被一一排除。

吉姆听罢，又想出去抽雪茄烟。离席前，他烟叼在嘴里，取出火柴，回头道：你怎么不早说呢？在爱丁堡大学，有位在学生支持中心工作的中国通，哦，对英国人来说是中国通，对中国人来说是英国通。她通中文，在北京师范大学留过学，前些年还执办过中国学生留学英国的事务，也许能给你更直接的帮助。等会我将她的地址和通讯方式告诉你。

这一消息比吉姆请客吃饭更有价值。刘敞敞如获至宝，很快按图索骥，与“中国通”取得了联系。“中国通”再入爱丁堡大学学生信息查询系统，在系统内打了几个滚，还是没有发现金素妍的踪迹，也没有来自中国 ZN 大学的硕士研究生。刘敞敞懵了，难道方介生的信息有误，金素妍压根没来英国，或者到了英国又转学到其他国家或其他学校就读去了？敞敞将疑虑告诉了“中国通”。“中国通”又提及一个重要信息，说：另有一种可能，前些年，有些中介机构打着爱丁堡大学的旗号在大陆招生，学生抵英后先落脚在“野鸡大学”补习语言，来年伺机申请爱丁堡大学学位。当然，大多数学生不能如愿，最终得打道回府，但是不排除个别聪慧者脱颖而出。我帮你找一个幸运者，就是留下来续读的研究生，他姓白，频繁往来于中国与英国之间，毕业后留在一家华人办的中介机构打工，很快成为机构合伙人，他可能了解那个时段的中国学生。

刘敞敞决定再赴爱丁堡大学亲会白先生。这回她找对了人，找到了关键人物，取得了意料不到重大收获：白先生经营大陆学生赴英留学咨询与服务，已有七年从业经验，握有中国大陆本科生、研究生赴英留学逾千人的成功案例，金素妍成功赴英也由他亲手经办。开始，她在语言培训机构读预科，成绩优异，大伙都以为她很快就能成功取得爱丁堡大学的正式学籍，素妍称身体不适要归国养病，令人不解和惋惜。白先生像是金素妍留在英国的锦囊，素妍归国前嘱托他，迟早会有人来英打探她的行踪，告诉来者：素妍已在异国他乡嫁人为妻、生子为母，生活充实而美满，并嘱咐不到必要时候，莫透露她的去向，素妍自有安排……

至此，刘敞敞终给方介生发出了短信，传递了他不想要的信息：经核，金素妍已有归宿，不必等待。跟爱你的月姝结婚吧！新婚大喜一定告诉敞敞，不论你我在何时、何地，切切！

二十八　情在不能醒

刘敞敞来自英伦的消息，方介生咀嚼再三，越嚼越不是滋味，苦涩、酸楚、隐痛，一起从心底涌起。吹灯、杳无音信、热脸贴冷屁股……对此见多不怪，习以为常，介生早有心理准备，他就是痴心难改：不幸、不公和不测算啥，只要真爱一息尚存，就寻找、就等待、就抢救，哪怕死马当活马医！但是，当无情的结果真实的凝固在眼前时，介生跌入了黑洞洞的深渊，像委屈的孩子，禁不住啜泣起来，真的就剩下这种结局了吗？爱情大门紧紧闭合，关得严严实实，一丝丝缝隙都不留了吗？锁扣闩得死死的，难道没有一息息松动的可能吗？女人的心，真的是钢铸铁打，烈火难以融解，高温不能柔化！敞敞信息的字里行间，不难洞悉意涵：素妍不愿直面咱，咱的关心、咱的问候、咱的情感，她无所谓，连礼节性的回应都不给予。否则，敞敞的消息怎会超短，电报格体，在当今快捷和大容量的通讯模式下，寥寥数言只能说明金素妍生涩的态度和不近人情的固执己见，敞敞无语、无奈、无计可施，说什么呢？她从来不是惜墨如金的人！按照介生的脾气，他要打破沙锅问到底，可是敞敞不愿多言，径直道出了结论，肯定有难言之隐，何必强人所求呢？结果既无法更变，过程还重要么？也许敞敞怕咱情绪起伏，怕咱情感遭受打击，策略地说素妍有了归宿，而避用"投入他人怀抱"或"与他人结发为妻"之类的刺激性语言，凡人都领会，都能把握，那指的是什么！敞敞催促咱结婚，说明素妍已无等待的必要，等一天都显多余，所有希望全告破灭，这就是不得不接受的铁定事实！既然如此，再询问素妍生活如何，或者是否转达了亲切问候，或者寻觅通讯方式，不重要也无必要！敞敞强调，办喜事一定通知她，什么意思？她在千里之外，难道准备赶回律城出席婚礼？难道还留着什么玄机？

听玉芳说，黄有成赴英国陪敞敞去了，他是跑生意，还是专程探亲或旅行结婚？分手时间不长，合计不足一年光景，是有成还是敞敞沉不住，是谁怕感情生变？时间像蛀虫一样专门蚕食稚嫩的爱情，在这个情多爱少的时代，年轻人奉行爱情是现实、不是未来，是即时的肌肤之欢，不是遥远的虚无，不求天长地久、只盼一朝拥有！常听说，男女学生出国留洋，带回的不仅是文凭，而是意外的感情收获，跨国恋爱大多发生在未婚男女身上。再一方面，国外待久了，眼界打开了，心会变野，律城财经大学选派的年轻学者出国访学，滞留不归、玩失踪者不鲜见，等到学校回过神来，学者已在国外相好了固定职业，扎牢了事业根基。学校的一纸契约根本拴不住人心，更无法将他们拉回，费艳冰只能打掉牙往肚里咽，既不敢在领导面前声张，也不敢在社会上宣扬。敞敞是不是断线的风筝，黄有成此行是不是投石问路？他们有没有可能安家国外？想到此，介生心里不由一惊：敞敞是活络人，不是没有这种可能！水往低处流，人往高处走，强扭的瓜不甜，学校不留人，自有留人处！尽管方介生不希望刘敞敞滞留国外、入了外籍，但是他仿佛有这种心理预期。

方介生心里蒙上了厚重的阴影，愁眉苦脸，上课板着面孔，神经紧得像拉满的弓、随时可能绷裂。学生不知啥地方冒犯了老师，恐怕昨晚与老婆吵架了。不对，方老师没结婚，那怎么莫名其妙地给课堂脸色呢？老师毛了，学生听课时坐得笔直，不敢发生丝丝声响。爱开小差的学生，收起了小说和杂志，做出专心听讲的姿态。习惯坐在后排和角落里的，悄悄地向前排和中间挪动，老师提问往往从后往前、由两边往中间。习惯交头接耳的学生，也竖起耳朵，捂住嘴巴，少说为妙，方老师作困兽犹斗，弄不好将无名火狂发泄到学生头上。

方介生呢，讲课时老分神，备得稔熟的课程，平日倒背如流，脱稿讲得行云流水，可今天老打顿，说了上句忘下句，口误不断。解读第一页的内容，手中的激光笔却点开了第二页 PPT，发现后纠正过来，不一会再犯。他觉得刘敞敞还会递来后续消息，可是左等右等再无音信，按照敞敞的意思，剩下的事，似乎就是与月姝结婚了。他的脑海里不断地晃动着金素妍、刘敞敞和钱月姝三个女人的身影，切换于 ZN 大学、龙比亚大学和律城财经大学三个校园之间……他思绪纷乱，一心两用，再这么硬撑下去讲课，说不准会跑出来更多不着边际的荒谬，干脆让学生做作业，将挥之不去的课时耗完。于是，他将练习题投在屏幕上，学生低头练习，课程里杳然无声。

脱离了学生一双双惊恐的眼睛，介生讲课的紧张松弛下来，思绪开始飞翔，用不着担忧跑神出错了：时间隧道是单行线，没有折返线路，人生啊，不经意的一步，就注定后续第二步、第三步的成败得失，如同搏命高考，考的是人生，而不是大学！

咱考场常胜，情场却输得精光，与金素妍的爱情大考，终以完败告终，如果能够重新开考，肯定不是今天这个挂零的分数！后悔，当初没有与金素妍爱出个结果，当时还天真地担忧素妍会受孕，慌慌张张的，初次完事后，她说冷，接着就捂着下体，慌作一团地闪入洗手间，只听得莲蓬头哗哗的流水，激烈的水柱击打着她的身体，顿时毛色玻璃的墙体水雾一片……她对着那个部位使劲地冲啊冲，洗啊洗，生怕爱情的种子落地、生根、开花、结果？看着她胴体的曲线轮廓，沉浸在幸福的余韵中，心灵和肉体的快感像电流一样通透全身。她是最适合咱的那款！跟她在一起，好像轻舟竹筏，随波荡漾，仰望满天星斗，抵达春天深处、万物深处和心灵深处，一种妙不可言的超然愉悦……

几天后，问素妍：那个来了没有？

素妍佯装迷惑：什么那个？具体点！

靠近她耳跟，小声道：咱说的是例假。

素妍咯咯地坏笑起来，那笑声清脆爽快，像玻璃河轻轻流淌：你们男的也研究女生的周期？你想它来，还是巴它不来啊？

再次贴近耳根、低声说：男人理应惦着他的女人，你身上的血肉，打那时起都与咱心灵贯通。男人一生四千次，人家准备认真地都交给唯一的你。

素妍笑逐颜开：谁统计的？保证没有四千零一次？

涨红了脸，更加低声说：生理书上说，咱保证没有，有，还是属于四千次那个人。

素妍撇撇嘴：女人一生五百次的例假，也给你！减掉生育期十次，那更属于姓方的他。这权力现在就动用？你担心它不来了？

来不来——苍天有眼！男人与女人原本生活在不同世界，当越过第一次门槛，两人的心灵与身体开始合而为一，像美酒一样相互勾兑，彼此进入、相互融合。

素妍说：苍天听你的，你说了算！

再度贴近她的脸：咱想听你的，感谢老天爷眷顾！

素妍说：本姑娘的例假经常不准，青春期时吃药调过几次，效果不显，医生说本姑娘是一类特殊体质。生哥，说真的，万一有了 baby，你怕不怕？

不怕，嘴里虽这么说，但心里咚咚乱跳，那是男人本能的紧张，何况那时咱一个没有收入的大四学生，嘴上却不肯示弱、示怯，说：为了你咱啥不怕，大不了退学当爸爸、带孩子去。

呸！素妍说，没出息，不理你了，本末倒置！沉湎男欢女爱，抛弃事业，不是好男人！

哦，赶快道歉！咱说：收回，收回！咱错了，错了，爱情、事业两不误，咱向毛主席保证，绝对两不误！

素妍假装啼哭道：说清楚，向谁保证？向毛主席保证不行，那是从“文革”电影里学来的老台词，油嘴滑舌的，不真诚！

不，向老天爷保证，男子汉大丈夫以事业为重！咱向上苍起誓，行了吧？说话人双手合十，一副虔诚。这还差不多！素妍破涕为笑……

介生的手动了动，伸手欲拉素妍，一切仿佛就发生在眼前一般。真的，如果有了结果，哪怕幼小的生命胚芽在她体内成活，爱情就不会无果而终，素妍就不至于如此绝情！

不知不觉下课铃声响起。方介生穿过学生拥挤的人流，若有所失地拎着一摞作业本往办公室走。遇到迎面走过的费艳冰。费艳冰停下脚步打招呼，问跟月姝什么时候办事？大姐等不及了。

介生放慢脚步，应付道：快了、快了。

哎，给个具体时间。费艳冰停下脚步，蛮是兴奋地说：告诉你呀，我马上跟校长去英国招聘人才，刘敞敞在那边为学校打前站呢，她联络了十几位有应聘意向的专家教授，校长要亲自面试。嘿，有什么话捎给刘老师？

哦？方介生这才从梦游中醒来：去英国？心中不由一怔，心尖像被马蜂扎了一口，剧烈痛了起来：又去英国，那个忧伤和烦恼的国度……但是，他很快恢复了平静，去英国又奈何，再找金素妍吗，岂不自讨没趣？不想她了！想也没用！介生表面平淡说道：那好呀，见着刘敞敞代问好，希望她早日学成归来。其实，他与敞敞保持着联系，常互致问候，哪用得着她代劳呢？不过，费艳冰赴英国招聘人才的消息令他意外，这回学校真的下大本钱引进人才，不知又要烧多少钱。作为金融学院副院长的他，海外引进人才，这么重大的事，怎么没有听到一点儿风声？这么好的机会，学校怎么没考虑到咱呢？金素妍这些年在英国恐怕念完了硕士和博士，理所当然地属于招聘对象，大海归，紧俏专业的紧缺人才，如果亲赴英国，能否建立与金素妍的热线联系呢？被刘敞敞浇灭的希望似乎再次复燃，一切又出现了转机……

不过，理性最终占据了上风，方介生摇了摇头，暗暗自嘲：又在瞎想了，自作多情，这怎么可能呢？他想问问费艳冰，但话到嘴边又咽了回去。每次国内外招聘，金融学院都召开专题会研究部署，提出人才需求及其规模、层次和进度，我这个分管教学科研的副院长的意见起主导作用，莫非又是这个老奸巨猾的钱教授，过滤了英国招聘的消息！咱与素妍的恋情他早有耳闻，世上没有不透风的墙，钱教授怕触动咱脆弱的神经，怕咱旧情起死回生……费艳冰跟钱教授有千丝万缕的联系，对姓钱的言听计从、马首是瞻，跟她反映情况简直是对牛弹琴。再说，金素妍即使列为引进目标，亦非本人亲赴英国所能引进的，她在国外成了家，是一群孩子他妈，她丈夫肯定不是等闲之辈，平庸的男人入不了她的法眼。想象中的金先生，一米八以上的身高，一表人才，在英国有背景、受过良好教育，有体面的工作和可观的收入，令众周遭的女性仰慕不止，介生自愧弗如！现在的他，能给予素妍啥呢？别墅、豪车、游艇、钻戒、珠宝、周游列国……一样没有，恐怕只有刚刚脱离贫困的温饱，相形见绌！将心系高远的女人圈在逼仄寒酸的大学笼子里，那是多少自私、无聊和悲催的事体啊！

相背走出十多步，费艳冰调过头来唤介生说：听说刘敞敞的未婚夫将生意交给他人打理，只身飞往英国，名曰帮助敞敞张罗人才招聘会，实则陪读，搞不好在英国筑窝啦！

是吗？费处长的消息真灵通，对人事动态把握得精准无比且非常而及时哪！介生说。费艳冰被这不冷不热的话堵得不知如何作答。别了一脸尴尬的费艳冰，介生想：费艳冰说的不无道理，黄有成突然赴英，里边有文章，他骨子里深爱敞敞，他资助未婚妻留学但又担忧她情变，女人只有放在身边，不脱离视线，才是最安全和最可靠的。八成他从咱失败中吸取了教训，毅然决然抛下生意，投入敞敞的怀抱，不管此行是短期访问，还是长期滞留，爱情的紧迫感和危机意识重压着他。方介生叹了一口气，亡羊补牢，时犹未晚，如若当初咱跟随素妍赴英，今天未必饱尝苦果！

放下作业簿，方介生拨通了靖晓常的电话，他习惯把心中的不快与晓常诉说，而不想与钱月姝、钱教授啰唆。想来三两周末与晓常联系了，不像住在小白楼和外教楼那光景，路上、餐厅、班车上彼此经常巧遇，聊上一阵子，无需预约，机会多多。眼下忙碌开来，教学、科研外加行政工作，一堆没完没了的会，在会议上照面也只是彼此一个招呼。还有，敞敞出国、文达下海，少了客串人，相聚机会锐减，介生主动联络，必有要事，可谓无事不登三宝殿！接通电话后，听得出晓常在家里，手里在忙着活呢，他连问了两句：你在哪里，仿佛彼此相隔万水千山。

我在学校，介生说：没别的事，只是心里乱乱的，想说说话。

晓常说：那就来家里，嫂子在家，吃个便饭。

这——方介生犹豫。

别客气，有啥吃啥，不专门为你做，晓常说。

过了一会，介生才说：不了，咱两天失眠的样子很难看，别污染嫂子的眼睛，吓着她了，咱们在金海岸一楼酒吧坐坐吧。

那好吧，听得出晓常答应得有点勉强，但是介生邀约，不是紧要的事情他不会开口，无非是素妍、月姝那边出了状况，或者是钱教授和金融学院出了令人生厌的幺蛾子，这正是他最需要帮助的时候，晓常不可能失约。

金海岸酒吧坐落于学校后门的北街上，步行过去不过二十分钟。晓常找到介生的时候，介生正坐在灯火斑斓的酒吧一隅啜着冰啤，淡黄色的汁液在大口酒杯里梦游，彩灯迷幻，歌声旖旎，衣着暴露的陪酒女在吧台后云聚，不时出来溜达，色眯眯地向这边眺望，抛出勾人的媚眼。介生一边饮着酒水，一边吞云吐雾，猩红的火星在昏暗背景中异常显目。他的镜片反射着旋转灯光，他的脸固定在一个方向，冷眼旁观着咫尺之外的喧嚣。晓常坐在对面的空座上，说：光线暗，怪难找的。

是吗？介生没有挪身子。

怎么选这么个地方？好像地下工作者接头？周围都是眼睛，缺乏安全感，晓常说。

没事！这又不是色情场所，那帮小姐强奸不了你，为什么不能来？介生这才转过脸，指着不远处墙上贴着的证照说：你看，政府颁发的经营场所卫生、治安许可证。

我是怕被人看着，影响不好，与你我身份不合。晓常心里不畅，这地方高消费不说，的确容易让人浮想联翩，有不正经和寻花问柳之嫌。你看，不远处的酒客与陪酒小姐扎在一起，搂搂抱抱、摸摸抠抠的，与这些人为伍自在吗？他想与介生的谈话快快开始、早早结束。他说：有什么不痛快的告诉老哥，老哥跟你在一起。

介生不紧不慢，用扳手撬开啤酒瓶盖，将晓常的酒倒满，两个杯子平行地“当”的碰撞后，酒就顺着杯壁倒入了张开的大口。介生抹了抹嘴，亮出了话题说：刚才路遇费艳冰、费外长，她说学校赴英国招聘人才，下手很猛，校长亲自出马。会计学院有没有上报引智计划？

当然上报了！会计学院一直不竭余力引进人才，晓常贴近介生，以排除背景音乐的纷扰，慢腾腾地说：姜冬林主持会计学院工作时，就制定了详尽的引智规划，他常说我等不是武大郎开店，引进比我强的能人，一直是姜某的心愿。国家级杰青、长江学者、国家级和省级教学名师、优秀学科带头人，会计学院常年招聘，来者不拒，多多益善。

咱说的是本次海外招聘，会计学院有何动作，有没有派员参与？介生说。

会计学院恐怕派不出合适人选，我们将引进计划提交给费艳冰，相信他们的经验和能力。晓常说：当然，会计、金融、审计是热门专业，人才奇缺，要价很高。博士毕业生首选党政机关或大中型国企，仕途、高薪、名分样样诱惑，高校在引智中没有优势。学校不得不痛下狠手，高薪从其他高校虎口拔牙，当然其他高校也从律城财经大学挖人。晓常帮介生掐灭了香烟，又为他斟满酒说：打趣的是，律城财经大学与ZN大学签订了“互不侵犯条约”，双方承诺互不挖人，但是一纸空文有多大约束力，人才争夺暗战依旧常年不断。两校校长在省里开会相遇，只能会意一笑，彼此心照不宣。

海外招聘不同于同行互挖墙脚，无需保密，干吗搞得神秘兮兮的？介生又想点烟，晓常示意碰酒，两人将酒杯碰得咣当响，介生接着说：英国是世界金融中心，金融学高端人才济济，海外招聘金融学院更应首当其冲，招聘团有八人之众，咱学院应当有一席之地！

钱教授也这么说，他代表金融学院拿出的方案得到郭校长的首肯，你没参与其中？晓常觉得将介生排除在外不可思议，他好像对海外招聘知之甚少。

不知为啥学院不让咱染指，像防贼一样将咱堵在门外。介生终于证实了先前的设想，没错，钱教授对他关键时候依然留了一手，以防他对月姝存有异心，怕他多年的心血付之东流。怪钱教授吗？为了女儿，为了他未来的女婿，他豁出去了，置基本工作程序于不顾，抛学校工作原则于脑外……也许，他的做法是对的，不给咱任何非分之想的，哪怕一个小小的机会。

晓常拍拍介生搁在茶几上的手，自己喝掉半杯酒，意味深长地说：不参与也好，钱教授用心良苦，护犊之情溢于言表，谁让月姝牢牢爱上了你呢？我若是当爹，恐怕也会如此。

好什么呀？这是工作，怎么将个人情绪带到工作上来，公私不分呢？介生说。

这不是实话，别怪老哥说你，绕不过去的是不是英国的素妍啊？见介生不语，晓常不敢往深里说，避开敏感话题说：真别乐观，这工作不好做，成功率不高！海外招聘不是律城财经大学的专利，财大也不是吃螃蟹第一人，它早就是其他院校玩烂的把戏。大张旗鼓的出击，向海外学者乱抛绣球，最终招兵买马几多，进入财大后得心应手的又有几人，天知道！瞧瞧《光明日报》《中国教育报》，每天各大媒体都刊有大学的招聘广告，有引进学科带头人，有海内外公开招聘院长，有聘请教授专家，多少人中招，多少人入选，其中多少苦衷，没有人说得清楚。你可知道，去年ZN大学曝猛料，高薪招聘的所谓高端人才、学科带头人，竟是伪造学历文凭、移植科研成果的江湖骗子，真让人笑掉大牙！

老哥说得是。介生又拾起杯子添酒，往杯里加冰块，冰疙瘩与杯壁发出铿锵的撞击。

招聘本是形式重于内容，意在向学界发声，表明学校求贤若渴。引进人才无异于押宝豪赌，没人只赢不输。可是，明知山有虎、偏向虎山行，海外引进人才立竿见影，能迅速弥补学校的短板，拉高学校的排名。谁不希冀跨越式发展、弯道超越，人才成长过程太长，时不我待。大菩萨下香火旺，大和尚在堂好念经，大学的门面就是这样撑起来的。晓常将空啤酒瓶放到桌下，又说：领导是屁股决定脑袋，把你放到书记、校长位置上，面对大学排名和快出政绩的压力，你也会作出急功近利的选择，不惜血本投入昏天黑地的人才大战。

方介生对学校人才战略没有兴趣，他压了压呼唤铃，叫服务生再上一箱啤酒。

酒，不上了，上个中份果盘吧。晓常挡挡手，朝赶来的服务生吩咐道，然后对介生说：听老哥的，把打开的喝完，不加了，行不？再喝我俩都回不了家了。等服务生远去，晓常又说：让人不解的事多着去了，黄有成突然赴英国参加招聘，你能解释吗？他突然提到黄有成，又一位与英国相关的人物。

光线暗淡，灯光飘移，看不清介生紫红脸色。他喝多了，没有节制，今天准备一醉方休，也许醉酒比苦思冥想、苦不堪言的折磨好受，他渐渐接近、跨越酒精极限的门槛。尽管他努力保持思绪稳定和情绪平静，但酒精的作用越来越强烈，他身不由己，听到黄有成的名字，颤巍巍地说：老哥你说了算……酒喝好为止。黄有成能喝酒，费处长也提到他了……

最近跟有成联系吗？听说他走得突然，有点不对劲哪！晓常夺下他的酒杯，换了杯热茶给他：漱漱口吧。

怎么说呢？他比咱聪明、果敢，是好样的！介生左手托着沉重的脑袋说。

他是商人，不会做亏本买卖，财大招聘与他有啥关系，协办招聘会只是说给校方听的托词，投奔敞敞是他的真实意图。临行前我们在商场巧遇，他在买拉杆箱和包装绳。他说生意人对政府的政策和中国经济未来发展深感忧虑，据说某地政府正在打压私营工商业者，兴师动众地追查什么原罪。在原始积累阶段，创业者谁没原罪？或多或少的偷税漏税、贿赂官员、涉猎假冒伪劣、打政策和法规的擦边球，那是常态。马克思说，资本来到人间每个毛孔都带着血和肮脏的东西。但愿莫让国外学者说中了，中国的资本家担心在新一轮“文化大革命”中成为清算对象，或者成为政府乱作为的牺牲品。晓常夹了片西瓜交到介生手上，示意他多吃水果醒醒酒，自己用牙签沾了一块苹果丢到嘴里，说：有多少走红商人经得起原罪的清查，如果发动新一轮“文化大革命”，也许他们都是红卫兵和造反派的刀下鬼。不少有钱人开始考虑后路，将资金转移境外，将业务延展海外，举家迁往国外。听罢，让人心里拔凉、拔凉的，除了敬佩有成有经济头脑，不知说什么是好，为什么是这个样子呢？

有成在酒后吐过真言，经商那不是人过的日子，介生用力将最后两个半瓶啤酒分配掉，一人一瓶，吹喇叭，他断断续续地说：不像咱们面对面喝酒，他们得看市场，看领导眼色，苛捐杂税，吃拿卡要，只要灶头冒烟，便有乞丐上门，难啊！

黄有成恐怕作了长远安排，开始便卖家当，转移资产，准备在英国与敞敞会合，作投资移民，凭他现有资产，在国外逍逍遥遥的生活当无大碍。靖晓常叹息道：中国多需要他这样的实业家，留在国内多好呢！

人各有志，不可强求……介生说着“熬”“熬”打了两个饱嗝，一股胃酸泛到嘴边，险些呕吐出来。晓常急忙起身轻拍后背，按摩肩头，替介生缓解酒力。介生地摆了摆手，想推开晓常，却没了足够的力气，他嘴里却依旧咿咿呀呀地说：敞敞惦着人才招聘，兑现了律城财经大学赋予的责任和义务，没有选择弃逃，难能可贵啊！若是小人，早就玩失踪，因为财大对她的控制力已经为零。咱托她的事，始终搁在心上，递来可靠情报……

晓常心头一热，忙问道：金素妍那边有信息了？

介生点点头，泪水立即涌出了眼眶。

什么消息？不是好消息吧？嘿，一条路走不通，调头吧！变道吧！不用问素妍的下落，晓常心知肚明，此时他也感到腹部膨胀得难受，他压住恶心的感觉，紧握住介生冷冷冰的双手，说：介生，重新开始，明天的太阳依然绚丽！

介生伏在桌子上，抱头啼哭。他一直强憋，仿佛内心完成了一场仪式，等待着一场惊天动地的豪哭，让眼泪奔流，让感情截流，让明天的太阳迟些露头，以有足够的时间忍痛与过去断流……

二十九　人才战争

海外人才招聘会（英国专场），在伦敦，泰晤士河畔，豪华的 Midway 酒店一号大厅拉开帷幔。律城财经大学与中国大陆二十一所财经高校同场竞技、联袂招聘。

过了小雪节气，寒流频频入侵北半球高纬度的英伦三岛。户外，乌云低沉，寒意逼人，英国的阴湿气候裂肌砭骨，清冷萧瑟。户内，一派春光洇染、暖意融融，客人如沐和风，步入大厅便随手摘掉风衣和围巾，西装领带、旗袍套裙，尽显君子翩翩的风度和女性优美的姿容；空气中飘浮着的植物清香，淡雅情幽；灯笼、锻带高悬，彩灯闪烁；国人熟悉的伴乐，《茉莉花》《喜洋洋》和《二泉映月》悠然流淌、徐徐入耳；一种让应聘者宾至如归的气氛直面而来。

各院校的展台一字排开，彼此用内夹消音泡沫的胶合板相隔，围成封闭而独立的区域，以便于招聘工作独立进行，互不打扰。在有限的展陈面积，参展院校无不使出浑身解数，倾力展示学校的优势和特色，纸质的、电子的、语言的宣介立体轰炸、轮番登场，炫目的广告和精美的小册子花花绿绿，令人目不暇接。

中外记者像打了鸡血，分外亢奋。敏感地嗅出海外招聘的新闻价值：这是中国大学未来发展的人才前哨战，意义重大，不用问，也是媒体竞相报道的热点资讯，说不定荣登当地和国内媒体的头版头条。中外记者不请自到，由四面八方云集于此，采访、录音、拍照、摄像，是现场最活跃的人群。黄有成身穿记者马夹，扛着两只“大炮”混杂于记者群中，因为英文不过关，他不敢贸然采访，更不敢玩弄文字，只得默默无闻地做刘敞敞的专职摄影师，屁颠屁颠地围在律城财经大学展台周围打下手，哪里需要帮衬，他就在哪里张罗。

郭成敬和费艳冰领衔的律城财经大学招聘团队，据了大厅中央位置，为此向主办方支出了高额摊位费。律财大彩色巨幅广告悬挂于招聘现场正中，应聘者步入大厅，举目可见，最抢风头。各院校的礼仪小姐挎着印有校名的大红绶带，笑容可掬地向来者分送招聘广告，引导应聘者进入本校展区洽谈。但凡学者模样的人出现于大堂，礼仪小姐便像绿头苍蝇一哄而上，先来后到、先下手为强的法则被应用到极致。那抢客、拉客的架势，与车站码头出口处的黑车司机别无二致，让人倍感不爽和无所适从。

其实，礼仪小姐的拉拉扯扯不起决定作用，应聘者最终看的是院校的实力和诚意。律城财经大学与其他院校比拼实力不占优。在中国高等教育的版图中，它的地位和排名居中，如若按常理出牌，律城财经大学并无多大优势，充其量只能网罗一些被一流大学挑剩的二流甚至是三流学者。为了拔得头筹，招聘不输人，费艳冰认为只能智取，不能强攻。她派出若干暗探现场云游，假扮应聘者刺探各院校的招聘情报，特别是人才引进开出的价码，将第一手资讯传回坐阵指挥的郭成敬那里。

刘敞敞是人才暗战的一张牌，她以主办者的身份与会，胸牌是中国驻英国大使馆教育参赞处工作人员。操一口地道的英式英语，频频将应聘者领往律城财经大学展台，并不停穿梭于各院校的展台之间，人见人熟，大家对她没有防备之心。不一会，刘敞敞的情报就发回指挥部：各院校有打历史牌，宣传大学厚重的积垫；有打人文牌，渲染大学所处优越地理位置；有打学术牌，强调大学较高的学术水准；具体待遇嘛，各院校都说“面议”，这属于商业机密，天机不可泄露。据说一位大海归博士，没有八十万恐怕免谈，海归教授开价在一百万以上。再探再报！郭成敬指示道。说罢，找费艳冰商议对策说：律城财经大学只有打待遇牌，突出大学所提供的优厚生活待遇，提高引进价码，筑得金巢屋、引得银凤凰哪。费艳冰说：看来只得如此啦！心想，校长的意思使劲用钱砸，就像国家奥运战略，用真金白银堆出一枚枚金银铜牌，这是不得已而为之，各学校暗中较力呢！

一位自称少小离家、留洋多年的中年学者，雍容大度，气度不凡。紧身的西装包裹他有几分发福的躯体，红色的领带扎得紧紧的，托起下巴的赘肉。他带着几分洋味，努力地想说汉语，却张口忘词，说得别别扭扭，准确表达思想还得借助英语。这等称“二鬼子”假洋人，行走在中国城乡的大街窄巷，只要不张口，没人辨析他与中国百姓的区别，更不知道他已在国外混迹了二十多年。他自以为中国通，拒绝了礼仪小姐的引导，背着手，独自游走于各个摊位，手捧着越来越多的广告和空白合同本文，上看下看，左顾右盼，疑似在比价，待价而沽，思忖是全职加盟内地某一高校，还是挂名兼职，抑或是打包出售他的研究成果。他姓章，在英国知名的S大学任助理教授，持有国际顶尖期刊一区的论文三篇，仅此一项便可冠以科研精英，成为炙手可热的紧俏人才。

刘敞敞对章教授早有耳闻。刘敞敞请吉姆喝咖啡，请他以其学术影响，联络和动员在英学习、工作的华人、华裔参与招聘，鼓励学者回乡报效国家，章教授就是他重点推介者之一。章教授刚进入大厅，敞敞便认出其人，即用流利的英语介绍国内招聘的模式，一路形影相随。章教授与热情的美女相伴，心情超爽，他们先造访了ZN大学，一屁股坐到展位内的钢折椅上，首先观看了ZN大学的英文宣传短片。

一位佩戴ZN大学红色校徽、慈眉善目的领导模样的人负责接洽。客套了一番并阅读了章教授的简历后，领导开口道：章教授，除了既有的论文存量，您还有没有论文增量？我不知有没有说清楚，就是有没有已经投稿待发表的作品。刘敞敞立于一边翻译，她可是中英文通吃，校方以为她是应聘者的随从，章教授则以为她是会场译员。

章教授说：有，现下投稿两篇，其一已进入三审，不出意外两个月后能刊发。

领导说：好极了！章教授，您看，是否将论文作者单位改归ZN大学，将作品知识产权划归本校，该文作者可获十万元人民币学术奖励，如果需要版面费也由本校支付。

这？章教授异常惊讶，觉得太不可思议，论文创作与ZN大学一毛钱关系没有，学校也未为论文创作付出任何劳动，赤裸裸地购买论文的著作权，毫不掩饰，一手交钱、一手交货，还是期货交易，这在国外学界简直就是荒诞！

见章教授犯难，领导以为价码不足，那好说，再加，供求就是在讨价还价中平衡的。领导一抬手又说：二十万元，怎样？若无异议，可立即签约。

章教授倾了倾略胖的身子，恭敬地说：对不起，我不能背叛给予学术滋养的母校。该论文的知识产权属于作者和所在学校。学校同意我离开，是因为我年少出洋，家父过世早，家母不习惯国外生活，回国后膝下无子女照顾，我想回国工作，在老人身边尽独子的孝道。如若到贵校工作，其后完成的新作及知识产权当属贵校所有，这没问题。

领导激动地说：我代表ZN大学欢迎哪！既然章教授有意前往我校供职，那么请您提提来校的工作条件和生活待遇要求，说个标准吧。不要紧的，照直说，相信学校求贤若渴、惜才如金！领导没有用“开价”，这个词太市场化，太俗，好像在谈买卖。惜才如金这词恰到好处，意涵是您敞开说条件，无论多高学校都会考虑的，谅必章教授是懂的，他有中国文化的基因。

章教授觉得纳闷，说：不，不，不应当由我说条件，而是贵校先提出工作目标和要求，就是希望本教授承担怎样的工作，做出怎样的贡献，我看能否胜任贵校的任务，然后再做出定夺。

领导会意地一笑：章教授真是君子风度、文人风范。您来校，主要是带队伍、搞科研、做开发，可不承担教学任务，专心写作，只要能够保持现有科研产出，一年一至两篇国际顶级期刊论文，即可达到国内二级教授的聘用条件。

不，不，不。章教授连说了三个不字，打断了领导的话：作为教授不能不从事教学，这是对我工作权力的剥夺，万不能接受。科研与教学并非水火不容，没有必要对立，教授不教是失职、失范，令学界所不齿，也有辱教授的称号！

领导顿时无言以对。显然，海外教授的思路与领导不在一个频道上，国内大学专职科研，那是一种礼遇，是水平高、名望高、收入高的贵族群体，令人仰慕！章教授咋这般古板、老套，不领情、不接招、不入流，脑袋里残留着英国思维，不论学校如何吹拉抬唱，死活不肯上轿……

郭校长和费艳冰第一时间得到密报，章教授与 ZN 大学谈崩了，对方出价二十万收购一篇国际顶级刊物论文，以二级教授科研岗年薪八十万元出价，未获得积极回应。郭校长开怀大笑，一拍大腿，螳螂捕蝉、黄雀在后！他胸有成竹，对费艳冰道：有请章教授来坐，我们一叙，看本校长如何拿下章教授！

郭校长放下身段，打悲情牌，他紧握章教授的手说：律城，地处江南，是中国最适宜人居住的城市之一，是老人颐养天年的首选之地。律城财经大学提供学者成功的学术平台，目前学校最缺乏的是全英文高端教学人才。中国已经加入 WTO，经济发展融入全球市场，大学培养的人才自然应具有国际化背景，在新出台的本科和研究生人才培养方案中，全英文课程占比越来越高。

郭校长非常看好您的教学能力，这在本科生、研究生的培养中大有用武之地。费艳冰迫不及待地插话道。

当然，我们对章教授的科研亦寄予厚望，这对学校未来成长非常重要。郭校长亲自为章教授倒了杯凉水，加了两片柠檬，正准备介绍学校的科研新政，费艳冰又插话说：律城财大新近推出了新的科研激励政策，凡以第一作者名义在本领域国内外权威刊物发表的论文均予以重奖，奖励力度在全国屈指可数。

章教授淡然一笑道：不好意思，我不得不纠正费女士的观点，在英国发表论文不论第一作者、第二作者，校方特别鼓励科研合作和团队集体攻关，许多成果是大家共同劳动的结晶。

郭校长白了一眼费艳冰，补充道：费女士的意思是说，学校提供的教学科研条件不低于同类高校，比如说您的薪金，年薪制，你看一百万人民币，如何？见章教授仍然一脸茫然，郭成敬又道：税后一百万，科研成果奖励另计。另外，令堂大人的生活由学校安置，提供靠近医院、超市，交通便利、生活方便的恒温、恒湿、恒氧住房一套，产权归您或您指定的物权人……一席话，说得章教授心里暖融融的，频频点头称是。

费艳冰会心地笑了：郭校长真是诸葛孔明再生，攻城为下，攻心为上，不费吹灰之力便一举拿下了不可一世、曾让ZN大学倍感棘手的章教授，郭校长乃高人也！

又有两位年轻博士徒手来到律城财经大学展台前。费艳冰笑脸迎了上去。谈兴正浓，刘敞敞的短信到：章教授人到中年，思乡心切，真心实意回国奉献，他是“大海归”，自小接受了正统的西式教育，综合素养甚优，纳入财大麾下定大有作为，海外招聘可谓旗开得胜！眼下，这两位“小海归”，国内官人和商人子弟，高考失手后混迹海外，博士读了六年，学问做得不深，派头不小，盼严加考核！

费艳冰阅后淡淡一笑，说：两位的材料我初看了，好像反映科研成果和科研水平的材料不多哪。

两年轻人西装革履，打扮得洋不洋、中不中。那高个子，头发染出一半金色，一半红色，上身着牛津大学T恤，挺绅士的，下身则是残破不堪的牛仔裤，惨兮兮的。费艳冰知道，这不是残破服饰，是眼下年轻人的时髦装束，一条满是窟窿的牛仔可抵上几件完好、崭新的牛仔价格。那短个子，手腕戴一串佛珠，脖子上挂着银色十字架，不知是基督徒还是佛教徒，他拜的是哪门子佛、念的哪门子的经。高个子说话间，有意无意夹杂着若干半生不熟的英文单词，刻意装扮出海外华侨的范儿。

矮个子说：英国博士的含金量举世睹目，博士 paper（论文）就是最好见证，博士论文本身就是层端科研成果。

高个子附和道：是啊，敢到英国大学镀金，不是好料质地，这层金铂怕是镀不上去的。

这倒也是，费艳冰掂了掂自荐材料，说：律城财大广招天下英才，欢迎海外有才、有识和有志者加盟。

短个子喜形于色，说：Thanks lot。谢谢信任。我俩想了解贵校给予海归博士的基本待遇，比如说，能否走绿色通道破格评聘教授，引进人才薪酬标准，以及安家费、交通费、通讯费、科研启动费等细目。

费艳冰心想引进人才是一人一价、一人一议，你俩混搭在一起本身就犯忌。于是，随手将律城财经大学海外招聘广告递了过去，一人一份，说：这是学校引进人才的基本情况，请仔细阅读，若有不解向我咨询。

短个子没有接广告，说：这咱早看过了，咱们来面谈，就是超越一般标准，突破现有的政策。

费艳冰说：你们看，怎么突破法，需要什么特殊政策呢？

高个子说：是人都知道，各校都有一个内部执行标准。我不绕弯弯，我们到贵校作为教学、科研岗全职教师，年薪八十万元，另付各类引进费用每人一百万人民币，如何？

狮子大开口！你们太把自己当人物哪！真有学问的人，总是锋芒隐晦、秘而不露，只有瓶子水的人自以为是、漫天要价，费艳冰心里不禁好笑，看来，海外招聘鱼龙混杂，稍有不慎便受骗上当，误将庸人当人才，引进人才的许多笑话不正是这样闹出来的吗？

次日，郭校长、费艳冰在伦敦盘桓两日后便前往苏格兰高地考察，巡游途中，律城财经大学官网上刊发了郭校长率人事处一行参加海外人才招聘会的即时热点新闻。报道称：海外人才招聘会议取得空前成功，共征得各专业人才投递应聘简历三十余份，有意向到校全职工作的教授、博士、研究员十余人，覆盖会计、审计、金融、理论经济学、统计等重点学科和专业。文后还配发郭校长在招聘现场与章教授洽谈的照片，刘敞敞在镜头里却无踪影，照片省略了作者：黄有成摄。

未等郭成敬结束考察，马联平书记便亲打国际长途，询问校长的返校时间，说有重要事项待商。郭成敬临时决定放弃原先逗留北京、拜访有关部门的计划，航班降落首都国际机场，出了海关后，旋即购买了接驳航班，马不停蹄地连夜飞回了律城。

马联平亲自到机场接机。出了航站楼，与郭成敬一左一右钻入了一辆黑色的帕萨特。

马联平习于问题不过夜，带着悬念睡觉不踏实，心里老搁着事，如鲠在喉，睡觉也做梦。机场离市区70分钟路程，他想利用这段时间。此时的郭成敬显然不在工作状态，时差尚未倒好，加之连续14个小时、近万公里的长途飞行，身心疲惫，他像泄了气的皮球没有弹力，与以逸待劳的、神情十足的马联平不在同一平台。他微闭着双眼，有气无力地依偎在牛皮座椅上，接过了马联平递来的红头文件。

郭成敬拧亮了车灯，借助并不明亮的灯光，乜眼看到“中共S省委组织文件”醒目大字，心头不由一怔，一种莫名的紧张立即驱逐了强力来袭的疲惫，注意力立即调度起来。组织部对领导干部意味着什么？在正厅级高位上经营多年的郭成敬不可能不清楚：配置经济资源靠市场，配置领导资源靠组织部，组织部是领导的领导，无不让人敬畏三分。再牛逼的领导，对拿捏自己性命的组织部都不敢有丝毫怠慢，都不敢有任何不恭不敬。郭成敬坐直了身子，戴上老花镜，将文件靠近顶灯，仔细阅读：关于公推公选部分省管领导干部的通知。省管干部就是副厅及以上层级的领导干部。

估计郭校长熟读完文件，马联平开口道：郭校长，不好意思，没让你歇口气，下了飞机就谈工作。你也看到了，此次公选省里要求高，时间盯得很紧啊，得迅速启动，组织、动员符合条件的同志报名、站出来接受组织挑选，确保所有岗位超过底限人数，确保公推公选的任务圆满完成——这是省里一再强调的，政治要求。最后几个字马联平说得特别重。

郭成敬合上文件，收起老花镜说：组织部规定，报名者低于十人的岗位不开考，你说，这种情况会发生吗？省内符合条件的候选者数以百计，公推公选为年轻贤达才俊们闪出了一条脱颖而出的甬道，应该是一呼百应，场面火爆……

未必！组织部的担忧不是多余的。如今组织的动员力和号召力大不如前，年轻人个个有头脑，机灵着，有自己的行为机制，不会盲信、盲从和盲动。先前的公推公选不乏流产和夭折的先例，原因就是人们怀疑公推公选的公正性，担忧上峰早有内定或有所指向，笔试和面试貌似公平，其实不过走过场，众多报考者只是“重在参与”的陪公子读书。马联平拉开文件包，又说：公推公选的难点在于宣传、发动和报名。领导干部长期以来都是一级一级、自上而下的任命的，现在突然换了选拔方式，观望者肯定居多啊！

考核变成了考试，考试能考出好干部？真不敢苟同，郭成敬按了按发胀的脑门说：声势浩大公推公选吊足了人的胃口，选出来的莫要是只会考试、不会履职尽责的怪才和庸才！

但愿能催生既会考试，有理论和文字功底，又有实践经验和组织能力的英才，不妨一试吧，咱们从正面理解，也许能给死气沉沉的选拔用人机制注入生机和活力！马联平用一份表格将郭成敬手头的文件换了回来，说：这是学校符合报名条件的中层干部名册。

学校里人才济济啊，郭成敬又戴起老花镜，边看边说：大学教师参加公推公选有优势，他们学历强、职称高，理论基本功扎实，不惧考试，一直当老师考学生的嘛，不管笔试和面试都不输人。如果再恶补省情、市情，恶补报考岗位的管理知识，应当说，胜面还是比较大的。纵观其他省地公推公选的结果，高校教师占据较大比例。

组织部看中的正是高校这支考生大军，大会小会不断强调，要求高校高度重视，广泛发动，深入动员，马联平指着名单说：只要高校动起来了，公推公选就成功了一半，这台戏就精彩纷呈，有看点、有亮点。

见马书记激动之情溢于言表，郭成敬不解地说：马书记，你真的准备把这批干部都抛出去？我还真有点不舍呢。发现和培养一个像靖晓常这样的中层干部容易吗？学校正值用人之机，也得培养干部、储备人才哪！律城财经大学再讲政治，这点私心还得掖着，这也是为了学校事业的健康、可持续发展嘛！

这我知道，马联平道，为党政机关输送人才是学校事业发展的大计，财大的人步入地方党政领导岗位，是学校的长期投资哪，对律城财经大学未来发展的意义非同小可，决定着学校在政府和社会的话语权和影响力！校内紧缺干部可以提拔和引进，不拘一格降人才嘛。瞧，校长不是满载而归，又有一批人才蓄势待发吗？眼下，咱们不能堵塞年轻人上升的通道啊！

郭成敬翻阅着名单，爱将们熟悉的面容一个一个跃于纸面，他如数家珍，了如指掌。多年来书记、校长精心栽培人才，一批中青年干部茁壮成长，多么整齐的队伍，这是财经大学的家产和家底哪，是各学院、各单位的中坚，镇守着要害部门和关键岗位，尽管说人往高处走、水往低处流是人生之常态，但是将自己的爱将送入他人军中大帐，那滋味如同父亲在婚礼台上，亲手将女儿交给新婚丈夫一样，五味杂陈，百感交集。郭成敬突然发现名单中的缺额，忙问道：怎么不见方介生、张显忠，还有……

校长眼力好厉害！组织部想要蒙混过关，定然徒劳！马联平微笑道：缺了三人，一位在国外访学，正常请假；一位，大病手术，尚在康复中，无法参加公推公选考试；三是方介生情况特殊，钱教授和金融学院班子集体商议，称金融学院正担任申请博士点和专业评估的重任，方介生是主力中的主力，不可或缺，钱教授更是着急，说方介生走了，MPA 要瘫痪……

有那么严重吗？故弄玄虚！少了一个人地球就不转哪？这个钱教授倚老卖老，经常干涉学院党政决策。德高望重的学者更要慎用权威，自重、自谨、自省，勿做出与身份不称之事！郭成敬重重地合上眼镜盒说。

我批评钱教授了，问题是方介生自己主动放弃，声称欲终生效力律城财经大学，拳拳之心，甚是可敬！马联平说：不难想象，钱教授不放方介生定有隐情，想将他培养为女婿，那是他们的个人私事，学校不好干预。同时，他想将介生培养成他的接班人，这对学校未必是坏事，应予认同啊。

凡是公私，得泾渭分明，每到方介生的事，这个钱教授就出面插一杠子，这叫哪门子事呢？郭成敬摇了摇名单说：当然，这份名单，省委组织部长的案头也有，缺席三位并无碍大局，问题是接下来我们如何发动与推荐。书记有何高见，不妨指教。

校长客气了。是这样，我想公推公选是近年首次，但绝非最后一次，咱们不能一次性将家底掏空，马联平有板有眼地说，这不，我想等校长和费艳冰回来商量。马联平拍拍郭成敬的手背说：梳理一下公推公选的职位，对于省市一些关键和热点岗位，对学校改革发展有重要影响的职位，如发改委、财政厅、教育厅等，须选派精兵强将重点冲击，学校不仅组织强有力的人马报名，还要组织一套迎考班子，围绕考试大纲，为考生准备资料、加工试卷、进行模拟演练，举全校之力，争取获得局部突破，顺利拿下二三席重要职位，律城财经大学即是公推公选最大赢家。

看来书记早已胸有成竹，生姜还是老的辣！郭成敬心想，书记等我回来，莫不是对校长的尊重和对组织程序的遵循，估摸着他想打靖晓常这张牌，去冲击省发改委副主任一职，好钢用在刀刃上，马联平已是胸有成竹，郭成敬竖起拇指，无不敬佩道：马书记不愧一校之主，有驾驭全局的能力、魄力和魅力。

哪里、哪里……马书记拍拍校长肩头，会意地哈哈大笑起来。

三十　文达的“大手笔”

进局子，吃了五天牢饭，人精瘦精瘦的。原本春风得意、神采奕奕的曾文达不见了，取而代之的是备受精神折磨和体力消耗的、无精打采的、没有血色的黄脸病号。

鼎业公司派车候在看守所门口，将刚刚踏出铁门的曾文达护上了车。打开车门，迎接他的是一束带着露滴的鲜花，叶秘书的笑脸出现在花束后，一双暖烘烘的大手伸到他面前。像英雄凯旋，受到了上等礼遇，文达的眼泪瞬时像断了线的珍珠“叭”“叭”地滴落下来。

许总没有让玉芳到看守所，这阴森、凶煞的地方，对于即将完婚的她，高墙、铁丝网、岗楼、荷枪实弹的武警和厚重的铁门……瘦骨嶙峋的文达从里边艰难地出来，用手遮挡刺眼阳光，这一幕定是她一生挥之不去的黑色记忆，女人最好回避！许总让叶秘书第一时间将充满电的手机交还给文达，这预示着他与外部世界恢复了接触，标志着他重拾自由。开机，第一眼看到的是玉芳的慰问和许总的问候，许多人的问候，一沓短信，他冰凉、晦暗的心，终算透入第一缕柔和、温情的暖色。文达感到为许总所做的一切：值！

回到家，玉芳哭了半晌的鼻子，一句话不说。文达知道她已经哭了五天，眼泪哭干了，她怕他回不来了，怕他参与不了婚礼，怕他铸成了大错，怕他身体顶不住、内心发生崩溃……所有担惊受怕都化成了痛心的泪雨，汹涌滂沱。

为文达压惊的饭菜早已备好，是鼎业公司厨师做的，见小夫妻团聚了，厨师便告退。文达和玉芳都没有食欲，玉芳首先追问车祸的前因后果，文达躲躲闪闪，不知如何向妻子说清这一切。

玉芳想还原真相，为丈夫讨回公道：你没开车去吃饭，哪里的醉酒驾车？你驾驶欲不强，上次去看车试驾，老大的不乐意，再说那天喝了酒，你根本不可能想起来开车，谁叫开的？事故地段，根本就不是从酒店回家的方向，许总有司机，怎么会让你开车呢？他不知道你喝高了吗？其中定有重大隐情，这一连串问号最终编织成一个结论：莫非你受许总指使开车，或者是替老板顶包？文达沉默了，过了好一会，才喃喃地道：玉芳，你别往心里去，车祸，一闪念，不当心，不是政治问题、经济犯罪和生活不检，事情已至如此，不必兴师问罪，相信本人，不会做出对不起你的事情！见丈夫如此艰涩，难言之隐堆砌在脸上，玉芳通情达理，她不忍难为丈夫，自不再硬着头皮追问下去，叫文达赶紧更衣、洗漱后吃饭。

文达劝玉芳忘却此事，可是他自己却难以忘怀，他对那天发生的每一幕、每一细节都记忆犹新，仿佛就发生在昨天一样。

“收到，遵命！”文达回了叶秘书的短信。

许总请人吃饭，在公司不是新闻，也没有人上心。许总吩咐，叶秘书统一定餐通知主客，陪同人员由公务科统一安排。无需过问、也不必关心老板请什么人、做什么事，来者都是宾，许总请来的都是客，都有责任和义务陪好、喝好，反正是为了公司业务，文达心知肚明。他按照短信通知的时间和地点，带着一张嘴和准备装酒的肚腹，准时抵达海天酒店 218 包厢。

上了桌才知道，许总宴请的是文化产业园的领导。公司里有点文化细胞、文质彬彬的当数曾文达了。在领导印象中，他嘴巴新名词多，能说会道，上蹿下跳，善于活跃气氛，更难能可贵的是，听说他有酒量。所以，许总亲自点他的将，让他来陪陪尊贵的客人，顺便观察一下他的陪客能力。

许总在楼下大堂恭迎，其他陪同在二楼电梯口列队。

一辆宝马轿车静悄悄驶近，戛然停在廊桥、酒店正门中央前。门童熟练地拉开车门。律城文化产业园孙智经理弓腰下了车，在服务生的引导下，一脸堆笑地步入大堂。刚出旋转门，许总疾步迎上前，与许总又是握手，又是熊抱，俨然像一对久别重逢的老友，好不亲热。寒暄中孙经理将许总扯到一边，贴着耳跟轻言道：许义啊，侬把车钥匙给阿拉。他对许总直呼其名。许总不解地问：孙经理，有何见教？孙经理诡异一笑说：阿拉带了一些干货，侬要的！

啥东西？神神秘秘的？

孙经理环顾了四周，撇撇嘴，拍了拍许总肩头，说：硬通货！侬懂的！

孙经理刚从日本考察归来，风尘仆仆，许总专程为他洗尘接风。孙经理满是感激，见面总得表示、表示，这是商人的习惯思维。他接过车钥匙，耳语道：从国外捎来几盘光碟，带荤的，有字幕、带情节，供老哥闭门观赏，口味蛮重的，超强刺激！

又是下三滥的三级片？只见上半身不见阴阳界？

不，不，不，都是正通的顶级片，超级美女倾情出演，看了欲罢不忍哪。

许总心领神会，欣然地哈哈大笑：谢老弟，知老哥的小小隐私者，唯孙经理也！

还有呢，孙经理紧咬耳根又道：还有国外新品，第三代伟哥，效果独特，起效快，心脏病、血压高无妨，无副作用，国内没面市。

许总大喜过望：孙经理关心许某私生活，无微不至，亲密无间哪。

两人仰天大笑。

孙经理又说：不让司机懂喽，阿拉亲自搁在车后备箱里，到家侬拿着，等会人多，阿拉怕喝高了忘事，或者说漏嘴了，那岂不惹麻烦。说罢，两人便称兄道弟，拍拍打打地进入了电梯。

许总与孙经理的关系非同小可，他们一起读过书，一起下乡插队，一起炒过股，一起投身商海，几经沉浮，荣辱与共，是一对患难知交，用孙经理的话说：阿拉与侬除了老婆不串用，其他都是共有共用，不分彼此！三十多年前年轻的那光景，他们一起插队落户于贫瘠的苏北农村，在生产队草棚土屋里同住了三年。一次秋天的中午，孙智擅开手扶拖拉机戏耍，不慎翻入河沟，泡在冰冷的污水里，被许义从没腰深的水草中拖了出来，然后背着上公路，拦下一辆卡车，紧急送往县医院抢救，河溏的污水和孙智的身上滴血沿途可见。到了医院，许义献血、付钱，折腾到后半夜，孙智才苏醒过来。孙某人大难不死、能有今日，许总功不可没，他是大恩人！孙经理一提起这段经历，感激涕零，他誓言：今生今世为许总做牛做马义无反顾，即使如此也无法报答他的救命之恩。没有亲密无间的情谊，孙经理哪会、哪敢知其所需、投其所好，出国给捎男性保健用品，而许总又哪会毫不掩饰地欣然接受呢？

有了这些现代化武器装备，许总便想实战射击检验。这些东西躺在车上，却挂念于许总心头。酒席间，许总借小解，偷偷打短信约小情人今晚幽会：老地方，九点半，不见不散！短信打出去了，没有出洗手间，对方第一时间回复：收到，不见不散！

一想到宴席后就能见到梦中情人，情绪难免骚动。许总惦着即将与年轻美貌的小情人共同观赏毛片，然后活学活用，演义一场颠鸾倒凤的精彩床戏，便抑制不住内心的亢奋，想着、想着，生理上来反应，脸面充血泛红，下半身也开始燥热起来，推杯换盏间免不了分心，喝酒免不了有所保留，以储存体力，以备持久战之用。

许总开场的声势很大，发表了热情洋溢的祝酒词，说我拿出了家里窖藏了二十年的精品茅台，把压箱底的存货搬了过来，欢迎孙经理海外成功出访凯旋。今天大伙开怀畅饮，能喝八两喝六两，可是对不起人民、对不起党啊。可是，双方真正交上了火，许总却扭捏着推三阻四的不肯多喝，难得两杯酒下肚，给人的感觉是身体不适，痛苦万状。

主人敬完酒后，孙经理站立回敬，他虔诚地道：文化离不开经济，产业少不了投资，公司缺不了靠山。说全国，每年电视剧产量高达二十万集，售出播映权仅五分之一，热播的不到百分之十。再说本省，作家协会成员四千余，但文学期刊发行量不过两千多，能否得出一个令人沮丧的结论：这是一个作者多于读者的时代。再说本市，律城歌舞团、京剧团等两百多人被迫面向市场，可谓艰难曲折，惨淡经营，勉强维生。若不是贵公司鼎力相助，救文艺团体于水深火热，除了少数小有名气的歌星、大腕外，其他人都得喝西北风去。真诚感谢茂盛鼎业公司对文化产业的支持和贡献，这种谢忱无法用言语表达，今天怎么喝，喝倒了也值，阿拉先干为敬啦！

文达听罢，深有同感：现在做什么都不容易，生意不好做啊，地方文化产业既无拳头产品，又无品牌，大多在市场里自生自灭……许总对文化产业投资，能产生多少回报，不得而知，如果没有足够的回报率，这种出于良知的一厢情愿就不可能持续，也不可寄以太多期望。不过，文达对文化人心存敬意，他们是城市的名片，与学者有共同语言，是本人的同行者。于是，随着孙经理的前台吆喝，他也跟着起立，举杯，一饮而尽。

孙经理打算一醉方休，而许总却有所保留，一半清醒，一半糊涂。听说许总酒量不小，起码数倍于文达，人称千杯不倒，一般人敌不住他。可今天，他有所顾忌，显然没有放开。几圈热闹下来，他才喝了小半杯壶，那模样甚是勉强，明摆是要人代酒了。

文达见许总火力未开，知道到了自告奋勇、果断出手的时候了，许总叫本人出席就是这个用意。于是，他见酒席片刻的冷场，举着酒杯站起身道：许总，小曾不才，贸然讨一支令箭，敬尊敬的孙经理一杯，感谢孙总长期以来对盛茂鼎业公司的支持。许总赶忙介绍道：好，好啊，这是本公司引进的高材生，笔杆子，算是个文化人，来，酒逢知己千杯少……

许总推波助澜，将气氛烘托起来。文达是人来疯，在热辣劲爆的环境中，他的表现欲有增无减，不等孙经理反应过来，便一仰脖子，将满满的半壶五十度的茅台倒入洞开的大口之中，仿佛他喝的不是酒，而是解渴的水，他不是喝酒，而是倒酒，将白色液体直接注入嗓子眼里。许总报以热烈掌声，众人跟着拍起巴掌，以资鼓励，文达显出得意之色。孙经理连忙夸道：好样的，好样的，许总真是强将手下无弱兵哪。

许总趁热打铁，再添一把干柴，将宴席的温度烧得炽烈：小曾啊，好事成双，刚才孙经理没看清楚，你先干为敬，豪爽有余而礼数不足，那壶不算，再来一杯，慢动作，做亲热状，请孙经理也来个满杯啊，好不好呀？好——起哄的掌声再度响起。

孙经理勉强地站起身，亮出酒杯，让服务生将酒斟满，然后与文达碰杯，一饮而尽。没多一会儿，未等文达休息、吃口菜儿，孙总便举杯回敬，说：要说感谢，不敢当，真正要谢，理应感谢茂盛鼎业公司对律城文化产业的支持，没有许总的扶持，本市文化产业发展大打折扣，那肯定不是今天这番欣欣向荣的景象。所以，借许总好酒，阿拉隆重地敬许总一杯，来，干！见许总看看酒杯，壶里倒到杯里，杯里又倒回壶里，文达知晓许总无意多喝，他的犹豫就是召唤，恰如两军阵前，统帅一举令旗：谁人替我拿下斯人？文达立即策马而上，大呼文达在此，看我取得老贼首级。他连忙上前接过许总的酒壶，道：本人替许总喝了这壶！孙经理的心意，许总一定深深省得，许总肯定授权予本人，您喝，许总喝，本人喝，都是一个样，都是一个字：干！许总正好借坡下驴，笑呵呵地说：是啊，今天身体有恙，请文达代劳，这酒啊，甘甜清洌，啊，感情深一口闷，感情浅舔一舔，本公司与孙经理情深似海，文达啊，你得一口杯底朝天哪。是，许总，文达左手托住杯底，右手持杯，又实打实地将酒不滴不漏地倾入口中。

酒过三巡，菜过五味，众人酒喝得基本到位。许总红着脸，眼光发滞，手脚开始不那么利落。孙经理则变得话越来越多，谈天说地，越说越不着边际，一会说茅台酒是国酒，阿拉享受了国宾待遇，许总的酒备少了，一箱怎够呢？其实，一箱酒十二瓶，不计跑冒滴漏，一桌人才勉强喝掉六瓶，还有六瓶没有启封，不是没有酒，是喝不动了。孙经理歪歪倒到，手脚开始不听使唤，却一直叫服务生开酒、倒酒。一会又说：茂盛大鼎业公司不带人海战术的，枪口一致对外，搞什么车轮大战，这不算水平，阿拉后悔了，没带上几个喝酒高手，否则不会落这悲惨世界。说完，孙经理打了个饱嗝……

文达见状怪不好意思的，仿佛孙经理失态是自己敬酒所致，羞涩地举起酒杯说：咱敬许总一杯，搞一把内战，感谢许总厚爱、提携和栽培，许总随意，您老喝矿泉水，本人干掉。说完先将酒喝净。许总不肯喝水，举杯象征性地啜了一下。文达又举杯，再敬孙经理：文达初次与经理共酒，不胜荣幸，若有失礼之处，请多包涵。说完又自喝了一杯。

散了宴席，旋转门外众人先送客人上车。孙经理从宝马车里探出头，指着文达跟许总打招呼说：这小伙不错，印象深刻，印象深刻啊，改日阿拉请大家再聚。

孙经理的车驶离后，许总好像来了精神，支走了司机，称自己开车回家。众人觉得不妥，一阵苦劝：老板多少喝了酒，酒态未消，让警察查扣如何是好？各人争相找代驾……被许总一一制止。其实，众人知道，今天许总留了一手，杯里酒大多找人替了，自己没有喝多少，是不是还要赶场子——老板饭局连轴转，一个晚上吃两三餐，是常有的事——大伙不好多问。其实，许总心系后备箱的宝贝呢，不想让他人染指。平时司机开车回家，将行李提上楼，在家门前交给许总，如果喝了酒，也要将许总交到夫人手里才能折返。今天许总早早地将司机挡下，他想着黄碟和性药，不能让司机接触，不知孙总的包装是否严实，外边能不能看清内容。再说他马上不回家，预约小情人，幽会的秘密地点司机怎么能窥视呢？许总坚称：本经理不至于被这小酒打倒，我家就两个街区，转弯就到，不必担心！不必担心！

众人见许总思路清晰，语言精准，精神抖擞，不像喝高的样子，提起来的心又搁回肚子里。尽管常听说警察暗查酒驾，潜伏于海天酒店周边的路口，但是许总神通广大，搞定本市公安和车管自不在话下。众人只能礼节性地目送许总钻进奔驰车，麻利地打着车辆，拧开前灯，烘足油门，缓缓驶离酒店。文达与大家也在“明天见”“回头见”的招呼中就地分手。

文达走出酒店才掏出手机看了时间，九时半了，喝酒挺耗时间，他也乏了、困了，想早点回家休息。这才发现玉芳打来的一串短信，老婆在家急了，说不定在闹情绪呢，赶紧三步并两步，沿街寻找路过的出租车。走出不足百米，见不远处一辆宝马车打着双跳靠在路边，车头周围拥了好些人。那车好熟眼，一看牌照，不由心跳到嗓子口，这不是许总的座驾吗？怎么啦，许总吐酒了？迷了路？遇上紧急情况？还是真的误入了警察伏击圈，正在与蛮横无理的交警交涉呢？文达疾步上前探个究竟，这是他救驾、大献殷勤、表现自我的绝佳机会。

挤入人圈，低头一瞧，眼前的景象把文达惊住了：宝马车前坐着一个老头，双手撑在地面，灰头土脸的，只是天色黑暗，看不清他的脸庞和表情。不用问，他是被车擦碰，许总正焦急地询问，想搀扶起老人。老人则赖着不起，双手撑在地面，寻找着跌失的眼镜。许总问：不要紧吧，不要紧吧，给你钱，你到医院去瞧瞧。此时的老人似木雕一般，对“钱”字一点反应没有，看来他不是敲诈车主，的确被酒后驾车的许总碰了。老人坐在地下，木讷地用颤动的手从口袋里摸出手机报警，没等他将破碎的眼镜扶上鼻梁，将手机贴近眼前、看清手机的键盘，驾着摩托的巡警闪着刺眼的警灯飞驰而至，戛然停稳在宝马车前、老头的身旁。

警察闻到车主身上浓烈的酒气，一看地面不言语的老者，根据多年的执法经验便八九不离十地猜出事情委由。一阵闪拍后，一个全副武装的交警掏出酒精检测仪要许总吹，似乎一切自在不言中：酒后交通肇事……文达想，许总这把算栽了，在公司人面前如何交代？他进局子公司怎么运作？如果老人有个三长两短，他如何脱身？尽管他有的是钱，但是很多事花钱不能摆平，老人如果不要钱，要你包他一辈子，那许总怎么办……天色已晚，恐怕鞭长莫及，他上哪里去找熟人，摆平眼前交通事故？眼不见、心不烦，但是这一切活生生地发生在眼皮底下，见死不救，该当何罪？许总知道了又作何感想？曾某人对领导、对公司忠诚度岂不一落千丈、一票否决？不行，得挺身而出，文达借助酒精的冲动，借着半醒半醉的力量，也不知哪来的勇气和胆识，一个健步冲到警察面前，拦在许总面前说：是本人开的车，是本人闯的祸，本人接受检测、接受处罚……

又是一个酒鬼，警察的鼻子告诉他。他将老头儿吃力地扶起身，俯身问老者：“是这个人开车撞的你吗？”

老头借着警察手电的强光，眯缝着双眼，透过早没了镜片的镜框，眼前就是一个人影，勉强看清男女老少，肇事者再多的特征就说不上来了，既然这个后生认过，那不是他也是他，老头颤颤巍巍地指着文达说：“是他，就是这小子，撞了人还躲在后面，刚才那位长者，一个目击人，还上前搀扶咱、问长问短的，真不像话啊！”

警察将酒精测量仪软管转给曾文达，一吹，九十 mg，测试的结果不言自明。警察马上将他控制起来，将带回局子强制抽血化验。结论也不言自明：醉酒驾车肇事。遂被处于治安拘留十天、罚款两千元、扣证三个月、扣十分的处罚。当然，这还没完，附带的民事责任要待老头全面体检后另作决断。

许总默默地目送文达离开现场，不知说什么，此时他残存于体内的酒精全部挥发掉了，头脑比酒前还清醒，他已无与小情人幽会的兴致，马上打电话通知叶秘书，说曾文达惹了点麻烦，请公务科准备一笔钱备用，并马上派车接我回公司。

当晚，许总令人紧急疏通关系公安局捞人，行动规模不小，并要求知情者、参与者严守秘密，否则本经理翻脸不认人，公司一律予以除名，杀无赦！

许总的大规模外围救人有无功效，文达完全不知情，但是他被提前释放、减轻处罚是事实。文达清楚，出了局子，维持案情结论和保守机密非常重要，泄密，还原事情真相，意味着所有的牺牲前功尽弃，甚至他和许总都将以干扰司法而罪加一等，那绝对得不偿失。所以他不想跟玉芳说透，因为公司的人一会儿给她打慰问金，一会派人前来安慰，请她放宽心，听说许总还要请他俩吃饭，玉芳知道了底细，肯定沉不住气，有意无意会流露出抱怨、愤懑和敌视，毕竟丈夫当了阶下囚，吃了皮肉之苦，让她饱尝了心吊嗓子眼和孤家寡人的煎熬……文达认为善意的撒谎和暂时的沉默，不是对妻子的不贞，随着时间的流逝，玉芳心里会释然的。关于许总那边，文达没有想过老板会给予什么回报，下属为领导挡子弹似乎天经地义，如果许总由此对他印象不错，认为黄有成、单总的推荐系伯乐识马，他就非常心满意足了。

回到公司上班。第一天的下班后，许总短信通知文达坐他的车回家。

许总的宝马依然锃亮如新、一尘不染，文达伸手去拉车门，门从里边弹开，许总坐在驾驶座上，叫他坐副驾驶座上。许总掐灭了香烟说：宝马就宝马，撞了人一点痕迹没有，钢板就是硬。见文达不语，心里乱糟糟的，许总接着说：那老头伤得不重，几个钱就打发了，罚款和老头的精神安慰费都打到了指定的账户，那事就此完毕，不必再牵肠挂肚。

文达没有瞧许总，低着头说：那谢谢许总了。

什么话？应该我谢谢你才对。许总将刚才抽烟打开的车窗升了起来，好像生怕外人窥见，然后说：小曾啊，我很感动，那天你经过现场、巧遇车祸，你完全可以选择回避，装作不见、逃之夭夭，那是最安全、最相安无事的，黑夜里我看不见你，眼不见为净。我想，如果情景再现，公司的很多人都会选择规避。你是自愿替本经理挡枪子啊！

许总，本人有没有什么不当？文达佯装不解地问。

不，不，没有，我很欣赏。不幸的是，你为了正确的选择付了惨痛的代价，许总摆摆手道，如果在党政机关、在律城财经大学，进过局子的人，一生政治前途恐怕都受牵累，你的诚信档案中会留下污点，你想过吗？

不想是假，关在黑牢里，有的是时间想前想后：本人不是故意犯罪，是无意过失，而且主动认过，与诚信，与个人操守无关。文达有板有眼地道，仿佛他又在接受许总的面试。

不，不，这与个人品质太有关系了。在车祸现场，没有过多时间思考，你第一时间做出的第一反应是勇敢站出来，这是最本真的品质，最真实地展现了你的综合素养，体现了你对公司、对本经理的忠诚，这种考验胜过任何的笔试和面试，胜过所有试用和考察，正如黄有成推荐、评价你时用的两个字：优秀！许总当面夸奖人并不多见，他的袒露是真心诚意的。

文达这才抬起头说：《三国演义》中的英雄挥枪策马，大叫“休伤我主”，明知不是对手，慷慨赴死，亦义无反顾，本人自小就听爹爹讲英雄的故事，赵子龙冒死救主、老黄忠誓死不降、诸葛亮出师未捷身先死……

好，我喜欢交你和孙经理这样的朋友，物以类聚，人以群分，从今往后，你是公司中坚力量、骨干成员。许总说，你的工作马上变动，马上调往关键部门和关键岗位——证券投资一部任业务主管。

许总，小曾所做的都出于本能，不图回报，到公司没有几年，寸功未立，立马升任证券部主管，人会说本人乘直升飞机，怀疑私底有什么交易，车祸在公司本身就非议不断，如果再莫名提职，恐对您的威望不利。文达头脑清醒，此时的许总只顾表达谢忱，但是忽略了一个重要因素：理由，他手里没有足够的提拔的理由，难以服众，人们很容易将提职与文达所蹲的五天大狱联系起来。文达因车祸而拘役，公司本应以旷工论，计扣工资和奖金，甚至课以处分，许总非但不予追责，反而大张旗鼓地提拔重用，实在有悖常理，与许总一贯倡导的从严管理、赏罚分明的公司治理理念冲突。文达说：许总，恕小曾无理多言，您现在非但不能提拔本人，反而应公开扣发本人不在公司上班期间的薪金，给予通报批评，明则警示本人，暗则将众人质疑之口堵死。

许总心中有些不快，在公司里没有人敢质疑他的决定，如果谁出来挑战他的权威，在他面前说不字，那请他抬腿走人，公司的规矩向来如此，许总一拳砸在方向盘上说：什么合理不合理，老子的话就是理，谁不服，跳出来，看老子收拾他！

许总，人心叵测，暗箭难防。那天在海天大酒店吃饭的公司员工七八人之多，结束后大家楼下分的手，人人都知道本人没有开车，怎么会惹上酒驾呢？小曾不才，周瑜打黄盖您还得打，这才是真正为小曾好。小曾一生报答不尽许总知遇之恩！

许总心头一热，文达知书达理、宽厚豁达，居功而不自傲，授人之恩而报恩，此乃出大智慧、大手笔也！律城财经大学领导真是有眼无珠，白白丢弃了一位难得的人才，当今的人才选拔机制真他妈的见鬼，真正人才遴选不出来，反而频现庸才、蠢才、懒才和小人得志，实战检验胜过任何演习，亲眼所见超过任何测试。文达说得在理，现在最好的报答不是提拔，而是明降暗升，一方面，公开批评车祸坏了公司的名声，还要煞有介事地扣发他的薪金，另一方面，想方设法往他头上套光圈，将功劳、业绩追加于他，慢慢地重用、提拔计划方能水到渠成、瓜熟蒂落，以避瓜田李下，欲速而不达。许总用力拍了拍文达并不厚实的肩膀，说：真是好样的，小伙子！

三十一　公考战场

郭成敬洪钟般的声音在头顶回旋："在座的无不是经过精心挑选、代表律城财经大学参加省管干部公推公选的贤达和才俊，承载着财大三万多师生的重托，接受组织的挑选和人生的挑战。我得强调，天底下最不怕考试的应当是老师、是你们，只不过以前你们是考试的甲方，现在变成了乙方，突然间站到了被考席上，角色转变、位置客串，当了一把学生。细想一下，人的一生要经历多少考试？从小学到中学，再到大学和研究生，数都数不清。"

与意气风发、神采飞扬的郭校长相对的是三十六名公推公选的报考者，那是一张张神情严肃、惶惑不安的脸，仿佛面临抛家舍业、生离死别。考试动员和部署会议由郭成敬、马联平主持和主讲，报考者主听。两位一把手亲自出席、亲自主持、亲自发言，给与会者传导的压力和心理暗示，为报考者撑腰打气，为出征者壮行，这在律城财经大学并不多见，其重要性不言而喻，公推公选已从学校的边缘走到了工作的中心，与会者谅必掂得出它的超常分量。

"每一次考试都是机会，特别是重要的考试，往往拥有改变命运的魔力。古代的科举如此，现代高考、考研、考官亦是如此！尽管教育界不断讨伐一考定终生的诟病，各地方都想方设法改革考试制度，但是考试驾驭命运的规律依旧我行我素、终是无法撼动。机遇再次摆到面前，这可是天字一号工程，是人生大舞台，等待着各位粉墨登场，才艺展示，命运比拼！"为了贴近老师，宽松气氛，郭成敬走下发言席，离开了话筒，他相信长期做教师的，不用提高调门，他的嗓音足以惠顾会议室的全体与会者。他环顾四周，手势比画得很夸张，张臂在空中画了一个弧，说："养兵千日用兵一时啊！律城财经大学干部行不行，到了是骡子是马拉出来遛遛的时候哪。人说，S 省就一所财经院校，律城财经大学是出干部的地方，历史上 S 省及主要地市的财经干部大多出于本校，本次公推公选律城财大理应占一席之地，选拔出的干部中应当有在座的你我……"

郭校长的动员很是用心，有备而来。马联平不住地点头，他坐在台上静听，目光从第一排第一位开始从报名者的脸上依次掠过，观察其表情变化，窥探校长动员的收效。年轻人听校长煽情演说，平静、木然，没有热烈反应，没有眼神的互动，或眼望天花，或低首不语，或托腮掩耳，没有人记录，没有人回应，没有他期望看到的跃跃欲试的样子……马联平有所不满，年轻人考虑自我太多，他们中间不少人原本不愿报名，是经过动员、推荐、苦劝，最后由组织圈定的。心里有一万个不情愿，但执拗不过费艳冰的软硬兼施，被赶鸭子上架。显然他们为学校而战、为书记而考，仅仅是给书记、校长面子而已。一想到此，马联平就光火，怎么死脑筋，考上公职，难道不算金榜题名？不是事业的辉煌？当老师做学问与走仕途、做领导不是阴阳两界、水火不容！退一万步讲，参加公推公选，也是展现出律城财经大学干部的风貌，怎能消极应对、被动出战，出工不出力呢！

郭校长的苦口婆心、循循善诱，虽不说对牛弹琴，但显然没有收到理想效果，非但没有给大伙打鸡血，反而像注射了催眠剂，你看，一个个垂头丧气，像吸食了大麻，没精打采，这样精神状态，肯定不战即溃，几无胜算。战前动员不能靠宣传队和政工员，而要靠枪炮声和敢死队，得下猛料，要抹眼药、压杠子，心脏骤停要电击，要来狠的！如果没有狼性、野性和血性，没有嗥嗥号叫的求胜本能，这支队伍将不堪一击，第一轮初试就可能就淘汰大半，这岂不丢人现眼，泄了财大人之志气，不等于花了大价钱在社会做了负面宣传和免费广告，不行！不行！跟他们文质彬彬、温文尔雅地谈政治没用，得来现的，说狠的，男人不狠、地位不稳，不发狠就不能催生敬畏之心！

马联平要了支无线话筒，像接力棒一样握在手中，走到与会者当中，边游动边作补充发言："刚才校长作了动员，该说的都说了，说全了，说透了！叫你们报考，不等于让你们送死哪，不用那么悲壮、那么低沉、那么忧伤，打起精神，准备冲锋！咱不喜欢玩虚活，习惯于不见兔子不杀鹰、不见鬼子不挂弦。那好，咱与郭校长商量了，本次公推公选的成绩计入本年度单位和个人绩效考核，计入干部档案。如果考试不合格，校内三年内不得提拔或调任其他岗位。如若怯战、临阵脱逃或消极考试，那你在律城财经大学的政治前途就此打住，你的学术生命也自然枯竭。因为在紧要关头，你与学校非同心同德、共渡危局，大是大非前面，算计个人恩怨得失，置大局于不顾，这样的人能够信得过吗？能委以重用吗？不能！这种人走遍天下都是异类，不可能作为栋梁之材。作为党委书记，咱宣布，从今天起，报名参考者，可以上半天班，处理好工作后即可在家复习迎考，需要什么复习条件，随时提出，学校全力保障。图书馆、资料室二十四小时开放，服务人员随叫随到。报考岗位所在单位的实地考察、看考场等往返交通由校办派车。后勤集团负责膳食。哪个环节掉了链子，我找所在部门领导算账！咱把狠话搁在前面！何去何从，各位好自为之！”

马联平的话像一枚威力无比的深水炸弹，在大伙心里掀起冲天水柱，大家坐不住了，感到有话要说，有事要做，有书要看，有课文要背……会议开到这个份上，才逼出一丝生机，报名者中出现了少有的骚动。

书记、校长一个唱红脸一个唱白脸，分工有致、恰到好处。其实，事先两人并没分配角色，这是长期搭班子合作的一种默契。见马书记点燃了冲天大火，郭成敬觉得应当再加一把料，把火挑得更旺一些，以变成报考者的压力和动力。郭成敬站起来，补充道：“马书记已经讲得再清楚不过，如若有谁仍然想退考，会后找我或费艳冰撤回报名。公推公选勉强不得，以自愿为原则。如果不撤，那就义无反顾、全身心地投入复习迎考之中。今天下午六点是最终选择的截止时点，听清楚没，下午六点，你们最后再作考虑！”郭成敬居高临时下、傲视群雄，他自信：话到这个份上，没人敢冒天下之大不韪提出退考。

钱教授，久等了，久等了！郭成敬约钱教授到办公室一叙。钱教授到得很早，秘书安排他到校长办公室隔壁的外间落座，泡了茶水，顺手给了他一份当天的《律城晚报》。钱教授将报纸缝里的小广告都览尽，校长还没有过来。一杯浓茶喝剩一层茶渣，堆水都泡不出绿色和茶香。这公推公选动员、说明会怎么开这么久，散会了郭成敬一刻不敢耽误，一溜烟小跑，喘息未定出现在钱教授面前，一个劲地说抱歉。

钱教授折好报纸，整齐地放回到茶几上，说：没事的，领导忙，一校之长，大家难当哪，钱某在此也未闲着，一周新闻尽览无遗，在家也同样得花时间读报。

郭成敬叫秘书重新泡茶，说：这茶再泡下去跟喝水无异，我这儿不缺茶叶。钱教授难得光临，明前新茶伺候。秘书应了一声，即熟门熟路地从茶柜深处取出郭成敬专门招待贵客的龙井新茶。

钱教授年近六十，濒临退休，岁月似杰出匠工在他的脸上刀刻斧凿，留下道道皱纹，眼镜边、眼角上台癣式的老人斑赫然可辨，头发虽不稀疏，但已尽数花白，脑壳上一年四季冰雪覆盖。在一般人眼里，这大脑袋属于炒股，属于科研和教学，又属于太太和女儿，里边装的东西太多，自然留下的头发太少。在校长的眼里，钱教授的大半生献给了律城财经大学，是学校屡次创业的功臣，见证了学校从本科到研究生、从学院到大学的一路艰辛，所以，无论新老领导，对钱教授老一辈资深的学科带头人都敬重三分，凡老教授提出的不出格的要求都尽力满足。

钱教授知书达理，领导关爱有加，他心知肚明，心存满足和感激，从不得寸进尺，此次要求方介生放弃公推公选，钱月姝说已与介生沟通好了、达成共识，也是方介生的本意。介生不愿意涉政、涉官，他自知不是这个料，从来无心走仕途，既是如此何必拧巴自己，白白浪费宝贵时间去考官呢。方介生对月姝说的是真心话，他对金融学院党总支刘书记也如是说。刘书记说：这事我做不了主，如果联平书记不同意，你的放弃不作数，你是律城财大员工吧，得服从组织决定。听说方介生考官、欲调出律城财经大学，最急得跳脚的当数钱老太太，她生怕到手女婿借故飞走，出了校门如同猫出樊篱，那可是天高任鸟飞、海阔凭鱼游，到那时你父女俩加一块都甭想拴住他。去了党政机关、当个不大不小的官，就是结了婚也靠不住哪。报纸上不常说：贪官污吏有“小三”、小秘、小姨，官场可是个大染缸，泡黑了多少人哪！钱教授经不住太太的软磨硬泡，硬着头皮敲开了马联平办公室的门，此时郭成敬出国在外。钱教授红着脸，说出了“不成熟的想法”和“冒昧的请求”，准备接受马书记“不讲政治”“不顾大局”的批评。不料，马书记爽快地答应了他的要求。也许他难得向组织开口，书记拉不下脸面，也许他的想法正中书记的下怀，也许方介生的态度传到他的耳朵里，也许……反正这人情他领受了。所以，今天领导相约，哪有怠慢之理，他想借此面谢学校的理解和支持。可是，见了校长又不知从何谢起。

钱教授啊，今天找你来跟你商量个事。郭成敬见泡好了茶，便开门见山说：方介生不参加公推公选就依了你，他可是有力的竞选者啰，放出去了是最有希望的人选之一。马书记说：既然老爷子开口了，这个面子还是要给的，稳住了你的家庭，顺遂方介生的心愿，等于成全了学校的事业，留得青山在，不怕没柴烧，学校与家庭的利益本是一体的嘛。

提起这事，惭愧啊，给组织添麻烦，还惊动了书记、校长。钱教授脸颊泛起淡淡的红晕。小女之事烦心哪。他像个顽童一样，低头转着纸杯，频频饮茶，略带羞涩地道：领导还赏钱某这张老脸，不胜感激，钱某一定回报财大，校长有何训示，请吩咐。

这是我们应该做的！月姝什么时候结婚哪？郭成敬关心地道，想以此调节一下气氛，将钱教授的心气理顺。他就是中国典型的知识分子的代表，士为知己者而死。

快了，快了！介生有志向，事业上正值爬坡，先立业、后成家嘛。钱教授生涩地说：年轻人的事，钱某急也没用，你急他不急，说多了他们嫌烦！现在万事俱备，只欠东风。

什么东风？需要帮忙吗？

只差他俩领证办事啰。这种事，组织上有劲使不上，钱教授两手一摊，显得无能为力。

我来暗地里为你促进、促进，怎么样？到时你得请我吃喜糖哟。

何止吃糖，我们一家请校长喝大酒，律城任一酒店，您定，真的，绝不食言！

那好，一言为定！郭成敬顿了一下，转过话题说：不过，今儿找您老来不是为介生，而是请您和介生为了他人出力。您知道，刚才学校召开了公推公选动员部署会，三十多位中层干部代表学校出征，围绕十六个职位展开激烈争夺。挺身而出参选，年轻人的考试已不是个人行为，公考的成败也不是个人毁誉，而是律城财经大学干部队伍建设成果的检阅，是学校软实力的彰显，利在今日，功在千秋啊。所以，不能听任他们个人去拼能力、耗体力，学校应当承担起组织责任。我的意思，您懂的？

钱教授是精明之人。郭校长未将谜底说破，其意图已十分显然，钱教授岂能不解。他抹了一把嘴角，心领神会地说：校长是说，让钱某组织一哨人马，作为专家组、后援团、主考官或者是智囊，反正就那个意思，帮助报考者系统复习、模拟演练，推进复习的针对性和实效？

正是！你我都是搞教育的，眼下距离考试不足一个月，即使不吃不睡，充其量仅将指定的复习资料浏览一遍，显然这不切要领、事倍功半。郭成敬从皮包里取出几本厚厚的指定复习资料说：报名者恶补的不应是原始素材，而是经过加工的半成品或成产品，所掌握和记忆的不是教科书上的只言片语，而应是经过系统加工的知识体系、框架结构，这样方可事半功倍，出奇制胜。

钱某明白！钱教授敬佩校长的高识远见，其富有远见的谋略出于对干部考试的洞悉，源于对教育规律的把握，此举无疑将大大提高报名者的成功几率。众多来自党政机关、企事业单位和社会组织的报考者，作为个体劳动者，自我发愤，纵然浑身是铁又能打几根钉？他们单兵作战、独立运作，岂能与我大兵团的协同作战相抗衡呢？他不禁竖起拇指道：行啊！钱某人服了！校长，高，实在的高！

不仅是您，而且还要拉上介生他们。介生报考可辞，但后援服务不能免，如果靖晓常他们考砸了，拿介生是问。郭成敬说：他俩绑在一起，你不反对吧？不给一点压力，在一旁看西洋镜不成哪！

没问题！介生虽不是党员，但我想他有这个政治觉悟。

我可是有言在先，这活可是义务，没有酬劳！

校长，您见外哪，您真以为我姓钱，真的钻到钱眼里去了？

不，不，绝无此意。郭成敬突然想到教授姓钱，强调没钱，不等于否定他的劳动，更不是认定他按酬付劳，他马上改口说：钱教授姓钱不缺钱，也不信钱、不迷钱，学校谁人不知哪？

哈，哈，哈，这活我倒贴也干，介生听我的。钱教授像小伙式的，信心十足地将胸脯拍得嘭嘭响。

钱教授是老江湖，也是教育专家、考试专家，主持过校内外各类大小考试无数，让他应对考试，可谓得心应手、小菜一碟。走出校长办公室，在回家的路上，钱教授厚厚镜片后一对小眼珠转悠几圈，一套行动方案便酝酿出来，一套魔鬼训练计划便悄然出炉。

一套系统复习资料编就，一套模拟考试题库付印，每位考生必须熟读，完成每天规定的训练量。钱教授“一模”“二模”“三模”在两周内完成。不及格必须重修、补考，直到以高分过关考试为止。

进入钱教授的魔鬼训练营，不脱层皮，不站着进来、躺着出去，是休想过钱教授鬼门关的。告诉你，这就是对付高考落榜生的办法，是特种兵的训练模式，残酷而不近人情，有时是汗渍渍、血淋淋的。告诉你，五十九分就是不及格，必须补考！五分钟的讲演，必须反复演练压秒技术，正负误差不超过五秒，否则判为不及格、推倒重来，直到与倒数计时的秒表同步结束，说完谢谢大家，时间到！叫苦、抱怨，没用！钱教授根本不听，在他面前，你就是一名学生、学生一名，只有服从、再服从的份儿！

“你要把我们变成考试机器呀？”靖晓常压得吃不消了，半真半假地质问钱教授，“我们是大活人，不是机器人”。

“没错，我就是要将你们训练成一架精密的考试机器，只有平时多流汗，才能考试少流汗，考后少流泪！”钱教授不容学生对他的计划提出质疑。

“如果我们当中病倒一个，逼疯一个，你可要负全部责任。”靖晓常又发难道，“姜冬林就是这样过劳死的。”

“是啊，我们快成姜冬林第二啦。”“我老婆叫我别做大头梦，苦海无边、回头是岸，赶紧收手，回归正常人的生活。”“是啊，这跟渣滓洞中美合作所没两样，咱们身心备受折磨。”“钱教授，你说我们到底有没有戏呀？真的顶不住，要拉稀了。”

“少啰唆！少废话！郭校长规定的退出时间已过，既不退出，那就一条路走到黑，走到光明的隧道尽头。”钱教授一拍桌子，拉下脸道，“校长令箭在此，谁敢造次，本教授有权当场拿下，先斩后奏。”

“钱教授，你就可怜可怜我们，行行好吧，我们不是十几岁的小孩子，身体和心理都玩不起应试教育的车轮战术，你就适可而止，见好就收。”一位报考者央求道。

“是啊，不要苦苦相逼。”又一位报考者说，“快崩了。”

“大家别难为钱教授，他是执行校长的命令！”方介生见大家牢骚满腹，怪话多说了，钱教授要发火，赶紧出面打圆场，“公推公选竞争激烈，考试很残酷，得过三关斩五将，略有闪失就可能被斩于马下。党政机关的年轻干部，对公推公选如狼似虎，自古华山一条路，面对千载难逢机会，他们会不惜一切孤注一掷，玩命考试，只要有一线希望就会倾百分之百的努力。对于没有背景和后台的年轻人来说，更是如此，也许这是他们生命中仅有希望！所以，说恶战一点不过分。不经历严格训练，无疑等于送死，甚至死还不知道怎么死的！”

“你说得轻巧，狼群战术要跑死人的！”晓常说，“我们离开校门多年，不习惯于高强度的封闭训练，已超越生理极限。”“是啊，犯人还有探监和放风的时候。”“是啊，再填鸭，非但消化不良，还得呕吐、反胃、恶心，对进食反感，得不偿失。”

钱教授心里“哼”了一声，这帮后生用教育心理学、生理学来叫板本教授，那说法根本不值一驳，他正要发作，介生抢先又道：“大家坚持、坚持，不就两三周时间嘛，咱负责给大家改善伙食，今晚吃红烧肉、排骨冬瓜汤、毛豆炒仔鸡。校长还特批，给大家买脑白金，任何单位的报考者都不享有如此待遇。”方介生说，学校创造一切能够创造的条件，为大家成才搭建考试舞台，大家流点拼搏的汗水算得什么？他知道大家有口无心，只是发发牢骚、过过嘴瘾，谁的心里不渴望成功？谁希望公布考试成绩时自己列在长长的名单之末呢？不过，很少叫苦、难得骂娘的靖晓常也称苦不堪言，倒是提醒了方介生，应试教育的习惯思维就是题海战术、车轮大战、时间和体力消耗战，钱教授就这个套路。看来往后的训练得劳逸结合，有张有弛，以保证旺盛的体力和精力可持续，以坚持至完成笔试和面试，他想提示钱教授适当调整复习迎考策略。

费艳冰电话向马联平请示：“组织部向学校商借一名工作人员，后天到省公推公选办公室报到。要求：男性，中共党员，中年，作风过硬，精通计算机，文字功底扎实，能吃苦，身体棒，还有……”

“好了，好了，我问你，怎么答复人家的？”马书记摆摆手，打断费艳冰的赘语，问道。

“这不，艳冰来请示书记呢。”费艳冰不清楚书记的态度，不敢先入为主，盲目表态，目前学校组织部人手紧，不少工作一拖再拖，书记、校长不甚满意，所以她说是和不是甚感两难。

“死脑筋，组织部向学校求援是看得起学校，别说借一人，就是借十个八个也得爽快答应，并且要选派最优秀的骨干前往，这不同于农村起房子缺人手，这不是体力活，是智力投资，是拉近与组织部门关系的绝佳机会，懂不懂？”马联平这些天一直思考着公推公选的事，这是领导干部提拔的直通车，他想着将学校的年轻才俊推出去，但是发愁如何准确把握组织部的意图，掌握其内部运行机理，如能有内部情报，学校就可以有针对性地开展工作。组织部的借调，无疑正中马联平下怀，这不是打入组织部的楔子吗？他怕费艳冰请示来请示去，误了事，如若学校迟迟不予答复，组织部可能从其他单位借人，于是，马联平催费艳冰：“马上回复组织部，并将人员资料传过去。”

“是！”其实，费艳冰的想法与马书记如出一辙，但是该战略决断不能出于她、一个小小处长之口，也不能源于她的想法，而应当出于领导之口，那才是指示，才称得上英明。费艳冰应道：“按照书记指示办。书记不愧高屋建瓴，总览全局，艳冰佩服得五体投地!”

“还有，你准备派谁去?”

“张显忠！副教授、博士，这小伙不错，人精神，帅气，曾借调人事处帮忙，人机灵，口风牢，做事分寸感好。”看来费艳冰并非一点想法没有，只是含而不露。

“好，去办吧，”马联平捋了捋下巴的胡子碴儿，满意地点了点头说，“叫他到了组织部少说、多听、多看、多做，有什么情报第一时间向我汇报。”

“是!”

公推公选表面平静，一切按照公开程序稳步推进，私底却一波三折，暗流涌动。马联平得到消息：原方案规定，笔试成绩前五名，进入下一轮半决赛。不知何故组委会突然调整规则，决定扩大半决赛规模，由原先的五人增加到十人。对外解释的理由是，报考发改委副主任的人数众多，为公平起见，更好地发现和选拔人才……显然，该理由站不住脚，不足以说服众考生。小道消息随即四起，疯传笔试的第十名葛某，是某领导眼中红人，深得某某的赏识，在发改委当了五年处长，是副主任的有力竞争人选。可是葛某人不争气，笔试考得太后，第一轮就惨遭淘汰，组委会不得不出手营救，以冠冕堂皇的理由临时扩容，勉强将他扯入复试之列。复试和面试的可控性明显增强，人为因素逐渐占据主导，评委手中的自由载量权发挥了越来越大的决定作用。果不其然，社会的传说、猜想或者是谣言，再一次被不幸言中：葛某跌跌撞撞进入复试后如虎添翼，突然发力，不，是发威，第二轮复试后，摇身一变，排名上升至第一位，笔试第一名的靖晓常被挤到第二。最后一轮决赛，是现场口试和答辩，组委会计划向全省电视现场实况转播。靖晓常与之同台竞技，一较高下，葛某的实力如何，其庐山真面目众人都在拭目以待。

下午决赛的海报早早张贴出去。党校办要求凡没课的老师，全部集中在所在学院会议室组织集体收看。食堂、图书馆、电教室、会议室等地的电视都准时开机，供师生就近观看。当然，网络电视终端、手机电视、在线新闻等亦不约而同地调到S省新闻频道，定格于公推公选现场的激烈场面。万人睹目，公推公选的最后面试即将开打，靖晓常作为进入决赛的五位选手之一，抽签第三位出场。

马联平、郭成敬、钱教授、费艳冰等学校主要领导和专家，集中到行政楼小会议室，围绕着巨幅屏幕依次而坐。费艳冰从外宾接待室推来了两张沙发，让书记和校长并排落座，并在茶几上摆上了烟灰缸，说这里允许吸烟。马联平是老枪，烟瘾很重，安坐下来，本能地摸口袋里的香烟和火具搁在茶几上。他的口袋一般有两包烟，公文包里还有接续。费艳冰深悉书记的习性，总喜欢将书记服务得顺顺当当。

马联平知道屋里有不吸烟的，郭成敬就是其一，可吸二手烟，众人肯定不适和反感，尽管他们不说。他吩咐道：费处啊，门关上，把窗子打开。他看了看表，距离直播还有一些时间，电视还在连篇累牍地播放广告，画面还没有切换到公选面试现场。马联平叫费艳冰，甭急于把光线调暗，咱们说说话嘛。他兴奋地说：实践证明，咱们当初的决策是正确的，靖晓常顺利进入最后一轮面试，离成功仅一步之遥。倘如今儿没有靖晓常代表律城财经大学出场，咱们在此看什么转播啰？那不是为他人摇旗呐喊吗？

是的，书记英明，靖晓常的前缀是律城财经大学，在电视上露面本身就是一种成功，就是给学校做的免费广告，学校的办学业绩由此可窥一斑，郭成敬完全同意书记的观点。

我们一起为靖晓常加油，尽管他听不到，但他知道学校领导和同事们都在身后，一直是他的坚强后盾，钱教授也激动得不行，仿佛这不是公选竞争，而是晓常的就职演说，他知道这当中有方介生贡献，他功不可没。

费艳冰用遥控器将电视画面、伴音调至最清晰，面带笑容说：书记、校长领导有方、组织得法，学校干部建设昨天播种、今天收获哪。本次公推公选，律城财经大学进入第二轮和决赛的人数，在省内各高校名列前茅，得到省委领导的大会表扬。

口头表扬不足为凭，有没有红头文件啊？再说，现在还不到评功摆好的时候，公推公选还在进行，凡事以胜负论英雄，不站在领奖台何以说成功？马联平笑呵呵地说：还是且听下回分解吧。

对公推公选前面出现的异情，马联平心里是有数的，突然扩容无疑释放出某种警讯，组委会希望葛某胜出，这就让公选的结果充满了悬念。目前，预测可能的结果不外有三：一是靖晓常最后关头胜出，可能性很小，如果关于葛某的传说属实的话；二是葛某以微弱优势胜出，神不知鬼不觉地逆袭成功，人家面试超水平发挥，弥补了笔试不足，不显山不露水，程序上无懈可击，这种可能最大，看不见手最终在发生作用；三是晓常和葛某双双出局，这种可能性近无，除非晓常和葛某同时犯了颠覆性错误。组委会的态度不可能不影响评委的打分，而组委会又不可能没有态度！古代县试、府试、院试、乡试、会试和殿试，正史、野史代代相传的故事太多了，不知今天如何演义？更不知等待靖晓常的命运是什么……外行看热闹，内行看门道哪！

一阵急促的手机铃声将费艳冰唤了出去，她回到会议室急匆匆地向马联平报告：组织部紧急通知，公推公选的现场直播因技术原因临时取消。组织部请各院校注意收看今晚省电视台的新闻节目，公推公选决赛的精彩录像片段，将在省内新闻中播出。

技术原因？录像片段？马联平与郭成敬对视了一下，这是什么逻辑？什么水平？一种不祥之兆占据心头。“出尔反尔，这么大的事，说取消就取消，当儿戏！散会、散会！”马联平一挥手，气鼓鼓地率先走出会议室，到户外吸烟去了。

三十二　梦中的婚礼

曾文达顶包在公司出了名，上上下下对他侧目，人的眼神有时会说话，表达狐疑、鄙视和不屑：文达酒后驾车，黑暗中串戏，略施小计蒙过了被撞的老头儿——他只管有人顶过，至于谁不重要，甚至老头还以为小伙子态度挺好，很真诚，揽下全责，认赔、认罚。文达的伎俩瞒过年轻的交警，证据链已经筑牢，当事双方均无疑义，警察何必节外生枝、自找麻烦呢？但是，案情里的大小疑点，在鼎业公司年轻人的逻辑推理中难以蒙混过关，质疑声此起彼伏，不几日演义出多个版本：

"那天晚上吃饭那当口，姓曾的特别活络，肉麻地拍孙经理的马屁，露骨地笼络许总，酒后撞人的真凶非孙经理莫属，姓曾的无非是替死鬼和挡箭牌。"

"曾那天晚上根本没动车，哪来的酒后驾车？分明是许总的替罪羊。"

"没错，曾文达与公安做了交易，隐瞒了重大案情，得到惊人回报，这出戏演精彩绝伦！可惜专栏作家缺席，那案情抖露出来，定是劣等小说和破案神剧的绝妙体裁！"

"可不是嘛，看他筹办婚事的派头，贵族中的贵族：筵席订在五星级的律城大酒店，加长牌的林肯婚车，最昂贵的金夫人婚庆公司，台湾著名摄影大师翁莫坤执镜婚纱照……这些绝非律城百姓所能企及，没有雄厚财力不敢想象！哪来这许多钱？八成是事故元凶买的单吧！"

"姓曾的人机灵着呢，政治投资呢，不，一笔重大的政治投机。"

世上没有不透风的墙，奇谈怪论长腿，不可能不溜到曾文达和许总耳朵里去。殊不知，许总在公司耳目遍布，马屁客人混杂于各个角落，好消息、坏消息都通过各种管道第一时间出现在上司的手机里。

"胡扯八道！满嘴喷粪！"许总大怒，拍案而起，开骂道，"道听途说，添油加醋，混淆视听，乱我军心！简直没了王法！本经理打招呼不管用啦，是不是啊？"

上峰雷霆大怒，叶秘书吓得哆嗦，直立一旁大气不喘，更不敢吭声，以免无端挨批。许总背着手在办公室踱碎步，踏得地板嗵嗵作响。他惴惴不安，预感人多口杂，舆论失控，如若不加以管束，定会以讹传讹，这把火烧着、烧着，说不定就延烧到自己头上，这等奇闻若传到公安局，或者有人举报、要求重新立案勘察，那就坏了大事，纸是包不住火的！顶包是经不住调查的！许总打了个寒战，妈的！公司里这帮碎嘴婆，无事生非，非得从严整肃，立马封住他们的污嘴！必须行动，将隐患掐灭于萌芽状态！亡羊补牢、犹未晚矣！雷厉风行的许总，习惯问题不留宿，想好就干。他即令叶秘书："我要召开各部门负责人会议，就算扩大的办公会，即刻通知，下班前，五点整，三楼会议室，任何人不得缺席，请假须经我亲批！"

鼎业公司办公会议周一召开，雷打不动。眼下是星期四，若无重要事项一般不另加会，大家约定俗成。近日，公司业务正常，未有异情和警讯，有啥子事不能留在下周讨论呢？各部门负责人问通知开会的叶秘书，叶秘书称不详，反正到会就知道了，不知许总葫芦里卖的什么药。

各路领导忐忑不安地来到会议室，面面相觑，相互打听着会议的主题。有人猜测：是不是经济案件东窗事发，谁人被号起来了啦？是不是哪位首长大驾光临，许总又紧张、又亢奋，迫不及待地部署接待工作，就像去年市长视察本公司一样？是不是政府新的投融资政策出台，公司面临重组？没人想到曾文达这个人和他的车祸。

等许总一屁股坐在红木高背椅上，叶秘书将水杯和笔记本置于面前，许总点头环扫四周，大家才停止了窃窃私语的猜测。

许总发话了，他用简短语言速描了本周公司的业态，说国家财政金融政策趋于宽松，经济过热，增速加快，股票、期货市场牛市延续，对于投资者来说正是千载难逢的窗口期，机不可失，时不再来，各位务必抓住机遇，捕捉有利行情，扩充效益增量，推助公司再上新台阶。本经理的肚皮是从来都喂不饱的，本经理的眼睛始终瞄住强者和上游企业，鼎业公司不能、也不会在律城第一的位置停滞不前，公司一直觊觎省内老大和全国首席的大位，那才叫做强、做大、做实，立于不败之地。也许，你们会私下说许某人太张狂，痴人说梦呢？省内第一，全国前列，谈何容易？诸位，鼎业二十多年前起步，多少人说白手起家的许某人癞蛤蟆想吃天鹅肉，多少人对公司摇头、摆手、吐舌、翻白眼，甚至骂我神经病！现在许疯子的神经正常了吗？没有！但是，今儿公司天天享用天鹅肉，鼎业公司筑成了美丽的天鹅湖！许总眉飞色舞地说古道今，兜了一大圈，最后才聚焦会议主题："明天下班前，本经理等待各位本周的业务报表。今天临时召集会议，有一项重要议题，就是上周本公司发生的一起车祸。作为交通事故，公安机关早有结论并已结案，当事人与肇事者达成一致，处置完毕。这本是一起再普通不过的民事案件，本不值得公司办公会议上小题大做。但是，本公司老有一些人唯恐天下不乱，想借题发挥，想大做文章，本经理不懂有啥子文章可做呢？他想达到什么目的？想黑曾文达，想污损公司？还是想把祸水引到孙经理或本经理的头上，啊？”许总解开衬衫的两粒扣子，露出黑乎乎胸毛和肥膘的胸脯，我是老大我怕谁？一副不惧子弹来袭、刀枪不入的样子。

此时的许总，和蔼可亲的模样隐匿不见，一张肥乎乎的脸拉得瘦长，一对怒目来回扫视着众人，仿佛是训斥犯了错误的孩子，又像是面对理亏的人怒声讨要说法，停顿足足半分钟后，突然吼声道：“叶秘书，你当众宣读公安局的事故认定和处理报告。”

“好的。”叶秘书麻利地从公文包内抽出一份早就准备好的、盖有公安局红印的文件，以标准的普通话和记录速度，一口气不间断地念了下去。其实，公安的报告非常简短，未详细描述事故的经过，仅作了责任认定和事故处罚。众人清楚地听到：主要责任者，处行政拘留，罚款，计扣等关键词，这字眼最容易夺人眼球、叩击心弦。

“听清没有？”许总重拳捶击桌子，又指了指那片纸说，“如果没听见或没听清楚，请叶秘书再念一遍。”

“好的！”叶秘书当真将报告书以同样的速度和语调复诵了一遍。

“这就是统一大家思想的标准答案！难道有人比公安更高明、更权威，对公安存有疑义，甚至要推翻公安的定论不成，啊？”许总瞪圆了眼睛，他对公司不识时务者怒不可遏。其实，这些人大多不在场，但是有在场的人怂恿、默许和幸灾乐祸：“鼎业业务拓展越来越艰难，公司之间竞争进入白刃化，关键时刻悄有不慎就会失手，有多少热点、难点、疑点、焦点问题有待研判，每个人手头有做不完的事、操不完的心，哪来闲心炒作街边新闻？作为各部门负责人，居然熟视无睹、听其放任，欲将公司文化引向何方，啊？”

“报告许总，”举手的是业务一部业务经理罗亚兴。人知罗某是许总的铁杆跟随和亲信，在公开或非公开场合，都像附着领导脑门上的集成电路，能够迅捷而准确地感知上司的意图，并做出积极响应，以示领导决策之英明和属下超凡的领悟能力。

瞧，没等许总恩准，罗亚兴便快人快语地道：“业务一部明确要求，工作时间不得串岗、闲聊，更不允许妄议公司大政方针，不许乱扯其他部门的人和事。如若有犯，严惩不贷！敢打包票，我业务一部没有许总所说的情况，过去没有，现在没有，将来也不会有！”

“很好！很好！如果公司上下都像业务一部，鼎业就会团结一心、风清气正，我刚才的话就等于白说！当然，今天本经理是有所指的，绝非无凭无据。希望此话只说一遍，也是最后一遍！”许总向罗亚兴投去赞许的目光，然后诡异的目光又在前排的几位领导的脸上扫来扫去，疑心、责怪和抱怨，那意思是说这等小事还需要许某人以此严肃方式强调吗？你们干什么吃的？何以让本经理安榻呢？停息片刻，许总接着说：“关于曾文达的功过是非自有公论。惹了车祸，有损公司声誉，尽管事出有因，是发生在公务接待当中，但是本人亦有过失，当罚！我已通知财务处，扣发其两个月的绩效，以示惩戒。不过，凡事一分为二，话分两头说：另一方面，曾文达拓展国内业务有功，其才学深得孙经理赏识，为本公司成功挺进地方文化市场做了贡献。需要特别强调，曾文达尝试将业务触角伸向律城以外的周边地区，为公司争取到一家重要的省内客户——金色半山房地产公司，不仅巩固了本公司在律城的头牌地位，而且打响了向省内市场进军的第一枪，收获了一份有重要意义的投资大单。本经理就事论事，公司应为曾文达记功，这等人才应予以重用。”许总亮明态度。在鼎业公司，许某人一言九鼎，没人敢挑战老大的权威，谁敢质疑？谁敢说不？如果有人不识时务、在他面前傻帽，他会毫不犹豫地拿他祭刀，杀鸡儆猴！于是，许总再亮观点道：“本人提议，提任曾文达为证券业务部副经理，以人尽其用、才尽其能。各位，看看怎么样呀？”许总拉长了征求意见的语调。

沉默，一阵令人捉摸不定的沉默。大家的脖子僵直在原处，没敢移动和转动，虽然内心翻江倒海，想什么的都有，但是表面却风平浪静，一副听之任之的样子，大家的意外、惊讶、疑惑和不可思议，是不言而喻的。

“怎么，意外吗？有不同意见吗？不同意见说出来，本经理最恨会上不说、会下乱说，当面不说、背后乱说，叫他说不说、不叫他说乱说。中国人习惯讨论时不言语，决策后又倒过来瞎说，这是民主还是专制呀？啥都不是！”许总适时地抛出了会议的真正主题，这哪里是临时动议，分明是酝酿已久的经典妙招。突然袭击，打得众人措手不及，来不及思考、回味和比较，只得认同许总的决策，他已经将一切都说得很清楚。

“我认为，许总的提议非常及时和果断。曾文达是将才，精通资本市场运行，善于捕捉战机、寻找突破、迅速扩大战果。”率先表态的又是罗亚兴，他坐在原位上高调申明道，“上两周，他亲自游说、攻关省内著名的金色半山房地产公司，撮合单总与许总签约，公司拿下可观的投资委托大单，曾文达功不可没。”其实，罗亚兴见证了茂盛鼎业与金色半山洽商合作的全程，将这一业务开发归功于曾文达甚为勉强，或者说有张冠李戴之嫌。许总与单总是十多年的莫逆之交，合作意向起于三年前，那时的曾文达还不知身置何方，哪有文达撮合之说呢？只是在两公司合作协议签约仪式上，单经理端着高脚酒杯，与许总咬耳根说：双方合作当中，曾文达角色不能或缺。许总端的酒杯停在半空，不解地道：此话怎讲？单经理说：我欠他一份旧情，给贵公司的大单多多少少有他的因素，话就于此，点到为止。许总仍旧晃悠：是不是单总的千金，报考省电视台的当口，文达指点迷津，指导复习是他的拿手好戏。不对啊，当今社会上助学辅考机构多如牛毛、“名师”俯拾皆是，假设于此，撒点银子不就打发了，何需讨教许总呢？单经理晃动着酒杯，品赏着法国顶级葡萄酒，死活不透底情。许总的眼睛挤到眼角使劲猜测：八成单媛媛在学校犯了事，如同车祸的冒名顶替一样，曾文达舍身救美，使之免遭一劫，否则事隔多年，单总怎么念念不忘呢？单总尊口不是那么轻易“拜托”于人，他有什么事情摆不平呢？厚报曾文达的想法从那时便徘徊于许总的脑际。今天，许总终于出手了，罗亚兴立马顺着领导的杆往上爬，眼下领导最需要的是，精确的佐证材料或一呼百应的共鸣。

“启用曾文达不失为大手笔。各位不知，孙总、单总都相中曾文达，恕我直言，如若鼎业公司不惜才、怠慢了文达，其他公司很可能出手挖人。鼎业公司可不能做墙里开花墙外香，亲者痛恨者快的事情哪！”有人插话，力挺罗亚兴，说法与许总的观点高度吻合。

“我再补充一点，曾文达不仅是业务能手，而且个人投资也做得出色，做股票、期货频频得手，获利不菲。人说他炒什么、赚什么，是鼎业公司少有的股神和股圣，不少人委托他做股票、期货投资。至于出了车祸，那是意外失手，而不是人品瑕疵。我支持许总的提议！”又有人旗帜鲜明地支持。说话的是市场开发部负责人，他说的情况众人早有所闻，曾文达炒股做投资机灵着呢，手气旺，运气好，人气足，吸进、抛出、止损、止盈恰到好处，办公室的人都跟着做，好像他有什么内部消息，将市场跌宕起伏玩弄于股掌之间。过去党校的学生、律城财经大学的教师都将钱交给他炒股。据说，这几年他居然没失过手，委托者没有后悔的。炒股者自我标榜赚钱不着数，当今股市，灌满耳朵都是赚钱和发财的资讯，仿佛股市里遍地是金，只要低头弯腰拾掇拾掇，就能挣得盘满钵满，摇身一变就成了百万、千万甚至亿万富翁。而赔钱的失意人，从来不显山不露水，鲜为人知，打掉牙往肚里咽，那毕竟不是光彩的经历，赔钱往往被深埋起来，不愿意到处张扬。不过，曾文达是真发了，他的家底无人不知，刚来那阵子，那寒酸劲给人烙下的印象太深，在人们的思维定势中，他就是农村进城，充其量是刚解决温饱的打工一族。如今，他步入了小康，栖身于公司的富人俱乐部。若不是车祸，人们对他了解不多，或者说关注度不高，曾文达恐怕也站不到公司的前台，抵达不了公司的中心，更别说上公司的办公会议了。

在许总的强势推动下，越来越多的人附和与支持，沉默逐渐被打破，像拍卖会的“稀世珍宝”，价格和行情是需要爆炒的，竞拍人不断举牌抬价，拍品行情一路疯涨、拍卖价越拍越高，一骑绝尘，难以望其项背……当今的人造英雄、人造明星就是这样托举起来的。暂且不论曾文达是不是炒股英雄和公司明星，在许总的抬举下，众人赏识和首肯业已成主流民意，尽管有人觉得他提升太快，特别是在身负车祸的情况下，但是欲挑出他的毛病，特别是挑出一两件硬伤来，恐怕还真不是一件易事。文达与领导和同事相处融洽，没有矛盾，更无对立，他的提拔不对任何人构成威胁。于是，许总顺水推舟逐一询问与会者同意否，点头，说“好”“同意”“没问题”就是再自然不过的表现了。

一致同意！许总心中大喜，他的权威再一次得到了检验和印证。

任命决定下发，网络文件和纸质文件同步公布，曾文达名正言顺地走马上任，搬入证券部副经理办公室。

文达总算闹明白，半个月前许总承诺的给他新婚的大礼包是何物。晋升证券部副经理，薪水跳三级，对于加盟鼎业公司不满五年的员工，能踏上这级台阶、底薪上万确系凤毛麟角！曾文达受宠若惊，可回头一想，内心也坦然，与其说许总给他最大的新婚礼物，不如说是对他关键时刻救驾的最实诚的回馈，难道不是吗？如果没有顶包一幕，能有这多后续的逢场作戏吗？

袁玉芳盯着曾文达的脸看了半晌，面对从天而降的大礼巨献，丈夫肯定偷着乐，别看他表面坦然自若，一副生活常态之色，似乎一切尽在预料中，但他浅笑中流露出得意和自傲，快乐隐藏在淡定之中。玉芳哑巴吃饺子心中有数，她不想当面戳破丈夫内心的小秘密：他与许总肯定达成了某种默契，或者说某种交易。

文达的脾气玉芳自然了如指掌：遭遇车祸，在局子待了六天五夜，玉芳受到近乎毁灭性的打击，差点扛不住，文达应该好不到哪里，他的抗击打能力相当有限，心理防线即使不被击垮、发生崩溃，至少也受到难以弥合的重创。人从局里出来定是霜打雪埋一般，没个十天、八天不可能解冻。回到家里正常的反应是不思茶饭，黑着脸，一蹶不振，埋怨鼎业公司见死不救，冲着汽车发无名火，人像死过一回一样……不料，文达跟没事似的，谈及车祸风轻云淡，那味儿就像股票暂时的低迷，很快儿走出熊市、一路高歌，从跌停到涨停……反正他的笃定没有来源！也许，丈夫是给玉芳演戏，怕她在即将来到的婚礼中情绪受挫，在内心烙下难以驱散的阴影——不过他的演技对于内行人来说不难识穿，是假戏真做还是真戏假做，哪能瞒过玉芳呢？

满腹狐疑的玉芳借吃饭、睡觉的闲时突击拷问，不，测试文达，有意无意撩拨车祸的经过，打探具体起因和过程。文达不假思考地对答如流，结论都是公安认定事故的标准答案。他津津有味地说：在局子里闭门思过，思想沉淀下来，想得很多、很广、很深，越想越对不住玉芳，应当早些年就结婚，说真的，现在该儿孙满堂了吧？不过，三十岁结婚不算太晚。一想到成婚，心里乐开了花。待在局子里没事做，想啊，想啊，新家还缺什么，对了，高压锅、空气清香剂、晒衣架、电熨斗，一项一项全写在脑子里，等出去后一并购买。一会又想，怎没给谢小团、张显忠发请柬呢？出去后得补上……玉芳觉得奇怪，他咋不想车祸的后果，不想出去后的难堪，不想愧对许总和鼎业公司各位，不想如何挽回不良影响……真是前所未见的奇闻，好像车祸发生在别人身上，与他相距十万八千里，说起来像编故事、讲相声。这奇闻缘起何方？玉芳不解，好像丈夫与许总做什么游戏、在捉迷藏，或是在唱双簧……丈夫的突然提职，她不能不将车祸与证券部副经理联系起来。

玉芳还是那个性格，浅尝辄止，不想打破沙锅问到底，逼丈夫说出他不想说的事情，这有什么意思？特别是看到丈夫兴致勃勃，她更不想去揭丈夫的伤疤，婚庆大喜进入最后关头，不愉快的事还是越少越好。拉警报、敲警钟还是等日后有机会再说，凡事点到为止，相信他做人底线不会失守！

许总的大礼包远不止馈赠予他向往已久的职位，授他管人的权柄，让他在公司的地位彻底改观：这不，办公室变大了，再不用挤在十几个人一间的地方集中办公，经理办公室自成体系，老板桌、电脑、电话、传真、衣柜一应俱全，来人有门铃提示，员工须先“报告”得到允准后才进屋、请示汇报工作，连叶秘书对他的笑脸都特别灿烂，“曾经理”长、“曾经理”短的，那声音特别甜、真好听，超越手机里所有美妙的音乐，那感觉超爽，他要的就是这种生活，这种俯视众生、一览众山小的快感。

上午，曾文达的薪金卡里突然打入二万块，短信留言“祝新婚幸福”，没有显示打款人。文达也没有时间网银查询，如果匿名打款查询也未必能查清楚，想来想去，确信是许总所为，除了他没有其他人和其他理由出手如此大方。当然，他心里也清楚，至此许总的人情结清了，已经超额结算，从今谁也不欠谁的了。想到此，文达心里酸酸的，倒希望许总不打这钱，希望他的笑颜永驻……

车祸在鼎业公司终于销声匿迹，在曾文达和玉芳那里也暂时淡忘，因为没有精力细细玩味因祸得福的交通事故，正值新婚大喜，人生中最大的事件，他们需要时间和精力思考婚帖、婚纱、邀客、酒席、婚车、接新娘、回门、新房……没有机会、也没有理由分心。

日历终于定格在十一月十八日，风水大师指定的“宜婚庆”的黄道吉日。一切准备就绪，结婚大庆从将来进行式转入现在进行式。

清晨，兴奋得一夜未眠的曾文达推开窗户，将头探出窗棂，惊叹道：“哇，天气预报真准，喜日子遇上绝好天气，天意，此乃天意也！”

“是啊，天像水洗过的，湛蓝湛蓝的，一丝不挂，哎，俺是说一丝云彩没有，圣女玛丽亚祝福俺们呢。”玉芳远望东方冉冉升起的一轮红日，心里暖融融的，极少开玩笑、说黄段子的她，不由借机发挥，开心一把：“俺们在一起是高纯度的，一点杂质不含，青天白日作证！”

“感谢上苍眷顾。玉芳，等会拜天地，默默许个愿。”文达回屋对照镜子赶紧试打领带，将熨得笔挺的全毛西装套在身上，上下打量了好一阵，问道：“你想想许个什么愿？”

“俺早想好了，到了现场，俺晕场，灯光一烘，主持人一忽悠，大家闹腾，哪能想得出来？”玉芳打理着洁白的婚纱，等不到化妆师到场，就想套上臭美一把。关于婚纱是租还是买，她曾与文达争执了半晌。丈夫说一定得买，一生就那么一次婚姻，租啥呀，说不定穿上别人二手婚纱，好不吉利！玉芳却说，婚纱是一次性消费，花这多钱买一套，场面上用完就压箱底，是蛮大的累赘，还是租的实惠，婚庆公司肯定替客户洗熨干净，崭新得如刚从货架上摘下来。平心而论，两人说的都有道理，谁也说服不了谁。最后，还是文达霸气地一锤定音，买！本人不喜欢老婆穿别人婚纱！也不喜欢老婆的婚纱让别人再穿！一句话，触碰到玉芳心尖最柔软的部位，说得她泪流满面。她知道丈夫心痛妻子，在乎她的感受，他想尽一切做得尽善尽美，不留遗憾！

“想好了，快快透露一下，不要让本人等上一整天。本人也怕现场乱糟糟的，想好的台词搞忘了，到时词不达意。”文达一把搂住妻子，将她压在身下，要她招出想好的心里话。婚纱平铺在大床上，就在身边，煞是迷人，那是新娘一生最美的装束。

“许愿哪能公开？说漏嘴就不灵验了。”

“不行，非说不可。”文达将妻子抱得紧紧的，压迫得玉芳透不过气来，“咱们交换，本人把许愿告诉你，怎么样，对等吧，公平、公正。”

“你轻点，松开俺哟，让俺喘口气儿。”

“不，不说就夹紧、压紧，”文达将嘴唇贴近玉芳红唇，右手开始张狂地在她饱满的胸部乱抓，“说不说？夫妻间不适用保密法则。”

说到保密，玉芳想顺势问他车祸，话到嘴边又打住了，此时冒出敏感话茬会冲淡主题，平生不悦，甚至会让文达质疑她的动机。玉芳张开的嘴，打了个愣，撒了个娇，连连摇头道：“俺投降，俺坦白，俺全说。不过，得有个条件。”

“什么条件？”

“听了，可不带不高兴的哦。”

“不会的，说吧。”

“那你听好啰：为了今天，玉芳等待了太久、太久，好不容易哦！玉芳要好好做你的太太，加倍珍惜在一起的每一天。玉芳不想老公挖空心思，去谋求升官、发财、出名，只想日子过得安逸、平静和殷实，平实是宝，健康是福！求上帝保佑！”玉芳躺在床上，抽出手放在胸前，双手合十道。

“上帝会保佑的！”文达两眼放电，在妻子的热唇上轻吻了一下，又将脸贴在她的红颊上，轻声细语但郑重其事地道：“保护爱妻是丈夫的天职，让她和孩子们衣食无忧，将一家人带入上流社会，尽享荣华富贵。让孩子们不再从零打拼，这是家长的使命。本人誓言竭尽全力，让你的选择永无后悔和遗憾，真的，一辈子!”

“俺想你爱惜身体，凡事莫太拼了，莫难为自己。平平安安每一天是俺最大的心愿。俺不想入流，不想什么富贵和豪华版……”玉芳没有动，平躺在床上道。突然间一把搂住丈夫，激动起来，眼泪决堤般涌了出来。

乳白色加长牌林肯轿车，街面上很少显现它的华贵身姿，只有大典喜庆方显露芳容。的确，它有许多与众不同，魅力无穷：它是名牌，价值连城，单车价以百万计。据说驾驶它，须经过特殊训练，不是一般人所能摆弄。它足有二三辆普通轿车的长度，前后八九对轮子，六对车门，很容易让人浮想：人能够在里边睡觉、唱歌、搓麻将，甚至洗澡和跳舞？那派头就是贵人的象征、华美的标志。瞧，曾文达租用的林肯车，车首矗立着芭比娃娃和她的丈夫，新婚燕尔：先生西装革履礼帽，夫人手持鲜花、身披婚纱，煞是可爱！鲜花、缎带、小气球等饰物从娃娃身后向车后延展，布满全车。车身刚刚打蜡，锃亮如新，反射着阳光耀眼的光芒，又像一面镜子，照出街边的行人和城市美景。车轮沙沙地运转，像调至静音模式，没有马达的轰鸣，一会儿便稳稳地停在阳光美第绿草成荫的院落、曾文达家的楼下。司机衣着礼仪公司的灰色制服，侧立于车前，目不斜视，同林肯车一样，奢华、大度、高雅和不同凡响。

林肯车的停驻，引来路人驻足观看，眼馋、觊觎和咋舌，年轻人摸出手机与林肯车合影，未婚女子艳羡地将未来婚嫁用车瞄定于此，楼上的人家打开窗子俯视，暗忖什么人接亲啊，场面浩大，小区居住多年未曾领略如此盛况。

林肯车悄然靠在律城大酒店的门廊。

酒店正堂、最大的宴会厅，张灯结彩、五光十色、喜气洋洋。一对新人的巨幅婚纱靓照，矗立于入口处的左右两侧，宛如电影院新公映的大片广告，将来者的目光一网打尽。曾文达和袁玉芳当然是大片的男一号和女一号。主角特写巨照下，便是明星的真人，在镁光灯和众镜头的瞄准下，文达和玉芳携手恭接着出席婚宴的各路宾客。

脸色红润的曾文达，白色西装，深红色领带，鲜亮胸花，小分头梳得规规正，腰板立得笔笔直，人们心目中的新郎官，万变不离其宗，都是这般正规装束。来宾们欣赏和探求的眼光习惯地聚集在新娘身上，她的容颜、身段、服饰和佩戴，瞧瞧新娘漂亮不漂亮、苗条不苗条、动人不动人，然而，无论内心如何置评，不改宾客们不约而同和言不由衷地赞美：哇，新娘真漂亮，像影视明星或模特走台，或者更具体地说像刘晓庆或范冰冰等当红明星。听闻人见人夸，玉芳喜出望外，身披婚纱，行动不便的她，只得提着没脚的下摆，向来宾微微鞠躬致谢。

来宾的海夸并非完全出于客套和礼节，新娘的美貌和化妆的水准绝对堪称一绝，不输当下任何女性。紧身和宽松有度的婚纱将她装扮得身轻如燕、飘然如仙，像小天鹅，像圣女，淡然素净，玉洁冰清。她，薄唇朱红，光亮熠熠；明眸皓齿，杏眼柳眉；红扑扑的圆脸上挂着温婉的笑容，一双巨峰美乳饱满圆润，静美、优雅、独具光华。只是兴奋的神态中略带倦容，还有些许羞涩。这是她第一回做新娘，日日夜夜盼望和钻研的角色，时时都在想象人生最美妙的光景，然而，真正与心上人对立于婚宴大厅，真正披上净洁的婚纱，接受亲朋好友的祝福，她又有些惘然和不知所措：这是真的吗？理想中的幸福新娘就是这样的吗？俺的表现合格吗？有没有失分，在文达及家人和单位同事面前丢脸了吗？十年潜移默化的熏陶和进化，俺一个乡下的黄毛丫头有没有修炼成地道的城里人？俺配得上文达，名牌大学的高材生和商场经理人？宾客怎么看俺，私底下咋评价的呢……她很在乎别人的眼光，更享受此时此刻人们堆砌的祝福和艳慕，细品做新娘的快慰和幸福，她身不由己，不能自已，一不留神，思绪就飘出很远、很远。

曾文达同玉芳一样，走神！不记得靖晓常偕夫人来了没有，方介生和钱月姝来了，许总只身来了，叶秘书来了没有……握握手、打声招呼，很快他们就隐没于人流里，消失在喧嚣的背景之中。来客太多，没有时间多谈，可能冷落了朋友，他们不会在意的，来者如流，宾客如织，应接不暇。

宴会大厅，满满腾腾摆了三十二桌筵席，四列八纵，由东向西一路排开，眼花缭乱。临时铺建的高台上，绒绒的红毯从入口延伸到前厅舞台，两边鲜花簇拥，灯光璀璨。架设于左右两侧的大屏幕上，滚动播放着曾文达和袁玉芳爱情生活的VCR，束束聚光灯在大厅上空和人们的脸上划过，留下令人目眩的光影。

司仪是律城电视台的新星、著名主持人裴俊勇，伴郎、伴娘是律城市歌舞团的一线演员，人们只有在电视节目一睹其尊容，金秋时节婚约如潮，能有情聘请影视名人现场献艺实属不易，这一切都是许总出面邀约的结果，大大拉高了婚礼的档次和规格。

司仪妙语客串开场。庄严的婚礼进行曲奏起，在大厅上空悠扬回荡，曾文达和袁玉芳在一束聚光的跟踪下，在众人目睹下闪亮登场。掌声爆豆般地响起，淹没于所有欢呼和喧闹。

许总证婚。他的图像同步传输到大屏幕上，一笑一颦、一个微小动作被放大，看得清清楚楚。他手执话筒，轻松地在台上信步而动，这是他说话的习惯，跟在鼎业公司一样。领导熟悉的声音在婚庆大厅震荡："曾先生文达、袁小姐玉芳，今晚喜结连理，他俩自由恋爱，感情笃深，经过长达十年的爱情长跑，终于双双撞线、坠入爱河。他们的结合，符合中华人民共和国《婚姻法》第二条、第五条、第六条、第七条和第八条之规定，作为证婚人，我宣布：他们的婚姻是合法的和有效的。"

双方父母祝福和感言。四位老人衣着红色唐装并排而立。袁父笑得合不拢嘴，露出残缺的门牙。那笑发自内心，那笑抹平了脸上的皱纹，驱散了心里积淤已久的担忧和牵绊。老人的文化水平不高，别看他平时在工厂对工人吆五喝六的，但是他真没见过什么奢豪场面，登台正儿八经的讲话，不免有些哆嗦。为了避免面对镜头怯场，玉芳事先替他写好了稿子，剔除了生僻字，用三号字和粉红色的A4纸打印。几百字祝福和期许，当念到"祝女儿、女婿恩恩爱爱，幸福美满"时，袁父已是一头汗水，面如雨淋。玉芳在众人眼光前不敢给爸爸擦拭，不动声色地往他手里塞了一包纸巾，而袁父撕包装袋费了老大工夫，在镜头面前特别的显眼。曾父毕竟是曾经的文化人，说起话来文采飞扬，不用稿子，口沫横飞："今日犬子大婚，作为父辈喜不胜言。一来，是对新人们表示祝贺，愿他俩携手同心步入婚姻殿堂，开启幸福生活，可喜、可贺，我和妈妈祝贺你们。二来，感谢袁家对玉芳的养育之恩，感谢他们培养了一位懂事、贤惠的好闺女，感谢玉芳看中我家文达，并一生托付给他。自小袁家对犬子、对俺曾家关心备至。说来话长，但此时不能不说，这远非一个谢字了得……"这串感谢套语是文达加上去的，他提示要抬举袁家一把，给足他颜面，日后袁家更不会难为曾家，在村里曾家寄人篱下，可以少低头、免折腰。"犬子的读书、姐妹们的工作、自留地的耕种、私家建房的用工，甚至荒年的口粮、灾年的饮水，哪样少得了袁家的帮助……"听到此，文达瞥了袁父、袁母一眼，发现他们脸上笑逐颜开，那表情可以用得意扬扬，不，得意忘形来形容……

念贺信、贺电。首先播放的是刘敞敞、黄有成从英国发回的短片。刘敞敞当着镜头作揖，向文达夫妇致新婚最美好的祝福。黄有成抱出一箱杜松子酒说，英国的酒好喝，大家一醉方休哦。今天每桌一瓶的深色洋酒，正是来自遥远的英伦三岛的杜松子酒，是黄有成给现场的“不成敬意”，祝大家喝好、喝开心，但莫喝高，洋酒很厉害的哟！说完黄有成近镜头的扮个怪脸，那表情逗得众人捧腹大笑。

新郎为新娘佩戴钻戒。也许婚姻的闸门由此开启，两个人的魂灵由此走到一起，从此两情缱绻、惺惺相惜。大厅灯光突然熄灭，剩下一束灯光直射在一对新人身上，身边亮起了摇曳烛光，彬彬有礼的侍者捧着两杯红葡萄酒候场，那是准备新人喝交杯酒的。当文达手执一只深蓝色的盒子，里边卧着一枚熠熠发光半克拉的钻戒，它同主人一样等待着神圣时刻的到来。主持人抬高了嗓门，进行程序，他庄重地向曾文达发问：“你愿意娶面前这个女人为妻吗？不论她富贵与穷困、健康与疾病？”

听到此，玉芳心里一紧，攥着文达手猛然发力，生怕丈夫没听清司仪的提问或说错了话。她将自己的手塞进文达的手心，感到他的手掌濡湿，她感到时间停滞，安静得只听空气流动声音。她发力掐了一把他的手心，文达才大声作答：“我愿意！”

“好，新郎官回答得干脆利落，不带一丁犹豫和含糊。男子汉大丈夫一言九鼎，天地为誓！”说毕，又严肃地向玉芳道：“你愿嫁给面前的这个男人吗？不论他富贵还是穷困，健康还是疾病？”

玉芳将文达的手捏得更实，本能地将身体贴近丈夫，清晰地吐出含在嘴里十多年的话语：“我愿意，我愿意！”

“好，新娘的回答也同样明朗、果决！我们一道见证了这一庄重而神圣的承诺！”司仪将话筒朝向嘉宾道，“掌声，热烈一点！再热烈一点！”

玉芳这才松了一口气，如释重负地喜极而泣……

玉芳脱下婚纱，换上一身红色紧身旗袍，在伴郎和伴娘的陪同下同丈夫巡回向宾客敬酒。伴郎悄悄提醒：三十二桌，要抓紧些，打通关可需要相当时间，不要恋战，速战速决。文达答应下来，暗忖着，要好好敬一下许总、靖晓常和方介生他们……刚移师到第二桌，文达还想着晓常、介生近来如何，有什么好消息，介生什么时候办事……坐在邻桌的靖晓常和方介生提着酒杯急匆匆地挤到跟前，文达大为不解，难道他们要提前告辞不成？

靖晓常毫不掩饰内心的烦躁不安，急促地说：“不好意思，不好意思，马联平书记打电话来，叫我俩火速赶回学校，有要事相商。我俩不得不先走一步，夫人和月妹代表我们。”

“八成是公推公选的事情。”方介生急忙解释道，“敌情要出结果了，恐怕又有新的变化!”

“我代表刘敞敞他们一并敬你们几杯。新婚幸福!”说着靖晓常将酒杯碰得叮当响，当着众人面一饮而尽，又叫服务员再将杯子倒满，又是一个先干为快。他喝酒的动作特别夸张，特别爽快，让人觉得那是酒，是祝福的酒，是抱歉的酒。

“你们吃饱肚子再走，主食还未上呢。”玉芳呷了一小口酒，关切地道。

“你们在台上的时候，咱已经吃了半饱，你放心，饿不着。”方介生抹了抹嘴边的酒滴道。

“实在、实在不好意思。”靖晓常又要喝酒，仿佛只有喝酒才能弥补提前离场的过失。文达劝住他，说：“有事不喝了。你们能来捧场小弟婚礼，本人和玉芳感激不尽。你们时间紧，莫在这耗着，以后单独再聚，有事先忙，不要紧，不要紧的。”话虽说的轻松，表面也很大度，但是看着晓常和介生匆匆退场的背影，文达心中依旧不悦：婚宴刚过半，还没有人退席，即使一寸光阴一寸金的许总，也耐心地坐在现场，听着主持人倾情演唱，享受着婚宴的美味佳肴，品赏着杜松子酒的醇香清爽。靖晓常和方介生提前离场是推倒第一方多米诺骨牌，眼下程序正在进行，喜糖还未全部发出，特别是新郎、新娘的敬酒还未轮回，客人如果纷纷效法，定是大煞风景，近乎圆满的婚礼将留下莫大缺憾，也可以说是一败笔！想到此，文达将酒壶中的杜松子酒全部倾倒入口中。玉芳捅了捅他的腰，低声道：“少喝些，还有 30 桌呢，留点余量，准备应付那帮小学老师们的起哄。”

文达似没听见玉芳的提醒，说了句：“我要喝。”气鼓鼓地又自喝了一杯。一双充了血的眼睛，直直地瞪着大门那个方向。

三十三　异国陌路

方介生不习惯走近领导，找领导肯定为工作，就事论事，说完抬腿走人，不带套近乎的。今天他不得不预约校长，出国参加国际学术会议，须经过校长一支笔审批。校长可是律城财经大学最忙的人，约见要将就领导的时间和他的心情。电话预约时，校长办公室习惯地问：什么事啊？重要吗？一般的答复是将申请或其他什么文字材料留下，待校长有空批阅。介生很走运，电话预约时校长正在电话机旁，于是获准觐见。他兴奋不已，径直进入了校长办公室。

校长时间金贵，长话短说。方介生拉开公文包，将一份国际学术研讨会邀请函呈到郭敬成手中，表达了出席在英国哥拉斯哥大学举办的“国际金融前沿理论学术研讨会”的强烈愿望。

郭校长“哦”了一声，顺手取出眼镜，推上鼻梁，迎着光线粗粗浏览了一遍。嗯，年轻人做事颇有章法，将英文邀请函译成了中文，用四号字独页打印，这对于老眼昏花的他，阅看起来就一点不吃力。郭成敬暗想，这就是方介生的过人之处。至于国际会议，按照惯例，校长不太过问会议的名头、规模、地点和时间，甚至不在乎花销，他注重会议的主题、层次、主办方的影响力以及将给学校带来的收益，并以此决定与会的必要性。说实在的，这年头境外举办的各类学术会议多如牛毛，申请者络绎不绝，真真假假，鱼龙混杂，创收性、旅游性、娱乐性的所谓学术会议不胜枚举，主办者借学术包装、以研讨为名，为国内学者提供出国便利和借机创收为实，一度弄得国际研讨会声名狼藉。不过，看得出来，方介生提交的研讨会不属此类假会、注水会、神仙会，主办方是国际金融学会，钱教授曾在其中担任理事，前些年身体许可的时候，他每年参与其学术活动，出席各类研讨和工作年会，代表中国金融学界宣读论文，阐释大陆学派的观点，打造了国内金融界的学术高地、高原和高峰。如今钱教授年事已高，国际学术阵地当年轻人崭露头角，方介生参会应是顺理成章。

看着，郭成敬似乎想起什么来，在办公桌的台历上前后翻页，像找什么记录，哎，这儿，他托着老花镜瞧了瞧那一页上面密密麻麻的文字，阅后又神秘地合闭，仿佛生怕方介生窥视其中的秘密。郭成敬摘下花镜，指着对面的椅子，叫介生坐，缓缓地开口道：“国际化是律城财经大学始终不渝的办学趋向。中国已经加入 WTO，中国经济正加速与国际接轨、实现全球经济一体化，学校培养的人才理所当然是具有国际视野的职场精英，而能否实现人才培养目标，取决于教师的国际化水平。所以，近些年学校对教师走出去、请进来，始终不遗余力地倾力支持。”

校长此番话，方介生并不耳生，在大小会议上听过 N 多遍，永恒真理，过去、现在和将来都正确。依此说道，校长对他的申请好像没有理由拒绝，校长下面的话应是同意或批准，充其量叮嘱安全和校内工作安排等注意事项，以示领导和长者的关心，此事应当画上句号。可是，校长谈兴正浓，并没有从笔筒里拿笔签批的迹象，更没有对参会表示首肯。

方介生纳闷了，直直地站在办公桌前，又一次不厌其烦地将会议的内容、主办方意图、参会论文选题以及大会发言的主旨一一复述，无非强调会议的重要性和必要性，以打消校长审批的顾虑。就差说：咱保证，研讨会的学术性是不容置疑的，没有任何政治风险、管理风险和学术风险；再者，我方介生何许人也，校长，您不清楚吗，难道会给学校惹麻烦、糟蹋了学校的国际影响不成？

郭校长沉默了一会，看了看介生焦虑的神情，关切地说：“你是中层干部，出国参会找我审批、请假，不错，符合组织程序。但是，这样申请，你应该与金融学院领导沟通，与学科团队成员协调哪。”

方介生大惑不解，说：“事先咱与刘书记沟通了，他完全支持的呀。此次会议，钱教授领衔的金融学团队投稿三篇论文，两篇入选，两位作者均应邀参会，此事公开操作，团队所有成员周知。大会发言和分组讨论，咱都作了充分准备，不会掉链子，更不会给学校丢脸。”

“不是这意思，我没有怀疑你的学术水平和展示能力。”郭成敬从抽屉里取出一个牛皮纸信袋扔到方介生面前，说，“春季是各类学术会议的密集期，这不，学校收到来自各个国家、各类学会的多份邀约，得统筹兼顾，合理分配会议资源和学术力量。你看，这个会议也很重要嘛。”

方介生不理解郭校长所指，站在原地伸手拣起校长抛过来的信封，抽出一份英文邀请函，不由地怔住了：美国佛罗里达大学校长签发的国际金融学术研讨会的邀请函。校长什么意思？是要咱放弃英国会议而参加美国的会议？介生脑海里立即闪出钱教授的影子，校长手里怎么有美国的邀请函？他不是搞金融的，隔行如隔山，金融界的学术活动八竿打不到校长这里，肯定又是钱教授捣的鬼，他害怕英国，视如洪水猛兽，对未来女婿的戒备一直未曾解除，他对女儿缺乏自信，简直到了无以复加的地步！咱跟月姝表白过多次：金素妍，咱已心碎，咱与她的关系不可能复活，而且她潜于何方，天知道！难道英国是钱月姝情敌的避难所？一定要将他与该国永久性隔绝开来？荒唐！无知！可笑！方介生痛苦地摇摇头，不知如何解说。如果钱教授护犊之心情有可原，那么郭成敬作为一校之长，如此偏听、偏信，就不可理喻，钱教授怎么能左右校长决策呢，怎么能将个人意志转变为校长的意识呢？三番五次将咱等当作手中的橡皮泥，随意捏来捏去……

冷场了一会，方介生貌似阅读邀请函，实则激烈思想碰撞。初步梳理出头绪后，抬起头，将眼光投向校长，抖起精神说："校长，咱不明白您指示是什么。"

"你是聪明人，应当明白。"郭校长将两张会议通知合在一起，说，"两场学术会议几乎同时召开，分身无术，只能有所取舍，怎么办？"

"咱倾向于英国会议，因为学校与主办方有诺在先，不能食言啊。"方介生将美方邀请函还给校长。

"英国会议，可以让同事去吗，代读论文，将成果捎回来。英国市场，钱教授已经营多年，有基础，如今影响犹存，不致丢失。而美国，其学术影响比英国强，如今还是未开垦的处女地，作为年轻的学科带头人，未来的学术中坚，应主动承揽开拓美国学术领域之重任，将律城财经大学的学术影响推向全球，占领国际金融学术界的制高点。"郭校长显然对介生的申请有所顾虑，他的布局显然已了然于胸："当然，你跟哥拉斯哥打个圆场，请钱教授也帮你抱歉请假，说学校另有重要任务。"

"这样出尔反尔，好不好？"

"这是不得已而为之。我交代给钱教授，让他转达我向哥大校长的歉意，并邀请他们明年将研讨会放到中国，放到律城财经大学来办嘛，相信我们的办会能力不亚于欧洲各国高校。"说罢，郭敬成喝了口水，润了润嗓子，他说话有些吃力，并不像部署其他工作那么底气十足。

看来校长主意已定，或者说与钱教授达成某种默契，将咱英国会议给做掉了，要他们改弦更张，难！方介生不想说服校长，一时也找不到站得住脚的理由，钱教授的私货被伪装得很是精妙，表面冠冕堂皇，并高举着“以学校发展为最高利益”的金字招牌，真服了他为女儿的一片良苦用心！既是如此，他只能表态：“好吧，咱服从就是。”

当方介生气鼓鼓地、无奈地答应下来，即准备匆匆告辞时，郭成敬叫住他，说：“让你去美国，还有一层考虑，刘敞敞最近辗转美国做博士论文，你知道吗？”

方介生点头。

“上次我们到英国海外招聘，刘老师表现不错。因为行程紧，很多场面要张罗，没捞到机会与她促膝深谈，未来及细说未来的打算。在招聘现场，刘老师很是抢眼，不少学校相中她，要动她的脑筋，打她的主意呢，你看不出来吧？这就是女人超凡的魅力。此次赴美，你可以借道探望她，转达我的问候和期许，希望她早日学成归来，服务于律城财大。海归博士评聘教授，可以走绿色通道，施以特殊政策，学校定会一路绿灯，你可以向她保证！”郭成敬唯才是举，惜才如命，听得出来，他的语言中隐藏着刘敞敞学成不归的深深担忧，从中国到英国，从英国再到美国，人见多识广，信息量保有量足了，综合实力增强，其职业选择余地也相应拓展开来，各种诱惑也会增多，哎，风筝升高飞远了，手头的牵线就紧了，说不定就绷断……

“明白，如果见到敞敞，咱一定如实转达，以真情打动她。”

“还有，”郭成敬抬手，又补充道，“我不知刘老师与黄某，就是她的未婚夫是否保持正常关系。听说黄某从英国移师美国，搞贴身战术，全心全意、一步不离地陪读，同时想在美国开拓市场，如果黄某在美国扎下根，生意红火起来，刘敞敞有了生活和事业的靠山，滞留不归的可能性就大增，我们的指望就很可能落空。”

“咱明白校长的留住人才、用好人才的良苦用心。”方介生深有同感地说，“一方面，学校花大血本引进人才，仅海外招聘会就是一年两场。另一方面，口袋里的人才又面临流失。培养刘敞敞这样，具有国际化背景的高水平海归博士，成本以百万计，墙里开花墙外，为人作嫁，很可惜。”

“说得对，现在理解让你赴美的用意了吧？”郭成敬站了起来，绕过办公桌走到方介生面前，拍他厚实的肩膀说，“你是学校中层干部，好歹是一级领导哪，说话办事不代表个人，加之你与刘敞敞的学缘关系，你好意相劝，能够取得意想不到的效果。”见方介生木立原地，郭成敬又说：“你到我这儿，怎么死活不坐，好像屁股上长了钉子，随时要走是不是？”

“不是，不是，校长忙，咱怕多有打搅。”见办公室门口有人探头，方介生机灵地说，“这不，还有人等候召见。”

“不理他！”郭成敬说着，对门外人喝令道，“站外边等着，把门带上！怎么不懂礼数！”来访者歉意地缩回头、退了出去，校长又劝介生别着急，干脆把话说透、说明白了：“还有，我通知外事办公室特事特办，你赴美手续即刻报批，预约上海美领馆的面签，一套手续可麻烦呢。”

“去英国也一样。”

“还有，你回头找一下钱教授，出席佛罗里达大学研讨会的规格不低，照样安排你大会发言，好好准备。钱教授会安排人接机，你就住在一位美籍教授家里，会后有人陪你到处走走，我们去年赴美国参访也是这么安排的……”郭成敬下面的话，方介生就左耳朵进右耳朵出了：真是不打自招，钱教授事先与校长密谋，活生生地做掉咱的英国之行，还欲盖弥彰地制造了美国行程。介生似祖传家宝给人调了包，又似给人灌了马尿一样，恶心不已。

美国，奥兰多国际机场。远没有想象的现代化的气派和气势恢宏的感觉，在国内，充其量就是二三线城市，上世纪八九十年代的建设水准，是普通得不能再普通的军民两用机场。方介生拖着拉杆箱走出机场的第一感觉如此。

他手持护照、入境登记表和登机牌，随着各种肤色的人流，刚刚走出荷枪实弹军警把守的海关，就在扎堆的接站人群中，一眼辨出了约伯汉教授。他高举着一张打开的红纸，上边用中英文写着“接中国方介生教授”。

“我叫约伯汉，中文名叫袁文瞰，钱教授的老友，欢迎方教授光临奥兰多。”约伯汉坐在驾驶室扭过头说。顺手发动了车辆，然后七拐八绕地驶离了空港停车场，用磕磕碰碰的汉语、热情洋溢地说：“我们目的地是佛罗里达大学，从奥兰多到大学所在地盖恩斯维尔，不堵车的话三小时。我们现在出发，请扣好安全带。”方介生听钱教授介绍，约伯汉教授在中国留过学，曾是钱教授家的常客，有汉语基础，对中国文化有一定了解，对中国人非常友好。

“后排也要系安全带吗？”方介生刚刚坐稳，抽出屁股下安全带锁扣。

“在美国，所有人、所有座位上的乘客无一例外，都要扣安全带，跟飞机上一模一样。”

“哦，”方介生扣上锁扣，拉紧安全带，说，“美国是汽车轮子上的国家，汽车保有量是中国的三倍，但交通事故死亡率仅有中国十分之一，答案也许就在安全带里，这不能不归功于美国人的安全意识，以及对生命的珍重。”

“这只是一个侧面。另一侧面，美国汽车的安全标准、公民的守法意识、驾驶员的素质也功不可没。比如说，中国黄标车强制报废，实际上是弹性报废，报废的车辆说不定从城市流到郊区继续上路，再用几年再流转到偏远乡村跑运输，这在美国绝对不行，不论车辆新旧，只要不达标准，立即无条件强制报废。你有没有听说，生产厂商强制招回不达标的车辆，一次招回就是几万、十几万辆，那是什么概念？中国厂商没有这样的胆识和气魄，这是大手笔！”约伯汉说着，从后视镜窥视方介生，见他满脸疲态，一脸愁容，似醒非醒，八成是长途旅行和时差的不适，刚刚落地，耳膜可能嗡嗡发胀，听觉尚未恢复……只见介生手里握着手机，时不时瞧上几眼，仿佛不断有国内信息，使他难以安然休歇。约伯汉说：“方教授，在车上休息休息，到了我叫你，车后有个抱枕，我把空调打高。”

“哦，谢谢！”方介生打开手机地图，估算着行车的时间，有气无力地说，“大概天黑前能到吧。”

“没有问题，不会耽误晚饭时间。方教授肚子饿不饿，车上有水和面包。”

“咱不饿也不渴，谢谢，谢谢！”方介生说着继续拨弄手机，给刘敞敞打短信，不知现在她做什么，打电话会不会惊扰她，如果上课、开会、研讨什么的不便接听，短信最适合。介生用电报体的精练语言告诉她：已顺利抵美，因国内对公务护照持有人在外逗留时间严格限制，此行非常紧凑，佛罗里达大学研讨会占去两天半，剩下自由活动时间不多。很快，回信到：敞敞我现在跟随导师在波音公司总部收集整理年报数据，不知什么时候结束。

方介生托了托眼镜，抬起头问：“约伯汉教授，请问波音总部在什么地方？”

“波音，美国超大企业，总部以前在华盛顿州的西雅图，后来搬迁至伊利诺伊州的芝加哥。”

“两个地方远吗？”

“不管西市还是芝市，离这都不近哪，飞机得几个小时，当日不能来回。”

约伯汉教授介绍着，方介生也从手机地图上找到了两城市的方位，不由倒吸一口凉气，从佛罗里达到西雅图无异于从黑河到伊犁，就是从中国的最东头到最西端，横跨整个中国大陆三个时区，遥远的地理距离意味着他与刘敞敞见面的可能很小，无论她赶回来，还是咱飞过去都困难重重，这意味着郭校长游说刘敞敞计划的可能落空。介生抱怨起郭校长，打什么如意算盘，计划不如变化，刘敞敞真是嫁出去女人、泼出去的水！抱怨了郭校长，又咒钱教授，这一切的一切都是他的馊主意，英国去不了，阻隔咱与金素妍的所有接触，来了美国，又生不逢时，无缘与刘敞敞晤面，钱教授，一个可敬又可恶的小老头儿！看他的学术形象挺高大，在学界呼风唤雨，有时候瞧瞧他挺龌龊，小动作不断，经常作践于人……

约伯汉教授的家很酷、很精致，像城郊风景区一处幽静的袖珍宾馆。一幢四层的别墅洋房，楼上楼下二十多个间房，门头挂着钥匙，床头卧具平整如新、一尘不染，静候着久违的客人。阳台上四面远眺：东边是大面积的私家花园苗圃，西边是碧水清澈的泳池，南面是开阔绿地，北面是小树林和连接州际高速的山间小路。地下一层是餐厅、厨房、健身房和平行车库，乘老式升降梯升至地面，安坐于客厅，透过落地玻璃，广袤的山水田园和无垠的绿茵草坪，与天际线的白云相连，很是养眼，让人浮想联翩、诗兴大发。方介生有一种架起电脑笔记本的写作冲动。想起阳光美第小区，当初羡慕得五体投地，满以为那就是人生仙境，是上等人高品质的生活，能成为小区某一套住房的业主已是小康有余、众人仰慕。看看约教授的宅子，偌大的别墅和宽阔的庭院只住着一家几口人，真叫小巫见大巫，人生奋斗永无止境。

黑人女佣带着介生参观完后，将行李送到房间，嘱咐他先洗漱，稍事休息，约伯汉先生等陪他共进晚餐。约教授的晚饭很简单，方介生坚持不喝酒，随便垫垫饱肚子即可，他想简单、再简单，好早些回房睡觉，他要备课。明天是此行的重头戏，是郭校长看重的国际金融研讨会的开幕式和他的主旨发言，各路精英悉数登场。根据会务组通知，介生安排在第五位出场，一想起英文宣读论文，他就没了食欲，想回屋休息……可是，不知是时差，还是惦着刘敞敞，宽大的双人床、崭新的被褥、松软的枕头以及床单上残留着洗衣液的淡香，都成了他不习惯和失眠的诱因，方介生辗转反侧，无法入眠。大概后半夜了，头脑的机器还在高速运转，方介生干脆拧亮了床头灯，哦，美国灯泡特别耀眼，强光刺目，不习惯那种白色的、探照灯似的光线。介生侧坐在床头，想看英文演讲稿和PPT。越看便越无睡意，越看就越来了精神、大脑皮层就越是兴奋。介生想，现在是北京时间下午，钱教授为他安排的食宿无微不至，应给他报个平安，问个好吧。可是回念一想，这老家伙门缝里瞧人，女儿至上，经常做些不伦不类的背后小动作，郭校长怎么看？马书记怎么看？方某人近年在学校威名扫地，真想呸一嘴这犯嫌的老头，于是转念想给月姝打个短信，月姝肯定第一时间转告她爹的。他拿出手机，又一想，不忙，等明天大会发言完再通报不迟，届时可以炫一把，告诉她宣读论文大获成功，影响空前，这样报捷可以有更多的文字，避免干瘪瘪的。

研讨会取得圆满成功，方介生流利的英语、精准的表达、新颖的观点，征服了全场听众。他演示的律城财经大学团队开发的经济危机与金融危机动态互动分析模型，引起了强烈反响。应大会要求，方介生不得不公开 PPT 知识面产权，将它无偿地发到公共学术平台，供学者拷贝共享。他携带的一百份纸质论文被索取一空，与会者要求现场加印五十份，依然供不应求。他带的两盒一百张名片，不知不觉发放完毕，后来者，只得以手写或互留手机。

约伯汉教授和他的学生为方介生拍照。满头白发的老教授一边开会，一边通过电子邮件将精彩照片和视频传给大洋彼岸的钱教授，盛夸他的学生才华横溢和翩翩风度，将研讨会引爆。钱教授迅速回信，感谢约教授的盛情款待，打趣地说，您别海夸我未来的女婿，他出了国心散了，出门几日渺无音讯，也不报个平安，我还得从您那里了解女婿的行踪呢，让约教授见笑。

约伯汉教授夫妇是爽直之人，在短信中承诺要请方介生吃饭，并回报他近年来两度访问中国时钱教授和校方的热情款待。研讨会结束当晚，约教授安排了一顿大餐，欢迎和欢送方介生教授。因为会议结束，方介生次日就要动身，马不停蹄地前往华盛顿区作文化考察，今晚是唯一的私人请客时间，欢迎和欢送合而为一。

约教授请客的动作很大，客厅外宽阔敞亮的露台上，下午便拉了吃饭的架势，黑人家佣们架起了长桌，铺设了浅蓝色的桌布，点燃了八对高脚烛台，摆列了两排水晶酒杯，明晃晃的金属刀叉由外向里、每客三套。月光、灯光和烛光交合起来，将露台照得亮如白昼，洁白的餐具和超薄的酒杯银光点点，空气里飘溢着葡萄酒香和面包烘烤的油麦香。一架油漆斑驳、古董级的留声机唱片飞旋，咿咿呀呀地对着空气播放着美国南部的摇滚乐，黑人家佣踏着节拍扭动着屁股，显得无比欢快和流畅。方介生知道这是西方人最隆重的礼仪，他简直成了洋教授的座上宾，与好客的中国人不同，如此场面在美国甚为鲜见，请人吃饭不是洋人随意之举，那是十分郑重的决定，尤其是此类正餐。

约教授请了佛罗里达大学金融学院五位教授坐陪，硕大的露台站满大个子、金头发、高鼻子的洋人，空间顿时狭小了许多。众教授不约而同地过来与方介生打招呼，说众人是沾了中国教授的光，否则约伯汉教授怎肯轻易放血，如此大动干戈地宴请宾客。席间，大家托着酒杯，轻呷着法国葡萄酒，自由组合，三三两两，不预设主题，天南海北地畅谈，个个轻松自如、谈笑风生。

约伯汉教授晃动着粗口啤酒杯说："美国啤酒，来一杯？"

方介生礼貌地说："谢谢，咱喝红酒。"美国喜欢直爽，喜欢啥就说啥，从来不绕弯子。

"OK，不过到了美国喝法国红酒，有点可惜，不过我提醒了，免责！"约教授与方介生轻轻碰杯，风趣地说，"祝演讲成功！"

"谢谢约教授，谢谢！"方介生与众人一样西装革履，君子风度。

"方教授的论文引起大家关注和共鸣，金融危机与经济危机关联度分析颇具新意、成色十足。的确，通货膨胀源于货币过量发行，也是国家经济机器警讯，这一观点很有力道，对于认识中国经济，认知美国经济有启发。"约教授说。美国学者发表观点喜欢配以夸张的手势，在人眼前晃动，比画着。

"约教授过奖了，这方面的研究还比较初步，约教授有兴趣可以美国数据作实证研究。"方介生呷了一口酒说，"中国学者得不到，也拿不全美国的现有数据。"

"美国与中国市场运行法则不同，市场经济的成熟度也不相同，但是中美两个大国的比较分析依然具有借鉴和参考价值"。约教授说，"我会带领团队继续深入研究。"

"中国国情与美国不同，中央政府保持着对市场的强大控制力，行政手段始终配合法律手段和经济手段发生作用，有时甚至当撒手锏，所以市场失灵与政府失灵同时发生的几率不高，金融危机能够在其生成和发展过程中得到有效而及时的遏制。"方介生喝了口酒，觉得美国葡萄酒与中国的不同，没有甜味，但浓香醇厚。

"市场经济的规则各国是相通的，政府过多干预市场，是市场非成熟的表现，这也并非福音啊。"约伯汉教授指着杯中的啤酒说，"正如啤酒，加少许冰块是冰啤，干爽可口，如果堆过多的冰，那就不是冰啤而是冰水了，就不伦不类，难以消化。所以，不少西方国家不承认中国市场经济地位。”

“中国政府竭尽全力推进市场经济，遵循市场法制是不争的事实，西方国家爱戴着有色眼镜看待中国，对中国指手画脚，推三阻四的。”方介生想西方人总以俯视的眼光看中国，以为过去、现在和将来都应该由他们主宰世界，对中国的和平崛起心存不悦和戒备，不过，这些话方介生没有说，怕过分刺激在座的洋教授，方介生也不喜欢涉足政治，这不是他本行，更不是他的强项。

“中国投入世界怀抱，国际社会始终持欢迎态度，美国人支持中国加入WTO就是例证。当然，这有个过程，从计划经济走向市场经济的过渡，俄国和中国都会有阵痛和不适应期，不适应不要紧，双方慢慢磨合嘛。”约伯汉教授指着酒杯里啤酒，“啤酒淡一些、浓一些又有什么关系吗？你我口味轻一些、重一些又有什么妨碍？难道我们就不能在一个露台下喝酒吗？”

“约教授说得是，交往多了就有了感情，喝多了就知道彼此酒量和喜好。”方介生也学西方人幽默一把，说完使劲喝了一大口酒说，“红酒和啤酒在胃里不会发生化学反应。”

“中国人喜欢喝烈酒，茅台、五粮液，这在美国市场销不动，不过慢慢地有人喜欢起来。”约伯汉教授想起什么来，又说，“哦，我家里还窖藏了两瓶茅台，前几年钱教授送的，想不想尝尝，我叫太太去取。”说着，便唤太太的名字，“达令，达令。”

约伯汉太太在外屋回了一声：“等一等，中国餐馆送餐来了，我在付钱呢。”

“哎，对了，为了欢迎方教授，太太专程在城里的中国餐馆订了几道正宗的中国菜。我怕美国饭菜不对味：半生不熟的牛扒，带血丝的大块鸡肉，夹着鱼鳞、腥味十足的深海鲶鱼，好些中国人吃不惯，咬上几口剩下多半，丢掉怪可惜的。相反，中国菜，当地美国人很爱吃，中餐馆经常人满为患，一桌难求，逢节假日更是如此。”约伯汉教授真是考虑周到，他口口声声几次到中国，访问律城财经大学，钱教授待我无微不至，从入境到离境一路陪同，他记忆犹新，如今方教授造访，当然要好好表现。约伯汉教授对着门外扯了一嗓子，“达令，达令，你让伙计把菜直接端到露台上来。”

“OK!”不一会，两位亚裔小伙子抬着红色的泡沫保温盒登上敞开的露台，小心翼翼地将一具具餐盒取出，整齐地堆放在长桌上。在美国看到亚洲人，方介生很是新奇，这两人衣着餐馆的T恤，胳膊肘结实，隆起壮硕的肱二头肌，像健美运动员，做活起来干脆、麻利，一副训练有素的模样……看着、看着，方介生觉得其中一位小伙的背影怎么这么熟眼，他形体身型、他的动作、他的眼神、他脸部不经意的表情，都像一个人，一个以前见过、接触过的人！是的，咱们肯定见过："黄有成！"一个名字跳出介生嗓门，对！是他，正是他！

记得有一次在律城财经大学的校园，撞见他与刘敞敞携手并行，就是这个背影，当时的方介生不知该不该叫黄有成，随行百米后，决定独自离开，不打搅他们的甜甜蜜蜜。方介生对自己的记忆非常自信！对了，月前在曾文达的婚礼上，还播放过他的VCR，尽管具体的拍摄时间和地点不详，但留下了三百六十度全景，那上面是他，就是眼前这个人中国城打工的小伙子！方介生的心跳出胸膛，真是天无绝人之路，想不到在海外，在美国邂逅，找到黄有成，等于与刘敞敞接上了头，见不到敞敞，见到黄有成也想意外收获……站累了刚坐下的方介生，腾地像脚底压了弹簧、从椅子上弹了起来，疾步蹿到那人跟前。那人埋着头，目不斜视，用背脊对着众人，只管干活，爽快地做完活后，急欲匆匆地退出露台。"黄有成！"方介生忍不住喊出他的名字。

对方不闻、不应。

方介生先用汉语、后用英语连呼两遍。

那人仍然麻木，仿佛介生的呼唤与他无关，是叫唤张三、李四、王二麻子。

方介生上前去，一把拉信小伙肤色略黑、汗湿了的臂膀，说："有成，咱是方介生，不认识我了吗？"

那人这才瞥了一眼介生，冷静而又冷峻地说："你认错人啦！"

"不，你是黄有成，咱是方介生，是刘敞敞，律城财经大学的朋友啊！"

"不，你肯定认错人啦，我叫盛杰明。"那人说话没有表情，有几分洋人的味儿。

"敞敞情况怎么样，她住在什么地方？你们什么时候回国？"

"对不起，我不明白你在说什么。"

"啊？"明明是他，不仅外表，连讲话声音都准确无误地证明了是他，是那个挽着敞敞的手、在VCR表演的黄有成，肯定不错！为什么不承认？他忌惮什么？担忧什么？他与刘敞敞还保持恋爱关系吗？曾经腰缠万贯的他，怎么沦到在中餐馆打工的地步？是临时的还是长期的？他不是来陪读的吗？怎么不与敞敞在一起而独自漂泊在外打工呢？一大堆问题，方介生找不到答案，他去问谁？问黄有成，他说他是盛杰明……介生无奈地愣在那里，呆呆的，不知如何叫住那个头也不回、速速离去的小伙——黄有成。

三十四　至亲至疏夫妻

方介生一头雾水，结束了晚宴，悻悻地回房间，操起手机就打通了月姝的越洋长途。心头横亘着硕大的疑团，喉咙淤积着一汪膨胀物，他欲一吐为快。刚接通电话，方介生当头便道："月姝，你猜咱在美国遇见了谁？"

见熟悉的来电显示，钱月姝满心欢喜，心想没心没肝的，出国这些天才想起通话，前几次都是本姑娘主动短信、电话的。可电话打过去，介生以忙、时差弄得昏沉沉的等等不是理由的理由搪塞，今天他终于良心发现，表现差强人意，月姝准备跟他好好聊聊。她握住手机，从沙发上跳起身，奔到窗前，插上耳麦：这儿信号强，失真度小，通话清晰。她不惧话费，只怕介生不来电话，或三言两语的，这哪像一家子人呢？估算一下，此时正是美国时间二十三点，晚间的应酬该结束了，回到酒店孑然一人，正是说悄悄话的良辰美景，唠上至少半小时，然后让他休息。没想，介生来了这么一句六四不靠的：见了谁？重要吗？难道比我和家人更紧要？月姝掩饰住不满心绪，压住语气和语速，淡淡地道："谁呀，我不猜，也猜不出来！"话刚出口，月姝心头冷不丁蹦出一个可恶的名字：金素妍！莫不是在美国邂逅了金素妍，否则介生哪会这般激动，迫不及待地与我分享……不对，倘若遇上前女友，介生当选择缄默，如果想继续保持或发展关系的话，那更是潜水运动，不会浪花飞溅……想至此，月姝舒缓了语气，说："到底谁呀，别卖关子，总不会撞见布什和小布什了吧？"

"咱撞到黄有成，就是刘敞敞的男友、未婚夫。"

"黄—有—成？"月姝从介生嘴中听说过这个名字，他与敞敞拥有一段香艳的恋爱史，在曾文达婚礼现场看 VCR，他的表演特逗，抢了不少风头，给人的印象尤为深刻。介生提及，她便回想起来。不过，见到他，大惊小怪啥呢？这人对于我和介生需要特描吗？她说："黄有成怎么啦？"

"他在当地中餐馆打工，见着咱，不肯相认，不理咱，不知为什么，咱想不通！"

也许屋里没旁人，也许夜深人静，介生的声音特别响。

“他不认你？是不是你认错了人啦？世界那么大，貌似、形近的人很多。会不会看走眼了？”月姝觉得介生小题大做，他与敞敞，进而与有成的关系非同一般，在异国他乡，相见怎能不相识、不相认呢，这绝无可能！八成是介生张冠李戴，闹出笑话了不是。

“不可能，绝对不可能！记错、看错那是咱五十岁以后的事情。那人百分之百是黄有成。”介生对记忆非常自信，“他不认咱，定有难言之隐。”

“难言之隐？莫不是在餐馆打工丢人现眼？在外读书的中国人，包括不少有钱人，都通过这方式勤工俭学，没啥难为情的哪。不少人在网上还晒自己洗碗刷盘的经历呢。”

“是啊，咱们见面特别意外，没有心理准备，有成猝不及防，不晓得如何应对，他的表情六神无主，眼神慌乱不已。”介生脑海里倏然闪出一个奇异念头，他打了个寒战，这念头很极端，也很邪恶，但确有可能！这全然能够解释他的冷漠和无情。他说：“月姝，咱突然想起来，曾文达曾问过咱：黄有成的家底到底有多厚？咱说不知道，咱还埋怨他：你这什么意思？关心别人钱袋子，好奇太足了？后来，咱才明白，曾文达是怀疑黄有成阔富的真实性，不知他通过什么发现了破绽。所以，咱大胆假设，黄有成根本不是什么富商，他只是才貌双全、对刘敞敞一往情深的热血青年。他吹嘘的富有泡沫化，到了国外被敞敞识破。有成的底细曝光后，两人关系急剧降温，发生感情危机就顺理成章了。”

“这只是你的大胆猜测。依我看，黄有成不是坏人，那模样多敦厚，不像是骗子。可能他曾经富有，后来经营不善或者遭人坑骗而败落，或许政府收紧银根而资金接续不上……反正商场沉浮，盈盈亏亏再正常不过。”月姝道。说着说着，她觉得难以自圆其说，她对商场竞争不熟悉，几无发言权，于是话风一转又道，“当然，还有一种可能，黄有成爱敞敞，怕失去挚爱的心上人，不得不过分装饰自我，以垫高在女性心目中的形象和地位，否则他凭什么抵消敞敞的强大气场呢？”

“敞敞是完美主义者，自尊心超强，眼睛里揉不进沙子，如果有成玩弄她，她岂会吞咽这艰涩的苦果……”

“是的，若真是这样，可把敞敞害惨了。”月姝听着、说着紧张起来。

“咱要了中餐馆的订餐电话，饭后给餐馆打电话，赞扬了他们可口的菜肴和周到的服务，同时打探刚才送餐小伙，得到的答复证实了咱的看法。他是黄有成，近来才改了一个中国名字，他目前是一个破落的、靠打临工过活的、穷困潦倒的黑户。如果他口袋中和账户里有大把钞票，与刘敞敞保持热恋，他不至屈尊就卑。他在餐馆打工，敞敞知不知情？如果敞敞仍爱着有成，她会痛心疾首的！”介生的话说得月姝一愣一愣的，天下竟有这等怪事，相爱的人彼此隔膜，生活在全然不知的两个世界里。黄有成不像是戏子，他有必要背着敞敞瞒天过海吗？他又凭什么躲过刘敞敞的犀利眼光呢？他们恋爱这么久，难道相互间不透底吗？这一切的一切太匪夷所思了。方介生对月姝又说：“亏好敞敞没与黄有成结婚，否则追悔莫及！”

“那你有没有跟刘敞敞联系，当面证实刚才的想法？”月姝觉得有必要当面对质，否则旁人的猜想不着边际，容易冤枉好人。

“傻姑娘，这种事怎么找她质证呢？”方介生呵呵一笑，觉得月姝很天真，不管他们真的分手还是暂时没分，外人佯装不知才是最佳选择，毕竟那是个人私事，外人不好指手画脚，“到了美国，咱与敞敞联系，她巧妙地避开咱。咱问他什么时候与黄有成结婚，她却反问咱们什么时候办事，岂不文不对题、答非所问？这不已经充分说明问题了吗？原先咱还埋怨敞敞，赴美前咱与她沟通过了行程，她为啥偏偏选择咱到达的时候外出调研，现在找到了答案。”

“曾文达知道你去了美国，还让我告诉你，别忘了转达对刘敞敞和黄有成的谢忱，待他们回国后，一定在新房里为他们洗尘接风。这一切是不是都化为泡影了？”月姝内心一阵悲凉，仿佛这事不是发生在敞敞与黄有成身上，而是降临自己头上。哎，女人啊，外表强大，难掩内心的孱弱！美女逞强，自恃能征服天下的男人，但难免自曝短板、自酿苦酒哪！红颜薄命大概就是这个意思……月姝暗自庆幸，方介生不是黄有成同类，尽管他并非百依百顺、绝对按她的意愿行事，动辄还耍脾气、使性子，但是他从来不睁着眼睛说瞎话，从不欺骗自己和他人，他就是那种吐口唾沫砸个洞的真男人，她喜欢这样的男性，有冷酷和狂野，也有理性和智慧，她理想中的丈夫就是这样有深度、有气质的可靠分子。想着，月姝娇滴滴地道：“你啥时候回国？人家想你哪。”

“快啦，你爸不是安排咱旅游吗？哪天咱带你一起周游列国，一个人旅游真没劲。”介生顺口道。

“真的？是你真心话？”

“当然，真心话！”方介生与月姝在一起不觉孤单，身边有个照顾他生活的人，省却好多闲心。有个挂念他的人，内心有了依托。有个时时处处设身处地为他着想的女人，凡事有了商量，有个永远不厌倦的异性，任何时候都听你倾诉、为你欢喜为你愁……出了远门，才知道身边少说话的伴，听不到熟悉的甜美的声音，生活的完整性仿佛被破坏……哎，在一起的时候不知珍贵和珍惜，还嫌月姝唠叨，管得过多、过细，把咱当小孩，真的面徒四壁、举目无亲时，真的离开她的时候，才觉得不习惯、不自然，他的生活缺了一个角，缺少了学问之余的贴心安抚、安慰和安稳。大洋彼岸的无线电波，终于触及了他内心的最柔软的地方，触碰了情感的发生器，电流顺着爱的导体传入心灵深处，介生的心窝涌起一阵温暖和甘甜，进而萌生一种从未有过的强烈冲动：该给她一个终生交代的时候了！

“这话是你说的？呵，好感动、好激动！你想好了？我可当真了。”月姝兴奋起来。

“君子一言，驷马难追。”

“我告诉我爸去了，咱们的婚事就按照你走过的线路旅行结婚。”

“咱还是把这几天旅行好吧，给你探路，一起度蜜月时好当你的活地图和神导游，好不好？你听清楚没有？咱们新婚旅游，国际旅游，听着了，你倒是应一声？”

钱月姝在电话里“咯咯”地笑开了花，然后是喜极而泣，进而是将手机贴在心窝放声号哭。怕介生听见她的哭声，她拔掉耳机，对着空气说了声：“听到了，亲爱的，早点休息，想你！”赶忙压掉电话。这是方介生第一次明确、清晰、具体地坦陈要与她成婚，为这一天等待了四年，全部的心血、全部爱的育种、培土、施肥终于见效，爱的种子成活了，长出了一片茵茵的、绿色的、名叫希望和幸福的植物……

如雨的泪打湿了手机，模糊了屏幕……

擦净了手机，钱月姝躺回沙发上，心在跳跃，呼吸浑浊，久久无法平复的亢奋的情绪。用餐巾纸拭去泪痕，她换了块电池，又立在窗边，拨通了袁玉芳的电话。她想向玉芳通报介生提出成亲、计划旅行结婚的消息，她要让天下人、首先是朋友圈周知，介生要与我结婚啦……可是，才拨出电话又后悔了——旅行结婚只是介生电话里的承诺，出行计划仅是子宫着床、初孕胎中，八字没一撇呢，跟玉芳说为时尚早，介生回来要怪罪于我：就那么沉不住气，一点小秘密都不守底，还能成大器吗？再说，跟玉芳通报暗示什么呢，上半年文达结婚，他俩包了两千块份子钱，被文达执意退了回来，后来介生和她选购了一件玉画“富贵平安”，并刻上文达、玉芳的名字和新婚祝语，他俩才勉强收下。现下通报结婚，是不是回索份子钱，人家会这么想的……手机提示音“嘟——”“嘟——”响着，电话已接通，挂断已来不及了。月姝灵机一动：那就问问玉芳，敞敞和有成他们的事情吧。曾文达与刘敞敞同病相怜，戏称一根绳上的两只蚱蜢，平时联系多多，相互间知根知底，说不定能获悉更多的信息，化解介生的疑惑。男人们有男人的语言，女人有女人的语境，月姝想径直找文达不妥，找玉芳，那最自然。她们可以姐妹相称，口无遮挡、畅言无忌，只要时间许可，聊说半天也没事。电话接通了，月姝神神秘秘地说：“说话方便吗？”这是她通话的习语，并不表明有什么重要事情，而是说姐妹私聊，旁人回避。

“方便，方便！”

“哎，玉芳，你说，敞敞与有成他们有戏吗？近来，老公与刘敞敞、黄有成有联系吗？”

“不太清楚。听文达说，在敞敞出国前他提醒过黄有成，让他俩领证闪婚，给彼此关系锁上保险。敞敞不干。有成说，结了婚，给两人一道办投资移民，一人一百万，直接取得英国合法身份。敞敞说，这岂不太掉价了？花钱买身份，那是贪官和大老板出逃时干的糗事。要移民，敞敞我也得做技术移民。不花你的钱，不出三年，敞敞我保证在英美扎根，你有本事在国外也混出名堂。寄人篱下的留洋，还不如在律城财经大学苦等职称。有成听了这话很难过，敞敞明摆着不愿领证，就是不想跟有成固定关系。明说是让有成继续努力，跟上她的生活节奏，实则给自己留下再度选择的余地。有成自嘲说：就是结了婚，出国后离婚者也大有人在。”

“你的意思是，他们之间早有了裂痕？”

“是的，外人不知。敞敞的出国，注定了他们分道扬镳，渐行渐远。”

“这是预估，还是文达算命？”

“是文成勾勒的轨迹。你看，敞敞去英国，本想与黄有成物理隔离，不料黄有成执意跟随。敞敞借故又去了美国，有成再次搞贴身战术。敞敞认为，未来的博士，她与有成的学历差距和文化隔阂，共同生活的平台缺乏根基。”

“是的，女博士与男学士的差距明显，黄有成终生难以弥合。我看黄有成这样的男人挺好，为了心爱的女人，能做的做了，不能做的也做了，敞敞还有什么不知足？

文凭就那么重要？差距是自己的画地为牢！”

“开始有成以为他有钱，其实，敞敞不差钱。当然，黄有成的富足有打肿脸充胖子的成分，他在敞敞面前言过其实和过于低三下四，反而难博女人的欢心。”

“他们从什么时间开始掰的？文达啥时候识破黄有成假戏真做？”

“文达说，江南春楼醉酒，在厕所里两人对吐，互吐真言。有成说，妈那个巴的，全天下女人全他妈的不是东西！呵呵，把俺俩也装进去了，为了她，老子打掉牙往肚里咽，忍气吞声，一切服从、顺从、听从，以她的意志为意志，她还要怎么样？要挖心还是掏肝！”

“你是说，黄有成费九牛二虎之力始终没有搞定敞敞？”

“是的，他太爱敞敞了，追求她一笑一颦，不惜血本，其倾所有。近几年，他的生意几无进展，很快走了下坡路，为了一个女人，公司空转，坐吃山空，再厚的家底哪经得起从英国到美国这般折腾？”

“黄有成黔驴技穷，一向精明的刘敞敞能看不出来？她会一直蒙在鼓里吗？”

“文达也不知道，刘敞敞是真的被有成假象蒙哄，还是想利用有成；不知是有成耍敞敞，还是敞敞耍有成。但是，有成始终未得到敞敞的首肯、未来丈夫的允诺，这是事实。”

“你说的是身体还是心理？”

“都是！有成休想吃敞敞的豆腐、占她的便宜。敞敞是什么人呀？什么时候吃过男人的亏？”

“啊，怎么会是这个样子？两人在一起玩心计，盘算个人恩怨得失，活得多累，爱得多乏味，多可悲喽！”钱月姝自言自语，她第一次听闻世上还有这般古怪的恋爱，黄有成和刘敞敞真的让她刮目相看。相比而言，她和介生、玉芳与文达简单而透明，相处、相爱平静而甜蜜。她又问：“文达是站在敞敞一边还是有成一边？”

“他既想维护敞敞的尊严，又同情有成的处境，特别是那次醉酒后，文达很矛盾、很纠结。说实在的，他有些瞧不起敞敞，表面上大大咧咧的她，滥用姿色、透支感情，骗取痴情男人的紧紧相随，这可害苦了黄有成，凭他的一表人才和商场的初步成功，完全能够找到白富美的意中人。文达曾劝他松手，但他一根筋，学理工科的人头脑是方的，思维是直的。”

“你老公，对你好不好？经过结婚半年的观察，有没有新动向和新发现？我不是挑拨你们。”月姝突然将话风一转，感到自己和玉芳应当居安思危，害人之心不当有，防人之心不可无，“对身边男人保持警惕，才是最可靠的自保”。

蜜月后，玉芳与丈夫的爱语渐稀，也许她当教师，白天在课堂费尽了口沫，晚上回到家再不愿多言。文达呢？回到家就开电脑，上网分析一天行情，用鼠标拉K线图，判断明天股市的走势，弄得很晚，玉芳等不了他，常常一人宽衣而眠。两人醒来已是天光大亮，揉着惺忪的双眼，说不上几句，便起床忙早饭、准备上班。文达肚子里和脑子里边全是股票、期货，全是亏了盈了，天天走火入魔一般，玉芳劝他适可而止，文达笑笑戏谑道：股神那么好当的吗？请神容易送神难，他有一种高处不胜寒，能上不能下的感觉。

能够深入探究玉芳内心且与她共鸣的女性，恐怕就是钱月姝了。婚礼上她们互留了通讯方式，不设防的姐妹关系从那时一直延续至今。玉芳当月姝是亲人，她说：“俺家文达对俺很好，很体贴，俺知足。就是，怎么说呢，文达心系高远，心很野，一直瞄着比他强的人，欲取而代之，工作上忒拼。月姐，近来他在公司红得发紫，业务摊子铺得贼大。亲朋好友都认他炒股、炒期货，放心地将钱打过来，让他操刀。文达赚了几手后，更是名声在外，一发而不可收。谁也不知道他接手了多少单生意，神秘兮兮的，对啥人都保密，好像怕人坏他的事。文达不懂得拒绝，经常盛情难却，来者不拒。俺怕他身体、精力不济，更担心帮不上别人的忙，反坏了别人的生意，投资这事谁能打包票、只盈不亏呢？俺说，这好人做不得，你炒赚了，皆大欢喜。但一旦蚀了本，这算谁的？立马起经济纠纷。”

“妹子说得是，这里头风险不小。替他人炒股要立契约，明了责任与义务，否则将来说不清、道不明，兄弟间翻脸、各执一词、对簿公堂甚至大打出手、发生流血冲突皆有可能。这社会复杂着呢，劝劝文达，见好就收，挣钱，只对自己负责，你无法替天行道。”月姝听着听着，觉得文达被人捧上了天，不知天高地厚，竟玩危险游戏，股市、期货凶险无比，变化无常，尽管近几个月牛市正酣，大盘飘红，但天晴还要防天雨，一旦股市期货大跌，委托资金被套，那如何是好？她以严厉的口吻，劝玉芳叫文达就此止步，必须的！

“俺嘴皮都磨破了，没用！他自信、自负得很，就是不听，不相信股市期货没有任何迹象的变天，等接收到突变信号之后，再考虑收手不迟。他说，朋友信任、哥们情义怎能说弃就弃，突然金盘洗手、恩断义绝，以后怎么与朋友们打交道呢？”听着出玉芳说得很无奈，她劝说不了丈夫。

“文达炒股圈子里都是些什么人？可靠吗？是君子还是小人？”月姝严肃地提醒玉芳说。

“什么人都有，党政官人、老板、学者、同事，反正人人都发财心切，恨不能一手操作就变成百万、千万富翁。真担心，他会阴沟翻船。”玉芳讲话的声音低了八度，脑袋也耷拉下来，当然月姝看不见。月姝的提醒可能击中了玉芳的痛处，婚后她拥有了丈夫，不再担心文达见异思迁和移情别恋，丈夫忠于家庭和妻子，但是他另一方面的贪婪野心也暴露出来，那更具不确定性和危险性！

“玉芳妹，姐姐支你一招，你问老公索取炒股账号，每天检查收支情况，看看资金的来龙去脉，他与他人的经济往来一目了然。”

“这？”玉芳感到为难，一句话像浓痰一样粘在嗓子里，“这好不好？俺做不了克格勃。”

“你是怕他不交？”

“不，他对俺无密可保，账号和密码全在抽屉里，俺晓得。但是这样查问，伤人自尊。再说，那账户俺又看不懂。”听玉芳这一说，月姝更着急了。

“女人控制男人首先得拿住他们的经济命脉，否则老公丢了都不知咋回事。”月姝觉得玉芳缺乏心计，比起刘敞敞相差十万八千里，嘿，她叹了口气。

“月姐，您哪天教教俺，帮俺劝劝文达。大姐开口，他会听的，就像学生不听家长听老师的一样。”玉芳楚楚可怜地求助道。

“那好，介生回来了，我来请你们吧。”月姝见玉芳无计可施，便承诺说请文达和玉芳吃饭，让她和介生一起加入劝说曾文达的行列，这是为他好。月姝想，如果玉芳说的属实，情况挺严重，若不悬崖勒马，后果不堪设想，金钱的洪水最终会冲毁所有人砌的感情堤坝。曾文达在玩火，引火烧身，一旦失手会摔得很惨！原本月姝习惯地要问玉芳例假正常否，有没有怀上娃娃，女人家就关心这单事，可听着玉芳的担心，把那么重要的一问都搞忘了，刚才与方介生通话的亢奋也消退殆尽。

方介生在国外听到了靖晓常的好消息。公推公选一波三折，结果姗姗来迟。不出众人所料，发改委副主任的桂冠最终花落葛某，这位传说中的内定人物。激烈的竞争似乎将众多参与者足足涮了一把，参与者认认真真当了一把道具，轰轰烈烈的公推公选在非议中艰涩落幕。这位笔试名列第十的葛某，凭着面试中的“超水平发挥”，稳当当地将副主任的官衔纳入囊中。谁说不是呢？电视新闻中剪截面试画面，葛某慷慨陈词，给人的感觉是其台容、口才不输任何人。结果低调发布，没有动员报考那样大张旗鼓。

靖晓常耳边经常遭受路人的轮番轰炸，责难、抱怨、谩骂者一拨接一拨：“这不是调戏公众吗？领导赏识，那就直接提拔葛某不了了吗，何必兴师动众，大兴公推公选之道呢？”“是啊，早知如此，就不凑这热闹，咱既不当无奈的道具，也不当无聊的观众。”“他妈的，假透了，我们替你打抱不平，发改委副主任的位子非你莫属，你的实力哪方面输给葛某？”“的确，竞争掺假伤害主办者形象，殃及社会公正，以后再推公推公选恐没有相信、也无人响应……”靖晓常听着，脸上掠过风轻云淡的浅浅微笑，轻描淡写地说：“组织有组织的道理，哪能简单地说公与不公，公平总是相对的，只要严守既定程序，结果就是可接受的。人要学会路边鼓掌哪！”众人在晓常面前撩起敏感话题，本想得到他的响应，加入谴责和抱怨的队列，可是公推公选的当事人，已经进入决赛的候选人竟如此淡定，旁观者又有什么不能释怀的呢？

靖晓常的淡定是有根据和底气的，是金子总会发光的。曾文达婚礼上，马联平紧急通知他回校，告诉他准备参与新一轮的竞争。竞争什么？发改委副主任的面试已尘埃落定，电视实况转播都停了，马联平说：这是第二轮，追加的程序。原来公推公选出现了差池，审计厅副厅长一职，由于入围候选人面试成绩不佳而全军覆没，主办方决定宁缺毋滥、不炒冷饭，审计厅副厅长的人选另行选拔，即从众多决赛落榜者中遴选产生。靖晓常自然入选。当然，竞选职位的调整须征求候选人和推荐单位的意见，同意或放弃，两者选择其一。

那天晚上，马联平留下一纸杯的烟蒂。组织部逼得很急，在电话中要求立等可取的回复，希望审计厅副厅长的追加选拔能够撵上公推公选的节奏。马书记与外地出差的郭成敬通了电话，征求了他的意见。郭校长说：请书记全权定夺，我的意见是，如果继续陪太子读书，就趁早放弃，让靖晓常安心学校工作，这等人才组织部不用、学校用；如果面试有戏，就莫阻挡人才上升通道，不妨推荐一试。马联平心里七上八下，内线报告组织部还是挺欣赏靖晓常的，只要他考试不出意外，应有较大把握，当然还要倾听本人的意见。

发改委副主任的落选，靖晓常有心理准备，在面试现场他见过志在必得的葛某，从他与现场工作人员热络的程度，预知他就是发改委副主任的不二人选。领导器重了也罢，内定也好，没什么，虽败犹荣吧，考不上就继续安心教书，没有损失，只当自己出镜一把，见识了一场大世面。至于改考审计厅，有点懵，说实话他压根没想过，也没有作任何审计专业的知识准备。马联平说，大家都一样，同在一个起跑线上。一支烟后，马联平又说：组织给予的宝贵机会，不能错失哪，郭校长也是这个意思。靖晓常立即领会领导的意图，顺藤摸瓜接着说：既是组织动议，马书记代表党委决定就行，本人坚决服从。很好！马联平略显轻松地道：你先签字确认，将报名手续传真过去。马联平将办公室整得烟雾弥漫，说：你得一如既往，努力备考，我和郭校长对你寄予厚望啊。哦，明白。靖晓常点头，心里还惦着赶回曾文达的婚礼现场，抬手看手表，已是晚九时，估计典礼早就曲尽人散，一对新人正洞房花烛夜。

靖晓常去纪要室发传真，马联平留下方介生嘱咐道：你要一如既往、全力配合晓常复习。方介生说：靖教授研究生学的就是审计，考本行得心应手，根本不用咱操心。马联平眨巴眨巴眼睛，不同意介生的说法：你休想推托责任，当甩手掌柜，在这么短的时间内完成超量复习，叫谁都不轻巧，你要替他分担，难道错了吗？方介生笑笑说：谁敢说书记有错，咱只是相信晓常的超常实力和稳健作风。

方介生一语中的，靖晓常考试得分甩开对手一截，毫无悬念地考上审计厅副厅长的职位。复考找回了公平，也算对他的努力给予了最真实的回报，对公推公选的程序缺陷做出了应有的补偿，这一“补丁”真正显示了组织的英明和“出于工作需要”。众人的闲言碎语渐渐烟消云散，取而代之的是对晓常的当面祝贺、恭喜和祈福。靖晓常除了感谢，还是感谢，感激学校领导和全校上上下下的厚爱与栽培，感谢周围同志的给力，靖某没齿难忘！

离开教师岗位真的有诸多不舍，那心情甚是复杂，旁人难以理解。晓常压根没有做官的喜悦，没有远走高飞的快感，没有成功的窃笑，说给旁人听，别人根本不信。

“你就装吧，装吧。”曾文达第一时间打电话来道贺，他认为靖晓常起码像高考中榜一样，笑得合不拢嘴，筹划着请客、谢师之类的活儿，不料他一脸愁云，闷闷不乐。见晓常谈兴不浓，曾文达说了几句好听的，便说改日再叙，结束了例行公事般的道贺。

方介生的祝贺方式最简单，兄弟间说什么呢？当他回国在办公楼前见到靖晓常时，两人熊抱起来，使足了周身的力气，介生用劲拍晓常的后背，动作语言是：好兄弟！好样的！这一天属于你！公平、公正终究会回来的，迟到的爱也是爱！

刘敞敞祝贺不迟，电话里依然谈笑风生，她说从今往后咱们兄妹四人天各一方，各持其业：从政、从学、从商、从教齐活，相聚越来越难，咱们只有在电波中相遇，在梦里相见，真怀念四人在一起时候的畅快岁月……而今，身处他乡，结识了新的朋友，友谊、校谊、私谊、室谊，但所有的情谊都不抵咱们当年那般黏稠，幸福的过往是律城财大青春的胎记……几句话说得眼泪甩出来了。不是祝贺嘛，干吗话说伤心处，生活各择其道，本是成长之必然，分分合合是人生常态……靖晓常隐隐中感到刘敞敞在国外不顺，他的所谓高升反折射出她的落寞，一向开朗洒脱的小美女，也多愁善感起来。

三十五　“钓鱼执法”，厅长中招

厅长，应是五十多岁的年纪，老成持重。形象嘛，大体就是满头银丝、弯腰驼背、正襟危坐的那种，那气派、气场无需重描，定是老成持重、气定神闲，往哪儿一坐，威风凛凛的，足以震慑那些敢于轻视他权威的冒失鬼。靖晓常角色反串，是审计厅最年轻、自然也是资历最浅厅级干部，年不满四十、乳臭未干，在厅里没有根基，一切从零开始，他行吗？能主持一方工作吗？压得住阵吗？在高等学府学问做得深，不等于厅长胜任，走着瞧、等着看吧！不少人持这种微妙的心态。

厅长办公会议上，靖晓常带了耳朵和笔记本，除了听讲和记录，一言不发。他想多听、多看、多学、多思，迅速了解情况、进入角色。对于厅领导的分工，他没有挑剔，也不知难易深浅，只得表态“服从厅长安排”和“尽力做好工作”，由朱厅长最终定夺。厅长总结发言说：靖副厅长来自大学，理论功底深厚，又主持过二级学院工作，不乏领导经验，可谓文武双全。为发挥特长，人尽其能，就先分管行政事业单位审计处、经济责任审计处、审计学会、科研所和培训中心吧，老本行和新领域兼而有之。靖晓常笑盈盈地照单全收，没有疑义，但他心里有数，厅长给他压的担子不轻，对一位新领导丝毫没有照顾和手下留情。

会后，办公室江主任上门来问长问短，一边抚摸着办公室崭新的陈设，一边关心地道：这办公室朝向、采光、家具配置、电脑安装、办公用品配备，有啥子不到，请靖厅示下！有么事，小江在对过，随时听令。

没有，挺好的，谢谢！晓常连声道谢。这并非礼节和客套，行政机关的等级观念和人文关怀的确比律城财经大学强了许多！领导就是领导，官大一级压死人，不分年纪老幼，一级领导享受一级的待遇，人人习惯于此。属下本能地对领导毕恭毕敬，不敢越雷池一步。办公室对领导的安置和照顾非常细致周到，挑不出毛病、找不着瑕疵。而在律城财经大学会计学院，院长的办公条件是自行解决的，有谁过问呢？小小的二级学院院长算什么呢？在众多教授眼里，院长就是牵头人、协调者，而不是一级官员。机关与学校不一样！

江主任又道：靖厅，朱厅吩咐小江带领导到各处室认个门，与各位处长打个照面。说着，江主任去拉办公室的门手，靖晓常系上领带，套上西服，跟着江主任像走亲戚、串门子，逐层楼、逐一办公室地与人打招呼、交换名片、互留电话，宣示领导正式到岗。朱厅长有眼力，以这种方式完成与大家首度见面、初步互动，比全厅大会上宣读新领导履历、晓常自我介绍和表态管用。让新领导到群众中去，体验审计厅和谐的人文环境，定能给晓常耳目一新的感觉，这是朱厅长设计的新领导的第一堂必修课。

各部门的员工对晓常的加盟蛮是热情，报以喜悦的笑脸和真挚的欢迎，“靖厅好”“欢迎”“请靖厅指示”等亲切之语伴随耳际，不断有人与他握手、问好。基建审计处处长，一位四十多岁的中年男子，更是直接，干脆与晓常来个了熊抱，说：祝你好运！欢迎靖厅荣升，日后多教导、多提携！这人的表现独特，予人的印象自然深刻。江主任说：此人姓李，本次公推公选的落榜者，单位骨干、业务能手，审计一把好手却不善于考试，加之生理缺陷，说话紧张起来略带口吃，所以政治进步与业务提高老不同步。这一说，倒让晓常关注起这个人：他的眼光怪怪的，给人的感觉是捉摸不定和忧心忡忡，究竟为啥？说不清，仅凭一面之交不可妄下定论。不过，他的奔放有些做作，让人不适。

最后，江主任带晓常来到地下停车场，说：靖厅来得不巧啊，赶上党政机关车改，副厅及以下领导不再配备专车，领导可以自驾，也可以选择公共交通工具上下班，当然开会、出差等公务不在此列。厅里为领导圈定了固定车位，瞧，007号是您专用，这个位置易入易出，右拐便是直通办公室的电梯。您的工牌，同时也是门禁、餐卡和车位钥匙。另外，审计厅官网上的领导简介，就取用您公推公选时标准照哪，那照片挺光鲜的，不知领导意下何如？可以，没有问题！晓常对此淡而化之。

其实，靖晓常早就习惯了开私家车上下班。他怕挤公共汽车，公交车不准点，不仅要风雨无阻的步行老远一段路，还要冒着堵车和迟到的风险，在严格考勤的审计厅无法确保“上班铃声停息之前已经处于工作状态”。迟到一次扣百分之三十的绩效薪金，公交给人的担忧是，一个月下来绩效就成了负数。因为审计厅的考勤严苛，律城市内交通天天堵丝毫没有改观。为了保险起见，靖晓常开车提前半小时出门，避开了早高峰，省得了路上三十分钟，这一前一省，还是蛮经济的。本打算节省下的时间，可用于上班前的准备工作，不料清扫屋子、打水、烧水之类的活计，全由工勤员包了，这又与学校不同，厅领导哪能亲自动手做勤杂呢？当他推开办公室厚重的防盗门时，昨日的零乱已变得整齐划一和一尘不染，空气里悬浮着刚刚喷洒的空气清香剂，让人在轻松愉悦中开始一天的工作。

丈夫考官、弃文从政，宋丽惠颇有微词。在人们的赞扬和祝贺声中，女人最是清醒，当局者迷、旁观者清就是这道理。她知道，丈夫骨子里当官上瘾，想当大官，褒义说是有理想、有抱负，贬义说是个人野心。他不习于默默无闻、平淡无奇，追求好大喜功、轰轰烈烈，自恃名校、名专业、名导师的博士和律城财经大学的年轻教授，怀才不遇，唯恐满腹经纶而无处施展。他表面低调，内心高傲，高昂着自尊和自负的头颅，等待着有朝一日宏运天降，一鸣惊人，改写平凡人生。他不满足于律城财经大学的狭小舞台，学院院长，显然不是他的终极目标。尽管丈夫未明说，但是妻子的第六感觉告诉她，丈夫绝非等闲之辈，他志向千里、豪情万丈，随时蓄势待发。公推公选给了他一次难得的机遇，开启了一扇希望的天窗。透过这扇天窗，他仰望星空，如饥似渴、如痴如醉。发改委副主任的竞选名落孙山，丈夫情绪低落了好一阵子，宋丽惠却有几分暗自庆幸。她不管啥游戏规则和公平正义，反正严酷的现实给丈夫一记重拳：该清醒了，从政之路布满荆棘，而非一厢情愿，仅仅凭热情和实力不成，还得有时运和贵人相助！在学校待久了，进入官场定然两眼一抹黑，非叫人玩死不可！书卷气太重非吃大亏不可！公选落榜给他上了难忘的一课！她不倾向丈夫继续考官，在大学挺好，一年两个假期，自由职业者，可以放手做自己想做的事，尽情享受青春年华。她劝阻过丈夫，莫要再考了，就此打住，孩子一天天长大，入托、入学、升学，无不需要家人的悉心照料，女儿跟爸爸亲，在闺女的成长路上父亲扮演无可替代的角色，单位里人人都这么说。可是，东风不随周郎便，似乎陷入僵局的公推公选起死回生，丈夫再次被推到新闻媒体的风口浪尖。第二次的面试出乎意料的顺畅，如入无人之境，没有遇上真正的对手，便旗开得胜，副厅长的桂冠就准准地砸在丈夫天灵盖上。

丈夫又出头、冒尖了，宋丽惠喜忧参半。喜，喜在兴头上，家里毕竟出了位高官，副厅级意味着靖家和宋家两大家族、近代以来的最高官爵，是平民世家的巅峰之作，官前冠之以“大”字毫不为过。于此，丈夫在律城财大、在档案局如日中天，人们的赞扬、吹捧、歌功颂德接踵而至，妻子的虚荣心大放异彩，心里麻酥酥的。忧，忧在冷静时，人说为官不易，千万双眼睛盯住你，人在高处不胜寒，越往上走、风险越大。谁说不是，报纸上经常刊登贪官三部曲：风光一时、被查“双规”、牢狱生涯。那是他要贪腐吗？显然不是！谁愿意自甘堕落呢？八成是人脑昏晕、身不由己。官场混浊，人心叵测，好歹难识，不知不觉为人左右、误上贼船，常在河边走哪有不湿鞋呢？特别是审计厅，一个专门查人、“说不”的部门，查的是领导干部，难免得罪人，被查干部的身家性命全系于审计报告，审计人员天天辛苦、日日积怨。再说啊，审计厅里里外外，博士、硕士多如牛毛，能耐人比比皆是，空降下去的年轻副厅，自然是不少人的眼中钉、肉中刺，是他人成长的障碍、竞争的对手，若无过人之处，哪能摆平这些虎视眈眈的后生？想来真叫人骨寒毛竖。丈夫光风无限地走马上任，丽惠怎么也高兴不起来，反而比丈夫更胆战心惊、如临深渊。其实，家庭安安稳稳的比什么都强，这官真叫人烦得慌！可是，事情进展到这个份上，扯丈夫后腿既不明智也非现实，她能做的只能是不顾丈夫反感，一而再、再而三地提醒、提示、警告他步步惊心、谨慎小心：“常说会计奉行谨慎性原则，谨慎性，就是充分估计或有损失、或有风险，忽略或有利得、或有收入。记着：根据领导的指示办，莫要轻易出手，凡事敏思少言，人人可能是羁绊，事事可能成风险！”

“这是老婆大人第N次提醒，牢记就是！我绝对过目成诵、倒背如流。”靖晓常心里空落落的，日日追逐的目标，真的实现后，又是另一种心境。他反复思量：自己的选择究竟对不对？这对后半生影响几多？从政难道就是一条不归之路？今生的人生是否就沿着试用期、转正、副厅长、厅长一路高歌猛进，不撞南墙不回头？这真的是自己梦寐以求的事业、是人生的最高境界吗？这一连串问号，他一时回答不上来。反正人生没有回头路，每一次折返都是需要付出代价，必须看好自己的脚步，守住自己的心，不能走错了道、站错了队、跟错了人、说错了话、办错了事，老婆说的就这个意思！妻子平时很少过问、更不干预他的工作，本次例外，可见她的担忧很深，到了不能不发的地步，晓常深深省得。他不得不花时间安慰妻子，打消她的重重顾虑。他说：“老婆放心，人生处处皆风险，机关和学校一样，不当心难免摔跟头。谢谢夫人提醒，让我大脑安装一套冷却装置。一旦脑袋烧迷惑了，立即接通电源。”

“人家跟你说正经的，还嬉皮笑脸的！”宋丽惠沉下脸，她对丈夫总是担心有余而自信不足，“学校是学问之地，没有你死我活的权力争斗。官场不同，一个萝卜一个坑，你不下去我就上不来，一个大位多少人觊觎，不管有没有能耐、有没有可能，它就是排他性竞争。政敌，对手就是敌人，置之死地而后生!”

“官场凶险，人、权、利交合在一起，肯定不是学校所能比拟。我没有刀枪不入之身，只得加强锻炼，提高免疫力，谢谢夫人给我定时服用清醒剂啊！一贴清醒剂不能管一辈子！警钟长鸣这个成语特别好!”靖晓常坦诚而风趣地说：“那些犯事的贪官，没有一个天生的，都是不当心而马失前蹄，有了权力就以其昏昏、使人昭昭，身在危局不知险！人生不可试错，犯了错就不可逆。一失足则成千古恨，人生没有后悔药。”晓常知道如今又走到了人生的十字路口，不，他已经过了路口，走向仕途深巷。

“晓常，永远记住甜馍、老婆、热炕头，是男人最终归宿，其他无法替代。千万别舍本求木、舍近求远哪!”宋丽惠千叮咛、万嘱咐，动之以情，晓之以理，总想给丈夫上更多的人生、家庭和爱情的教育课。

“我的祥林嫂，孩子他爸不会被狼叼去，您放心！这多年，你还不了解你的丈夫?”靖晓常深深感知妻子的关切。是啊，只有妻子与我是命运共同体，她最担心丈夫的差池，成为对手的把柄，成为前进道途上绊脚石；她想成为丈夫和家庭安全的最后一道防线；她牺牲自我，默默无闻地操持这个家庭，以满足丈夫的虚荣、成全丈夫的事业……晓常心头一热，冲动地一把将妻子搂在怀里，欲做亲昵动作，不顾女儿近在咫尺。

宋丽惠挣脱着，递了个眼色，喃喃地道；“女儿在后边，人家跟你说真的，别当耳旁风哪!”丽惠说着，突然感觉，夫妻间很久没有亲热了，正是这个公推公选和副厅长惹的祸！今后走上领导岗位，属于她和他的时间更少了，开会、出差将占据他太多的时间和空间，蚕食了他太多的精力和体力……真的，好想跟丈夫紧紧地相拥和温存，他的真实存在和属于他的感觉真好。欲暗送秋波的丽惠娇羞地说：“那就快点洗洗，咱们早点休息吧。”这是年轻时她求爱的含蓄，靖晓常心领神会。

靖晓常下午去省里开会，理应厅里派车送接。江主任在电话里结结巴巴地抱歉地解释说：靖厅，不好意思，赵师傅请假开家长会去了，女儿中考，升学关口，一家子的头等大事，不忍不允哪。靖晓常哪能不理解，谁家的孩子不是初考、中考、高考、研考，一路考过来的，浑身都快烤成焦炭了，悠悠万事，唯考为大。于是，忙答应道：可以理解，可以理解的嘛，江主任，我自己开车，没事的，我有通行证，省府大院不会拦我。说虽这么说，搁下电话，靖晓常心里却犯了嘀咕：亲自开车事小，不麻烦，可是自个的私家车太寒碜，二手桑塔纳，七年加二十万公里的车龄，快当爷爷了，平时上下班代步不在意，可是明晃晃地开进省府大院，那可失了审计厅的脸面，真担心门卫拦下车辆严加盘查，这位赵师傅大人，怎么早不开家长会、晚不开家长会，偏偏今天下午开会，填报什么志愿，分明与会议过不去，想叫新厅长丢人现眼不成？

中午下班，靖晓常不敢午休，悄悄溜进车库，将爱车擦洗干净，用时髦话说是美容、保养了一番。虽说底子薄，可驴子屙屎表面光，起码做到汽车陈而不旧、旧而不破，不至于太失审计人员的风貌。

从审计厅到省府大院有十二三站路，线路比较生疏。平时到政府开会都坐在小车上，晓常早没了年轻时的激扬和好奇，高负荷的工作使他“晕车”，习惯地在后座上闭眼、打盹，直到司机唤“到了”，才幡然醒来，收拾拎包、手机匆匆下车。为了确保准点到达，晓常习惯预留提前量、赶早不赶迟，毕竟路况不熟，又担心塞车，堵车很烦人的！

桑塔纳驶入了必经的市中心繁华路段。

行道树缓缓后移，行人、自行车、电瓶车、汽车忽近忽远，在运动中并行、交汇、超越。车流声、喇叭声、行人叫唤声相互交合，合奏出一场美妙的交响曲。对此复杂路况，城市开车人见多不怪。靖晓常目不转睛地盯着人车混杂的流动路面，观察着交通信号的切换，老远的，由远到近，一对男女立于路边向来往车辆频频招手。那女的单手捂在腹部，弓着身子，腰折得很低，看不清她的脸部表情，她似乎行动不便，像风一吹就会倒伏，显然是位亟待送医的病号。那男人愁云低沉，豆大的汗珠像坠帘挂在狭窄的脸庞上，两只胳膊用力挽住女人沉重的躯体，仿佛一松手女人就会人仰马翻，跌到滚滚的汽车轮下……他们是被车主遗忘的、最无助的一族。在他们身边，一辆辆大小汽车呼、呼地擦肩而过，鸣号的、不鸣号的，卷起了阵阵气浪无情地拍打在他们的脸上，没人理会、没人同情，甚至没人多看他们一眼。中午时分，出租车司机交接班去了，打不到的士。在市中心拥堵路段，出租车司机习惯绕道而行，并非这里客源不多、生意不旺，而是担心堵在长长的车流当中进出不得，那滋味最是恼人，生意人宝贵的时间最耗不起。

远眺靖晓常的车缓缓驶来，如茫茫汪洋望见了远帆的桅杆，那男女掩饰不住内心的激动，不顾一切地径直冲着车头奔来。相对其他车辆窗不开、速不减的麻木，桑塔纳的减速，很快被视为善意的回应，给人的信号是：好人来了，终于有盼头、有救了！

那男女挡在马路当中，贸然拦车，看来实在没了招数，只得出此危险的下策。人不到生死关头、不被逼到尽头，不会置生死、荣辱于不顾……靖晓常没有多想，脚头压着刹车，将车停在马路右侧两人的身边。

那男人不由分说，伸手就拉后门想往车上钻。车门锁着。

“怎么啦？”靖晓常从车窗探出头。

“俺老伴病得不行，直打哆嗦，得马上找大夫，行行好，搭俺一程，大哥，行行好！”那男的一手扶着老伴，一手拼命拽门。

那男人年岁在晓常之上，称大哥实在受用不起。瞧他老实巴交的样子，八成是进城务工的民工兄弟，在城里无依无靠，遇上家有病人，打工收入搭上不说，还得影响既有的稳定工作和家庭生活，怪可怜的！那女人病怏怏的，那男人够受累的，在这儿不前不后，不知什么时候才能打上车呢……想着，晓常下意识地按开了门锁。离开会尚早，时间允许，又是顺道，捎两人一段，此地离医院不过两三站车程，对于他们来说如十万八千里。没等晓常同意他们上车，两人已经一先一后麻利地钻进车厢，稳稳地坐在后座上，命令般地催促司机开车：“快，快，江北医院。”

“伙计，怎么啦？”靖晓常见关好了车门，关切地问。

“急病，急病，不知咋的，痛得腰直不起来……”男人答。

“痛成这个样子，八成是阑尾炎，赶快送医检查确诊。”晓常的脚松开了离合器。

“江北医院方向，向前三百米，朝东……”男人指路道。看来男人对律城道路交通谙熟，在律城混了些年头。不错，顺道东行，不出三公里便是知名江北医院，与省府大院同路、同方向。

靖晓常从后视镜窥视两人的动静，这是一对恩爱夫妻，男人脸部写满了焦急，上车后顾不得抹去汗水，一边不停地车前张望，仿佛三公里的路太长，车速太慢，他等待不起，时间就是金钱，此时，时间就是生命、就是健康啊！一边他又不断地打短信，怕是通知家人到医院汇合吧？那女人的手紧紧地攥着男人臂膀，嘴中蚊子哼哼地唠叨着只有自己男人听得见的絮语，此时他是女病人的唯一依靠。

拐过一个弯，江北医院的门诊大楼映入眼帘。越临近医院，人车越密集，汽车几乎就是在行人和自行车中串行。靖晓常缓慢贴边而行。那男人突然提出下车，离门诊部还有两三百米，老伴病得重，两腿不支，怎么在这个地方下车步行呢？不是去门诊部检查吗？那男人发疯了似的拉车门，与刚才急吼吼地要求上车一样。是医院外与家属会师，还是有人前来接应？还是有医托引荐……不管怎的，靖晓常助人为乐的使命终告完成。于是，他打开门锁，那男女轻巧地跳下了车，那男人似乎不问那女人独自离开，麻利地从口袋抽出一张早准备好的、皱巴巴的二十元钱，塞到靖晓常的怀里，说了句“这是车钱。”

“不要钱，咋能莫名其妙地收你的钱呢。拿走、拿去！”靖晓常叫着，抓起钱扔了回去。那男人在车窗外用力将钱拍在驾驶台上甩手关上车门、扬长而去，那动作很夸张、很老练。靖晓常叫不回头，欲开车门下车退钱，安全带将他牢牢地扣在座位上。松解安全带，后面的车辆已停成一串长龙，车主不耐烦地压着喇叭，刺耳的呼啸声边成一片，惊天动地……那男人借机消失在茫茫人海之中，上哪儿追呢？这二十块钱，天晓得啥意思，是真心感谢他的搭救，还是一种朴素的善意……不容多想，赶紧让路，还要去赶会，后面的车等急了、一个劲地催。晓常轰足了油门。

刚驶出百米，还未来得及回味刚才奇异的一幕，路边杀出一拨匪气十足的人马，那阵式像借人多势众、拉开架子寻衅斗殴。为首的是一个剃光头、招风耳的矮个子，老远的用指尖戳着靖晓常，勒令停车！车靠未停稳，一伙人饿狼扑食般地将车围个水泄不通。靖晓常不知发生了什么，探出脑袋探问，岂有此理嘛，在光天化日之下拦车，打劫啊？还没有王法啦？

小平头一挥手，众人嚷着令靖晓常将车开到路边、熄火接受检查。

“什么检查？你们是哪部分的，要干什么？”靖晓常不理会吆喝，假冒公安、城管的犯事案件时有发生，不能不防。他反命令道：“检查我？亮出身份来！”

“律城市交管局交通执法大队，赖阿大。”自称赖某的矮个子晃着挂在脖子上的胸牌，气焰熏天，张口露出了被香烟熏黑的一排歪歪倒倒的烂牙。

靖晓常平扫了一眼印有地方交管局LOGO、彩色照片和执法队工号的胸牌，看着被穿着别别扭扭的交管局执法队的制服，这套行头不像假的，他自信自己的专业鉴别力！嗯，此地离交管局不远，是人流密集和交通易堵路段，交通违法的高发和频发区域，自然是交管局频频出没、集体执法的地段。不过，这不是草木皆兵、乱拦乱扣，扰民、堵塞交通的理由，真是乱弹琴！晓常不屑地问：“我的车有不妥吗？”

“问我？违章‘黑车’，你不晓得吗？还装腔作势！”赖某拍胸前的牌牌，在车前踱着碎步说。

“赖队副，他以为停在医院百米外能逃避监督，被咱们抓个正着。”一个小混混模样的人插话说。

“自作聪明！江北医院南北东西三百米都是本队的监控范围，任何违法活动本队都了如指掌，休想逃脱。”赖队副得意地说。

“说什么？黑车，啥意思？”靖晓常越听糊涂，谁违法？谁黑了？谁逃脱？

“哈，哈，哈——”赖队副猛地拉开车门，挥手令车主下车：“我来回答：你涉嫌非法营运，你的车一进入江北医院，就进入本队的法眼，想溜，门都没有！”

“胡说八道！”靖晓常怒火中烧，跳下车跟赖队副激辩，“谁非法营运，说清楚，本车既不非法，更没有营运。”

“本队从不冤枉好人，”赖队副指指川流不息的车流：“我怎么不拦他们，偏偏拦下你的车，怎么不说他们说非法营运，偏偏挑中了你呢？不好好想想，年轻人！”赖队副每句话都充满悬疑和挑战性。

靖晓常不得不脑筋急转弯：刚才那对奇异的病人和他们下车前丢下的二十块钱，哎，也许这就是他们的非法营运？男女刚下车，他们就接着兴师问罪，唱双簧，配合得天衣无缝，好啊！这时傻子都知道，靖晓常已经落入钓鱼执法的圈套！玩此阴招、损招、赖招！他妈的，狗日的！晓常气得双手捏攥成了拳头，想狠揍这伙唯利是图的人渣，披着执法者的外衣、干着禽兽不如勾当的歹徒！他脑子高速运转开来，寻找着解套和对付这伙歹人的办法。为争取思考时间，靖晓常一摊手慢悠悠地说：“指控我非法营运，拿证据来看看！”

“证据？哼，没有证据，老子敢拿你？放心，到了局子里，会拿出叫你哑口无言的真凭实据。”赖队副一歪脖子，“麻烦你走一趟，把车扣了。”一群执法队员不由分说，一拥而上，又是拍照，又是现场取证，将驾驶台那二十元肮脏的纸币小心翼翼地夹入一个塑料袋里，三下五除二地将车前后轮夹上粗大笨重金属枷锁，等待着拖车的到来。

靖晓常第一反应是立刻保留证据，这是与这伙人周旋和较量的撒手锏。从钓鱼执法的布局来看，每个环节都精心设计、丝丝入扣，表面上看无懈可击，这伙人并非等闲之辈，其能量不可小觑。他嘴角挂上一丝冷笑说：“你们不就冲着钱来的嘛，看来我得准备筹款喽。”说着打开车门假装取驾照和钱包，顺手将行车记录仪中的芯片推了出来，夹在指间，这里边储存着车外录像和车内人员谈话的录音。

赖队副以为靖晓常服软了，看来高智商执法的杀伤力超强，一旦掉入他预设的陷阱，没有人能够幸免于罚，没有人能跳出赖某人如来佛的手心！他用粗大的手掌抹了抹平滑的脑袋，说：“识时务者为俊杰啊。态度好，本队会酌情从轻或减轻处罚。”

“你还是求赖队副高抬贵手，免得失血过多啊。”“非法营者运少则一万，若不要发票，八千也成。”“走吧，到局里就能见到你要的证据了。非法营运的人啊，都是不见棺材不掉泪。”赖队副的随从七嘴八舌地催促并簇拥着晓常向交管局走去。

哥们本想亮明身份，或找江主任报警，迅速了结这桩恶心事，尽快赶赴会场，现在看来不得不奉陪到底了。戏刚开演，中途罢演怪可惜的，一人逃脱容易，其他百姓也许没那么幸运，必须把他们这套坑人把戏连锅端掉！靖晓常冷冷地哼了一声，心想他们手里握有什么证据，无非是那对狗男女的人证和那二十块钱的物证。那对无赖男女满嘴是粪、血口喷人，如若当堂对质，所有案情都是一对一，谁也说服不了谁，他们凭什么处罚呢？嘿，无非是利用善良人的爱心，敲诈、讹诈、欺诈，依靠执法者的居高临下，大耍淫威，用它来粉碎了息事宁人、忍气吞声的善良百姓的据理力争和孤立无援的抵抗。最可恶的是，钓鱼执法竟出于政府执法机关之手，这与地痞流氓无异，直接杀灭了社会的良知和人们对政府的信心。他妈的，这伙歹人太恶毒、太阴损、太缺德，哥们非得废了他们武功、中止他们的作恶，叫谁都咽不下这口恶气！

进入交管局办公地，一堵围墙外加一座小楼和一个小院，楼前停满了各类车辆，包括一排排被暂扣的、带着车锁的非法营运车辆。办公楼内人声鼎沸，夹杂着执法者和被执法者的大声争执，激烈程度到了拍桌子、打板凳，险些就揭天花板、动手干架的地步，也许执法队员们习惯了这种场景，对争吵、对骂甚至对打早就见多不怪、无动于衷，人人的表情是苍白、冷漠和雷打不动的。从前门进入楼宇，透过门卫室的落地窗户，靖晓常不出意外地看见那对称病的狗男女，他们没有在医院而是坐在屋里，捧着热气腾腾的水杯聊天取闹呢。靖晓常没有冲进去找他们算账，他们不过是这局棋中走卒而已。

经过门卫，赖队副有意缓下了脚步，侧过脸去，示意靖晓常看他们手中的王牌证人，有他们的指控，或许他们手中还有录音器材，你有嘴难辩，只有低头认罪一条路。赖队副脸上露出了阴险的奸笑，他蛮认为到了局里，已胜算在握，文武通吃，对方孤自一人，好汉难敌双拳。进来的人不用施威、施压、施暴，很快就弃守侥幸的防线、缴械投降，乖乖地按照执法队的标准认错、缴全了罚款，然后灰溜溜走人，这一程序赖队副已试验过无数遍，无一失手。

靖晓常与一般人不同，昂着头，看来不肯轻易就范。赖队副冲着监控室打了个响指，说："调监控。"说着，随着一扇沉重铁门吱吱嘎嘎地开启，靖晓常与众人来到一幅超大电子屏幕前。赖队副勾了勾了中指，大屏幕亮了，立即切换成四幅中屏和八幅小屏，分别显示出律城市各交通路口的车水马龙的实况。

"调沿江路段四号监控和江北医院东侧二号监控。告诉你，交管局与公安局联网，连一只苍蝇的交配都一目了然。"赖队副对靖晓常载客上下车的地点了如指掌，从一开始晓常就被严密监控，那男人要求停车的位置是精心选择的最佳拍摄角度。那男女演技可谓一流，其操作的精准程度堪称一绝。果不其然，对那对男女上车和下车以及付钱的动作都全景式的收入了镜头，那可是高清探头，连那男女和晓常表情都在屏幕上生动再现，只是嘴巴蠕动却听不清车主和那男女说了什么……面对如山铁证，一般人实在没有什么好狡赖的了。

赖队副侧过头脑袋，不急不慢地说："屏幕上的二十块钱，与我塑料袋里的、留有你指纹的二十块钱是同一张吧？我想，上了法庭，非法营运也是铁板钉钉。"他以为靖晓常定然是哑巴吃黄连、有苦说不出，摆出一副稳操胜券的神态："要不要再放一遍，不生气，不生气，慢慢看，慢慢瞧。"

"叮——"靖晓常手机突然闹响，吓了众人一跳，俗话说做贼心虚，气氛一下收紧起来。接通后，耳机里传出江主任的声音，特别急促和紧张："靖厅，靖厅长，你怎么还没到会啊，座位上摆着席卡呢，虚席以待。"

"我遇上麻烦，被坏人鱼钩钓住了，一时没法脱身，你替我请个假。"靖晓常从容不迫地说。

"坏人？需要帮助吗？厅长，你在哪里？我马上派人过来。"江主任预感厅长说话的语气凝重，是不是预示了事态的严峻？他马上联想到，靖厅第一次私车公用，如果出了岔子，办公室主任要负责任，领导公出怎么能开私车，私车出现在政府大院是什么场景，兄弟单位如何评价审计厅的办公室工作……越想江主任越怕，在电话叫得越狠：“厅长，你在哪里？在哪里？”

“不用问，我能摆平这伙人！”说着背过脸、侧过身，拨通了两个电话，寥寥数语，开始部署他的反击计划……

“厅长？”赖队副怀疑耳朵进水、听走了调不是？厅长？不可能！厅长怎么自己开车，怎么开不起眼的桑塔纳破车，不可能！厅长不会这么年轻，身边怎么没有随从，这绝无可能！肯定是冒牌货，狐假虎威！吓唬谁呢？老子是长大的，不是被吓大的。众部下听说厅长，也都惊愣了，面面相觑，一副裹足不前的尿样，看着、等着赖队副拿主张。

赖队副大为光火，一巴掌拍在一执法队员背脊上说：“你往后退什么？看着我做什么呀？马上按章处罚！”

“不忙，不忙，让我好好想想，这单该不该买，该由谁来买。”靖晓常刚才稍稍给单媛媛打了电话。半年前，在一次晚会上遇到单媛媛，预留了她的手机。媛媛现在是省电视台新闻部实习记者，负责“社会视点”栏目的采编播，她请晓常提供热点新闻线索。晓常说，现在我有一个绝佳的新闻素材，绝对是大众关注的焦点，制作出来的节目精彩绝伦，收视率可冲新高，说不定能评个大奖。什么素材？交管局执法大队钓鱼执法。单媛媛一听就明白，前一段时期有人举报过交通执法大队的钓鱼执法，苦于没有证据，最终不了了之，为此一位蒙冤的司机还剁掉自己一根手指，后果血腥，触目惊心！这回晓常称有一套完整的证据，定能将这伙无法无天的歹人掀翻在地。一言为定！她马上带采访团队赶到，交管局城东执法大队见！

靖晓常另一个电话打给了小分头。毕业后他就职于公安局经侦处，现在城北分局锻炼。晓常告诉他，我可不是打110报警，而是直接向你求助，我遭到一伙不非之徒的围攻，被困在交管局城北分局交通执法大队。小分头问什么案情。涉嫌非法营运。无稽之谈！小分头拍案而起，年轻时公平正义感和责任担当精神在这位年轻的公安身上体现得淋漓尽致，他不相信老师非法营运，肯定又是劣迹斑斑的执法队贼喊捉贼！他说，如今是法治社会，交管局的人吃了豹子胆了，竟敢质押厅长，鱼钩钓到老师头上，看我怎么修理他们。小分头来了个公私兼顾，一面正式报警，说审计厅厅长被人劫持了，另一方面，自己带一哨人马赶往交通执法大队。

两路援军即将抵达，靖晓常心里踏实了许多，只是时间，至多十分钟、十五分钟，好牌慢慢打、好酒慢慢品吧！他主动凑近赖队副跟前，摆出一副促膝谈心、拉家常的样子，说：“赖队副，说实话，你们的钓鱼执法玩了多久？挣了多少黑心钱？”靖晓常指了指心窝子说。

“你是聪明人，对明白人不讲瞎话。”赖队副以为涉事司机要套近乎，想减轻处罚，少交些银子。交管局处罚的原则历来在领导的嘴上，情节不在大小，关键在于态度。晓常的问话，赖队副并不陌生，好多人都说过同样的话，他也作相同的解释：“这哪是什么钓鱼啊，别说的那么难听，好不好啊？政府执法嘛，需要群众配合，引蛇出洞，秋后算账，还有辅之以科技手段，一样不能少嘛。”

“你知道这有多损？我想把钓鱼执法彻底阉割了喽，阉割，你懂吗？就是让邪恶断子绝孙！”

“晓得，就是结扎的意思，计划生育！我想，你小子没有这门子手艺啊！”

“我想会有人拿手术刀。不过，躺上手术台上的肯定是您，赖队副。”

赖队副一听，脸色全变了，红润的粉脸变成猪肝色：“你跟老子摊牌？不接受处罚？”赖队副听对方的口气很大，大有反客为主的味道，急火攻心。

“何止不接受，本人还要将事闹大，将天捅破，让你吃不了兜着走！”靖晓常估计电视台和公安局即将赶到，便亮出了反击的底牌。

“在俺局里、在老子手上，还敢口出狂言！俺把话说透，若不认错、把款子交了，休想出了这扇大门，你的车就锁在这里等待报废吧。”赖队副腾地站起来，恶狠狠地说。

“那就等着瞧吧。”靖晓常转身往门口走去。

“想走？哼！休想！”赖队副对付不听话的违法者有的是办法，敬酒不吃吃罚酒，看来不给他一点颜色，年轻人是不知道执法队的厉害！他一压手，暗示执法队执行第二套程序，给眼前这个不知天高地厚的年轻人下马威。赖队副递过去一个眼色，执法队员心领神会，一个胖子冒失鬼冲上来照着靖晓常脸部就是一记左勾拳。哪知晓常早有防备，一个急闪，胖子扑了空。胖子转身又一记右勾拳，晓常顺势一推，胖子一个趔趄，差点摔个狗吃屎。赖队副一看，年轻人还有身手，人少对付不了，一挥手，大声嚷叫：“嫌疑人还敢动手打人，给老子一起上，往死里打。进了局里，老子真没领教过不服气、不低头的。老子告诉你，旁边就是医院，打残了医药费自理！”

三五个穷凶极恶的打手一拥而上，抢拳就砸，靖晓常左躲右闪，身上还是挨了不少重拳。哎呀，这些人是真打，欲将他置于死地，靖晓常必须全力反击，否则要吃眼前亏，他一个箭步冲向赖队副，欲一记锁喉扣住他的脖子，俗话说擒龙先擒王。赖队副见状，连连后退几步，往门外溜，恰好与慌里慌张闯进屋子的秃头男人撞个满怀。

秃头贴着赖队副耳跟报告说：“赖队副，不好啦，不好啦，外边停一辆省电视台的采访车，几个扛机器的人直接敲开了局长办公室的门。”报告人喘息未定，说话声音贼大，周围人都听得分分清清，刚报告完毕，又闯进一个报告人：“赖队副，门口来了辆公安的车子，警察喊着找靖厅长，是不是……正在被教训的这位，就是厅长大人……”赖队副顿时愣在那里，上上下下打量着眼前这位与众不同的非法营运者，此人来头不小，有呼风唤雨之力，小瞧他了！靖晓常也停住手，与赖队副相隔两三步对视着。这时，手机铃声大作，赖队副一看是顶头上司马局长打来的。

局座在电话里破口大骂：“混账东西，你执法执到审计厅长头上，谁给你的胆子？谁赋予你的权力？马上死过来，当着记者的面赔礼道歉，马上放人、放车！”

赖队副的头“轰”地炸了，自言自语地道：“妈呀，老子今天栽了，老子从未失手，今天难道真的栽在这后生的手里？嘿——”赖队副的拳头雨点般地砸在自己狭窄的脑门和大大的招风耳上。

三十六　正义不能输

朱厅长罩着江主任劈头盖脸一顿臭骂："你干什么吃的？啊？让靖厅开着桑塔纳去省里开会，啥子形象？我审计厅丢不起这个人！你长不长脑子？你姓猪啊？人家以为我们对政府车改不满，开着老爷车哭穷，向领导示威和抗议呢！你讲不讲政治？啊？办公室主任会不会当？既然同意赵师傅开家长会，你就得派马师傅、王师傅，再抽不开身，就是你、江师傅，也得亲自开车送啊！省里开会很严肃，是骡马大会呀？是破车展销会啊？尽给我添堵不是！"

江主任耷着脑袋，像考试挂了科的小孩，不敢抬头，更不敢做任何解释，只是一个劲地认不是："是，是，小江知错，小江知错！"

"知错顶个屁！出了事，第一时间不出现在现场，赶紧灭火消防，让公安和电视台占得先机，它们倒好，足足风光了一把，赚足了噱头。出了事还不汇报，我是看了新闻才知道靖厅是当事人，失职啊，严重失职！"朱厅长火力不减，炸得江主任招架不住，那气势压得他脸色发紫，心头发紧，呼吸发粗。江主任心里暗暗叫冤，出事那当口，他第一反应就是赶赴现场协助领导处理事态，可靖厅拒绝他人介入，他要自己摆平那伙人。朱厅、靖厅都是上级领导，他们的指示都得执行，不介入是遵旨办事，事态平定后，本主任还打电话询问靖厅，请求需要做些什么，靖厅嘿嘿一笑说不用了……现在说啥都没用，只有硬着头皮挨批，领导永远正确。江主任小和尚念经、有口无心地应道："是，是，小江失职，小江失职，小江一定记取教训，记取深刻教训。"

"靖厅的伤势查验了没有？有碍吗？"朱厅长担心靖晓常的伤情，正是他的伤势点亮了公众的眼球，使钓鱼执法成为新闻看点、炒作的热点，也渲染了事态的严重程度。

"回厅长，经医院检查，伤势不重，大都是皮外伤，有青紫、淤血、肌肉损伤七八处，软组织损伤三四处，无需特别治疗，甚至无需用药，十天半月即可康复。"江主任办公桌面上压着医院的检查报告，他不敢交厅长过目，只是避实就虚、轻描淡写地口述了一番。

“嫌伤得不重，是吗？你知道，那伙人要抡家伙，执法队的屋里暗藏凶器，好在公安掐着时点及时赶到，否则后果不堪设想。如若靖厅有个三长两短，闹出个人命来，你我都脱不了干系，马上都推到聚光灯下，那可是律城爆炸新闻，你怎么解释，啊？”

“那是，那是！”

“是个屁！我不希望审计厅出这样的风头。审计，专门找人麻烦、挑人毛病，树敌甚多，审计环境原本够险峻的，出此新闻，公众作何解读？被审计单位作何解读？唯恐天下不乱者有之，幸灾乐祸者有之，借势造谣抹黑者有之。”朱厅长内心五味杂陈，慷慨无限。他将茶杯里的浓茶喝干，江主任马上给他续满。厅长又道：“出了这档子事，舆论造那么大，没完呢，下面的程序肯定是，该查的查、该抓的抓、该处分的处分，交管局领导得背黑锅，执法失控、管理失职，一批人要跟着倒霉啊。靖厅的处事手法够老辣的，事情做得很绝，出手很狠啊，一开始就把事头搞得不可开交、难以收拾，想压都压不下去。”

“交管局执法队过分了，靖厅说何止是过分，是伤天害理，不将他们扳倒，不解气哪，老百姓也不答应。”

“年轻人火头旺，意气用事，难道没有更好的办法？非要靖厅亲自操刀？媒体介入、公安出马，只会放大事态。”

“当时情况很复杂，靖厅被困住，难以脱身，跟那伙人说理没用。”

“情况越是复杂，越要理智。首先要保证自我安全，然后见机行事。跟那些人发生正面冲突、甚至是肢体对抗，证明厅长有能耐？那是智勇双全的体现？如果那天公安迟来半个小时怎么办？靖厅还能抵抗多久？那要多吃多少皮肉苦？难道非要闹出人命不可？”

“是啊，我看靖厅左脚有些跛，八成叫那帮坏蛋踹的，虽没伤到骨头，但也疼得不行。”江主任这才抬眼观察厅长的表情，怯懦地说，“领导不仅身体折损，而且心理也很受伤。照靖厅的话说：蛮窝火的，不解气。”

“做领导得戒火消气，火头上的事只会增烦添乱。传达下去，此事的对外宣传适可而止，作为领导，靖厅也应学会见好就收。具体的让公安、纪检去处理，厅里莫要介入过多。”对此事的处理，朱厅长等于定了基调。

“小江记下了。靖厅本人蛮低调的，拒绝了多家媒体的登门采访，也叫部下打发走了一拨又一拨记者的骚扰。”

“该闭门谢客、瞑目养心哪！记者可不是座上宾，会牵扯你大量精力，给你惹出一大堆事。”朱厅长领教过记者的厉害，他的策略是回避：“哎，厅里有什么反应？我想大家议论纷纷吧？热两天可以了，再热就失火了。私下说说可以，别出现杂音和情绪化的东西。”

江主任不明白厅长所指，只是点头。回味回味，又隐隐地领会出领导的旨意：此事宜尽快退烧，不宜继续延烧，一直发光发热，这是对厅里不好，也对靖厅本人也是如此，毕竟他刚来，众人目睹，沉默是金，低调为好。没错，大概就这意思。这意图通过什么方式转达给靖厅本人呢？向领导转达领导的意图是很有技巧的。他脑瓜一转，最好让朱厅长亲口与当事人说，这比任何人做二传都好，它最直接、最准确，不会走样、串味。于是，他凑近厅长，低声建议道：“朱厅，靖厅现在办公室，您老人家何必不代表组织慰问、慰问，靖厅这事在桌面上可是见义勇为、除暴安良，宜正面肯定。在厅内，这个基调还是要与外界保持一致。”

“好！”朱厅长觉得江主任的说法有道理，马上答应道，“叫上宣传科和审计通讯的记者同行，探望就摆出慰问的架势。不过，探望伤员，总不能空手吧？总得有个什么表示？”朱厅长想江主任应当有所准备。

“厅长，审计厅是政府机关，不同于企业。企业老总手里有财权，批个条都值十万、八万。党政机关搞了阳光工资，厅长手头没有机动财力，无法给靖厅发点奖金或什么物质鼓励。再说，靖厅是领导，也不宜涉钱、涉物，只能请朱厅给予口头慰问和精神鼓励哪。”看来江主任早有思考，说的也在理上，这种慰问形式重于内容，表达的是领导的态度而已。

“好吧，我想靖厅是懂的。没有这样的水平和觉悟，他也考不上副厅长的高位。”朱厅长又随便询问了靖厅伤势的治疗和营养问题，然后又说：“本厅长没权发钱、发物，但是批准他休息几日的权力还是有的嘛。如果工作安排得过来，可以提供些时间，让靖厅去诊所推拿、按摩一下，益于伤情早日痊愈哪。”

“厅长就是高人一筹，比小江想得更全面、更精深。”江主任终于找到了胡夸领导的难得机会。

朱厅长瞪了他一眼，不知那是什么意思，一摆手说："我们走!"

钓鱼执法事发后，朱厅长与靖晓常第一次碰面，就在副厅长办公室，像无意间路过，更像途中巧遇，轻松自如，但气氛却是严肃，程序很正规，是厅长探望见义勇为而负伤的靖晓常同志。

朱厅长进了屋，一把握住靖晓常的双手，像国际友人面对摄像机镜头、要摆个pose供记者取景、拍照。先开口的当然是朱厅长："晓常啊，你果敢地戳破了执法大队的钓鱼执法，为民除害，干得好、干得漂亮！你的事迹已在律城上下广为流传，在厅里也引起巨大反响，舆论站在你这边，这是满满当当的正能量，彰显了审计人的精气神。你为厅里争得荣誉啊，审计厅感谢你！我已要求宣传科整理宣传这一事迹，全社会都要弘扬见义勇为、扶正去邪的无畏气概，这是一笔宝贵的精神财富啊。"朱厅长热络得像变了人，说起来有板有眼，立于一旁的宣传干事，论文才和政治高度暗叹自愧不如：厅长出口成章，每句话无需修饰、直接可贴入新闻通讯稿中。

靖晓常被朱厅长说得不好意思，他不习惯于表扬和被表扬，而厅长的上门表扬更是异乎寻常，在审计厅不多见，这更让他身受不起。他憨厚地笑道："事情过去了，不提了，偶发事件，谁遇上了都躲不过去，天灾人祸。我想，是真男人都会奋起反抗，哪怕头破血流。"

"那些家伙作恶多端，罪有应得！交管局执法队居然藏污纳垢，长期雇佣一批社会闲杂人员充当打手，野蛮执法、暴力执法，天理不容哪！如果大家都像你这样路见不平拔刀相助，该出手时就出手，那伙歹徒就不能作恶多时。目前，真相已经大白，在公众盛怒和社会倾起而攻之下，对他们的量刑和纪律处罚肯定罪加一等，否则不足以平民愤，也没法向当事人交代哪。"朱厅长与靖晓常面对面站立着，很有感触地说。他和晓常都没有理会江主任示意，请他们坐下说话。

厅长不坐，其他人哪敢坐呢？靖晓常将椅子拉了出来，但人多，椅凳不够，谁坐谁站呢？干脆谁也不坐了。他略显不安地说："判案以嫌疑人的情节及危害程度来量刑，以事实为依据，以法律为准绳，不能因为被害者的领导身份而对施害人罪加一等，检察机关和纪检部门应有公正尺度。我想，此案事实清楚、证据确凿，无需当事人出庭质证。不好意思，这事惊动了厅座，给厅里添事，让领导分心，特别是我刚来，弄出这么一堆子事来，叫审计厅成为社会关注的焦点，把厅长推到镜头前晾晒，干扰厅里正常工作……”

“哎，这是好事嘛，对审计厅是正面新闻，抬高了审计的知名度和美誉度，多少人为审计厅点赞哪。当然，也为你顺利通过试用期考核加分哪，也为审计厅政府行风评议加分哪！”朱厅长兴奋地拍晓常的肩膀，对他表现的满意和赞扬溢于言表。

“我曾要求新闻报道隐去当事人的姓名和身份，媒体不答应，主角是某某影响宣传效果，他们想制造轰动效应，拿我做广告，提高新闻点击率和关注度。我想，这事赶紧画句号，试用期顺利通过不能靠这个，得靠过硬的业务、有效的工作和群众的认可。”靖晓常搓搓手，乐呵呵地说。

“哎，物质文明和精神文明得两手抓，两手都要硬。当今社会太需要一种精神、一种追求、一种从善向上的力量。你的事迹，被媒体敏锐地捕捉，难得的一件活标本，当然得深挖掘、充分利用。审计发展不仅是业务导向、业绩制胜，更是文化牵引、精神驱动啊。你的事迹给大家树立了榜样，榜样的力量是无穷的。作为一个事件很快就了结了，当事人各归其所，但是它留下的精神，值得效法和传承哪。”朱厅长对着江主任和两位宣传干事又说：“我已要求秘书科，在今年工作总结时，不仅罗列一堆业务数据和图表，以显示工作成绩，而且要归纳总结审计厅精神文明建设的成果，提炼出审计人员核心价值所在，当然，你的事迹是其中最重要和最典型的案例。”

“厅长过奖了，本人几斤几两我称得出来，不值一提，不值多说。媒体要跟踪报道，我直截了当地选择了退出。电台以‘钓鱼执法与法治社会’为题进行大讨论，让我开题，我明确答复肯定不参与。媒体炒作有它的新闻目的，与审计厅工作无涉。厅长，恕我直言，我们要做的不是跟着媒体的节拍起舞，而是从审计的角度，如何回应社会关切，给公众一个可信的交代，反映审计人维护民主法制和社会公平正义所发挥的应有作用，这也是我所分管的行政事业审计处的专业思维。”靖晓常不想围绕钓鱼执法说事，想由此延伸出去，谈谈审计的定位和作为。一旦搭上审计工作，朱厅长立即找到了感觉，与晓常就找到了交集，两人的思想就产生共鸣，钓鱼执法能够给审计人带来怎样的启发和思考？

“当然喽，正面宣传是媒体的职责，难得一个新闻热点不轻易放过，对此本厅一点不兴奋。刚才说与审计工作相联系，有什么具体打算，我倒很有兴趣咧。”朱厅长眼前一闪，职业的敏感性立即被晓常点燃，许多工作决策和审计发现就是在不经意中受到启发而逐渐成型的，这叫头脑风暴法，一种组织管理、专家咨询的科学方法，朱厅长大会小会常念叨于此，他自运用起来得心应手。

“厅长，钓鱼执法不该发生在政府执法机构，它直接损害了政府威望和公信力，事件披露后，可以明显地感知公众对政府社会管理的不满。为了治愈这一伤痛，审计厅应有所行动。”靖晓常不紧不慢地陈述个人观点。

“嗯，说具体点。”朱厅长拉下脸催促道。

“跟交管局执法大队的交手中，无意中听到执法队员提醒说：非法营运者罚款一万元起步，如果当事者不索发票，可以打折优惠。暂且不说执法队见利忘义、徇情枉法和有选择执法，我自然联想到，交管局执法大队有私设小金库的重大嫌疑：凡当事者要求开具发票，罚没款项就进入财务大账，如若当事人不要发票——此类情形居多，因为违规罚款不能报销，损失只能由当事人自掏腰包，发票没有会计价值，它只是一件恶心的纪念品——所以，交管局不开具发票的大量罚款，极可能流入私设的小金库隐藏起来，用于单位或领导杂支消费。从另一个侧面说，交管局不惜用下三滥手法、钓鱼执法筹募罚款，显然有经济驱动，这一动力也很可能源于小金库。所以，不失时机对交通局执法大队进行财政财务收支和财经法纪审计，不仅必要，而且非常及时。”

“你的分析有道理！不开票的把戏，企业为了逃税，事业单位为了隐没收入。小金库是领导干部腐败的温床。哼！私设小金库，深一步想，莫非是领导干部和财务人员贪污、盗窃和挪用公款的前兆，借查处交管局钓鱼执法之机，对其进行同步审计，好主意！是该到了连锅端、算总账的时候哪。”朱厅长的判断很专业，瞬间捕捉到了战机，抓住了问题的要害。

“厅长，您想，执法大队长期雇用社会阿混当群众演员，引诱善良的车主上钩，那么执法队肯定要开薪水，这笔支出在财务大账上找不到出处，那必然从小金库列支。看得出来，那一对‘钓鱼男女’演技一流，演得很逼真，是交管局的常客，与赖队副混得忒熟，简直就是执法队诱饵和摇钱树。正是有了小金库，他们活得特别滋润，钓鱼执法乐此不疲，屡试屡爽。”靖晓常将观察和思考的结论竹筒倒豆，一一陈述，“再者，从钓鱼执法的程序上看，所有环节设计得天衣无缝，我想背后定有高人指点，按照赖队副的话说玩高科技，那么这个科技高人又是谁，我想通过审计将这个狗头军师挖出来。团伙性、持续性的违法乱纪，肯定有默契、有合作，有财务支持和利益分赃，通过审计要斩断钓鱼执法的利益链条。”

“你说的不无道理。厅里追加一两个审计项目不难。我料定，对交管局的审计不会空手而归。”朱厅长盘计着开启审计的利弊得失，交管局审计近些年还是空白，迅速拾漏容易，可交管局的水到底有多深，除了小金库的线索外，其他目前还一无所知，这锅饭点火能不能烧熟，有几成把握，不好说。但是朱厅长有信心挑战未知，他说：“交管局执法大队毕竟是政府机关，小金库揭弊为抓手，顺藤摸瓜，查出违法乱纪的窝案、串案，社会欢呼，媒体沸腾，政府形象又要受伤害，你想过没有，这又将你置于何种境地？有人会说，靖某人公报私仇，滥用公器发泄私愤，审计厅将再度成为矛盾的焦点。我思考的是，不是审计可为不可为，而是什么时候为：是趁热打铁、立即推进，还是等舆论适当降温，另找机会突破。你看哪个选项更好？”

朱厅长真是老谋深算的掌门人，既有工作激情，思维始终保持清晰，又能把握节奏，有很好的分寸感，生姜还是老的辣！靖晓常佩服得五体投地，自己与眼前这位实至名归的厅长的差距绝非毫厘之间。至于审计的火候，朱厅长是将球开到自己脚下。曝光钓鱼执法、课以行政处罚，已将交管局置于万劫不复之地，如果再施以财经法纪审计，查出一批违法乱纪的人和事，那交管局就毁了，一批人受到处分，甚至要吃官司，那又酿成多少家庭的悲剧！哎，厅长下不了这决心？显然不是！他是看我下了下不了这份决心！老江湖用心于此也！因为审计一旦公开，交管局和舆论都会认为，靖某人是审计的始作俑者，对此晓常无从否认。说实在的，靖晓常对交管局执法大队那些人渣，有不共戴天之恨，这仇恨不是来自身体所受的伤害，不是来自被赖队副的肆意羞辱，而是来自无数受害车主和他们的家庭，来自可能被他们残害的无辜司机，他们造了多少孽，作了多少恶，常说善有善报、恶有恶报，只是时候未到，时候到了通通要报！眼下时候已成熟，不将他们置于死地，就残留了死灰复燃的火种！此时不能犹豫，不能侥幸，这就是正义与邪恶的较量，正义不能输，哥们不能输，一旦其邪恶势力得以喘息，他们就会卷土重来、伺机反扑！必须说服厅长，立即审计，这样利大于弊。他说：“厅长，小辈大胆直言，审计宜立即进行，乘时乘势，乘胜追击。执法大队的鼻子比狗灵，八成嗅出审计的味道，如果进点迟缓，他们有可能销毁证据、转移资金、隐匿证人、订立攻守同盟，这无疑加大了审计难度，错失有利战机，损失不可估量。至于我，早就成为坏人的敌人，没有啥好顾忌的，豁出去了。别人怎么评头论足，不足为惧！”

“我要的就是你这句话。既然出此言，我们一拍即合，下午立即召集厅长办公会，组织精兵强将，推进交管局财经法纪审计项目。”朱厅长当机立断地拍了板。

三十七　股灾来了！

时光荏苒，转眼曾文达的女儿甜甜满了周岁。

甜甜是夫妻的掌上明珠。出生时，由于胎盘大、胎位不正、脐带缠绕，未足月，不得不做剖腹产。产后的玉芳，产假、哺乳假和病假合三为一，连头带尾请了十个月的生育假，倾所有时间和精力哺育宝宝，连例行的政治学习和教研活动都缺席。文达担心妻子的前程被耽搁，责怪她对工作不上心，领导的印象和群众的感受不佳。玉芳笑笑说：学校里的年轻妈妈都这个样，不管哺乳不哺乳都打着哺乳的旗号，不到宝宝入托，谁也无心正常上班。文达建议，请位保姆搭个手吧，看你忙成啥样子。玉芳说，保姆哪有俺对宝宝亲啊？等到俺上班后再说吧。

每个月的首个星期天，玉芳都拉着文达开车到书店扫货，将上架的育儿书籍买齐，一本不落。宝宝睡了，玉芳就开始研读，她发誓要成为育儿的行家里手。文达说，就那么一个宝宝，你成为一次性专家，有本事再生一个，那是才尽其用。玉芳笑道，俺先把宝宝养好、带大，第二不第二的，以后再讲。她每天将甜甜打理得清清爽爽、光光鲜鲜的，女儿的起居很有规律，很少哭闹。傍晚，玉芳照例先喂饱甜甜，夫妻才开饭。饭后，太阳落山、霞光满天的光景，玉芳推着婴儿车，载着叼着奶嘴的甜甜，沿着界墙内的崎岖小道在小区内悠闲散步，加入大人携孩子遛弯、成群结伙聚会的队列，与年轻的妈妈一起切磋育婴技艺、掇拾家务的门道和与公婆相处的秘籍。

宝宝扎了堆，大人们难免相互欣赏、相互比对、相互较劲，张家长、李家短的，面对面站半小时，话说一箩筐。甜甜比同龄孩子长得乖巧，胖乎乎、肉嘟嘟的，笑起来格格脆响，酷似个洋娃娃。她不认生，一逗就乐，人见人爱，当人们海夸女儿的时候，玉芳自然笑得合不拢嘴。甜甜的生日，小区的叔叔、阿姨们都记得清楚。生日那天，家长们以小朋友的名义，不约而同地发来短信道贺。一条、两条……七条、八条……十条、二十条，玉芳眼笑成一条缝，说俺甜甜快成了小区名人啦。文达说：你神！都是你的广告营销做得好！

十月十七日，是女儿首岁庆生。文达提前下了班，夫妻俩携手做了一顿大餐，七菜一汤摆满了餐桌。饱食后，一家三口拍全家福和纪念照。玉芳订了一只大号的水果巧克力生日蛋糕，不管孩子懂不懂、乐意不乐意，硬是逼着孩子像大人那样熄灯、许愿、吹烛蜡，手机、相机一起上，闪光灯“啪”“啪”刺眼，抓拍了好多精彩瞬间。甜甜啥模样都有，满嘴奶油，调皮地将蛋糕当橡皮泥，一双小手乱抓、乱挠，对着镜头非常配合地做出各种pose，全家人乐不可支。孩子漂亮的衣服轮番穿，玉芳大小饰物换着戴，庆祝，不，文达说是扎扎实实折腾了一番。最后，剩下大半盒蛋糕和遍地狼藉的衣物、玩具和道具，夫妻俩将女儿抱上床，夹睡在两人当中，三人合盖一被，在疲惫中美美地睡去。

秋天的气候，夜晚寒气渐浓。也许夫妻照顾宝宝，为不停翻身的女儿掖被子，而将自己的身体露在外边。半夜，文达被冻醒，叫玉芳把孩子抱回小床。玉芳怕弄醒了好不容易哄睡的孩子，睡姿不变地搂着女儿，母女相依而眠。文达只得加了件厚睡衣，再度钻进温暖的被窝，贴着女儿后背蜷伏安睡。

第二天，曾文达感冒了，接着连续几日发低烧，周身灌了铅似的，沉沉的、胀胀的、痛痛的，白天至黑夜头重脚轻，没有气力，一点儿打不起精神。自小至今，曾文达对自己的体质向来自信，认定农村的孩子，文化靠打拼，可铁打的身骨是爹妈附体，能吃苦、耐扛，较城里的孩子有不可比拟的优越性。搜寻儿时的记忆，他不知药是啥滋味、医院是啥模样，只是在电影、电视剧里见过。一次女儿得病，他抱着宝宝瞧大夫，那也是快进快回，没等说完病情，医生宛若天书般的处方已经写就了，然后提着一大包药速速逃离这人满为患的嘈杂之地。回到家，玉芳叫他找药，他打开塑料袋胡乱地翻腾，经常文不对题，不知什么药对症什么病，药盒里厚厚的说明书如读神书，云里雾里的，把人绕得很晕。

曾文达工作蛮拼的，干活起来不在乎疲劳和饥饿，也不在意休息和营养，相信年轻的机器会全马力、无故障地运转下去，一直人到中年。这场不大不小的病痛折磨得他无可奈何，硬逼他老老实实地躺在病榻上治疗休息。有想法、不服气、繁忙的工作，都只能暂时搁在一边……他合上眼睛、静静地躺在江北医院门诊部输液大厅，在一字排开的躺椅和乱如枯藤的输液管线中，一滴、一滴的静脉注射，冰冷的药水缓缓注入他的血脉。医生定期给他发一小杯药片和服药的开水。当舌苔接触到药片、唾液融化了糖衣，文达终于知道，药是人吞咽的最苦、最难吃的东西，父母遗传的免疫基因，并没能让他远离病痛。他是凡人，吃五谷杂粮，当有生病的光景，他不得不老老实实地接受这一事实。

打点滴，催得他昏昏欲睡，白天睡大觉，利用上班的黄金时段在医院放松身心，特别奢华，算得上时间的高消费，可又是无奈之举！

昏然的浅梦中，迷迷糊糊的曾文达撞见了姜冬林。奇怪，彼此交往不多，在律城财经大学难有晤面，面对面没说过几句话。再说姜冬林离开财大多年，记忆的一隅怎么还存储着他的影像呢？太蹊跷了！姜冬林是个大忙人，来去匆匆，不苟言笑，目不斜视，脑袋里长满了论文的构思和复杂的图表，长满了课题申请和奖项申报，长满了研讨会的发言和论证会的激辩，像夏日江边的芦苇遮天蔽日，隐没了生活的光亮和色彩……一副深度近视镜片，谢去了头顶的密发、露出平滑闪亮的前额，这是学问家的标配，也是他取得学术硕果和现有地位的生理代价。姜冬林不善人际交往，也从不研究身边的人：人们的衣吃住行，人们的外貌和心理。不过，曾文达研究过他，研究过他的为人和才智：姜教授才高八斗，不可多得，天生是做学问、写论文的坯子，骨子里渗着自命不凡的傲气，他认准的有价值的事儿，一不做二不休，上了手便没日没夜、以命相搏，直到取得成功，由此，他的人生绽放出青春的光彩和绚烂的烈焰。他深谙爱拼才会赢的穷人生存之道——与文达的处世哲学如出一辙。

一天，在食堂吃午饭，姜冬林迟到，错过了开饭高峰，售饭窗口里只剩下几碟几碗冷汤凉菜，师傅招呼说等一会儿替你热一遍，你等着啊，莫急！冬林说，不等了，就这么着吧。

“姜教授，时间归属事业？应当预留些给生活吧。”曾文达不冷不热地说，“吃饭不仅为填饱肚皮，也是一种享受和休闲哪。”

姜冬林低头风卷残云，斜乜文达餐盘中热气腾腾的、显然刚刚加温过的饭菜，不为所动地说：“哦，曾老师，我肠胃好，习惯了，习惯了。”

“肠胃好是现在。”曾文达的意思是：这么下去，好肠胃肯定不代表将来，可他未说出口。

“老外习惯办冷餐会，一边吃饭、一边工作。”姜冬林随便找了一个借口搪塞道。

“老外吃饭可休闲咧，一杯啤酒、一块大肉、一堆薯条，两三个小时，有说有笑，那才叫享受美食，会过日子。”

“那是神仙。我们是凡人。”姜冬林说着扒尽了最后一口饭，准备抽身离开。这就是记忆中与姜冬林唯一的单独接触。

姜冬林的猝死，众人倍感意外和惋伤，曾文达却觉得上帝之手早已勾搂于腰际，他却全然不知。他是凡人，却想做高人和圣人，天天加高人生的标尺，透支了生命，宛如一辆轰然起速的赛车，压死了油门不松脚，最终结局只能是车毁人亡……姜冬林这辆豪车加速折旧、提前报废了，来不及珍惜，也没机会后悔，刚刚抵达峰峦山尖，未领略险峻起伏的山景和成功的获得与喜悦，便坠于了恶云雾霭之中。其实，曾文达又何曾不是如此？在律城财经大学、在鼎业公司，任意挥霍身体、透支健康，只是上苍还未来得及修理他！如今缠绵病榻，不正是复制了当年的姜冬林吗？不正是上帝的警告和报复吗？是啊，姜冬林又来到教工餐厅，还是坐在那张餐桌上，又找回来了，他以自己的遭遇现身说法，说了一大堆健康学、营养学、养生学的常识，什么先喝汤、后吃饭，细嚼慢咽的；什么一日三餐定时定量，莫过冷过热；什么饮食少盐少糖低脂，人到中年谨防“三高”；什么一日睡眠不少于八小时，保持睡眠质量……这都是用鲜血和生命换来的经验之谈……曾文达觉得姜教授的话中听，莞尔一笑：“你太有才了，说得好！”人生抵达终点时再回观生活，方能真正捂出生命真谛……见曾文达含笑，姜冬林也笑了，笑得特别灿烂，从来未见他如此舒心：“现在对你说这些正当时，莫当耳旁风哦！”

“四十二号取药——”护士的嗓门很亮，吵醒了文达。四十二号是隔壁病员的床号。

睁开惺忪的睡眼，输液大厅并不强眼的光线照得曾文达瞳孔收缩，朦胧中他看见坐在床沿的玉芳。曾文达追忆着刚才的梦境，回味着故事的情节，怪不怪，记忆中的不速之客怎么突然到访呢？冥冥之中昭示着什么呢？他找不到说服自己的理由，于是告诉玉芳刚才梦见了姜冬林，纠缠了本人好长时间咧。

丈夫与姜冬林缘悭一面，袁玉芳心头一沉，姜冬林？就是靖晓常的前任，那位猝死的年轻才俊，文达曾目送他生命的最后一程，看着他抬上救护车急救：他平躺在担架上脸无血色，眼白翻转，口吐白沫……那一幕太揪心，印象特别深……不过，大白天的，白日做梦见故旧，不是啥好兆头？很不吉利！她相信卜卦和第六感觉：梦见死人，用乡下人的话说阴湿太重、邪气附体，好端端的，咋会与死人邂逅呢，晦气不晦气……玉芳嘴上不敢絮叨，以免丈夫多心，他的疑心很重，凡事不易释怀。

她装作若无其事地说："姜冬林，姜教授，一位令人尊敬的贤达，英年早逝！"

"第一次梦见他，你说，怪不怪哉？"曾文达隐隐地带着一股难耐的情绪，不理解，便很自然地将梦中巧遇与什么不幸勾联起来。

"怪，他是怪才，曾经的同事，过去的邻居嘛。"玉芳轻描淡写地说："怪人不是怪事，日有所见，夜有所梦嘛。他对你说了些什么？只是打个招呼的擦肩而过？莫搁在心上。"

"他挺客气的，跟过去一样，很儒雅，那是有气质的真文人。"曾文达坐起来说，"我们AA制，在食堂吃普通饭菜。"

"那就好，你们不是同类，共同语言不多，匆匆相遇亦如路客。"玉芳不想多谈，生怕丈夫纠缠于敏感话题，马上转过话风说，"你睡好了，这瓶盐水差不多了，还有几分钟拔针。想吃点什么？俺去买、去做。"

"本人跟姜冬林在餐桌上面对面，在梦里已吃撑了，不想吃！"本想回避姜冬林、讨丈夫欢心，不料又触碰他的痛点，玉芳恨自己乌鸦嘴，尽管无意，但听者有心！她用食指压了压嘴唇，改口回应丈夫噤声敛言道："好，好，不饿就不吃了，弄点水果好不？就当水喝。医生说要多喝水、多解尿。"

曾文达看了看床头柜上的超市塑料袋，那是玉芳提来的，里边盛满了时鲜水果。嘿，水果也罢，饭菜也罢，都是一个吃字，他不想触碰这个字。不过，见玉芳尴尬的样子，他不忍心耍性子，枉了老婆的好意，于是用手扣紧塑料袋说："好，好，本人领情了，等会自己剥、自己削。本人手机在哪里，看看公司有没有电话。"说着，文达在枕头下、被子里乱摸，他记不清手机有没有关机或打成静音。

"没有，有电话俺会第一时间通知你的。如果许总来电，俺会叫醒你。"玉芳哪能不了解丈夫的关切，平时她就是这样把握的。

文达依然不放心，仍在到处翻找。

"这儿，这儿——"玉芳从床头柜抽屉里摸出手机，递过去。没错，尽管手机快没电了，但一直处于开机状态，曾文达看了看，没有来电和短信显示。他还是不放心，将网络打开，随着手指自如地在屏幕上滑动，曾文达神情突然紧张起来，脸上愁云密布，眉头皱成一团，手指开始微微发颤，冷不丁，捶胸顿足地大唤一声："不好！"表情痛苦地险些昏厥过去。

又怎么啦？玉芳吓得六神无主。

股市变天！曾文达深刻担忧的终于发生了。

大盘K线就像断崖、雪崩，垂直下坠，一路狂泻，掉入探不见底的黑暗深洞。一个交易日，成百、上千支股跌停。曾文达慌了手脚，在医院这几天没留意股市，也未察觉跌势的警讯，前几天的股市还高开高走，艳阳高照，股民一片欢腾，怎么说变就变，翻脸无情呢？盈亏大逆转，打得他措手不及，彻底晕头转向。文达完全没有后手和预案，他的炒股神器全然失灵，观天测云的技法统统报废，股仙、股神的威名斯文扫地，所有炒股业绩一夜归零，手头还残留着十余支曾以为是颇具潜力的优绩股，一夜间变成跌停股、垃圾股和僵尸股。

在空前股灾的血雨腥风下，上千万、上亿元资金打了水漂，大笔、大笔的资产蒸发，一批中产阶级、职业股民和曾经的暴发户一夜间蜕变成了无产者，血流成河，哀鸿遍野，挫败的股民痛不欲生。

曾文达失眠了，人被吓醒了，治感冒的镇静剂也完全失灵，病魔奇迹般地隐退。股市似一贴清醒剂，将他从混沌世界中拉了回来。文达习惯地坐回到电脑屏幕前：大部分在手股票没来得及止损，未来及割肉逃跑便被股市巨魔牢牢套住，股票市值几天内缩水大半。面对猛烈疯狂的跌势，不能轻易平仓，此时平仓显然是以卵击石，投进去的钱激不出一簇浪花，眨眼间融入江河日下的巨浪洪流之中。他只能眼睁睁地看着屏幕，僵直着鼠标手，望着大盘一跌再跌，祈祷赶快止跌、持稳、回升，由阴转阳，扭亏为盈——这一天恐怕在多少年之后，在一个无名的晓风残月的清水港湾，问题是眼前的坎儿迈不过去，资金链已经紧绷、再紧绷，已达极限，随时可能断裂、发生彻底崩盘。

两三个月前，方介生和钱月姝见面便规劝文达：莫要再代理炒股、炒期货了，赶紧收手！投资是风险行为，尽管近来股市全线飘红，可牛市能持续多久，不得而知。朋友之间的信任和信用很是脆弱，一旦股市生变，朋友关系随即翻转，友谊的船说翻就翻，那时你将身陷债务漩涡和合同纠纷而无力自拔——股市没有常胜将军，股市不可能永远飘红。人与人跟国与国关系一样：没有永远的朋友，只有永远的利益！方介生说得很严肃，不管文达听不听，反正见面就说，图什么呢？为了兄弟好！介生他们没有私利，讲的是哥们真情谊。置身炒股狂热并旗开得胜的曾文达很是感动，终于慢慢冷静下来，方兄说的有道理，投资不是感性驱动，而是理性的产物，投资人不能光看涨，还得备跌；人不仅要成人之美，还要防范与他人交恶。文达当面答应，不再代理新的委托，既有的委托——大都是亲朋好友慕名找上门来，或是领导介绍或推荐的——到期后，即自行中止，也不再签署新的委托代理。可是，没有等到逾期解约，股灾就祸从天降，一阵巨大的排浪将他的炒股战车送到浪尖、又甩入谷底，无情掀翻、击碎，他和委托人都成狼狈不堪的落汤鸡，先前挣得的盈余全部填没于巨大的亏损黑洞里。

曾文达的电话被打爆了。找他的人骤增，不用问，都是上门讨债、追债、逼债的。不用听，都是吊高着嗓子，语气急狠，脾气暴躁，到了这个份上人容易失礼、失敬、失态，风度显得多余和碍事："喂，老子的钱什么时候回头？按协议认赔，你留下百分之二十，剩余的百分之八十赶紧打回来啊！""赶快割肉止损哪，哥们奉陪不起，生意场揭不开锅了，再不续钱，非关门歇业不可！""文达，你炒股智慧哪里去了，这大的股市风波居然毫无预卜，咱给你害惨哪，辛辛苦苦二十年积攒的薄薄家底，眼睁睁地在股市里耗干。""你让阿拉好失望，很少失手的炒股高人也中箭落马，摔得不轻吧？一地鸡毛！"说来说去，一个字：惨！砸入股市的钱无法全身而退！痛不欲生地割肉，一百块钱只剩下七八块！原本丰腴肉感的躯体只剩下一副骨感的躯壳，血淋淋的！这就是残酷的股票战争，曾经的胜利者都输不起，都不能接受巨额亏本的现实！说什么呢？安慰、解释、规劝全无济于事，曾文达只能说："本人晓得，晓得喽。再坚持几天，再看几天，也许十几天、半个月就会好的。"其实，他心里明白，心存侥幸，那只是虚幻的海市蜃楼，是不着边际的一厢情愿，这拨行情短期内根本无望反转。

电话、短信多了，嗓子嘶哑，喉咙干裂，血压上来了，曾文达干脆将通讯录拉黑，打成忙音，眼不见、心不烦，别以为本人轻松、自在，本人的痛苦又有谁了解，又向谁述说？这些人只顾自己，还让不让人活呢？

短信、电话联系不上，模糊回答解不了困厄，委托人、债权人开始像黄虫一样地闯上门来，当面讨说法、亮红牌。

失钱比失血难过，人的眼珠发绿，心态失常，表情凄苦，为逐本求利而煞费心机。严总，就是那位律城财经大学后勤集团老总，颇费周折，终于一上班如愿以偿地将曾文达堵在办公室里。进屋后，严总甩脚"砰"的一声将门关上，没有往日的客套，不见了基本礼数，当头便斥责道："好小子，不接电话，短信不回，什么意思？"

“没意思，电话忙、短信多，应付不了。”曾文达没好气地说，“严总，别瞎猜想，自寻烦恼!”

“这个年头想啥都不为过。股市七连阴，跌跌不休，人人血流成河。能相信谁?期盼谁?老虎吃人还吐骨渣，股市凶恶，吃人无痕哪!至此，只能相信自己，相信手头的钞票。”严总两手叉腰，仿佛一个输得精光的赌徒，一吐积蓄心头的恶气。跟曾文达摊牌，不用铺垫，也大可不必解说，完全可以直奔主题：“甭怪我翻脸无情，当初我没听你苦苦相劝，满仓操盘，输得精光，连东山再起的本钱都丢光了。托付给你的一百五十万，是我仅存的希望。”

“一百五十万?早就灰飞烟灭啦。”

“你不说保本吗?我的本呢?退一万步，蚀给你百分之二十，应该还有一百二十万哪，这是我的根、我的命哪!”严总如丧考妣，悲苦中却又透出凶恶，“我来追讨属于我的资产!”

“覆巢之下，岂有完卵?严总，文达没给你少办事，没为你少挣钱。念咱们故交，看在兄弟的情分上，不要苦苦相逼!”曾文达最终要说：要钱没有，要命有一条!但是，他对严总的德行仍抱有幻想，他没有退守到最后的底线。这几年严总瞒着老婆，将攒下的私房钱全都砸入股市。他与后勤集团的女会计有一腿，厮混多年，两人花天酒地的高消费全都来自炒股的利滚利，女会计拿他当取款机，拿股市当出钞口。文达知道严总糜烂的私生活，他经常偷偷地将妙股账户的钱打入女会计的银行卡里，文达很聪明，佯装一无所知，称女会计为嫂夫人，于是他俩表面维持着很铁的关系。严总五十多岁的人了，还放下身段，跟比他小二十多岁的曾文达称兄道弟，哥们长哥们短的，千元、百元以下的小钱都不用结算，直接甩给文达作小费，两人穿一条裤子还嫌肥，说明他有求于文达，文达的确是他生活中不可缺少的棋子。刚遇股市风吹草动，怎能一朝亏钱就凿船，马儿顿了脚步就杀生呢?这太不够情义了吧?

“我不逼你，别人就逼我。我投资的钱不能莫名其妙地打了水漂，利润不谈了，把本金归我!若算赔面大了，再让你百分之十头寸!至少得还我八十万吧，啊?”严总早就盘计他的投入和产出，他的话带有最后通牒的意味。

“如果有宽余的钱，本人会首先付你。可是当下，已倾家荡产，能兑现的财物全都兑成现金，杯水车薪，无力回天!”曾文达一摊手说，就差将家庭的经济账全部摊在委托人面前，说什么能取信于他呢？

“那是你的事，你怎么亏与我无关，我问我的那笔钱怎么还？什么时候还？”严总终于收起了最后一缕轻松，急于亮出了底牌，他要立即收账，刻不容缓！

“你我难道不是绑在一根绳上的蚱蜢？”曾文达气呼呼地质问。白居易说商人重利轻离别，今天算真正领教了诗人千年前的预言：昔日私交笃深的故旧，一步就进入了殊死决斗，友情在股票和金钱面前不堪一击，严总为讨回放在文达炒股账户，不惜以死相逼，恩断义绝！方介生他们说得一点不错，想来真是后悔，与这号人结盟为伍，甚是悲催！

“那是过去，今非昔比。”

既然如此，还有啥好啰唆？两个可怜的自称为朋友的人，连这个小小的弯道都不能逾越，这种朋友还是摘帽为好。本人是赖账之人吗？会置严总的投资利益于不顾吗？严总心知肚明。一事当前，明哲保身而置友人于死地，算本人有眼无珠，没有识得这等无德无能之人……曾文达想要发作、发狠，丢几句难听的话给他，但还是忍住了，嘴一撇，冷若冰霜地说：“现在把本人卖了，也凑不足你的八十万。你看办公室有什么值钱的，你就随便拿去抵债吧。”

“你这是打发叫花子？”

“现在本人就是叫花子！”曾文达指着鼻子，又指着地面说，“钱都在股市里，你的账暂时抽不出钱来，再宽限几月吧。”

“我是几天都撑不下来，几个月？公司早破产了。”严总眼睛里的血丝在变粗、变红，并向整个脸部弥漫，酡红色已浸染到脖子根。他的血压高又犯了，血液在加温、加压往头上冲，像要撑破血管喷溅而出。

曾文达知道，严总急了，他提到的公司，是他的情人美眉苦苦经营的一家服装店，平时靠严总提供流动资金周转，如若资金不济，商店的经营难以为续，特别是在股市不景气的光景下，商店销售日渐萧条，严总稍一松手，商店即告破产，他与情人的关系亦将不保、甚至可能败露、导致家庭后院失火，如果小情人到学校大闹，严总的政治前途必毁于一旦，一生努力所打造的事业平台将彻底归零。所以，他过去要跟文达玩钱生钱，现在要找文达索钱，去拯救岌岌可危的情人关系。曾文达不知如何是好。

“丑话说在前面，再宽你半月，如果到期不见本钱，别怪我六亲不认，顶多，咱俩同归于终！”“同归于终”四个字是从牙缝里用力挤出来的，无奈无理，阴森恐怖。说罢，严总一阵旋风式地出了门，甩手将门重重关上，“砰”的一声，震得整个办公室，不，是整个办公楼的房门窗都在晃动，震得文达的心里空洞洞、乱糟糟、惨兮兮的，他一直呆呆地木立在原地。

一辆锃亮的宝马车徐徐地停在鼎业公司办公楼前。

叶秘书拉开车门，与弓身下车的孙经理寒暄，告知许总中午前回城与老总共进午餐。孙经理说要去看看他的后生。叶秘书心领神会地带领他来找曾文达。叶秘书门外止步，一甩头，示意文达就在里头，孙经理只身推门而入。

作为部门副经理的曾文达通达礼数，凡不敲门、破门而入者定是上司和贵客，他连“请进”都不用说，直接“请安”就是。曾文达起立，恭迎来客，一抬头：孙经理？先是一愣，多时不见，他气色不错，大概山珍海味吃腻了，保健养生做多了，白天看比晚上精神许多……这是哪阵风将老人家吹来？不对呀，业务对接，孙经理应出现在总经理办公室，与许总对面而坐、谈笑风生，怎么登门下访我等无名小辈？心里打了顿，文达说话也结巴了：“孙经理，您老人家大驾光临，小、小曾荣幸。”孙经理什么时候拄起拐杖，是腿脚不灵便的行路工具，还是显示领导和老总派头的道具，抑或是武侠小说里说的护身暗器？他年当五十朝上，但尚不显老态，拐杖附身挺别扭的，此次登门莫不是冲着他委托给许总、许总转交给本人来办理的投资？这不，股市崩塌，他的耳朵长着呢、鼻子尖着呢、脑袋瓜子灵着呢，兴许又是一个来者不善、不受欢迎的讨债鬼！文达心里暗骂道。

“不欢迎吗？近儿侬四处躲人，躲了初一躲不过十五哪！能躲到国外、躲到月球上去吗？除非你遁形阴间！”孙经理冷冰冰的开场白，让文达从头凉到脚，还出口不逊，恶语伤人！他的光临绕不开许总，他来追讨投资款目，许总不可能不晓，炒股失手，被人追讨债款，他在公司的窘迫可见一斑，在领导心目中的地位一落千丈，这场股灾会将本人剥得精光，有形的和无形的，先前的和既有的……孙经理会不会成为压垮骆驼的最后一根稻草？不，他是大户，手头有的是钱，在乎这区区两百万投资吗？文达有气无力说：“没有啊？本人躲您干吗？律城不大不小，文达的生活机械而固定，公司人人皆知。这不，您不是轻易找到本人了吗？”

“股灾打得侬措手不及，喘不过气了吧？阿拉一向器重于侬，以为侬是炒股真神，有绝招神器，许总也力荐侬，所以孙某才在侬身上投资，搁上百万小钱，让侬小试身手。侬吹嘘赚个10%至20%毛毛雨。不错，侬落过毛毛雨，有时雨点不算小，小到中雨吧，但是股灾暴风骤雨侬没抗住，悲怜地败下阵来。不知侬是智者千虑必有一失，还是愚者千虑必有一得？什么股神、股仙，什么炒股神话，徒有虚名！”孙经理冷嘲热讽一番，将文达说得无地自容，恨不能去钻地缝，他的脸红一阵白一阵。不过，这些天这类牙疼话听多了，堵心、怄气、积怨，他的听觉、视觉、触觉已近麻木，这类豪损、激将在他的心池已掀不起多大的涟漪，说吧，爱怎么说就说吧，嘴长在别人脸上，能堵住人嘴巴吗，办不到！不过，俗话打人不打脸，可这孙经理偏偏照着人的两颊猛抽耳刮子，占着几个破钱，实在欺人太甚！他喃喃哼声道：“投资嘛，不管智者、愚者，常在河边走哪有不湿鞋？”

“何止湿鞋？侬是卷入激流，溺水挣扎，无力自救。”孙经理说话中气很足，说话不留情面。

曾文达想奋起反击，狗日的，什么东西，张口教训起老子！你哪是放款子让本人练手，哼，你那些钱，旁人不知，本人能不晓吗？那些钱都是收受他人的贿款和走私物资的非法所得，名曰投资炒股，实为洗钱，否则你会对做长线、缓收益、慢提款，会与本人达成协议：保持本金不亏，款项长期停留在本人账户上，投资人需要时再自由提取或分步偿还，还附加了保密条款，连许总都在保密之列。原本这是一笔自由支取的款项，在股市疯涨的背景下，不由自主地被裹挟流入股市，真是屋漏偏逢连夜雨、船破又遇打头风，水火无情，股市无序，孙经理的炒股钱毫无例外地吸紧套牢，无法抽解变现。此前，孙经理从未曾过问过盈利，偏偏这个时点来追款，全然以主人的姿态，耀武扬威、不可一世！现在的文达，死猪不怕开火烫，债多了不怕压、虱子多了不惧痒，可这话现在不能脱口而出，必须压住节奏、婉转地劝介：“您的钱，眼下拿不出来，都泡在股市里了，有朝一日解套，本人会完璧归赵。”

“谅侬可怜，阿拉勿做火上浇油的缺德事！”孙经理的眼珠转悠了一圈，不知打什么鬼主意。他说，“钱可暂时不要，就算存在侬账户的长期投资，等喘过气来，再连本带息一并偿还。”

“息？本人炒股赚的钱远远大于市场利息！”

“眼下不是没赚吗？钱侬又还不出来，当然得追加利息。”

“几成息?”

“至少加十个点吧。”

“你放高利贷啊?”孙经理不是讨钱，而是讨息、加息，是在危难之时，逼本人缔结城下之约。好一个孙经理，好一个许总的狐朋狗友，吃人不吐骨头的白骨精!曾文达牙跟咬得咯咯响。孙经理的巨掌像抓小鸡一样将他牢牢缚于指间，玩弄于股掌之中。

“侬别这样瞪着阿拉，在侬危急关头，阿拉勿落井下石，此乃大仁大义，侬应当感恩才是，扪心自问，利息抬高几成，是否于情理之中?”孙经理的拐棍砸在地板上“膨”“膨”响。

曾文达像吃了苍蝇，那不是一只绿头蝇，是一群恶心的蚊蝇，恶心得犯胃，险些将早饭全呕出来。孙经理这一招实在是高，不仅将他的现在牢牢拴住，而且将他的未来也纳入他的势力范围，从此曾文达姓孙，不得不按他的旨意办事，永远也跳不出他的魔掌，本人总有一天会死在这个老贼手里……但是，文达不敢发作，不敢对抗，不敢说不，只得忍气吞声，如果孙经理提出马上撤资要钱，那后果岂不更糟?

谢小团带着两马仔，居然找到文达家里来了。

又是一位逼债的主，债权人跟天下的银行一样，天晴了往你手中塞伞，下雨了又收回，从不论理兴德!股市暴跌，撕毁了人性的外层包装，将人性的真实全然裸露出来，她与严总和孙经理是一路货色!不过，曾文达不解，律城财经大学也有马仔?这是黑社会和走私团伙的做派，谢小团也涉黑?进了家门，她与两位大汉站成一个三角，谢小团立于当中，给人予威慑和心理震撼。谢小团凶悍毕露，细细的长腿两岔，活似一只圆规，身体立成一个人字，仿佛与人对峙骂街。那两个马仔，眼光阴冷，膀大腰圆，打手?保镖?经纪人?亏得玉芳和女儿不在家，否则这架势非把她们吓着。

谢小团嗓门一亮便冒火，火药味十足:“老娘找你不易，找到你就不绕弯子了。老娘想要个准信儿，在你那儿的钱不是说好周转两个月，现在三月有余，如果没有收益就撤回。”

这是什么时候啦，本钱都不保还侈谈收益，痴人说梦，她的醉翁之意不在酒，在于讨回她的本金。曾文达苦笑着道:“本人知道欠钱，现在已被套牢、套死，等行情好转，松了绑，自然会退还给你，一文不少！”

“呸，别蒙我，”谢小团掐着手指头，“告诉老娘具体时间。”

“再宽限一二个月吧。”

“老娘等不起。”

“本人不能去抢银行，更不能开印钞厂。要么你把本人卖了，能卖几个钱都归你。”曾文达差点又要说“要钱没有，要命一条”这一说等于将两人拖入了残局，尽管他做了最坏的准备，但是此时败而不残，斗而不破是最佳，他只得强压怒火，据理力争。

“你怎么筹款老娘不管，反正委托的炒股、期货不做了，你扣除违约金和手续费，起码把本钱退给老娘。老娘已宽你十天，不能无限期的拖欠哪！”

“谢老师，咱文达的为人你是知道的，本人什么时候赖过账？”

“老娘最多给你半个月，欠债还钱，欠人偿命，天经地义。如果超期不还，就别怪老娘不客气。”谢小团根本不听对方解释，她将“不客气”说得很重，意思是明示，老娘什么事都做得出来，比如找打手、找讨债公司，她有的是办法叫你还钱。你听说过讨债公司吧？将债务人及其家属扣为人质吗？听说过债权人扣押债务人，致残、打伤债务人，甚至以活埋、截肢相要挟吗？听说过债权人雇凶抄家、打劫、损毁财物吗？都听说过，很好，不还钱那就是你的明天！

“投资原本有盈有亏，本人早就将风险坦诚相告，只不过谁也未料遭受深重的股灾。事已至此，不是你我所能左右，投资人的财产清理会在保障投资人利益的前提下协商进行，如果协商不成，你可以走司法，本人服从法院判决。”谢小团与孙经理不同，当初是她主动求本人帮她炒股票的，甚至说收益只要高于银行利息就行、就很满足，视她在处理单媛媛事件中发挥过作用，在柯梦凡书记面前说了不少好话，多多少少有恩于本人，才勉强答应她的苦求。眼下股灾初现，她就兴师问罪，吵着要撤资，她没有资格在本人面前摆老、耍大牌，曾文达认为，对这样人，要给她灌药，喝令她收敛起来。

“老娘不走司法，法庭上赢不了，就是侥幸判赢，也不能多得，再说司法途径时间漫长，成本太大，不磨你个半死，休想有结果。老娘历来相信自己解决问题的能力！”谢小团一抬手，保镖挥掌打落了一只平放在桌子上的水杯，茶水和玻璃残碴溅落一地，保镖又欲砸五斗橱的镜子，被谢小团阻止。她得意之色外显，挑了挑眼皮说："老娘一介平民，赤脚的不怕穿鞋的。实言相告，托付你炒股的钱，老娘一是借的高利贷，二是老公挪用的公款，都是血汗钱和保命钱。老娘是社会草根，穷惯了，认准了发财路，只得拼命一搏。赢了，一家人和子子孙孙都摆脱贫困，加入富人俱乐部，过上上层人的生活。输了，如果不能按期把钱打回到公司大账，家庭要倒闭，老公得坐牢，老娘得跳楼。你懂吗？不是你疯了，是老娘疯了，是这个社会疯了！这下你知道老娘干吗要当黄世仁、穆仁智了吧？"

曾文达听呆了，什么挪用公款炒股，借高利贷炒股，这招招是险棋，稍有不慎将跌到万劫不复的深渊。一位普普通通的大学公职人员，为什么要丧失理智，学会疯狂，铤而走险地去豪赌这胜算无望的危局，将人生的成功全押在小概率事件上边？何苦呢？又何必呢？现在是玉石俱焚！曾文达突然感到自己的命运，无形中与这位疯人女人捆在了一起，彼此无法挣脱。

三十八　断臂求生

“许总，小曾承蒙您老关照，在鼎业公司顺风顺水，一路走来，如沐春风，文达感恩戴德，没齿难忘。”曾文达撩开许总办公室的门帘，对着空气说了一通，算见面礼。

进入鼎业公司以来，曾文达第一次因个人私事找领导，他犹豫再三，思考在领导面前怎么说、说什么，最后才打起了登门的勇气。因为顶包救驾，在鼎业公司内部引发了潜在的信用危机，他与许总的关系甚是微妙：明明是自我努力，在他人眼里却是领导照顾性回报，加薪、提职，甚至连表扬、夸奖无一例外，尽管嘴上不说——许总的高压政策令众人不敢妄言，领导耳朵吹不进任何风言风语，大家怕许总疾风骤雨的破口大骂——但是人们心里都不约而同地沿着这思维轨迹前行。所以，文达减少与领导接触，以避瓜田李下。按照业务流程，文达的工作问题直接向部门领导汇报，再转由部门负责人向许总报告，从不越级，这样既表示对顶头上司的尊重，又减少了与许总在单位、在办公室、在别人眼皮下的单独接触。许总有工作交代，也通过叶秘书转达，连直通的电话都不多。股灾风波席卷市场，震撼了公司上上下下，每个人都在自扫门雪，打扫投资、理财的战场。曾文达负债大于资产、亏损大于盈利，经过一阵挖东墙补西墙，已经弹尽粮绝，面对一拨紧过一拨的追债，他穷其所能，拳打脚踢，耗尽体力，仍然无法阻击盛怒之下且逐渐失去理智的委托人的强大攻势，债权人步步紧逼，开始撕破脸皮，到了歇斯底里、破罐破摔的地步，他急要一笔救急资金，渡过眼前的危机。“日后有什么困难来找，啊！”许总以前不止一次地说过类似的话，这句话一直温暖着文达的心，是他面对未来的希望，阻挡一切失望、绝望来潮的最后一道堤岸。当然，他不会轻易启用许总的锦囊，只有到了山穷水尽、弹尽粮绝之时，处于万般无奈之中，方不得不开启密封签，亮出最后一张底牌。上门找许总是文达这艘沉船面向茫茫大海发出的最后一拨求救信号。但是，一只脚踏入老板办公室大门，心里又犯了嘀咕，如何开这个口呢？他不习惯求人，读书人的斯文和自尊仍在隐隐作怪。接近许总时，心里慌慌的，脸红得像炭火，开始言不由衷：“文达终生感念许总的厚爱，将用一生报答您的知遇之恩。”

灰暗的办公室未开灯、未开窗，坐在太师椅上的许总抽着雪茄烟，烟雾缭绕，呛人鼻息，烟灰缸已堆砌成小山，未完全熄灭的烟头青烟袅袅。许总抽闷头烟，在思考问题？还是为了省电而不开灯，公司不至于困难到这个地步？几步外远瞧许总，他瘦了，似有重病在身，抬起眼皮，目光像风沙天的黄昏落日，没有神采，满脸倦容，长短深浅的皱纹清晰地爬上了凹陷的面颊，眼袋又加深了，原本八面威风的他，活脱变成了一个愁事佬，股市风波和公司经营的压力全刻在他的脸上。见文达进来“哦”了一声，抬手合上公司业务周报，示意文达坐下，说：“桌上那杯水，刚才罗经理来泡的，没来得及喝，现在凉了，你用吧。”

“谢谢许总。”文达坐在那杯茶水前。碧绿的新茶，茶叶横躺在杯子里丝丝悠悠，散发着沁人肺腑的茶香。不过，现在的文达对品茶不感兴趣。

“曾副经理，最近工作怎么样，业务进展情况如何？是不是市场越来越糟，行情大不如从前啊？”许总在烟缸壁上抖了抖烟灰，又深吸一口烟，露出了享受尼古丁的畅快模样。

怎么样？许总不是明知故问吗？这日子谁家好过呢？文达说：“何止大不如从前，市场来了个倒栽葱，来不及反应和采取应对，就被刷黑了，两眼全黑了。”

“放了不少血吧？”

“是的，止都止不住，失血多过，随时可能休克，甚至殉命。”文达不禁恻然。

“有那么严重？”

“许总，本人那两天生病，下手迟了，失去宝贵的止损时机。股市变天的行情是以秒来计算的，有时迟一秒就差几千、几万！”

“这样的低级失误不应发生在你身上。别忘了，你承载了多少人希望和重托哪。”许总夹着雪茄的手指在桌上点了点，很像武林高手的点穴功、击中文达的胸膛。

“是，本人辜负了您和朋友的希望，也将自己逼进了死胡同，罪不可赦！”文达自然地将话题往他要的方向牵引，他先自己贬损了一通，然后顺理成章地道出苦衷：“文达甘受受罚。许总，文达遇受空前的困境，背负一身债务，倾家荡产，家里已几天不见荤。没有您的拔刀相助，文达恐不能安然脱身。”

“是吗？”

“小辈实不相瞒。孙经理等亲朋好友的委托投资无一幸免。本人大意了，失手了！怪本人心黑，总想为大家多挣些，向朋友交差得光亮一些，不料被股市暗算，输得只剩下裤衩背心哪。”

“你啊，好大喜功、争强好胜，想以己一技之长，成全他人求富之梦，并以此编织庞大的社会关系网络。但是，忘记了风险，一失足而成千古恨！我早申明，帮朋友做这种事，适可而止，见好就收，我给你介绍的朋友也是这个原则，你看能做就接，不能做就不接！万万勉强不得。”许总语重心长，他掸了掸身上的烟灰，又说：“我知道公司里不少人既替公司打工，又为朋友帮忙，公司不鼓励也不反对，那是个人行为，底由自己兜着，别穿帮就行。我想，这股恶浪打下来，蒙了吧？兜不住了，是吧？”

“是！还是您了解本人。许总，”曾文达眯眼看了一眼老板，见他兴致尚可，谈兴亦浓，便壮胆加速直奔主题，“文达以不赖账、不躲债的君子风度面对风险，不会像有的代理人玩失踪、翻脸不认账。但是，要填补亏空窟窿，救燃眉之急，获得喘息之机，本人想向公司借三百万元，摆渡一下，这钱连本带息，从我薪水和提成里扣回。本人立据，分步限期偿还。”

“三百万？你好大的嘴，这不是小数字。眼下公司业务陷入停滞，银根那么紧，谁家有闲钱打补丁呢。甭说三百万，就是三十万、三万也是掌中宝，家家户户惜钱如命！”许总掐灭了雪茄烟，反剪双手，焦躁地在办公室来来回回，假作思考了一阵说：“你是公司的心腹，若公司或许某财力许可，绝对不会袖手旁观、见死不救，否则本经理对单总不好交代。你晓得，股灾来势凶猛，公司跟你一样血肉横飞、片甲不留，这不，昨天经理办公会议决定准备裁员四分之一，这在公司历史上不曾有过，这是没有办法的办法，其中一批关系很铁的老员工也得忍痛割爱。公司财务空前吃紧，我已收回财务权力的下放，凡两千元以上的支出必须由我亲批。不说你也知道，过去这是副科长的审批权！”

“许总，本人万不该这个时候这个开口，如有一步可退，若一息尚存，本人都会打掉牙往肚里咽。进入公司以来，如果没记错的话，这是本人首次向您求救，的确没有退路，今天不知明天……”说着，文达泪水热乎乎从眼眶滑落出来，他控制不住自己的情绪。

“我知道，”许总一压手，从纸盒里抽了两张纸巾递了过去，说，“公司财务进入紧急状态，所有业务运行进入保本程序。可见的将来，投资要挣到钱、要重回上半年公司的巅峰状态，无疑难上加难。现在公司有多少老底可吃，天知道！”

见许总仍没有松口，说话间还暗示公司能够续聘文达，在当下的背景已属相当不易，就这个意思！文达抹干了眼泪，窘迫地说：“如……如果许总为难，只当小曾没说，让您为难，本人也很难过。”说完，又眼直视许总的反应和表情，希望他会生出一点同情和怜悯之心。

沉默了一会。只有十几秒钟，这十几秒像十几个小时、十几天那样漫长和难熬。不知许总打什么主意，文达喜欢快刀斩乱麻，横竖就这一刀，讨厌拖泥带水，行还是不行，有还是没有，给句话！许总又在桌面上找烟盒，顺手抓起，双唇从敞开的烟盒叼出一支，“哒”“哒”用气体打火机点燃，说：“文达，这样吧，考虑你难处，本经理大钱拿不出，小钱还是可以挤一挤，匀一匀，这钱你先将就用吧，你可别嫌少，不过它的确少了点……只是尽心……”说着，许总从抽屉里取出一沓钞票用力推到文达面前说：“这是我个人的，先救急用，以后手头宽裕了再支持你。”

“这?”文达低头，看到办公桌上放着三扎百元大钞，三万块！他不解许总什么意思。

“这钱，你别惦着还，也不用立什么据，不还也没事，拿去用吧，先保生活。三角债能解多少算多少，投资业务慢慢化冻吧。”说着从一堆文件下抽出一只牛皮纸信封，将钱装了进去，往文达手里送：“拿着吧，别让人瞧着，眼下没人不缺钱的。”

“许总，”曾文达感激得双手颤巍巍的，近乎无力托起轻若毛羽的信封。他再度哽咽起来，“谢谢许总，谢谢许总。”尽管三万块杯水车薪，难救他于水火，但是它代表了老板的一片心、一片情，证明许总还是以前的许总，一位没有食言的许总，为了他就是赴汤蹈火、粉骨碎身也在所不辞。有了这三万块，他能够启动还债程序，让债权人看到一丝丝希望，三万，有比没有好！许总也许比本人更困难，公司的对公业务也面临着前所未有的巨大压力，这钱是从牙缝中挤出来的，尽管它只是文达借款金额的百分之一，许总已尽了最大努力！曾文达又鞠躬，又是作揖，千恩万谢地退出办公室。

“这个愣头青！”望着曾文达愁容不解离开的背景，许总的嘴角露出一丝不易发现的浅笑，他将没有抽完的雪茄烟掐入烟缸。其实，许总早料到爱面子的曾文达会来找他谈钱的事，他山穷水尽、走投无路了，但没想他开口如此之巨，公司里的保底资金怎么能借给他呢？许某不能开启这等恶劣的先例。这钱如果借给他，那也是肉包子打狗——有去无回。这三万块，是曾文达顶包救驾时，为了平息公司员工的义愤而象征性扣发他的半年奖金，它在办公桌里沉睡了年久，今天只不过物归原主罢了。

“文达，家里有人来过？”玉芳发现家里的脏乱而陌生脚印，沙发上乱糟糟的，桌肚下残留的没有扫净的玻璃残碴。家里有客，文达从不瞒玉芳，不管她是否熟悉，事先都与她商量接待，事后通报接待结果。股灾后，丈夫变得闷闷不乐，不思茶饭，时常失眠、瞪着天花板通宵达旦，遇事少与妻子商量，弥漫着对失败的恐惧和穷途没落的无奈。情况真的严峻，文达就是车祸拘留后也没如此抓狂，仿佛世界末日的临近。生活在同一屋檐下，玉芳哪能不知，她是知好歹和深浅的人：投资股票受挫，单位那边、朋友那边出了麻烦，资金吃紧，资不抵债。想当初，丈夫捉弄股票投资得势的那阵子，笑颜常驻，嘴边挂着“给你一个惊喜”“再给你一个惊喜”的痴狂，嘻嘻哈哈地说存折里又多了一万、八千，爽不爽？全家沉浸在富足的幸福和对美好未来的憧憬之中。钱是个好东西，有了它生活滋润无比。那时候，全家人经常到外边加餐、痛痛快快“搓”上一顿，坐豪华包厢看电影，潇洒地进出精品店……丈夫的喜怒哀愁形于色。近来，他不再显摆，更不提看电影、下馆子的事儿，肯定是投资卡了壳，手头的闲钱紧巴，但是玉芳不了解事态的真实状况，不知道丈夫涉险苦撑危局。她以为，不就是亏几个钱吗？投资吗，胜负乃兵家常事！可这次是大溃败，是输得精光，文达想，是非常致命的一击！他提着许总的三万块现钞回家，在过去，这钱也许就是点点鼠标的报酬，轻飘飘的。今非昔比，这三百张百元大钞像吸了水似的沉重，特别坠手。从公司走回家不过三十分钟，盛钱的塑料袋将手勒出一道深深的血印。

文达全然不顾手的疼痛，想着许总的一颦一笑，许总的表态和说法。啊，许总也是冬眠的巨蟒，威风不再。一叶知秋，大灾之年，钱荒，有钱就是爷！眼下，能想的办法都想了，已经黔驴技穷！如果说还有最后一招，那就是向靖晓常和方介生他们开口。不，不能！他们是工薪一族，没多少积蓄，在律城财经大学能有多少收入呢？别说三百万，就是三十万，对他们也是天文数字，砸锅卖铁也凑不上，还是免开尊口吧，说了也白说。一人倒霉不够，难道还要害得他们一起跟本人难堪，让他们看本人的笑话不成？看来，现在到了跟玉芳一吐真情的时候啦，随着委托人给定的时限日趋迫近，战火慢慢地从本人身上延烧到玉芳和甜甜那里，这伙人什么事都干得出来，为了钱、为了利、为了名、为了自保，不惜铤而走险，白道黑道并用。一路上，他苦思冥想保全家人的金蝉脱壳之计，拟了一个又一个方案，一次又一次被否决，那真是痛苦万分的生死抉择……回到家，玉芳询问来人，他坦率地答道："是的，家里不止来过一拨人，接连好几批，要打架、砸场子呢。玉芳，听本人一五一十照实说。"

文达将事情前因后果完完整整陈述了一遍，玉芳感到了真正的紧张和害怕，胖乎乎的脸庞拉得老长，汗珠不由自主地从脑门滑落，鼻孔开始喘粗气。她终于知道事态严重，牵涉到这么多人，这么多钱，到了难以收场的地步，它不仅撼动家庭的根基，而且左右着丈夫的前途和命运；不仅是伤筋动骨，而且处置不好要闹出人命……她一时也没了主张，六神无主地问："这些人当真不讲道理，过去的朋友，多少年交情，见了钱就要沾血？俺去跟他们讲理去。"

"那些人讲理就好了。这不是危言耸听，他们困兽犹斗，凶狠而毒辣。咱们得有足够的思想准备。"文达一把搂住妻子，鼻尖一酸，眼泪充盈了眼眶。

见丈夫难过，玉芳强忍住悲痛，不让眼泪落下来，以免丈夫情绪失控而一落千丈，她搂着丈夫抽泣抖动的身体，抚摸着丈夫的脊背说："文达，不要紧的，俺们把车子卖了，把房子卖了，以后有钱了再赎回来。就不相信，天无绝人之路！"

文达松开玉芳，摇摇头："别天真了，现在卖什么都不管，杯水车薪，无济于事。本人算过，家里所有资产加起来，填不满谢小团一个人的胃口……"

"那俺找亲戚朋友借，找俺爸、俺们哥借，回阳泉村借乡间高利贷。"玉芳这几天留心收集了一些贷款小广告，一片片彩页放在茶几上，文达惊呆了，看来她对丈夫的困境并非浑然不知。

"你不想活啦，高利贷是慢性自杀，本人过不下去，不能拉大家一起下地狱！"文达早想过高利贷，那是火坑，是杀人不见血的软刀子，多少人栽在里边，死无葬身之地。

"俺们能凑多少是多少，能还多少是多少。剩下的，慢慢吐嘛，毕竟俺手里还有一批股票，俺就不相信股市就一直跌，跌，跌，就没有折返的日子。"玉芳不断地给丈夫打气。

“股市洗牌是N年之后的事体，幸运之星不会闪耀我们的头顶。那些人恨不得明天就拿钱，岂容咱们熬到好转的那天呢，眼前必须做最坏的打算。”

“最坏打算？文达，俺怕！”玉芳将丈夫搂得紧紧的，问题不是她想象的破财消灾，充其量重回阳泉村过几年苦日子，明摆着，丈夫的意思是：准备付出的成本远远超出了她和丈夫的承受能力！

“玉芳，我坏，你恨我、打我、骂我吧，是本人将一个好端端的家庭破坏殆尽，本人罪该万死，对不起你，对不起你爸妈。”看来文达也快崩溃了，找不到解套良药。

“说这些有什么用？你快给想想办法，俺们一起去找钱、筹钱、借钱，看看俺娘给的手链、手镯，你给的钻戒，都兑出去，分期分批偿还他们。”玉芳说着拉衣柜找首饰盒，看有什么贵重物品，能够清理、典当出去。

“玉芳，你别找了，远水解不了近渴。本人说最坏打算，只有一条出路，就是本人一人承担全责，撇开你和甜甜。”

“你说什么，俺不懂！，俺们不在一条船上？”

“你听本人细说，感情代替不了理性，希望毕竟不是现实。这拨股灾短则三五年，长则七八年，怎么躲？躲得初一，躲不过十五。你知道，谢小团挪用公款，钱不按时归回公司大账，她和老公就得坐牢，身败名裂，她能轻饶本人吗？严总背着老婆、私房钱炒期货，背后有多少见不得人的事，如果断了钱路，东窗事发，家庭和事业，二十多年打拼的基业全部付之东流，他能放过本人吗？挪用公款、洗钱、私募、高利贷、情人债务链、挪用儿女结婚和出国钱款……太复杂、太纠结、太险峻了，每家每户都有一本炒股的血泪账，钱套钱、债连债，像一根长链，越套越牢，最终要勒断本人的脖颈。”曾文达将情势作了详细分析，事态的发展不以人的意识为转移，只有趁委托人限期未满，采取霹雳手段，斩断债务链条，断尾求生。

“怎么斩断呢？”

“本人想好了，丢卒保车，将本人抛出去，保全你和女儿。”

“说什么？俺不懂。”

“玉芳，离婚吧！”

“什么？离婚？为什么？你想做什么？”

“本人请教过律师，离婚的公证书也请人代拟好了，你想好了，就签字。”文达双手发抖，从皮包里取出一份用A4纸、大四号字打印的离婚协议书，他用手捂住上边的文字，艰难地解释道："全部的投资代理业务全由本人操办，家属自始至终不知情、未参与，更没有从中获益。所以，解除婚姻关系后，所有债务法律上与你无涉，所有财产责任均由本人——当事者一人承担。"

"不，不，夫妻同甘共苦，关键时刻绝不能扔下你，此路不通！"玉芳未等丈夫解释完便打断说。

"玉芳，这是唯一可行的方法。债权人如狼似虎，以决斗的方式跟本人搏命，什么缺德事都会做得出来，'不是你死就是我活'、'白刀进红刀出'绝对不是吓唬人的空话，是他们的真实想法和打算。他们下了最后通牒，超期不吐钱，首先就上门占房、抄家、扣车……"

"家里值钱的，爱拿啥就拿呗，通通给了他们！"

"房子里的东西三文不值二文，九牛一毛啊，他们要下狠手，绑架你和女儿，要采取极端手段迫使本人就范。"文达使劲握着妻子的冰冷的手，含情脉脉地说，"所以，咱们必须离婚，你和女儿回乡下避风头，如果能够安然渡过危机，我们再复婚不迟，好吗？玉芳！"

"不，不答应，俺不怕绑架，俺把女儿送回阳泉村，交给爸妈。"玉芳甩开丈夫的手，一个劲地摇头，她不能接受离婚，它来得太突然、太无序、太无理了，怎么会是这种结果呢？

"别傻帽了，这是最好的结局，别无他途！"

"文达，你还爱俺吗？"玉芳含泪问这么一句，结婚后她没有这样问过，因为爱与不爱是既定的、不争的事实，没有爱，夫妻怎么会走到一起，怎么会在一个屋子里共同生活，怎么能袒露一身同床共梦，但是今天她需要证实，当面倾听丈夫的承诺。有了爱，离婚就荒诞无稽。

"玉芳，你相信我吗？"文达过了片刻，反问道。

"嗯！"玉芳不假思虑地点头，咬住下唇，哽咽起来。她不敢对视丈夫失望的眼神，背过脸去，眼泪无声地滴湿衣衫一角。她哪能听不出来，正是爱，在危急关头丈夫做出利她的抉择，他不惧妻子怀疑他的动机，不怕单挑最坏的结果，天塌下来，一人扛，他是真男人！但是，他一个人全担，是什么后果？她不敢对事态发展存有侥幸，不敢细想最后的结局，也许很惨烈。真悔恨，当初丈夫不听规劝，一意孤行地为他人代理股票和期货，被一时的成功冲昏了头脑，来者不拒，多多益善，成全了多少人的发财梦，而自己仅仅收获了莫名的虚荣与数不清夸奖和吹捧，他被这些迷魂药灌醉了，得意忘形。英雄车飙飞起来脱离了地面，风险虎视眈眈，等到踩刹车时一切已经一发而不可收拾！是他的过失、他的固执、他的悲剧，可恨啊……但是，他是丈夫，是生生死死命运与共的人！天塌下来，危急之下独自逃生，让丈夫一个人顶起沉重的债务枷锁，背着负罪的十字架，何以忍心，又情何以堪？百年修得同船渡，千年修得共枕眠，夫妻不是说离就离的，毕竟恋爱十年、夫妻三年，一日夫妻百日恩，离婚，家庭解体，玉芳无论如何不能接受，文达的好意，谢了，但恕难从命！她斩钉截铁地说："离婚，俺说不，绝不！"

文达愁苦万状，一时找不到更切意的词句、更过硬的理由说服玉芳。这个弯子很大，转得很急，车速快了会翻车的！但是，没有其他选项，玉芳必须转过去！否则她和女儿跟他一样，都将坠入万劫不复的深渊，她怎么不懂呢？两害相比取其轻！文达不想放弃，她们不能跟本人一起滚油锅、下地狱，玉芳必须保护好女儿，母女相依为命，一个不能少！他继续逼她、帮她、拉她转弯。文达拭干眼泪，变得异常冷静地道："你当恨本人！"他指着自己鼻子："就是这个人将一家人害成这个样子，他有什么值得爱的呢？你为他付出太多，没过几天幸福的日子，趁还年轻，改弦更张，寻找新的、属于自己的生活。"

"住嘴，俺不听你的思想工作，俺讨厌这套说教。俺是你的妻子，永恒不变，你死了这条心！"

"本人是不称职的丈夫，你让本人最后称职一把，你别跟本人一起毁灭。"文达歇斯底里地吼起来。

"俺不怕毁灭。"玉芳也在叫。

"本人怕，我怕！本人不能让你跟我一夜回到生活原点。甩掉本人这个包袱，虽无富足，但起码保一个安稳的日子……"

"不，不，绝不，说什么都不！俺宁死不离！"

曾文达和袁玉芳抱头痛哭，相互捶打着对方，两人带着体温和咸味的泪水交合在一起。宁静的夜空中，哭声惊天动地，肝肠寸断。

玉芳说什么不同意签字，高举免战牌，不跟丈夫商量离婚事宜。翌日，她将女儿送回了乡下，交由家人暂时抚育，对父母谎称赴外地参加职称考试培训，即返回律城，做好了与丈夫应对最坏局面的打算。

曾文达急了，时间一天一天过去，债权人的耐心一天天在消失，逼债的频度和力度一天大过一天，越迟离婚就越被动，就越容易露馅，为逃债而假离婚的真相就越难掩饰，这戏穿帮的可能就越来越大。尽管文达串通好了律师，将公正协议离婚的时间前移，但是假的毕竟是假的，经不起仔细核查和推敲。玉芳的态度着实让他头痛不已。看来，不采取非常手段，不强力逼宫，玉芳不肯轻易就范。假戏得真做，除了晓之以情、动之以理之外，还要给她上眼药，掺入一些移情别恋、婚外情，与他人苟合等情节，让她对家庭彻底失去希望，对丈夫彻底失去信心，离婚才有可能艰难达成。

文达经心编织出轨情节，设置了若干证据和场景，引诱玉芳上钩，以瓦解她拒不离婚的心理防线。

下班回到家，文达顺手将夹克扔在沙发上，显然这不是放衣服的地方。他知道生活条理的玉芳习惯地要清理衣袋，将他的私人物品放在桌台上，然后将脏衣服投入洗衣机。

玉芳将手伸入上衣口袋，除了零钱、面巾、少量的钱币，还有一个方形软面的精致纸盒，啊！一盒折封的邦士杰冰点避孕套，一只、二只、三只……共八只，十只一盒，用掉两只……丈夫怎么私藏这东西？少两只，一次还是两次用的？剩下八只还准备跟谁续用？玉芳心怦怦乱跳，她不敢相信，丈夫在外边有性事！想来，丈夫与她圆房讨厌戴套，认为隔膜影响夫妻感情，俺家里不备这东西。八成是丈夫的相好要求保险措施，这是谁家的女子呢？打老公的主意？激愤、盛怒之下，真想把丈夫从床上一巴掌扇起来，当场质问清楚。但是，想起丈夫满脸愁苦、身体状况每况愈下，又不忍心发暴，毕竟事情未弄清，几只避孕套又能说明什么呢？

玉芳双手捂住胸口，心脏越跳越烈，仿佛欲破腔而出。她劝自己冷静、再冷静，思考、再思考。一阵痛苦思忖后，玉芳开始理出一点点头绪：最近丈夫心事全投在股票上边，巨额亏损将他折磨得不成样子，上班疲于应付对公客户，下班要对付委托人的百般纠缠，哪会有闲心在外边寻花问柳呢？在此重压下哪有时间和兴致与所谓的情人偷欢呢？故意抛出所谓偷情的道具，无非告诉她，丈夫之心已属于她人，进而诱逼她痛下离婚的决心！没错，就是这样的！想到此，玉芳泪流满面，不知是悲还是喜，是忧还是愁，丈夫为什么出此下策，来戏弄她原本已经十分脆弱的情感？

半夜，心里七上八下的玉芳，借解手，在厕所里偷偷查阅丈夫的手机，发现丈夫与不明女子有暧昧短信往来。短信的用语热辣，情感炽烈，看了让人肉麻、起鸡皮疙瘩子。开初是语言挑逗，后来是赤裸裸的调情，直言不讳地交流性爱体位、进入方式和销魂夺魄的性体验，若不是上床、赤身肉搏，根本说不出这般切入角色的情话。玉芳气得将手机拍马桶上，恼得不行，又恨不得把丈夫从床上揪起来……没想他如此花心，在外边拈花惹草，置廉耻于不顾，做了羞事还敢描述出来……可是回头一想，不对，又中计了！文达是细心之人，如此高频度的短信往来出现于股灾之后，时机不当。再者，丈夫为什么不及时删除，而一直留在手机上，好像专门等候妻子对号入座。丈夫的手机过去是搁在口袋里，现在回家后径直放在茶几等显眼地方……哼，又是唱双簧，吸俺上钩，又是一出拙劣的假戏真做。

文达不是出色演员，自编、自导、自演的戏不经看，它只能骗外人，对玉芳这样知根知底的内人，很快就原形毕露。玉芳想直接戳穿他的表演，看他怎么抵赖和狡辩。

“你想好没有？”文达又在催问。

“想好啥子？”

“离婚呀。本人对不住你，移情别恋，在外边有了女人”。

“是谁？你告诉俺，俺去找他，劝她尽早主动放弃。”

“你们还是不见为好，以免双方难堪。”

“呸！什么狗屁女人，你在编故事啊！”说着，玉芳将避孕套、短信的事和盘托出，说：“你用过避孕套吗？连买盒套子都不会，居然买了盒超小尺号的东西来表演，那东西合身吗？你戴得上吗？你的文字水平太劣，忘记了俺是学中文的，来来往往的短信，居然语气、语调、用词如出一辙，高度相近、相似，这不是自编自导，又是什么？文达，别这样折磨自己，俺将女儿送回阳泉村，俺与你一起面对，相信危机会过去，一切会好起来。”玉芳底气很足，把握很大、语气很硬。

“玉芳，是真的，本人不喜欢你了，在外边有相好的。”

“别演戏了！”玉芳怒不可遏，亮出了撒手锏的证据：她翻看了丈夫的内裤，没有发现泄精的斑痕，调出丈夫的行车记录仪，跟踪近几天的行踪，除了单位和家、两点一线之外，他什么地方都没去，哦，中途拜访过律城正大律师事务所两次。你还有什么可说的？从哪里冒出来个相好呢？

文达捶胸顿足道：“你怎么不理解本人呢？文达不是从前的文达，干吗要为他殉葬呢？玉芳，苦海无边、回头是岸！何必一起完蛋？”

三十九　暗箭难防

对交管局执法大队的审计正如靖晓常的所料，不出几日便发现重要线索，涉嫌私设小金库、挪用公款、贪污盗窃、滥用职权、行贿受贿等违法违纪的证据，随着审计的深入慢慢浮出了水面，逐渐清晰起来。

审计前线传来消息，审计工作进展顺利，初战告捷。该项目在政府挂了号，社会关注高，已不是常规性项目。为慎重起见，审计组长向朱厅长一天一报告审计进展，从第七天起，干脆聘请朱厅长移驾、亲临审计现场视察、指导工作，一则看望慰问、犒劳第一线辛苦工作的审计将士，二则检阅审计成果，归纳审计数据，三则决定审计下一步的行进目标。审计组长谦称水平有限、难以把握政策界线，其实，他想强调的是第三点，请领导拿主意，朱厅长对此心知肚明。

审计组长的担心自有道理，他的建议也不是不能考虑！朱厅长干审计连头带尾八年有余，深知审计成果并非以数量取胜，查出的涉案金额也不是多多益善，成功审计项目的关键是把握一个度，一个宽严相济的度，找到压死骆驼的最后一根稻草，这可是难倒很多人的高科技、深技巧和大智慧哪。恰如旋转盘开奖，指针扫过特等奖区域的时间不过千分之一秒，如何让指针正正地压在细如发卡的狭长一域，考验的正是领导者的政治素养和指挥才能。

朱厅长令江主任将交管局执法大队审计项目的工作底稿和已有卷宗下班送到办公室，他要亲自过目审阅。他习惯下班后不回家，独自在人去楼空的安静环境里思考问题。上班那当口，一会儿电话，一会儿来人，一会儿批文，一会儿开会，难以保持思维的清新与连贯，经常被打断后回不到原有位置，思考问题难以连续、系统。他安坐在办公桌前，做了个深呼吸，泡了一杯浓茶，然后戴上老花镜，潜心研究起交管局审计的案情。

对于普通审计项目，朱厅长习惯交由各副厅长分头把关，月末、年终听听汇报了解个大概即可。轮上他亲自过问的，无不是重大、重要和重点项目，有社会影响的、省委和省府挂了号的特殊项目。交管局的审计属于这一类，它牵动着无数人的神经，未等审计结果出炉，媒体已经开始放卫星。执法大队伤天害理，激怒了民怨，公众给政府施加了巨大压力，审计项目已经上升到讲政治的高度，无数受害人正等待着执法大队被执法的下场，舆论期待着公正的结果、回应大众的关切。政府等待审计信息，给社会予合理交代，以扶正政府在公众心目中的形象。审计结论孰严孰宽、畸轻畸重都会引发连锁反应，朱厅长自不敢怠慢。

朱厅长年逾五旬，头发粗粝而浑黄，脸上的皱纹随着审计项目积累而日渐增多。审计，审不出结果叫人焦头，社会质疑审计干什么吃的，认为秃子头上的虱子查起来就怎么难吗？他们不知审计重事实、重证据，不能光凭感情和直觉，能力恐慌、本领恐慌的帽子经常扣在厅长的头上。审计，查出了问题，同样感伤，这些问题是不是对领导的口味，其负面影响是否在掌控中难以把握，像交管局的审计，事关党和政府的形象，稍有不慎，如放大事态、事实不实、定性定量不当等，都可能产生意料不到的后果。再者，眼巴巴地看着一个项目、一批干部割韭菜似的倒下，政治前程就此戛然而止，多少个家庭破碎，多少人惊恐、多少人受牵连、多少人悲痛欲绝，这种职业习惯性接触，颇让他纠结和心碎！都是钱和色惹的祸！就说交管局项目吧，靖晓常主动实施审计回避，虽然他与被审单位无亲缘、血缘和情缘关系，但是他毕竟是钓鱼执法的受害者和揭发者，如果亲自上阵操刀，有奋力追杀执法大队、公报私仇之嫌。所以，审计项目由基建处李处长代组长，靖晓常暂时脱手，由朱厅长亲自接管。李处长是查账高手，经常在零线索、零举报的情况下，不费时日，就将复杂案情查个水落石出，屡立战功，交给他的项目领导放心。但是，他的轻微口吃坏了他的不少大事。公推公选到了面试环节，有货倒不出，往往走不完最后一里路，参与官考可谓屡战屡败、屡败屡战，此次公推公选比他年轻的靖晓常胜出，他心有不甘，但又无处申辩、申冤。接手交管局项目后，向来大刀阔斧的李处长突然变得谨小慎微，动辄向朱厅长请求汇报，经常裹足不前，将难题和困难统统推到朱厅长这里，什么是否继续追查、将执法大队连锅端掉？是否就此打住，给交管局留一点脸面，为政府挽回一些影响？再查恐怕就越界了……看来他不想把该项目做成大案要案，想把项目控制在一定范围内，他很聪明，这个度把握得很好。所谓水平有限，那是气话，是说给厅长听的。的确，政府监管缺位，执法机关为所欲为，惹出一堆是是非非，在现实生活中司空见惯，百姓的愤懑见多不怪。眼下，基本案情已厘清，是否乘胜追击、将审计进行到底……朱厅长推了推滑落的眼镜，心想，把交管局的家丑全部兜出来，情何以堪？将赖队副和他的顶头上司送上法庭，已是很不错的审计绩效，也足以震慑和教育一批干部和群众，据此政府也可以理直气壮地回应舆论聚焦，审计的度似乎已经隐隐在招手……多少年的审计经验告诉他，果断收兵比继续讨伐利大于弊，李处长也是这个意思，他在暗示我：靖晓常也不想放大事态……那好，英雄所见略同！

想通了以后，朱厅长拨通了江主任的电话，通知他明天上午的厅长办公会议研究交管局审计项目的后续问题，让他将材料整理一下，集中打印。

厅长不下班，办公室主任是不能离岗的，这是历任主任不变的规矩。没想，江主任已在办公室门口待命，简直像贴身侍卫，寸步不离。手机拨号音响了两下，江主任便推门而入，以最快速度出现在厅长面前。见到江主任火急火燎的样子，手里左右开弓拿着两部手机，朱厅长连忙站起身，摘下眼镜，问道："有情况？"直感告诉他，江主任神色慌张，嘴巴里有重要信息。

"是的，报告厅长！靖副厅长一个小时前，在下班回家的路上，被不名身份的歹徒殴打致伤，现在紧急送往人民医院抢救。"江主任脑门上沁出细密的汗珠，像刚刚从运动场活动下来，胸膛随着急促呼吸上下起伏，体内的氧气告急，衬衫被汗浸湿，像水洗一样："我、我已安排人车前往人民医院，前方的消息还未过来。"

"岂有此理！暴力抗法！竟有这等事体！"朱厅长一巴掌拍在桌面上，震惊无比。在他审计职业生涯中，发生过被审计单位和被审计人的纠缠和围攻，发生过语言威胁和行为恐吓，但是在光天化日之下出手伤人、将审计人员，不，审计厅长殴打致伤，这是第一例！不用问，直觉告诉他，肯定是交管局执法大队那伙歹徒的疯狂报复，这气焰未免太嚣张了吧？他合上卷宗问："向公安部门报案吗？坏人逮到没有？"

"靖副厅长与歹徒对打时，有路人报了警，警察赶到现场时，晓常厅长已经身负重伤、不支倒地，歹徒借夜幕掩护乘交通工具逃离，公安局已立案侦查，目前还未有结果。"江主任抬了一下手，亮了一下手机，意思他与医院和公安随时保持着联系。

"这是重大舆情，我要向政府报告。这还了得，审计人员的人身安全都得不到保障，今后怎么工作？怎么向社会交代，还有没有王法啊？法治社会不是扯淡？"朱厅长急匆匆地要拨政府内线的红机电话，抄起话筒又道："备好车，等会上医院。"

“厅长，眼下时候不早，赶到医院深更半夜了，病人和医生都在休息。我想，明天一上班咱们去。”江主任建议道，“办公室有人在医院值守、陪夜，有情况有小江在。请厅长放心！”

“那好吧，有消息第一时间向我报告，不管什么时候！”

“是！”江主任领会厅长的意思，他担心靖副厅长伤情有反复，出现意想不到的严重后果，是的，这也是他，办公室主任所担心的。领了厅长指示后，江主任退出办公室带上了房门。厅长通红机电话，不允旁人在场，江主任深谙这一审计厅不成文的政治规矩。

“朱厅长，请救治小组主治医师陈大夫，向您详细报告靖厅的伤情和抢救情况。”江主任坐下来，将陈大夫介绍给朱厅长。

陈大夫，一身白大褂，满头白发，主治医师，博士，教授，门诊部主任，胸牌上的字很大，几步外清晰可辨。一看便知，陈大夫是临床经验丰富的一线主治医生，也是昨晚的当班大夫。据说，他曾亲手将数十位伤患者从死神手中夺了回来，被患者誉为救命天使，医生办公室里患者的表扬信和锦旗无数，红红的挂满了整整一面墙。

在锦旗如林、红染一片的背景下，陈大夫脸色略带疲色地说：“经过一夜的抢救：清创、消毒、缝合伤口，注射破伤风、止痛药和镇静剂，病人伤情稳定，休睡了一夜，目前已脱离生命危险。行凶歹徒非常凶残，分用钝器和锐器对伤者的要害部位实施攻击，好在伤者避闪及时，用左手右臂紧紧护住要害部位，同时随身的手机、皮带和工牌等异物功不可没，拦住了利器深入体内、伤及致命脏器。伤者身中了六刀，伤口较深，大多在臂膀上下的部位，仅有一刀刺中右胸部较为凶险，刀尖刺穿了胸牌深入体内两厘米，险些伤及右肺叶。伤者习惯佩戴工牌，下班后将工牌掖在衬衫内，固定在前胸起到了很好的防护效果。如果没有坚硬的工牌，后果不堪设想！”陈大夫指着胸部负伤的位置。被尖刀刺穿的、带血的工牌的照片，投在主任办公室的屏幕上。陈大夫又说：“哦，此外，伤者的腰部、腿部多处被钝器击打，软组织损伤，大面积青紫淤血，万幸未伤到骨头。医院已选派最好的医生会诊，现正按照会诊方案全力救治。刚才值班医生报告，伤口止血成功，未发现感染和其他并发症。”

听着晓常无生命危险，朱厅长长长地舒了一口气，真是不幸中的万幸！如若靖晓常发生不料，那审计厅就炸了锅，律城就炸了锅，在全国可能也是奇闻一件，领导最怕这种事！

“朱厅长，请公安局林副局长向您报告案情以及案件侦破情况。”江主任将一位身着警察制服的人推到朱厅长跟前。

人民医院急诊大厅外，朱厅长见到了林局长携公安局刑侦小组一行六人。“咱们上车说吧，”林局长引导朱厅长上了停靠在门外的一辆警用依维柯。坐定后，林局长摘下警帽、解下风纪扣，以排解一身热气，透透凉风。在车外到处是眼睛和手机镜头，他不敢警容不整。他调低了对讲机的音量，抖开嗓门道：“朱厅长，具体案情有些蹊跷啊，我们正在全力侦办。由于凶手逃离现场，眼下仍未抓捕归案，我们只能根据监控录像和目击者的陈述做出研判。此案可能是交通纠纷引起的行凶，也可能是蓄意的跟踪和报复性伤害。从监控看，行凶者分乘三辆本田摩托，守候在江湾路口，相遇后即企图逼停桑塔纳，哦，就是受害者的车辆。受害者不从，摩托车一直尾随到江北路，由于红灯和市民的助力车拦住了去路，桑塔纳被摩托围在当中，受害人未来及报警便与摩托车上的五人发生肢体冲突，扭打成一团。行凶者有备而来，人人持有凶器。双方对打了十多分钟，直到受害人受伤、体力不支倒地，围观群众报警，行凶者才仓皇逃窜。”

“凶手的通缉令发出没有？”

“发出了，各路口正在全力缉查”。

“林局长，什么交通纠纷？瞎扯！这是典型的针对举报人的报复行凶案件，事实很清楚。审计厅，全社会都等待着公安从速破案！”朱厅长有些气愤，认为公安机关一开始就判断和定性有误。他知道靖晓常为人低调，逢事礼让三先，不会与人结怨，他刚到任审计厅，没主持过重大审计项目，没有亲手将贪官送进监狱，更不会有什么仇家，戳穿钓鱼执法是他上任后唯一的战果，也是此次伤害的唯一可以解释的缘由。想到此，朱厅长即以一种威严的口吻道：“作为要情，我已向省委、省政府报告，我要求公安机关限期破案，将凶手缉拿归案，对当事人、对社会，也是政府予满意交代！”

“那是，那是！”林局长连忙接过话说，“局里已组成专案组，由本人领衔，抽调了全局精兵强将。专案组已经启动，将交管局执法大队列为重点调查对象。不过，经过半天一夜的缜密侦察，执法大队所有队员昨晚全部在队部活动，没有外出，也不具作案时间，其作案嫌疑已一一排除。”

“雇凶伤人，这还用连夜缜密侦察？娃娃都知道，执法队有几个胆敢赤膊上阵？如今进入高科技时代，公安局的思维还停留在几十年前啊，花钱雇佣行凶，懂吗？”朱厅长认为公安局犯了低级错误，执法队员与靖晓常交过手，人熟脸熟，怎么可能在大马路上亲自挥刀砍人呢？那伙人肯定躲在幕后，公安局智商低哪！不禁让人生疑，在这些人手里案件能顺利告破吗？

“厅长说得是，我们开始外围调查，分别核查了执法队员近期的通联记录，以及摩托车主的信息，各交通路口的监控录像也已汇总起来，马上作综合研判，相信我们会全力以赴，决不让犯罪分子逍遥法外。”林局长语气沉着而坚定地说。

“局长，摩托车信息发过来了。”坐在副驾驶位上的年轻警官，接听着对讲机，回头报告道，“四号观察点报告，凶者驾驶的车辆是从沙河摩托车修理厂盗窃的，刚才我们的人在东郊二号省道边的河沟里找到遗弃的作案车辆，与监控截取的车牌号码以及群众的指认一致，这一线索又断了。”

“别把犯罪分子当白痴，谁都知道全城探头遍布，行凶者会用自己的车辆犯案？作案完毕后弃车，这还用十几个小时去查对？”朱厅长冷笑道。他认为公安查案方向不对，囿于影视作品里常说的办案套路，那是在演戏，根本不是破案！一帮书生气十足的年轻人，不经过几十，乃至数百件案件的磨砺，不可能成为出色的警官！

“朱厅长，查找作案车辆主要是看案犯的逃逸方向和线路。”林局长认为公安跟踪的目标没错，“你看，罪犯弃车于郊区田边，起码证明他们到过此地，并在那里作短暂集中后解散，这为进一步跟踪，查找罪犯的下落缩小了范围、提供了线索。”

“林局长，破案不仅靠探头，还要靠这个。”朱厅长的食指在额头上点了点。

“谢谢朱厅长提醒。”林局长听了这话明显有些不悦，本想回敬几句：多少贪腐案件，审计厅查出了吗？审计查出的人和事经常也是屡查屡犯、屡犯屡查，社会对腐败失去了耐心，对审计多有不满，这又怎么解释？可是，眼下案件毕竟没有眉目，指桑骂槐、相互抬杠没有意义，反伤了和气。于是，林局长笑盈盈地说：“公安局已投入足够的人力物力，会有回报的。”

“那好，我等待着破案，不希望这是一宗马拉松式的无头案。”朱厅长说这话分量很重。他不是空穴来风，律城市公安局的确积压了一堆未破案件，包括杀人强奸、投毒纵火、抢夺抢劫，至于入室盗窃、偷电动车自行车、网络诈骗等那就多了去，查都查不过来，这不能不让人怀疑公安局的办案能力。

林副局长苦笑了一下，信心满满地说："省公安厅将派一位破案高手驰援本局，下午到岗，相信此案的告破指日可待！"

律城市交通管理局局长办公室。

马局长正在火头上，一拳头砸在案桌上，把桌子砸着嗡嗡响，他那肥厚的肉手也砸得发麻，一股钻心痛由交感神经传到大脑，让他领教了一句成语：十指连心！这帮不争气的部下又捅了马蜂窝，给他惹了大事、大麻烦！不可容忍！他的指尖近乎触到赖队副的鼻梁，口水沫子肆意飞溅到他的脸上："你他妈的找死！你死不算，还要拉老子垫背，啊！"

"局座大人在上，您老人家息怒，在下不知又做错哪里？"赖队副一脸无辜，他知道交管局的审计正如火如荼，肯定有人倒霉、要倒大霉。马局长命令他停职检查、反省整顿，主动配合调查，不许乱说乱动，更不许外出滋事，近几天他们挺本分的，除了在队部看报、打牌、喝闷酒，未敢越雷池一步。

"妈个巴子，你他妈还装蒜！"马局座牙根咬得咯咯响，恨不能上去甩他一巴掌。

"局长大人在上，在下知好歹，天天在队部听命，未出队部大门一步。"赖队副双腿发软，不使劲撑住，恐怕要跪下去了。

"你，有没有叫人修理审计厅靖厅长？昨晚他被人打了，伤势不轻，差点丢了性命。是不是你干的？啊？靖某被撂倒，死在马路或医院里，你我都得五花大绑去打靶，你活腻了，是不是？啊？"马局长一把揪住赖队副衣领，老鹰捉小鸡一般，将双膝几乎着地的他提溜起来，"你活得不耐烦了，是不是，啊？"

"没有，没有，真没有，向毛主席保证，绝不是我干的，跟咱一毛钱关系不搭！"赖队副脸色煞白，一个劲地摇头、摆手，身子也不由自主地抖动，此时任何语言都显得苍白，他不知如何解释才能撇清干系。

"真的没有？"马局长不信。

"真，真的，局长，您相信我。"赖队副要沉下膝盖磕头了。

"我知道，你心中有股恶气、邪气，急不可耐地要为执法大队报仇，你小子出手够狠的，啊？把人往死里整！”马局长依旧咬定系赖队副所为。

“局长，局长大人，我上对父母、下对大地发誓！这事要是我干的，就他妈遭雷劈、叫车碾，就不得好死，活着上刀山，死了滚油锅！”说着，袖口一抖，亮出一面锋利的吉利刀片，对准腕口狠狠一拉，他真的对自己皮肉下狠手，顿时血如泉涌，哒哒地滴溅在地面，染红了办公室一角。

“好啦，不是不信你，”见了血，见了赖某人发毒誓，马局长口气软了三分，“你去查查，是不是你手下的自作主张，擅自行动，啊！”

“没我的命令，他们不敢干大票！如若有人敢妄动，老子会切了他的耳朵剁了他的手。”赖队副恶狠狠地说。

“不调查你敢说没有？为时过早！”马局长一拳头砸在赖队副胸口上，语重心长地说：“这里没有外人，你啊，这么大了，在队副位子上也四五年了吧？凡事得动脑筋！啊？君子报仇十年不晚！可这光景出手，傻蛋都知道是谁干的，公安很快就会查到你我头上，你得防着点。用脚趾头想想，对付当官的最好办法是啥？不是动粗，直取他的性命。捅刀子、耍大棒，技术含量太低，目标太大，成本太高，得不偿失啊，弄不好还将自己搭进去。”

“那咱们受了窝囊气，就这么算了？咱们的仇就不报啦？”赖队副的嘴嘟得像猪鼻子。

“算了？哼，会叫的狗不咬人，咬人厉害狗不狂吠。你听着，对付官员的致命绝招不是动武、肉体伤害，而是揭腐查弊，抓住他的证据和把柄！当官的有几只好鸟，啊？我已派人跟踪靖某，收他贪污、受贿、玩女人的证据，只要捉住一票，就够他吃一壶的，就足以将他掀下马来。借他人之手来收拾对手，将他罢官革职，让他生不如死！嘿嘿，如今修理贪官兴这套路！”马局长突然对着赖队副大吼一声，“你懂不懂？”

“是，是，我懂，我懂！”马局长猛然号叫，赖队副足足吓了一跳，周身不住哆嗦。

“你懂个屁！整天就锁在钱眼、活在女人的裤裆里。回头好好整肃你的部下，让他们别张牙舞爪的，在外边专横跋扈，欺压百姓，树太大招风啊，差点成了过街老鼠！”马局长恨不得又要抽赖队副的耳光，真是尿人一个，尿兵一窝，关键时候派不上大用，也不敢将他们用在刀刃上，像跟踪盯梢靖某人等艰巨任务能叫执法大队去办吗？真的不放心，说不定就弄砸了，捅出大娄子，还得舍近求远，亲自花钱独立操办。

“马局是高人，赖某佩服，佩服得五体投地！请局座放心，有什么指示随时吩咐在下。”赖队副又是点头又是哈腰。

“你先去查查，靖某人的刀子是不是部下人捅的。如果是，就把他卖出去顶罪。还得主动点，向公安报告，这是你赖某人的顺水人情和戴罪立功的机会。”马局长贼眼一转，压低嗓音说，“身边藏着不听命令的危险分子，你藏不起也包不住，他还会坏了你我的大事。立刻去吧！”

“明白。局座给咱两个，不，一个小时，在下立马肃清执法大队的叛逆！”赖队副起身，不顾包扎伤口，搭着血淋淋左臂离开了办公室。

赖队副是得力干将，是马局长一手栽培的亲信。他的忠诚勿庸置疑，就是江湖义气重，人有些鲁莽。他带队伍匪气十足，铁面无情，用时髦的话说，就是严字当头，对局长的指示唯命是从、毫不含糊。如果有人敢乱来，赖队副定会采取流血和不流血手段迅速摆平，马局长对此深信不疑。

不足两支烟的工夫，赖队副来电报告：没有人参与昨晚的斗殴，他愿担保，如果有异，愿提头来见！

“没人参与？”马局长用大头皮鞋恶狠狠地蹭了蹭地面未干透的血迹。办公室动了刀子、沾了血气、带了凶光……不是什么好兆头！妈的，真是见鬼了，不是赖某所为，那是谁替咱们出的这口恶气呢？这个时候跳出来，想搅局？欲火上浇油？还是转移视线？或是另有隐情……马局长抓瞎了。他感叹：背后有推手，有高人指点！神龙见首不见尾哪！不管他了，随着时间的推移，真相会慢慢浮出水面。本局长得抓紧办大事，现代军事理论告诫：进攻是最好的防御！当过兵的他真谙其深邃的道理。在对手出手前，将对方击倒，是最好的自保对策！马局长抄起手机，拨通了秘密雇佣的私人侦探的电话：“喂，喂，是我，嗯，跟踪靖某的有没进展？”

“有，有，正待向您汇报呢。”

“是他挨打受伤的事儿？不听，过时新闻！”

“不是，那绝对是有价值的新情报！”

“这还差不多。”马局长得意地鼻子里发出吭吭的声响，靖晓常哪，靖晓常，老子在进局子前，先得把你拽下水，叫你跟老子一起完蛋，这叫有来无往非礼也！

四十　是离开的时候了?

经济不景气，鼎业公司不得不的大幅裁员。方案一出，公司哗然，八十九名员工，包括曾文达领导的证券业务部新入职不久的六名年轻人不幸中枪。被裁的员工接到离岗通知，无不板着脸孔，一副苦大仇深的样子，深陷对公司、对领导的不满和怨怼，悻悻地收拾办公桌，很不情愿地提着私人物品落单而去。被裁的员工怀疑曾文达使的坏，眼睛瞪得像怒目金刚，嘴撅得老高，对同事爱理不理的。

文达对谁去谁留没有兴趣，也不在乎部下的态度，他关心的是债权人什么时候再度出现，他还能推托、坚守，不，确切说是苟延残喘多久。玉芳僵硬的态度让他一筹莫展，他没有时间和耐心等待老婆理会他的良苦用心，随着时间推移，债权人越来越沉不住气，发出了一拨紧过一拨最后通牒式的恐吓和威逼，显然他们耐心渐失，快把刀架到他的脖子上了。

上午刚坐定在办公桌前，工勤员送来一包快递。文达疑心：很久没有网购了，谁寄的包裹呢？剪开一瞧，是一瓶烈性老鼠药，瓶外的附信称：你知道我是谁，有人逼我要债了，我得逼你！我过不了身，你得垫背！我要死，你得死在我前面！老鼠药不是无聊的恶作剧，是留给你还不了账的时候服用的！文达甩手把小药瓶掼个粉碎，啥玩艺，咒本人不死呀！不一会，手机响了，谢小团的，不接！直接压断！短信跟着就到："你是要钱还是要命？痛快点，告诉我。审计组马上进驻，钱若不打回去，老公和我必死无疑，后果你清楚！"文达感到气短、胸痛、太阳穴发胀，人像失重一样飘忽来飘忽去的，仿佛生活在空气稀薄的世界屋脊。情势越来越复杂，时不我待，玉芳必须马上签字，与他彻底脱钩，否则离婚避债计划无法实施，玉芳将跟本人一起喝西北风，不，是死无葬身之地！

文达无心处理公务，也无心与解职的员工一一道别，疏导和宽慰满腹牢骚的年轻人。他目前只有一项任务，就是迅速启动离婚避债方案，否则死路一条！怎么才能让玉芳忍痛签下离婚协议？让她由爱转恨呢？女人的底线在哪里？支持她不离婚的立柱在哪儿？如何才能抽掉她的承重墙，让她的坚守土崩瓦解？女人，只当她的丈夫与其他女人有染，那女人有名有姓，真实存在且并公布于众，弄得声名狼藉、不可收场时，她才会承认现实。身边人的离婚，不论主动离婚还是被动离婚，特别是闪离的人，无不如此演义……曾文达想到找卖淫女，卖淫嫖娼是家庭的剧毒药，是爱情的癌症，死亡率高，不出几步即气绝身亡，不可挽回，无法救药。对！找小姐，做绝活，将玉芳一棍子打懵，令她彻底崩溃。尽管这么做太无聊、太阴损、太残酷，但是眼下顾不了那么多，时间一分分地逝去，债权人随时可能找上门来揪人、砸东西、扣人质，甚至出手伤人，后果不可预知也无法逆转……

著名的风烟巷坐落在律城东南城乡结合部，一个五百米长的狭长巷弄。巷子两边是一色的红砖青瓦平房，一间挨着一间，弯弯曲曲，一眼望不到边。平房对开门堂，屋檐不是大红灯笼高高挂，就是暗红彩灯串串亮，夜晚时分，星星点点地红成一片，城里人俗称不夜城或红灯区。风烟巷石子路高低不平，无法行车，只能步行而入。皓月当空，城市渐入沉睡之际，各路来客开始汇集于此，领略律城的旧城风貌，品尝特色小食，在此消费娱乐，猎取感官刺激。

游目街区朝西一域，徘徊于灯红酒绿的酒吧和光怪陆离的画廊橱窗，往前再探，就是排列着的数十家洗浴中心、洗头房、桑拿、按摩、美容美发、卡拉 OK、歌舞厅之类的消遣，或者说是寻乐子的准色情场所了。光顾游走于此的路人，多是叼着香烟、满嘴粗口的污秽之客，喝得半醉半醒的酒肉之徒，腰缠万贯的半吊子商人，还有油头粉面的奶油小生。本地人知道此地藏污纳垢，正经人一般不到此地，以避沾污带尘、说不清白。去年夏天，政府扫黄打非大收网，多店家主预先得到情报，早早望风而逃，关门歇业数月，门前冷落马蹄稀，市面一派大萧条。风声松弛下来后，老板和小姐们又班师回朝，悄然重新开张，生意又逐渐红火起来。就这样，风烟巷在与公安局的拉锯中苟且偷生，野火烧不尽、春风吹又生。

曾文达听别人说过风烟巷的故事，平时经常从巷头或巷尾驾车擦肩而过，可从未深入风烟巷腹地，更没有机会目睹云游于各小屋间的、美貌过人的群芳淑女。

傍晚，曾文达查准了律城公安局城东分局的地址，带上身份证、手机和现金，打车来到风烟巷口，踏上了这块流着油彩的胭脂春色之隅，也许是第一次，也是最后一次私访风烟巷，这个有人爱、有人咒的是非之域。

果然名不虚传，风烟巷里弄内到处是诱惑，看得让人心惊肉跳。透过洗头房茶色玻璃，衣着暴露的小姐浓妆艳抹，一排边地坐在门口显眼处撩客，叼着细长的more香烟，对着门外路人吞云吐雾，不断抛出醉人的媚眼，做出各种勾引的手势。在淡红色的灯色下，看不清小姐的真容，入时的打扮和浓厚的粉脂遮掩了女子的年龄和本色，只剩下紧身的文胸、明晃晃的双乳和齐膝的超短裙、皙白修长的裸腿，紧紧地锁住了男人的贪婪目光，那是性和女人的魅力！

直目身材袅袅婷婷的性感女郎，若是平时，文达说不定会来生理反应，他不敢说是坐怀不乱的正人君子。但是，此时荷尔蒙对他不起作用，美女如同一柱木桩，扇不起他丝丝情欲的火星。他表情平静地拉开玻璃门，缓步进入了一家名叫“金苹果”的幽暗的发廊。门帘里边并排坐着两位袒胸露腹的年轻女子，天气并不炎热，已是深秋时节，衣着单薄岂不伤风感冒？也许是角色需要和职业特色，她们练就了特殊的耐寒和抗冻本领。她们将文胸兜得很低，露出嫩白的半圆球体，跷起的二郎腿故意露出粉红色蕾丝花边的三角短裤，直接就当男性欲望的纵火者！哼，没错，这是内设密室，前门进去，一道莫大的屏风拦住向里的视线，但是可以感知，除了迎面的正门，肯定还有若干暗门。经历了多次打击，卖春女早有了防范应对突查的对策。

文达进门便立在门堂前不动弹了，双腿似灌了铅一样地僵直地顿在哪里，仿佛被冰冻住了、不能移位。两小姐们一看，嘿，又是一位色大胆小的新客，这些人最容易对付，兴奋地从椅子弹了起来，一边一人上前拉客人的双臂道：“要按摩，姑娘的手艺绝对一流。”“要什么规格，做全套?”

文达触了电似的甩一胳膊，挣脱了小姐的贴身纠缠，说：“规格？全套？还有半套的吗?”

“啥子套路都有：推油、冰火、吹箫、双飞、打炮……特享受，包您满意。你瞧，本店吃的尽是回头客。”“是的啦，金苹果啃了一口，你就松不了口啦，酸甜、酸甜的。”两小姐咯咯地笑，说起来有声有色，看来是老江湖，忽悠客人、拿捏男人早已熟门熟路、得心应手。

“做全套多少钱?”

“五百块，一个钟。”甲小姐说。

“这么贵?”文达横眼扫了一眼热情有余、侃侃而谈的甲小姐。她竖起五个指头，那指头纤巧细长，双唇抹上淡淡的口红，说话间露出洁白的玉齿，脸庞微胖，一笑两个酒窝，长长的乌发瀑布般散披于脑后，浑身散发着情人香水的沁人芬芳……这女子与玉芳有些相像，笑得那么甜美，说话那么雅，皮肤微黑，肯定是来自农村的打工妹，迫于生计，也许为了逃离土地，为了尽快致富，不得不出卖肉体，与他人赔笑、献媚……她与自己一样，生活所迫、走投无路，去做痛苦的违心事！文达心头一颤，那小姐的期待目光如同大功率的灯泡直直地照射到他的脸上，烤得脸庞火辣辣的，他无法面对玉芳的眼光，无法在刺人的目光下做那种事、那种缺德丢人的事情！在心里深处，文达不情愿甲小姐被公安或联防队员逮去，不情愿让他们虐待可怜楚楚的女孩……文达的心绪显然没有酝酿好。

“咋了？嫌贵？咱打折不成，四百。”甲小姐折下一个指头。

“四百，走遍风烟巷打不着的全套价，不做白不做的啦。”乙小姐插嘴道。

“不，不，本人没那多钱。不玩了，不玩了！”说罢，文达赌气般地逃出发廊。

两小姐拽都拽不住，面面相觑，不知什么地方待错了年轻的春客，不断唤道：“回来，回来，再打折，三百五十，不，三百！”

文达出门后，又将脑袋探回来说：“你们早点下班，回家去吧，别忘了，越早越好！”

小姐听罢，觉得滑稽可笑，摇晃着脑壳嬉笑道：“这家伙，哪根神经搭错了，神经病！”“是啊，还病得不轻。”“吃饱了撑着，管小姐闲事。”惹得众小姐从各门堂里出来汇集到前堂，一睹这位怪客的落荒而逃。

文达出了门，心情不能平静，觉得自己冒失而反常，不可思议！遇到小姐像见了鬼似的，被人大声吆喝，便逃之夭夭，还没有交手便败下阵来，行动方案没有展开便宣告失败！深入发廊，过度紧张而疏忽大意，没有报警，公安人员哪能及时赶到？冒失地进入发廊，在里边被强奸了也算是倒霉、活该，真是偷不成蚀把米！不成，不在状态不行！必须从头再来，设计好捉奸的各个细节，一举成功！不容再犹豫、黏黏糊糊的，这样办不成大事！你是来做什么的？不是来采访、采风、采光的，是引火烧身，自领罪名的……曾文达重整旗鼓，重新踩点，重新启动。

文达沿着红灯街走了个来回，瞄准了“少妇人”洗头房。“少妇人”生意红火，小姐一会将预约客迎进内屋，一会又将完了事的客人送出朱门，隐隐约约听得屋内传出男男女女的打情骂俏。门堂前还立着一位拉客的皮条，笑容满面地将探头探脑的潜在客源引入发廊，又往匆匆而过的男性手中塞着彩页小广告。

文达展开花花绿绿的精美广告，上边印满了美女大头像，个个如花似月，沉鱼落雁、闭月羞花，显然这是经过PS的。其编号、年龄、身高、三围以及价格、联系方式一目了然，来客可以立等可取、现场交易，也可以邀约小姐上门服务，陪夜、陪聊、陪泳。看来“少妇人”生意做得很活，气场很足，就选择“少妇人”下刀，哥们要送你进局子，与你同归于尽！文达隔马路拨通了110，根据小广告提供的地址，举报“少妇人”卖淫嫖娼的现行，要求公安机关立刻出警。电话里的接警人哼哼哈哈，没给出准确的答复，接警人似乎对此早了如指掌、见多不怪。文达当即就火了，对着手机吼声起来：“告诉你，本人作了报警录音，如果不出警，渎职、失职，本人告你玩忽职守，马上投诉你们!”这下警员给骂醒了，马上表明态度：“哦，马上报告值勤部，安排出警。”“我在‘少妇人’门口接应你们!”挂断手机，文达的眼里露出阴森杀气，他整理了一下衣裳，径直往“少妇人”大摇大摆地走去。

一位年轻美眉挽着文达的胳膊，将他领入一个灯光昏暗的包厢。包厢只容下一张大床，床上铺着新换的毛巾被，床头柜上摆放着男女卫生洁具和一桶拖挂到地面的卷纸。墙壁上的电视播放着外籍三级片，作为嫖客预热项目，伴暗调至很低，只供躺床上的客人享用。文达提出直接进房间，没有与卖春女讨价还价，给人急吼吼的感觉，许多嫖客都是这般欲火中烧，急不可耐，丑态万状。文达不在意钱，一心估算着时间，约摸十分钟，即使效率再糟，二十分钟警察应该赶到，现在交通晚高峰已过，出警速度会很快。所以，要掐好钟点，消磨时光，等待警察人赃俱获，捉个正着。

小姐进屋后，将光线再调暗，趁势开始脱衣，三下五除二，露出了洁白的胴体和饱满坚挺的双乳，女人真身就这样真实地、赤裸裸地展现在文达眼前。小姐热情地上前帮助文达宽衣，催着他快快动作，赶早做事。时间就是金钱，打发一位客人再接下一位，今天客人忒多，生意超好。文达双手护着胸前衣扣，不让小姐触碰，羞涩地说：“不忙，不忙，先唠唠嗑，咱们聊聊，好不好，这样才有感觉。”

“刚才还猴急猴急，现在阉了?”小姐犹疑地看着这位与众不同嫖客问，“第一次?”

“嗯，是，是第一回。”

“我一看，吭，刚领驾照的新手上路！有色心，没有色胆，没见过女人?”小姐一叉腰，故意打开双腿，露出黝黑的私处。

"啊，没见过，没见过！"文达眼光不被牵引。

"我来调教你，小处男。"小姐说着，一只手就探索式地往文达下体游动。

"不，不，疼，我疼。"文达赶忙后退躲闪。

"哈，哈，哈，男人也破处？"小姐乐了，恐怕从业多年没有见识过这般保守多疑的小伙，到这来的人谁不是如狼似虎，两句话不说便将女人压在身下，没有前奏、没有预热、没有喘息，便真枪真刀地干上啦。文质彬彬、翩翩有礼的探春者似是另一个世界的来客。

"本人不习惯，心跳得慌。"

"嘿——"小姐急于求成未果，无奈地一摊手说，"那先看看三级片，慢慢进角色吧。"小姐转身去调亮电视，"给你放顶级片，口味重些，看了就有感觉了，到时你会来求我的！"说着将一碟光盘推入VCD，屏幕上出现了一对正在做爱的赤身男女。那对男女满头大汗，如痴如醉，有节奏地扭动着屁股，酣畅淋漓地享受着性爱的美妙和欢畅，发出"哎、哎"销魂般的呻吟……那对情人缠绵了半晌，上下左右镜头切换，特写大镜头、精心慢动作、真实细表情……小姐得意地瞟了一眼文达，认定此招即发生作用，客人马上就会被点燃、饿虎扑食……

不料，文达眼神飘移，心不在焉，目光经常从屏幕中移出，去打量墙上的挂钟，好像是性冷淡患者？还是有生理障碍？那他到这来寻的哪门乐子呢？这真是个特殊嫖客，面对真人和电视人的勾引，大气不喘，心跳不速，如僧人稳稳打坐于床沿，甚至不瞧小姐一眼，他对性真的反应迟钝、麻木、无感……这是怎样的嫖客，是公安卧底？记者暗访？还是作家体验生活？令人费解！

看着看着，文达顺手将小姐的衣服抛给她，说："你先披上，别着凉了。把片子过完再说。"小姐目瞪口呆，抱着衣服，木木地傻在那里。她倒吸一口凉气，原本打算速战速决的她，看来不得不准备很不情愿的持久战，她无助地说："友情提醒，你只有一个钟，时间过半，还不抓紧做事就来不及啦。"

"急什么呢？本人钱都付过了，你怕啥呢？"文达依旧循规蹈矩地坐在床沿，小姐突然发现他衣冠楚楚，手表还戴在腕上，这太反常，顿时一种不祥之兆升腾起来，她想向总台报告异情，来者不善，让保镖赶快将他轰出去。正在顶级片的剧情达到高潮之时，床前一盏不起眼的小白灯突然急促闪亮起来。小姐见状，大惊失色，荒乱地抓起衣裳就往身上套，一把按灭了电灯，关闭了电路，结结巴巴地说："不好啦，有情况，快逃！”

“啥情况？逃什么呀？”文达站起身来，他知道小白灯是淫窟自设的警示工具，证明警察到了！

接着，外边传来了女人急促尖叫：“警察来了，警察抓人啦，姐妹快跑呀。”小姐扔下客人，拉开房门撒腿就奔，在走廊上跑出几米，便被迎门赶来的警察堵回门里：“都别动，回到屋里去，别动！”

警察按图索按骥，瓮中捉鳖，没费太大工夫便将“少妇人”里外收拾干净，没给小姐和嫖客通风报信和隐匿逃脱的任何机会。

警灯闪烁，警察越来越多，所有的人都被集中起来，低着头，捂着脸，扯着衣物，狼狈地蹲在地面墙角处。只有文达抬首张望，这是他精心导演的得意之作，他的离婚逃债计划的重要部分，一切按照既定方案推进，大功告成……文达在窃笑，那是含泪、带血的无奈的苦笑。让他惊讶的是，在蹲成一片的黑压压的人头中，发现了鼎业公司被裁的职工，那熟悉的脸孔，曾经在鼎业公司楼道、电梯和办公室相见！看来人生失意者比比皆是，同是天涯沦落人，相逢何必曾相识！

不容分说，所有人被押上警车、带回警局，接受询问和调查。

姓名？曾文达。

年龄？三十二。

职业？职员。

单位？茂盛鼎业公司。

在“坦白从宽、抗拒从严”的巨幅警示标语下，一连串的询问和回答均记录在案。文达被要求填表、压手印、签字。

取证完毕，男女警员看着一沓治安处罚表，抽出了曾文达的那一张，颇感好奇地窃窃私语起来：这人特殊，嫖娼未遂，进入“少妇人”半个钟点，欣赏了一盘黄色录像。他是报警人，里应外合，要做掉“少妇人”。什么动机？什么目的？不得其解。好奇的警员单独提审了文达，更令人不解的是，文达非常配合地复述案情，积极承认错误，主动请求治安处罚。警察摇了摇头，说：看来你对卖淫嫖娼的处罚很了解，刑事拘留十五天，罚金五千元。但念你初犯，未完成与卖淫女的肉体交易，还主动报警、协助公安机关一举端掉卖淫嫖娼窝点，有从轻或减轻处罚的立功表现，决定处罚款三千元，免予刑事拘留的处罚。文达说：没有疑义，并要求索取处罚决定书正本。且慢！男警员说：我有疑义，你回答我，你明知嫖娼违法，并作了举报，为什么还要以身试法？过几天你们就理解了，文达冷冷地说。什么意思？女警察追问。没什么，本人赢了，解脱了，你们也赢了，双赢，难道不是你们追求的终结效果吗？男女警察听得云里雾里，丈二和尚摸不着头脑。

文达嫖娼，消息一出，众人错愕！事情终于闹大了，闹到不可收拾的地步。

许总闻讯，怒不可遏，气得一支雪茄接一支雪茄：真是恨铁不成钢，恨水不成冰，自我作践！自我毁灭！自己跳入火坑，这一跳非常致命，可能从此一蹶不振、无力东山再起！公司正值裁员季，这般带有污点的员工，公司无法继续留用，必须彻底清退。叶秘书坐在总经理办公室，就等许总这句话。许总将一盒烟抽完后，终于用发干的嗓子说："去办吧。不是除名，是主动辞职，公司同意他的申请。告诉财务处，离职费用给他往宽里算。"然后就打发叶秘书离开，他要单独待一会。许总了解曾文达，后悔上个礼拜找上门求援的时候，多多少少应该给些支持，温暖一下他冰冻的心，他不至于破罐破摔，不至于将自己往死里整。鬼都晓得，他想迅速离开老婆，转移资产，逃避债务，为了家庭、妻子和女儿而不惜牺牲自己。他是个好男人、好丈夫、好爸爸、好女婿、好员工……当今这样的人已不多了，这等人才公司没有留住，甚为可惜！怪他，沉不住气，被债权人逼得慌不择路、不择手段，以绝死的方式与命运抗争。也怪公司该出手而没伸出援手，本经理理应在力所能及的范围内，为他分解债务，起码减除本经理介绍过去的那几笔业务所产生的债务，他太想出彩，想为我喝彩，不料用力过猛，事与愿违，他这样下去就全废了、全完了……想着，想着，许总眼眶里渗出透明的液体……

玉芳在任何时候、任何情况不离婚的宣誓开始动摇。

丈夫被公司除名，律城公安局前天出击、一举打掉风烟巷卖淫嫖娼窝点的新闻在电视和报纸上反复播放，消息在单位、在小区疯传，一夜间家喻户晓、路人皆知。没想到，在成群的嫖客中丈夫赫然名在其列，他真是疯了，脑袋被驴踢了，神经彻底短路了，大脑全然失聪了，竟然做出这等伤天害理的不齿之事，他对得起谁？他对不起妻子和女儿！他无脸回阳泉村见江东父老！无颜面对学校故旧！无法再在阳光美第小区与邻居同行……她绝不能接受丈夫是嫖客的现实，不能接受他拿性事当儿戏，不能接受丈夫的身体与卖淫女有染……不能接受，一万个不能接受！不管他有天大的理由……他已经突破了做人的底线，触碰了法律和道德的高压线，完全背叛他的爱情承诺，离经叛道，罪孽深重，绝对不值得同情，万不可原谅！玉芳没再犹豫，签署了离婚协议书，直接交给了文达的律师，然后连丈夫的面都不想见，便独自一人回阳泉村避风头去了。她不想见人家异样的眼光，不想听人们低头私语，不能面对人们指指戳戳，那滋味比债权人上门辱骂还难听、还难过、还难耐……

同意离婚！文达感谢你，放本人自由，从此两人分道扬镳、天各一方，两条轨迹难有交集，让她恨本人吧，恨得越深，就越成功！这场假戏就这样真演下去了，越像越好！追债者再也找不着她的麻烦，再也纠缠不到她的身边，让她们远离烦恼，安安稳稳过日子……文达我背了骂名，背了黑锅，背了无数债权人的追杀，又有何妨？

文达终于可以振臂高呼：要钱没有，要命一条！有什么凶狠、凶险、凶恶，冲着老子来吧！老子现在是无产者，一无所有！让那些挪用公款者、受贿索贿者、盗窃贪污者、偷鸡摸狗者通通见鬼去吧，都到他们该去的地方吧！欠你们的钱，等到股票涨起来后，再一一兑现，本人的房子、车子和不多的存款、现金通通归你们，能弥补多少就多少。不能弥补的投资亏损，只能说对不起了，向你们鞠躬致歉，曾某来生再还！本人也要到该去的地方，做错了事，不能不得到惩罚！苟且偷生又有何意味？

人生该做的事悉数完成，该休歇了！去哪里栖身呢？工作已失，鼎业公司回不去了。离开公司时许总没有露面，文达也没脸求见，连办公室的私人物品都没有细心收拾，提着公文包，将两瓶口香糖装进口袋，丢下工牌、工作证和箱柜钥匙，便只身、头也不回地出了公司大门。玉芳回了阳泉村，家里空空如也，玉芳什么字据也没留下，冷锅冷灶，冰箱里什么吃的也没有……一切尽失，一无所有，这个世界已无立锥之地，属于本人的恐怕只有众债权人的上门讨债了，活着剩下张口呼吸和闭口吃饭，有何意义？接下来，如何体面的收官？对既往做彻底了断。也许电影电视剧的看多了，当事人走投无路的时候都会想两个字：自杀！这是无数失败者的最后归宿，文达不会想不到一幕。

不可否认，本人是失败者、失意者、失落者、失足者、失业者，但是他不认命，本人不自杀！绝不自杀！自杀是弱者的选项，是愚者的做法，是无能的体现！自杀死无完尸，被后人所唾弃、嘲讽和不屑。自杀过于残酷和血腥，自杀给人印象太恐怖。为避债而自杀，债权人是不会善罢甘休，他们会怀疑本人离婚的动机，会继续向生者追讨债务，先前所做的一切努力会付之东流。自杀无师自通，即使不通可以上自杀网寻求解脱：或者吞药、或者溺水、或者坠楼、或者自刎……死者痛痛快快一死了之，而活者却要为之受到牵连、付出代价，那又何必、何苦呢？那不是与离婚的初衷背道而驰？自杀又是一则猎人眼球的新闻，本人又要在报纸和电视中风光一阵，死了还成为媒体炒作的猛料，还留作恶名为后人耻笑。他不想轰轰烈烈，背负着骂名，而要体面的、有尊严的、静静地结果这一切，就像春花秋谢、潮起潮落那样自然而合理的万物更替，就像历史上的伟人，死也要站着、顶天立地的死！他已经想好了、安排好了，不久后律城城乡结合部的立交桥上，将发生一期车毁人亡的重大车祸。

文达喝了一杯白酒，是黄有成送他的杜松子酒，婚礼上没有用完，一直窖藏在家里，没想今天派上用途，没想黄哥给本人的是上路酒、断头酒、黄泉酒，感谢你，老哥，你总在关键时候成全本人，让本人半醉不醉地走，没有痛苦、没有泪水、没有流血。

他选择了一个烟雨朦胧、富有诗意的秋天的午后。换了入职时穿的西装，没有系领带，以免太正规了，好像一切都是有意识的安排，是庄严的慷慨赶死的场面，而不像意外的车祸。他对着后视镜，整理了下衣冠，毅然发动了晶钛灰的奥迪车，打开雨刷，他习惯地扣下，后又解除了安全带，一脚踩下油门，向城乡结合部、律城最大的城北立交桥高速驶去。

他估计着，此时在阳泉村的玉芳收到了他的绝笔信件。“亲爱的芳，别怪本人所做的一切。咱俩结婚时，本人说过，许过愿，让你幸福是我一生的追求。本人虽有万般不好，但至死做到了这一点，在人生的最后时光兑现了爱的承诺！在你皮包的夹层里，有一张以‘李福’名义办的银行卡，里边存着本人大多数积蓄，还有一份购房合同和新房钥匙。你从速按上边的地址，收拾家里细软，搬入精装修的新房，留下一居空屋和家私给债权人去清理、抵债吧，开始真正属于自己的生活。拜托你，把甜甜扶养成人，寻找你的新爱，按照自己的意志去做人、做事，本人的在天之灵会畅然愉悦的。时间是一把神奇的雕刻刀，镂刻世间一切的情感，将可有可无的东西都舍弃了吧。感谢你嫁给我，陪伴本人度过一生最幸福的时光！它太短暂，但本人曾经拥有！吻你！永远爱你的文达绝笔！”玉芳定是泪雨滂沱，撕肝裂肺，仰天长啸，痛不欲生……

他估计着，距离最后期限还有不多的几日，债权人发疯似的全世界找他，跟踪他的行迹，不断给他加压，他们也做了最坏的打算，这一切对本人来说已不重要了。他将电话打到飞行模式。是的，他马上要飞翔，飞到天国一域，在天堂俯视人间沧桑……

他估计着，靖晓常和方介生看到了新闻，不久会得知他的消息，他们会责怪本人：你不是好兄弟，有困难为什么不找我们，不相信我们……为什么不打声招呼就独行而去，置兄弟们于不仁不义之地！我们的眼泪在天地间同飞！对不起，我的好兄弟，还有远在他乡异国的敞敞姐姐，让本人最后一次想你！

他估计着，许总、单总、柯梦凡书记很快知道消息。他们议论纷纷，众说纷纭，莫衷一是。他们曾经是我的梦、我的恨、我的忧、我的愁，相信他们都会来看我的，这就够了，咱们终于没有朋友白处一场……

对不起，对不起我的不辞而别，本想给你们写些文字，但这就不是车祸了，原谅我，将人生最后一场戏演得逼真，对不起，本人先走了！这时，肚里酒精发作，车子正驶至高架桥峰顶，他一踏油门，用力一抹方向盘，奥迪“轰”的一声，猛然撞破围栏、飞出高架桥、一头扎入茫茫烟雨的悲凉世界。文达的口上振振有词地念着爱因斯坦在生命最后时刻的坦言：“极尽人事去延长生命是缺乏品位的，我的本分已尽，是离开的时候了。”爱翁说得好啊：人生赛场，败局已定，剩下垃圾时间，何必苟延残喘，当早早收场谢幕！

两年以后，股市行情大转，又一拨牛市再现。曾文达持有股票日进万金。如果他看见此日，不仅还清所有的债务，而且还可以再做一次堂堂正正、傲视群雄的富翁，再度矗立于上流社会、享受一生荣华富贵。可是，他没有运气，没有定力，也没有远见，更没有办法，坚持到阳光冲破乌云的金色春天，去纵情拥抱风雨过后的美丽彩虹。

四十一　抹黑陷阱

朱厅长的担心一言成谶，伤害案过去了整整十天，丝毫未有告破的迹象。公安机关的豪言壮语开始默然降温，“指日可待”之类的预期不敢再提，看来靖晓常躺在病榻上等不到破案的消息了。热情洋溢和精力充沛的陈医师，依旧每天规则地出现了病榻前，察看伤口愈合情况，问长问短。那位曾经胸脯拍得嘭嘭响的林副局长，却再也没有现身病房。

介生、月姝预约文达、玉芳一起赴医院探视。介生联系文达、月姝联系玉芳，可是无论如何都联系不上。月姝急了，通过一中心小学的朋友，间接探问玉芳他们的近况，听说近日股灾来袭，文达受到冲击，情绪一直低落，玉芳也被搅得忐忑不安，夫妻俩经常拌嘴。近几日大概是阳泉村那边的老人身体有恙，他们领着孩子回乡下去了。介生听罢宽了心，不以为然地说：小夫妻刚过磨合期，磕磕碰碰正常着呢，咱们探完晓常，这边情况急，等他们回律城再联系不迟。

其实，方介生获知晓常被殴，第二天就赶到医院探望，在病榻前见到全身缠绵着绷带的晓常。病房拉实了窗帘，光线暗淡，伤者处于半昏迷状态，眯着双眼，看不清出出进进的来人，来人问候他也只能轻轻回应。那时，病房里人头攒动，小小的病室，人多没地方站，探望的、慰问的、采访的和核对案情的纷至沓来，轮流挤到床边，见了插满管子、脸色如纸的晓常，介生眼睛湿润了，不知说什么，无法交谈，无法询问，无法安慰，无法倾吐心声。介生紧紧握住晓常冰冷的手，不管他耳朵好使不好使，俯身说了句：老哥，保重！保重！小弟改日再来看你。这时，各科室会诊的医生到了，女护士嚷着开始将探望者一个劲地往外撵。

那次探视，介生说不算。咱看见晓常，他没看见咱，一句温馨抚慰的话都没说完，说不定晓常醒来后还惦着介生咋不来的呢。他不会留意送花者，花束、花篮、花朵和各色慰问品堆满了床头柜，满满当当地摆到了地面，介生送的花束不多时就干枯凋零，被工勤员当垃圾清理掉了，他的小小心意无法传递到晓常心里。

介生准备再度探望。他与晓常的关系决定了这一切：探视不是礼节，更不是从众赶大集，而是真正送去一份温暖和关怀，捎去病员的切实所需。晓常现在最需要什么呢？鲜花，华而不实、装饰不了病房；营养品，病人目前主要靠输液、吃流食，进食不多；慰问金，先不说晓常肯不肯收，那太俗气，有例行公事之嫌，审计厅领导探望肯定送慰问金，靖晓常能花钱的时候，身体早已康复了。介生与月姝一合计，其实，晓常心里最期待破案，你想，案犯一天不归案，真相就难以大白，社会上就难免出现杂音，认为发生冲突的双方是交通纠纷，马路斗气，甚至有人谣传流氓斗殴和当事人之间存在债务纠纷。所以，将犯罪分子拿获归案、绳之以法，这是对伤者最大安慰。伴手礼是什么、有多少，晓常不在意。对，就给公安再加一把火，为警察喂点激素，将社会舆论点燃，推一推几近停滞的破案工作，探望才有真实意义。

案发一周后，探视的高潮慢慢褪去，而伤者的神智恢复了正常，这时正是最需要人探望的。先前扎堆探视的领导和朋友不懂心理学，只识赶浪头、凑热闹，走马灯一样，不得要领。介生和月姝的探望时间恰到好处，程序上经过一番精心设计，他们约上单媛媛，带上省电视台采访钓鱼执法的原班人马，对晓常及相关事件作跟踪采访和深度报道，媒体宣传不能虎头蛇尾。实际上，是想媒体介入，给政府和公安施压，迫使破案工作持续深入，不能这么冷下去了，更不能变成了一桩无名的僵尸案。

听说电视台前往采访，领导的神经绷直了。尽管电视台没有聘请领导到场，可是相关部门主动配合，有关领导不请自到，不管出不出镜，起码表示了对无冕之王、对省内主流媒体的尊重和重视：朱厅长来了，陈医师来了，久违的林副局长也露面了……这一招真灵，介生要的就是这种效果，营造一种对伤害案的持续关注和对破案工作的无形压力。

靖晓常不喜欢病怏怏地面对镜头。关于钓鱼执法，他已接受过 N 次采访，现在又上镜，觉得没新意，老生常谈，听众岂不腻味？而且此次伤害是否系执法大队所为，与钓鱼执法是否相关，待公安机关的结论，当事人不好作的预估和评判，这点常识和政治纪律靖晓常是懂的。不过，不说案情说什么呢？受伤毕竟不是伤者主动的见义勇为，而是意外事件的被动伤害，这类刑事案件多如牛毛，人们见多不怪，渲染什么呢？

你听我的！单媛媛像导演一样给众人说戏，她安慰晓常道：跟踪报道的定位十分准确，没人下结论系执法大队行凶，咱就沿着钓鱼执法这条线索大头朝下、持续报道，对交管局的审计如火如荼，围绕钓鱼执法的前因后果及其危害，针对如何杜绝其再度发生等展开探索，各抒己见。社会上很多人关注事态的后续发展，关心靖厅长的健康，当事人和有关部门表态，都说几句吧，公开回应公众的持续关注。单媛媛不是学新闻出身，但是经过在岗培训和后续教育，俨然成为了一名老到的节目主持人，一位成熟的新闻工作者。

咱们按照单主持的话做，配合媒体的工作，方介生说：特别是晓常，莫要有思想包袱，此次受伤，完全可认定为见义勇为，与坏人斗争嘛，正当防卫，这个基调可以定下来。至于案件的性质和缉拿凶手，那是公安机关的事，林副局长会做出清晰说明。介生借机了夸一把晓常，又不失时机将了林副局长一军。

靖晓常被说服，不如说被感动了，这么多人的关心和厚爱，让他心里暖暖的，他答应酝酿一下感情，对观众说几句吧。不过，他更想与介生私下促膝长谈。不在同一单位，两人见面机会渐少，交流都在电话中，缺少了兄弟间的亲密感。

介生说，等会送走媒体，咱留下来细说。说罢，催媛媛开始录制节目。

单媛媛落落大方地走入镜头，说明了来意，开始了节目采访。方介生进入镜头，说：咱代表晓常工作过的律城财经大学师生赠花——他没有用“敬献”两字，好像面对英烈——以表示对英雄的敬重。且慢，且慢，晓常在病床上说：打住、打住，莫用英雄的字眼，不敢当！介生说：咋不敢当呢？在学校里，晓常见义勇为，勇斗碰瓷歹徒，事迹早就名扬校园；如今又只身与坏人搏斗、身负重伤……称之英雄毫不为过！其实，英雄就在咱们身边，在社会每一层面的各个角落……

晓常没有在意介生说什么，碰瓷事件，遥远的碰瓷事件，四个滚烫的字，一下焐热了晓常的往事回忆。他的脑海里影像般地映出了临江路口、长江医院的街景，映出了碰瓷事件揭穿后，那帮恶少的歇斯底里，逃离现场时甩下的凶神恶煞的毒辣眼神，映出了在警察处理现场恶少向证人投来的复仇凶光，映出了马路上大打出歹徒，以及他们从眼底射出的邪恶，似曾相识、如出一辙，他思维顿时敞亮起来，马路伤害事件，怎么没往碰瓷恶少上想呢？是不是……晓常有一种拨开迷雾见太阳的彻悟！

“请靖副厅长向观众朋友说几句！”单媛媛的话筒直伸伸地支在晓常面前，摄像机已经对准了他，这可是给的特定镜头……他的想法被采访无情打断。

单媛媛采访晓常。介生跟朱厅长在一旁谈得热络，他先狠夸了晓常一番，称他是律城财经大学学艺双馨、不可多得的人才，他的公推公选，马书记、郭校长可下了很大决心，做出了艰难抉择，舍不得放人哪！朱厅长笑眯眯地说：审计厅识货，组织部里有的是伯乐，相信我你眼力都不错。这不，靖厅长在审计厅委以重用，分管的比我还多、还广，行政单位审计处、经济责任审计处、科研所、培训中心……既然朱厅长介说到审计，介生顺水推舟地说：朱厅长，对交管局审计绝对不能手下留情，务必斩草除根，不留后患！他们不仁，咱们也不义，否则过几年这伙歹人东山再起、卷土重来，后患无穷哪。朱厅长笑呵呵地道：我们依法审计，不凭意气和感情用事，既定的审计程序已近结束，审计结果不日可向社会公开。方介生说：咱以为有必要对公安局进行审计，他们占用社会资源太多，百姓关注，社会关切，内部管理怎么样，保一方平安的职责履行绩效如何，如破案率、结案率等等，都得拿出来晒一晒。朱厅长说：对公安厅局的审计还未提上议事日程，不过你请放心，凡是使用国家财政资金、吃纳税人饭的，迟早都得接受审计，只是时间问题。方介生觉得跟朱厅长的谈话有些吃力，与媒体采访的对话无异，一问一答，一句不多一句不少，严肃有余而活力不足，厅长像给员工上政治课，又像在大会上做报告，也许领导说话都是这个腔调。

单媛媛给朱厅长和陈医师的镜头不多。朱厅长显然没有过足瘾，准备了一堆说辞没派上用场便被戛然而止。话筒转给陈医师，陈医师言简意赅，说医方给予了最好的医疗和护理，伤者恢复良好、出院在即。单媛媛又将镜头对准林副局长，一个劲地问破案情况，什么时候？多大把握？还有什么困难？有信心吗？对公众做出怎样的承诺等等，原以为用几句官话就能打发记者的林局长，被火力强大的单媛媛的连珠炮轰得无招架之力，很快满头大汗，在镁光灯下汗水蒸发出的热气都清清楚楚。林副局长最后说：欢迎公众提供有效线索，协助公安机关迅速侦破此案！

采访结束，单媛媛摆动着剪刀手，收获满满地提着话筒电缆，跟着背摄像机的人乐滋滋地告辞。领导们也同步消失得无影无踪。病房安静下来，方介生欲动手收拾内务，晓常制止说："别动，你不知道什么东西归哪里，还是等护士来打理，赶快坐下来唠唠嗑，闷在这病房里快把人憋死啦，我想赶快出院。"

"不忙，"方介生说，"出院的事还得听医生的，不容你自作主张。"

"伤在我身上，好不好，疼不疼，我最清楚，最有发言权，"晓常靠在床头，将枕头垫在腰际道。

“你得相信科学，而不是凭感觉。”介生拉了张凳子，靠近床沿而坐说，“一切以陈大夫综合诊断为准，我知道你归心似箭，你可别让人家为难啊！”

“你担心我什么？我会遵医嘱的，没问题！”晓常淡淡地一笑说，“不过，诸如休息、疗养、规则服药等完全可以在回家做嘛，难道出院就有生命危险啦，不至于吧？”

“好啦，我不同你抬杠，一句话，这儿由医生做主，医生是你的领导！”介生找了一只纸杯，倒了杯水先喝上，先解解渴，然后，拉住晓常的手，正儿八经地说：“老大，咱不得不跟说个事。听说近来有人在学校调查你，追究过去一些鸡毛蒜皮的琐事，在翻老账呢，什么夫人调动、装修工程结算、逢年过节收礼、红白喜事之类……你在外边有没有结了冤家？你可得小心啊！”

“是吗？马路上遭人明算，背后遭人暗算。俗话说，不怕贼偷就怕贼惦记！不知道哪里、什么时候动了人家的奶酪，有人找上门来啰。”晓常想了想，心里有毛，问道，“是些什么人在张罗调查？”

“不清楚，那些人鬼鬼祟祟的，肯定不是律城财经大学的，也不像组织上边的人，反正不是啥善类！”介生说，“咱叫金融学院不接受任何调查和采访，要调查找纪委，要采访找宣传部。”

“明枪易躲，暗箭难防啊！”晓常内心明白，他将交管局彻底得罪了，被审计人不甘束手就擒，肯定会全力反击，作垂死挣扎。有人开始暗地收集他的黑材料，其目的阴险而不可告人。他在建议朱厅长开展对交管局财经法纪审计时，其实已经预料到这一步！他说：“心底无私天地宽，身正不怕影歪，防君子易、防小人难，该来的迟早会来啊……”晓常的话有些躺着中枪的无奈。

“君子小人说，那是善良者的自我安慰！”方介生打断晓常的话，不礼貌地说，“有人黑你，在单位、在网上、在公众媒体上，屎盆子扣在你头上，把你搞臭，你的解释成本太大，就是跳进黄河也洗不清，浑身是嘴也说不清。关键是造谣者先入为主，第一印象很难校正，没人相信你，包括领导和组织。等到你将证据找全，能说明白的时候，早已是遍体鳞伤！”

“是啊，不少人为之付出惨痛代价，被证明无辜后，却得不到应有补偿，抹黑者也得不到应有的惩罚，所以越来越多的人效法跟进，抹黑术已登上大雅之堂，在社会上愈演愈烈。”晓常知道，审计厅每月都收到几件、十几件或几十件不等的举报信，其中大多系无效举报，举报人可谓无所不用其极，收集了一大堆似是而非的事实或证据，大兴造谣、捏造和诽谤之势，是非颠倒，混淆视听，的确令人心焦、心酸和心痛！

“咱是担心，老哥在审计厅是否抢了别人的位置、挡了别人的路、坏了别人的事。尽管不是你主观之故意，但是客观形成这样的效果，别人要跟你玩命。”介生坦言道，他认为官场昏黑，没有公理可言，潜规则盛行，躺着也中枪，关键是不知枪发何处，不知你成了谁人准星中的靶标，“被抹黑了，你活该，没有人为你平反，更没人替你昭雪。这就是残酷的现实，是当官应计的成本，哈，哈，也是月姝不让咱涉政的原因。”

“谢谢提醒，老弟为我好，让我回头好好梳理一下，找找薄弱环节，有备无患啊。”晓常又感到伤口隐隐作痛，他捂了一下胸部，又怕转身动作过大，牵扯伤口缝合处；更怕介生看出来，即打岔说，“你跟月姝什么时候办事？该安居乐业了，抓紧把事办了吧。”

“是的，咱们计划选个吉祥日子领证，快了，快了。”方介生本想多待、多谈一阵儿，但是刚才晓常一个不经意的动作，他的眉头皱了一下，介生明白，那是伤口的疼痛，他不宜久坐，平躺有利于伤口，否则会产生牵拉而不适甚至是疼痛，目前他还不宜多说话，说话时产生的震动会刺激伤口，说话多了费神，对身体恢复不好…… 刚才采访闹腾了一阵子，他该休息、静养。想着，介生改变了原先的主张，欲再说片刻便借口告辞。他说：“还有，听说最近文达状况不好，股票蚀得厉害。”

“投资风险猛如虎啊，见好就收是优秀投资者的本性。上半年，他拉我做股票，承诺百分之三十的利润，我没动心，不是信不过他，而是我真的对炒股没兴趣。”

“他给套住了，套得很牢，资金抽不开身，陷入债务激流漩涡之中。”介生根据市场行情看出文达的处境。

“找时间去看看他，能给他些帮助吧，怎么做，你告诉我啊。”

“文达有事不喜欢跟咱说，一个人闷在肚里。他的想法其实很多、很复杂。上个月咱去看他一次，他忙得不可开交，胡子拉碴的，头发蓬乱如草，让人揪心！后来就约不上时间了，吃饭不行，短信不回。”介生款款地道，“反正，他心底很深，过去跟他同房，心中的小九九咱也知之不全。”

"哈，哈，什么同房，你们是同房、不同床。"晓常乐了，介生用这个词颇有歧义，容易让人想另外一层含义……他这一乐，伤口又隐隐作痛起来。

"就算同床，也是同床异梦。他的真实想法很难摸清。不过，这回他是真困难，回头咱得跟他联系。"介生说着，看了看表，马上到了医生查房的时间。

秘密调查人忙碌了半个多月，终于罗列了靖晓常"违法乱纪的事实"，经过移花接木、添油加醋的加工，写成的若干封举报信，雪片似的飞向各级纪委和检察院反贪局。

深秋的一天下午，一封从上级纪委转来的、加盖了"已拆阅。秘密"红色印签的举报信，平躺在省纪委检察二室丁主任的案头。这是一沓类似举报信中的一封。信中称：律城财经大学总务集团严总挪用公款、贪污受贿东窗事发，牵扯出原会计学院主持工作的常务院长靖晓常受贿窝案。据严总交代和行贿人举报，为了获取学校电子监控项目的订单，投标方先后向严总和靖晓常实施了金钱贿赂，其中，送靖晓常工行卡一张，内存人民币十万元。在受贿人出任审计厅副厅长后，行贿人又向该卡注入十万元，以换取其必要时的通风报信和特殊关照。此外，群众举报，任现职期间，靖晓常借搬家和夫人调动之机，疯狂敛财，索贿受贿，收受教职员工赠送的礼金、礼券和礼物，估值达人民币八万余元。以前期装修投入为由，向后续搬入外教楼212的张某，索贿人民币四万余元（其装修残值不足五千元）。另外，当事人将收受的贿物赃款，行贿领导，为夫人办理调动疏通关节。靖晓常还与钱教授勾结，虚列课时，多支冒领MPA课酬十万元之巨（具体金额待核）……知情人的举报与"双规"后严总的招供基本一致。经研判，举报信不像是不明真相的群众捕风捉影的诬告，也不像唯恐天下不乱的落后分子的兴风作浪，倒像是有正义感的知情人忍无可忍的反戈一击。举报以事实为依据，以法律为准绳，不仅指证的事实清楚，情节细微，时间、地点和金额具体，而且当事人、知情人和外围证人齐全，最重要的是举报人预留了手机号码，称纪委调查取证，他会潜出水面，也愿意当庭作证。

阅后，丁主任把眼镜往鼻梁上推了推，掩卷长思：上峰转来的举报信，必须按章办理，以对上有所交代，对下有所落实，任何人不敢大事化小、小事化了。举报信所称的事实，他一件不能贪污，必须一一核实，以对当事人负责，对上级负责，也是对举报人负责，因为领导可能随时追问办案结果，举报人可能继续不停的告状，若纪委查办不力，举报人可能将案情捅到媒体上去，反诉纪委延误调查、放纵罪犯，到那时可就被动了，监察二室也将无从解释。

丁主任预约了朱厅长，通报了举报信的大致内容。

朱厅长异常吃惊，大呼意外。说靖晓常贪腐，我不相信，太不可思议！对晓常这个人，我还是能把握得住，他物欲、性欲不旺，做人很是本分，工作也算勤勉，没有非分之想；仅凭一封举报和被“双规”人员的一面之词就要动手下的干部，有点不沾边、不靠谱儿！他思考了一会说：他是烈士后代，根红苗正。进入审计厅以来名头很大，屡屡成为焦点人物，他不掌管人财物，没有贪腐机会和前科，这点我敢保证。不过，在律城财经大学的事，不在我的视野，就不清楚了，公推公选时，组织部不是做过调查和政审吗？对举报信的指向，纪委内查外调核实了吗？不可轻易采信匿名举报和污点证人的信口雌黄啊！

丁主任诡秘地一笑，心想朱厅对纪检监察的认知水平不敢恭维，对纪委工作支持理解不到位。想着，他从皮包里抽出一份材料，说：我们作了初步核实，情况都在里边，请仔细阅读。

朱厅长说：我建议，鉴于晓常同志伤情尚未痊愈，出院不几日，在事实尚未完全弄清之前，最好不要惊动本人，以免给当事人心里投下不必要的阴影。

不成，丁主任肯定地说，纪委本着有案必查、有腐必纠、有贪必反的原则，不论涉事人职位高低、资历深浅，都一查到底！外围调查没有否定举报信的指控，现在到了必须与本人见面的时候，听听他的想法，看看他的态度，摸摸他的底细，这是调查不可逾越的环节。作为副厅级领导干部，有义务和责任配合组织的调查，相信他有这个政治觉悟！我们既不会冤枉一个好人，也不会放过一个坏人。当然，丁主任摸了下巴，缓了缓语气说：目前，还无法肯定这是一条“大鱼”，还是小鱼小虾，甚至连米虾都不是，我们是按规矩办案。

那好吧，举报者经常也是被举报人，审计者有时也是被审计对象，人生的角色就是这样快速切换，不奇怪！案情与本人见面吧，或许留有回旋余地，也是教育、挽救干部必要手段，朱厅长只好点头认同：那就按你的说办，不过先小范围进行，莫搞得满城风雨，在下班后谈吧。需要厅里配合的，请丁主任吩咐。

丁主任大手一挥，牛气冲天地说：暂时不用，你们听候调遣吧！

朱厅长摇摇头，办案人的脾气特别大。

下班了，办公楼窗棂的灯火一盏盏熄灭了，整座大楼暗淡下来，办公室大多已人去屋空，楼道里空空如也，只有走廊里节能灯寂寞地射出清冷的光源。这时，丁主任带着两位纪委工作人员悄悄摸进了靖晓常的办公室。

靖晓常批阅完文件，习惯地摸了摸胸部的伤口，好多了！触摸后痛感已不强烈，身体活动对伤口也无牵拉，时间是治愈一切病痛的良药啊！不过，当下还不宜剧烈运动，这是医生的嘱咐。刚才阅批的文件中，他的心被揪了一把，省纪委的案情通报中，律城财经大学严总的贪污、挪用和受贿案赫然其列。晓常使劲回想严总的模样，大概就是高高大大的范儿，拉碴胡子，下巴壳青色一片，挺慈眉善目的，看不出奸相，他怎么会犯事呢？嘿，人不可貌相，海不可斗量！晓常仔细读了两遍案情通报：严总，电子监控采购订单，私人老板上门行贿，因为发生了碰瓷事件，全校上下呼吁加装行车记录仪，那是一宗顺理成章的采购，不料他与不法商人勾结，提高价格、以次充好……再度接触到碰瓷事件，靖晓常眼睛一亮，他恢复了医院里的记忆，接续了那时的思路：马路寻衅伤害案件会不会系几年前律城财经大学校车的碰瓷团伙所为？为何不查一查这伙歹人什么时候刑满释放，出狱后混迹于何处，最近与何人厮守，也许能为公安机关找到突破口。靖晓常有茅塞顿开的感觉，一拍大腿，亢奋地差点叫起来：哥们咋没想到这一层，公安局的侦案确实南辕北辙，被交管局执法大队，不，是被自己的思维定势忽悠了！晓常将医院内形成的思路固定下来，观点趋于明晰。

正为自己突发奇想而兴奋不已之时，丁主任突然脸色阴郁地站在眼前，让晓常足足吃了一惊。来者亮明了身份，便自行拉开椅子坐在靖晓常对面。靖晓常以为几位爷，又是登门询问交管局领导违法乱纪的人和事，先前已经历了无数次陈述，关于交管局钓鱼执法和摩托车手围殴他的情节，他可以倒背如流，几遍说下来毫厘不差，不过，说这老套套该换换词了，晓常开门见山地汇报了刚才的想法，认为换个方式查案，有望取得意想不到的突破，交管局执法大队可能行凶无关！

丁主任的脸黑森森的，一直板着，对晓常的大陆新发现一点没兴趣，对他的侃侃而谈根本不予理会，甚至很不耐烦。他呼地拉开文件包的拉链，从里边抽出一份文件，“啪”地拍在桌面上，说：“我们是纪委，不是公安，不接受报案，要求配合查案！”

“什么，查案？查什么案？”靖晓常这才从兴奋幻觉回到现实中来。

“对，查案，就这个案子！”丁主任翻开厚厚材料的第一页，上面复印着一张名片，推到晓常眼前说：“美亦精密电子仪器装备有限公司，范经理，认识吧？”

“范经理？不认识。”晓常仔细看、仔细想，朦朦胧胧的。

“打过交道吧？”

“嗯，应该有过一面之交。”靖晓常努力恢复起记忆，好像当年，哪一年记不清，他来找我，要介绍认识严总，八成就这个范经理。

“那就对了，他丢给你一张卡片？”

“什么片？名片？”

“银行卡片！”

“什么银行卡？”

“银行卡就是银行卡，有钱的卡，存钱的卡，可以消费的卡，卡就是钱，就是这张卡！”丁主任翻开第二页，一张银行卡的复印件，再度推到晓常跟前。

“这跟我有啥关系。”

“咋叫没关系，他送给你的，里边有钱。这就有了关系，是不是？”

“你是说我拿了这张卡和卡里的钱？什么证据？”

“当然有证据，人证、物证齐具。”丁主任看来是办案老手，层层抽丝剥茧，步步递进，让你一点点陷入他设的局中：“我再问你，你搬家、夫人调动，接受了会计学院老师的多少钱款、有价证券和贵重财物？在 MPA 课程冒领了多少课酬？”

“没有！是我的我拿，不是我的，我一分钱不取。老师凭什么给我送钱送物，我又凭什么收受？简直滑稽！”靖晓常站立起身，咆哮起来。

“别激动，坐，坐下。”丁主任指了指残留着晓常体温的椅子说：“还有，外教楼 212 室，简单的装修，花了两万块，你住了三年多，你竟敲人家四万元装修款，这是索贿，知道吗？”

“胡说，他的钱我全退还，一分钱没收。”

“S 交通设计研究院，名曰与会计学院科研合作，实际玩弄洗钱的把戏，打入你院两百万元，要求提取现金或自由报销一百五十万元，这是赤裸裸交易、明晃晃的犯罪，你知道不？”

那更是无稽之谈！什么陈糠烂谷子的事呀？那是哪个年代的陈年老酿？一起扣在我头上！荒唐！在他的记忆存储中，这些事早就格式化 N 遍，现在回忆起来一时难以复原。我，只能向自己保证，对得起自己，对得起天地良心，未曾把钱装错口袋，未曾夜晚爬错床榻，没有以权谋私寻租，做到这些，就能心安理得，就任凭风浪起稳坐钓鱼船！他们说的这些事，无不是东拼西凑，张冠李戴，南辕北辙，经不起任何检查和推敲，我一点不心虚理亏，完全能够坦然接受调查、面对一切，其指控无一成立，无一能栽赃到靖某人头上。听丁主任振振有词的所谓罪状，分明有人煽阴风、点鬼火，在背后放冷箭、打冷枪，是什么人在幕后谁指他们兴师讨伐？不知从哪堆垃圾里拣来的破烂证据，处心积虑地想整死我、想放倒哥们？告诉你，门都没有！靖晓常冷冷地横扫了来人一眼，说："要整人？得先拿出证据来。别讹人，我不吃这一套！"话音未落，马上又意识到，这与马路上与坏人面对面不同，纪委代表一级组织，组织的人敢于闯入办公室，肯定自恃证据在握、把柄在手，有些东西天知、地知、良心知，恐怕一时难以说清道明，既然瘟神找上门来，麻烦肯定接踵而至，山雨欲来风满楼啊，又一场严酷的战争开打了！介生说得对，当今社会想黑一个人，易如反掌，而想洗刷莫须有的罪名，则比登天还难！

靖晓常如落入冰窖，周身透凉，那是冬天里的刺骨寒风，浸透到每个汗毛孔里，吹得他不寒而栗，他的伤口又在收缩、隐隐作痛起来……他的耳边，徜徉着丁主任让人毛骨悚然的最后通牒："要知道，我们坐在这里，不可能空手而至，也不会空手而归。如果你不配合，我们换个地方说话，不过那就没那么舒坦，就由不得你啦！你自己掂量！"

四十二　初心不改，仁者无敌

玉芳不顾家人强烈反对，执意以妻子的身份，堂堂正正地为丈夫曾文达治丧。

丧事从简，只租用了律城市殡仪馆最小的、仅容下几十号人的悼念厅，供亲朋好友小规模的悼念活动。玉芳考虑：如果丧事大操大办，声势过大，惊动了众债权人，他们要继续追讨，不安好心的坏人借丧事大闹灵堂和遗体告别仪式，以发泄积淤的不满与愤懑，那文达在天之灵何以安息？家里人又怎么对得起逝去的文达？还担心大办丧事，引发债权人怀疑她与文达的离异有假，有夫妻联手一致对外避债的嫌疑，那就可能将她和甜甜再度拖入债务纠纷和财产冲突之中，文达最后的努力也将前功尽弃。玉芳权衡再三，选择了低调、再低调，不对外公开发丧，只通知文达生前最亲密、最可靠的好友，具体名单是她亲自圈定，总共不过十七八人。玉芳想，这也是文达的意愿，有什么不到之处，他不会怪罪于俺。

玉芳通知了晓常和介生他们，没有通知许总和叶秘书。因为文达已被除名，不是鼎业公司的正式员工，公司高管的出现算什么呢？他们对文达之死负有不可推卸的责任，公司对忠诚它的员工竟是卸磨杀驴、杀鸡取卵，关键时候见死不救，玉芳保留在适当时候将许总的丑闻公布于众的权力，她咽不下这口气。

晓常支持玉芳的想法和做法，说他正接受组织调查，惹麻烦了，实在不好意思，脱不开身，如果他脱离组织视线，有人会认为他畏罪潜逃，或者从事串供等非组织活动，在电话里晓常哽咽起来。分身无术，他委托丽惠全权代表，在介生和月姝陪同下参加悼念。

介生和月姝哭得泪人似的，见了玉芳更是相拥哭成一团。他们还蒙在鼓里，以为是文达情绪失控，过量饮酒，醉酒驾车，不幸撞断护栏坠桥身亡，公安局勘测结果也如此认定，参加吊唁的所有人也是这样认为：文达是驾车失手而亡！玉芳想将这个结论维持下去、以至永远，而不要将丈夫之死与自杀的残酷现实联系起来。车祸结论的破产，意味着文达自杀身亡，人们又会自然联想下去：自杀的原因，再追溯他死前的各种异常表现……这是文达生前和玉芳现在最不愿看到的。玉芳违心地在交通事故认定报告和死亡证明上，战战栗栗地签下了自己的名字。车祸，是她认可、公安认定的最终结论！

介生掐腕痛心：文达向来谨慎，开车全神贯注，不愿与乘车人搭腔，真是平时谨慎，关键时粗心，小事聪明，大事糊涂，可惜之极，就这么丢下可怜的妻子和年幼的女儿驾鹤西去！年轻而富有朝气和才华的生命突然折断，生命属于他至少还有五十年、六十年！真是令人锥心刺骨般的疼！介生毕竟不了解事故的全貌，所有的信息来源都是公开的事故报告，但是，朦胧之中，又觉得此事多少有点蹊跷，觉得事故来得不是时候，踩着文达的某种节拍：事先传说文达生活出轨，后又与玉芳匆匆闪离，这与后面的驾车身亡是否存在某种必然的联系？那段时间文达和玉芳闹别扭，后来又失联了一阵子，晓常和月姝打暴了电话，他们为什么不接？这段时间是空白，他们做了什么？对此玉芳始终没给出满意的解释，他的心里横亘着一个硕大的问号。他实在想让玉芳证实某些说法、某些传言、某些猜测，可是，此时，吊唁现场，人都没了，文达直直地躺在鲜花丛中，大家都沉浸在无比悲痛之中，打破沙锅问到底，这做法很不道德，加深她人的痛苦来满足自我的好奇？

玉芳得知车祸消息后，执意要去现场，被公安人员拒绝，因为现场很快被清理干净，交通恢复了正常，被撞断的护栏缺口用警戒绳拦着。玉芳看了事故现场的录像：晶钛灰的奥迪车摔变了形，面目全非，摔成了一堆张牙舞爪的废铜烂铁。雨水浸湿了破损的车体，车内污水汪汪，白色的安全气囊全部弹开，一片狼藉。文达被扣在车体内、就伏在方向盘上，车辆与护栏和地面两次猛烈撞击，震穿了他的胸内脏器，造成腔内大出血。文达脸型完整，口边挂着一缕殷红的血，眼角含着一丝浅浅的泪花，似安详熟睡而去，口袋里装的口香糖塑料盒被甩出来、迸裂后口香糖飞溅，到处白白点点……玉芳疯掉了，泪花肆意奔涌，号啕着被人架住，几度昏死了过去……

曾父、曾母不远千里，从阳泉村进城，搀扶着媳妇，护送儿子的骨灰，带回阳泉村安葬。玉芳不止一次邀请公公、婆婆进城小住，说好的，等文达忙完了，开车回阳泉村接他们来律城，莫要挤公共汽车，那样人太辛苦。可是，什么时候是忙碌的终点呢？遥遥无期！没想，老人家的进城，竟是白发人送黑发人，捧走的是离家乡多年的儿子的骨灰，说来让人痛彻心扉！

袁家父母原本计划进城带外孙女的。文达不答应，老人进城该享清福，不是苦力，更不是当牛做马。什么时候享福？没时间表。没想到，婚后的再度进城，女儿离了婚，女婿命归西天！其间不知他们闹腾什么，一会儿玉芳将女儿带回来，一会说文达不堪重负、快崩溃了，一会又说文达不是人、干下畜生不如的肮脏苟且之事……最后，咋闹出个鸡飞蛋打呢？乡里的老人看不懂，城里年轻人的事乱成一团麻，女儿什么时候才能从痛苦的泥泞中走出来啊……

回溯文达生命的根，他出生和生长的地方，与他祖上家人永远在一起，文达的心境应当重归平静，乡下人说的入土为安，阳泉村的习俗就是这个意思。

回家的车上，一路颠簸，玉芳一直捧着骨灰盒，紧紧地将它搂在怀里。眼睑下噙满了泪水，不时滚落下来。她的肩膀微微颤动着，悲伤占据了心头每一个角落。她谢绝了介生、月姝、丽惠和其他同事再送一程的请求，她说，回阳泉村是宁静的，就像他走出农村一样，还是自家人回自家地，谢谢各位好人，谢谢啦，玉芳跪谢大家！

文达就葬在祖上安息的地方，一块小山包的西头，一块小小的墓碑和一个隆起的土丘。打石碑时，玉芳闹着要将自己名字刻在上边，落款：妻玉芳、女甜甜泣立。曾家人自不反对，不知这是不是文达生前与玉芳的约定，一切尊重玉芳的想法。玉芳姑娘真是好人家，一直以妻子的身份善待曾家父母，一口一个爸、妈的，不绝于口。可是，袁家人不答应！袁父说你还年轻，还要再立新家，这碑文一刻，等于告诉大家你是寡妇一个。一个寡妇，等于自绝后路！文达死于非命，不是爸爸绝情，要你与文达恩断情绝。你听爸说，你们离婚在先，车祸在后，袁家能与曾家一起办丧、一起设灵堂，已经对得起死去的文达和曾家父母，晓常和介生寄来的慰问金，袁家也分文不留，全给了曾家父母，俺可对得住人家……这墓碑上就着写实吧，文达是离异单身，哪来的妻子呢？这个妻子名不正、言不顺！玉芳，就从了你爸，好不好？

玉芳咬住下唇，摇头，不答应！

你还有机会再嫁人啦，不能将自己焊在里边。村里人也劝，做女人的，命苦啊，女人的名字只能用一次，写上去就改不了了。意思是说，女人百年之后的归宿只能安卧一穴。

“俺明白，俺想好了！文达对俺真爱无假，值得俺终生相伴！”玉芳眼挂泪水、紧合双唇说。

你还年轻，将来的路还长。是啊，得想好啰，这可不兴后悔的啊！袁父气急败坏：不理她，俺让工匠照实刻！

“不说了，如果你们不同意，俺宁愿也睡在里边！”玉芳如雷咆哮，指着灵堂上文达的骨灰坛子说。她这话的时候就像一座石塔，纹丝不动。她的头脑可清醒着呢，铁心不改了，永不反悔了！老人们吓了一跳，不敢再劝，只得依了玉芳。

玉芳要在家乡守七，多陪文达一段时间。

晓常和介生秉承了文达的遗愿，动用一切能够动员的社会力量，托人为玉芳调换了工作单位。为了防范债权人跟踪滋事，在保密状态下办理好了调动手续，在学校对外说玉芳辞职了，去向不明。到了新的学校，本学期没有课，给了玉芳一段相对宽松的自由时间，让她与文达多说说话，将生前没有说完的继续说下去。

冬天的夜很长、很静、很冷，文达的坟头远离大路，一条三百米断头路的尽处，一片坟茔大小高低起伏，黑漆漆、阴森森的。曾家祖宗四代均葬于此，先人长眠，习惯了寂寞，习惯了没有灯火和路人的相随。这个季节昆虫进入了冬眠，蛙鸣蝉蛇都安居于树窝和深洞，地面空旷、显得特别荒芜和凄凉。只有寒风劲吹，扫过墓地萋萋乱杂的枯草，清冷月光稀稀落落地铺洒在罕有人迹的萧杀之域。

坟前新插的白幡飘展着悲苦，白色纸钱四处飘飞着惆怅，焚香的青烟从土坟前升腾起忧伤。玉芳跪在文达刚刚累好的坟头、刚刚用水泥固定的墓碑前，颤悠的双手点燃了一堆祭火，用身子挡住风口，以防横切的冷风吹熄了火堆。她用冻得僵硬的手将纸钱扯开，一张一张往火里添送，一张张铂金纸钱晃晃悠悠地飘入串起的火苗，慢慢绻身化成灰烬，旋转着向空中飘散，静静地融入岩石草木之中。

“文达，甜甜睡了，俺一个人来陪你。”玉芳开始自言自语，不，是与文达说话，打开滔滔不绝的话匣子，“你好狠心，背着俺，一个人偷偷溜走了，你好狠心，撇下俺一个人孤苦伶仃的，让俺在这里成为孤魂野鬼！”火光在玉芳清瘦干涸的脸闪动着，映出她的泪水，一夜间她老了许多，不仅人老，心也老……

“文达，平时枕在床边，你不喜欢跟俺说话，你说太累了。今天忙完了，跟俺多说一会儿，好不好？你说，你想结束机器人般的苦役生活，自小，你是考试机器，分数的奴隶；在律城财经大学是论文机器，编辑的奴隶；到了公司是金钱机器，领导的奴隶。在考试、论文、金钱面前没有自尊、没有思想、没有快乐，甚至没有尊严和人格。文达，俺不知道，你为什么把尊严看得那么重，它重要吗？少了不成吗？凭良心说，在这个家庭里，俺玉芳有没有给你尊严？有没有尊重你的人格？你今天要回答俺——”玉芳抽泣急促起来，泪水如泄堤的洪水奔泻而下，她的心在滴血……

“文达，俺知道，你想改变一切，却力不从心。你为许总顶包，当了部门领导，得意忘形，用扭曲人格换来了短暂辉煌，那是多么不堪！俺没浇你的冷水，只是天天提醒你悠着点、悠着点！你想借此做强、做大，想打造人生不倒的金字塔，可你感到无能为力！股票蒙难，你马失前蹄，跌回了人生起点，被无情地打回原形。文达，你不想从头再来，不想跟俺回到阳泉村，重复童年的贫苦，你选择丢卒保车，丢下一笔钱和房子，你以为俺会感激你，以为女儿将来会感激你，不，你错了！大错特错了！俺鄙视你，俺的命运不要你安排，你还俺一个活生生的丈夫，天天跟俺在一起过日子的丈夫啊！哪怕身无分文、哪怕天天被人追债，俺不在乎啊！”玉芳跪在文达墓前，移动着膝盖，身子一下扑向墓碑，一把搂住碑石，双手抚摸着曾文达三个凹进去的字，情绪失控……

“文达，你把俺当什么人啦？你就这样打发俺？你演的什么戏？你有没有考虑俺的存在、俺的感受！你太自私，太自私！总把自己的意志强加于人！你以为一了百了，凭一套房产和一张存折买断俺的一生、俺的所有感情？你这是害了俺和女儿啊！谁稀罕你的钱和房子！告诉你，俺向你保证，俺一定把女儿扶养成人。也告诉你，你的房子和钱，你的房产证和存折，全部放在你的身边，俺一分钱不动、一分钱不要。这次你得听俺的，玉芳第一次独立做这个家庭的主！为了让女儿不重蹈爸爸妈妈的覆辙，俺要做了一个坚强无比的女人！文达，这下安心了吧？文达！你答应俺，答应俺呀？你为什么不说话？你每次都是倒头只顾自己睡觉，把背对着俺，冰冷冰冷的，让俺好心焦、心痛、心碎啊……”玉芳哭倒在坟包上，祭火燃尽最后一张纸钱，缓缓熄灭了，剩下忽明忽暗的点点火星，一阵寒风吹过，四面散开，带着余热、带着灵性、带头低吟浅唱的追思，飘向遥远的、文达刚刚抵达的天堂。

“文达，没什么买给你，俺从你的母校，律城财经大学超市买了两瓶益达口香糖，你遇到烦恼时就嚼两片，吃完了，下次再给你买。文达，俺喜欢你带着口香糖的甜味吻俺、亲俺，你咋不抱抱俺呢……”玉芳放声大哭，哭得惊天动地。

苍穹如墨，寻不见雁群纷飞，只听得天空中“乜——”“乜——”的凄楚长歌，那是离群、失伴孤雁的哀鸣，伴随着一个女人的哭声传出很远、很远……

纪委高频度的调查取证紧锣密鼓。举报事项一件一件被摆在显微镜下，反复观摩，作病理切片解析。

丁主任的攻势咄咄逼人，可是进展却不如想象那么顺畅，也不像他所经历的其他案件那样很快出现了“井喷”。举报信所涉的重要违法乱纪情节，在性质认定上都卡了壳，悬而未决、悬而难决。就说开发商的银行卡，确实在晓常那里沉睡多年，后来是在一沓废卡中挑出来的，直到办案人去银行查对，卡上的钱一分未动。有人说，靖晓常大智慧，或者说太狡猾了，持卡伺机而动：如果若干年后，相安无事便将钱款纳入囊中，若有风吹草动则按兵不动、静观其变。他学审计的，懂得规避风险、保护自己。行贿者称银行卡塞入了抽屉，当时的动作很大，当事人不可能不知。肯定装疯卖傻！这年头，生意人都晓得，办事不表示等于不办事，文盲都不笨，何况博士、教授呢？不过，举报人的指证仅仅是推理，不能作为证据采信。究竟靖晓常知不知道银行卡以及卡里钱，没有第三方的有力证据，所以，始终无法证明当事人具有将卡中钱款占为已有的犯罪动机和主观故意。再说会计学院老师对晓常的利益输送，超越正常的人情往来，缺乏老师们的认同和力证。不错，靖晓常搬家时接受了不少教师的“礼尚往来”，数额无精准统计，可是晓常对老师们婚丧嫁娶无不投桃报李，数百到上千元不等，这些都是老师口述的，也没有实物和书面佐证，无法为当事人定责或免责。再说夫人调动行贿送礼，靖晓常承认为表达对有关领导和经办人员的谢忱，分送了一些烟酒茶，还请人吃饭，具体金额不详，追究这档子事有小题大做之嫌，调查中教师们对纪委人员当头就是一番冷嘲热讽，丁主任灰溜溜的。再说索取他人装修款项，经查宋丽惠确已将张某拍马屁送的四万元退回其银行卡中，只不过那是张某的一张僵尸卡，始终没有引起他的注意，索贿之说不成立。再说私分 MPA 课酬，靖晓常不是 MPA 中心负责人，是签字拿钱的上课教师，不执掌 MPA 事务、没有私分酬劳的权力，说私分反倒抬举他了。还说 MPA 中心涉嫌洗钱交易，经查假科研合作持续了半年，后主动叫停了，若构成犯罪也追究不到靖晓常的头上……丁主任不甘心这些半生不熟的原材料做不出产品，不甘心无功而返，在他的办案史上还没有失手的先例，他不愿随随便便破此不败金身。

纪检人员开始在耳边鼓风：贪官都是不见棺材不落泪，竭尽一切之能事为自己开脱，毁灭或变造证据，推卸或转移责任，模糊或误导办案人员的视线……多少笔举报事项当中，只要做实一笔，就可以构罪！就说银行卡，既在当事人手中，什么不知道、未使用通通是说词，严格来说都不成立！难道受贿者非得打收据才能定罪？是否采取组织措施？只要将人“规”起来，那就没有不如实招供的！丁主任挥挥手，让手下人闭嘴，他举棋不定，心里有些烦乱。又有身边人接下去说：靖晓常案粗略统计，加总起来也有十几万，算得上“金额较大”，符合量刑标准，可以“规”，当然，还有咱们未掌握的证据，涉案金额就远不止那么多——也许这是办案者的习惯思维和惯常做法，也是屡试屡爽的制胜法宝。的确，当今，找几条罪状，拿下一个干部并非难事，也几无冤假错案的风险。不过，丁主任觉得对靖晓常的举报虚了点，办案组火力全开，但仍没打在关键点上，欲迅速结案定罪还缺乏十拿九稳的把握，他想请示上级，球是上级发过来的，现在该将球开到领导脚下。虽然“规”起来有些勉强，但进行警示或诫勉“谈话”，甚不为过。

靖晓常接到省纪委的口头通知，还是那个丁主任打来的电话，叫他明天上午十点亲自到纪委约谈。

靖晓常不知约谈意味着什么，是不是丁主任说的态度不好“换个地方”？是否系问题的升级与性质的严重性？还是比到单位来“规”更文明的“请君入瓮”？真不懂有什么好谈的，该说的都说了，剩下就是不知道或说不清的了。比如，什么时间、什么地点跟什么老师发生多少经济往来，是赔了还是赚了，赔赚率多大，这恐怕永远说不清道不明了。如果说是问题，可以放大、无限大；如果说不是，也可以缩小、微缩……也许躲在阴暗角落的举报人，又发明创造了新证据，想置我于死地？也许丁主任从家属那边查了新线索，发现与我的证词之间存在矛盾，尽管晓常对丽惠是放心的，她不会随便收受他人的钱财，但是她对会计学院老师总是关爱有加、迁就附和。晓常要她实事求是地回答纪委的所有调查讯问，但是两人对往事的记忆和把握肯定有出入，这会不会成为他对组织不诚的例证？也许严总在暗无天日的监狱里苦思冥想，又想出了开脱罪状的怪招，或与行贿人串供，将责任强加于我，比如说，行贿者与严总的相识是我的引荐和担保的，他接受贿赂是因为我的示范和鼓动……严总在夫人调动中帮过忙、出过力，了解内情，容易找出我的破绽，他节外生枝、胡说八道一气，够办案人员忙碌个十天、半个月的！总之，得做底线思维，做最坏的准备：心理准备、生理准备、证据准备和生活准备，此去待多久、几时能回，真看不准，摸不到答案！

习惯早起的晓常，吃完早饭，背着妻子——丁主任叮嘱保密，晓常怕妻子担惊受怕——想跟丽惠留言，话到嘴边又咽了回去，所有的话等到探视时再说吧，所有话都无保密，完全可以公开，我对组织襟怀坦白！晓常将钱包扔进了抽屉，纪委里没有花钱的地方；将工牌夹在台板下，进入纪委大门无需身份认证，肯定有人门口等候；车钥匙丢在家里，独自一人步行前往，纪委停车场不为被查者预留车位。唯有手机临时不能离身，这是丁主任与我联络的桥梁，进了纪委再准备被没收吧，手机里边没有隐私。

晓常一个人在街头踽踽而行。一边是上班一族的车水马龙，一边是人行道上一个人行走的孤单背影。一边是城市的律动、嘈杂声浪滚滚，一边是冷静、寂寞和稳沉的脚步。

纪委约谈，说不紧张是假，心理再强大，可是事到临头，也不得不考虑面对困境、思考出路。躺着也中枪，乱枪打死人，在肃贪反腐声势浩大的今天，倒下一个靖晓常算什么呢？没人同情，没人说情，更没人为你说理，只有自己独饮苦酒！都怪当初不谨慎，自恃无职、无权、局外人一个，行贿者怎么会打我的主意呢？更糟糕的是，搬家时发现了来路不明的银行卡，忙乱之中为什么没引起足够警觉，不及时查明上缴呢？“不知道”“没有用钱”的解释苍白无力，没有佐证，也没人采信！按照现行法规，收受并实际控制银行卡，不论是否提款使用，受贿行为即告成立。仅此一点便有口难辩！都怪当初与会计学院教师来往失度，落人予话柄，一个一个份子加起来就是不小数目，就撞击了受贿金额的底线，扣上受贿的帽子你又怎么自辩？都怪当初意气用事，为爱人调动惊动那么多人，送土特产、请吃饭，反把人给害了……就这一堆，嘴说歪没用，找谁申冤？还有啥底气抵赖、反驳？自恃清高、洁身自好又有屁用？好了，常在河边走，哪能不湿鞋，进了厨房才知火烤，不管是坏人设局挖坑，还是个人言行不慎，我是吃五谷杂粮的凡夫俗子，六根未净，就难掩辫子和尾巴，一切自有公论吧！嘿——还是像介生那样，当个老师多好，没有那多的烦恼和困顿。“官场不得志就回头做老师吧。”介生经常调侃说，但是，落马之将无法回营再成卒，律城财经大学还回得去吗？

回得去，当然回得去！律城财经大学不就是十里八里的路程，律城市又有多大呢？绕城而行，不过半天工夫。十点钟，还有两个小时呢，想再踏上律城财经大学松软的土地？没问题！有的是时间！人摔出跑道时，特别怀念起点，想从头再来；在历经曲折时，特别眷顾顺利成长的日子，想遁入宁静的驿站；在孤立独行的时，特别留恋与朋友在一起的时光，想再度重逢、毗肩并行；是的，那起点、那港湾、那相逢，所有的青春记忆都定格在律城财经大学，定格在与介生、敞敞和文达他们的团圆时刻……不知是故意、还是下意识，晓常神差鬼使，脚步似输入了计算机编程，自动对准了律城财经大学老校区的方向径直而去。走啊，快走啊，马上回到财大，那个魂牵梦萦的唯美校园。

律城财大老校区的校车站台，隐隐隐约约映现于眼帘，随着步履的起伏，越来越近，越来越大，越来越清晰：四根水泥台柱支起了五六平方米的半封闭站台，对于靖晓常再熟悉不过了，他在财大工作了六个春秋，每天清晨从此出发，乘车前往新校区，夜晚再从新校区乘车返回，在此下车。等待班车或司机的时候，就在站台小憩，天气不好时，在里边遮风避雨。站台的小篷下经常挤得满满的，人贴人、难以立足，同事们谈天说地、欢歌笑语。有人在叫："进来吧，把雨衣脱了。""哎，把伞收掉，否则就内外无异啦。""我没带伞和雨衣，难道叫咱把衣服也脱了，啊？""哈，哈，哈……"

爽朗的笑声断了，投目而去，物是人非，站台依旧，寂静地在寒风摇撼中顽强矗立，顶篷已破损，脱落的帆布被西北风撕扯，来回劲舞；破烂不堪的站牌油漆斑驳，校方"关于实施车改，校车停运"的通告依稀可辨。哦，班车没了，站台已废弃，难怪没了乘客，恰似此时本人的心底一样，凉飕飕、孤零零的。年前，介生和文达还在电话里嚷着，要四人聚会重乘班车呢，现在已无可能，想来心头不禁一阵阵酸楚！想当年，从这里出发走上工作岗位，开始新的人生。我和敞敞、文达都是这里走出去的。如今，沦落天涯，天各一方：文达猝然离世，敞敞漂洋过海，在地球另一端艰难打拼，前途未卜，只有介生还在律城，执守三尺讲台……时间将人改造成什么样子？忽然间将人推向峰尖，倏然又将他拍入底谷，人生就这样不断变轨、跌跌撞撞……哥们今天又出发了，面向人生的转折、曲折和挫折……

"哎——那不是靖院长吗？"一位身披律城财经大学劳动服务公司蓝色制服的老者，老远打着招呼，然后连走带跑地向他奔来。

"你是？"靖晓常的思绪被打断，侧目瞅瞅老者，好熟的脸啊，这不是肖师傅吗？就是驾驶校车的肖师傅！毕竟做司机的好眼力，他一眼认出了多年不见的晓常。晓常脱口道："肖师傅！您怎么在这儿？"

"靖院长，年初学校车改，班车停了，没车开了，我改行了，发配到劳动服务公司，在校园做保洁，负责老校区这片区域呢。"肖师傅好像是来赶早班的，刚走进校园。

"肖师傅，您老人家身子骨还那么硬朗，您一切可好啊？"

"好，好，只是人老了，再混几年就退休啦。"肖师傅见晓常神情有些晃悠，不解地问，"靖院长，我改不了口，应该叫您靖厅长才对，您这是路过，还是打这上哪儿去？"

"不，不，我散散步，散步呢。"晓常不知如何回答是好，随便说。

"这么早，既不是周末，又不是节假日，散什么步呢？"肖师傅心里疑惑，上班时间领导不在工作岗位，出来遛弯，不对劲！他拉着靖晓常的手热情地说："您要去哪里，我用车送您，哦，私家车、私家车！"肖师傅指了指校门的方向，他的车刚刚泊在那里。见靖晓常犹豫，肖师傅拽上他就往停车场走，边走边道："那年您帮了老哥大忙，摆平那伙碰瓷鸟人，我还没捞到机会感谢您呢，就给我一次表现的机会，走！你去哪都成，哪怕去北京、上海。"

肖师傅的黑色福特车保养得一尘不染，靖晓常不由分说地被按在了副驾驶的位置上，肖师傅麻利地打着了火、启动了车辆。去哪？靖晓常这次没有回避，说去省纪委，领导找谈话咧。

肖师傅不明白纪委谈话的褒贬，但是看得出晓常有心事，他的眼神有些飘，脸色略带倦意，肯定昨晚没有睡好。究竟发生了什么，领导的事不好多问。他将车速压得很慢，好让晓常看看沿途两边的开发区近年发生的巨变，散散心，勾起他对往事的回忆，留下美好印象呗。

是的，靖晓常的思绪一下被激活了，车一一经过了熟悉的、让他怦然心动的地方：临江路，是当年发生碰瓷的地方……江北医院，是三个月前遭遇钓鱼执法的路口……新街口十字路红绿灯下，是两个月前歹徒作恶行凶、大耍淫威的现场……是他曾经走过、曾经停留、曾经回望过的深情土地，是留下生命的履历、雕刻生活脚印的地方，靖晓常情不自禁地掏出手机，对准马路、街牌和人来车往，按下了摄像键，想将这一切扫入镜头，铭刻在记忆中，他想让时间在这里停滞，生活画面在这里定格……

“还是老脾气，每到一处拍个不停？”

“是啊，恐怕改不掉了，坏习惯！”

“这不是啥坏习惯，”肖师傅稳稳地驾驶着车辆，腾出右手紧紧握着晓常的左手，深情地说：“凡事啊，人在做，天在看，苍天有眼！作为过来人，不管它世道咋变，咱只相信这个理！”

“肖师傅，说到我心坎里去了。”晓常眼睛一亮，随口问道，“你相信我吗？”

“那还用说，关键时候瞅人最准啦，那么多人当场都尿了，你我不熟，你站出来伸张正义。你是淬过火的钢！靖院长啊，我摸了一辈子方向盘，没啥文化，但看穿这个世道，相信老人的眼力，没错！”肖师傅拍了拍方向盘，将喇叭压得嘟嘟响。他指了指前方说：“纪委这就到了，您去办事，我在外边等你，多久不碍事……”

靖晓常心头一热，眼泪差点掉下来。他将镜头对准肖师傅，要将肖师傅，一位普通老者的形象连同刚才的话语留在手机里、发到微博和微信上，作为人生旅途的偶遇、作为生命的纪念！人生不可试错，生活不可试验，生活没有彩排，人生不能调头，假如人有来生，假设生活可以轮回，让我重新遇上碰瓷和钓鱼执法的歹徒，晓常我依旧会义无反顾地选择出手，而不管付出多少大的代价！对头，人在做，天在看，相信苍天有眼、有心、有正义！

“儿子，你知道你爸是怎么牺牲的吗？”此刻，晓常的耳畔响起二十五年前，妈妈临终前令人难忘、催人泪下的谆谆嘱咐，随着他迈向纪委大楼的步伐，妈妈情不自禁地说了一路：“那是一九八四年，你爸在广西前线，配戴着手枪和干粮，深入前线作战地采访。他集摄影和文学记者于一身，同行的是电影摄影记者，背着老式的、笨重而庞大的电影机、支架和两大盘胶片，从前线指挥部到居高临下的战壕，从狭小的猫耳洞到交通封锁线，从清晨起雾的阵地到晚上打照明弹的前沿，一干就是两个月。同事扛着沉重的负荷，经常跟不上你爸的步伐，行动总迟半拍。随行的警卫战士前后离他们三十余米、保持安全距离。一天，他们到前线采访归途中，一口气冲过一块寂静的开阔地，炮弹呼啸而至，看来越军放过警卫战士、专挑记者发起攻击，炮弹像长了眼睛向他们飞来。你爸本可以闪身跃入身旁一个积水的弹坑、躲过一劫，但是，同事一身装备，他欲卸下摄影器材就地隐蔽，时间根本不允许，你爸飞起一脚，先将同事狠狠地踹入弹坑，从来没见过对同事用这么大的力气，电影记者一个嘴啃泥跌入积水中，然后你爸本能地去扶被同事甩出去的器材，摄影机落入水中就报废了，几天的采访素材就白搭了，但他的手还未触到器材，炮弹在身边炸开，刺眼的火球、震耳的轰鸣、强大、炽热的冲击波里你爸被撕扯得身首异处，死得很惨，连同摄影器材一道被炸得粉碎，牺牲时你爸手里还紧紧攥着采访包的背带…… 墓地里安葬的骨灰盒里，只是你爸部分遗体的残片。丢下孤苦伶仃的我和年幼儿子，战死他乡，我再次看到你爸是他的遗照，是悬挂在灵堂上他对着我们固定的微笑。这个家少了你爸，我不想活了，从此我旧病复发，一蹶不振、一病不起…… 但是，我不怪你爸，他做得对！在危急关头的一切都是出于人最本能的反应，军人的责任、正义的担当已深深刻入他的脑海，来不及细想，救下同事是责任，是命运，是不需判断的唯一选项！如果你爸活下来，炮弹排山倒海地再打来，他还会这样做！这就是你爸，男人的本真，他永远值得你骄傲和效法！儿子，你给妈记住！

“退一万步，假设他不救下同事，只身躲入弹坑逃生，而目睹战友倒在身边的硝烟里，他会终生压着沉重的十字架，负罪的心灵永远不能救赎，真不如躺在‘光荣’的担架上，真不如将姓名静静列于长长的阵亡将士名单之中，我了解你爸……”

靖晓常泪水再次模糊了前方的路面，但步伐越发坚定、稳健……

大结局　你比我幸福一万倍

六月十九日，一个公认的吉日，谐音“要久”、天长地久，很对缔结秦晋之好的年轻情侣的口味。介生和月姝终于游出恋爱的狭长水道，一个猛子扎入爱情的大海，正式登记结婚。

正值期末，学校正忙，介生想暂时保密，以免大家分心，婚事到暑假再办。不料，在区民政局婚姻登记处遇上了一位熟人，这张乌鸦嘴张罗起小道消息没商量，将他们的婚事抖露出来，搞得满城风雨。方介生、钱教授千金，学校的名人，人们倍加关注，他们的联姻，当然是校园新闻“号外”。老师们监考时、就餐时、乘车时相互打探：婚事怎么着？什么时间办酒啊？大伙等待着吃喜糖、喝喜酒呢，更确切的说是准备送份子。介生和月姝人缘好，朋友多，人气足，众人捧场，婚事肯定隆重、热烈着呢，说不定创下个律城财经大学之最。

介生与月姝紧急磋商：既然捂不住，不如干脆向外正式发个消息吧，安明告示，请好心人莫乱打听、瞎议论：咱们结婚不派请柬、不办喜酒，谢绝亲朋好友的礼品、礼金，万盼谅解，诚谢各位！

介生、月姝不办酒、不收礼，倒不是忌惮与什么规定犯冲，他们是百姓一对，有关领导的纪律管不着他们。介生不喜欢热闹，不喜欢造势，不喜欢花费大量的时间精力去张罗劳民伤财的婚宴，不喜欢婚礼上被司仪像玩偶一样任意摆布，更不喜欢站台演戏，让观众评头论足。他觉得，西方国家的年轻人去教堂结婚挺好，只不过中国人不兴这个。哦，听说婚庆公司新近开设了这项服务。介生立即前往洽商，现场观摩后发现，那牧师打扮的人是演员，教堂是摄影棚，《圣经》是道具，所有的都是逢场作戏，不伦不类，不中不洋，让人贻笑大方，看了直起鸡皮疙瘩，不得不断了这个念头。

介生对月姝说：婚事从简，难为你了。一生就这么一次婚姻，不会怪罪咱吧？结婚是咱俩开始一起过日子，搞那些花哨腻透了！婚庆公司换着花样折腾人，赚足了黑心钱，太搞笑哪！月姝说：只要嫁给你，咋都行，你拿主意吧，月姝服从命令听指挥。介生说：说气话了吧？咱早说，跟着咱要吃苦头的，这不，见血了，你别抱怨哦！月姝说：我想你早娶了我，早点跟你吃苦，你不干，非拖到今天，才不感激你少让我吃了几年苦呢。介生说：你吃的苦，咱负责补偿，加倍补偿！月姝说：你快讲，怎么个加倍、咋个补偿法？介生说：咱们说好的呀，到外国旅游去，旅行结婚，把婚结到国外去，咱可没忘记对你的郑重承诺。咱不办酒，不等于说偷偷摸摸、不声不响就把婚结了，起码有个大动作、放个大炮仗，响一把，出国，潇洒走一回！耶——月姝激动得搂住丈夫的脖子，照着脸颊上就是一个深吻，说：当初，我以为你说玩笑话，没当真，你是去年十月二十九日在美国承诺的。介生说：玩笑？玩笑开到美国去了，你看，日子记得贼牢，分明是考验、考察咱，等咱兑现，是不是？月姝说：大丈夫一言、驷马难追。介生说：好吧，本丈夫就一不做、二不休，明天去国际旅行社预订暑假美国的行程，导游兼翻译在此，保咱的客人旅行愉快！月姝补充说：不是客人，是夫人，好不好？她的心灌了蜜一样甜滋滋的。

朋友同事的祝贺似雪片般飘落：短信、微信、电子邮件、信件、贺卡，还有鲜花、动漫、视频、音乐、玩具和巧克力，现代化的祝福花样翻新、形态各异，介生和玉芳还是首次领略，赢了个祝贺大满贯。手机响个不停，贺卡、挂号信、鲜花签收不断，仿佛祝贺大比拼，老师们的想象力大爆发，介生和月姝应接不暇。由于数目巨多，介生和月姝难以招架，难以一一阅读内容并在第一时间回复致谢，只能先将祝贺者存在手机里，改日再登门分送喜糖、一并道谢。

刘敞敞的贺信是通过 QQ 发来的，从美国奥兰多寄出。敞敞再三叮嘱结婚通知她，介生没忘记给她专程发了短信。既然拒收礼品、礼金，不办酒，刘敞敞打老远的地方赶回来庆贺无甚意义，那样花费太大，对她的生活学习影响太多。刘敞敞回了信，压根没提回国之事，看来她没打算回国参加介生的婚礼，她临时写了一封贺信，执笔匆忙，内容不繁，寥寥数百字，像从速完成的一项作业，与众不同的是在信后附了一段以“金素妍遥远的祝福”为名的视频，这是她等待介生结婚消息的主因，她在当金素妍的信使。

嘿，真是踏破铁蹄无觅处，得来全不费工夫，这时候来了敞敞的消息，还有素妍的心意……介生心不落地了，立马悬浮起来，像飘在空中的风筝，飞来荡去，忽上忽下，一会冲上云端，一会又贴地俯冲：敞敞怎么选择这个时点传递消息，真会选机会！咱已与月姝已领证结婚，一切已铁板钉钉，感情的事可不是闹着玩的！多年不露面的金素妍也在这时候上门道喜，什么意思？她们都在高度关注咱的婚事，反应速度奇快！哎，敞敞和素妍，你们究竟躲在哪里？为什么这时双双出手，欲意何为？真的，太神奇了，像是蹩脚导演安排的离奇故事，该出场的不露面，不该出戏的却粉墨登场，不可思议！

众里寻他千百度，蓦然回首，那人却在灯火蹒跚处。金素妍，你在何处灯火蹒跚呢？这多年来还好吗？介生思绪翻滚。她的视频经过压缩，文件包太大，下载需要时间，还用密码（密码是素妍的生日）加密。介生不假思索地输入了密码，文件打开中，电脑太慢、下载太涩……那就先读敞敞的信吧。

敞敞先是新婚祝贺的客套铺垫，然后是闲聊。她说，不想回国了，想留在美国、当今世界上最发达的国度自由发展，这是她首次正式回应校方的诚挚邀请。你别以为敞敞我太物质，其实，敞敞曾经虚荣和物质，现在温饱有余，不那么物质了，不会为五斗米折腰。在国外，就是为了一点可怜的自由，如今美国的物质条件并不一定比国内强，只是在外边，可以不求人和少求人，也让敞敞我的后代不求人和少求人，以自己的本领吃自己的饭，不用低头怜悯自己，无需抬头看他人眼色……这就是她出国多年的全部体验？也许，她说的是对的，不怕苦、不怕难，就怕关系社会里心累，怕人与人的无谓算计和缠斗！

文件下载完毕，双击点开，那是金素妍的一段彩色视频。图像慢慢清晰起来，人动起来。啊，她在哪里？好像躺在病榻上？好像在电视大学上课，对着学员解释概念，介生赶紧放大图像，调大音量……

那是高清图像，金素妍的头发、汗毛和手臂上的针孔都清晰呈现。素妍对着镜头，如同当年在学生社团一样亲切和蔼，说话时，除了少了激昂的手势，还是那样面对师长般的谦逊、诚恳和耐心，开篇一句“生哥”，立即刻击中了介生心间最柔软的部位，一下把他的心捉得牢牢的、死死的：“生哥，别怪我，本想启用你给我的金笔，给你写封长信，可是，不知从何着笔，犹豫再三，迟迟未动笔，错失了宝贵的健康时光。眼下，病重了，癌细胞已经扩散，转移到身体各部位，本姑娘手无缚鸡之力，十指合劲提不起一支细笔，只得麻烦宴师傅为我摄像，通过镜头跟你说心里话了。”

介生惊呆了，素妍什么时间得了病？怎么一下就难以提笔、危及性命？相别七八年后，再次听到素妍张口，怎么是这番谈吐？这不是在说故事？别吓唬咱？介生一脸落寞，心在往下沉，惶悚得手指不禁微微发颤，呼吸在提速，他不相信、不能接受这突如其来的一切……

“生哥，对不起，我大学毕业后不辞而别。那时血液异常，初步确诊患了白血病。爸爸攒了一笔钱，听战友说，英国医疗水平世界一流，就安排我去英国治疗。因为早期病理反应不显，爸爸天真地以为，我可以边治疗、边完成研究生学业。我也想有朝一日，一个健康的素妍终会回到你的身边。可是，人算不如天算，病情发展很快，随着越来越强烈的头昏、腰酸背痛、周身无力，书读不下去了。几个疗程下来，效果越来越不尽如人意，药效开始减退，剂量在不停加大。过了一年，人瘦了二十斤，病情进入相持，看来英国人没有回春之术，最后不得不回国疗养。在国外有诸多不便，花费高得惊人。知道你在ZN大学读研，我要爸爸在校园外租了一小套六楼的房子，好在楼上遥望每天上课必经的校前广场和林荫大道，通过望远镜在川流不息的人潮中寻找你的身影。当看到你熟悉的身姿，我的内心是多么畅然，那是我一天最充实的时刻，胜过所有治疗药物。生哥，从接触、相识、相知的那天，我就渴望有朝一日走到一起、生活在一个屋檐下，共同构筑一泓温馨幸福的滨海港湾。可身体不争气，我深知彻底治愈的希望越来越渺茫，我不能拖累你！你说过不弃不离，不管天涯海角，海枯石烂，永不变心！生哥，你是死心眼，说到做到，不可能放弃‘一次等于一生，一天等于一辈子’的爱情信条！你是那种一口唾沫一个坑的男人！如实告知我的病情，你肯定会抛家舍业，不顾一切飞来，陪伴于我身边。那对于你太残酷，它将无谓地消耗掉你青春最宝贵的年华，误了你一生的事业。我于心不忍，我不能太自私！你有你的事业，你的幸福，不能因为一个病号而贬损青春的价值。生哥，对不起，我玩失踪，掐断了所有的线索，让你找不着我。我知道，你在千方百计地寻找，在苦苦地等！我呢，在想方设法地躲，一旦让你发现了我的踪迹，就坏了大事！我想，失踪三年，法律上视同于死亡，长时失踪意味着爱情已枯萎，意味着我已见异思迁、移情别恋。我告诉自己，坚持，坚持，等于告诉你别再苦苦等待，赶紧重新开始吧。多少年了，你为什么不恋爱结婚，那让我度日如年、万念俱灰！正在我山重水复之时，月姝妹妹出现了，日日陪伴在你左右，我终于看到幸福的曙光。”

素妍娓娓道来，解开了缠绕在心头的团团疑云。介生瞠目，惊讶得咂舌，整个身子僵直地固定在那里。他还是不相信素妍说的，命运在与他开了一个莫大的玩笑……

“录完这段视频，我时日无多。我叫爸爸在你们结婚之日托人将视频交给你。我担心，素妍西去，你会傻帽，或者难为自己，死守过去而不重新出发。如若于此，素妍在九泉之下将无宁息，这也是一生最大的落败！生哥，你忘掉过去，大胆开始，希望在望远镜中看到你与一位女生挽手并肩，在深梦里看到你与她依偎相伴。当你走进洞房，我会由衷欢笑，并致深深的祝福。我的在天之灵会得以最诚挚的告慰，无处安放的灵魂将归于风花雪夜。”

素妍的声音有些潮湿，将介生心彻底融化。是的，她了解过去、现在和将来的介生，如果知道她与病魔殊死缠斗，介生会倾其所有，助她一臂之力，会牺牲一切兑现爱的尊严与承诺……没错，素妍的设计是对爱的最高诠释，是用生命对爱做出的最伟大的宣誓，意在逼介生重拾新的生活，逼他打开几欲封堵的爱情大门……

“生哥，我就葬于律城财经大学不远的青山绿水的功德园里，那是我选择的栖身之地。因为那里，能够感触你的脚步、聆听到你的笑声、感应到你的脉动，我们的心一直在一起。感念咱们在一起的美好岁月，一生有此，即无虚度！”

素妍开始急促起来：

“对了，我跟新娘子说说。月妹，好妹妹，恭喜你找到了男神，真的，这是你的福分，祝福你们！拜托你一定好好爱着生哥，因为从任何方面他都值得你托付一辈子，他是好人，好人终将有好报，伴好他一生！你比我幸福一万倍！”

最后是素妍含笑向镜头挥手，持续了好几秒钟，画面才渐渐暗淡下去……

录像视频经过剪辑，可以看出断断续续拍了很多镜头，中间的话不连贯，背景反复切换，最终经过高手的技术处理后才合为一体。为了还原那段心酸的拍摄场景，宴摄像师用文字记录下了那段令人动容的拍摄经历，附在视频之后：

五月五日，素妍插着管子，翻身便是疼痛，她提出抓紧拍摄，再不拍就拍不完了。我是导演、摄影师、剪辑师兼化妆师。对照镜子，为她梳头打扮，涂脂抹粉，直到她对自我形象满足才开镜。她说，素妍曾经是吸附在妈妈身边的小公主，眉似水、鼻如峰，唇若朱丹，面如凝脂，今天不可以面目全非，否则生哥认不出本姑娘。她要求挪开气切管和氧气输送设备，挪开输液瓶管，不要将这些纳入镜头。我理解她的忌讳，让她穿着病号服、戴着病员帽半坐于摇立起来的床上，这样显然轻松自如。

五月八日，她开始昏迷，断断续续。醒来第一件事便是拍摄，刚才注射了球蛋白，在营养剂的推助下，精神状况似乎好些，借助白天的自然光源，架好了摄像机。她心中仿佛写好了心理脚本，背好了所有台词，对着镜头含情脉脉，不时热泪盈眶。拍不多时，她的嘴唇干涸，但无法补水，喝了水就吐，吐得到处都是黄色的胆汁。

五月十日，放化疗仍在进行。她的身体抵抗力急剧下降。原用的柔红霉素、长春新碱、环磷酰胺等药物在体内强烈反应，周身发冷，恶心呕吐、流汗不止。拍摄不得不中止。停止注射化学药物，改用生理盐水后，病状好转，基本稳定后继续注射化学药物，其过程痛苦不堪，惨不忍睹。我不忍再提拍摄之事。一天在病房打转，录下了几次惊心动魄的抢救画面。

五月十一日，每天的工作量仅是几分钟或十几分钟，有时开机即关机。看出她需要极大的毅力，没有爱的意志力，恐怕早就放弃了。她爸爸含泪劝我，能不能马虎点，快快结束了吧，让女儿别受那份罪。我学会了在病人和家属面前，他们说什么，都默默地点头。我将机器调整到最佳拍摄状态，等待素妍醒来，情况一旦许可，随时投入拍摄。

五月十二日，她提出要看样片，亲自审定。对两段视频，她化的浅妆被泪水浸染，眼黛变成淡黑色，在自然光线下，难以掩饰她被病魔摧残的痛楚和怠倦，她想将最光鲜的一面展现，要求我重拍。可拍了一半，她便激动得说不出话，擦干泪水、补妆后再拍，接接续续一共拍了四次才告补拍了三分钟的短小视频。

五月十七日，又是毕业季，是同学悲欢离合的时刻，拍摄任务终告完成，素妍半睁着眼睛，连看几遍，对视频效果感到满意。听说介生跟月姝快结婚了，金父说，是不是将视频发给他，了却了女儿的夙愿。素妍说，不，等到他们领证那一天，否则会干扰他们的大事，别马虎！一定！素妍最后还是没有等到介生结婚的日子，她手握着视频，嘴角带着微笑，头向着西边的方向——那是律城财经大学的方位——安详、宁静地离世。那是晚上八点。她最后的话是，问紧紧搂住她、不住地呼唤她姓名的父亲说："爸，外边是不是下雪了？"她的心安居在一个难忘的冬雪之夜！说完，头一侧，再没有醒来。

介生哭得稀里哗啦的，他的潜意识里一直感觉，素妍就在身边，她不会弃咱而去，他对金素妍有着一种超常的敏感，一个人一旦有着一段幽隐浓挚而刻骨铭心的深情，对往事的每个印记都会怀有特殊的知觉。他一直在月姝身上找素妍的元素，认为她是素妍派来的天使，来完成素妍没有完成的人生使命，今天，真相毕现，第六感觉终于得到印证。介生与素妍设计的人生轨道终于会合于一处，痛楚地完成了并轨……

月姝手巧，在剪着金边喜字，一共五对，寓意着他们相爱五年。看到丈夫无声落泪，男儿有泪不轻弹，肯定又逢伤心事。她停下活计，拿着纸巾盒进屋静静地坐在丈夫身边。她学会隐忍，不轻易介入介生的个人隐私，也不会打开电脑看里边的任何文件，哪怕一条短短的信息。今天，新婚，他的感情特别丰富而细腻，不知哪里触发了他的泪点……她将头枕在丈夫肩头，介生让她看重新播放的视频。两人都不吱声，放着、看着，素妍甜甜的话语再次荡漾了介生书房里的每一角落。

月姝心跳怦然，潸然泪流，泪水湿湿地挂在腮边，渐渐滴湿了桌面。

月姝当然知道素妍是谁。是丈夫一直思念的大学旧友，今天现身新婚现场，凄然哭述生活的曲折，真是红颜薄命，命运似乎对她太刻薄，三百万分之一白血病怎么会降在她的头上，苍天太不公平！让年轻的她历经太多的苦难和不幸，她走到了生命的终点，依然回首张望着曾经的爱和曾经爱过她的人，关心着介生的明天和他的幸福！介生从没跟她讲与素妍的故事，但是她可以感觉出来，他们的爱平淡无奇却惊天动地，人的一生有那么一次轰轰烈烈，按照素妍的话说，今生就没有虚度！是的，我比你幸福一万倍，因为我最终得到了介生，一个真正我想要的男人。月姝泪影婆娑，伏在介生肩头，改口叫丈夫为"生哥"，她想客串素妍的角色："生哥，我知道你心里边搁着素妍，就那么搁着吧，别赶她走！她是好人，是我姐，好吗？”

“又说傻话了不是？谁要赶她呢？”介生淡淡指指胸部，“她躲在这儿！”。

“生哥，咱们不去美国了。”

“怎么又改主意啦？”

“咱们看看素妍去吧。”

“谢谢你！”介生吻了一下她的泪漉漉的脸，她想的正是介生考虑的，“谢谢你理解咱，失去爱和得到爱在一天内完成，咱有点承受不了！”他又哽咽了。

“介生，我理解，素妍姐姐一直是我心中偶像和榜样。我要当面跟她讲，谢谢你，感谢你陪伴我丈夫度过大学美好的四年时光。请放心，我会完成你爱的接力，陪伴介生幸福终生！”月姝将脸贴在丈夫的热乎乎的手心里。

“月姝，咱们还要去看看文达，A省阳泉村，也算新婚旅行吧，在素妍和文达的坟头，掬上一把黄土，挟着中国的净土，然后去日本，到京都去，参加那里的中元节祭礼，纪念和告慰亲人的亡灵，为活着的人祈福，为晓常祈望，愿他涉险过关、逢凶化吉！”介生想找香烟，又想找酒水，还想找一个没有人地方大哭一场，心头积淤多年的情愫，剪不断、理还乱，他呆呆地望着月姝剪的金边“喜”字，思绪纵横，飞出九霄云外……

月姝默默地将视频拷在钥匙扣的迷你U盘里，设置“永久保存”，文件夹重命名为“你比我幸福一万倍”。

律城国际旅行社为介生和月姝破例安排了特殊的旅游线路。

一对新人缓步于松柏参天的功德园、绿色草坪间的细长小路上。刚下过一场大雨，万物更新，气象万千，草丛苍翠欲滴，松树清雅挺拔，在阳光下反射着生命的光泽。介生身着西装，大学里参加辩论赛一样的装束，深红色的领带、银色的领带夹，风度翩翩，仿佛马上重登激烈的赛场，与对手一较高下。月姝携着淡妆、穿着白色连衣长裙，远看酷似婚纱，仿佛生怕别人看不出她新娘正当时。他们各执一束鲜花，携手并行，没有语言，没有摄影师跟拍，神情庄严而凝重，一步一步，走向墓地深处，生怕惊动在山水间安息的金素妍的魂灵……

阳泉村村头，人们争相传告，来了一辆不知品牌的豪车，下来一对新人，向路人打听曾文达的坟头。奇怪，最近不停地有人来看文达，来者匆匆而至、又匆匆而归。走后，村民好奇地探究坟头上究竟留下什么值钱的东西，鲜花、水果、点心，还有股票、期货单据——这些东西，村民和娃娃们没见识过，反正挺好玩的，祭奠死人还下天书，还留下神灵寄语……不过，新郎新娘光临阳泉村尚属首次，他们不是回娘家，也没有人带领，独自来看文达的……他们一下吸引男女老少好奇的眼光，围观的人群一路跟随来到曾文达的坟前……

日本，京都，岚山脚下一个叫桂川的地方。小溪穿山而过，红枫漫山遍野，亭台楼阁穿插其间，风景秀丽，气色宜人。溪水河南岸，围立着来自五湖四海的各种肤色、操持各种语言的男女老少。介生与月姝好不容易挤占了一块有利地形，两人立足于溪边一块青石板上。细浪不时轻拍岸边，溪水荡涤着石板上的污泥，水波时不时湿了介生、月姝的旅游鞋。导游用汉语解说着中元节祭礼的由来："京都是旧时日本的首都，具有浓郁的日本风情，是日本人心灵的故乡。京都几乎每天都有庆祝活动和例行节日。中元节平安神宫祭礼便是其中最热闹的活动之一。中元节，当地也叫鬼节，原本就是纪念先人亡灵的时节。祭礼除了一系列的祭典、祭拜活动之外，高潮就是中元节傍晚，在桂川流月桥下放水灯。放水灯就是人们在小木片上，书写亡故亲友的姓名，点燃一支小小的蜡烛，木片如舟，载着一点烛光浮在水面，摇摇晃晃、漂漂浮浮，在宁静寂寥的桂川夜空下如魂如魄，以示亲人的怀念和告慰。据说水灯能够闪亮昼夜，直至天明而久久不熄。"介生、月姝将从素妍、文达坟上摘得的一掬泥土，两个小包儿，安放在如舟的木板上，然后插上点燃的红烛，小心翼翼地将它平放在细波荡漾的溪涧里，介生、月姝用手轻轻划水，再划、再划……木牌安然地漂离岸边，荡然地流向溪水深处，与四面飘来的木牌及上边的撮撮灯火连成一片，哇，那是多壮观的景色，素妍、文达，你们看见了吗？看见了吗？介生一脸肃穆，双手合十，单腿跪在石板上，口中念念有词地祈祷着。月姝一个劲地在抹眼泪，望着倒映于水中的摇曳烛光，气喘咻咻，喃喃地道："他们看见了，看见了，他们在冲咱们笑呢！"月姝想，介生一定在念叨晓常、敞敞和文达他们呢。她慢慢依偎在丈夫身边，轻声细语地道："他们都是好人哪：文达不想输人，却输给了自己；敞敞不想求人，却苛求了自己；晓常不想黑人，却常被人黑；我的介生不想亏人，却老亏了自己……祝愿天地同在，苦尽甘来，幸福万年！"

方介生瞪大眼睛，惊异万状，这么多年来，第一次从她嘴里听到对咱们人生所做出富有深邃哲理的精妙概述，咱怎么没发现她有这般才学呢？

月姝轻轻捅了捅介生说：“赶紧许了愿，把手放在胸前，虔诚些！”

“咱早许了好啦，就一个，多了不顶用。”介生忽然指向东方的夜空，人群欢呼起来，山坡的人放孔明灯了，成片的孔明灯闪着橙色的烛光冉冉升起，柔和的光晕洇染了远处与天际相连的山峦：“快看，那个飞得最高的那个，上边写的日文你懂吗？”

“望文生义，大概是祝贺平安、吉祥的意思吧。那是一个美好的许愿！”

“瞧，它飞得多快，马上远离视野。你说，它能飞多高、飘多远？能飞到律城上空吗？”

“能，准能，文达、晓常他们都能看见！说不定向东还能飞到美国，敞敞也能看着呢。”月姝不假思索地答道，她真的以为孔明灯是天际的长明灯，永远在头顶上燃烧发光，载着地面上他俩的默然许愿，与月亮同明辉、共圆缺。